NORDËALIS

Mägika Éditions

ISBN : 978-2-494575-05-9
Nordëalis - Tome 1: La Légende de Mythslune

Couverture et maquette : Marine CLEMENT EI – LuniGraphisme
Correction : Stéphanie Dambrine, Marie-Claire Garnero et
Lou Garnero

Dépôt Légal : Mars 2023

SolarLouve

NORDËALIS

Tome 1 :
La Legende de Mythslune

À celle qui a toujours empêché que le loup me dévore.

CALENDRIER D'ODOON

BETH : Janvier

LUIS : Février

NION : Mars

FEARN : Avril

SAILLE : Mai

HUATH : Juin

DUIR : Juillet

QUERT : Août

MUIN : Septembre

GORT : Octobre

NGETAL : Novembre

RUIS : Décembre

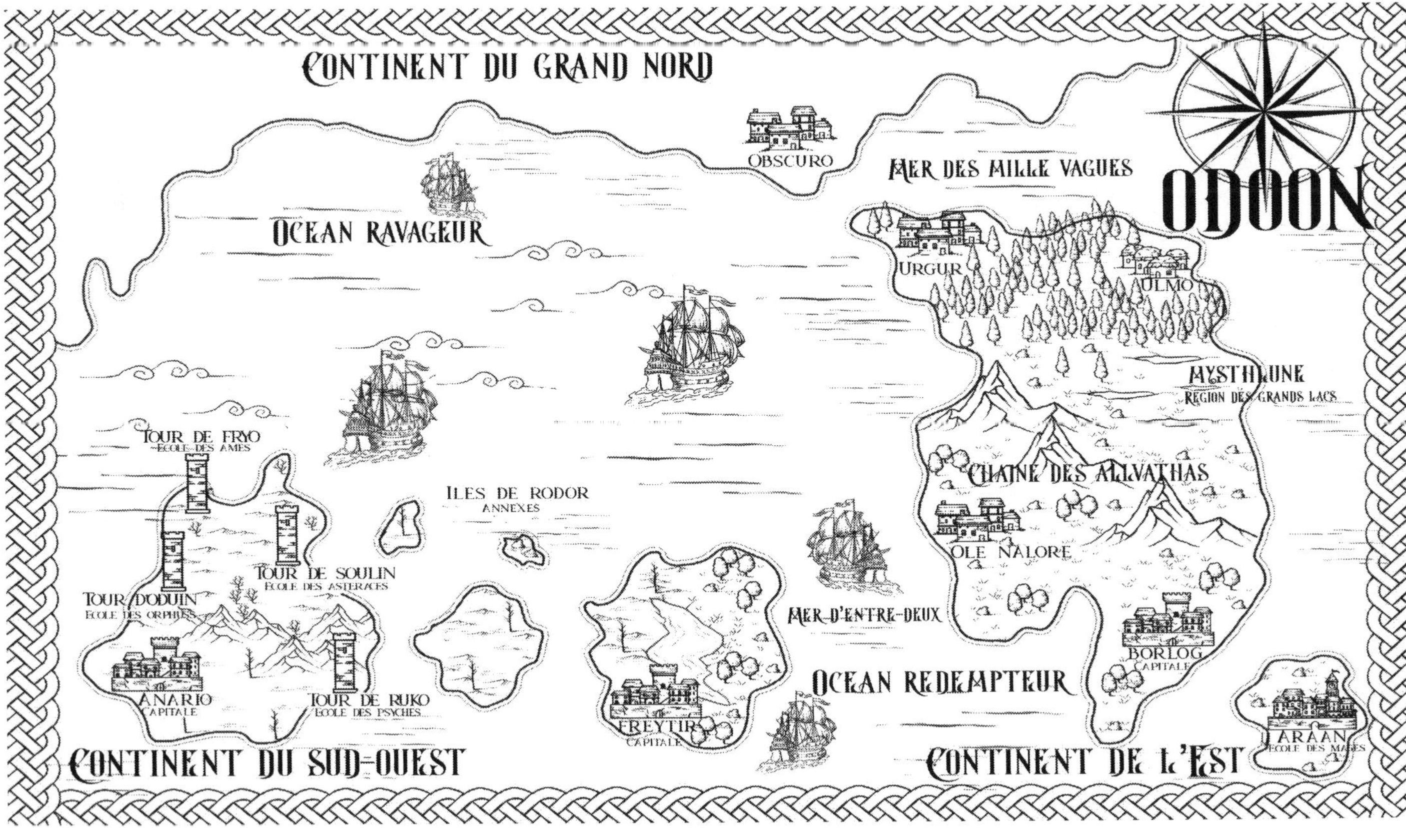
CONTINENT DU GRAND NORD
OBSCURO
MER DES MILLE VAGUES
ODOON
OCEAN RAVAGEUR
URGUR
OLMO
MYSTHLUNE
RÉGION DES GRANDS LACS
TOUR DE FRYO
ÉCOLE DES ÂMES
ILES DE RODOR
ANNEXES
CHAINE DES ALLVATHAS
OLE NALORE
TOUR DE SOULIN
ÉCOLE DES ASTERACES
TOUR D'ODUIN
ÉCOLE DES ORPHÉES
MER D'ENTRE-DEUX
BORLOG
CAPITALE
OCEAN REDEMPTEUR
ANARIO
CAPITALE
TOUR DE RUKO
ÉCOLE DES PSYCHES
FREYTIR
CAPITALE
JARAAN
ÉCOLE DES MAGES
CONTINENT DU SUD-OUEST
CONTINENT DE L'EST

PROLOGUE

Au commencement de tout, il n'y avait rien. Puis, une lumière jaillit des confins de l'univers d'une noirceur sans fin. Des énergies, sous forme de faisceaux éclatants, fusèrent du vide et convergèrent en un centre. Une boule de lumière blanche commença alors à grandir, pour devenir immense, et sa lueur mourut jusqu'à laisser deviner l'Étoile. Elle fut à l'origine de tout.

Le Corps céleste créa des galaxies et, pour les accompagner, des planètes et des astres. Ainsi, un monde fait de vastes océans, de gigantesques terres vertes découpées par de longs fleuves et de plus petites rivières, prit vie dans l'immensité de l'univers.

Odöon apparut.

Au début du monde, quatre Êtres de lumière virent le jour, chacun à différents moments. Dotés de pouvoirs et seuls sur Odöon, ils conçurent des descendants immortels, moins puissants, comme eux : une toute nouvelle société d'êtres magiques prit racine. La fondation de leurs familles respectives leur permit de stabiliser leurs enchantements, mais également de les diviser. Chacun détenait une magie différente des autres. Face à cette multiplicité et cette séparation, les quatre êtres de lumières imposèrent une règle essentielle à laquelle nul ne pourrait déroger : aucun ne devrait prendre le dessus sur un autre, sous peine de détruire l'essence même de la magie et du monde entier. Leurs pouvoirs formaient ainsi l'équilibre du monde : chacun y avait sa place, chacun le servait à sa manière. Sur Odöon, l'harmonie et la paix étaient un prix dérisoire à payer pour vivre.

Les quatre premiers Êtres de lumière étaient frères et sœurs.

Le frère aîné, Calahan, représentait la force, le courage et la loyauté. Toutes ces émotions, si intenses, faisaient de lui un être impulsif. Cette perte de contrôle sur lui-même était régulée par son frère et ses sœurs, qu'il reconnaissait plus sages que lui. L'amour qu'il avait pour eux était si infini qu'il éprouvait sans cesse le besoin de les protéger : eux et leurs descendants. Sa témérité naturelle et son goût pour la nouveauté lui conférèrent la volonté d'explorer le monde avant d'y faire quoi que ce soit. Calahan était un visionnaire. Il fonda la famille des Astéracës.

Les pouvoirs du second frère, Tristan, avaient trait à la nature, il était pacifiste et tolérant. Son don lui permettait de comprendre n'importe quelle espèce animale, mais aussi de se changer en l'un des leurs : son animal totem était l'ëgle, un immense animal ailé aux cornes scintillantes, symbole de patience et d'ouverture d'esprit. Il était doté d'un dernier pouvoir, celui d'animer les objets sans vie et la matière morte. La famille qu'il fonda était celle des Orphuss. Tristan n'était pas très proche de ses descendants ni du reste de la société, car sa nature d'introverti le rendait solitaire. Tel l'ëgle, il observait le monde d'en haut, sans jamais s'y mêler.

La première des sœurs n'était, quant à elle, que contrôle, sagesse et érudition. Isìl comprenait ce que le reste de la famille ignorait : les enjeux du monde, oscillant entre justice et injustice. Cette compréhension trop vaste de la nature immortelle des descendants lui conférait un caractère glacial et impassible. Mais sous ses airs indifférents et insensibles, Isìl demeurait l'Être de lumière le plus doux et maternel envers leurs lignées. « Pour pouvoir éduquer, il faut savoir se détacher » était l'adage qu'elle s'était donné à elle, et à son clan. Pour pouvoir guider la société tout entière, elle inventa la justice. Sa famille regroupait les Psychës : des êtres capables de voir au-delà du reflet.

La cadette, Neüs, fonda la famille des esprits libres. Ses descendants et elle détenaient le pouvoir de création, d'imagination et de curiosité. Son don de liberté faisait d'elle un Être de lumière innocemment capricieux et joueur. Elle pouvait concevoir tout ce qui lui chantait et se transformer en n'importe qui et n'importe quoi, mais il lui manquait l'essence même des choses ; cela limitait le perfectionnement de ses œuvres, à l'inverse de son frère, Tristan. Si ses créations n'étaient qu'imitations, elles disposaient cependant en elles, un pouvoir unique. Neüs voyait l'avenir, qu'il soit flou ou net ; elle pouvait le tordre, le façonner, le créer, en somme, lui donner la direction qu'elle désirait. Son pouvoir étant trop dangereux, elle n'en avait accordé qu'une infime partie à ses descendants. Ils pouvaient découvrir l'avenir, dans des limites restreintes, si leur don était assez fort, voyager dans le passé et dans le futur d'un objet ou d'une personne ; mais ces escapades ne pouvaient durer longtemps ou aller loin. Neüs donna vie au ciel avec l'ajout des nuages, des étoiles, des nuances de couleurs. Elle donna vie aux rêves. Ainsi, Neüs créa la famille des Âmes.

Les quatre Êtres de lumière vivaient en harmonie. Ils avaient organisé toute une société. Cependant, il leur manquait un élément pour qu'aucun ne prenne le dessus. Ils réglèrent le problème du nombre de descendants par Être de lumière grâce au partage. Celui-ci devait être effectué par la création d'une forêt enchantée par le plus pur des dons, et plus particulièrement d'un arbre. Cet arbre aurait la tâche de distribuer les pouvoirs, d'identifier le flux magique majoritaire d'une personne et ainsi de déterminer sa ligne de vie. L'Arbre d'Edenn œuvrerait pour l'équilibre d'Odöon. Les quatre frères et sœurs choisirent de donner les pleins pouvoirs à la forêt d'Edenn ; ils seraient donc dans l'incapacité de revenir sur les décisions, évitant de cette façon les débats houleux entre eux.

Ce fut dans cette parfaite stabilité que le cinquième Être de lumière, la troisième et dernière des sœurs, naquit. Cyrcë était une nécromancienne. Son don symbolisait la rébellion, le pouvoir et l'ambition. Elle pratiquait la magie noire, l'ésotérisme, l'occultisme. Son pouvoir causait le déséquilibre de la société établie par ses frères et sœurs, car Cyrcë amena la mort. Elle s'immisça jusqu'au plus profond de la Terre. Tous les descendants devinrent mortels, puisque la mort faisait partie de toute vie.

Arrivée la dernière et défiant la méfiance de ses frères et sœurs à son égard en leur imposant son pouvoir, elle ne fut pas acceptée. Ils furent frappés d'horreur face à la soudaine mortalité de leurs descendants et le plus grand des dangers émergea : la peur. Ses frères et sœurs la craignaient, et avec la panique vint la furie. Calahan rassembla tout son courage et bannit sa plus jeune sœur. Cyrcë n'aurait aucun descendant choisi par l'Arbre d'Edenn. Mais un des Dieux s'y opposa : Tristan, l'Orphuss.

Ce fut dans le rejet le plus total de sa famille que Cyrcë disparut. Elle et ses descendants, les Noircyrs.

Tristan, quant à lui, partit dans un long voyage à travers l'Univers. Il sentait que sa place n'était plus sur Odöon. Le Dieu le plus humble ne comprenait pas l'injustice qui venait de se dérouler et il quitta alors ses descendants.

Dorénavant, le monde fonctionna ainsi. La force fut conçue pour le protéger et le défendre, la tolérance pour maintenir la paix, la connaissance pour ne pas tomber dans l'ignorance de l'injustice et la liberté pour profiter pleinement de sa vie. Vint s'ajouter la mort qui boucla le cycle de la vie et du chaos.

PARTIE 1

LA NOUVELLE ÂME

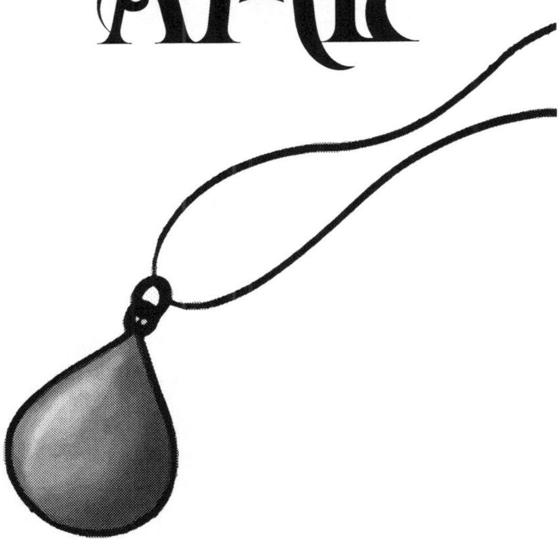

I

Village d'Ulmo, territoire de l'Est, mois de Nion de l'an Sëplunn.

Le continent des Quatre était un très vaste territoire peuplé par tous les Descendants des Êtres de lumière. Le territoire de l Est était un pays luxuriant, où l'ordre et la constance servaient de fondations. Il était le souverain des deux autres. Sans rival, il exerçait son autorité sur celui du Sud-Ouest dont la capitale, les écoles de magie et les villes appartenaient toutes à ce géant territorial. Quant au Grand Nord, terre d'une froideur extrême, il avait interdiction d'établir le moindre système politique. Il répondait donc au nom d'Anarchie. Neanmoins, ce chaos devait obéissance au pouvoir mondial et avaient interdiction de former le moindre groupe. Les malheureux sans-pouvoirs qui y habitaient, souffraient de conditions mauvaises, de peu de nourriture et de richesses, mais surtout du manque de considération de la part du reste du monde. En outre, le Sud-Ouest était contrôlé, le Nord était délaissé. Et ainsi les secrets demeuraient gardés.

C'était dans le nord du continent tout puissant qu'était établi un joli village du nom d'Ulmo. Lieu souvent arrosé par la pluie, il abritait de nombreux paysans forestiers. Dans cette campagne oubliée de tous, les habitants vivaient reclus et heureux. La bourgade était surplombée par quatre grandes collines qui revêtaient la couleur verdoyante de l'émeraude en été. Les immenses arbres millénaires d'Ulmo venaient rivaliser avec les hauteurs de ces montagnes.

Ce matin-là, comme presque chaque jour, une fine averse accompagnait le réveil de tous. Au loin, sur une des collines entourant le village, un arc-en-ciel brillait. Les abeilles commençaient leur tournée matinale et les fleurs ouvraient leurs pétales pour recevoir la rosée.

Sur la cime d'un des arbres millénaires du bourg était plantée une maison construite de bois et de pierre. Une douce chaleur sortait de la cheminée et la fumée laissait une marque dans l'air hivernal. Alors que tous ses habitants étaient encore profondément endormis, une âme avait disparu.

À quelques kilomètres de là, tout en haut d'une colline qui retrouvait à peine sa verdure aux reflets de jade, se trouvait une jeune fille. Sa chemise de nuit était parsemée de gouttelettes fraîchement tombées du ciel. Ses frêles pieds blancs ne touchaient pas terre. Ses jambes, en partie dénudées, étaient doucement caressées par le bas de sa robe qui se mouvait au gré du vent matinal. Ses longs cheveux châtains aux reflets roux virevoltaient autour de son visage. Ses traits étaient paisibles, la jeune fille dormait encore. D'apparence tranquille, son esprit quant à lui était tourmenté.

Elle tombait de haut. De très haut.

La noirceur, le désespoir et le mensonge l'encerclaient.

Alors elle voulut pleurer.

Un cri sortit de ses lèvres fines, un cri démesuré, un appel à l'aide que toute la vallée entendit.

Le corps de l'inconnue s'illumina, des pieds à la tête. Ses cheveux devinrent des filaments de lumière. Ses yeux, d'habitude noisette aux perles vertes, n'étaient plus que deux puits sans fond.

— Non ! cria la jeune fille en peine.

Tout disparut devant elle, l'image affreuse qui venait d'apparaître se tut, ainsi que son souvenir.

Alors, elle oublia.

Et elle se réveilla.

— Que s'est-il passé ? s'exclama-t-elle à voix haute en se réveillant de cet horrible cauchemar.

Son corps était désormais posé sur le sol, elle était allongée dans l'herbe humide. Se redressant sur ses coudes, son regard croisa la luminescence qui émanait de son être tout entier. Quelques secondes de silence passèrent dans l'air avant qu'elle ne réalise ce qui était en train de se dérouler. Ses doigts, eux-mêmes brillants, défilaient sans s'arrêter, presque obsessionnels, sur le reste de sa peau.

— Mon Scintillement ! Enfin !

Elle n'en croyait pas ses yeux. Comment cela était-il possible ? Était-ce seulement réel ?

Ses yeux s'agrandirent lorsque cette pensée soudaine prit forme dans sa tête. Et si elle était en train de rêver ? Elle se pinça alors frénétiquement les bras.

— Ouille ! Je… Je ne rêve pas ! s'écria-t-elle, un large sourire sur son visage ovale.

Un premier rayon du soleil apparut de derrière une autre colline et dévoila ses dizaines de taches de rousseur. Les yeux plissés, elle regarda silencieusement le magnifique spectacle qui se déroulait devant elle.

Un nouveau jour, pour une nouvelle vie.

Mais dans son effarement, la réalité s'imposa enfin. Elle réalisa qu'elle se trouvait dehors et nullement dans sa chambre. Était-ce normal ? Le Scintillement se déroulait naturellement lorsque le jour était avancé, ainsi tous les descendants sentaient venir en eux le fourmillement de leurs pouvoirs. Tous avaient senti, tous avaient su, mais pas elle. La jeune fille n'avait rien vu venir. Pourquoi ?

L'adolescente de douze ans ne pouvait éteindre l'inquiétude qui gagnait son soulagement. Tout s'était passé d'une façon si étrange, et pourquoi maintenant ? Elle avait toujours pensé qu'après onze ans révolus, le Scintillement ne pouvait plus apparaître. Alors comment cela se faisait-il, qu'aujourd'hui, il émergeait enfin ?

— Ellün ! cria une voix au loin, la distrayant de ses réflexions.

La jeune fille aperçut son père, Atanatar, courir le long de la pente. Son cœur bondit, elle avait tant hâte de lui dire. Elle voulait voir la fierté imprégner les yeux de celui qui l'avait protégée sans relâche.

Son père, la voix de sa raison.

Un souvenir émergea alors de son esprit tandis que son père la rejoignit.

Il était son héros.

Quelques semaines avant son onzième anniversaire, Ellün était partie au marché du village voisin avec son père. Assis sur leur charrette encombrée de leurs fruits et légumes, ils passèrent devant un camp de nomades. Elle n'en croisait pas souvent, car ils voyageaient sans cesse à travers tout le continent. Ils ne restaient jamais plus d'une semaine au même endroit. La vie n'était pas facile pour eux, les nomades faisaient partie des Anomalÿs, autrement dit des sans-pouvoirs. Très peu avaient la chance d'être autorisés à demeurer sur les Continents des puissants. Le Grand Nord était connu pour n'épargner personne.

Des larmes coulèrent sur ses joues rosées de nouvelle jeune fille, tandis qu'elle observait un enfant aux cheveux gras habillé de haillons. Ce genre de personne ne pouvait rien se payer, ni même vendre. Qu'auraient-ils pu bien offrir dans cette vie ? Des récoltes ? Les Orphuss faisaient pousser tout un champ en trois jours, contre des mois pour les Anomalÿs. La famille d'Ellün, ainsi que ceux qui possédaient des pouvoirs identiques, ne suivait pas les saisons. Ils contrôlaient tous la nature. Que pouvaient bien faire ces personnes de leur vie à part errer sans but ? Et si ses dons ne se dévoilaient jamais, pourrait-elle rester avec ses parents ? Deviendrait-elle une Anomalÿ errante ? Ellün s'était mise à pleurer à chaudes larmes. Si elle n'obtenait pas ses pouvoirs bientôt, tout serait perdu pour elle. Aurait-elle la permission de rester au sein de sa famille, ou devrait-elle subir l'exil nordique ?

Puis ses onze ans arrivèrent. La cérémonie de la forêt d'Edenn se déroula sans elle. Les au revoir à ses amis qui commenceraient leur apprentissage à l'école de la capitale furent déchirants. Après cela, chaque réveil sans Scintillement fut un nouvel échec. Deux semaines après la cérémonie de la Désignation, ses parents perdirent espoir, ce qui éteignit tout attente chez Ellün. Tout le village finit par se faire à l'idée que jamais elle ne posséderait de pouvoirs. Mais Ellün niait la vérité, elle la rejetait, car elle ne pouvait pas l'affronter. Ainsi, elle se renferma sur elle-même et elle passa des journées entières dans son lit. Cela faisait maintenant un an que l'espoir diminuait jour après jour.

C'en était fini pour elle.

Rien n'arriverait jamais.

Ellün avait pensé quitter cette vie.

Un après-midi comme tous les autres, durant lequel elle avait décidé de se lamenter sans trêve, son père vint la chercher.

— Ellün, j'ai un travail à faire et j'ai besoin de toi. Sors de ce lit et suis-moi, annonça son père avec un certain entrain, il s'était assis au bord du lit et lui secouait doucement l'épaule par-dessus la couette moelleuse.

Un petit bout de la figure d'Ellün, sortant de sous les couvertures, laissa entrevoir un œil boursouflé et vitreux. Néanmoins, une infime lueur de curiosité s'alluma dans son regard.

— D'accord, lâcha-t-elle sans grande motivation.

Pendant qu'elle enfilait une chemise épaisse sur sa chemise de nuit, un bonnet et une écharpe, elle pensa qu'elle aimait bien travailler avec son père, elle apprenait toujours beaucoup de choses. *Et puis, si mon père a besoin de moi alors que je suis une Anomalÿ, autant lui servir encore à quelque chose. Je ne dois pas devenir un fardeau pour mes parents*, s'infligea-t-elle.

Ellün le rejoignit devant la maison. Il attelait les cheveux à la charrette et une grande bâche cachait son contenu. Que pouvait-il transporter ? Était-ce une livraison ? Il était pourtant tard pour délivrer quoi que ce soit, le soleil allait bientôt se coucher derrière les collines.

— Qu'est-ce que c'est ? demanda-t-elle d'un ton curieux.

Elle refoula son peu d'intérêt, elle se sentait si coupable de devenir un poids pour lui.

— Tu verras bien, lui sourit-il avec un clin d'œil. Pouvons-nous y aller, messieurs ? prononça-t-il dans une autre langue, que Ellün ne pouvait comprendre, à l'intention des deux équidés.

C'était là le pouvoir de son père : un Orphuss Chuchöteur. Cela faisait de lui un être humain capable d'appréhender tout le reste du monde animal et végétal. Les Chuchöteurs savaient communiquer avec toutes les espèces animales : vertébré, invertébré, vivipare, ovipare. Il parvenait également à *lire* les êtres végétaux et minéraux : les arbres, les fleurs, feuilles, herbes et pierres. Apprendre était synonyme de contrôler. Lorsqu'une chose pouvait être comprise, elle était manipulée par le mage. Son père contrôlait alors la matière inanimée.

Les chevaux hennirent à l'oreille d'Ellün, mais répondirent dans leur langue au chef de famille. L'attelage se mit en route. Ils franchirent une des collines bordant le village et arrivèrent sur un haut plateau. Le soleil était en train de faiblir lorsque son père et elle descendirent de la charrette. Elle ne comprenait pas, il n'y avait personne et ils n'étaient pas sur un des champs d'Atanatar.

— J'ai acheté cette partie de terre à Tourquet il y a trois semaines. Ce bougre ne savait pas quoi en faire.

Leur voisin n'était pas un Chuchöteur, mais une sorte de guérisseur, tout comme la mère d'Ellün. Les guérisseurs étaient des Métamörfs, des mages pouvant se transformer en n'importe quel animal et capables de parler toutes les langues de la nature. Chacun avait un animal spirituel, le temps de la métamorphose étant illimité, car cet esprit faisait partie d'eux. Sa mère était un lapin et elle en avait le tempérament. Excentrique, nerveuse, elle cherchait souvent la bagarre avec son mari ; têtue, mais très câline et maternelle avec sa famille.

— Et donc, qu'allons-nous faire ? Pourquoi m'as-tu emmenée ici ? l'interrogea-t-elle.

Atanatar se posta derrière la charrette et, avec de grands mouvements de bras, il retira d'un coup rapide la bâche. Il brandit ses mains en l'air dans un signe de triomphe.

— Surprise ! hurla-t-il en espérant que sa fille fût impressionnée.

— Des graines ? constata-t-elle simplement, incrédule.

Son père baissa les bras et se frotta les yeux d'exaspération. Décidément, la jeunesse ne connaissait vraiment pas grand-chose !

— Ça, mademoiselle, ce ne sont pas de simples « graines » comme tu dis. Elles sont exceptionnelles. Ce sont des fleurs que l'on appelle « Grains Constellés », elles ne poussent que si elles sont plantées aux pleines lunes. Et tu ne devineras jamais, mais l'astre brillera de mille feux dans quelques instants ! frémit-il d'impatience.

— Pourquoi des fleurs ? Et où les as-tu achetées, ces graines ?

Ellün commença à s'inquiéter. Son père était un doux rêveur, sa naïveté n'avait pas de limites, ni sa générosité. Il pouvait acheter n'importe quoi sur un coup de tête.

— Je sais ce que tu es en train de te dire, mais non ma fille, ce n'est pas un piège ! Je les ai commandées et achetées chez le lithothérapeute-apothicaire à Hagar.

Hagar était la ville la plus proche d'Ulmo. Atanatar y effectuait principalement ses livraisons quotidiennes et il participait au marché local une fois par semaine. Les apothicaires étaient des Orphuss Chuchöteurs comme son père. Ils s'apparentaient à des médecins qui pratiquaient les soins à travers les plantes. Celui-ci avait choisi de faire usage des pierres pour la médecine. Les lithothérapeutes avaient l'habitude de créer un lien entre un être humain et une pierre, de sorte que cette dernière comprenne qu'elle devait protéger l'être qui lui avait été désigné.

Ellün restait sceptique face à l'achat de son père. La magie des Orphuss pouvait parfois se révéler dangereuse. Le nombre de mages qui avaient tenté d'introduire un pouvoir pour en contrôler un autre par l'intermédiaire d'objets était grand.

— Je les ai lues, évidemment. Elles ne paraissent pas nerveuses de porter un secret, expliqua son père pendant qu'il passait ses mains dans les graines pour les toucher. On commence ?

— On va faire ça toute la nuit pendant que la lune est encore là-haut ?

— Oui ! Mais il me semble que tu n'avais pas d'autres projets, non ?

À part rester dans mon lit et contempler l'inutilité que je suis, pensa-t-elle. Elle empoigna un sac de graines que son père lui tendait, puis commença à les semer un peu partout dans la terre qui avait été préalablement bêchée, ratissée et recouverte de terreau.

Après de longues heures dans la terre et sous une pluie fine, le travail était accompli. Les sept pleines lunes éblouissaient le ciel d'un noir profond. Atanatar avait facilité leur tâche avec son pouvoir prenant le contrôle de la germination des graines pour qu'elles ensemencent rapidement la terre.

— Quelle est leur utilité ? Pourquoi en planter ? s'enquit soudain la jeune fille.

— Elles donnent de magnifiques fleurs aux pétales constellés d'étoiles brillant à la lueur des lunes. Le jour, lorsque les insectes viennent leur rendre visite et se nourrissent d'elles, ils gardent avec eux une trace précieuse qu'ils partagent avec la nature : la vie.

— C'est tout ? Elles sont comme toutes les autres fleurs, on les pollinise et on les retrouve ailleurs, marmonna Ellün, déçue.

— Non, chaque être est unique et sert l'écosystème, répondit son père sans détourner son regard du ciel.

Il était tôt, la nuit aux sept lunes n'était pas finie pour les habitants d'Ulmo, mais pour le reste de la nature, le soleil pointait déjà par-delà les collines. La vallée était bercée par une douce lumière rose orangé. Ce fut à ce moment que son père lui demanda de venir s'asseoir à côté de lui, dans l'herbe fraîchement humide. Ellün le rejoignit, ses cheveux collés à son visage. Elle se sentit trembler légèrement, elle aurait sûrement un rhume dans les jours prochains. Elle regarda Atanatar qui semblait serein, son pouvoir familial lui permettait de se réchauffer. Il fusionnait avec la pluie.

— Je sais que tu as peur de devenir comme eux, commença son père.

Il faisait référence aux Anomalÿs. Ellün enfouit profondément son visage dans ses genoux repliés. Elle ne pouvait pas admettre qu'elle ne serait pas comme sa famille, qu'elle deviendrait un être différent. Elle ne pourrait jamais reprendre la ferme agricole de son père, faire pousser des carottes en quelques heures, déchiffrer leurs besoins et leur apporter le nécessaire pour vivre. Elle ne se transformerait jamais en lapin à l'instar de sa mère. De tous les pouvoirs des Orphuss, c'était celui-là qu'elle regrettait le plus, de comprendre le langage animal et de se métamorphoser en l'un d'eux. Elle aurait voulu devenir soigneuse comme Grisël. Des larmes perlèrent sur ses joues.

— Regarde ces fleurs. Elles ne font que vivre paisiblement, elles ne demandent rien, elles ne peuvent pas faire de mal à quiconque, mais elles n'agissent en rien par elles-mêmes et subissent de lourdes contraintes : pour naître et vivre, il leur faut les pleines lunes. Pourtant, on ne tire pas sur une fleur pour la faire pousser, on l'arrose et on la regarde grandir patiemment. Chaque être dans ce monde à son utilité, parfois il faut un petit coup de pouce pour l'aider. Il faut qu'il accepte cette main tendue. S'il continue à se morfondre, à se répéter qu'il ne sert à rien, il finira sans rien. Toi, Ellün, tu es comme les Grains Constellés, tu es magnifique, pleine de bonne volonté pour vivre, mais tu vas avoir besoin de quelque chose pour grandir. Ce quelque chose c'est nous, ta famille, qui t'apprendrons à survivre sans pouvoir.

Elle ne répondit rien. À la place, elle lova sa tête contre l'épaule de son père. Atanatar portait bien son nom : « Père des Hommes ». Sa générosité et sa compréhension de l'Autre faisaient de lui un être ouvert, aimant et protecteur. Jamais il ne laisserait quelqu'un dans le besoin. Il était digne de la famille de Tristan.

— J'espère tout de même avoir mon Erigiuum un jour, souffla-t-elle.

— Ce n'est plus possible, Ellün, tu le sais bien. C'est trop tard. Sache que même sans pouvoir, nous serons toujours là.

Elle se sentit un peu apaisée par les propos de son père. Elle ne deviendrait jamais nomade, elle ne serait jamais exilée sur le Continent du Nord. Elle resterait pour toujours avec eux. Depuis des semaines, elle pensait que ses parents allaient finir par la rejeter ; ils lui offraient un nouvel espoir, une nouvelle direction. Et si c'était possible ? Et si la situation finissait par lui convenir ? Ellün secoua sa tête. Non, c'était hors de question. Elle ne se résignerait jamais à n'être qu'une moins que rien.

— N'aimes-tu donc pas ta vie à Ulmo ? interrogea son père devant sa mine déconfite.

— Ce n'est pas ça, papa. J'aimerais simplement être quelqu'un.

— Mais tu l'es déjà, tu es notre fille et tu peux le rester toute ta vie.

Sur le moment, Ellün pensa qu'elle avait de la chance d'appartenir à une famille aussi aimante. Sans pouvoir, peu avaient le droit de rester au sein de leurs foyers. Avoir son Erigiuum était une grande fierté, un signe de normalité.

Ils contemplèrent ensemble le lever du soleil, les rayons dorés venaient frapper les demeures perchées sur les cimes d'arbre ainsi que les maisons terriers. La rivière qui traversait le village se colora d'ambre. Le spectacle était magnifique et les laissa bouche bée. C'était dans cet endroit si paisible qu'elle avait la chance de vivre, arriverait-elle à se contenter de cela ? Ils commencèrent à somnoler. Attirés par toutes les odeurs émanant des chaumières, ils se levèrent et prirent la route du retour. À leur arrivée, son grand frère, réveillé par les senteurs du crumble aux poires de leur mère, se posta devant elle, un sourcil interrogateur devant l'aspect de sa petite sœur. Ellün était couverte de terre, les yeux rougis par tant de larmes et elle semblait épuisée, mais le soulagement se lisant sur son visage contrastait avec le reste.

— Étais-tu encore en train de pleurer pour cette histoire d'animal spirituel ? Tu sais pourtant très bien que tu n'es qu'un rat !

Ellün explosa de rire, son frère aussi était son héros, toujours le mot pour la distraire.

— Nom de Tristan ! Non ! Cela ne se peut pas ! hurla celui qu'elle avait toujours admiré.

Tout s'effondra dans le cœur d'Ellün, qu'arrivait-il à son père ? Atanatar ne semblait plus le même. Ses longs cheveux poivre et sel laissaient paraître un visage carré déformé par la peur. Ses yeux bruns, habituellement emplis de douceur, montraient maintenant un certain effroi.

À nouveau désespérée, la jeune fille fit un pas pour enlacer son père, mais celui-ci recula.

— Papa, que se passe-t-il ? Pourquoi me fuis-tu ?

Mais son colosse de père ne bougea pas, ses yeux ne pouvaient se détacher de la transformation de son enfant. Soudain, son corps fut pris d'un large frisson et il serra les poings rougis par tant de labeurs. Stupéfaite par l'attitude de son père, Ellün se tétanisa. Du sang coula soudain entre les doigts fermés de son père, ses ongles s'enfonçant profondément dans la chair de ses paumes, elle prit peur. Pourquoi une telle fureur ?

— Mais regarde-moi, c'est une bonne nouvelle ! J'ai enfin mon Erigiuum ! Je vais pouvoir aller à l'école, avoir une vie normale, je ne serai plus un poids pour vous. Tu sais, je ne vous quitterai jamais, je reviendrai à Ulmo une fois mes études terminées. Oh, papa, s'il te plaît, parle-moi, explique-moi ce qui ne va pas…

Les mots se bousculaient, Ellün ne contrôlait plus le flot de ses paroles tant l'angoisse la submergeait. Ses yeux se remplirent de larmes, l'iris de ses yeux virant au vert. Devant les spasmes qui la secouaient, Atanatar prononça enfin ses premiers mots.

— Je… Je suis désolé. C'est une très bonne nouvelle, ma petite puce des bois. Rentrons, nous devons en parler à ta mère.

Il tourna des talons sans un regard vers sa fille, tremblante. Bouleversée, Ellün se mit en route, suivant la silhouette imposante de son père. Le chignon aux teintes de gris qui nouait les longs cheveux d'Atanatar bondissait à chacun de ses pas, montrant bien son agitation.

Ses yeux se posèrent sur leur maison perchée dans la cime d'un grand sapin. En cette fin d'hiver, sa mère, Grisël, avait pris pour habitude d'allumer la cheminée qui leur servait de four dans la cuisine. Ainsi, parmi les premiers rayons du soleil, une douce fumée s'échappait de l'arbre, apportant un réconfort fugace à l'adolescente. Mais lorsqu'elle aperçut l'horreur dans le regard de sa mère, tout s'écroula à nouveau.

Grisël portait un tablier rouge tombant de part et d'autre de ses fines hanches. Elle n'avait jamais été une femme très développée. Au contraire, sa silhouette filiforme avait tout de celle d'un petit lapin. Ellün et son frère aîné avaient toujours ri du couple incongru que formaient leurs parents : un grand gaillard barbu et trapu, et une femme petite et menue. Cette étrange alliance ne les empêchait pas de former un couple très amoureux.

Ce jour-là, sa mère portait un foulard assorti à son tablier et noué autour de sa tête, libérant toutefois ses longs cheveux épais d'un noir profond. Elle saisit, de ses petites mains fines, une lourde poêle brûlante enveloppée dans des torchons. Ellün l'entendit gémir tout en grimaçant, l'objet bien trop pesant pour elle.

— Grisël ! Combien de fois t'ai-je répété de m'attendre ? Tu sais très bien que je ne crains pas le chaud, cria son père.

L'Erigiuum, le pouvoir d'Atanatar, lui permettait de contrôler les éléments ; ainsi, il ne redoutait aucune température. Mais l'homme n'eut pas le temps d'attraper la poêle que sa femme la fit tomber à terre, répandant une mélasse épaisse sur le parquet.

— Mais… Mais… Ellün, que t'est-il arrivé ? Ne me dis pas que tu as ton Scintillement ? bafouilla Grisël.

Pour toute réponse, Atanatar baissa les yeux. Ellün, tout étincelante, se tenait dans l'encadrement de la porte. Ses fines épaules se voûtèrent, elle aurait voulu disparaître complètement en cet instant. Pourquoi réagissaient-ils de cette manière ?

Cela ne dura qu'une fraction de seconde, mais elle perçut leurs regards se croiser. Ses parents sortirent enfin de leur mutisme. Ellün eut l'impression qu'ils récitaient un texte d'une pièce qu'ils avaient déjà joué dans leurs têtes.

— Nom d'un loup borgne ! Eh bien, qu'attendons-nous ? Nous devons préparer le festin de ce soir en ton honneur, Ellün ! C'est la tradition et il faut la respecter, n'est-ce pas Grisël ? dit mécaniquement son père.

— Oui… trembla sa mère sans parvenir à finir sa phrase, interrompue par la soudaine frénésie de son mari.

— Bravo encore, Ellün… Je… Je dois absolument aller chercher du vin ! Toi, Grisël, tu sais ce que tu as à faire… Je veux dire que tu dois nous préparer un repas digne de Tristan Le Grand.

— Oui… Oh oui ! Je vais aller de ce pas voir Annhd, elle doit encore avoir des fraises dans sa serre. Il faudrait que j'y passe pour faire ton gâteau favori, ma chérie…

Tous les deux quittèrent la demeure, laissant la cuisine en désordre. Ellün resta figée, abasourdie. Que venait-il de se passer ?

— Si seulement Calion pouvait être là… murmura-t-elle mélancoliquement pour elle-même.

Son grand frère ramenait toujours la joie à la maison. Depuis déjà trois ans, il suivait ses études de magie à la capitale de Borlog. Ils revenaient deux fois par an : la première, en fin d'année lunaire pour les fêtes de Luinil, qui célébraient l'hiver et « son étoile à la lumière bleue » ; la seconde, pour la fête de la Désignation. Ces vacances duraient trois semaines. Elles démarraient une semaine avant la cérémonie de la forêt d'Edenn pour les nouveaux initiés de première année, les autres niveaux commençant quinze jours plus tard. Cela permettait aux novices de s'approprier l'école. Calion ne serait pas à la maison avant deux semaines. D'ici là, elle devrait patienter.

Lui comprendrait, il la soutiendrait.

Elle tenta de s'expliquer la réaction de ses parents. Après tout, elle n'aurait pas dû obtenir son Scintillement maintenant, tous pensaient qu'il était trop tard. Peut-être s'inquiétaient-ils de voir ses premières lumières disparaître aussitôt, peut-être n'y croyaient-ils pas, tout simplement…

Alors la joie la reprit. Comme une petite fille, elle sauta partout d'un bonheur tant attendu.

Elle débordait de sensations exultantes. Elle avait besoin de calme pour récupérer le contrôle. Elle sortit de la maison en trombes. Vêtue d'habits du jour, elle courut de longues minutes à travers les champs. À bout de souffle après son interminable ascension, elle arriva dans un champ de tournesols. Elle s'assit parmi les hautes fleurs. Elle se sentait libérée d'un énorme poids, pourtant un vide subsistait. Elle avait enfin atteint son but. Et maintenant ?

— Que suis-je censée faire maintenant ? lâcha-t-elle d'un coup, frissonnant sous le vent mordant de fin d'hiver, dans l'herbe encore givrée de la nuit.

Ellün se retrouvait seule et sans réponse.

Elle s'était tellement concentrée sur l'acquisition de ses pouvoirs, ainsi que sur leur nature, qu'elle en avait oublié l'après. Se questionnant sans relâche sur ce qui l'attendait, elle se remit en marche. Ellün erra toute la journée à travers la forêt, laissant libre cours à son imagination. Elle tenta de dessiner son avenir durant de longues heures.

La nuit tombait. Elle revint sur la colline, admirant le coucher de soleil. Son regard levé vers le ciel, elle contemplait les nuages, leur forme et leur course. La fatigue la gagnait. Elle ferma les yeux, s'endormant paisiblement.

À son réveil, le ciel était habillé de mille étoiles et les lunes brillaient intensément. Combien de fois avait-elle imploré la voûte céleste pour acquérir ses pouvoirs, cette dernière année ?

— Ce n'est pas trop tôt, j'ai presque failli attendre ! se moqua Ellün, sa tête tournée vers les étoiles et les comètes.

Elle se remémora le chemin parcouru.

Oui, elle avait attendu.

Non, elle ne savait pas ce qu'elle vivrait.

Enfin si, elle savait à peu de choses près. Le village était éclairé par un nombre invraisemblable de lanternes, elle pouvait entendre la foule crier, chanter et danser dans les rues. Cette fête était en son honneur, elle en avait tant rêvé. C'était enfin son tour. Dans quelques instants, elle danserait, elle sourirait, elle rirait.

Ce soir, son Erigiuum allait être célébré.

II

Ellün dévalait le champ à grandes enjambées. Oiseaux, chevaux, rongeurs l'accompagnaient. Ce n'étaient pas n'importe lesquels, ils flamboyaient de mille feux violets dans la nuit noire. Leur vue lui arracha un sourire espiègle. Sa mère n'avait décidément pas fait les choses à moitié : elle avait engagé ses voisins Âmes pour donner vie à des animaux luminescents. Cela promettait d'être une grande fête. La musique qu'elle entendait au loin combinait plusieurs instruments : tambours, flûtes, hautbois, violoncelles… Malgré cette cacophonie organique, un son mélodieux en ressortait. *Des Psychës*, pensa-t-elle aussitôt. Cette famille accueillait des êtres aux capacités de discernement surnaturel, de nature très apathiques — car leur pouvoir leur conférait une empathie trop grande qu'ils apprenaient à maîtriser avec le temps — pour la majorité ; passionnés et extrêmement sensibles à la musique, ils se révélaient être de grands virtuoses.

Ellün vit au loin deux silhouettes courant droit vers elle. Elle découvrit sa mère et une de ses amies, Annhd, hors d'haleine. L'adolescente avait grandi entourée de sa famille aimante et de leurs amis proches. Annhd en faisait partie et la jeune fille avait une grande affection pour elle.

— Alors c'est bien vrai, tu les as enfin eus, interrogea cette dernière, perplexe.

La meilleure amie de sa mère porta la main à sa bouche, comme pour retenir un sanglot.

— Les arbres ont soufflé à ton père que tu étais sur le chemin. Mais on te voit à des kilomètres à la ronde avec toute cette lumière ! haleta Grisël, quant à elle, en colère.

Pourquoi sa mère semblait-elle fâchée ? Ellün avait pensé que la première impression de ce matin même était peut-être fausse, et que sa mère, une fois occupée à lui préparer sa célébration, deviendrait enthousiaste. Mais il n'en était rien. Grisël affichait colère et peur. Les premiers Scintillements étaient pourtant une chose dont tout le monde se réjouissait. Grisël paraissait secouée par différentes émotions ; elles se manifestaient et disparaissaient en même temps, il était donc difficile pour sa fille de la comprendre.

— Que se passe-t-il, maman ? N'es-tu pas contente pour moi ? Je ne serai pas une Anomalÿ !

— Pourtant tu aurais pu être heureuse…

— Serait-ce parce que tu as peur que je parte de la maison ? Tu sais, je reviendrai souvent vous voir ! N'oublie pas qu'il y a des vacances et une fois mon diplôme en poche, je reviendrai travailler avec toi ou papa, tenta-t-elle, espérant maladroitement la rassurer.

Mais sa mère ne pipa mot. La peur et la déception voilèrent son regard. Soudain, elle la fixa et Ellün y vit de la pitié. Puis, Grisël, dans un demi-sourire, s'approcha d'elle pour l'enlacer doucement.

— Je suis tellement désolée, ma chérie.

Mère et fille savourèrent cette étreinte. Enfin Grisël se détacha et s'éloigna pour permettre à Annhd de s'avancer et de poser ses mains sur les épaules d'Ellün. Affichant un sourire en demi-teinte, elle se reprit. Avec une voix qu'elle souhaitait pleine d'entrain, elle s'adressa à Ellün.

— Je t'ai concocté quelque chose de grandiose, qui j'espère, te fera plaisir. Ne t'en fais pas, c'est assez chaud pour cette nuit d'hiver.

De ses doigts frétillants, une fine lumière aux couleurs de lavande jaillit soudain. Ses yeux se revêtirent d'un violet plus intense, voilant en totalité sa pupille et ses iris habituellement marron. Un filet de lumière vaporeux s'enroula doucement autour d'Ellün. Elle s'illumina davantage encore. *Comme si ce n'était pas assez, je vais surpasser le soleil si ça continue*, ria-t-elle intérieurement. Annhd appartenait au clan des Ämes, son pouvoir spécial était celui d'Engendrör. Elle travaillait comme réparatrice au village. Elle menait toute sorte de créations utiles : répandre des merveilles, construire des objets du quotidien ou concevoir des pierres capables de protéger leurs propriétaires. Ce dernier travail s'apparentait à celui de lithothérapeute et faisait écho à l'Orphuss chez qui Atanatar avait acheté les Grains Constellés. Enfin, elle restaurait certains objets, leur redonnant ainsi une nouvelle vie. Ses créations sortaient de son esprit et se matérialisaient dans la réalité.

Quand la lumière violette disparut, Ellün admira le résultat grâce au miroir matérialisé par Annhd. C'était une œuvre d'art. Ses cheveux luisaient. Habituellement d'un châtain clair, ils étaient parsemés de petites violettes, ses fleurs préférées. Annhd lui avait créé une robe blanche qui lui descendait jusqu'aux genoux ; le blanc symbolisait la naissance. Ellün renaissait aujourd'hui, elle existait enfin aux yeux de la société. Sa fine nuque était parée d'un col roulé en dentelle légèrement transparent. Annhd avait utilisé cette même dentelle sur le tissu opaque et nacré de la robe ; elle tombait jusqu'à la petite poitrine naissante de la jeune fille et jusqu'à son nombril, ainsi que sur les manches longues de la robe pour découvrir les différents grains de beauté de ses bras. La touche finale était une magnifique cape. Annhd lui en avait confectionné une de la couleur de la nuit, recouverte d'étoiles, de constellations et d'étoiles filantes animées.

— Te voilà parfaite maintenant ! Et je suis un véritable génie.

— Merci, Annhd, elle est vraiment magnifique. Sûrement plus que ça, la remercia chaleureusement Ellün, les larmes aux yeux.

— Qu'attendons-nous ? Nous sommes déjà en retard ! Que faisais-tu toute la journée dans le champ, d'ailleurs ? À l'avenir, ne t'éloigne plus trop de nous, s'impatienta sa mère.

Ellün avait toujours pu faire ce qu'elle voulait, y compris vagabonder. Ulmo était un village tranquille, où aucun danger ne menaçait. Elle balaya ces pensées. La jeune fille commença à courir et les dépassa. En se retournant vers les deux femmes, elle montra un sourire qui découvrit toutes ses dents. Une nouvelle lueur éclairait ses yeux noisette : l'aventure. Elle n'avait jamais été aussi heureuse. Ce soir était à elle seule.

— Allez ! Souriez, à la fin ! leur lança-t-elle devant leurs tristes mines.

Lors de leur descente, le Scintillement d'Ellün cessa. Les dix heures de luminescence étaient arrivées à leur fin. À la place, au milieu de son front, s'était formé comme une perle qui étincelait d'un blanc bleuté pur, comme une pierre de lune.

La Goutte fit son apparition.

L'arrêt brutal du Scintillement lui permit d'observer les collants qui lui ornaient les jambes, et le mot orner n'était qu'un euphémisme. Ils étaient recouverts de minuscules et délicats flocons de neige ; ils chatoyaient.

— Enfin, ce n'est pas trop tôt ! lança sa mère, en soufflant fort.

Sa luminescence avait eu l'air de la déranger. Depuis qu'Ellün ne brillait plus, sa mère semblait plus apaisée. Ses épaules s'étaient décontractées et son regard se faisait moins dur. C'était avec un esprit plus léger qu'elles arrivèrent toutes les trois au village.

La place du bourg était noire de monde. Elle devina aisément qu'il n'avait pas fallu grand-chose pour entraîner et motiver leurs voisins, toujours prêts à festoyer. Le village avait été décoré de centaines de lampions qui diffusaient une lumière blanche tamisée dans la nuit épaisse de fin d'hiver. Dès la lisière de la forêt bordant le bourg, Ellün fut acclamée et applaudie par ces visages familiers. Des petites larmes de joie et de fierté perlaient au coin de ses yeux. Elle aussi avait eu droit à sa fête. Une file se forma devant elle, ses voisins et amis venaient tous pour embrasser la perle sur son front. Une superstition qui était censée lui porter chance.

Après d'interminables baisers, elle put rejoindre son amie proche, Lalwendï, plus jeune d'un an. Elles avaient passé leur enfance toutes les deux courant dans le grand domaine que les parents de cette dernière, issus de la Famille du Dieu Tristan, avaient érigé de l'autre côté du village. La jeune future Orphuss faisait partie de la noblesse du petit village. Ses parents avaient fait fortune dans la médecine du Nord et s'étaient vus offrir le titre de comte et comtesse. L'adolescente était dès lors destinée à aller à Aràan, la plus grande et la plus puissante école du monde.

Elle avait eu ses premiers Scintillements, en temps et en heure. Une fête avait donc été donnée en son honneur et Ellün en avait éprouvé une pointe de jalousie.

Mais ce sentiment avait fini par s'effacer avec le temps, surtout devant l'empathie et la générosité de son amie. Lalwendï n'avait pas tourné le dos à Ellün lorsqu'à ses onze ans, aucun Erigiuum ne s'était annoncé. Rien n'avait changé entre les deux jeunes amies, mais elle ressentait souvent une appréhension tenace : Aràan. L'idée d'être séparée de sa meilleure amie l'étouffait la nuit. La distance détruisait les liens, et le temps les masquait pour de bon.

— Mais où étais-tu donc passée ? J'ai appris en même temps que les autres pour ton Scintillement. Je pensais t'être spéciale pourtant. Mais comme cela fait longtemps que tu l'attendais, je te pardonne, lui dit Lalwendï avec un clin d'œil.

Ellün sourit à son amie. Malgré son année de moins, la fille du comte était plus grande et plus élancée. Elle avait aussi de longs cheveux, mais d'un roux flamboyant, typique des régions du Nord. Ses yeux en amande étaient gris comme la glace sous un coucher de soleil. Ellün adorait y plonger son regard pour découvrir toutes ses nuances. Selon elle, des yeux qui montraient tant de couleurs n'avaient aucun secret pour le monde. Sa meilleure amie n'était capable d'aucun mensonge, d'aucune manigance. Le reflet de son âme était alors bien trop pur, tout autant que sa peau laiteuse, tel un nuage. Tout n'était que douceur en elle. Lalwendï était considérée comme une des plus belles jeunes filles du village, et statut compté, on lui promettait un avenir radieux.

— Je te remercie pour tant de générosité, répondit Ellün, complice.

Les deux fillettes explosèrent de rire. Lalwendï lui prit le bras et l'entraîna vers les festivités. Sa mère les dépassa en courant. Elle bondit. Une lumière vert émeraude embrasa son corps. Ce n'était pas l'enchanteresse que l'on vit atterrir sur le sol, mais ses longues oreilles blanches et le froufrou de sa queue. Grisël frétillait, une faible lueur verte sur sa fourrure. Elle s'était transformée en son animal spirituel, le lapin, afin de profiter de la fête sous sa forme favorite.

L'esplanade d'Ulmo avait laissé place à un colossal banquet.

— Je vois que mon père a dévalisé la ville voisine ! pouffa Ellün, de concert avec Lalwendï.

Sur les tables alignées étaient présentées de nombreuses tartes au citron, aux pommes, aux oranges… Elle ne pouvait énumérer la quantité de tourtes salées aux tömts — un fruit aux saveurs salées —, de gratins aux möryls — des champignons que l'on ne trouvait qu'une fois l'an en fin d'hiver —, de quiches aux poïrlups — un fabuleux légume riche en fibres qui donnait un goût sucré et caramélisé aux plats —, diverses soupes aux reflets d'or qui contenaient des citrölls — un légume automnal aux douces notes de sucre qui pouvait se conserver durant plusieurs mois —, mais encore des öfs pochés, des pommes de ciel au frögm, le plus délicieux de tous les fromages… Il y avait même des boissons au kïw et au pamplmös, aux notes acidulées qui plaisaient beaucoup aux enfants. Évidemment, les adultes s'étaient gardé une tablée entière pour la profusion de biërres locales, de wïns rouge et blanc.

Des Psychës jouaient leur concert tout autour du festin. Au centre, des villageois déjà un peu ivres essayaient de danser. Chopes de bière à la main, certains chantaient, ou plutôt hurlaient, des chansons campagnardes.

— … À LA RÉCOLTE DE NOS MOISSONS, NOUS FERONS UN SACRÉ GUEULETON !

— À PROFUSION, NOUS MANGERONS !

Les deux amies n'eurent pas le temps de profiter du repas qu'une bande d'enfants les agrippèrent. Ils voulaient tous voir la perle d'Ellün. À cet instant, une grande vague de fierté la submergea et effaça toute la honte de cette dernière année. Elle pouvait enfin être elle-même, se sentir l'égale des autres. Elle ne sentait plus le poids des regards qu'on lui avait lancés, la pitié, les chuchotements qui avaient longtemps bourdonné à ses oreilles.

Aujourd'hui, elle était comme les autres.

Elle ne serait jamais une Anomalÿ.

Elle deviendrait une mage.

— Racontez-nous l'histoire d'Aràan ! supplièrent les enfants.

Aràan était le nom de l'école de magie de Borlog, la capitale du continent des Quatre. C'était l'histoire qu'Ellün et Lalwendï aimaient le plus écouter et conter depuis leur enfance. Tous les enfants de la campagne rêvaient de cet endroit mythique. Enfants de paysans, jamais ils ne pourraient franchir les portes de cette fabuleuse école. Ils s'assirent ensemble autour du feu. Ellün demanda à Annhd de faire les projections, ils appréciaient d'autant plus quand l'histoire était animée. L'Äme accepta, ses yeux reprirent la même lueur violette lorsque les deux adolescentes commencèrent leur récit.

Ce soir-là, ce fut avec un nouveau plaisir et un nouvel entrain qu'Ellün conta une millième fois la même histoire.

— Il y a bien longtemps… commença-t-elle d'une voix basse et mystérieuse qui faisait rire les enfants.

Le feu se projetait sur leurs visages impatients, le crépitement des flammes faisant danser des ombres grouillantes tout autour d'eux.

— … Les Quatre furent généreux et pourvurent leurs premiers Descendants de leurs pouvoirs familiaux, poursuivit Lalwendï d'un geste solennel.

Toutes deux connaissaient le conte par cœur.

— Cependant, la plus grande des sœurs, Isìl, savait lire dans le cœur des Mages. Elle savait, par avance, qu'ils étaient corrompus, murmura Ellün.

— Et les Descendants confirmèrent ses craintes. Un jour, une grande révolte explosa dans le monde. Les Mages réclamaient l'égalité. Ils voulaient être des Dieux.

— Alors, les Dieux voulurent les punir.

La projection d'Annhd montra des hommes brandir des armes et détruire tout sur leur passage. Odöon n'était plus la même terre paisible qu'aux débuts des temps. Les visages des Quatre se déformèrent sous la rage et la peine de voir leurs Descendants s'anéantir pour le pouvoir. Les enfants étaient hypnotisés par ces fantômes astraux.

— Ne voulant pas gâter l'ego de ces êtres, Elle et le reste de sa Famille décidèrent de léguer seulement une partie de chaque pouvoir familial pour chaque humain.

L'index pointé vers les enfants, Lalwendï prit une expression sévère, comme s'ils avaient fait une bêtise.

— Ainsi, une Äme ne peut en être une dans sa totalité, et il en va ainsi pour chaque famille, déclara Ellün d'un ton solennel.

Les Quatre avaient puni leurs Descendants.

Les enfants soufflaient dans un murmure : « Aràan, Aràan… ». Leurs yeux brillaient, ils voulaient entendre la suite, mais surtout qu'on leur parle de ce lieu si célèbre.

— Mais les Mages n'étaient pas seulement pervertis, ils étaient aussi ignorants. Les Quatre prirent la décision de leur donner la connaissance et la maîtrise de leurs pouvoirs… Lalwendï suspendit sa phrase.

Le rêve projeté montrait un conseil divin, quatre grandes silhouettes vaporeuses étaient réunies, Calahan, Tristan, Isìl et Neüs. Leurs regards étaient braqués en bas, sur les Mages.

— Calahan, de toute sa force, souleva une immense montagne. Aidé par son frère Tristan qui contrôlait la nature, ils retournèrent l'énorme masse terrestre, volant ainsi un bout à Borlog. Ellün brandit ses bras vers le ciel dans un geste théâtral.

— On raconte que le soulèvement fut si brutal, que Odöon tout entière trembla. Les animaux prirent peur, tous les oiseaux de la planète s'envolèrent, et ceux qui devaient rester sur la terre s'affolèrent, Lalwendï mima la peur.

Annhd profita de ce moment du récit pour donner vie aux animaux qu'elle projetait : des dizaines d'oiseaux leur tournèrent autour, des lapins couraient rejoindre des terriers lumineux qui n'existaient pas, toutes sortes de rongeurs se réfugiaient dans les arbres imaginaires.

— Pendant le retournement, un énorme éclair jaillit des profondeurs de l'atmosphère et causa la rage du ciel. Il plut sept longs jours. Les océans se déchaînèrent, dévastant les terres. Tout fut submergé. Les Quatre montrèrent aux hommes que Odöon ne leur appartenait pas, que rien ne leur était acquis et que la connaissance avait un prix, continua Ellün sur un ton menaçant.

— C'est seulement au septième jour que tout s'apaisa. Les survivants purent admirer l'œuvre de Calahan et de Tristan. La montagne qu'ils avaient retournée était suspendue dans les airs. Le sommet était dorénavant suspendu dans les nuages pointant alors vers le sol. Ceci était l'œuvre de Neüs : Aràan, l'école des cieux, annonça Lalwendï, interdite.

— La première des sœurs, et la plus avisée, participa aussi à cette création. Isìl forma les plus grands mages pour instruire tous les Descendants. Elle donna vie à l'éducation, termina Ellün.

Les deux comédiennes avaient fini leur conte.

Les dernières images projetées montraient l'école de la capitale, Aràan suspendue dans les airs. Les entrées terrestres étaient gardées par des Astéracës, Descendants de Calahan, ils faisaient régner l'ordre et protégeaient l'école. Les gardes étaient parés d'une armure et d'un heaume sur lesquels le soleil se réfléchissait. L'épée enfoncée dans le soleil en or venait rehausser le plastron de la cuirasse. Elle symbolisait le pouvoir familial de Calahan « l'éblouissement de la force », emblème soulignant le courage, la bravoure et la hardiesse des Astéracës.

— Je veux être comme eux plus tard !

— Je veux devenir Astéracë et combattre les méchants !

— Je les terrasserai tous !

Les enfants, surexcités par l'histoire, brandissaient des épées fictives. Annhd leur en confectionna en bois, ce qui provoqua leur ravissement. Ils se divisèrent en deux clans. Bientôt, des cris de guerriers montèrent et se propagèrent dans tout le village. Ainsi se termina la fête, à l'aube.

Deux semaines plus tard, Calion arriva à Ulmo pour ses grandes vacances. Ellün ne profita de lui qu'une seule journée, puisque la rentrée des premières années était plus avancée que celle des autres. Il lui montra les progrès de son pouvoir, après trois ans à stabiliser complètement sa métamorphose. Il avait hérité du don de Grisël et se changeait en renard. Calion désirait devenir soigneur comme leur mère. Il avait pour ambition de travailler à ses côtés et de reprendre l'affaire familiale dès que sa mère se sentirait trop âgée pour poursuivre.

À l'inverse de leurs parents, Calion fut tout à fait enchanté de la nouvelle annoncée par sa sœur. Il fut tout aussi surpris de lire la crainte et la déception dans les yeux de leurs parents.

— Laisse-moi me charger d'eux, je vais leur parler. Ce doit être un simple malentendu. Je suis sûr qu'ils craignent simplement de voir leur petite fille les quitter.

— Merci, Calion, murmura Ellün, émue par le ton protecteur de son grand frère.

Le lendemain, elle se réveilla tôt avant de se mettre en route avec son père pour Borlog ; la cérémonie de la forêt d'Edenn commencerait trois jours plus tard. Elle y retrouverait Lalwendï, partie la veille avec toute sa famille, fière d'emmener son aînée à la capitale. Alors qu'elle descendait les escaliers pour se rendre dans le salon, elle entendit une conversation houleuse entre ses parents.

— Pourquoi lui avoir organiser une fête, alors ? Tu as même permis à Annhd de lui confectionner sa robe ! s'emporta son père.

— Que voulais-tu que je fasse ? Tous nos voisins font cela pour leurs enfants. Il fallait bien jouer le jeu ! Et puis, elle est encore une enfant… Elle est notre fille, rétorqua sa mère sans cacher sa colère.

— Tout cela nous retombera dessus ! conclut son père avant de quitter le salon d'un pas lourd.

Ellün n'eut pas le temps d'aller voir sa mère que son frère déboula à sa rencontre.

— On se retrouve bientôt à l'école ! J'ai hâte de voir dans quelle famille ta tête de fouine va atterrir !

Ils se dirigèrent tous les deux dehors en riant. Mais elle restait soucieuse et elle se devait de poser la question.

— Leur as-tu parlé ?

— Oui, mais je ne suis pas plus avancé. Ils m'ont dit que nous nous étions fait des idées, toi et moi. Apparemment, ils ont réagi tout à fait normalement, selon eux.

— C'est faux ! Tu aurais vu papa sur la colline, s'il avait été un Orphuss Métamörf, comme maman, il se serait transformé en ours assoiffé de sang !

— Es-tu sûre que tu n'exagères pas ? Après tout, l'acquisition de ton Scintillement s'est faite de manière anormale. Tu étais dehors, tu n'as rien senti et tu as un an de retard. Peut-être étais-tu trop bouleversée ? Tu as sûrement imaginé tout cela.

— Calion, je te jure que c'est vrai ! Aucun des deux n'était content de me voir étincelante.

Ellün plongea toute la force de son regard dans celui d'un noir d'ébène de son frère. Du haut de ses quinze ans, Calion était plutôt grand. Il avait toutefois hérité de la maigreur de leur mère, ainsi que de son teint blafard. Ses cheveux courts, tout aussi sombres que ses yeux, tombaient maintenant sur son front. Malgré ses airs chétifs, Calion était fort, courageux et d'un naturel doux. Il avait toujours protégé sa sœur, rien ne l'avait jamais arrêté. Pour cette raison, il était le deuxième héros de sa vie.

Une confiance indéfectible existait entre eux.

— Quoi qu'il en soit, tu t'en vas pour Aràan, ils s'habitueront à ton absence. Quand tu reviendras, tout sera de nouveau normal, la rassura-t-il.

Ils s'approchèrent de leur père qui vérifiait une dernière fois l'attelage. Leur mère sortit elle aussi de la maison dans l'arbre. Elle se tint à leurs côtés, soucieuse.

— Je n'arrive pas à croire que je vais moi aussi à Aràan ! s'écria Ellün, incapable de retenir son trop-plein de joie.

Ses parents échangèrent un regard rapide. Ellün n'interpréta pas ce geste. Elle ne comprenait pas non plus par quel miracle elle avait été acceptée là-bas. Quelques jours plus tôt, ils venaient tous d'apprendre qu'elle partirait pour l'école la plus importante des trois continents. Aràan imposait aux apprentis une sélection très exigeante. Seuls les meilleurs ou les enfants issus de familles considérablement riches y avaient accès. Cela avait déjà été une surprise à l'annonce de l'admission de Calion. Enfin, ses parents étaient restés calmes, ils l'avaient simplement informée que c'était la chance de toute une vie. Le frère, comme la sœur, avait songé intégrer l'école d'Uduïn, unique institut pour Orphuss du Continent Ouest. Ils étaient de modestes Orphuss d'un village complètement méconnu de tous, dans le nord du plus grand continent. Calion s'était même attendu à revenir au bout d'une semaine, après que l'école se fut aperçue de son erreur, mais rien ne s'était passé. Pourtant, quand Ellün n'avait pas eu ses pouvoirs l'année dernière, elle avait tout de suite pensé que ses espoirs de partir dans la meilleure des écoles d'enchanteurs du monde étaient réduits à néant.

L'annonce l'avait donc stupéfaite. Elle avait couru chez son amie pour l'informer de la nouvelle. Lalwendï se trouvait dans sa grande bibliothèque lorsque Ellün fit irruption.

— El', ça va ? lui demanda sa meilleure amie, complètement absorbée par sa lecture.

Elle était de nature tranquille, aimant la compagnie tout en préférant la solitude. Ellün ne le lui avait jamais reproché, c'était souvent dans la personnalité des Orphuss — ou futurs Orphuss comme Lalwendï — de vénérer la sérénité, à l'image de leur Dieu Tristan. Ellün avait toujours accepté les silences qui pouvaient régner entre elles.

— On vient de m'annoncer que je pars à Aràan ! T'en rends-tu compte ? Nous serons toutes les deux !

Lalwendï sauta de joie et vint prendre son amie dans les bras.

— Je ne m'y attendais pas ! s'exclama-t-elle en sautillant de joie sur place, toujours collée à Ellün.

— Je sais, c'est tellement étrange. Peut-être m'acceptent-ils parce que mon frère y est déjà, qui sait ?

— C'est déjà tellement étrange que ton frère y soit !

— Tu as raison, explosa de rire Ellün, mais blague à part, tu ne trouves pas cela inhabituel pour un Orphuss de campagne sans titre particulier de se rendre dans cette école ?

— Il y a toujours des exceptions à tout, y compris pour toi, apparemment. Non sans te vexer, tu as tout de même douze ans. Avoir un an de retard n'est pas un critère fiable pour être admis dans cette école, selon moi.

— Je suis d'accord, cela m'a fort étonné aussi.

— Parfois, mieux vaut ne pas trop se poser de questions, n'es-tu pas d'accord ? conclut Lalwendï avec un clin d'œil.

Ellün commença à s'étendre sur les qualités de leur future école, ce que Lalwendï écouta en se moquant gentiment. Partir à Aràan n'était pas si exceptionnel que cela. La future Orphuss avait été bercée depuis sa naissance dans la vision de cet institut prometteur.

Le chariot était sur le point de partir. Ellün sentait la nervosité de son père, assis près d'elle. Sa mère se tenait debout à côté. Elle souhaitait lui dire au revoir, mais dans le cœur de sa fille, cela sonnait comme un adieu.

— Tu feras bien attention, tu me le promets ? intervint sa mère, dont les yeux s'embuaient de larmes.

— Mais oui, maman, que veux-tu qu'il m'arrive ? L'école est sûrement le lieu le plus protégé de tout le continent ! lança nonchalamment son fils.

— Je sais… murmura-t-elle en jetant un coup d'œil à Atanatar, lui aussi affolé.

En y repensant, Ellün revoyait le visage d'Annhd ; elle était venue la veille prendre le petit-déjeuner avec eux. Elle avait semblé inquiète également. Elle avait eu une conversation avec son père dans le salon, trop basse pour qu'elle puisse entendre leurs paroles. Sa mère n'avait cessé de jeter des coups d'œil dans leur direction. Pourquoi avaient-ils l'air de s'alarmer autant pour eux ?

— Vous vous inquiétez beaucoup trop tous les deux ! Vous n'avez pas fait ça pour Calion, ce n'est pas parce que je suis une fille que je suis plus faible que lui !

— C'est vrai que tu es notre petite guerrière à nous, lui répondit son père et il lui déposa un baiser sur le front.

Ce fut sur ses questions en suspens qu'Ellün partit pour la première fois. Elle jeta un dernier regard sur Ulmo, qu'elle ne reverrait pas pendant longtemps. Elle allait enfin suivre son destin.

Interlude - L'Éveil

Dans un coin de l'espace et du temps, perdu dans l'épaisseur des ténèbres et suspendu dans l'infini, quelque chose réveilla l'Ombre. Qu'était-ce ? Qui venait troubler la solitude de ses méandres nébuleux ? Une lumière ? Un rêve ? Une réflexion ?

Oui c'était bien cela. Il avait pensé. Un songe fugace, furtif, évanescent. Une pensée imperceptible, presque infime. Mais elle n'était pas la sienne. Elle appartenait à un autre. Leurs esprits étaient connectés, jumelés, à un détail près : l'Ombre le savait et l'Autre l'ignorait.

À qui appartenait-elle ? L'Ombre ne discernait pas l'Autre. Elle tenta d'ouvrir ses yeux, essayant de distinguer le monde, mais le prisme par lequel elle observait ne lui laissait qu'entrevoir une image brumeuse et indistincte. Tout était flou, elle avait dormi depuis si longtemps. La lévitation de son corps et de son esprit n'avait que trop duré, l'Ombre voulait agir, mais pas maintenant. Elle attendrait que tout devienne limpide. Ce n'était pas grave, l'Ombre était patiente.

Tout ne serait qu'une question de temps. Au bon endroit, au bon moment.

L'Ombre possédait la connaissance.

L'Ombre dominait l'Autre, pour l'instant.

L'Ombre s'éveillait.

III

Région de Mythslune, territoire de l'Est, mois de Nion de l'an Sëplunn.

Le chemin pour Borlog était long. Les paysages défilaient depuis leur départ. Les plaines et les collines verdoyantes avaient laissé place à une chaîne de grandes montagnes et de plateaux moins forestiers à l'ouest, les immenses conifères longeant la côte est. Ellün avait toujours connu les forêts qui se dressaient, les sapins qui habillaient les forêts, les nombreux bouleaux qui bordaient les routes, et où les épicéas centenaires bordaient l'horizon. Toute cette végétation, avec laquelle elle avait vécu, s'évanouissait au fur et à mesure de leur périple, ainsi que les maisons perchées dans les cimes des arbres.

Assise dans la charrette, depuis plusieurs heures déjà, Ellün observait les champs de lavande s'étendant à perte de vue. Ils seraient bientôt à la région de Mythslune, lieu célèbre pour ses lacs que l'on contait abyssaux et insondables.

— Est-ce vrai que jamais personne n'a pu toucher le fond des lacs de Mythslune, papa ? lui demanda-t-elle, le regard perdu au loin.

— Non, personne. Seul le reflet des rayons des lunes peut y parvenir, aucun des secrets des lacs ne peut cacher ses mystères aux astres nocturnes. C'est ce que disent les légendes, sourit Atanatar, amusé.

Ellün y était déjà allée, quelques fois, durant les fêtes de Luinil. Des jeux de lumière céleste s'y tenaient à chaque fin d'année. Ciel et terre communiquaient alors. À chaque occasion que sa famille avait pour s'y rendre, ils partaient toujours en direction du Sud, là où se trouvait le Lac du Mortel, étendue d'eau qui appartenait au Dieu Tristan, Fondateur des Orphuss.

— Y retournerons-nous, papa ? demanda-t-elle innocemment.

Quitter sa région natale pour aller vers l'Inconnu lui faisait soudain peur, et pour lutter contre cette nouvelle angoisse qui étreignait son cœur, elle n'avait pas trouvé mieux que de se raccrocher à son père.

— Seul Tristan Le Voyageur le sait, nous n'aurons peut-être jamais le temps, la fin de sa phrase mourut dans un murmure.

Le reste du voyage fut paisible. Ils passèrent une nuit à la belle étoile, la charrette servit de sommier. Heureusement, Grisël les avait équipés de couvertures isolantes. Elles étaient les bienvenues même si le temps du Sud était plus doux en hiver.

À son arrivée à Ole Nalore, la seconde plus grande ville du continent, les yeux d'Ellün s'agrandirent d'étonnement. La foule de la cité était grouillante, bruyante, chaotique. La place centrale accueillait le marché journalier avec les différents effluves de fruits, de légumes et d'épices. La charcuterie fatiguait le plus son odorat, car elle n'avait pas l'habitude d'en sentir.

— Ils mangent des animaux ? s'étonna-t-elle.

On lui avait déjà dit que manger de la viande se faisait, mais le voir soi-même était incroyable. Manger de la viande était considéré comme un crime chez les Orphuss. Il n'y avait que la famille des Astéracës qui était capable d'abattre des animaux, même les Psychës, à cause de leur trop grande sensibilité, ne le pouvaient pas.

Leur charrette avait soudain du mal à avancer, Atanatar fit ralentir ses chevaux. Il ressentait leur anxiété. Leur propriétaire n'avait pas pour habitude de se rendre dans une ville aussi peuplée. Ce capharnaüm ambulant affolait les chevaux. Ils avaient senti la chair d'équidés. Ellün en était horrifiée. Ces cadavres avaient eu une vie, comment avait-on pu leur faire cela ? Son père capta la frayeur et la désapprobation dans son regard.

— La ville corrompt même les meilleurs d'entre nous, siffla-t-il entre ses dents.

— Comment ? l'interrogea sa fille.

— La profusion. Il en faut toujours plus, même si cela doit être au détriment de la vie d'un autre, répondit tristement Atanatar.

Ellün, pleine d'amertume, regarda défiler ces visages inconnus d'Ole Nalore. La grande allée marchande était noire de monde. Malgré la hauteur que lui conférait la charrette, elle ne voyait pas très loin face aux autres moyens de transport. Les gens passaient devant elle comme des morts-vivants, les traits dénués de toute expression. Pourtant, tous et toutes étaient habillés de la manière la plus perfectionnée qu'elle n'ait jamais vue.

Elle pensa qu'elle faisait pâle figure à côté d'eux. Tous arboraient des coiffures sophistiquées, des nattes, des tresses ou des boucles à n'en plus finir. De nombreux hommes montraient leurs crânes rasés sur les côtés et une longue natte pendant jusqu'au creux du dos. Beaucoup étaient blonds, roux ou encore aux cheveux argentés. Une fois de plus, Ellün et Atanatar dénotaient avec leurs cheveux châtains et bruns. Ellün songea qu'elle ne s'était jamais maquillée de toute sa vie. Certes, elle n'avait que douze ans, mais il ne lui était jamais venu à l'idée que, plus tard, elle le pourrait. Ils ne se fondaient pas non plus dans l'environnement avec leurs vêtements. En effet, de couleurs bordeaux, bleu azur, doré, argenté, les tuniques des habitants de la cité étaient plus ou moins courtes. Les femmes portaient d'interminables robes blanches ou nacrées ; celles-ci se dotaient d'une capuche et de manches longues et amples avec une finition pointue, ainsi qu'une subtile ceinture tressée pour souligner leurs hanches. Le tissu fin et léger de ces robes permettait au corps de se mouvoir avec grâce. La quintessence de l'élégance et de la pureté, selon Ole Nalore.

Son père fit halte au bord d'une route, elle menait droit aux embarcadères. Il sauta de la charrette, tapota la crinière des chevaux en signe de remerciements.

— C'est ici que je m'arrête, mais toi, tu continues, lui glissa son père.

Ole Nalore était la destination des voyageurs : ses hauts plateaux permettaient d'accueillir des görlonefs, des dirigeables conduits par la force d'Astéracës et par les créations des Ämes. En conséquence, la cité était un carrefour et desservait tout le continent. Ellün devrait se rendre jusqu'à la pointe, là où les grandes falaises se dressaient sur l'océan. Là, au croisement des vents, se nichaient la capitale et l'école d'Aràan.

C'était ici, dans la basse ville, qu'ils se sépareraient. Atanatar n'embarquerait pas sur le prochain görlonef pour Borlog. La peur prit possession des entrailles d'Ellün, les larmes lui montèrent aux joues et elle l'enlaça, dans un élan d'amour. Elle sentit les muscles de son père se raidir, comme s'il ne voulait pas d'elle. L'heure de se séparer était arrivée.

— Fais bien attention à toi, on se revoit dans quelques mois pour les fêtes de Luinil. D'ici là, tu te tiens sage et si tu as un problème tu vas voir immédiatement Calion, d'accord ? s'alarma son père tandis qu'Ellün se sentait soudain si seule.

— Oui, papa, tout ira bien. Tu vas me manquer, répondit-elle en se jetant dans ses bras une nouvelle fois.

Elle enfouit sa tête dans le torse de son père. Elle le serra très fort pour qu'il ne s'échappe pas. C'était la première fois qu'elle serait si loin de lui. Elle voulait une dernière image heureuse avant de le revoir dans quelques mois.

— Toi aussi, ma petite belette des prairies, soupira-t-il, les larmes aux yeux.

Atanatar lui demanda de descendre, trop précipitamment à son goût. Ellün sauta sur place de longues minutes, et secoua les bras le plus haut possible pour dire au revoir à la charrette qui le ramenait à leur foyer. Pas une fois, il ne se retourna. Tandis que l'horizon engloutissait l'attelage, Ellün mit son sac sur les épaules et se dirigea vers l'aérodrome. L'espace était épuré, le bâtiment était fait de bois et de verre. Les fauteuils, les différents guichets, ainsi que les uniformes des employés de l'aérodrome étaient blancs. De grandes baies vitrées remplaçaient des murs en pierre tout le long de la construction. L'architecte avait tout misé sur la transparence élégante et l'utilisation de matériaux nobles boisés.

Ellün fut sortie de son admiration par un crieur. Il arrêtait parfois des passants égarés, les renseignant sur l'heure, et il hurlait lorsqu'il le pouvait en boucle :

— Borlog, prochain départ pour la capitale ! Borlog !

Il pointait du doigt une file d'attente, à première vue pas trop longue, mais pas assez mobile pour que les personnes fussent patientes. Ellün se mit tout au bout, lâchant son lourd sac à ses pieds. Elle regarda au loin pour profiter du spectacle que délivraient les immenses fenêtres. Un dirigeable décollait grâce à la magie des conducteurs. Elle n'en avait jamais vu, les transports chez elle étaient essentiellement terrestres. Son tour de se présenter au guichet arriva. Un homme brun, d'une quarantaine d'années, se dressait de toute sa hauteur. Sur son uniforme noir, une épée solaire. Le grand Astéracë leva sa paume, attendant qu'elle lui donne ses papiers. Son regard était concentré sur une grande sphère de cristal dans laquelle se déroulait une course aérienne d'équidés. L'individu devait être un parieur habituel. Il ignorait totalement Ellün qui lui tendit une attestation de voyage signée par le chef de sa ville, ainsi que la preuve de son identité.

— Quel est le motif de votre voyage à Borlog ? l'interrogea le contrôleur en inspectant de plus près les papiers d'Ellün.

— Je me rends à Aràan. Je vais y étudier, répondit-elle timidement.

Le contrôleur fit la moue. Il observa de nouveau son magespört : aucun tampon d'une précédente excursion. À douze ans, c'était peu commun.

— J'ai juste eu du retard. Mes pouvoirs sont apparus il y a quelques semaines, comme vous pouvez le voir j'ai la Goutte, expliqua Ellün un doigt planté au milieu de son front.

— Bien, dit-il simplement en donnant un grand coup de cachet sec sur son magespört.

C'était vrai, il n'avait pas que ça à faire. Elle était loin d'être la dernière de la file et il avait une irrésistible envie de fumer sa pipe.

Une ultime file, un ultime regard en arrière et Ellün se retrouva sur le görlonef. Composé de deux immenses ballons qui lui procuraient un bon aérodynamisme, l'engin pouvait recevoir plusieurs centaines de passagers. Les cabines d'accueil différaient d'un görlonef à un autre : fermées pour les plus peureux du vide, et ouvertes, que beaucoup prisaient l'été. Ces dernières consistaient en des cabines entièrement faites de cristal. En cette fin de mois de Nion, troisième mois de l'hiver et le dernier, son père avait opté pour une cabine ouverte, car sa fille n'aimait pas se sentir enfermée. Cette dernière était surexcitée à l'idée de poser ses pieds sur la vitre de sa cabine et admirer le défilement des nuages, mais elle se dirigea d'abord sur le pont. La brise de début de printemps était légèrement froide. Elle s'approcha du bord. Elle voulait admirer la chaîne des Allvathas, l'énorme succession de montagnes précédant la capitale. Les mains sur la rambarde de sécurité, Ellün se pencha, la tête dans le vide. Ses longs cheveux châtains se balançaient librement au gré du vent et procurèrent à l'adolescente une sensation de liberté. Elle ferma les yeux et respira un grand coup d'air. Cela sentait la neige fondue, la mousse sur les pierres, les embruns de l'océan qui se rapprochait d'elle. Elle rouvrit les paupières, bientôt, le soleil du mois de Fearn les tacherait de vert bouteille et ses cheveux découvriraint de nombreuses mèches dorées.

Ellün bascula tout à coup en arrière, les mains toujours accrochées à la rambarde. Sa tête pendait en avant, ses yeux se perdirent dans un endroit sombre où aucune lumière ne lui parvenait. Elle ne distinguait rien, mais un mince filet de voix se fit entendre plus loin. Elle avança à tâtons, puis une masse informe s'imposa à sa vision. Qu'était-ce ? L'imaginait-elle ou cette ombre était-elle bien là ? Son esprit était si engourdi, elle sentit un mal de crâne pointer. La chose indescriptible ne bougea pas. Elle murmurait quelque chose qu'Ellün avait du mal à comprendre, la douleur l'en empêchait. Après un effort surhumain pour s'oublier, elle se concentra, elle approcha son visage de l'inconnu. Soudain la masse se releva et hurla :

— VIENS À MOI !

Les mains d'Ellün lâchèrent la rambarde et la perte d'équilibre la plaqua au sol. Les yeux rivés sur les ballons du görlonef, elle haletait.

Je suis revenue.

De quoi avait-elle rêvé ? Pourquoi maintenant ? Ça ne lui était jamais encore arrivé. Qu'était cette voix ? Et cette forme qu'elle avait entraperçue ? La vision lui avait glacé le sang, comme une menace qui s'imposait soudain en elle. Ellün eut des frissons et ne remarqua pas le regard insistant des passagers sur elle.

Aidée par des mains inconnues, Ellün se remit debout. Une fille avec de grands yeux bleu-gris et un sourire gêné lui tendit une bouteille d'eau et son goûter. Elle aussi possédait la goutte au milieu du front.

— Tiens, ça te fera du bien de boire et de manger un peu, lui proposa-t-elle nerveusement.

— Merci beaucoup, je ne sais pas ce qu'il s'est passé… répondit Ellün en se massant les tempes.

Ses pensées étaient encore assaillies par les images obscures. Tout tournoyait en elle, si bien que des nausées la saisirent.

— Respire, lui conseilla simplement l'autre jeune fille.

L'inconnue la prit par le coude et l'emmena s'asseoir. Elle avait la même taille que Ellün. Un carré brun aux reflets bleus encadrait son visage lumineux.

— Te rends-tu à Aràan ? lui demanda la jeune inconnue, dont le sourire se fanait petit à petit.

— Oui… répondit faiblement la malade.

Ellün n'eut pas le temps d'en dire davantage que la jeune fille lui sourit maladroitement avant de s'éloigner d'elle. Or, à ce moment précis, elle avait besoin de parler à quelqu'un. Elle ne se sentait pas confortable dans cet énorme engin, entourée de personnes qu'elle ne connaissait pas.

— Je m'appelle Ellün, au fait ! Et toi ? cria-t-elle pour la faire revenir.

L'autre se retourna, visiblement mal à l'aise. Qui était cette fille ? Pourquoi lui semblait-il si difficile de discuter avec quelqu'un ?

— Ingwë, lui répondit-elle après s'être éclairci la voix.

— Vas-tu toi aussi à l'école ? Je viens d'Ulmo. C'est un petit village du Nord, et toi ?

— Oui, lui déclara-t-elle en lui désignant sa Goutte, quant à moi je suis d'Ole Nalore.

Cette fille affichait une certaine froideur, pourtant elle avait paru si douce lorsqu'elle était venue l'aider. Ellün n'avait jamais rencontré quelqu'un d'aussi lunatique. Dans son village, les gens étaient réputés pour leur amabilité. Tout le monde se connaissait à Ulmo, chacun se souriait dans les rues. Personne ne se méfiait des étrangers, bien au contraire, tous étaient acceptés.

— Oh, c'est une bonne nouvelle, nous sommes dans la même promotion ! s'enthousiasma la future Orphuss.

Elle avait essayé de partager son excitation, mais cela s'était soldé par un échec. La brune lui avait souri avec simplicité et timidité, avant de tourner la tête vers le ciel. Ellün sentit soudain son cœur se serrer. La peur qu'elle avait ressentie à Ole Nalore refaisait surface. Elle allait être si seule à Aràan. Elle espérait retrouver Lalwendï bientôt. Elle serait probablement son unique amie là-bas.

— Sais-tu déjà dans quelle Famille tu vas atterrir ?

Ellün se tourna doucement vers la jeune fille. Ingwë venait de lui parler, elle n'en croyait pas ses oreilles. Était-ce un espoir ? Ses grands yeux bleus étaient fixés sur elle, comme si elle essayait de sonder son âme. Avait-elle senti son angoisse ?

— Je serai une Orphuss. Mes parents le sont tous les deux. Et toi ?

— Ma mère est Astéracë, mon père est Psychë, murmura sombrement Ingwë.

— Oh, alors cela va être une surprise pour toi !

— Oui, malheureusement, chuchota-t-elle.

Ellün la regarda, ne comprenant pas pourquoi le visage de la jeune fille se fermait à nouveau. Celle-ci s'aperçut du trouble qu'elle venait d'instaurer chez la future Orphuss. Elle décida alors de s'expliquer.

— Disons que dans mon cœur, mon choix est fait depuis longtemps. Mais j'ai peur que l'Arbre identifie un Erigiuum que je ne souhaite pas.

La fille aux grands yeux bleus détourna le regard, comme si elle en avait trop dit.

— Je vois... Moi, ça ne s'est pas passé comme prévu. J'ai un an de retard. Mon Scintillement vient à peine d'arriver et j'ai déjà douze ans.

— Comment peux-tu être admise à Aràan, alors ? s'étonna sa nouvelle camarade.

— Je n'en sais rien, mais mon frère, qui est plus vieux que moi, se trouve déjà là-bas. Peut-être qu'il leur faut un quota d'apprentis villageois ?

Ingwë pouffa et Ellün sourit timidement, dévoilant une rangée de dents blanches. Elle venait de réussir à fissurer le masque de glace de la froide brune. Une once de fierté fit palpiter son cœur. L'espoir de se faire des amis à l'école se dessinait-il enfin ?

Les deux adolescentes se regardèrent pour rire de plus belle. Elles passèrent donc la fin du voyage ensemble. Ellün avait eu peur du rejet des autres à Ole Nalore, mais ce qu'elle vivait là la rassura. Elle resta assise jusqu'à destination, angoissée à l'idée que le cauchemar se répète si elle s'approchait encore du bord. Peut-être était-ce le trop-plein d'air qui lui avait embrouillé l'esprit. Mais elle ne tint pas en place quand des gens s'esclaffèrent devant le spectacle de la vue de Borlog et de son île dans le ciel. Elle prit la main d'Ingwë dans la sienne, pour se réconforter. Toutes les deux se tournèrent vers le point de vue. Les rayons tièdes du crépuscule frappaient la grande cité avec délicatesse. La ville était encore lointaine, ils atterriraient le lendemain.

Ce contact physique fit frissonner l'inconnue d'Ole Nalore. Ellün semblait une jeune fille très aimante et sympathique. Pourrait-elle s'attacher ? Mais la vraie question était de savoir si elle se séparerait d'elle le jour venu. Ellün ne pouvait faire partie de sa vie. Avoir des amis lui compliquerait les choses. Et cela lui faisait peur.

— C'est si beau ! s'émerveilla la petite villageoise.

Malgré la distance qui les séparait de la terre promise, Ellün eut une impression de déjà-vu. Le malaise reprit légèrement. Des flashs de lumière assaillaient sa vision sans relâche, essayant de lui faire voir quelque chose d'imperceptible. Elle ressentit comme une image du passé qui voulait se calquer sur celle du présent. Cette idée resta ancrée profondément en elle. Ellün serra un peu plus la main d'Ingwë. Que s'était-il déroulé autrefois ici ? Son amie capta son regard inquiet et sentit la légère pression sur sa paume. Elle libéra sa main de celle d'Ellün et sa silhouette s'éloigna d'elle. *Qui est cette fille ?* pensa-t-elle en jetant un regard en arrière, *Elle met tous ceux qui la croisent mal à l'aise.*

Ellün ignorait ce que l'avenir lui réservait. Elle ne savait pas non plus que le passé s'était fait prisonnier en elle.

IV

Borlog, capitale du territoire de l'Est, mois de Nion de l'an Sëplunn.

Le görlonef atterrit à l'aube. L'immense cité était baignée d'une lumière rose bleutée. Les bâtiments blancs, bleus et dorés, étincelaient dans le matin. Borlog exhibait la finesse et la richesse architecturales du Sud. Au loin, Ellün pouvait entendre les vagues s'écraser sur les falaises. Le parfum de l'écume venait lui chatouiller les narines.

— Et si on se trouvait une auberge ? Histoire de manger et de se reposer un peu. J'ai vraiment mal dormi ! bâilla Ellün, les yeux gonflés par le manque de sommeil.

Même le grand regard bleu de la belle Ingwë montrait des signes de fatigue. Pourtant, elle semblait vouloir refuser de prime abord, comme si quelque chose en elle la retenait. Ellün fut témoin de son combat intérieur, et surtout du triomphe de sa faim.

— C'est d'accord.

Finalement, malgré son masque d'indifférence et d'impassibilité, Ingwë était plutôt expressive. Peut-être qu'avec le temps, elle arriverait à apprivoiser la brune sauvage.

Les deux jeunes filles se mirent à déambuler dans les rues de la capitale. Ellün était impressionnée. Habituée aux cabanes en bois perchées dans les arbres, aux habitats troglodytiques, aux chalets nichés sur les montagnes, ses yeux se perdaient sur l'architecture plus recherchée du Sud. Les bâtiments étaient immenses, les portes en bronze doré mesuraient quatre fois la taille d'un être humain. Aucun n'était fondu dans la nature, tout était fait dans la démesure. Les arcs lobés et les alfiz, découpés comme de la fine dentelle, ornementaient les façades blanches de la cité. Les demi-cercles et les rosaces rythmaient le décor. Elles passèrent souvent devant de larges maisons dont plusieurs avaient leurs portes ouvertes et laissaient entrevoir des jardins intérieurs. Elles trouvèrent un édifice public et se permirent d'entrer dans le patio. La végétation, abondante, courait les murs entiers et donnait une agréable impression de fraîcheur. Cela devait être si plaisant de s'y reposer en plein mois de chaleur. Une fontaine trônait au centre du jardin, sur son épaisse base étaient gravés des bas-reliefs représentant une suite de figures : celles des Quatre. Calahan, colérique, brandissait les bras en tenant dans une de ses mains un morceau de continent, certainement le Grand Nord. Les mages préféraient représenter ce continent comme la cible de la colère de Calahan, plutôt que celui de l'Est. Isìl, visage relevé vers le ciel et bras étendus derrière elle, se positionnait aux côtés de son frère, sur son visage coulaient des larmes ; la précision et la finesse de la sculpture étaient remarquables. Ellün reconnut Tristan, une main tendue vers la terre, une expression d'incompréhension et de douceur à la fois. Enfin, Neüs se situait devant eux avec les mains l'une devant l'autre ; elle tenait une sphère transparente d'où s'écoulait de l'eau. Le double flot de liquide retombait ensuite en bouillonnant jusqu'à terre. Le grand soulèvement qui fit s'effondrer le monde. La scène représentait le châtiment des Enchanteurs, l'histoire qu'elle avait racontée aux enfants lors de sa fête du Scintillement.

— Nous serons toujours considérés comme les méchants, le pardon n'est pas divin, murmura Ingwë avec mépris.

— Que dis-tu ? s'étonna sa compagne de voyage.

— Oublie, souffla Ingwë, énervée.

Elle s'éloigna pour regarder de plus près la végétation murale, exhibant un air faussement curieux. Elle faisait diversion. Mais Ellün, toujours fidèle à sa pudeur, choisit une nouvelle fois de ne pas s'occuper des affaires des autres.

Après avoir repris leur quête d'un petit-déjeuner, elles trouvèrent ce qu'elles cherchaient au détour d'une rue étroite. Les immeubles serrés les uns contre les autres plongeaient la ruelle dans la pénombre ; en hauteur, les arcs de lilas et de lierres enchevêtrés y contribuaient également. Pourtant, malgré l'ombre environnante, une douce chaleur régnait. Elles aperçurent, un peu plus loin dans l'allée, des tonneaux et de hauts tabourets faisant office de terrasse. *Le Blossöm* était le nom de l'établissement devant lequel elles venaient d'arriver. La façade en bois vert dénotait complètement avec le blanc lumineux du reste de la ville. Une odeur sucrée et alléchante s'échappait de la taverne. Un gros bonhomme joufflu, dont le visage rouge était agrémenté d'une épaisse moustache noire, les y accueillit.

— De nouvelles têtes ! Bienvenue, les filles, vous vous êtes perdues ? les interpella le bougre de tavernier avec un grand sourire.

— Mon amie vient de Ole Nalore et moi je viens de la frontière nord. On est arrivé aujourd'hui, on entre à l'école d'Aràan, lui répondit Ellün, toujours prompte à discuter.

— Il me semble que cela est évident, coupa Ingwë en montrant leurs gouttes respectives.

Décidément, elle pouvait se montrer très froide et impertinente quand elle le voulait. La future Orphuss ne comprenait pas comment sa nouvelle amie pouvait se comporter de la sorte. Pourtant, au fond, elle ne pouvait s'empêcher de le trouver sympathique. Elle ne percevait le mal nulle part, c'était une habitude chez elle.

La réflexion de la jeune brune ne marqua visiblement pas le géant. De sa voix grave, il dit, pour le moins conquis.

— Ah, bah ça dit donc ! Eh bien, ma petite ! Nous allons nous entendre, moi aussi je viens du Nord. Un vrai gars du froid !

— De quel village venez-vous ? le questionna Ellün avec un franc sourire.

— Une petite bourgade vers Urgur ! Vous connaissez ?

Les adolescentes secouèrent la tête. Elles ne s'étaient jamais rendues dans l'extrême nord du continent de l'Est. Urgur était un village fantôme où des âmes perdues venaient se réfugier. C'était également le seul endroit relié au continent du Grand Nord. Les bateaux qui y partaient amenaient avec eux des Anomalÿs qui ne revenaient jamais.

— Qu'est-ce qui vous a poussé à venir vivre dans le Sud ? demanda par curiosité, Ellün.

— Oh vous savez, Borlog est un peu vue comme la terre des miracles. Ma femme et moi, on pensait faire fortune ici. Et puis ce n'est pas si mal, avec les créations des Ämes et des Orphuss, on peut avoir du froid comme on veut ! répondit le tavernier, songeur.

— Vous auriez mieux fait d'y rester, lança Ingwë, le regard sombre.

Le gérant haussa les épaules pour balayer cette nouvelle pique d'un sourire. La brune paraissait vraiment détester cette ville. Pourquoi ? Le propriétaire coupa Ellün dans ses pensées et les invita à s'installer où elles le souhaitaient.

Une fois bien assise tout au fond de la salle, à une table en bois massif avec encore quelques traces séchées de bières de la veille, Ellün joua avec la poussière environnante rendue visible grâce à la grande fenêtre à côté d'elle. Les rayons lumineux traversaient les vitraux et projetaient des reflets dansants sur ses mains. En attendant leur petit-déjeuner, Ellün brisa le silence dans lequel son amie s'était plongée, ainsi que le gargouillement de leurs estomacs.

— Je suppose que tu n'es jamais venue à Borlog ?

— Non, j'ai préféré m'en abstenir.

— Pourquoi ne l'apprécies-tu pas ? En plus, je suppose que tu savais qu'un jour tu viendrais ici.

— Disons que je serais allée dans une des écoles du Sud-Ouest, si le choix m'avait appartenu.

— Mais c'est une chance irréelle d'être apprenti mage à Aràan !

Ingwë ne répondit pas. Elle saisit le gros bol de chocolat chaud que la femme du tavernier venait de poser devant elle. Ellün sentait que si elle ne perçait pas certains secrets de la jeune fille, elle allait la perdre une fois rendue à l'école. Ingwë était telle l'eau, elle filait entre les doigts.

— Que font tes parents ?

— Mon père est un Psychë Clairvöy. Il travaille pour la justice.

— Nom de Tristan ! C'est incroyable !

Les Psychës Clairvöys étaient des mages d'une puissance incomparable. Considérés moins puissants que les Inquisitörs qui maîtrisaient la pensée et la volonté, ils n'en demeuraient pas moins remarquables. Ils possédaient le don de distinguer le bon du mauvais, en toute circonstance. Cette faculté, que leur déesse mère, Isìl, affectionnait tant, leur permettait de retracer la vie d'un individu sans que celui-ci la livre. Ce n'était pas l'enchanteur qu'ils inspectaient et jugeaient, mais bien son âme. Ce qui les différenciait des Inquisitörs, était que ces derniers manipulaient la pensée, la plier à leur volonté, là où les Clairvöys ne le pouvaient pas. Un tel pouvoir avait fait de ces Psychës, les maîtres de leur Descendance. Les Inquisitörs, aidés par les Astéracës, avaient construit la politique et la justice d'aujourd'hui. Après que les humains eussent déçu les Dieux, des mages puissants s'étaient emparés du pouvoir universel pour que plus aucune rébellion n'éclate. Une fois les insurgés exilés dans le Grand Nord, ils possédèrent le contrôle absolu. Ainsi, le Continent de l'Est avait pris l'ascendant sur les autres, leur imposant un unique système judiciaire, une seule langue, une figure politique : la Fédération de l'Augur.

— Ton père fait partie de la Fédération ? Il est donc prince ?

Seule la Fédération conférait les titres de noblesse. Selon leurs critères, il fallait faire partie des hautes sphères et détenir un pouvoir très puissant. La richesse était un avantage également pour accéder à cette haute bourgeoisie. Cela permettait de scinder la société en deux : les faibles et les forts. Le père d'Ingwë devait donc regrouper quelques-unes de ces conditions.

— Non, il voulait garder du temps pour sa famille. Il travaille pour un cabinet de Défenseurs. Il traite des affaires et les défend devant un sous-tribunal de la Fédération. Il n'est qu'Archiduc.

Juste Archiduc, pensa Ellün alors qu'elle-même n'était rien. Soudain, leur différence la frappa. Elle était maladroite et s'exprimait plus grossièrement, comme l'avait fait l'aubergiste, alors qu'Ingwë maniait les mots avec plus de finesse. C'était une caractéristique de la haute éducation qu'elle avait reçue, elle l'avait déjà perçue en Lalwendï. De famille noble, sa meilleure amie s'était préparée pour Aràan, endroit dans lequel il ne pouvait y avoir aucune fausse note. Comment allait-elle bien pouvoir faire ? Et si, son manque d'apprentissage était un frein à sa réussite ? Serait-elle rejetée, car elle était une paysanne ?

Dépitée, Ellün dévisagea à nouveau la fille qui était en face d'elle. Ingwë n'était pas n'importe qui, elle était reliée à l'institution la plus prestigieuse du monde. La Fédération possédait un tribunal à elle, caché dans les confins de la terre du Sud-Est. Seuls des dossiers de haute importance étaient examinés là-bas. Les autres passaient ainsi dans ceux qui étaient appelés « sous-tribunaux ». On y traitait les affaires habituelles et quotidiennes, vols, fraudes, querelles entre voisins… Il fallait avoir commis un crime contre la magie pour être traîné face aux Grands Mages d'Odöon.

— C'est très impressionnant. Quant à ta mère ? demanda-t-elle en se redonnant une contenance.

— Elle est une Astéracë Façönneuse pour l'armée. Je ne la vois que très rarement.

Surprise, Ellün eut un hoquet de surprise. L'armée de la Fédération était la plus grandiose, mais elle était surtout la seule. Les autres continents, ayant prêté allégeance, étaient dans l'obligation d'envoyer leurs combattants. Du moins, le continent voisin et ses îles le devaient. Quant au Grand Nord, former une armée lui était interdit sous peine de lourdes représailles.

— Et quel Erigiuum souhaiterais-tu obtenir ?

Elle connaissait déjà la réponse de sa nouvelle amie. Son maintien droit, sa façon de parler et de répliquer, son air féroce et fermé… Seul un froid combattant pouvait se comporter de la sorte.

— Celui de ma mère.

Ellün n'était pas étonnée de son souhait. Du peu qu'on lui avait raconté sur la famille des Astéracës, elle les imaginait obstinés et combattifs. Or elle voyait aussi autre chose en Ingwë. Hormis ses immenses yeux froids avec leurs touches de bleu parsemant son iris gris, toute sa personne reflétait une grande sensibilité, mais également un côté indomptable. Une part de son père était probablement enfouie, mais bien vivante. Ellün, qui avait perdu le fil, se concentra à nouveau sur la conversation.

— Alors j'espère pour toi que tu l'obtiendras. Si c'est le cas, on fêtera cela !

Ellün lui tendit sa chope de chocolat dégoulinante pour trinquer. Ce à quoi Ingwë participa, revigorée par la perspective d'obtenir ce qu'elle voulait depuis tant d'années.

Le reste de la journée s'écoula vite. Les filles jouèrent aux cartes et passèrent leur temps à imaginer les différents cours qu'elles auraient. Surtout, elles songèrent au déroulement de la cérémonie de la Désignation : tous ceux qui l'avaient vécue gardaient ce secret pour eux.

Aux coups des seize heures, les deux amies s'activèrent. Les portes d'Aràan ouvriraient une heure après. Elles avaient choisi de se rendre à la porte Est. Même si elles pouvaient débarquer à n'importe quelle porte, elles préféraient celle des falaises. Le soleil d'hiver commençait à décliner, l'école d'Aràan formait une gigantesque ombre sur la moitié de la cité. C'était si surprenant, cette île, posée par-dessus les nuages. On distinguait à peine la base de terre qui en dépassait. Au loin, la porte Est surveillée par ses gardiens se détachait du paysage. On discernait, après le portail en or de la porte, le bout d'un pont blanc ; celui-ci se perdait dans le vide au-dessus de l'océan.

— C'est normal que le pont s'arrête comme ça au milieu de rien ? demanda Ellün.

Elle savait pertinemment que rien ne lui arriverait, son frère rentrait vivant à la maison chaque année après avoir emprunté une des quatre portes. Pourtant, elle ne cacha pas son malaise. Traverser ce pont, c'était changer sa vie à jamais. C'était plonger dans l'inconnu. Qu'y avait-il de l'autre côté ? Elle repensa à ses soudaines visions : que lui arriverait-il ? Une peur foudroyante lui saisit l'estomac ; ces images avaient-elles le pouvoir de perturber la magie ? Ellün s'imagina disparaissant pour toujours au franchissement du pont magique.

— Oui, c'est normal, ne connaissais-tu pas l'école avant ? l'interrogea Ingwë qui nota sa soudaine anxiété.

— C'est-à-dire que j'avais imaginé autre chose… répondit Ellün, un rictus aux lèvres.

Elle espéra que le sort qui les ferait traverser ne serait pas affecté par les récentes visions qui l'avaient assaillie.

Déjà une foule de nouveaux élèves et de parents attendait sur la falaise. Les Gouttes sur les différents fronts ne cessaient de briller. Ellün remarqua des apprentis étrangers, car leur style s'apparentait au sien. Elle nota également que nombre d'entre eux venaient du Sud, ils se reconnaissaient grâce aux couleurs de leurs tuniques et à leurs enchevêtrements de nattes et de couettes. Elle tiqua sur un détail insignifiant, mais curieux : Ingwë était une fille du Sud elle aussi. Elle provenait d'une grande cité. Pourtant, mise à part la tenue, elle était coiffée avec simplicité et aucun maquillage n'habillait son visage. Elle ne portait pas non plus les armoiries des deux familles de ses parents alors que maints étudiants les affichaient fièrement sur leurs bras ou bustes.

— Que les nouveaux étudiants se préparent ! Mettez-vous en file indienne pour faciliter le contrôle de vos identités ! ordonna une femme d'une voix puissante.

Elle se tenait sur une estrade, montée pour l'occasion, à côté de la porte. Une natte en épis attachait ses longs cheveux d'argent. De fins diamants étaient éparpillés sur sa chevelure. Ses yeux étaient de cristal et elle était vêtue d'une longue robe aux armoiries des Psychës : l'œil bleu entouré de triangles enchevêtrés signifiant « perfection et équilibre entre esprit, corps et âme ». Cette femme était sublime. *Mais sa beauté semble dangereuse*, pensa Ellün qui, à sa vue, ne pouvait s'empêcher de ressentir une certaine hostilité.

Ingwë se plaça devant Ellün, comme pour l'inviter à la suivre. Au même moment retentit un son métallique, le lourd portail d'or s'ouvrait. Les rayons du crépuscule étincelaient sur le matériau, leur lumière se réfléchissait et éblouissait la fille du Nord.

— C'est la directrice de l'école, chuchota Ingwë à son amie. Elle est une des plus grandes Psychës du continent. Elle a le pouvoir de l'Inquisitör. Elle travaille en collaboration avec la justice de Borlog. En bref, elle est très puissante, lui confia-t-elle sans détacher son regard de l'estrade où se tenait la mage en question.

Les élèves de première année défilèrent un par un. Vint le tour d'Ingwë de se présenter aux Astéracës. Ellün vit son amie emprunter le portail ouvert, marcher le long du pont blanc suspendu et disparaître dans le vide. Elle s'avança elle aussi, tendit de nouveau son magespört pour un énième contrôle. Le regard de l'Astéracë s'attarda sur sa Goutte, comme il l'avait fait avec les précédents étudiants.

Un pied sur le pont. Un flash du passé.

En dépassant l'entrée, Ellün fut prise soudainement du même trouble que sur le görlonef. Elle avait déjà franchi les portes d'Aràan. La vision était si floue, comme si elle devait observer une scène par-delà l'eau agitée d'une cascade. Elle arrivait à distinguer le soleil crépusculaire sur la falaise, le portail étincelant, les soleils des armures… Au plus profond de son trouble sommeillait sa conscience. Son cerveau, agressé par le songe, réussit à lui envoyer un signal : elle était plongée dans la vision de quelqu'un d'autre. Quelqu'un du passé. L'illusion se stabilisa un peu, plus de détails lui venaient. Les pieds ne lui appartenaient pas et avançaient sans fléchir vers la fin fatale du pont. Le visage, qui n'était pas le sien, se tourna alors en arrière ; ses yeux se posèrent sur une adolescente, elle la regardait avec insistance. Elle hocha la tête, ses lèvres étaient impassibles comme pour encourager la personne qu'Ellün incarnait.

Quand la jeune fille revint enfin à elle, elle se trouvait au bord du précipice. Elle avait marché, exactement à l'exemple de l'inconnu du songe. Saisie d'une violente panique, elle embrassa ce qu'elle avait vu et ferma les yeux pour se jeter au-delà de tout.

Quelle ne fut pas sa surprise quand elle se retrouva précisément sur ce pont blanc. Elle eut la sensation soudaine que la vision le savait ; elle lui avait permis de ne pas perdre pied. Ellün fut soulagée, même si des questions subsistaient. Que voulait-on lui montrer ?

À la vue d'Ingwë qui l'attendait patiemment face à l'entrée, elle se ressaisit. Le portail était ouvert et, à la place du vide devant elles, une ville s'étendait, dominée par l'immense école. Aràan, l'académie mythique d'Odöon.

— Ellün ! Continue de marcher ou quelqu'un va te tomber sur la tête ! lui lança Ingwë avant de reprendre la route.

Ellün s'exécuta, essaya de reprendre possession de son corps et la suivit d'un pas chancelant. Elle devait en parler à quelqu'un, elle ne pouvait pas garder ses visions pour elle seule. Cela faisait maintenant deux fois qu'elles apparaissaient. Il était désormais nécessaire pour elle de retrouver Lalwendï et de tout lui raconter. Elle était tout de même son amie d'enfance, elle saurait comment la rassurer. Ingwë était gentille, elle lui avait tendu la main quand elle en avait eu besoin, mais sa froideur était trop pour sa sensibilité. Ellün était certaine que si elle se confiait, Ingwë ne la croirait pas, peut-être même la rejetterait-elle.

— Je ne savais pas que Aràan avait une ville. Je pensais qu'il n'y avait que l'école, s'étonna Ellün pour tenter de se focaliser sur autre chose.

— Ton frère ne t'a-t-il rien raconté sur l'école ? Aràan est même plus grande que la capitale. Elle possède même une ruralité avec sa forêt, ses champs environnants... elle a sa propre économie et indépendance, raconta Ingwë, les yeux rivés sur les alentours.

— Ce qui veut dire qu'elle ne fait pas partie de la Fédération ?

— Oh que si, c'est même plus que ça. Celle qui est à la tête de l'école, l'est aussi pour la Fédération de l'Augur. Elle a le contrôle total sur toutes les décisions.

Ellün en resta bouche bée. La directrice était donc la mage la plus puissante de tout Odöon ? Elle ravala sa salive, elle devrait absolument se montrer irréprochable. Elle ne pouvait pas échouer dans un lieu si important, ni devant une personne si incroyablement éminente. Toute la pression étreignit le cœur de l'adolescente.

Elles étaient toutes deux perdues dans leurs pensées, impressionnées par l'endroit dans lequel elles venaient de pénétrer. Si les deux jeunes filles avaient laissé derrière elles une cité d'or et aux couleurs éclatantes, elles se retrouvaient maintenant devant une cité faite de pierres, de toits en tuiles, de larges fortifications. Aràan était beaucoup plus austère que Borlog. Cette image ne déplut pas à Ellün, car elle se sentait un peu moins dépaysée que dans les villes précédentes. L'école qui surplombait tout le reste n'en était pas moins sombre. D'architecture gothique, l'épine dorsale de l'académie était en forme d'arc brisé. L'édifice extérieur comportait de nombreux piliers gigantesques. La façade Ouest laissait voir des bâtiments plus carrés, tandis que la façade Est se terminait en arc de cercle, où la salle d'honneur se trouvait. Quatre colonnes en flèches s'élevaient devant l'aile Est et étaient soutenues chacune par des arcs-boutants. Sortant des colonnes comme si elles en venaient, des statues gigantesques. Les Quatre frères et sœurs. Calahan et Tristan étaient au milieu, chacun tenant une amphore d'où s'écoulait deux matières différentes : pour l'aîné du feu, pour le cadet de la terre. Vers les bords extérieurs, se dressaient de part et d'autre les deux sœurs, Isìl et Neüs. La première versait de l'air et la seconde de l'eau. Les quatre éléments qui constituèrent jadis, Odöon.

Admirant les prouesses architecturales d'Aràan, les jeunes filles ne prêtèrent pas la moindre attention aux deux ombres s'avançant prudemment derrière elles.

— N'ont-ils pas l'air en colère ? fit une voix masculine, derrière l'oreille d'Ellün.

— Ne font-ils pas peur ? demanda une autre, cette fois-ci derrière Ingwë.

— Mais qu'est-ce que… pesta cette dernière, surprise. La jeune fille se retourna immédiatement, les poings serrés contre sa poitrine.

Ellün, quant à elle, avait fait un bond de surprise, avant de faire face aux inconnus.

— Nous étions derrière vous à la porte de l'Est, nous vous avons suivies… déclara le garçon qui avait parlé à l'oreille d'Ingwë, les mains en avant, signe qu'ils n'étaient pas hostiles.

— … Loin de nous l'idée d'être de vilains mages… continua le second.

— … Mais vous avez l'air très sympathiques, et comme nous ne connaissons encore personne…

— … Et que surtout nos amis habituels de Borlog sont très ennuyeux…

— … Moi c'est Tylr, cela se prononce « Tir »… annonça-t-il avec une révérence.

— … Et moi, je m'appelle Ndyx, cela s'entend comme « Nix ».

Les deux garçons portaient des prénoms typiques du Sud, où certaines consonnes se taisaient. La prononciation des mots était plus soufflée ici que dans le Nord où tout s'entendait plus durement. Malgré leur accent, Ellün les comprenait parfaitement.

— Bien, les prétentieux, avez-vous fini votre double monologue ? les coupa Ingwë, impatiente.

— Quel est ton joli nom à toi, mon petit oiseau malpoli ? questionna

Tylr en affichant un sourire aguicheur.

— Ingwë, quant à elle, elle se nomme Ellün. Je te serai gré cependant de ne pas me surnommer ainsi. Toi et moi, nous ne nous connaissons pas, dit-elle, froide comme la glace.

Les veines de ses tempes se gonflèrent, elle semblait réagir à la provocation du garçon, bien que son visage revêtît à nouveau son masque imperturbable.

— Mais c'est merveilleux comme prénom, il est tout aussi éblouissant que toi, poursuivit Tylr qui faisait fi de la remontrance. Avec une beauté comme la tienne, cela ne m'étonne guère qu'on te l'ait attribué, roucoula-t-il en lui faisant des yeux doux.

Les joues en feu et les yeux brûlant de colère, Ingwë s'apprêtait à lui répondre vertement et elle n'allait pas le ménager. Tylr et elle commencèrent une longue discussion avec force. Les cris ponctuant leur chamaillerie recouvraient les bruits de la rue.

Ellün n'en revenait pas. Tylr avait su briser en mille morceaux la froide carapace de son amie. Depuis qu'elle l'avait rencontrée, elle ne l'avait jamais vue autant exprimer ses émotions. Peut-être était-elle plus à l'aise avec la colère ?

Ndyx vint se tenir à ses côtés, se gaussant de la scène qui se déroulait devant eux.

— Je leur donne ces sept prochaines années avant de se déclarer leur amour, dit-il à Ellün, d'une moue amusée sur le visage.

— Pas avant ? plaisanta-t-elle.

— Il ne faut pas exagérer, cela prend beaucoup de temps d'apprécier mon frère. Cela fait onze ans pour moi, et j'ai encore du mal à le supporter, plaisanta-t-il de bon cœur.

Elle pouffa. Son petit cœur de jeune fille bondit. Venait-elle de se lier à quelqu'un ? Comme toujours, sa sensibilité accrue prenait le dessus et déjà des plans se façonnaient dans son esprit.

Elle avait des amis.

Ndyx rejoignit les autres. Il décida qu'il était grand temps de les séparer avant qu'ils ne s'étripent. Ellün en profita pour mieux regarder les nouveaux venus. Tylr et Ndyx étaient des jumeaux. Leurs cheveux blonds descendaient aux épaules en une cascade de boucles. Des taches de rousseur leur parsemaient les bras et le visage, exactement comme celles d'Ellün. Leur taille, leur carrure, leurs vêtements, leur façon de parler, tout était identique. Cependant, ils avaient une particularité physique différente : leurs yeux vairons. Tandis que chacun partageait un iris marron, Tylr en avait un vert et Ndyx un bleu. Ils étaient habillés élégamment. Elle ne doutait pas un seul instant qu'ils devaient appartenir à la noblesse eux aussi. Elle se sentit soudain gauche, comme si elle n'était pas du tout à sa place.

Ils continuèrent ensemble le chemin jusqu'à l'école, profitant du paysage. Ingwë dut une nouvelle fois repousser Tylr, ce qui fit rire tout le monde.

Comme au moment de son arrivée à Borlog, Ellün vit des Astéracës qui défendaient l'entrée principale d'Aràan. Après magespörts et Gouttes soumis au contrôle des gardiens, le groupe pénétra à l'intérieur de l'enceinte. Ils traversèrent d'abord un large jardin où une allée bordée de sapins indiquait la direction à prendre. Ils arrivèrent bientôt dans une vaste cour ronde entourée de mégalithes. Un mage se tenait sous chacun : les professeurs. Tous avaient revêtu de grandes capes aux couleurs de leurs maisons sur lesquelles étaient brodées à gauche, vers le cœur, les armoiries correspondantes. Les capuches masquaient leurs visages. Seul un enchanteur laissait son identité à découvert : la directrice.

— Bienvenue à tous. Ceci est une toute nouvelle vie qui commence pour vous. Vous avez chacun été dignes d'hériter de puissants pouvoirs des Quatre. Que leur générosité en soit remerciée.

La femme aux cheveux d'argent baissa la tête et ferma les yeux. Les mains jointes, elle priait les Quatre. L'assemblée de nouveaux élèves resta silencieuse, chacun se recueillit. Après quelques instants de pieux silence, elle reprit :

— C'est avec joie que nous vous accueillons, chez nous, à Aràan. Nous ne doutons pas que cela devienne votre foyer. Durant ces sept prochaines années, nous serons une famille, nous partagerons tout, nos repas, nos bonheurs, nos malheurs, nos frustrations, nos réussites… Je me présente, je suis votre directrice Arachné Eöl. Je suis également la professeure principale de la famille des Psychës. Je dispense les cours d'Histoire, vous m'aurez donc tous cette année.

Une salve d'applaudissements s'éleva. Arachné jouissait d'une très bonne réputation. L'admiration des apprentis était palpable.

— Ce soir, vous passerez au Choix. L'arbre d'Edenn s'ouvrira pour la cérémonie de la Désignation. Chacun sera dirigé dans une maison. Pendant un an, vous vous entraînerez à déterminer quel pouvoir vous a été accordé. Mais avant tout cela, profitons d'une petite collation de bienvenue…

Des serveurs sortirent du bâtiment attenant à la cour. De nombreux cocktails de fruits se trouvaient sur les plateaux qu'ils tenaient. Au bout de vingt minutes à peine, il ne restait que les mages figés sous les mégalithes. La directrice, quant à elle, se trouvait au milieu de la cour, une expression de calme absolu sur ses traits ; elle n'affichait aucune surprise.

Pourtant, l'assemblée des élèves avait disparu.

Interlude - Confusions

L'Ombre se promenait, paisiblement, dans les ténèbres quand quelque chose l'agita. Elle était en proie à une grande confusion. En s'éveillant, un détail l'avait ramenée froidement à la réalité : qui était-elle ?

L'Ombre ignorait tout de sa propre existence, elle n'agissait que par pulsions. Elle ressentait un lien indestructible avec l'Autre, elle savait que sa vie, ses pensées, tout lui était destiné. Mais pourquoi ? Que faisait-elle ici, enfermée dans l'obscurité ?

Cela l'agaçait fortement, mais quelque chose à l'intérieur d'elle lui affirmait qu'elle connaissait son but. Le jour arriverait où tout deviendra limpide. Le destin s'enchaînerait de lui-même. Elle devait être patiente. Cette perspective apaisa ses doutes et ses frustrations, pour le moment.

Elle cessa immédiatement sa marche mécanique quand ses sens se mirent en alerte.

L'Autre y était.

Tout allait commencer. Doucement. Ne pas le brusquer, c'était trop important pour prendre des risques. L'Ombre le percevait.

L'Ombre ne connaissait toujours pas l'identité de l'Autre, sa vision était encore floue, mais elle avait accès à ses émotions. Elle était sûre que l'Autre ignorait son existence, effleurant à peine sa présence. Elle sentait la peur l'envahir lentement, le doute s'instaurait dans son cœur doucement. Tout fonctionnait parfaitement, l'Ombre rongeait petit à petit l'Autre.

V

Forêt d'Edenn, école d'Aràan, île flottante du territoire de l'Est, mois de Nion de l'an Sëplunn.

Endormie, Ellün gisait dans l'herbe noire de la nuit. Ses yeux s'ouvrirent à demi. Très vite, elle sentit une nouvelle énergie l'envahir. Éclairée par la lueur des sept lunes, une forêt s'offrit à sa vue. Tout ce dont elle se souvenait, c'était de son verre de cocktail aux fruits à la main, d'Ingwë et Tylr se disputant encore une fois et de gens disparaissant autour d'elle, quand personne ne faisait attention. Elle avait vu, pourtant, elle n'avait pas réagi. Elle s'était sentie elle-même engloutie par la suite. Qu'y avait-il dans cette boisson ?

Encore étourdie, elle scruta les alentours. Elle se trouvait à la lisière de la forêt bordant Aràan, à quelques kilomètres de l'école. Les lumières traversaient les fenêtres pour éclairer la zone.

Il faisait noir, seuls les grands astres blancs arrivaient à illuminer les environs. Puis elle distingua un peu plus loin, entre les sapins, des lampions plantés sur des troncs d'arbres. Ils lui montraient le chemin.

Elle se demanda où était passé tout le monde et espérait qu'ils se portaient tous bien. *Le rituel commence*, pensa-t-elle. En vérité, personne ne leur avait expliqué quand exactement la cérémonie de la Désignation débuterait. Ellün avait entendu beaucoup d'élèves parler entre eux, s'interrogeant sur le déroulement de la soirée. Elle songea qu'elle n'avait jamais été avertie, que ce soit par ses parents ou par Calion. Était-ce un secret ? Elle eut une pensée pour les dirigeants de l'école. Les mages manipulaient l'art de la surprise d'une manière douteuse.

Ellün se leva et s'avança entre les grands conifères. Elle regarda autour d'elle pour savoir si elle était réellement seule, mais ne vit personne dans les environs. La forêt n'était que ténèbres obscures. Néanmoins, la douce lumière bleue des pleines lunes était réconfortante. Elle s'arrêta devant un panneau de bois : « Entre sans peur et dévoile ton cœur ». Elle pénétra dans la forêt.

Un frisson glacé lui traversa le corps, elle avait peur. Elle sentit une présence près d'elle, comme un souffle sur sa nuque.

Non, c'était autre chose.

Les visions reprenaient.

Elle marchait pour deux, ses mains frôlaient l'écorce des arbres pour elle… et pour le fantôme. Elle avait capté sa présence et, dorénavant, elle nommerait la personne à qui appartenait ces moments volés : *fantôme*. Un esprit qui lui faisait vivre le passé de quelqu'un d'autre. Un déjà-vu fantomatique.

Auparavant, l'esprit avait tourné la tête, ici précisément, entre deux arbres : Ellün distingua un lac au loin. Ils s'en approchèrent. La surface de l'eau était paisible, la lune éclatante s'y réfléchissait parfaitement, sans la moindre onde. L'adolescente s'accroupit au bord, les mains sur les genoux, elle pencha sa tête. Elle vit d'abord son reflet blanc. Puis un autre visage. Inconnu, mais ses traits lui parurent si familiers. L'image dans l'eau ténébreuse était celle d'une jeune fille, ses longs cheveux d'or entouraient son profil fin. Deux yeux sombres la regardaient, elle y décela une profonde tristesse. Qui était-elle ? Pourquoi vivait-elle ses souvenirs ? Elle se sentit soudain se redresser, la force qui guidait son corps n'était pas la sienne. Cette fois-ci, ce n'était pas seulement son esprit qui était prisonnier du fantôme, mais son corps tout entier. Le spectre l'emmena à nouveau sur le chemin.

Les lampions distillaient une douce chaleur parmi les sapins épais. Elle suivit le sentier de lumière pendant de longues minutes, pour s'enfoncer toujours un peu plus dans les secrets de la nuit.

Soudain, Ellün s'immobilisa, figée, interdite. L'Arbre de la forêt d'Edenn. Le voilà. Il se dressait de toute sa hauteur, majestueux, dans une petite clairière isolée. Il était devant elle, elle qui paraissait si insignifiante à ses côtés. Il avait des milliers d'années, avait vu des milliards de visages, avait ouvert la voie à d'infinis destins.

L'Arbre, d'un blanc pur, projetait quelques rayons dans l'obscurité des lieux. Ses branches et ses feuilles étaient luminescentes, il revêtait la forme d'un saule pleureur. Tout autour, des lucioles voltigeaient. Le spectacle était hypnotisant, elle ne pouvait en détacher ses yeux. Elle s'avança doucement vers l'Arbre, ses bras tendus et ses mains jouant avec les insectes volants. Dans ses yeux, qui se tachaient de vert pâle depuis son voyage, se dessinaient de nombreuses lumières. Cette fois, elle vivait, le fantôme la laissait savourer ce moment unique, son moment. Elle avait tant attendu, des larmes de joie coulèrent sur son visage. Elle n'avait qu'à tendre les mains, à s'abandonner et tout ne serait plus qu'un mauvais rêve, loin, très loin derrière elle. Toutes ses peurs allaient s'évaporer, tous ses espoirs allaient être réalisés.

Elle avança vers son destin. Son regard ne pouvait se détacher de la lumière de plus en plus aveuglante de l'Arbre d'Edenn. Ses mains touchèrent son écorce millénaire. Soudain, elle se sentit happée par lui, mais elle ne le craignait pas. Le cœur empli de son désir le plus cher, Ellün ferma les yeux et se laissa absorber par l'arbre.

Elle éprouva de la légèreté. L'Arbre la berçait tendrement. Ses pieds ne reposaient nulle part, ses longs cheveux flottaient et jouaient dans l'espace vide du Grand Esprit. Le fantôme reprit doucement sa place dans l'esprit d'Ellün. Sa chevelure s'enroulait dans sa vision, elle était blonde. Le passé souleva sa tête pour voir les quatre lumières jaillir et danser autour d'elle. Jaune, vert, bleu et violet, les couleurs de la fratrie. De manière brutale, la lueur violette s'agita et continua sa folle course pendant que les trois autres ralentissaient. Elle frappa la goutte du fantôme. Elle avait été choisie comme Äme. Après ce souvenir, qu'elle mit vite de côté, elle put reprendre la célébration. Les quatre couleurs s'affairaient déjà auprès d'elle. Petit à petit, chacune s'épuisa. Elle vit, dans cet espace vide, une lumière noire s'enrouler sur le chemin des autres. Il y a un problème, s'alarma-t-elle. Son cœur s'emballa, la cérémonie prenait trop de temps. Quelque chose en elle était lié à l'Arbre, son instinct lui fit comprendre que la lumière noire n'était pas habituelle.

Tout commença à tourner, à l'instar d'un orage qui se préparait, l'Arbre d'Edenn grondait. Ellün fut expulsée de lui. Elle se retrouva à quatre pattes dans l'herbe de la forêt.

— Que se passe-t-il ? Quel est le problème ? hurla-t-elle à pleins poumons.

Elle implorait le vide de la nuit.

Son cœur ne cessait de battre de façon anormale. Il allait vite, beaucoup trop vite. Elle était complètement perdue. Dans un dernier espoir d'obtenir des réponses, elle se jeta contre l'Arbre. La tête contre l'épaisse écorce luisante, les poings luttaient contre la surface solide, lui abîmant les doigts. La douleur physique était négligeable comparée à son désespoir, elle ne l'atteignait même pas.

— Pourquoi moi ? Ça ne vous suffisait pas de m'avoir déjà fait attendre ? Qu'est-ce qu'il s'est passé ? Pourquoi aucune lumière ne m'a touchée ? hurla-t-elle, déchirant l'épaisseur de la nuit.

Ses yeux se brouillèrent, elle ne cessait de pleurer. Elle avait si peur. Ses genoux ployèrent, elle tomba et s'écroula au pied de l'Arbre. Elle se recroquevilla, ses mains maintenant fermement ses oreilles. Elle ne souhaitait plus entendre, elle ne souhaitait plus vivre rongée par la peur de l'inconnu. Pourquoi sa vie ne pouvait-elle être normale ?

Des pas résonnèrent dans l'obscurité. Quelqu'un se tenait à la lisière de la clairière. Ellün se redressa, prête à subir la sanction. Elle savait qu'on ne la garderait pas à Aràan. Elle n'avait pas été choisie, elle avait été encore une fois rejetée. Ses jambes tremblaient sous le choc, sa tête tournait de tant de larmes et d'inquiétudes.

De longs cheveux blancs virevoltèrent légèrement dans la brise de la nuit et se détachèrent de la noirceur des arbres : Arachné Eöl, la directrice. D'un pas lent, elle se dirigea vers Ellün.

— Je suis désolée, l'Arbre ne m'a pas choisie, se lamenta celle-ci.

Les yeux de cristal d'Arachné se posèrent furtivement sur la goutte de l'adolescente qui n'avait pas changé de couleur. Une Goutte blanche, une Goutte répudiée. Dans une attitude maternelle, elle saisit Ellün de ses longs bras fins. Elle pouvait sentir l'odeur de cette superbe femme : un parfum de rose. Un effluve subtil qui correspondait bien à celle qui le portait. La rose était la plus attirante des fleurs, et la plus traîtresse.

— L'Arbre d'Edenn a l'habitude de transférer chaque élève dans l enceinte de la Cathédrale après la Désignation. En faisant l'appel, nous avons vu que tu étais absente, lui expliqua Arachné.

Ellün comprit pourquoi elle n'avait pas changé de lieu.

Ses lèvres étaient étrangement captivantes lorsqu'elle parlait, Ellün ne pouvait s'empêcher de l'écouter. Était-ce cela le pouvoir des Inquisiteurs ?

— Un conseil va se tenir dans mon bureau. Nous devons y aller, ils nous attendent tous, l'invita-t-elle.

Elles firent route vers Aràan. Ellün se tint légèrement en retrait, elle huma le parfum agréable que laissait Arachné derrière elle. En sortant de la forêt, deux Âmes les attendaient avec une calèche illuminée d'une couleur violette ; une de leurs créations. Arachné Eöl les gratifia d'un signe de tête en guise de remerciement. Grâce à leur invention, le convoi volant arriva en peu de temps à l'école.

Arachné conduisit Ellün, après des escaliers interminables, dans un vaste bureau ovale. Un grand tapis bleu nuit s'étalait dans toute la pièce. Les murs étaient couverts de bibliothèques et regroupaient des milliers de livres. Un lustre en cristal au plafond, et de larges fenêtres arrondies ajoutaient au faste de cette architecture. Au centre, un sombre bureau en bois massif s'imposait et un fauteuil de velours vert était posé derrière. Un groupe d'enchanteurs discutait avec agitation. C'était une première pour eux que l'Arbre Edenn ait rejeté un élève.

— Grands mages, je vous remercie tous pour votre présence ce soir. Comme vous le savez, une élève n'a pas été choisie par notre Grand Esprit, lors de la cérémonie de la Désignation. Ellün, que voici, est donc sans Famille.

Tous les regards convergèrent vers le visage sillonné de larmes d'Ellün.

— Avant toute chose, il n'est pas question de la renvoyer chez elle. Du moins dans l'immédiat. Ellün est une enfant du Sud désormais, elle appartient à Aràan… affirma la directrice.

— Pourquoi désirez-vous autant la garder ? demanda une mage Äme calmement.

— Parce que le Sud-Est ne peut pas se permettre de perdre une élève. De quoi aurions-nous l'air de renvoyer une élève maintenant et d'admettre que nous nous sommes trompés à la sélection ? De plus, Ellün est une enfant spéciale. Ses pouvoirs sont apparus récemment, elle a douze ans en réalité. Il est probable que son retard ait affecté l'Arbre d'Edenn. C'est également pour cette raison qu'elle restera ici. Venant d'une famille d'Orphuss, elle suivra leurs cours, cela ne fait aucun doute qu'elle héritera d'un de leurs pouvoirs. Mage Hagueroux, directrice des Orphuss, acceptez-vous d'accueillir Ellün dans votre famille ?

Ellün se tourna vers Arachné, l'air abasourdi. Elle ne s'attendait pas à être gardée à Aràan, tout n'était donc pas perdu. L'intéressée s'avança. Une longue tresse rousse tombait sur sa robe verte de mage Orphuss, elle cachait le blason en forme de flocon surmonté de l'Étoile Créatrice qui y était cousu. Sa bouche pulpeuse, maquillée de rouge, s'ouvrit pour répondre :

— Tous vos arguments me semblent parfaitement raisonnables. Il est évident que, provenant d'un couple mono pouvoir, elle doit être placée dans sa famille d'origine.

Sa voix était suave et paisible, tout le monde s'était tu pour l'écouter, comme subjugué par sa beauté. Porunn Hagueroux, un des plus puissantes mages Orphuss de la capitale, avait accepté la présence de la refusée.

— Bien, je vous demande également d'enseigner tous les rudiments à cette jeune fille, continua la directrice en direction des deux autres professeurs Orphuss. Il ne fait aucun doute que ses pouvoirs auront le même retard que son Scintillement, mais ils apparaîtront un jour ou l'autre.

La directrice s'assit dans le fauteuil moelleux de son bureau. Elle se massa le front d'une main et invita tout le monde à rejoindre la fête qui se déroulait dans le grand hall.

Ellün suivit les mages qui l'ignoraient tous. Porunn fut la seule à venir lui parler :

— Tu verras, tout ira bien, lui sourit-elle de ses yeux bleu océan.

La mage, dans un geste protecteur, lui mit sa main dans le dos.

— Je vous remercie. Je ferai de mon mieux pour obtenir mes pouvoirs et progresser, déclara Ellün, encore sous le choc des récents événements.

— Je n'en doute pas une seconde, lui répondit sagement l'Orphuss, sa main tapotant avec légèreté le dos d'Ellün en signe d'encouragement.

Porunn se détacha d'elle afin de la laisser rejoindre ses amis ils l'avaient vue descendre les marches du hall. De loin, elle distingua les visages des jumeaux rayonnants de jolis sourires, mais elle nota la contrariété sur celui d'Ingwë. Celle-ci avait un air renfrogné.

— Où étais-tu passée ? Pourquoi es-tu en retard ? s'enquit farouchement la jeune fille aux cheveux bruns, malgré sa tentative de chasser la menace de sa colère.

Le retard, le mot de son destin.

— Tu voulais faire ta propre entrée avec les mages d'Aràan ? Madame est peut-être une princesse ? rajouta Tylr, de toute sa finesse légendaire.

— Il y a eu un problème ? s'inquiéta Ndyx face à la mine triste de sa nouvelle amie.

Les cheveux d'Ellün étaient ébouriffés, ses yeux encore gonflés et sa bouche ne cessait de trembler. Arriverait-elle à prononcer ces mots ?

— L'Arbre ne m'a pas choisie, murmura-t-elle, honteuse.

Les trois amis fixèrent sa Goutte. En effet, elle était blanche.

— Mais enfin ! Quel est problème de cet Arbre ? demanda Ingwë d'un ton énervé, le rouge lui montait aux joues.

Ellün s'étonna. Du peu qu'elle la connaissait, elle ne s'était jamais exprimée aussi familièrement. Son amie était toujours dans le contrôle d'elle-même, jamais un mot plus haut que l'autre. Elle découvrait alors une nouvelle facette de son amie, celle-ci n'arrivait pas à maîtriser son amertume. Ellün la vit serrer les poings. La mâchoire, d'ordinaire délicate et anguleuse, était maintenant contractée et sa bouche, aux lèvres finement rosées, n'était plus qu'un rictus déformé par la haine. Si les grands yeux bleus d'Ingwë avaient pu s'enflammer, Ellün aurait juré qu'ils auraient embrasé l'école entière. Et ce fut là qu'elle remarqua, plus haut, au centre de son front, la raison d'une telle colère.

Sa Goutte était bleue, pas dorée.

Ingwë avait été choisie en tant que Psychë, alors qu'elle désirait plus que tout rejoindre la famille des Astéracës afin de suivre les traces de sa mère. Elle comprenait mieux la tension dans sa voix. Ingwë devait être abattue. Tout comme elle, la nouvelle Psychë doutait de son avenir, du sens de sa vie.

— Décidément, c'est la soirée des mauvaises surprises ! lança Tylr, sa Goutte aussi violette que celle de son frère jumeau.

Ingwë, pour toute réponse, le fusilla du regard. Ellün sentit un poids énorme peser sur ses épaules.

La honte. La culpabilité. La peur.

Elle devenait à nouveau un problème pour les autres.

Elle était encore une fois la fille différente qui dénotait du reste…

Qu'allait-elle advenir ?

— Viens-tu nous dire au revoir, alors ? se recentra Ndyx, ses yeux vairons l'observant.

— Non. La directrice a convaincu Porunn Hagueroux de me laisser intégrer les Orphuss. Ils disent que le retard de mon Scintillement a pu bouleverser l'Esprit et que mes pouvoirs arriveront bientôt, essaya de se rassurer Ellün, pourtant la lassitude la gagnait.

Soudain, les cloches sonnèrent pour indiquer la fin du jour. Tous se tournèrent vers les directeurs des quatre familles. Ce fut le dirigeant des Astéracës qui prit la parole :

— Chers étudiants, il est temps de conclure cette superbe soirée. Vous allez tous suivre vos directeurs respectifs. Ils vous guideront jusqu'aux quartiers de vos Familles. Une chambre commune vous a été attribuée. Nous vous souhaitons à tous une paisible nuit et nous vous reverrons demain matin pour l'annonce de vos premiers cours.

L'imposant Astéracë avait fini son discours et précisa aux élèves de sa Famille de le suivre. Ses longs cheveux blonds détachés lui arrivaient à la taille. Son nez droit et aquilin lui conférait un air hautain. Erling Gudmund, « de noble descendance et protégé par les dieux » portait fièrement son nom. Il était un Astéracë Façönneur des plus redoutables. Il était également le chef des armées, choisi par la directrice. Avec Arachné Eöl, tous deux formaient d'insaisissables mages.

— J'aurais préféré tomber sur cet homme pompeux plutôt que sur la directrice. J'espère ne pas avoir le même pouvoir qu'elle, commenta Ingwë sans détacher son regard d'elle.

— Quant à moi, je suis bien content d'être tombé sans surprise chez les Ämes. Le directeur a l'air… spécial. Nous allons bien rire, je le sens, observa Tylr avec une lueur de malice dans ses yeux.

Le directeur des Ämes était un petit homme, ses cheveux châtains aux reflets roux étaient coupés en un carré de bouclettes entremêlées. Sa robe violette était trop grande, il aurait pu la raccourcir avec ses pouvoirs, mais il ne l'avait jamais fait. Il ne se souciait guère de sa propre apparence. Ses lunettes argentées trahissaient son regard hagard, s'intéressant très peu à ce qu'il se déroulait autour de lui.

— Vous en avez de la chance. La Famille que vous vouliez et un directeur captivant, maugréa Ingwë avec amertume.

— Je ne sais pas si ses cours seront vraiment palpitants, mais il a le mérite d'attiser la curiosité rien que par sa façon de s'habiller, plaisanta Tylr.

Mais cela n'eut pas l'effet escompté sur la jeune Psychë ; bien au contraire, Ingwë souffla, totalement exaspéré. Ellün le remarquait, elle tenait rancune aux jumeaux. Leurs Gouttes violettes avaient la couleur souhaitée, ils allaient emprunter un chemin qu'ils avaient toujours espéré ; tandis qu'Ingwë se dirigeait vers une impasse.

Ellün vit soudain la directrice Hagueroux Porunn et les étudiants Orphuss partir au loin. Elle se hâta de les rejoindre pour éviter de trop se démarquer des autres.

— Je dois y aller, on se revoit demain ? demanda-t-elle en se retournant hâtivement vers ses amis, avant de se séparer d'eux.

Ndyx secoua sa main, Ingwë acquiesça d'un signe de tête. Quant à Tylr, il lui cria :

— À demain, chère princesse, j'ai hâte de voir ta majestueuse entrée au petit-déjeuner !

Ellün sourit de la plaisanterie de son ami, mais elle était trop fatiguée pour en rire.

Qu'était-il arrivé aujourd'hui ? Ses pensées n'arrêtaient pas de défiler, lui déclenchant un soudain mal à la tête. Son corps tout entier tremblait et elle suivait machinalement les élèves guidé vers leurs nouveaux quartiers. Elle n'écoutait absolument rien des instructions de la directrice de leur Famille.

Quel était ce fantôme qui avait pris possession de son esprit ?

Et pourquoi l'Arbre d'Edenn l'avait-il rejetée ?

La journée avait été plus qu'éprouvante pour elle. Ellün n'avait qu'une seule envie, celle de s'écrouler dans son lit et que les rêves l'engloutissent dans leur néant.

VI

École d'Aràan, territoire de l'Est, mois de Nion de l'an Sëplunn.

Le bruit métallique des chaînes sur le sol de pierre emplissait la pièce et son esprit. Tout était si froid. L'endroit dans lequel on la maintenait enfermée lui faisait peur. Son quotidien était lugubre. Depuis quand était-il devenu comme cela ? Elle avait perdu toute notion du temps. Aucune fenêtre ni paysage ne pouvaient la distraire. Même ses propres pensées avaient fini par la déserter. Elle n'était plus qu'un corps las et bientôt inerte. Une dernière lueur de vie subsistait en elle et maintenait une maigre flammèche d'espérance.

Verrait-elle quelqu'un aujourd'hui ?

Ou l'oublierait-on encore ?

La faim lui tenaillait les entrailles. Depuis combien de temps n'avait-elle pas mangé ? Elle aurait tant donné pour une simple pomme et un bol de mëlyl accompagné de savoureux raisins secs. Ses fines lèvres gercées se tordirent de douleur face à un nouvel assaut de crampes. Son estomac réclamait son dû.

Son corps était pris de tremblements terribles. Elle se rallongea sur le sol humide et glacé, étalant ses courts cheveux bruns graisseux.

Sa vue était floue, mais elle s'arrêta sur le pot de chambre, unique objet de la pièce sombre, qui trônait devant les grilles de fer.

Aurait-elle le courage ?

Oserait-elle commettre cet acte ?

La famine lui criait de le faire.

Elle rassembla ses dernières forces et se traîna vers le pot maudit.

Une odeur âcre s'en échappait, son parfum lui conféra un long relent. Elle porta ses mains à sa bouche, refusant de laisser s'échapper la pourriture de son intérieur.

Le pouvait-elle ?

Ses yeux fatigués se posèrent sur la mélasse que contenait le pot.

Il fallait imaginer autre chose. On lui avait inculqué la force, elle se devait d'être sans peur.

Le dégoût n'était qu'une projection mentale, une impression que l'on se forgeait soi-même.

Elle devait le dépasser.

Elle devait surmonter la réalité.

Quand ses doigts s'accrochèrent aux rebords glissants du pot de porcelaine, un mouvement à l'extérieur de sa prison capta son attention.

Son regard se posa sur la créature la plus belle qu'elle n'ait jamais vue. Son cœur se remplit soudain d'espoir.

— Ingwë, lui murmura la fille avec un grand sourire.

Était-ce pour cet instant qu'elle avait vécu jusque-là ?

La nouvelle Psychë se réveilla en sursaut. Dans la pénombre des rayons de lune, son front était perlé de sueur. Son cœur s'affolait. Il lui fallut quelques instants pour calmer son effroi. On lui avait octroyé une chambre individuelle grâce à son rang de fille d'archiduc. La couleur bleue des tapisseries se mêlait aux rayons blancs des lunes, et dans le silence de sa solitude, seule sa respiration saccadée se faisait entendre.

Que venait-elle de revivre ?

Et pourquoi Ellün lui était-elle apparue ? Ce cauchemar était pourtant toujours le même, fragment détestable d'un passé qu'elle tentait d'oublier.

Soudain, le souvenir du sourire de sa nouvelle amie lui gonfla le cœur. Que signifiait cela ? Ingwë la connaissait seulement depuis quelques heures et pourtant, elle en était même venue à l'aider et à lui parler. Elle avait accepté de la suivre dans la capitale.

Cela ne lui ressemblait pas.

Quelque chose en elle s'était éveillé qu'elle ne pouvait contrôler et cela l'effrayait. Pourtant, dans un coin abyssal de ses sentiments, une once de joie apparut. Insignifiante à première vue, mais persistante.

Ingwë se rendormit, chassant ses réflexions. Sans s'en rendre compte, ses pensées se transformèrent doucement en rêves. Un sourire vint illuminer ses traits d'habitude si durs. Et là, alors que son inconscient la dirigeait avec allégresse vers Ellün, ses mains qui étaient sous l'oreiller, s'enlacèrent. La jeune fille laissa s'échapper un petit râle de satisfaction. Une chose dont elle ne se souviendrait pas le lendemain matin.

Quel était ce lien indéfectible qui croissait entre elles ?

VII

École d'Aràan, territoire de l'Est, mois de Nion de l'an Sëplunn.

Ellün s'était couchée le cœur lourd. Allongée sur le côté, les jambes repliées, les mains contre sa poitrine, elle avait essayé de calmer son angoisse. Les larmes avaient depuis longtemps noyé le doux tissu vert du coussin. *Tu y es, tu y restes*, s'était-elle répétée en boucle, martelant et infligeant ses mots à son esprit. Après d'interminables heures d'apitoiement, elle céda à la nuit.

Elle se réveilla, le lendemain matin, la tête encore embuée du manque de sommeil, mais son cœur était plus léger. Un infime espoir persistait. La lumière du jour perçait les fins rideaux du lit à baldaquin. Tout en se frottant les yeux, elle les ouvrit délicatement pour contempler sa chambre. Les dortoirs étaient situés au cœur d'une des quatre tours de la Cathédrale. Celui des Orphuss était dans la tour Est, il bénéficiait de la splendeur de l'astre solaire chaque matin. La pièce où Ellün passerait chacune de ses nuits ces sept prochaines années était circulaire et comptait cinq autres lits à baldaquin. La jeune fille y jeta un coup d'œil, aucune courtine n'était ouverte, elle était donc la première à s'être éveillée. Un ronflement du lit voisin vint le confirmer. Ellün profita du silence pour observer le luxe : les quenouilles du lit étaient fabriquées de santo, un bois d'un roux foncé. Les six coiffeuses et la petite bibliothèque avaient également été taillées dans ce bois. Les tentures, le linge de lit, ainsi que le tapis central formaient un camaïeu de couleurs vertes, de la plus foncée à la plus claire. Tout était beaucoup trop somptueux. Ellün mit un pied à terre, le moelleux du tapis l'accueillit. Elle prit de nouveaux habits dans un des tiroirs de la commode, puis sortit sur la pointe des pieds. Elle se tint sur le seuil de sa chambre, cinq autres portes composaient l'étage.

Elle repensa soudain à Lalwendï, tout s'était déroulé si vite qu'elle n'y avait même plus songé. Tout s'était-il bien déroulé pour son amie d'enfance ? Avait-elle rencontré le moindre trouble comme elle ? Ellün eut une envie irrépressible de se confier, elle avait besoin de retrouver ses racines, reflet de son confort d'autrefois. Son amie lui manquait terriblement à cet instant. Après avoir décidé qu'elle partirait à sa recherche lors du petit-déjeuner, elle emprunta l'escalier qui menait à un autre étage, celui des douches communes.

Elle n'en croyait pas ses yeux. Des thermes lui apparurent. L'immense salle en pierre était agrémentée de nombreuses colonnes. Elle eut encore un doute sur la proportion de cette pièce. L'eau était d'un bleu lagon et des nénuphars flottaient tranquillement à la surface. Une odeur de lilas l'apaisa. Ellün se sentit se relaxer, ses muscles se relâchèrent à mesure qu'elle entrait dans le bain chaud. La tête maintenue sur le rebord en pierre, ses longs cheveux trempés collaient à sa nuque. Un groupe de filles pénétra dans la salle des thermes, rompant la sérénité des lieux.

— Oh par Tristan ! C'est magnifique ! s'exclama une des filles.

— Et c'est tout pour nous ! s'en émerveilla une autre, ses yeux étaient avides de tout posséder.

— Merci, Aràan, nous allons devenir de grandes mages avec tout ça ! tonna la dernière.

Ellün sortit discrètement du bain, pendant que le trio y plongeait. Curieuse, elle se dirigea vers une porte au fond ; elle y trouva plusieurs douches, ainsi que des lavabos et de grands miroirs. Parée de blanc, la vaste salle d'eau s'ornementait de dorures au plafond. Les cadrans et les robinets étaient également fabriqués à partir de ce métal précieux. Après une rapide douche froide, elle se coiffa devant l'une des immenses glaces. Son reflet révélait ses cernes, ses yeux semblaient voilés. Elle devrait vraiment apprendre à mieux gérer la pression, s'effondrer à chaque fois n'était pas une solution.

— Hâte-toi, ma vieille poule fanée ! ordonna-t-elle à son reflet, un doigt pointé vers lui, touchant presque le miroir.

Elle enfila une longue robe en coton jaune moutarde et pensa à sa cape aux couleurs de sa Famille qu'elle recevrait plus tard dans la journée. La méritait-elle vraiment ? Pouvait-elle réellement se considérer comme Orphuss ?

Elle descendit d'autres escaliers en colimaçon avant d'arriver au hall du premier étage. Elle le traversa pour se rendre à la salle de réception et dépassa les tours Sud et Ouest, respectivement celles des Psychës et Astéracës, la sienne se trouvait à côté de la tour Nord appartenant aux Ämes. L'énorme corridor s'ouvrait sur plusieurs grandes portes en bois massif. L'une d'entre elles était entrebâillée. Elle s'en approcha et déchiffra, pensive, le personnage gravé dessus : Tristan Le Voyageur. Son visage fin était marqué d'une profonde mélancolie. En le poussant avec douceur, Ellün vit que la pièce enfermait un amphithéâtre qui devait sans doute servir de salle de cours. Elle entendit des pas derrière elle, d'autres étudiants partaient remplir leurs estomacs affamés. Elle les suivit et espéra tomber sur Lalwendï. Elle ne l'avait toujours pas croisée depuis son arrivée à Borlog. La déception l'envahit quand elle ne la trouva pas au petit-déjeuner. Elle se sentit encore plus seule et isolée face au chaos assourdissant des élèves.

Des centaines d'étudiants déambulaient dans la gigantesque salle en arc de cercle. Le haut plafond était décoré de moulures en or, une galaxie en nuances de rose, bleu et violet suivait doucement son cours, ses étoiles filantes traversaient le plafond. Tout ceci était sans doute la création d'une Äme. Toute la longueur de la partie en cercle donnait sur une seule fenêtre, immense, faisant abonder la lumière naturelle dans la salle. Cette immense baie vitrée baignait la galerie d'une lumière blanche de fin d'hiver et offrait une vue imprenable qui débouchait sur la forêt. En se tournant vers l'arrière de la salle, qui se trouvait dans le renforcement du bâtiment principal, on apercevait les tours des Orphuss et Psychës qui étaient plus avant. Ces dernières servaient de supports aux statues sans fin de Tristan et Isìl. L'aspect colossal d'Aràan commençait à lui donner le tournis. Tandis qu'elle en essayait de retenir un imminent haut-le-cœur, une main se posa sur son épaule.

— Bonjour, Ellün, viens-tu te joindre à nous ? demanda poliment Ndyx.

Elle sourit et acquiesça. Du peu qu'elle connaissait le garçon, elle l'appréciait. Par sa douceur, Ndyx lui faisait penser aux habitants de son village natal, Ulmo, avec un soupçon de vocabulaire et de manières en plus.

— Alors cette première nuit, jolie princesse ? Pas d'entrée majestueuse ce matin ? lui lança sardoniquement Tylr qui mima une moue déçue.

Ingwë se leva de sa chaise et vint à la rencontre d'Ellün. Elle lui chuchota, pour éviter que Tylr l'entende et se moque d'elle :

— Je suis désolée pour hier soir, j'étais de mauvaise humeur et je ne me suis pas préoccupée une seule seconde de ce qu'il t'était arrivé. Je peux vraiment être insensible parfois. Comment te sens-tu ? termina-t-elle plus fort.

— Mieux, merci beaucoup, sourit-elle timidement à Ingwë.

Ils se dirigèrent tous les quatre vers le buffet, tout aussi gargantuesque que le reste. La table de noyer sombre avait une forme serpentine, ce qui donnait une touche d'élégance, de mouvement et d'originalité supplémentaire à la grande galerie d'or et de glace. Ellün demeura sans voix, elle n'avait jamais vu un si gros festin : des vingtaines de plateaux à plusieurs étages se dressaient face à elle, ils contenaient des pâtisseries aussi gourmandes les unes que les autres. Elle bava devant les tartelettes aux fraises, citron et trois chocolats. Ses yeux se parèrent d'étoiles à la vue des crêpes à la confiture de rhubarbe et de framboise. Des montagnes de viennoiseries, croissants, pains au chocolat, chaussons aux pommes, pains aux raisins, beignets au sucre, abondaient sur des plateaux en argent. Des boîtes du même matériau renfermaient des fruits confits et des dragées. Des dizaines de gros paniers en osier contenaient des couverts d'or, des nappes en dentelle fine et une multitude de fruits frais. Mais Ellün s'attarda sur les confiseries typiques du Sud : des cornes de Louks. Un mélange de farine, d'œufs et de sucre en poudre, avec des filaments aux reflets d'orange collant aux dents, des gâteaux aux éclats d'amandes et de pommes… un concert de miel, de pistache et de sucre glace. Tandis qu'Ellün était occupée à réfléchir sur l'optimisation de l'espace de son assiette en porcelaine,

Tylr questionna le quatuor :

— Au fait, comment sont vos chambres ?

— Immenses ! s'enthousiasmèrent les trois autres.

— Je me demandais comment c'était possible, d'ailleurs… hasarda Ellün, sa bouche remplie d'un petit pain au lait.

Elle avait noté, depuis son entrée à l'école, que la Cathédrale semblait accueillir plus qu'elle ne pouvait contenir. Le bâtiment paraissait tout entier plus petit, pourtant l'intérieur était gigantesque.

— C'est grâce à Vlad Flok, c'est un Astéracë Façönneur qui a modifié la Cathédrale après la création des Quatre, avec leur accord évidemment. Un des plus grands architectes de tous les temps, lui répondit Tylr qui s'apprêtait à s'asseoir à une table vide, une moue écœurée face au manque d'élégance d'Ellün.

— Pourquoi l'appelle-t-on la Cathédrale ? continua cette dernière sans prêter attention aux postillons sucrés qui s'échappaient de sa bouche.

Ndyx se claqua la tête. Ils avaient donc une nouvelle amie qui mangeait comme un cochon sauvage affamé du Nord. Aucune élégance, aucune manière, des bruits de mastication dignes d'un primate. Il se demanda si Ellün était capable de se jeter sans aucune pitié sur leurs assiettes ; dans le doute, il éloigna la sienne.

— C'est pour désigner le type d'architecture et puis ça reste un édifice religieux, à la gloire des Quatre. C'est quand même les Grands Esprits qui lui ont fait voir le jour ! poursuivit Tylr qui capta le geste de son jumeau et en fit de même.

Le reste du petit-déjeuner s'effectua dans la bonne humeur et leurs liens se resserraient un peu plus à chaque fou rire.

La voix d'Erling Gudmund, directeur des Astéracës, tomba d'un des balcons intérieurs opposés aux fenêtres. Tous les étudiants levèrent la tête vers ce nouveau son qui dominait la salle. Les professeurs, à leur propre table, dominaient les élèves. Seul Erling se tenait debout pour annoncer les directives du jour.

— Bien le bonjour, nouveaux apprentis. J'espère que votre première nuit au sein d'Aràan vous a été douce. Je vous conseille de m'écouter attentivement, des informations vont vous être délivrées sur le déroulement de votre année et sur votre premier jour de cours.

L'Astéracë afficha un sourire charmeur et dévoila ses dents d'un blanc éclatant vers un groupe d'élèves rebelles, ces derniers ne pouvaient s'empêcher de parler entre eux. Une fois le calme revenu, Erling continua :

— Bien. Pour commencer, cette première année est spéciale, car vous ne serez pas totalement séparés selon vos Descendances. Vous aurez donc des cours communs qui sont : Histoire, Géographie et Géopolitique, Mathématiques, Langues, Psychologie, Activités physiques, Lévitation classique, Spiritualité. Vous aurez ensuite, pour chacune des Familles, trois cours de spécialisation que je laisse le soin à vos directeurs et directrices de Famille de vous expliquer plus tard.

Le directeur des Astéracës marqua une légère pause après cette longue énumération.

— Vous trouverez à la sortie de la galerie des paniers qui contiennent des Crytovegs. Elles fonctionnent de la même manière que les boules de cristal, ont les mêmes fonctions, mais sont d'une forme différente et plus petites. Elles s'intègrent automatiquement à la peau de votre poignet. Ces Crytovegs contiennent un plan de l'école, ainsi que vos emplois du temps. Vous pourrez même y intégrer un réveil. Les télécommunications entre élèves ont été désactivées, de sorte que vous évitiez de vous appeler pendant les cours. Seuls les enseignants peuvent vous joindre à tout moment.

À cette annonce, beaucoup émirent un souffle de désapprobation.

— Des tuniques de vos Familles respectives vous attendent tous lors de votre premier cours commun d'Histoire qui vous sera dispensé par la directrice.

Erling se tourna respectueusement vers Arachné Eöl qui se leva dans un mouvement de salutation.

— J'espère que vous m'avez tous bien compris et je vous souhaite bonne chance pour cette première année. Que la générosité des Quatre vous soit abondante !

Des applaudissements clôturèrent son discours. Des groupes d'étudiants commencèrent à se lever et à se diriger vers les portes de la salle. Ils récupérèrent leurs Crytovegs. Ingwë, Tylr et Ndyx les imitèrent, Ellün sur leurs talons. Celle-ci regarda le fin morceau de cristal rectangulaire dans sa main. Elle n'en avait jamais vue d'aussi minuscule.

— Place-la sur ton poignet, elle s'y fondra toute seule, lui conseilla Ingwë qui avait deviné que son amie ne savait pas quoi en faire.

Ellün ne pipa mot et s'exécuta, ébahie, elle vit le léger cristal pénétrer sa peau sans qu'elle ne ressente quoi que ce soit. Aussitôt, elle sentit un lien se former entre son esprit et l'objet, comme si un écran se dressait derrière ses yeux quand elle pensait à la Crytoveg.

Ses amis, qui avaient commencé à avancer, l'interpellèrent et ils suivirent la foule qui se dirigeait vers une des salles du corridor. La porte qui s'ouvrit affichait également un des quatre Esprits sculptés. Cette fois-ci, c'était le visage de Calahan, légèrement levé ; les yeux admiraient l'infini du ciel et ses deux mains cherchaient à le toucher.

L'amphithéâtre était vaste. Les rangées de pupitres étaient divisées en quatre et se positionnaient sous différentes bannières : bleue, jaune, violette et verte. Tylr brisa leur silence :

— Je suppose que nous sommes censés être placés. On se revoit à la pause, s'il y en a une ?

— Je sens déjà que ce cours d'Histoire va être long, marmonna Ingwë.

Le groupe d'amis se sépara, chacun allant dans sa Descendance respective. Ellün se dirigea vers le fond de la salle, vers de grands carreaux de lumière qui parsemaient leurs doux rayons sur les pupitres Orphuss. C'est là, au-devant de l'amphithéâtre, au milieu d'autres élèves, qu'elle aperçut l'amie qu'elle recherchait tant, son point d'ancrage dans ce grouillement retentissant de nouveaux mages impatients.

— Lal ! Enfin je te trouve ! s'exclama-t-elle.

Ravie, elle dévala l'allée séparant les bancs des Orphuss de ceux des Ämes.

Lalwendï, interrompue dans sa discussion avec ses nouvelles amies, se retourna doucement, l'air un peu gêné. Elle la regardait comme si Ellün était devenue une étrangère, ou pire, une intruse.

— Oh, c'est toi, Ellün… articula faiblement son amie en portant une main nerveuse à son cou.

— Quelque chose ne va pas ? s'inquiéta Ellün face à son visage crispé.

Soudain, elle se sentit indésirable. Arrivait-elle à un moment inopportun ? Elle vit tout à coup de l'agitation dans l'attroupement de jeunes filles entourant son amie d'enfance. Ellün entendit certaines d'entre elles chuchoter :

— C'est elle, la fille qui est descendue avec les mages hier soir… murmura une première apprentie.

— Apparemment, elle n'aurait pas ses pouvoirs… commença à rire une deuxième, ses mains cachant sa bouche, les yeux remplis de mauvaise malice.

— Oui, à ce qu'il paraît l'Arbre d'Edenn n'a pas voulu d'elle ! pouffa une dernière.

— Que fait-elle là, alors ? ajouta encore une, à haute voix.

Puis, une grande blonde, de laquelle émanait une froide prestance, clôtura la discussion. Ellün lut dans ses yeux de la colère, cette fille semblait déjà avoir rendu son verdict. Son port de tête était droit et fier, ses yeux bleu pâle renfermaient une haine latente. Une maturité ambitieuse se dégageait de cet être. Ellün ne répondit pas à sa provocation, elle n'aimait pas les conflits et, d'une certaine façon, elle partageait leur avis.

— Je suis désolée, il n'y a plus de place ici, on se revoit très vite, d'accord ? reprit Lalwendï.

Elle cherchait visiblement à se débarrasser au plus vite de celle qui avait été sa meilleure amie depuis toujours.

Ellün resta figée quelques instants, la mine interdite. Le groupe de filles s'était retourné afin de l'ignorer complètement. Ce rejet ferme qu'elle venait de vivre l'empêcha de se mouvoir. Son corps était comme paralysé, seul son cœur battait à tout rompre. La silhouette de cette personne qu'elle avait tant aimée disparut dans les méandres de souvenirs devenus soudain douloureux. Des larmes commencèrent à rouler sur ses joues en feu, rougies par la honte qui enveloppa son âme et sans qu'elle s'en aperçût. Ses lèvres se mirent à trembler, voulant crier leur désespoir. Tout s'effondra en elle.

Un élève, dans sa précipitation, la bouscula et la renversa. Il lui lâcha une brève excuse et s'engouffra lui aussi à une rangée de tables. La douleur la fit reprendre ses esprits. Machinalement, elle remonta l'allée pour trouver un siège libre au fond de l'amphithéâtre. Le garçon à côté lui fit un grand sourire, Ellün le lui rendit avec un soupçon de tristesse en plus.

— Commençons ! Messieurs et mesdemoiselles, un peu d'attention s'il vous plaît, s'éleva une voix dans toute la salle.

Toutes les discussions moururent pour laisser place à la voix glaciale d'Arachné Eöl. Ses longs cheveux blancs étaient lâchés, ils ondulaient jusqu'à ses hanches, une fine tresse entourait sa tête. Elle avait troqué sa grande robe de cérémonie de la veille pour une longue tunique, une ceinture tressée lui marquait la taille et dévoilait ses formes harmonieuses.

— Vous trouverez devant vous une tunique avec le blason de votre Descendance. Veuillez, s'il vous plaît, la revêtir après le cours, continua-t-elle, voulant éviter un chaos dans la salle.

Une tunique blanche, de forme identique à la directrice, venait de se matérialiser sur le pupitre d'Ellün. Elle portait le blason du flocon aux dizaines de branches, signe que la vie était faite de plusieurs chemins, ainsi qu'une ceinture du même vert foncé, seule touche de couleur sur tout ce tissu de pureté.

— Aujourd'hui, le cours consistera en une évaluation non notée de vos acquis généraux sur la magie. Nous commencerons simplement par ces questions : Qu'est donc la magie ? D'où provient-elle ? Vous êtes-vous déjà posé ces questions ?

Une élève de la Famille des Psychës leva la main pour répondre, la directrice lui en donna la permission d'un mouvement de tête.

— Le nom savant de la magie est Erigiuum, informa la jeune fille, ravie de voler des exclamations de surprise aux plus ignorants.

— C'est exact. Nous possédons tous, à quelques exceptions près, de l'Erigiuum. Quelle est sa nature ? Personne ne le sait ?

La directrice balaya le silence de l'amphithéâtre de son regard. Ellün aperçut soudain Ingwë se dresser d'un des bancs des Psychës, en contrebas, et prendre la parole. Elle se demanda si elle avait vu la scène avec Lalwendï. Instinctivement, Ellün chercha des yeux les jumeaux. Ces trois personnes étaient maintenant tout ce qu'il lui restait, ils étaient les derniers remparts contre la solitude.

— L'Erigiuum fait partie de notre ADN. Il est mis en sommeil jusqu'à nos onze ans, l'Arbre d'Edenn ne faisant que désigner et préciser quel sous-pouvoir de notre Famille nous possédons. Un enchanteur ne peut avoir tous les pouvoirs de sa Descendance. L'Erigiuum peut être indépendant, avec l'accord du mage, mais à tout moment il peut être repris par son inventeur ou détruit par la magie d'un autre. C'est pourquoi les inventions des Engendrörs poursuivent leurs tâches au quotidien, mais s'il en est décidé autrement, ou que le mage meurt, leur magie peut être reprise.

— Réponse correcte. Cependant, veuillez attendre que je vous autorise à prendre la parole la prochaine fois, la sermonna la directrice.

Ingwë s'était rassise lentement ; ses grands yeux bleus dans lesquels un orage menaçait d'éclater ne quittaient pas la directrice.

Arachné continua sur la composition des Descendances et de leurs différents pouvoirs. Ellün connaissait par cœur les Orphuss et les Ämes, ayant vécu avec eux toute sa vie. Mais elle découvrit les deux autres familles, car elle n'en avait côtoyé que très peu.

Ainsi, les Quatre avaient attribué à chacun de leurs descendants trois pouvoirs distincts. La famille de Calahan, les Astéracës, était répartie entre les Bräves, les Négocïators et les Façönneurs. Leur pouvoir commun à tous était la télékinésie, ils réussissaient donc à faire bouger des objets par leurs propres pensées, mais également leurs corps, soumis à leurs pouvoirs. La télékinésie revêtait alors aussi l'apparat de la lévitation.

La seconde famille, à laquelle appartenait Ellün, comptait les Métamörfs, les Voyagëurs et les Chuchöteurs ; ils possédaient tous les trois le contrôle des quatre éléments. Ils pouvaient donc contrôler avec certaines limites l'eau, la terre, le feu et l'air, créer des vagues, des courants d'air, des petites tornades, allumer des feux en tout lieu, et autres tours de passe-passe naturels.

La famille de l'impénétrable Isìl, les Psychës, regroupait les Inquisitörs, les Clairvöys et les Pensës. La télépathie mutuelle, le don de communiquer par la pensée entre eux, complétait ces dangereux pouvoirs.

Enfin, la plus jeune de la fratrie, Neüs, avait fait don des pouvoirs des Söuffles, des Sönges et des Engendrörs à la famille des Ämes. Et dans un dernier élan de générosité, elle leur avait offert le pouvoir collectif de l'apparition. Chaque Äme avait la capacité de faire apparaître un objet. D'une taille relative.

— Des explications plus approfondies sur vos pouvoirs vous seront dispensées dans les cours spécialisés. Vous aurez l'occasion de découvrir vos propres pouvoirs lors d'épreuves sur le terrain. Ainsi, vous pourrez vous exercer, les mêler et savoir quels pouvoirs s'accordent le mieux avec le vôtre. Que la puissance des Quatre vous accompagne tout au long de vos études, termina la directrice.

Un son de cloche retentit soudain marquant la fin de ce premier cours et le début de nouvelles connaissances.

VIII

École d'Aràan, territoire de l'Est, mois de Fearn de l'an Sëplunn.

La vie à Aràan était teintée d'ambiguïté. Depuis plusieurs semaines, Ellün s'installait dans une routine déplaisante. Ce mois qui signifiait la renaissance avec le chant des oiseaux revenus, lui paraissait plutôt morne. Elle se sentait de plus en plus en proie à la fatigue. Que ce fût dans sa chambre, à la salle de déjeuner, à la salle de cours, ou au parc, elle sentait qu'elle n'avait sa place nulle part. Cette sensation de malaise marquait davantage encore la jeune fille lorsqu'elle était avec Arachné Eöl, la directrice de l'école.

Cette dernière avait insisté pour qu'elle prît des cours privés. Non seulement, la jeune Sans-Erigiuum devait suivre tous les cours de première année, assister aux leçons privées de la directrice des Orphuss, Hagueroux Porunn, mais elle devait maintenant trouver plus de temps pour accueillir l'aide d'Arachné. Elle se souvint du jour où la mage le lui avait proposé.

Une semaine plus tôt, en marchant dans les longs couloirs de pierre qui constituaient Aràan, Ellün éprouva soudain une peur sans pareille. Elle était convoquée dans le bureau de la directrice. Devant la lourde porte en demi-arc, elle retint sa respiration. Rassemblant tout son courage, la jeune fille était entrée dans un magnifique bureau ovale.

— Ellün, merci d'être venue, lui avait alors souri Arachné.

La célèbre enchanteresse portait une longue robe bleu nuit, lui découvrant les épaules. Ses cheveux d'argent étaient tressés en une natte épaisse qui lui tombait jusqu'au creux du dos.

— Vous vouliez me voir, madame la directrice ? hésita la jeune sans-pouvoir, intimidée devant tant de beauté.

— Oui, en effet. La directrice de ta Famille m'a fait part de l'absence de progrès au sujet de ton Erigiuum.

Ellün déglutit. Allait-elle l'expulser de l'école ?

— J'aimerais te proposer mon aide. Je te dispenserai également des cours privés. Ce ne seront évidemment pas des leçons d'Orphuss, mais plutôt une sorte de thérapie.

— C'est-à-dire, madame ? Je ne comprends pas très bien.

— Ton absence de pouvoir est peut-être due à un blocage psychologique. En tant que Psychë Inquisitör, je sais fouiller dans l'esprit d'un mage. Peut-être puis-je t'aider à élucider ce problème. La réponse se trouve sans doute là.

Ellün ne savait que répondre. L'idée qu'un mage s'immisce dans son esprit lui déplaisait.

— De nombreux mages ont recours à la thérapie. Il n'y a aucun danger. Ne voudrais-tu pas que tout s'arrange ? À ta place, je prendrais toute l'aide que l'on me propose.

— Vous avez raison. Merci pour votre générosité.

Cela faisait maintenant quelques jours qu'Arachné la faisait venir pour lui prodiguer ses soins psychologiques, pourtant Ellün ne se sentait pas mieux. Au contraire, tout s'embrouillait de plus en plus en elle, comme si une ombre venait ternir ses pensées.

Le contexte ne l'aidait pas non plus. Entourée par les enfants des plus grands nobles du Sud-Est et Sud-Ouest réunis, elle, petite villageoise du Nord, perdait totalement confiance. Quelle était sa valeur dans ce monde-là ? Pour couronner le tout, elle ne voyait pratiquement jamais son grand frère. Calion avait ses propres amis et ses habitudes. Non pas qu'il était indifférent à sa sœur, mais il la jugeait trop immature pour la laisser traîner avec ses camarades plus âgés. Ellün l'avait tenu informé du rejet de l'Arbre d'Edenn, il l'avait alors rassurée, lui jurant que ses pouvoirs viendraient bientôt. En attendant, il lui avait fait promettre de s'accrocher et de bien étudier en cours. Elle soupçonnait son frère d'avoir honte d'elle. Même si Calion le lui cachait, il abrégeait toujours leurs conversations et ne s'approchait jamais d'elle en présence de ses amis. Ellün était considérée comme une Anomalÿ inhabituelle au sein d'Araan, elle avait eu sa Goutte, mais aucune Désignation. Elle était alors vue comme un paria, même parmi les marginaux.

— Avez-vous entendu parler du bal qu'organise les Des Astrins ? Je me souviens de la fête de l'année dernière, elle était d'une décadence !

Une de ses camarades de chambre la sortit de ses sombres pensées. Les trois autres filles étaient en train de se parfumer de délicates senteurs et rajoutaient des paillettes à leurs cheveux. Toutes se poudraient le visage, assises chacune à sa coiffeuse. Ellün les regardait gesticuler et bavarder, tandis qu'elle était simplement assise sur son lit défait.

— Nom de Tristan le Voyageur ! Mes parents m'ont déjà acheté la plus sublime des robes. Elle est parée de diamants, j'espère qu'elle plaira aux jumeaux… déclara une deuxième fille.

Ellün les connaissait à peine. En réalité, personne ne lui parlait, toutes jouaient à la rendre la plus invisible possible, comme si elle n'existait pas. Cela la touchait énormément et la blessait au plus profond de son cœur. L'adolescente affrontait une des plus grandes peurs de la jeunesse : le rejet. Elle savait d'où cette solitude venait, de Lalwendï. Tous les Orphuss copiaient son indifférence.

— Tu n'en pincerais pas un peu pour lui ? se moqua une troisième.

— Il est plutôt joli garçon, ne trouves-tu pas ? Et puis, il serait un bon parti selon mes parents. Qu'y a-t-il ? Pourquoi me lances-tu un regard pareil ? Certes, je suis très jeune, mais ne me dis pas que tes parents ne te parlent pas de tes futures fiançailles. Tu sais très bien que les filles de notre rang ne se mélangent pas au peuple. Et dans ce milieu si restreint, il faut s'y prendre à l'avance pour trouver un mari !

— Tu as raison ! Vous vous souvenez de la dernière réception chez les parents des jumeaux ? Ils sont tellement puissants qu'ils ont eux-mêmes arrangé le mariage de Delphy avec le fils d'un puissant archiduc du Sud !

L'archiduc était un titre juste un cran en dessous de prince. Delphy n'était que duchesse, les parents des jumeaux avaient donc usé de leur générosité en alliant son destin à celui plus élevé d'un autre adolescent. Ellün pensa alors à Ingwë. Son amie lui avait même confié que ses parents possédaient un duché, ils étaient donc moins puissants que la famille Des Astrins.

— Quelle chance a Delphy, je souhaiterais que mes parents aient des amis aussi puissants pour qu'ils me trouvent un prince ! Quelle consécration cela serait !

— Tu n'as qu'à épouser Tylr ou Ndyx, et tu le deviendras à ton tour !

— Les Des Astrins sont les parents de Tylr et Ndyx ?

Les mots étaient sortis tout seuls de la bouche d'Ellün. Elle n'avait pas pu s'en empêcher en entendant les prénoms des jumeaux. Étaient-ils réellement issus d'une famille princière ? Leurs parents faisaient-ils réellement partie de la Fédération ? L'unique parti politique et religieux du monde, Ellün n'en revenait pas.

— L'ignorais-tu ? Mais ne te fourvoie pas, tu n'es pas de haut rang pour convoiter un mariage aussi grandiose, lança méchamment une fille.

— Une Anomalÿ et une paysanne de surcroît, qui veut épouser un prince, j'aurais tout vécu durant ma courte vie ! se moqua une autre.

Elle ne répondit rien, elle se leva et fouilla dans son armoire pour en sortir sa tenue du jour et sa cape. En quittant la chambre commune, elle entendit les autres filles s'esclaffer avec bruit. Elle s'était ridiculisée. Les larmes commençaient à lui monter aux yeux. Son cœur commença à lui faire mal, elle avait peur. Ce qu'il venait de se passer allait sûrement tomber dans les oreilles de Delphy.

Pour l'instant, la meneuse des Orphuss lui lançait des piques. Les élèves qui composaient son groupe d'amis l'imitaient et esquissaient les meilleures — ou les pires — moqueries sur Ellün. Cela la blessait, mais elle feignait l'indifférence, pensait que cela était la plus efficace des défenses. À force de les ignorer, peut-être se lasseraient-elles ?

Elle dévala en hâte les escaliers en colimaçon de la tour Est. Ses pensées se dissipèrent et un cri lui échappa ; elle venait de percuter un inconnu.

— Oh, pardon ! Je suis désolée, je ne t'avais pas vu…

Elle s'arrêta brusquement. Elle croisa le regard vert aux filaments dorés de l'inconnu. L'adolescent devant elle était bien plus grand. Ses longs cheveux d'un blond éclatant étaient tressés en nombreuses mèches dont certaines formaient un chignon. Ses yeux resplendissaient. Sa peau de miel paraissait si douce.

— Tu n'as rien ?

Elle se rendit enfin compte qu'il la tenait par les épaules. Il l'avait aidée à retrouver son équilibre et lui parlait maintenant. Elle vit dans son regard une douceur qui l'encouragea à lui répondre.

— Oui, pardon… J'espère que je ne t'ai pas fait mal non plus. Tout est ma faute, je ne regardais pas où j'allais.

Elle remarqua alors qu'il portait une cape blanche similaire à la sienne et avec le blason des Orphuss : sa Famille. Les yeux d'Ellün le fixèrent à nouveau profondément. Elle ne pouvait s'en détacher tant elle percevait en lui quelque chose de vrai, d'honnête et de réel.

— Tes yeux sont vraiment magnifiques…

Elle avait soufflé ces mots dans un murmure. Les iris d'émeraude de l'adolescent se teintèrent d'une légère lueur, qu'elle ne put identifier. L'éclat brisa instantanément l'hypnose de la jeune fille. Lorsque Ellün réalisa la teneur de ses propos, elle prit ses jambes à son cou.

— Attends !

Mais l'appel de l'inconnu se perdit dans l'écho de la pierre. Devant la stupidité de son comportement, la honte lui enflammait les joues. Encore une bévue dont elle aurait du mal à se remettre. Si les autres l'apprenaient, ils allaient encore l'humilier, à coup sûr. Elle était réellement la reine des sottes. Pourquoi ces mots étaient-ils sortis de sa bouche ? Comment avait-elle pu, ne serait-ce qu'oser à les formuler dans sa conscience ? Que lui avait-il fait ?

Elle se précipita dans les thermes en bas de sa tour et y plongea toute entière, priant pour ne jamais reparaître à la surface.

Encore stigmatisée par la honte, Ellün arriva dans la grande salle circulaire qui servait pour les réceptions, mais aussi pour les repas. Le printemps fleurissait déjà pour laisser plus de place aux couleurs vives de l'été. Ce matin, les rayons du jour filtraient par l'unique baie vitrée de laquelle défilait la vie de l'immense forêt de l'île dans le ciel.

Balayant la salle du regard, elle trouva ses amis. Ingwë, Tylr et Ndyx étaient attablés vers le fond, devant un pan de mur offrant une vue magnifique. Elle les connaissait maintenant depuis deux mois, mais elle ne s'était toujours pas habituée à faire partie de leur groupe. Était-ce parce qu'ils traînaient toujours tous les trois, ne la cherchant jamais ? Ellün n'était pas dupe, elle notait bien la froideur d'Ingwë à son égard et la façon dont les jumeaux la suivaient partout, semblant liés par un secret.

— Sköld ! les salua-t-elle chaleureusement dans un accent typique du Nord qui lui échappa, un grand sourire tremblant aux lèvres.

Si elle se montait encore plus gentille, elle arriverait peut-être à vraiment s'intégrer. Parfois, Ingwë lui montrait une attention particulière, ce qui provoquait un sentiment d'espoir fou chez l'Orphuss. Cependant, elle se ressaisissait souvent très vite pour adopter une attitude horriblement blessante.

— Comment va notre jeune apprentie préférée ? Dans quelle aventure vas-tu t'embarquer aujourd'hui ? lui demandèrent les jumeaux en même temps.

Ingwë se contenta d'un sourire timide avant de remettre le nez dans son assiette de viennoiseries, cela refroidit la bonne humeur d'Ellün. Elle essaya de ne pas se laisser démonter.

— Quelque chose te tracasse-t-il, princesse ? lui demanda Tylr, le jumeau à l'œil vert, qui avait remarqué que son sourire s'était fané.

— Je devrais plutôt te retourner ce statut, prince Des Astrins.

— Nous n'avons pas encore le titre, tu sais. Il nous sera donné à la fin de nos études. Comment l'as-tu appris ?

Les jumeaux s'étaient arrêtés de manger ; ils appréciaient qu'Ellün les traite comme des adolescents ordinaires. À l'instar d'Ingwë, elle ne se courbait pas non plus devant eux.

— Les filles dans ma chambre n'arrêtent pas de parler de votre bal.

— Nos parents célèbrent les fêtes de Luinil. Ils s'y prennent toujours des mois à l'avance, car ils invitent une très grande partie du continent.

— Ce n'est pas si impressionnant que cela, intervint Ingwë devant l'expression d'admiration d'Ellün.

— Dit l'archiduchesse totalement blasée, se moqua Tylr.

— Je ne parlais pas de la réception en soi, mais des personnes conviées. Tu sais, les princes, ducs et comtes sont des mages comme les autres. Ils sont puissants par leur naissance, pas par l'immense travail qu'ils ont accompli, ou pas.

— Maintenant que tu connais la vérité, vas-tu nous traiter différemment ? Comme le dit notre lumineuse Psychë, nous sommes comme tout le monde.

Ingwë leva les yeux au ciel.

— Pas du tout, vous resterez toujours deux énergumènes pour moi. Mais puisque nous sommes amis, je dois bien apprendre à vous supporter.

Les jumeaux rirent, encourageant davantage l'Orphuss à s'ouvrir à son tour.

— Je suis contente de vous avoir rencontrés, vous resterez toujours mes amis, sourit Ellün.

Les yeux vairons des jumeaux s'illuminèrent, tous deux posèrent une main sur les épaules de la jeune fille pour appuyer ses dires. Seule la Psychë rougit et ne répondit rien. Son amie savait qu'elle lui fermait encore une fois la porte. De la lumière fusait légèrement de ses mains et son regard bleu prit une teinte plus électrique. Ellün se demanda pourquoi Ingwë activait ses pouvoirs, mais elle n'eut pas le temps de la questionner que l'adolescente sortit de table.

— Les cours vont bientôt commencer, lâcha-t-elle seulement.

Elle planta-là une Ellün choquée et deux jumeaux très mal à l'aise.

— Dites-moi maintenant la vérité. Elle ne m'aime pas, n'est-ce pas ?

— Ce n'est pas ça, Ellün. Elle est simplement très compliquée. Tu sais, découvrir qu'elle n'est pas une Astéracë comme elle l'aurait voulu, l'a abattue. Elle fait semblant d'aller bien, mais c'est tout le contraire, démarra doucement Ndyx.

— Nous-mêmes avons du mal à la suivre très souvent. Je pense qu'elle n'a pas eu beaucoup d'amis avant. C'est flagrant à quel point elle communique mal, continua Tylr.

Ils n'étaient que compassion et bienveillance. Le cœur d'Ellün se serra, les jumeaux s'évertuaient à lui remonter le moral. Puis, soudain, une pensée la frappa de plein fouet. Comment deux jeunes garçons, avec un statut si important, pouvaient-ils être aussi gentils avec une fille si insignifiante qu'elle ?

— Laisse-lui du temps, Ingwë reviendra à toi d'elle-même, lui conseilla Ndyx qui faisait toujours preuve de plus de discernement que son jumeau.

— Justement, je n'en ai pas assez avec vous tous. Entre mes cours collectifs et privés avec la directrice, je ne vous vois pas beaucoup. Vous allez m'oublier, je le crains, avoua tristement Ellün.

Les deux blondinets échangèrent un regard avant de se mettre à pouffer.

— Impossible ! Tu nous as fait une première impression fracassante ! l'encouragea Ndyx.

— Et puis, dès que tu auras ton Erigiuum, tu auras beaucoup plus de temps ! Ne t'en fais pas, nous serons toujours là. Au lieu de penser à Ingwë, concentre-toi sur ton pouvoir, prends soin de toi.

Ce fut là qu'Ellün comprit, les jumeaux étaient des adolescents simples, leurs cœurs étaient purs. Ils ne ressemblaient à aucun point à l'idée qu'elle s'était faite des mages des grandes villes.

— On dirait mon père ! plaisanta-t-elle, le cœur soudain plus léger.

— Alors ton père est sage, jeune apprentie, finit Tylr.

Le cœur léger, Ellün partit pour sa première heure de cours.

Lorsqu'elle arriva dans le couloir conduisant à sa salle d'études, des élèves étaient attroupés devant l'imposante porte en bois où le Dieu Tristan était gravé. Tous se turent à son approche. Delphy, celle qui menait la grande majorité des étudiants Orphuss de première année, se détacha du groupe pour venir à sa rencontre.

Des frissons parcoururent la nuque d'Ellün. Lorsque l'Orphuss blonde avait ce regard, cela n'augurait rien de bon. Qu'allait-elle lui faire cette fois-ci ?

— Alors, comme ça, tu aurais des vues sur les Des Astrins ?

— Pardon ? Non, ce n'est pas ça… commença à articuler Ellün d'une voix basse.

Sa timidité naturelle était en général mise à rude épreuve par l'aplomb de Delphy. Le fait aussi qu'elle soit toujours seule face à un groupe d'apprentis enchanteurs ne l'aidait pas à s'affirmer.

— Écoute-moi bien, petite idiote. Une Anomalÿ sans statut comme toi n'a pas à poser son affreux regard sur des princes tels que Tylr et Nidyx.

— Mais…

— Bien évidemment, tu n'as même pas honte. Rien ne t'arrête, alors nous allons te donner une bonne leçon. J'espère que cela te remettra les idées en place. N'oublie pas qui tu es et surtout où tu seras bientôt. Dans le Grand Nord, à ta vraie place.

Ses yeux habituellement marron aux reflets rouges verdirent. L'Orphuss activait son Erigiuum et Ellün savait qu'il s'abattrait sur elle. La jeune fille se couvrit alors les yeux, attendant son destin.

— Delphy ! Je te l'interdis ! cria une voix masculine.

L'inconnu des escaliers, qu'elle avait bousculé tantôt, se positionnait entre elles pour protéger Ellün. Ses tresses ensoleillées s'illuminaient d'une lueur verte. Il était prêt à parer tout coup éventuel. La colère s'empara de Delphy, dont l'expression se teinta de dégoût. Ellün était effrayée, qu'avait-il fait ? La provoquer ne servait qu'à alimenter sa haine. Mais ses peurs se dissipèrent lorsqu'elle vit l'Orphuss se calmer. Delphy abandonnait.

— Prendrais-tu sa défense ? À cette Sans-Erigiuum ? demanda cette dernière.

L'amertume se lisait sur son visage. L'inconnu se redressa, lui aussi arrêtant son pouvoir. Il cachait Ellün derrière lui, signe de supériorité face aux autres et de protection envers elle. Elle se sentait si petite, si fragile. Comment avait-elle pu en arriver là ? À ne pas savoir se défendre seule.

— Pars. Prends tes moutons avec toi, lui ordonna-t-il sèchement.

Le groupe derrière Delphy émit des cris de protestation. Il parlait avec une voix claire et maîtrisée. Ellün fut surprise de trouver une telle force en lui alors que son aspect semblait si doux.

— Fais attention, Sveyn, tu n'es qu'un prince de l'Ouest, le menaça la grande blonde.

— J'ai toujours un statut supérieur au tien. Ne t'avise pas de me défier encore une fois.

Delphy soupira, exaspérée. Ses cheveux formaient de grandes vagues dans son dos, tant sa démarche était déformée par la frustration. Elle entra dans la salle de cours, suivie par le reste de son groupe.

— Comment te sens-tu ?

Une fois encore l'inconnu s'était tourné vers Ellün. Une fois encore, il essayait de prendre soin d'elle.

— Oui, oui, je suis habituée, c'est ainsi depuis la rentrée.

— Je comprends que cela soit impressionnant, faire face à un groupe agressif, seule. N'écoute pas Delphy. Sa bouche est aussi grande que son ego est fragile.

— Facile à dire… Elle a pourtant raison, je ne suis qu'une Anomalÿ.

— Non, tu n'as juste pas de chance, du moins pour l'instant. Laisse-toi du temps, si tu y crois, cela finira par arriver.

Le jeune garçon lui décrocha un sourire empreint de bonté et Ellün rougit. Il n'en finissait plus de la fixer et cela la perturbait davantage.

— Je m'appelle Sveyn, et toi ? continua-t-il en essayant de la mettre à l'aise.

— Ellün.

— Ravi de te connaître. Voudrais-tu t'asseoir à mes côtés durant le cours ? J'ai entendu parler d'un travail de groupe, j'aurai donc besoin d'une partenaire !

Son enthousiasme était flagrant, sa générosité aussi. Ellün ne le connaissait pas, mais un élan de confiance étouffa presque son cœur. Elle avait envie de le croire.

— Oui… Avec plaisir, souffla-t-elle, toute gênée et pourtant ravie.

Sveyn était charmant. Il l'invita à entrer la première dans la grande salle aux tapisseries vertes, signes de leur Famille. Ellün était aux anges, elle ne serait pas seule aujourd'hui. Peut-être même allait-elle avoir un allié dans cette promotion qui ne l'acceptait pas. Comme à son habitude, la jeune Orphuss se mit à rêver, à espérer se faire de nouveaux amis. La solitude qu'elle vivait depuis des semaines disparut petit à petit de son cœur.

— Merci, Sveyn, murmura-t-elle.

Le jeune apprenti mage sourit, les joues enflammées, ce qu'Ellün ne vit pas.

IX

École d'Aràan, territoire de l'Est, deux mois après, mois de Huath de l'an Sëplunn.

Les jumeaux n'étaient pas d'accord. Ils étaient atterrés par les confidences de la Psychë. Là, dans le parc accolé à la Cathédrale qui leur servait d'école, ils sentaient la déception monter en eux.

— Ingwë, nous n'avons pas à faire cela, annonça Ndyx d'une voix grave.

— Si, cette situation est trop dangereuse. Il faut mettre fin à ce jeu, lui rétorqua-t-elle.

— Ce n'est pas un jeu et tu t'inquiètes beaucoup trop, lui balança Tylr de mauvaise humeur.

— Veux-tu que je te rappelle ce qui est arrivé à ceux qui ne se sont pas assez inquiétés ? Voulez-vous finir comme eux ?

Les jumeaux restèrent silencieux, leur amie marquait un point. Cela leur était difficile d'admettre qu'elle avait sûrement raison !

— Est-ce à cause de ce qu'elle a dit il y a quelque temps ? Le fait que tu sois son amie ?

Ingwë voulut grimacer, elle contrôla l'expression de son visage toutefois à temps. Oui, c'était bien pour cela. Cependant, ce n'était pas tout à fait juste, pensaient les frères. Ce n'était pas la faute d'Ellün, mais la sienne. Si les cauchemars l'avaient laissée tranquille, elle n'en serait pas là. L'obsession qu'elle développait de plus en plus pour Ellün pourrait se révéler dangereuse. Les mots de l'Orphuss avaient créé des échos en elle, jusque dans ses profondeurs. Son âme en avait été ébranlée. Elles ne pouvaient pas être amies. Cela pourrait être un obstacle plus tard.

Elle serait son embuche.

Ellün était un piège.

— Elle se rapproche trop. Il est encore temps de se séparer sans que cela fasse trop mal, tenta-t-elle d'expliquer.

Ingwë avait omis de leur dire que ses nuits étaient envahies par l'image de l'Orphuss sans pouvoir. Auraient-ils pu la comprendre ? Étaient-ils capables de l'aider ? Elle-même ne comprenait pas ses pensées pour cette fille.

— Pourtant, tu sais à quel point Ellün est sensible. Cela fait des mois que nous la connaissons. Personnellement, je l'aime beaucoup, c'est une très bonne amie et je ne veux pas la perdre, objecta le jumeau à l'œil bleu.

Ndyx était habituellement d'humeur discrète, il parlait très peu, preuve d'un tempérament plus doux que son frère. Néanmoins, aujourd'hui, il prenait la défense d'Ellün. Ils avaient beaucoup sympathisé, leur timidité les avait liés d'une amitié sincère.

— Préférerais-tu perdre la mémoire ?

— Cela n'arrivera pas parce que nous sommes amis avec elle, argumenta-t-il sous le regard de Tylr qui le laissait faire.

— Être amis veut dire se rapprocher, et souvent découvrir les secrets de l'autre. Nous ne pouvons pas prendre ce risque.

— Et comment comptes-tu lui dire ?

— Avec franchise.

— Tu veux dire un prétexte, puisque tu ne peux pas lui dire la vérité.

— J'ai les arguments, point. Maintenant, elle ne devrait pas être trop touchée, on l'évite autant qu'on peut depuis le début.

— Autant que *tu* puisses. Nous t'obéissons simplement.

— Ndyx. Ça suffit. La décision est prise. Nous devons nous écarter d'Ellün.

La Psychë avait mis un terme à toute discussion. Elle savait que, malgré leur statut, elle détenait l'avantage. Leur amitié avait été forcée depuis le début et cela lui déplaisait beaucoup. Elle ne serait jamais allée vers les jumeaux dans un contexte normal. Ingwë n'ignorait pas que les garçons l'appréciaient, parfois elle se demandait bien comment ils faisaient. Elle-même ne pouvait pas se supporter. Ils étaient trop conciliants à son goût, elle en culpabilisait et elle détestait davantage leur relation.

— Tu vas le regretter, souffla Tylr qui montra quelque chose d'un signe de tête.

Il s'était très peu exprimé jusqu'ici, mais il n'avait perdu aucune miette de la conversation. Son regard se porta sur Ellün qui se dirigeait vers eux. Ndyx se massa les yeux, inquiet pour la suite. Ingwë se figea instinctivement, ne laissant rien paraître comme à son habitude. Ellün avait le sourire aux lèvres, ravie de la perspective de passer un peu de temps avec ses amis.

Ingwë ne lui laissa pas le temps de leur dire bonjour, faisant disparaître l'enthousiasme de l'Orphuss.

— Ellün, as-tu un peu de temps ? Nous devons te parler.

La Sans-Erigiuum se figea, Ingwë paraissait très sérieuse. Bien qu'elle ait intégré le groupe des jumeaux, leur amie Psychë commune restait très froide envers elle. Ellün ne comprenait pas ce jeu d'ours et de biche qu'elles pratiquaient toutes les deux. Lorsque la biche avançait d'un pas pour apaiser l'ours, celui-ci reculait de trois pas. À chaque fois que la Sans-Erigiuum pensait avoir touché sa nouvelle amie, la déception pointait. Elle devait lui parler, aujourd'hui. Elle ne pouvait plus perdre de temps à cacher sa tristesse. Après tout, elle n'avait pas attendu si longtemps son pouvoir pour finir esseulée.

— Oui, bien sûr.

Elle suivit le groupe jusqu'à la lisière de la forêt. Très peu d'élèves étaient présents, car les fortes chaleurs commençaient à envahir la terre grasse de l'île dans le ciel. Le quatuor s'arrêta à l'ombre des immenses sapins. Ingwë se tourna vers elle, l'air grave. Ses grands yeux bleus étaient voilés d'un gris triste.

— Nous n'en aurons pas pour longtemps.

— De quoi s'agit-il ? demanda Ellün, nerveuse.

Ingwë marqua une pause et lui jeta un regard pénétrant. Ellün sentit de nouveau une guerre se livrer sans relâche dans l'esprit de la Psychë. Mais au bout d'un moment, elle se ressaisit et ne regarda plus Ellün.

— Nous ne pouvons plus être amis.

— Pardon ? Pourquoi ? s'étonna Ellün, une enclume venait de s'écraser sur elle.

La jeune fille était sonnée, complètement sous le choc. Ce n'était pas en train de se passer, cela ne pouvait être réel. Son pire cauchemar prenait forme devant elle : la solitude, le rejet, la haine.

— Parce que tu es…, balbutia la Pyschë qui peinait à trouver les mots justes, parce que tu es une Anomalÿ.

Les jumeaux en restèrent bouche bée. Comment avait-elle osé donner cette excuse ? Les mots avaient été dits, sans détour, sans artifice. Telles des lames tranchantes, ils s'abattaient sur le cœur d'Ellün pour le déchiqueter en mille et un morceaux. L'Orphuss se sentait honteuse. Au fond, depuis qu'elle était arrivée à Aràan, elle savait qu'elle ne méritait personne.

— Je…

Elle n'eut pas le temps de terminer.

— On ne peut pas être vus avec toi, tu comprends ? Les jumeaux sont fils de prince et princesse. Ma famille est, quant à elle, aussi très puissante. Nous sommes désolés, mais c'est pour notre bien à tous.

Cette horrible nouvelle balaya le peu d'estime d'elle qu'avait encore Ellün. Pour rendre son supplice encore plus violent, la Psychë l'abandonna sans un regard.

Tylr s'avança, visiblement très en colère, mais son frère le rappela à l'ordre avec un coup de coude. Ellün ne remarqua rien, le regard perdu au sol. Son esprit avait comme quitté son corps.

— Nous nous excusons sincèrement… marmonna le plus sage des jumeaux avant de partir en entraînant l'autre.

Après un long moment où elle fut hagarde, Ellün s'écroula au pied d'un sapin imposant. Les mains sur le visage, elle éclata en sanglots.

Comment avait-elle eu la prétention de penser qu'elle était amie avec des personnes aussi importantes ? Elle, fille de paysans, enfant d'une région complètement perdue et inconnue des plus grands mages. Elle n'avait même pas d'Erigiuum pour prouver une quelconque légitimité.

Après un long moment, lorsque le soleil dispersa ses rayons d'un orange foncé, elle entendit des pas s'approcher. Quand elle redressa la tête, une main de miel lui était tendue.

— Je m'inquiétais. Cela fait des heures que je te cherche.

— Tu as manqué les cours pour moi ?

— Évidemment.

Ellün le regarda avec intensité. Sveyn se souciait d'elle. Quelqu'un avait pensé à elle. Il avait mis sa vie entre parenthèses pour la retrouver. Son cœur rata un battement.

— Oh, Sveyn ! cria-t-elle avant de se jeter dans ses bras.

— Mais tu pleures ! Que t'arrive-t-il ?

Une de ses mains caressait les longs cheveux châtains de l'Orphuss. Leur étreinte berçait et calmait Ellün. Sentir les battements de cœur de son ami la rassurait. Sveyn détenait vraiment une aura délicate qui inspirait confiance. Mais les doutes refirent surface, les questions tourbillonnaient dans son esprit. Elle eut soudain peur, peur de le perdre aussi, son dernier rempart contre un isolement total.

— Penses-tu que je t'inflige ma présence, chaque jour ?

— Mais que dis-tu ? Pourquoi penses-tu ça ? Bien sûr que non, Ellün ! Tu es mon amie.

— Est-ce que tu penses que je me sers de toi ? De ton statut social, je veux dire…

— Nous savons tous les deux très bien que tu n'es pas comme ça. Qui t'a mis ces idées en tête ? Delphy ?

Un sanglot fit hoqueter la jeune fille, elle arriva tout de même à marmonner un « non » étranglé.

— Serait-ce les trois apprentis avec qui tu traînes de temps en temps ? Je sais qui ils sont.

Ellün hocha la tête, les larmes étaient trop lourdes pour parler.

— Oublie-les. Ils n'en valent pas la peine. Ces gens ne sont pas tes amis. Moi, je le suis, je serai toujours là pour toi. Notre amitié est une évidence, ne crois-tu pas ?

La jeune sans-pouvoir fondit de nouveau en larmes, mais, cette fois-ci, les larmes étaient douces. Les mots de son ami la touchaient. Oui, Sveyn avait raison. Depuis la seconde où ils s'étaient rencontrés, tout avait été si naturel entre eux, beaucoup plus qu'avec le trio. Avait-elle forcé Ingwë à devenir son amie ? Avait-elle forcé la main des jumeaux également ?

La présence de Sveyn lui mettait du baume au cœur et amenait un peu de douceur dans son existence. Surtout après cette humiliation. Intérieurement, elle ne pouvait s'empêcher de remercier les trois apprentis. Au moins, ils lui avaient déclaré tout ceci et l'avaient rejetée de manière discrète. Elle n'osait pas imaginer combien de brimades elle aurait pu subir si Delphy avait tout entendu.

— Chut... Ça va aller, nous sommes tous les deux maintenant, lui glissa doucement Sveyn dans l'oreille.

X

École d'Aràan, territoire de l'Est, mois de Huath de l'an Sëplunn.

Les larmes aux yeux, elle avait couru pour semer les jumeaux. Elle ne voulait pas qu'ils assistent à ce moment de faiblesse humiliante. Comment avait-elle pu rejeter Ellün ? Les mots lui manquaient, les émotions quant à elles, se mélangeaient. Pourquoi ressentait-elle autant de culpabilité ? Était-elle réellement attachée à cette fille ? Et pourquoi tant ? Ingwë avait longtemps cherché des réponses, elle ne comprenait pas son obsession pour Ellün. Cela faisait maintenant deux mois que chaque nuit, elle apparaissait dans ses cauchemars. Tout ce que Ingwë savait, c'était que son cœur arrêtait sa course lorsque l'Orpauss rentrait dans son champ de vision.

Non, ça ne pouvait pas être cela.

Cette sensation lui déplaisait.

Elle soupira. Elle avait couru pour se cacher à la lisière du village. Ingwë aurait tout donné pour être ailleurs. Elle n'avait pas subi l'entraînement de la Confrérie pour cela. Elle avait atterri dans l'endroit qu'elle détestait le plus au monde. Ces suppôts des Quatre. Ces adorateurs malsains d'Esprits Invisibles. Et pour couronner le tout, voilà qu'un arbre magique lui avait révélé la nature de son Erigiuum, son pouvoir de Psychë. Non. Ce n'était définitivement pas ce qu'elle avait prévu. Elle les haïssait tous. Elle revoyait le visage de sa mère, pourpre de colère.

— Ingwë, cela suffit ! Tu n'es pas partie dans le Grand Nord pour rien ! Tu savais très bien, depuis que tu nous es revenue, qu'Aràan était l'endroit où tu devais te rendre.

— Je ne veux pas aller là-bas ! hurla Ingwë, désemparée par la nouvelle de sa mission.

Les cauchemars la tenaient encore éveillée la nuit, elle avait si peur de repartir.

— Pourquoi as-tu si peur de cette école ? Tu n'as pas été élevée pour manquer de courage pourtant, rétorqua sa mère avec froideur.

— Je n'ai pas été élevée, tout court ! hurla Ingwë qui n'arrivait pas à expliquer son angoisse.

— De quoi as-tu peur, ma chérie ?

Son père avait fait son apparition dans le salon, inquiété par les cris. Ses grands yeux bleus, les mêmes que ceux d'Ingwë, la sondaient, se demandant la raison de cet emportement. Sa fille était une résistante, elle avait été entraînée pour cela. La fierté d'appartenir à la Confrérie l'avait portée très tôt, lui avait-on raconté. Alors pourquoi agissait-elle différemment ? On leur avait dit qu'elle avait la force et le courage de sa mère, et que ces deux qualités l'avaient sans cesse accompagnée. Pourtant, il ne voyait là qu'un être apeuré. Pourquoi était-elle en désaccord avec la décision des siens ?

Le souvenir s'arrêtait là, Ingwë avait simplement fui le lendemain. Elle avait pris un sac à dos et s'était retournée une dernière fois sur sa maison. Ole Nalore allait lui manquer. Elle avait prié de toutes ses forces l'Univers de pouvoir revenir dans cette maison en restant la même. Ses parents avaient découvert la chambre vide de leur fille au petit matin. Fille d'une rebelle guerrière et d'un sage calculateur, ses parents savaient qu'elle ne courait aucun danger dehors. Elle s'était entraînée à parer tout danger. Ingwë avait grandi trop vite.

Encore plongée dans ses pensées, Ingwë se promenait dans le parc, doucement bercée par les rayons orangés de la fin de journée. Elle était venue ici pour s'isoler et réfléchir. Une lettre en provenance de son père était arrivée, elle décida de l'ouvrir. Étant haut placé au tribunal de Borlog, on lui avait appris le dénouement de la cérémonie de Désignation de sa fille. Celle-ci était restée silencieuse, désabusée par ce qu'elle était devenue. Être comme sa mère avait été son dernier espoir. Elle avait toujours su au fond d'elle qu'elle avait des faiblesses et devenir une Astéracë aurait pu la rendre plus forte.

Ma chérie,

Je sais à quel point tu dois être déçue d'être devenue une Psychë. Tu sais très bien que tu n'aurais pas pu maîtriser ta nature, ton destin appartenait d'avance à cette Famille.

Je ne peux te décrire ma joie lorsque j'ai appris que ma fille avait hérité de ma Descendance. Tu es notre fierté. Ne sois pas trop en colère contre le choix qu'a fait la vie. Chaque Erigiuum a sa propre beauté et sa propre puissance.

Nous avons hâte de découvrir quel pouvoir tu détiens.

N'oublie pas, tu porteras toujours en toi ce caractère d'Astéracë avec lequel tu as grandi. Jamais le feu de ta mère ne quittera tes yeux, j'en suis sûr.

Tendrement,

Ton père.

Aucun détail de sa mission n'avait été révélé, car les lettres pouvaient être contrôlées à Aràan. Ingwë tenta de se maîtriser, mais ne put s'empêcher de verser une larme. Au cours de l'année passée — depuis qu'elle était revenue dans son foyer — elle avait blessé son père en rejetant sa Famille, et néanmoins, Fjor restait toujours bienveillant et doux avec elle. Ingwë n'avait pas souhaité cela. Or ce qu'elle n'avait jamais révélé à Fjor et Esmë, ses parents, c'était la haine et la peur viscérales qui l'étreignaient depuis qu'elle avait été en âge de comprendre.

Depuis que tout lui avait été révélé.

Être une Psychë voulait dire appartenir à la même famille qu'Arachné Eöl. Un visage avec lequel on l'avait nourrie pendant toute son enfance.

Une larme qu'elle ne put contenir roula sur sa joue.

Elle avait été cultivée dans la haine.

Comment le leur faire comprendre quand tout le monde avait menti ? Du haut de ses onze ans, Ingwë ressentait des choses bien trop intenses pour elle alors qu'elle avait essayé pendant de longues années de cacher ses sentiments. Serait-ce, comme le lui avait dit son père, son pouvoir de Psychë qui décuplait ses sensations ?

Elle marchait sans but parmi les allées de sapins depuis plus de vingt minutes, et elle projetait partout les malheureux cailloux qui se présentaient à ses pieds. Elle repensa à son foyer. Elle aurait voulu y rester. Partir pour le Nord dans une de ses écoles, y vivre un entraînement d'Astéracë, apprendre à combattre à leurs côtés, voilà ce qu'elle aurait préféré.

Elle aurait préféré vivre une vie paisible.

Elle aurait souhaité oublier son passé.

Or à la place, elle était devenue Eòlasum. La Confrérie de l'Oracle l'avait choisie, elle, parmi tant d'autres. De tous les nourrissons, leur choix s'était porté sur la petite Ingwë. Elle le savait, c'était avec fierté que ses parents avaient appris la nouvelle. Les autres familles se seraient battues pour cette aubaine, cet honneur. Elle pensa soudain que si tout le monde avait su ce qu'il s'était passé dans le Grand Nord, personne n'aurait alors envoyé son enfant.

Personne n'aurait voulu faire subir cela à un être vivant.

Ce carcan de haine dans lequel elle avait été emprisonnée et éduquée, avait fait d'Aràan le lieu le plus terrorisant pour elle. Et à la tête de cet empire démoniaque : Arachné Eöl. Cette dernière représentait tout ce qui l'insupportait : le pouvoir, l'ambition, les secrets et le mensonge. Mais pour Ingwë, cette enchanteresse était bien plus que cela.

Elle était l'ensemble de ses cauchemars.

Pourtant son rôle d'Eòlasum faisait qu'elle devrait tout faire pour se rapprocher d'Arachné. Tout du moins de la tenir à l'œil, ce qui n'enchantait guère la jeune fille. La directrice des Psychës et mage la plus puissante d'Odöon, était sa cible.

Dans ce monde où Ingwë naviguait entre haine et peur, elle s'était sentie isolée de tous. Elle avait alors trouvé des alliés : les jumeaux. Elle ne les supportait pas et elle aurait préféré être seule, mais ce choix n'avait pas été le sien. Encore une fois, elle avait été soumise aux décisions de la Confrérie de l'Oracle.

Celle-ci envoyait deux acolytes, chargés de couvrir les arrières de l'Eòlasum. Ingwë ignorait leurs identités, elle était partie trop précipitamment de chez elle, emplie d'amertume face à son destin. Elle n'avait pas voulu en écouter davantage. Elle se souvenait encore de leur rencontre.

Un jour durant lequel Ingwë se trouvait encore une fois dans le parc, son seul lieu de paix, les jumeaux vinrent la rejoindre. Ils s'assirent tous les deux à côté d'elle, silencieux en la fixant avec insistance.

— Qu'avez-vous encore ? s'exaspéra la jeune fille.

Ils passaient beaucoup trop de temps avec elle et Ellün à son goût.

— N'as-tu donc toujours pas compris ? railla Tylr, sa bouche souriant d'un air malicieux.

— Que n'ai-je toujours pas compris ? Écoutez, si c'est encore une de vos plaisanteries, je veux bien mentir et admettre que vous êtes les plus drôles de l'école. Voilà, êtes-vous contents ? Maintenant, partez, j'ai autre chose à faire.

— Au contraire, je pense plutôt que tu voudrais qu'on reste, surtout en sachant ce que nous savons, déclara énigmatiquement Ndyx.

Cela fit sourciller Ingwë qui n'avait encore jamais vu Ndyx aussi taquin. Le garçon était d'habitude timide, c'était surtout son frère qui s'exprimait et badinait.

— Mademoiselle n'aurait-elle pas besoin d'un coup de main de deux émissaires ? ajouta Tylr qui se leva avant d'effectuer une courbette, ses cheveux blonds comme le soleil tombant à ses genoux.

— Pardon ? s'étonna Ingwë.

Elle souhaitait avoir halluciné. Non, cela ne pouvait pas être eux. Elle en était mortifiée. Comment pourrait-elle accomplir sa mission avec deux bouffons pareils ?

— Nous sommes là pour t'aider, nous avons pu constater que tu semblais très éprouvée par ce début d'année, dit tout bas Tylr avec un clin d'œil complice.

Il avait raison. Le statut d'Ingwë était éprouvant. Celui ou celle qui accompagnerait l'Élu devait éprouver la vie, il devait la vivre pleinement pour mieux la connaître, la comprendre.

L'entraînement avait servi à cela.

D'habitude, l'enfant choisi était isolé de sa famille et vivait un entraînement militaire guidé par des Astéracës. Ingwë avait, quant à elle, subi au-delà de l'imaginaire. On lui avait infligé de nombreuses souffrances mentales, au point de ne plus distinguer le réel, le bon ou le mauvais.

Ses parents ignoraient tout du changement d'entraînement, malgré qu'ils étaient les guides de la Confrérie. Du moins, c'est ce qu'elle pensait.

Elle avait dû se taire.

La Confrérie avait choisi une autre ligne d'attaque après avoir perdu nombre des siens. Les Eòlasums perdus s'étaient rangés du côté de la Fédération, du système actuel. Leurs âmes, pourtant bien entraînées, avaient échoué. Ingwë ne voulait pas que cela lui arrive, mais elle savait au fond d'elle qu'après tout l'entraînement qu'elle avait subi durant son enfance, qu'elle était déjà bien trop torturée.

— Non, sérieusement ! De tous les résistants, il fallait absolument que ce soit vous deux. On se paie ma tête ! s'énerva-t-elle.

— Doucement, Ingwë, ce serait vraiment aimable de ta part de ne pas hurler. Ne jamais la mentionner directement, règle numéro un, lui rappela Ndyx.

La Confrérie devait rester impérativement secrète.

— Il n'y a jamais personne dans le parc. J'y vais tous les jours pour fuir tout le monde, surtout vous, lâcha la jeune fille, sans aucun sourire.

— Moi non plus, je ne peux pas me passer de toi, princesse, ironisa Tylr, avec une moue sarcastique collée à son visage.

— Tu as déjà des pistes ? s'enquit Ndyx pour stopper la bêtise de son jumeau.

— Non. C'est le calme plat. Et j'attendais de connaître les deux autres pour sonder l'école, répondit l'adolescente.

Tous les trois se turent. Le poids des responsabilités pesait à nouveau sur leurs jeunes épaules. Ingwë ne faisait plus attention à cela. Malgré la gentillesse de son père et la froideur digne de sa mère, elle avait payé le fait d'être Eòlasum. Toutes ces pertes, cette tristesse qui s'étaient confondues en elle. Elle en voulait à la Confrérie. Un jour elle parlerait de cette injustice, mais aujourd'hui elle préférait se taire. Mettre des mots c'était les rendre réels et Ingwë préférait que tout cela reste enfoui en elle pour le moment.

— Il faut faire très attention. Surtout que Ellün fait partie de notre groupe, elle pourrait se douter de quelque chose et tout découvrir… continua Ingwë.

Les trois amis s'arrêtèrent de parler à l'évocation d'Ellün. En réalité, ils ne le savaient que trop bien, ils s'étaient dangereusement exposés en se liant à une autre élève. Ils étaient certes des résistants, mais ils n'en restaient pas moins humains. Ils risquaient d'être découverts à tout moment. Devaient-ils maintenant éloigner Ellün du groupe ?

— Ellün est harcelée par ses camarades, vous le savez. Pourquoi ne pas la recruter ? Elle n'a rien à perdre, mais tout à gagner en rejoignant la Confrérie, tenta Ndyx.

— On ne nous a pas demandé de venir ici pour recruter. De plus, la Confrérie ne recrute pas de jeunes, c'est trop risqué, rétorqua Ingwë, triste de devoir se séparer d'une nouvelle amie.

— Oui, mais chaque année, nous en perdons beaucoup, tu le sais très bien. Avoir une alliée de plus serait un atout, argumenta Ndyx.

— Je suis d'accord avec mon frère… commença Tylr.

— Quant à moi, pas du tout, le coupa Ingwë, la Confrérie prend déjà assez de risques d'envoyer des enfants à Aràan pour jouer les espions. N'ajoutons pas plus de danger en dévoilant nos coutumes à une autre adolescente. Ce serait trop imprévisible ; nous les jeunes, nous faisons souvent preuve d'imprudence.

Ingwë déglutit. Les jumeaux l'avaient rattrapée, ils se tenaient maintenant devant elle. Leurs visages montraient qu'ils étaient soucieux et en colère.

Elle savait pertinemment qu'ils n'auraient jamais agi de cette manière avec Ellün. Elle avait été injuste avec l'Orphuss.

Ingwë n'avait jamais demandé que tout cela lui arrive. Maintenant, elle n'était plus la seule à devoir souffrir, à devoir sacrifier sa vie, mais c'était le devoir de deux autres personnes : Tylr et Ndyx. Elle avait de la peine pour eux.

Un jour, elle se vengerait.

Et si les jumeaux le voulaient aussi, alors ils se vengeraient ensemble.

XI

École d'Aràan, territoire de l'Est, mois de Huath de l'an Sëplunn.

Cette nuit-là, Ingwë trouva difficilement le sommeil. Seule dans sa chambre, l'isolement ne l'avait jamais autant frappée. Pourtant, l'exil l'avait suivie durant toute son enfance. Elle s'y était habituée, jusqu'à aujourd'hui.

Ce fut le cœur lourd et les larmes aux yeux, qu'elle plongea entièrement dans un rêve.

— *Reviens ! criait-elle de toutes ses forces.*

Elle se trouvait dans un long couloir en colimaçon de la tour. La pierre était noire et glaciale. Ses pieds nus foulaient douloureusement le sol.

Son petit corps meurtri ne suivait pas la cadence de l'autre. Elle tentait désespérément de rattraper les longs cheveux châtains aux reflets roux qui s'évaporaient devant elle.

— *Ne me fuis pas ! hurla Ingwë.*

Son cœur se déchirait petit à petit. À chaque pas, l'espoir la quittait lentement. Elle devait la rattraper.

Elle ne devait surtout pas la perdre.

Elle accéléra le pas, mais la faiblesse la fit chuter. Les genoux écorchés, elle tenta de s'agripper. Elle se tordit les doigts, les meurtrissant. Ingwë retint une nausée. Son nez coulait abondamment, ses yeux humides n'y voyaient plus.

— *Ne me quitte pas ! larmoya-t-elle dans une dernière tentative.*

De lourds sanglots secouaient frénétiquement son corps.

L'autre se retourna, mais son visage resta fermé.

Seules de chaudes larmes venaient le secouer.

— Pardonne-moi, Ellün.

L'autre vacilla et son image s'effaça.

Ingwë resta seule, comme toujours dans la tour.

Enfermée à nouveau dans cet enfer, elle venait de perdre sa dernière lueur d'espoir.

Lorsqu'elle s'éveilla, la nuit était encore jeune. Ingwë n'arriva pas à calmer ses pleurs, elle se laissa du temps. Il était le seul remède à sa peine. Les flashs d'un passé trouble refaisaient surface et martyrisaient son esprit. Pourrait-elle oublier un jour ?

Tout était trop, beaucoup trop. Vivre l'abandon dans l'enfer où elle avait été enfermée était une chose qu'elle n'avait jamais imaginée. Pourquoi toutes ses pensées revenaient-elles à chaque fois là-bas ? Être à Aràan ne l'aidait pas beaucoup. Entraînée à haïr plus que tout cet endroit, tout la ramenait chaque jour à son passé.

— Ce n'est pas juste… murmura-t-elle dans le noir de sa chambre aux meubles blancs.

L'image d'Ellün s'imposa à nouveau à son esprit. Arriverait-elle à l'oublier un jour ? Viendrait-elle à bout de ses cauchemars ? Une part d'elle voulait que la jeune Orphuss ne les quitte jamais, car à chaque fois, Ellün arrivait au pire moment pour la sauver.

La jolie apprentie aux longs cheveux châtains lui apparaissait tout le temps comme pour la soulager d'un passé traumatique.

Dans la pénombre, un sourire timide émergea sur les lèvres d'Ingwë, sans qu'elle s'en rende compte. Plus les minutes passaient, plus son cœur ralentissait. Les spasmes s'arrêtèrent. Ainsi, elle reprit le contrôle d'elle-même.

D'un calme apparent, son esprit restait cependant torturé par un affreux doute.

Avait-elle fait le bon choix ?

Interlude - La riposte

La patience est mère de toute vertu. L'Ombre savait que l'Autre devrait apprendre. Il devrait doucement assimiler sa présence. L'Ombre sentait cela, cette impression fugace et pourtant si tenace était marquée en elle et ne la quittait pas.

L'Ombre prenait soin de l'Autre.

Elle ne le brusquerait pas.

Elle lui montrerait le chemin, l'amenant lentement à l'illumination.

Mais quelqu'un de l'entourage de l'Autre lui mettait déjà des bâtons dans les roues depuis un moment. L'Ombre n'appréciait pas, elle sentait son influence diminuer petit à petit, des nuages se formant à la surface de la conscience de l'Autre. Il devenait intouchable, l'Ombre avait de plus en plus de mal à l'atteindre.

Mais l'Ombre avait aussi son caractère, elle était farouche et têtue. Elle n'aimait pas l'échec.

Elle avait envie de précipiter les choses, ne serait-ce qu'un tout petit peu. Elle allait cogner fort, renvoyant toutes les certitudes acquises par l'Autre dans le néant. Elle allait bouleverser les habitudes qu'il avait prises. Elle allait écarter les forces contraires qui s'emparaient de l'Autre. Le peu d'équilibre trouvé allait être renversé.

L'Ombre ne faiblirait jamais.

Encore un pas.

XII

École d'Aràan, territoire de l'Est, quatre mois après, mois de Gort de l'an Sëplunn.

Arachné Eöl regardait par une des vastes fenêtres du bureau ovale. Ses pensées s'égaraient entre les cimes des sapins du parc et de la forêt. Elle distinguait même la pointe de l'Arbre d'Edenn. Le mois de Gort était déjà bien avancé. De ses yeux cristallins, elle contemplait les feuilles tombantes. Les grands chênes à perte de vue se teintaient progressivement d'orange et de rouge. L'herbe, si verdoyante durant l'été, était maintenant jaunie. Bientôt, la fête d'Oíche Kaos se déroulerait entre les murs d'Aràan. Une célébration grandiose pour commémorer le déchaînement de colère des Quatre Esprits qui fit basculer l'ordre du monde.

Cela avait toujours été sa fête favorite. Soudain, la mélancolie s'empara d'elle. Elle aussi avait été élève ici, autrefois. Elle se souvenait de ses longues promenades estivales à chaque rentrée avec ses deux meilleures amies, contentes de s'être retrouvées après un mois dans leurs familles. Les repas ensemble, mangeant avec gloutonnerie et les batailles de tartes au caramel qu'elles déclaraient aux Astéracës, leur jetant ces mets à la figure. Elles haïssaient cette bande de prétentieux, à l'époque ! Elle se remémorait leurs sourires, à toutes les deux, Arachné les chérissait tant. Les bêtises, les potins, les secrets, les larmes, les amourettes, les examens, les déceptions, la trahison… Son passé restait intact dans sa mémoire.

Aujourd'hui, tout cela était bien loin derrière elle. Arachné était devenue une quarantenaire puissante, à la tête de l'école la plus importante et glorieuse du continent, et tenait une haute fonction au sein de la Fédération de l'Augur contrôlant tout le Sud.

Le pouvoir, voilà ce qu'elle tenait entre ses mains.

— Que fais-tu ?

Une voix interrompit son éloge intérieur. Arachné se retourna vers l'Astéracë, sa longue natte blonde reposait nonchalamment sur la tunique d'or du mage. Il affichait une certaine humeur sur son visage. Elle ne la connaissait que trop bien.

— Ce n'est pas le moment, Elring. Je vais bientôt la recevoir, il faut que tu t'en ailles.

— N'as-tu pas besoin d'aide avec elle ?

— Non pas pour l'instant, tout se déroule bien. S'il y a un problème, je te ferai signe.

Les mains de l'Astéracë vinrent enlacer la fine taille de la femme. Il saisit dans son dos une mèche d'argent de ses cheveux pour la ramener à lui et il l'observa pendant un instant. Il fixa enfin le regard glacial d'Arachné.

— Pas maintenant. Je dois me concentrer, tu le sais, l'invectiva-t-elle froidement.

— Alors j'attendrai, lui murmura-t-il à l'oreille avant de lui déposer un baiser sur les lèvres.

Elle observa la silhouette d'or et de feu s'éloigner. Cette relation lui faisait passer le temps, sans compter qu'Elring lui était fort utile dans sa tâche. Toutefois, l'Astéracë prenait de plus en plus de place. Jusqu'où voudrait-il aller ? Elle se méfiait de lui, elle le savait aussi ambitieux qu'elle. C'est pour cette raison, qu'elle était obligée de faire *cela*.

On toqua faiblement à la porte.

— Entre, invita Arachné.

Ellün s'immisça timidement dans le bureau aux tentures vertes et teintes subtiles de bleu.

— Bonjour Madame, bafouilla la jeune fille.

La directrice lui sourit et elle lui désigna le fauteuil sur lequel elle pouvait s'installer. Pour une énième fois depuis quatre mois, Ellün s'y assit.

— Comment vas-tu cette semaine ?

— Comme toujours, il n'y a pas eu de progrès... annonça Ellün, déçue.

— Allons, ne t'en fais pas, cela viendra, tenta vainement de la rassurer la directrice.

— Mais je vais devoir redoubler, s'ils n'apparaissent pas avant la fin de l'année, non ? Une Anomalÿ ne peut pas rester à Aràan, s'inquiéta l'étudiante dont les larmes commençaient à monter.

— Pour l'instant, il n'est question de rien.

Arachné commença à s'affairer. Elle se dirigea vers une commode d'apothicaire aux nombreux tiroirs, elle y tira des aiguilles, des tuyaux et des fioles. Ellün était habituée à cette farandole d'instruments. Et pourtant, ses mains tremblaient sur ses genoux. Elle n'aimait pas vraiment la directrice, elle la trouvait effrayante.

— Comment te sens-tu, psychologiquement ? Des angoisses, de la fatigue ?

Le sort de Linglankë : une des inventions dont Arachné était la plus fière. Après une ou deux séances d'hypnose, durant lesquelles elle détendait la personne, elle réussissait à installer une barrière mentale dans sa conscience. Ce rempart inconscient servait d'abri à la magie de la directrice. Il était son espace intime. Son fonctionnement était simple, grâce à ce lieu mental, elle arrivait à bloquer tout ce qu'il se passait durant leurs sessions, tout ce qu'elle faisait, dans la tête d'Ellün, sans que celle-ci s'en souvînt puisqu'elle ne pouvait y accéder. Le rempart reconnaissait seulement l'empreinte magique d'Arachné. Personne d'autre ne pouvait alors le déverrouiller.

C'était d'une féroce complexité, tout ce qu'aimait Arachné. Pour que cela ne crée aucune confusion dans l'esprit de la jeune fille — comme des moments où Ellün aurait pu se demander ce qu'elle pouvait bien faire lors de leurs leçons — Arachné avait élaboré un stratagème qui lui servait d'excuse parfaite. Elle lui dispensait donc une séance d'hypnose en début d'heure, puis elle lançait le sortilège à la fin. Ainsi, Ellün se relaxait, ne se doutait de rien et pensait que ses pouvoirs apparaîtraient grâce à ces soins. Cependant, elle ne se souvenait pas des paroles d'Arachné en fin de séance, comme si cet instant n'avait jamais existé. Et les effets de l'enchantement restaient en elle.

— Je me sens triste, comme ces derniers mois. J'ai l'impression de ne pas avoir ma place au sein d'Aràan.

Connectée entièrement à l'adolescente grâce à cette sphère mentale implantée chez l'Orphuss, la directrice lui envoyait régulièrement des impulsions pour maintenir Ellün dans un état de doute constant.

La tristesse était son alliée.

— Commençons l'hypnose, tu te sentiras mieux après.

L'adolescente en doutait, mais elle ferma les yeux et allongea sa respiration comme Arachné le lui avait appris. Les instants défilèrent au son de la voix de la directrice. Lorsque celle-ci eut fini, la jeune fille rouvrit les yeux. Elle s'apprêtait à remercier la mage et partir quand cette dernière se leva.

— Cela t'a-t-il mis dans une meilleure disposition ?

— Je crois, oui, mentit la Sans-Erigiuum.

Elle se sentait encore triste et mal à l'aise. Le fait de ne pas se souvenir d'une partie de ses cours privés — même si elle n'en avait pas conscience — ne l'encourageait pas beaucoup à apprécier la magnifique femme face à elle qui paraissait pourtant l'aider.

L'inconscient enregistre tout, même si la personne n'est pas connectée à la réalité.

Quelque part, dans son esprit, quelque chose restait flou. Ellün se sentait de plus en plus nauséeuse et mal à l'aise, mais elle ne comprenait pas pourquoi. Pourtant, elle savait pertinemment que les apparitions du fantôme diminuaient et elle espérait que ce problème — qu'elle avait rattaché au rejet de l'Arbre — allait disparaître pour permettre à son Erigiuum d'éclore. Arachné s'approcha d'elle poussant un petit chariot en argent :

— Tends-moi ton bras, s'il te plaît.

— Que faites-vous ? commença-t-elle à paniquer.

— Calme-toi, tu ne t'en souviendras plus dans quelques instants.

Les yeux de la directrice s'illuminèrent de bleu, elle utilisait son pouvoir pour soumettre l'esprit d'Ellün et que celle-ci obéisse. Arachné lui appliqua alors une solution antiseptique confectionnée par une Orphuss Chuchöteur sans doute. La crème aux reflets d'améthyste pâle s'évapora en quelques secondes, engloutie par la peau blanche du bras d'Ellün. Une aiguille perça délicatement la chair fine et laissait entrevoir les filaments bleutés des veines.

Après avoir rempli une fiole du sang de l'apprentie Orphuss, qu'elle déposa dans une boîte de cuivre au velours cramoisi, Arachné partit chercher le fauteuil de son bureau qu'elle plaça en face d'Ellün.

Ça allait commencer.

L'intrusion.

Ellün se souvint vaguement de sessions précédentes. Qui était réellement Arachné ?

La mage activa son Erigiuum. Ses yeux devinrent d'un bleu nuit profond, ses doigts s'enveloppèrent d'une pâle lumière qui s'intensifia de seconde en seconde.

— Prête ?

— Oui, répondit Ellün, peu sûre d'elle.

Ses longs doigts fins se rapprochèrent des tempes de la jeune fille. À son contact, les yeux noisette se voilèrent. Arachné se sentit une nouvelle fois happée par l'esprit de l'adolescente. Ce qu'elle vit la rassura, rien d'anormal. Elle plaça tout de même, à la surface de sa conscience, des impulsions de sa confection. Histoire que tout reste en place pendant un moment.

Mais un détail changea. Ellün n'avait plus les yeux fermés. Elle la fixait. Des frissons parcoururent le dos de la puissante mage avec un rictus de dégoût. Arachné n'aimait pas la peur, et encore moins l'imprévu. Le regard d'Ellün se voila brusquement. D'ordinaire, la jeune fille s'endormait paisiblement à la fin de la manipulation. Arachné répétait donc les mêmes gestes puis la réveillait, un mal de tête aigu gagnant toujours l'apprentie.

Cette fois-ci, rien ne se déroula comme à l'accoutumée. Elle entendit soudain un grondement sourd, indistinct et faible provenir de la bouche de l'Orphuss qui se tordait maintenant sur son fauteuil.

— Ellün ? questionna la femme, les deux mains en avant en signe de protection.

D'une manière brutale, la tête de l'apprentie plongea en arrière et sa nuque craqua. Les longs cheveux marron flottaient autour de la figure perdue. Ce fut là qu'elle les vit.

Des poils.

XIII

Ellün se sentait partir loin, très loin. Sa conscience vacillait, mais une volonté l'animait. Le fantôme. Il était là, c'était la première fois depuis des mois qu'il apparaissait, en pleine séance avec la directrice. Elle flairait sa colère. Une chaleur commença à l'envahir discrètement. Elle l'éprouvait dans chaque parcelle de sa peau, de ses veines, de ses organes. C'était son corps entier qui prenait vie sans qu'elle comprenne. Puis soudain, plus rien.

— Ellün ?

Elle entendit une voix provenant des tréfonds d'elle-même. Non, en fait, c'était à la surface, la voix n'était pas en elle. Comme le son sortait d'une cloche retentissante, Ellün émergea de son inconscience. Tout reprenait petit à petit forme autour d'elle.

— M'entends-tu ?

Arachné Eöl l'avait appelée, dans sa tête. Elle avait utilisé ses pouvoirs de Psychë pour la faire revenir. Elle avait cherché à la réveiller.

— Que… Que s'est-il passé ? demanda la jeune fille, fraîchement secouée par la nouvelle voix dans son esprit.

Elle se frotta le front, en proie à un violent mal de tête. Ce fut là qu'elle les sentit. Elle recula sa main, sa vision s'ajusta et elle aperçut des poils gris et marron parsemés inégalement sur sa peau. Après un nouveau coup d'œil, elle remarqua que son corps en était recouvert.

— Mais… mes pouvoirs sont-ils là ? Qu'est-ce donc ?

— Je l'ignore, la coupa sèchement la professeure.

Ellün regarda avec incrédulité la femme grise se remettre debout, une main sur le menton. Elle semblait très contrariée. Puis, elle observa à nouveau sa peau recouverte de poils. Ellün ne se souvenait pas de ce qu'il s'était passé, elle avait oublié l'injection de la potion. Arachné y avait bien veillé.

— Suis-moi, lui ordonna Arachné avec froideur, l'arrachant à sa surprise.

La directrice aux longs cheveux d'argent se dirigea vers une bibliothèque, d'apparence banale, qui abritait un secret. Au contact des mains d'Arachné, elle coulissa et laissa place à un long couloir de pierres. Des torches aux flammes bleues s'allumèrent. Après d'interminables escaliers, elles arrivèrent dans une grande salle sombre, la seule source de lumière provenait d'une arche gardée par deux Astéracës Bräves. Un voile jaune opalescent en émanait.

Les gardes baissèrent la tête en reconnaissant la directrice. Aucun mot ne fut prononcé, Arachné invita Ellün à passer le portail la première. Craintive, mais contrainte, la jeune fille s'exécuta.

En un instant, elle se retrouva dans un immense laboratoire souterrain. Des tuyaux de verre fusaient de partout, zigzaguant, se courbant, se tortillant, se fléchissant… Un véritable labyrinthe de cristal. Parmi d'innombrables schémas du corps humain, Ellün aperçut divers croquis de cerveaux.

— Où sommes-nous ?

— Dans le laboratoire de recherche d'Aràan, le plus grand laboratoire pharmaceutique, de physique et de chimie du continent, répondit Arachné.

Elle avait elle-même initié les recherches, cet endroit était son œuvre. Elle avait commencé à en esquisser les plans en s'étant vue offrir un poste de professeure au sein de l'école après son diplôme.

Ayant toujours été une excellente élève et une adoratrice absolue des Quatre, sa place ne pouvait être qu'ici, Aràan avait toujours été son élément. Très persuasive grâce à son don, elle avait réorganisé l'île fondatrice, elle l'avait remodelé à sa convenance.

Mais c'était surtout après ce qu'elle avait accompli dans le Grand Nord, des années auparavant, qu'Odöon lui avait offert la place de mage Suprême.

Aujourd'hui, des centaines de personnes aux pouvoirs incroyablement puissants étaient séduites, et se faisaient embaucher par la magnifique jeune femme. La promesse d'un avenir glorieux, les fins filets blancs s'étaient refermés sur eux.

— Pourquoi suis-je là ? s'inquiéta de plus en plus Ellün.

— Parce que tes nouveaux amis me semblent bizarres. Je veux savoir si tu es bien Orphuss.

À nouveau, l'adolescente balaya l'endroit du regard. Qu'allait-il lui arriver ? Soudain, l'idée d'une souffrance horrible s'imposa à son esprit, allait-on la torturer ? Le chaos ambiant, le cliquetis des verres, les fioles fumantes, les nombreux squelettes et l'absence de lumière la rendirent claustrophobe. Elle commença à suffoquer, l'air lui manquait, mais cet état ne dura que quelques secondes ; une lueur bleutée prit possession de son corps pour le calmer. Arachné usait de son pouvoir, non sans se cacher cette fois.

— Mademoiselle Eöl, intervint un homme en voyant le duo s'avancer vers lui.

L'homme fit une révérence devant la sublime femme. Arachné sourit légèrement, gênée, elle tendit ses deux mains vers le mage aux cheveux bruns clairsemés. Il les saisit dans les siennes. Il était plus petit qu'elle, sa blouse blanche sur laquelle était cousu le symbole des Orphuss avait du mal à se maintenir fermée et les boutons craquaient. À tout moment, l'énorme bedaine pouvait jaillir.

— Plastron, je suis désolée de vous déranger durant vos expériences, mais cette jeune fille a un souci et cela ne peut attendre.

— Quelle est la situation ? demanda-t-il en grattant la calvitie naissante à l'arrière de sa tête.

— Son Scintillement n'est apparu qu'après ses douze ans. L'Arbre d'Edenn ne lui a désigné aucune des quatre Descendances. Aujourd'hui, des poils d'animaux se sont manifestés sur sa peau, comme vous pouvez le constater, expliqua-t-elle en lui montrant Ellün.

Ce qu'elle venait de lui annoncer fit arquer un sourcil à Plastron. Décidément, ce qu'il se passait était peu commun. Le scientifique s'approcha de la jeune mage et la dévisagea, comme s'il espérait trouver la réponse rien qu'en l'observant.

— De quelle famille est-elle issue ? se renseigna-t-il en se penchant davantage sur Ellün pour mieux la contempler.

— Ses parents sont tous les deux Orphuss. Le père est un Chuchöteur et sa mère est une Métamörf. Mais lorsque les poils sont arrivés, il n'y a eu aucune lumière indiquant l'origine de son pouvoir… commença Arachné.

— … Or lorsque nous utilisons nos pouvoirs, un halo recouvre nos mains ou notre corps entier, et envahit nos yeux, l'interrompit Plastron, pensif.

Cette fois, il s'était redressé, une main grattant son menton. Il réfléchissait, et au vu du mouvement frénétique de ses yeux, ses neurones ne chômaient pas.

— Oui, vous avez tout compris. Est-il possible de la tester ? conclut la directrice.

— Bien sûr, nous allons tout utiliser s'il le faut, s'adressa-t-il gaiement à Ellün avec un clin d'œil complice.

Plastron ne s'inquiétait pas plus que cela. Après avoir écouté attentivement la genèse de l'enfant, il avait conclu qu'elle était assez particulière pour que des poils apparussent sur sa peau, avant même l'éclosion de son Erigiuum.

L'examen clinique commença. Le petit homme fit asseoir Ellün sur un tabouret glissant. Il prit des lunettes grossissantes, elles lui donnaient l'air ridicule d'une énorme vache et l'étudiante en sourit.

— Poils de canidé, Canis lupus plus exactement, cette demoiselle se transforme en louve, affirma-t-il.

Quelque chose n'allait pas. La femme aux longs cheveux blancs qui se tenait devant elle semblait bien trop inquiète de cette révélation. Des petits tics nerveux faisaient trembler ses mains. Ellün ne tarda pas à l'imiter, comprenant chaque mot du scientifique.

Des poils de loup ? Cela ne pouvait être possible, et ils allaient tous s'en rendre compte.

— Jeune fille, quel est l'animal spirituel de votre mère ? demanda le scientifique.

— Un lapin. Est-ce fréquent que des enfants Métamörfs n'héritent pas du même animal que leurs parents ? voulut se rassurer immédiatement Ellün.

— Très peu, mais pas tout à fait rare. Comme tout gêne, s'il y a eu des mélanges entre membres d'une famille, elle peut hériter d'un autre. Peut-être y a-t-il eu un loup dans votre famille.

— Mon frère est aussi un Métamörf. Son animal est un renard, comme mon grand-père maternel, ça ne pourrait pas être ça ? essaya d'aider la jeune fille.

— Nous avons donc notre réponse. Cependant, d'habitude, nous héritons du même être vivant, pas du groupe animal… Le renard est un canidé, certes, mais vous auriez dû avoir soit cet animal exactement, soit celui de votre mère.

La phrase de Plastron mourut dans son souffle, son index droit tapait frénétiquement sa bouche, en plein débat intérieur. Toutes les connaissances qu'il avait acquises avec le temps fusaient.

Arachné devenait de plus en plus nerveuse. Un de ses pieds martelait le sol.

— Une simple modification génétique temporelle, souffla Arachné avec sérieux.

Ses yeux se teintèrent d'un bleu brillant. Ellün la toisa, les sourcils froncés. Était-elle en train d'utiliser son pouvoir d'Inquisitör sur Plastron ?

— Oui, bonne déduction. Tous les gènes évoluent, après tout. Je ne m'en fais pas pour ça, déclara-t-il avec un calme soudain.

Plastron se releva de manière brusque pour se diriger vers un grand bureau de bois recouvert de papiers et de fioles.

— Je ne comprends pas comment ses poils font pour être encore là alors qu'aucun halo vert ne les entoure, marmonna-t-il.

Arachné, elle, le savait. Et ce fut cela qui l'angoissait le plus. Elle avait tout fait pour éviter que cela ne se produise.

L'Orphuss des sous-sols revint vers Ellün avec une fiole au contenant d'un bleu turquoise.

— C'est de l'essence de ciel. C'est une potion à ingérer faite de rayons de soleil et de lueur des lunes. Selon les cycles, nos pouvoirs peuvent se trouver forts ou faibles. Mixés ensemble, avec la bonne dose, cela les amoindrit ou même les réduit à néant pendant plusieurs heures. Mademoiselle Eöl, j'ai aussi besoin de votre aide. Utilisez votre pouvoir de persuasion pour faire disparaître les poils, la petite ne peut pas les rétracter à cause de son blocage, ainsi l'expérience aura plus d'efficacité.

Arachné s'exécuta et se plaça derrière Ellün, ses mains autour de ses tempes, prête à agir. Plastron donna la fiole à l'adolescente qui la but d'un coup sec. Son visage s'illumina du bleu de l'Erigiuum de la directrice. Les poils commencèrent à rétrécir, rendant toute sa blancheur à la peau de la jeune apprentie.

— Aucune magie n'est apparue pendant le retournement. Ce n'est pas normal.

Cette fois, Plastron paraissait soucieux, les sourcils froncés, et ils se mordaient les lèvres.

— Comment ? bégaya Ellün, se sentant faible comme toujours après l'utilisation du pouvoir de la Psychë sur elle.

— Le retournement est le nom que l'on donne à la phase où l'on n'utilise plus son pouvoir. Cette phase est sensée être accompagnée de la lumière de ta Famille, expliqua Plastron, son cerveau fonctionnant à toute allure.

Des sueurs froides commencèrent à perler le long de son dos, Ellün avait l'esprit en feu. À côté d'elle, Arachné semblait déstabilisée, sa peau d'habitude très laiteuse était devenue livide. Qu'est-ce que tout cela signifiait ?

Le scientifique ventru partit un peu plus loin, il passa sous une arcade où se trouvaient d'autres collègues. Son pas était pressé, ce qui ne prévoyait rien de bon.

— Phylis, peux-tu venir, s'il te plaît ? demanda-t-il d'une voix tremblante.

Une femme âgée d'une cinquantaine d'années, les cheveux bruns courts, avança à ses côtés. Tous deux se tenaient maintenant face à Ellün tremblante de peur. Les yeux de l'adolescente ne papillotaient même plus, le désarroi la paralysait.

— Cette jeune fille a un problème au niveau de l'apparition de son Erigiuum. Il y aurait un dysfonctionnement. J'aurais besoin de toi pour lui faire peur.

Cette Phylis n'était autre qu'une Psychë Pensë. Elle se présenta à Ellün et après avoir salué Arachné qui balaya ses salutations de la main, elle poursuivit.

— Qu'allez-vous me faire ? trembla l'élève.

Ellün aurait voulu se rouler en boule sur son tabouret. Pourquoi exigeaient-ils de distiller de la peur dans son esprit ? Elle était déjà affolée par tout ce qui se déroulait.

— Rien de bien méchant, ma petite. Phylis va t'insuffler de la peur. Il faut qu'elle soit bien précise, cette émotion extrême fait souvent ressortir notre Erigiuum grâce à notre instinct en alerte.

Arachné ne la lâchait pas du regard, ses iris devenaient de plus en plus intenses. Que voyait-elle ? Que recherchait-elle ? On aurait pensé qu'elle savait quoi regarder et où, mais elle se taisait. Ellün eut une envie irrépressible de pleurer.

Cette fois-ci, la Psychë ne lui prit pas la tête, mais croisa ses doigts avec les siens.

— Je suis navrée de ce contact, mais l'action de mon Erigiuum n'en sera que plus grande, lui sourit doucement Phylis pour la rassurer, quoiqu'elle pût y lire une nuance d'incertitude qui ne la rassura aucunement.

Une lueur bleue éclaira ses yeux marron, ses courts cheveux d'ébène s'envolèrent légèrement et ses mains illuminèrent celles d'Ellün.

Elle ressentit d'abord de l'inconfort, une gêne au plus profond d'elle-même. Puis soudain, une irradiation furieuse se propagea et la fit frissonner : la peur. De quoi avait-elle peur ? Elle l'ignorait, plus rien n'avait de sens autour d'elle. Son instinct prit le dessus sur tout autre chose, mais rien ne se passa. Aucun poil à l'horizon.

Plastron Bót, un des plus grands sorciers du pays, mais fort peu reconnu puisqu'il vivait reclus à l'intérieur du laboratoire, enleva ses petites lunettes rondes et se frotta les yeux de mécontentement et de fatigue nerveuse.

— Je ne sais pas, annonça-t-il.

Ellün vit la grande argentée se raidir et fermer les yeux. Par la suite, elle assista à une scène qu'elle ne comprit pas. Elle s'attendait à de nouvelles questions et nouveaux tests, mais il n'en fut rien.

— Une maladie génétique qui s'est développée en elle. Il faudrait peut-être faire des examens sur sa famille, pour vérifier.

Encore une fois, le petit homme acquiesça, comme submergé par la lassitude alors qu'il était si agité quelques secondes avant. Ellün nota de nouveau la lueur bleutée recouvrir à peine la surface de glace des yeux d'Arachné. Plastron et Phylis obtempérèrent, ne cherchant pas plus loin. Ils prirent congé de la directrice et de son étudiante, et s'éloignèrent de façon mécanique.

Était-ce tout ? Cela finissait réellement ainsi ? Que devait-elle faire maintenant ?

— Allons-y, ordonna Arachné à Ellün.

Le pas de la mage aux cheveux d'argent était précis et sec. Elles arrivèrent devant le même portail au halo jaune que tout à l'heure. Mais cette fois, elles atterrirent dans un couloir menant à la tour Nord des Orphuss.

— C'est ici que je te laisse. Bonne nuit.

Elle planta-là Ellün, complètement abasourdie. Cependant, l'affolement de la soirée cessa pour laisser place à un calme anormal.

Plus la silhouette argentée disparaissait dans les méandres du long couloir plongé dans l'obscurité profonde, plus les souvenirs de la soirée s'effaçaient de la mémoire d'Ellün, la libérant ainsi de son angoisse. Pour elle, comme pour les deux scientifiques, seul le mal de tête subsisterait quand ils partiraient se coucher.

La jeune fille sombrait dans des ténèbres inconnues, Arachné créait les siens. La grande mage se tenait maintenant droite et inflexible dans son bureau. Son esprit agité repassait les dernières heures. Qu'est-ce qui avait échoué ? Néanmoins, le laborantin l'avait rassurée : ces poils de carnassier n'étaient pas revenus. Pour l'instant, tout n'était que larvaire, elle pouvait garder le contrôle. Sa colère venait surtout de leur apparition : comment ? Elle ne savait que trop bien. Elle devait agir.

— Son pouvoir est en train de naître, grinça-t-elle entre ses dents.

La jolie femme ne se retourna pas, car elle savait pertinemment qui était l'intrus venant troubler ses réflexions. Elle avait entendu la porte grincer légèrement.

— Et alors ? Ce ne sera qu'une petite Orphuss, répondit distraitement Elring.

Il débarquait ici dans un but précis.

Non, et ça, Arachné le savait. Elle s'avança en roulant des hanches vers lui. Son regard se voila de désir. Le manipuler, voilà ce qu'elle faisait toujours. Elle le plaqua contre son bureau, leurs corps collés l'un à l'autre. Elring la saisit brutalement par la taille.

— J'ai besoin de toi, l'implora-t-elle doucement.

Jouer les vulnérables marcherait sur lui. Son piège se resserrait, l'arrogance de cet homme le ferait tomber un jour. Arachné s'écarta légèrement de lui pour mieux fixer son regard sur le sien. Elle voulait qu'il ressentît sa faiblesse. Elring, subjugué par la beauté glaciale de la mage et attisé par ses envies chevaleresques, lui souffla :

— Tout ce qu'il te plaira.

Ses dents immaculées se refermèrent sur son cou, son avidité arracha un soupir de satisfaction à Arachné.

La toile se refermerait bientôt.

Interlude - L'Échiquier

Un point pour l'Ombre.

Elle se tordait de rire dans l'obscurité face à l'incrédulité de l'Ennemi.

Les ténèbres s'agitaient de contentement autour d'elle.

Encore un tout petit effort et le doute qu'elle instaurerait chez l'Autre serait certes infime, mais persisterait. Se débarrasser de la barrière, acquérir tout son espace mental. L'Ennemi ne pourrait plus rien faire après cela. Alors qu'il avancerait de trois pas, l'Ombre n'en ferait qu'un. Au final, tous ces modestes progrès la mèneraient à la réussite, car sa pièce finale était la plus importante.

C'était ainsi que l'Ombre aimait se délecter de la victoire.

Lentement et insidieusement.

XIV

École d'Aràan, territoire de l'Est, mois de Gort de l'an Sëplunn.

Non, mademoiselle Ellün, ce n'est toujours pas cela. Combien de fois devrai-je vous le répéter ? Pour obtenir une solution de terre à choux parfaite, il faut un sachet de terreau de sanglier, une pointe de bruyère, un soupçon de basilÿ et des pétales de Geränm ! Ce n'est pas si compliqué à retenir, pourtant. N'arrivez-vous toujours pas à ressentir les impulsions électriques des éléments que vous touchez ?

— Non, madame Crisac, marmonna timidement Ellün, la tête baissée.

Un groupe de filles rit derrière elle. Ellün ne se retourna pas, elle reconnaissait que trop bien la voix de son ancienne amie. Cela lui brisa une nouvelle fois le cœur. Elle se prit la tête dans les mains, essayant de réprimer de violents sanglots.

L'élève avait, comme toujours, raté sa potion pour le cours de chaudrönism et avait provoqué l'exaspération de sa professeure, Madame Crisac, une vieille femme aux cheveux longs, grisonnants et en bataille. Ses étudiants de première année devaient choisir une des trois matières de leur Famille, Ellün avait eu le choix entre Botanique, Médecine Orphuss et Langue, littérature étrangère & Langues animales. Elle avait sélectionné la première, elle lui paraissait la plus facile, car ses pouvoirs n'avaient toujours pas évolué. Mais c'était sans compter sur la surprise de l'enseignante devant l'absence de don de son écolière. Elle n'était cependant pas méchante, elle ignorait juste comment l'inculquer à Ellün ; c'était la première fois qu'un apprenti était dépourvu de magie. Pour ne rien arranger, lorsque son élève fixait son nez crochu, elle se déconcentrait très vite et cela incitait Crisac à s'énerver.

— Un peu d'aide ? lui demanda doucement une voix qu'elle connaissait bien maintenant.

Elle s'égarait depuis quelques semaines, ses pensées dérivaient dans les limbes. Et ce mal de tête permanent martelait impitoyablement ses tempes. Une des autres causes était sa séparation d'Ingwë et des jumeaux. Ils l'avaient rejetée avec véhémence, même si elle savait pertinemment que c'était la bonne solution pour eux. Ils lui manquaient. Ils avaient été ses premiers amis à Aràan, l'encourageant les premiers mois. Leur absence lui faisait plus mal depuis que des filles de sa Descendance l'avaient prise pour bouc émissaire.

Cependant, son éloignement avait suscité le rapprochement avec un nouvel ami. Sveyn. Il avait été le seul à prendre réellement sa défense depuis le début. Tout s'était déroulé naturellement entre eux, comme s'ils se connaissaient depuis toujours. Ellün et lui s'en étonnaient et s'en amusaient. Pourtant, ils se parlaient sans gêne, ils se disaient tout. La jeune mage n'avait jamais vécu une telle complicité avec Lalwendï.

— Oui je veux bien. Je dois faire une eau de jouvence classique, mais je ne me rappelle plus la moitié des ingrédients, se lamenta Ellün.

— Essence d'orchidée, pétales de primevère, deux fleurs de nénuphar broyées, une cuillère de poirier et une pincée de piment, récita d'une traite son ami.

— Comment fais-tu pour tout retenir ? Je n'y arrive pas, alors que cela semble pourtant facile.

— C'est parce que je n'ai rien pour me perturber. Laisse-toi du temps, El'. Entre les cours généraux, ceux particuliers et ton absence d'Erigiuum qui t'angoisse, tu te déconcentres facilement. Il faut que tu retrouves un certain calme, et tu verras, tu réussiras.

— Je ne sais pas. Pour être franche, je ne pense pas y arriver un jour. J'ai envie de tout quitter… avoua Ellün.

Sveyn la prit doucement par le coude et l'amena au fond de la salle, là où de grandes étagères en bois d'olivier contenaient des récipients, boîtes, coffres, bocaux en verre ; ils renfermaient tous les ingrédients dont les élèves avaient besoin. La salle de botanique se situait à l'intérieur du parc d'Aràan, dans une immense serre pointue. Du lierre avait grandi, tombant sur les carreaux et donnant une allure de cabane feuillue au bâtiment. Les cours étaient toujours dispensés dans la lumière du soleil, hormis les jours de pluie, et Ellün trouvait l'atmosphère très agréable. Cela lui rappelait Ulmo. À cet instant, elle regretta d'en être partie.

— Je ne peux pas te laisser dire ça. Ne te décourage pas, je suis sûr que cela va venir.

— Et si cela n'arrive jamais ? J'aurais supporté les moqueries de Delphy et la honte d'être une Anomalÿ pour rien.

Soudain, cela la frappa : l'indifférence de Sveyn face à son statut. Ellün n'en revenait pas qu'un prince aussi beau que lui soit devenu son ami. Elle avait la protection d'une personne royale de l'Ouest, elle, la jeune villageoise.

— Rien ne se produit sans raison. Peut-être vas-tu devenir plus forte après tout ça.

— D'où tiens-tu cette sagesse ?

— De ma mère, elle est très philosophe. J'espère que tu la rencontreras un jour, tu parleras alors avec elle et tout s'éclairera. C'est ce qui se passe chaque fois pour moi.

Ellün essaya d'imaginer une femme à la peau de miel, aux yeux verts perçants, mais d'une douceur comparable à ceux de Sveyn. Sa mère semblait être exceptionnelle.

— Oh, j'aimerais avoir une mère comme la tienne. Je n'ai aucune nouvelle de mes parents depuis mon admission. Ils ne répondent pas à mes lettres.

— C'est étrange. En as-tu parlé à ton frère ?

— Pas vraiment. J'ai demandé à Calion s'il recevait des lettres de leur part, il m'a répondu que oui, mais je ne lui ai rien dit de plus. Honnêtement, il est tout le temps pressé et entouré de ses amis, il ne m'adresse que rarement la parole.

— Ne lui en veux pas trop, tu ne sais pas comment tu réagirais si les rôles étaient inversés. Comprends donc. Si Calion se rapprochait trop de toi, il perdrait ses amis. L'école est un vrai parcours de survie.

— Pourtant, cela ne t'empêche pas d'être mon ami.

— Je n'ai rien à perdre, contrairement à ton frère. Ni mes amis, ni mon titre. Calion vient de la campagne, quant à moi je suis prince. Cela peut paraître superficiel et stupide, mais ce titre me confère de la légitimité, ce qui manque à ton frère. Personne n'oserait me défier.

— Tu as raison, mais je ne peux m'empêcher de penser que sa sœur devrait être plus importante que le reste.

— Pas forcément, en te défendant, vous pourriez tout perdre et cela empirerait ta situation.

— Je n'y avais pas pensé. Merci Sveyn, dit-elle en rougissant lorsqu'elle sentit que la main de son ami lui tenait toujours le coude.

Le visage de l'apprenti s'empourpra à son tour quand il le réalisa aussi. Il ne la lâcha pas tout de suite, profitant de leur contact encore un peu. Leurs regards se croisèrent, et Ellün plongea une nouvelle fois dans l'écume verdoyante de ses iris.

Tous deux s'éloignèrent enfin lorsque la voix de la professeure Crisac retentit dans la classe. Elle était en train d'indiquer les ingrédients pour une toute nouvelle formule que les élèves testeraient au prochain cours.

Le cœur d'Ellün battait beaucoup trop pour qu'elle entende les ordres qu'on lui donnait. Ses yeux se détournèrent vers les fenêtres à carreaux qui longeaient la serre. Elle capta à nouveau les doux rayons du soleil et la vie qui se déroulait à l'extérieur. C'était devant ce spectacle de la nature qu'elle estimait avoir bien choisi son option, cela aurait pu être pire après tout.

— On va à la bibliothèque ? On a deux heures de libres, on pourrait réviser certaines formules, l'incita Sveyn.

Il comprenait le besoin d'Ellün de se recentrer sur les études. Le groupe de Delphy, dont Lalwendï faisait partie, n'allait jamais à la bibliothèque, ce qui enlevait incontestablement un poids dans le cœur de la jeune fille.

— Oui ! s'exclama Ellün, ravie d'échapper à la grande blonde démoniaque à qui elle servait de souffre-douleur.

Une fois leurs affaires rassemblées, ils se dirigèrent vers la bibliothèque. Elle se trouvait à l'opposé de la galerie. L'atmosphère y était douce et calme, Ellün aimait s'y réfugier. La splendeur démesurée de la pièce ne lui donnait pas le vertige. Elle la réconfortait à travers ces milliers de livres. Le plafond s'étendait à perte de vue. À chaque coin, des étages en terrasses ouvertes avaient été arrangés et des escaliers en colimaçon permettaient d'y accéder. Chacune d'elles désignant le sous-pouvoir d'une Famille, il y avait donc chaque fois trois vastes terrasses. Toutes donnaient sur le gigantesque hall où de grandes tables de bois massifs avaient été disposées. Chacun choisissait alors d'étudier en hauteur ou en bas. Entre chaque coin, d'immenses fenêtres à carreaux allaient du plafond jusqu'au sol et des vitraux offraient le portrait des quatre Dieux. La bibliothèque était baignée d'une lumière aux doux reflets colorés.

La jeune fille se dirigea vers le coin des Orphuss, monta l'escalier en colimaçon, suivie de près par Sveyn, et s'arrêta à l'étage des Chuchöteurs. La terrasse, aux nuances de vert, surplombait la salle pratiquement déserte. Ellün se demandait toujours pourquoi les élèves d'Aràan ne profitaient pas de ce joyau qui leur était offert.

Elle s'aventura dans les nombreux rayons de l'étage suspendu pour y trouver l'aire de botanique. Elle grimpa sur une échelle pour atteindre un livre sur l'initiation aux potions.

— Pourquoi as-tu choisi cette matière ? Voudrais-tu devenir sorcière ? questionna Sveyn qui la regardait.

Les sorcières étaient des sortes de guérisseuses, elles utilisaient la médecine douce pour leurs soins. Elles pouvaient être aussi de grandes virtuoses de la cuisine. Leurs potions étaient très réclamées. Néanmoins, ce métier se raréfiait, car la nouvelle médecine des Métamörfs, également Orphuss, prenait le dessus sur les traditions. Les sorcières n'étaient pas considérées comme de vraies mages.

— Non, je me disais que ce serait plus facile. Je pensais que je n'aurais qu'à apprendre par cœur des formules. En plus, comme j'aide mon père, les cours d'agriculture me paraissaient plutôt faciles. Mais sans ressentir les impulsions de la nature, c'est beaucoup plus compliqué que prévu.

Tout en lui répondant, Ellün rata une marche et Sveyn la rattrapa de justesse.

La bibliothèque, son ami, ses pensées devinrent floues. Elle semblait flotter au-dessus d'elle-même.

Une autre vision.

Ellün en avait eu quelques fois de la Cathédrale, le fantôme lui avait montré qu'il connaissait les lieux. Le seul endroit où elle n'en avait jamais eu était la tour Est qui accueillait les Orphuss. Cela lui paraissait normal, elle savait depuis la cérémonie que le fantôme avait été une jeune fille Äme. Elle n'était probablement jamais allée dans la tour des autres Familles.

Or, là, c'était différent. Elle ressentait ce désir de l'intrus de posséder son corps, de la même façon que dans la forêt durant la Désignation. Ellün ne résista pas, curieuse de voir où il allait la mener cette fois.

Elle laissa le fantôme guider ses pas, elle le lui permettait maintenant depuis un moment. Durant ces périodes, elle vivait une sorte de somnambulisme conscient. Plus le temps passait, plus les visions s'affinaient et Ellün arrivait à les conserver, à s'en souvenir.

— El', que fais-tu ?

Son amie ne lui répondit pas, elle ne le pouvait pas. Entre présent et passé, elle devait choisir. Ellün se concentra sur sa vision pour que celle-ci ne s'efface pas.

Sveyn, incrédule, l'accompagna. Il avait déjà perçu les absences d'Ellün. Il ne comprenait pas et ne voulait pas la mettre mal à l'aise, pas plus que d'habitude en tout cas ; il n'avait pas demandé d'explications. Mais cette fois-ci, il ne tint plus.

— Pourquoi agis-tu de la sorte ?

Toujours aucune réponse. Les longs cheveux châtains se balançaient au gré de la marche, ils dégageaient un parfum de pomme que Sveyn adorait.

Le fantôme l'emmenait tout en haut, à la pointe de la bibliothèque. Là étaient réunis tous les vieux livres négligés jamais renouvelés, ils terminaient petit à petit aux oubliettes. Délaissés par les élèves, ils avaient fini par jaunir et sentir le renfermé. L'intrus en elle s'agenouilla. Tout en bas d'une étagère, dans un recoin poussiéreux, traînait un Atlas.

— Qu'est-ce que c'est ? ne put s'empêcher de demander Sveyn.

Ellün ne lui répondit pas, elle ne le pouvait pas et elle l'entendait à peine. Les bruits qui l'entouraient étaient étouffés, comme si elle écoutait sous l'eau. Elle se concentra davantage pour comprendre ce qu'il se déroulait dans son esprit.

Le fantôme ouvrit l'Atlas. Il contenait mille et un renseignements sur la sociologie du monde d'Odöon, sur sa géographie, sur les différentes cultures qui y habitaient. Le vaste continent des Quatre prenait le quart de la planète. Seul et immense.

Sa main interrompit son feuilletage et glissa sur une carte du monde dessinée sur deux pages. Là, oui, c'était ça. Le fantôme voulait lui faire ressentir quelque chose. Qu'était-ce ?

Le doute.

Ce ressenti s'évanouit soudainement. Il laissa dans la mémoire d'Ellün quelque chose de désagréable, comme si elle avait oublié un point important. D'un coup, la main s'activa énergiquement et fit défiler les pages jusqu'à un feuillet. Sa feuille était noircie par la moisissure. Le fantôme voulut attirer son attention sur les noms inscrits dessus, ceux d'élèves qui avaient jadis emprunté le livre. L'intrus et Ellün se focalisèrent sur le dernier nom.

Athelleen Dag.

La migraine, qui frappait continuellement son esprit, revint. Ellün lâcha le livre et courut, Sveyn sur ses talons ; il avait cependant eu le temps de ramasser l'Atlas qu'il fourra dans son sac en bandoulière.

La jeune fille se précipitait. Le livre, le nom, les séances avec la directrice, son absence totale de pouvoirs, tout était beaucoup trop pour elle. Elle arriva dans le parc ensoleillé, se jeta derrière un buisson, et y vomit. Rien n'allait, son corps devenait de plus en plus faible, son esprit ne cessait de divaguer. Tout empirait de jour en jour.

— Il faut que nous parlions. Je n'ai jamais voulu te mettre dans une situation inconfortable et c'est pour cela que j'attendais pour te poser des questions. Mais quand je te vois dans cet état, je me dis qu'il faut bien qu'on éclaircisse tout cela.

— Que veux-tu dire ? dit Ellün qui tentait de brouiller les pistes.

Elle dévisagea soudain le garçon. Ses yeux d'un vert puissant laissaient découvrir une certaine douceur, ses cheveux de miel et sa peau caramel étaient typiques du Sud-Ouest. Sveyn dégageait une chaleur amicale, paisible et rassurante. Pouvait-elle lui faire confiance ? Allait-il la quitter comme tous ses autres amis ? Ne pas être une princesse était une chose, mais être complètement folle en était une autre.

— Dis-moi ce qu'il se passe. Pourquoi te mets-tu parfois soudainement à divaguer ?

Devant son ami désemparé, elle voulut faire une dernière fois confiance au hasard.

— Rien ne va, je.... Je vois des choses, confia-t-elle, hésitante.

— C'est ce qu'il s'est passé à la bibliothèque ? Qu'as-tu vu ? demanda Sveyn, sincère.

Le jeune garçon se sentait impuissant et, devant son désarroi, Ellün lui déballa toute l'histoire.

— Depuis que je suis partie de chez moi, j'ai des visions. Je crois que quelque chose, enfin quelqu'un, essaie d'entrer en contact avec moi. Je l'appelle « le fantôme » et dès que les visions se déclenchent, je le suis.

Sveyn se figea, une main vint frotter ses beaux yeux verts, tandis que l'autre fit un geste pour arrêter le flot de paroles de son amie. Il tentait de mettre en place toutes les nouvelles informations reçues.

— Qui est Athelleen Dag ? demanda-t-il en désignant le livre caché dans son sac.

— Je crois que c'est le fantôme qui est dans ma tête. Je ressens son passé, elle vivait ici avant.

— Comment son passé ? D'où penses-tu cela ?

Ses mains étaient maintenant sur ses hanches, ses yeux plissés trahissaient sa confusion. Tout son être était avide d'explications.

— Je le sais, je le sens, elle me l'a bien fait comprendre. Elle me montre parfois des coins de l'école, elle me montre ce qu'elle y a vécu. Pour l'instant, il n'y a rien d'extraordinaire. Mais je ne comprends pas pourquoi elle me suit comme ça. Une fois, j'ai réussi à voir à quoi elle ressemblait, à la cérémonie de l'Arbre, dans l'eau du lac elle m'a montré son visage. Elle était blonde et... c'était une Äme.

Ellün rentra la tête dans ses épaules, elle avait maintenant peur que Sveyn ne la crût pas. Qu'allait-elle bien pouvoir faire si c'était le cas ? Elle baissa les yeux, de crainte de voir ce qu'elle refusait. Mais à la place, deux mains dorées vinrent se poser sur ses frêles épaules.

— D'accord… Donc si je comprends bien, un fantôme te hante et t'emmène partout dans l'école pour te montrer son passé. Il faut que tu en parles à un professeur. Porunn pourrait t'aider, conseilla-t-il en plongeant un regard réconfortant dans ses yeux noisette.

— Non, surtout pas. Je suis déjà vue comme un boulet sans pouvoir, j'ai beaucoup trop de problèmes pour en ajouter un autre, larmoya-t-elle en le suppliant.

— Tu n'as jamais pensé que c'était peut-être ce qui empêchait tes pouvoirs d'apparaître ?

Sveyn l'entraîna vers un banc de pierre, où il la fit s'asseoir pour la calmer. Ellün était prise de spasmes, une nouvelle crise d'angoisse s'empara d'elle.

— Je ne sais pas… J'ai peur que ce ne soit pas normal. Rien n'est normal, de toute façon. Je ne comprends plus rien…

— Chut, calme-toi, chuchota-t-il en la prenant dans ses bras.

Ellün enfouit son visage dans l'épaule de son ami. Le désespoir s'emparait d'elle, sans issue. Elle savait pertinemment qu'elle n'était plus vraiment elle-même ces derniers temps. Des ombres passaient, nombreuses, grouillantes, voilant son regard noisette depuis longtemps.

— Je ne comprends absolument rien de tout ça, Ellün. Ce que je sais c'est que tu vas mal, il faut que tu en parles.

— Surtout pas ! Sveyn, promets-moi de ne jamais rien dire de cette histoire.

— D'accord. Mais dans ce cas, je vais te suivre. On saura ainsi pourquoi tu te retrouves dans des endroits improbables sans conscience de t'y être rendue.

— Merci.

— Ellün ? Tu vas bien ?

Une voix qu'elle connaissait venait de l'interpeller. Lorsqu'elle se retourna, elle n'en revint pas.

— Ndyx ?

— Que fais-tu ici ? intervint Sveyn ; ses yeux se froncèrent, méfiant.

— Je vous ai vus courir comme des chevaux de Cuthalion.

Ellün sourit légèrement, ce n'était pas tous les jours qu'on la comparait à des cheveux ailés animés par l'Erigiuum des Ämes. Mais que faisait-il là ? Ne devait-il pas l'éviter ?

— Tout va bien, je me suis juste sentie mal, j'avais besoin de prendre l'air, le rassura Ellün.

Mais ses cheveux en bataille et son air fatigué ne le convainquirent pas.

— Que veux-tu ? coupa net le métis aux yeux verts que la colère rendait plus profonds.

— Et tu es ? demanda Ndyx, sans expression aucune.

— Je suis son ami, contrairement à toi et à tes deux acolytes qui te suivent.

— Je te demande pardon ?

Là, une étincelle de feu passa brièvement dans les yeux vairons du jumeau. Était-ce de la colère ou du regret ? Ellün ne sut deviner.

— Oui tu m'as bien entendu ! Vous l'avez lâchement abandonnée ces derniers mois, et là, tu t'adresses à elle comme si de rien n'était, cokelicök.

Ellün sourit à nouveau intérieurement. Décidément les garçons avaient l'imagination fertile aujourd'hui. Le cokelicök était une fleur qui disparaissait en s'enfonçant dans la terre quand cela lui chantait. C'était également une des seules plantes qui possédait de l'Erigiuum à petite dose, les Chuchöteurs étaient les seuls à pouvoir communiquer avec elles. Cependant, comme le cokelicök était animé d'une volonté propre, les Orphuss n'y touchaient pas.

— Sveyn… essaya d'intervenir la jeune fille.

— Non, Ellün ! Tu ne dis jamais rien, tu prends toujours tout sur toi ! J'en ai assez de te voir souffrir en silence. Delphy et sa bande, Lalwendï qui t'a rejetée. Vas-tu cesser de te laisser piétiner ? Ces trois faux amis t'ont aussi profondément blessée !

La jeune fille se tut. Il avait raison. Elle n'avait pas à être gentille envers Ndyx. Après tout, il n'avait rien dit après les mots blessants d'Ingwë. Il n'avait pas pris sa défense. Il était parti sans un mot. Comme un lâche.

— Et toi ! Tu n'as donc aucun respect pour ainsi venir la voir après ce que vous lui avez dit ? Vous l'ignorez le reste du temps et maintenant que veux-tu ? Satisfaire ta curiosité ? continua Sveyn, fou de colère, en se retournant vers le jeune garçon aux yeux vairons.

— Tu t'es fait un bon ami, Ellün, soupira doucement Ndyx dans un sourire et s'éloignant déjà.

Ellün le regarda disparaître au loin. Ndyx avait été un pilier depuis le début, sa douceur, sa timidité, son calme apparent avait suscité une affection particulière entre eux. Mais tout était désormais fini. Elle aurait voulu le suivre et parler à Tylr et Ingwë, leur crier qu'elle avait de la valeur, qu'elle aussi était importante même sans titre. Ils lui manquaient tant. Le souvenir de leur complicité à tous les quatre lui faisait mal.

— Je suis désolée de t'avoir bousculée, lui dit son ami, la tête baissée.

— Ne t'excuse pas, tu as eu raison. Merci de m'avoir défendue.

Elle partit s'asseoir sur un banc tout proche. Les larmes lui étaient montées aux yeux. Des traces de sel séchaient sur ses joues roses.

— Je l'ai pris avec moi, murmura-t-il en s'agenouillant près d'elle.

Il sortit un coin de l'Atlas de son sac noir en cuir végétal. Il voulait la distraire, elle ne devait pas s'attarder sur cette histoire qui n'en valait plus la peine.

— À nous deux, on va résoudre le mystère d'Athelleen Dag, promit Sveyn, les yeux brillants.

XV

Ville d'Aràan, territoire de l'Est, jour d'Oíche Kaos, fin du mois de Gort de l'an Sëplunn.

Une des lunes était d'un rouge pourpre, les autres allaient de l'orange au blanc. Les rayons de la nuit ensanglantaient l'île aérienne d'Aràan. L'heure avait sonné de rendre hommage aux Créateurs. Oíche Kaos était la fête du Grand Renversement, le jour où la fureur des Quatre s'était déchaînée. L'ordre s'était retourné, ils avaient changé le monde. Cette célébration prouvait l'immuabilité de leur Œuvre.

Sous les nuages orange, la ville d'Aràan était parsemée de milliers de lampions. Ainsi les serpentins de ruelles sombres étaient tous éclairés. Les fenêtres des tavernes et des auberges partageaient leurs lumières jaunes, prêtes à accueillir et servir tous les promeneurs en fête. Les allées et les places grouillaient de toges noires. Dans cette foule obscure, un défilé de mages et d'apprentis brillait d'un feu argenté. La procession lumineuse arpentait silencieusement les rues en pierre. Les ombres noires encapuchonnées applaudissaient et criaient sur son passage. La joie fusait.

Ellün n'avait jamais participé à une fête d'Oíche Kaos aussi somptueuse. D'habitude, tous les habitants d'Ulmo se retrouvaient pour festoyer autour d'un banquet sur la grande place du village. Son frère, Calion, contait toujours des histoires effrayantes près d'un feu. Mais un jour, il avait eu onze ans, ses récits étaient partis avec lui. Ellün avait repris le flambeau avec Lalwendï et elles contaient à leur tour d'horribles récits.

— Cela te manque, n'est-ce pas ?

Ellün sourit en entendant la voix complice de Sveyn. Elle lui avait raconté sa célébration typique chaque année à Ulmo. Il savait à quel point elle tenait à cette fête nocturne.

— Oui, mon frère me manque beaucoup.

— Ne serait-ce pas lui là-bas ?

— Si, mais je ne veux pas le déranger quand il est avec ses amis. Je préfère qu'on ne l'assimile pas à son Anomalÿ de sœur.

— Il ne vient pas te voir en raison de tes pouvoirs non révélés ?

Calion était loin, au premier rang, avec son groupe d'amis. Ellün resta près de Sveyn. Elle ne voyait que très rarement son frère, les étudiants des années supérieures étaient très occupés par les nouveaux cours ; le niveau augmentait, ainsi que les examens. Parfois, elle souhaitait avoir plus de temps pour le voir.

— Je pense, oui. Lui non plus ne fait pas partie d'une grande famille, ça a été une grande surprise de savoir qu'il était pris à Aràan, ça fait des années maintenant qu'il essaie de prouver sa valeur. Je ne veux pas détruire son travail.

Ses pensées commencèrent à se teinter d'une tristesse infinie. Sveyn lui montra du doigt la procession qui défilait jusqu'à la grande place de Grimoor. Ce rond terrestre pavé de pierres grises abritait les statues des Quatre. Les personnages inanimés se tenaient les mains et formaient un cercle. Les ombres argentées les entourèrent tandis que le reste de la population se tenait sur la pointe des pieds, peinant à voir le spectacle.

La directrice de l'école se détacha de tous. Arachné Eöl entra dans le cercle des géants de pierre. Ses longs cheveux argentés, lâchés sur sa poitrine, se confondaient avec sa toge. Une voix, amplifiée par la magie des professeurs Âmes, monta parmi le chaos de la ville.

— Chers habitants d'Aràan ! Soyez les bienvenus pour Oíche Kaos !

La foule hurla d'excitation.

— Il y a fort longtemps, les Quatre, nos Pères et Mères, ont changé la face du monde. Face à la vilenie des mages, leur ambition et leur haine, ils ont retourné Odöon. Mais dans toute leur bonté, leur amour, ils nous ont sauvés. Ils ont rendu l'Homme plus fort, plus sage. Aràan n'est que le reflet de leur générosité et de leur intelligence suprême.

Dans l'école, le silence plana. Personne n'osait défier la directrice, porte-parole des Quatre. L'Humain avait mal agi, les Descendants d'aujourd'hui ne pouvaient en être fiers. L'humilité devait briller, l'orgueil, lui, se réprimer.

— Que les erreurs du passé ne se répètent plus jamais, que l'Enchanteur sache apprendre de ses fautes !

Un filet bleu turquoise s'échappa du creux de son ventre, elle était en train de sacrifier un bout de son pouvoir. Son présent s'éleva dans les airs, montant petit à petit aux cieux.

— Faites honneur aux Dieux !

Des filets de lumières jaune, vertes, bleues et violettes commencèrent à voler. Les premières années, pas encore habituées à l'offrande et ne contrôlant pas leurs pouvoirs, ne sacrifièrent rien.

— Ils sacrifient leurs pouvoirs ?

— Non, c'est comme quand tu crées quelque chose ou que tu donnes de ton sang. Leurs pouvoirs ne seront pas moins forts après.

Soudain, les lumières les plus hautes furent aspirées par le vide du ciel, puis les prochaines suivirent.

— Que se passe-t-il ? demanda-t-elle, ne comprenant rien au rituel.

— Les Quatre récupèrent les Erigiuums pour les propager dans l'Univers.

— Oh ! souffla Ellün, impressionnée.

Dans ses yeux marron se reflétaient les jets de lumière, ses pupilles dansaient et s'envolaient avec.

— Est-ce pareil chez toi ?

— Oui, le Sud-Ouest est très réputé pour ces artifices de l'Oíche Kaos. Chaque année on organise les plus grandes attractions visuelles.

— J'aimerais vraiment voir ça un jour, annonça Ellün, pensive.

— Tu pourrais venir en vacances, si cela te dit, lui sourit-il en plaquant son épaule contre celle fragile de la jeune fille.

Ellün tourna ses yeux vers lui, son petit cœur âgé de douze années palpita. Sveyn sera toujours là pour elle, et savoir cela la rassurait amplement.

La cérémonie prit fin sous les acclamations en délire. Les apprentis d'Aràan avaient quartier libre. En ce jour exceptionnel, ils avaient le droit de passer la nuit dehors.

— Des Pepoaësc, ça te dit ? proposa Sveyn, impatient de se joindre aux festivités.

Ellün se lécha les lèvres à l'évocation de ces doux marrons caramélisés à la citrouille, une spécialité de cette immense fête.

— Oh oui ! Et j'en veux un grand pot !

— Tu deviens vraiment un buffle affamé quand il s'agit de nourriture, ria-t-il.

Ellün lui tira la langue et l'entraîna dans une ruelle adjacente à la grande place. C'était la première fois, depuis qu'ils étaient arrivés à l'école, qu'ils avaient la possibilité de visiter la ville. Elle avait envie de flâner, découvrir quels recoins originaux l'île possédait.

Leurs déambulations les menèrent directement sur un autre parvis, plus petit. Ellün aperçut son frère au loin. Il se trouvait au milieu d'un groupe, ses mouvements étaient amples et sa bouche ne cessait de s'ouvrir pour se refermer. Il continuait donc à raconter ses histoires.

— Veux-tu aller écouter Calion ?

— Oui, j'en ai vraiment envie. On peut se mettre à l'écart, pour que personne ne me voie.

— Allons-y, alors, l'incita son ami, avec un doux sourire sur les lèvres.

Mais ils n'eurent pas le temps d'atteindre son frère et ses histoires de fantômes que déjà une bande malintentionnée leur barra le chemin. Leur chef, Orphuss promise à une grande réussite, vociféra.

— Comment as-tu pu croire une seule seconde qu'une sale vermine comme toi pourrait honorer les Dieux ?

— C'est quoi encore ton problème, Delphy ? intervint Sveyn, se plaçant devant Ellün.

Les rires au loin se turent. Calion avait arrêté son spectacle en voyant sa petite sœur et son ami. Il effectua un mouvement, élançant sa jambe droite, puis se ravisa. Il resta bloqué, se souvenant de la lettre de ses parents : « Nous t'en conjurons, mon fils, ne t'occupe pas des affaires d'Ellün. Laisse-la grandir seule. Elle n'a besoin de personne. Même au bord du gouffre, ne l'aide pas. Elle doit absolument apprendre la dureté de la vie et souffrir de son reflet dans l'âme du monde ».

Un pavé pour lui dire de ne pas s'occuper d'elle. Pourquoi ? Un détail était revenu à plusieurs reprises, qui l'avait fait hésiter : pas une seule fois, ils n'avaient mentionné Ellün comme leur enfant ou sa petite sœur à lui, cette missive était parfaitement dénuée de compassion. Cela ne leur ressemblait nullement. Ils étaient des parents trop protecteurs pour appeler leur fille par son prénom, sans un mot de réconfort. Calion s'interrogeait sans cesse, pourquoi avaient-ils écrit cette lettre ? Savaient-ils que leur fille était harcelée ? Ellün ne leur avait pas parlé, il en était sûr, car c'était un sujet délicat pour la jeune adolescente. Pudique, elle n'aimait pas faire étalage de ses sentiments, et préférait souffrir en secret, ses larmes ne coulaient qu'une fois la nuit tombée et les esprits endormis. Autre détail significatif : Ellün lui avait confié que ses parents ne répondaient pas à ses lettres depuis plusieurs semaines déjà. Pourquoi ? Tout était beaucoup trop louche, il allait devoir discuter avec ses parents lorsqu'ils rentreraient pour les fêtes de Luinil.

— Ce ne serait pas ta sœur ?

Un garçon de l'âge de Calion s'était levé et observait la scène qui se déroulait plus loin sur la place.

— Elle est bizarre, a-t-elle toujours été comme cela ? Pourquoi n'a-t-elle toujours pas ses pouvoirs ? Heureusement que tu n'es pas comme elle ! poursuivit-il en donnant une tape amicale sur l'épaule de Calion.

Non. Elle était appréciée de tous, avant. Ellün était une enfant riante, malicieuse et taquine. Les villageois d'Ulmo avaient souvent répondu à tous ses petits caprices, car elle les avait tous touchés par sa gentillesse et son innocence. Calion ne la reconnaissait pas. Outre le fait que son Erigiuum dysfonctionnait, comment était-elle devenue si triste, déprimée et renfermée ? Était-ce à cause de cette grande fille blonde, Delphy, qui avait pris en grippe sa petite sœur ? Il savait pertinemment que l'école n'était qu'une course à la gloire et la popularité, et Ellün la perdait ; tandis que lui l'avait gagné depuis longtemps. Il se dégoûta lui-même, pensant que son attitude lâche n'était que le reflet de la lettre de ses parents.

— Oublie-la. Je vous ai déjà raconté comment je me suis retrouvé nez à nez avec un Grork des marais du Nord ?

Les apprentis émirent des « Oh » d'admiration, certains tremblaient devant cette histoire vieille comme le monde. Calion avait réussi à détourner l'attention.

Non loin, Ellün se demandait comment elle allait pouvoir se sortir de cet affrontement au plus vite. Delphy et son groupe la lassaient. Sans être agacée, elle était fatiguée. Une vague de tristesse l'envahit soudain, mais elle réunit toutes ses forces pour ne pas s'effondrer devant ses ennemies.

Ce fut là qu'il vint. Il n'était pas apparu depuis si longtemps. Mais quelque chose avait changé, profondément. Ellün se voyait plus âgée. Les cheveux blonds du fantôme avaient encore poussé, lui arrivant en bas de la taille. Deux jeunes femmes en tenues argentées lui faisaient face. Une affichait un visage en larmes, l'autre avait laissé la haine lui dévorer les traits. Ellün tiqua : celle qui pleurait, qui était-elle ? Elle lui paraissait si familière. Cependant, elle n'eut pas le temps de le découvrir, elle fut distraite par l'autre qui vociférait de colère. Ses gestes étaient amples, ils aboyaient sa fureur. Qu'avait fait le fantôme, une nuit d'Oíche Kaos, pour qu'elle s'en prenne à lui à ce point ?

Ses yeux s'attardèrent plus sur la femme. Elle portait une capuche. Ellün ne put distinguer clairement son visage. Seul son regard sortait de l'ombre argentée. Ce regard… Elle l'avait déjà vu aussi. Il était d'un bleu acier sans peur, sans crainte et empli d'une froideur sans égale.

Sa contemplation s'acheva, car, dans le flou environnant, quelque chose devint limpide pour la toute première fois. Le flash évolua en une vision précise. Ellün entendit.

— Pourquoi, Athelleen ? Pourquoi me faire ça, à moi ? Emmène-moi !

L'emmener où ? Ellün n'eut pas le temps d'en écouter davantage. La jeune femme haineuse activa son Erigiuum. Elle hurla d'un cri aigu où l'horreur et la rancœur explosèrent. Avait-elle voulu nuire au fantôme ? Hantait-il l'esprit d'Ellün pour qu'elle retrouve celle qui lui avait fait du mal ?

— Stop ! cria-t-elle, sans larmes.

Mais son cri s'était déchaîné.

Alors qu'Ellün était revenue à la réalité, personne n'avait aperçu ses yeux se balançant dans le vide. Sveyn et la grande blonde autoritaire se tournèrent vers elle, leurs yeux étaient éclairés d'une faible lumière verte, ils avaient requis leurs forces. Justice et Cruauté, prêtes à se battre.

Fuir. Voilà la seule idée qu'elle eut. Ce soir, elle se sentait trop faible pour les affronter, ou pour s'expliquer. Elle les planta tous sur la place, passant à côté du groupe de son frère qui ne lui jeta aucun regard.

Ellün courut vite et longtemps. Les larmes mouillaient son visage blanc. Qu'avait-elle vu ? Sveyn la suivait de loin, il avait pris du retard en se débarrassant des Orphuss.

— El' ! Où vas-tu ? tenta de lâcher Sveyn, mais son cri se fondit dans la foule.

Finalement, la jeune fille s'arrêta, suffoquant. Elle s'effondra à genoux près d'un mur. Les passants, excités par cette nuit obscure, ne la remarquaient pas. Seul son ami vint la secourir.

— Que se passe-t-il ? J'allais en finir avec elle. Elle ne t'aurait rien fait, je te le jure, déclara-t-il d'une voix douce et rassurante.

Sa tendresse acheva le cœur d'Ellün.

— Ce n'est pas ça… sanglota-t-elle.

— Alors quoi ? demanda le jeune métis en s'asseyant lui aussi par terre.

— Je l'ai revu. Tu sais, le fantôme, murmura-t-elle en jetant des coups d'œil mouillé autour d'eux.

— Athelleen ?

— Oui. Mais cette fois-ci, tout était différent. Elle était plus grande, elle fait quelque chose qui a mis en colère une autre fille. Celle-ci l'a attaquée. Je n'ai pas pu en voir plus. Je ne sais pas si elle a été tuée ou simplement blessée, lui expliqua-t-elle le regard au loin, les questions tourbillonnant dans sa tête.

— As-tu vu de qui il s'agissait ? se concentra son ami, les sourcils froncés.

— Non, tout est allé trop vite, le fantôme ne m'en a pas montré plus.

Vif, elle avait l'impression que son cœur allait s'arracher de sa poitrine. Elle avait ressenti la peur du fantôme. Cette peur avait existé, elle avait été réelle. Cette peur particulière, celle de perdre la vie, ce soir, Ellün l'éprouvait.

XVI

Ellün avait repris ses esprits, aidée par Sveyn qui avait réussi à la calmer après de longues minutes de bercements. Il l'avait incitée à se promener au hasard des rues, pour mieux oublier l'affreuse vision qu'elle venait d'avoir. Après une heure à déambuler au gré des festivités, ils suivirent une rue qui déboucha sur un sentier bordant le vide des nuages ; la tour Est s'élevait non loin de là. Des bancs étaient nichés tout le long. Un bar, dont la façade arrière donnait sur l'ouverture du ciel, avait établi une terrasse pour l'occasion.

— Ici ? demanda Sveyn, curieux.

— Ça a l'air bien, approuva Ellün.

Les deux jeunes amis se dirigèrent à l'intérieur de l'établissement. La salle lasurée de bois laissait deviner des traces de moisissures. L'humidité ambiante, mélangée aux effluves de bières, collait tout de suite à la peau. Des mages aux toges noires s'affairaient dans un chaos bruyant. La plupart avaient bu et dansaient sur les tables. Les cris joyeux et les hurlements aigus servaient de chansons.

— Et voilà des apprentis ! s'exclama le patron en voyant leurs toges argentées.

Il les mena dans une seconde salle au fond de la première, en pierre cette fois, plus calme où des mages buvaient tranquillement. La majorité était des apprentis d'Aràan. Les toges argentées défilaient dans ce petit espace dans lequel la lumière vacillante des bougies menaçait de s'éteindre à tout instant. Ce fut à une table, installée dans un coin, que le gérant les guida.

— Ici vous serez plus tranquilles. Qu'est-ce que je vous sers ? Et ne répondez pas de l'alcool ! les avertit-il, amusé.

— Deux pintes de Sorc'eel s'il vous plaît. Vous servez des Pepoaësc ?

— Quelle question .... Évidemment !

Quelques instants plus tard, il revint les bras chargés d'un plateau contenant les marrons enrobés et la boisson au gingembre fumante. Les deux adolescents profitèrent du bruit recouvrant leurs voix et de la pénombre pour parler.

— Nous pourrions demander à un de plus anciens professeurs de l'école. Puisqu'elle a étudié ici, quelqu'un devait la connaître. Qu'en dis-tu ?

— Oui, si on omet de lui dire que c'est le fantôme qui me hante, précisa Ellün en baissant la voix.

— On peut dire qu'on fait des recherches géographiques. Et en repérant son nom, on voulait en savoir plus sur elle...

— Ça ne tient pas vraiment la route. Tu as déjà vu des élèves de première s'interroger sur l'identité de la personne qui a eu le livre avant eux ?

— Oui, mais généralement ils gardent leurs réflexions pour eux.

— Il nous faut une meilleure idée. On ne peut pas demander à tout le monde qui est cette personne, conclut Ellün en amenant la pinte piquante à ses lèvres.

Ils burent avec bonheur et oublièrent leurs tracas l'espace de quelques minutes. À la place, ils contèrent leur enfance, décrivirent leurs familles, leurs villages et cités. Leur amitié se renforçait doucement.

— Tu sais où sont les toilettes ? demanda soudain Ellün, se retournant sur sa chaise pour mieux observer la salle.

— Si j'en crois la file d'attente qu'il y avait il y a cinq minutes, c'est au fond à gauche, lui indiqua son ami en pointant son doigt.

Ellün se leva et prit la direction des commodités. Soudain, une pensée fugace la traversa. Elle devait la rejoindre. Pour quoi faire ? Et où ? Elle l'ignorait, mais ses pieds la guideraient. Sveyn, qui s'était levé plus tôt, vit le regard d'Ellün se voiler.

— Je dois y aller, prononça-t-elle vaguement.

Était-ce à nouveau le fantôme ? Le jeune métis décida de la suivre comme il le lui avait promis. Il la talonna et la surveilla de près. Plus de vingt minutes s'étaient écoulées quand ils atteignirent la Cathédrale qui leur servait d'école. Ellün pénétra dans l'enceinte majestueuse, elle dépassa le parc aux couleurs de feu, longea le hall, monta d'interminables escaliers avant d'arriver dans un long corridor. Au fond, une immense porte en bois massif noir se dressait. Derrière elle, dans le grand bureau ovale, deux êtres discutaient frénétiquement.

— Cela ne pouvait-il attendre ?

— Non. Toutes les nuits sont nécessaires.

Arachné était déterminée, cela devait se passer ce soir. Elle avait fait appel à son sortilège de Linglankë pour ramener Ellün à elle. Le sort établissait un lien entre elle et le cerveau de l'apprentie, elle pouvait alors lui envoyer un signal à tout moment. La jeune fille n'aurait pas conscience de l'appel, ce qui fit sourire la Psychë. Arachné la voulait confuse, perdue. Désespérée.

— Qu'as-tu avec cette fichue Orphuss ? Qu'a-t-elle de si important ? s'énerva Elring.

— Serait-ce la première fois que tu remets mes ordres en question ?

Une lueur bleue s'échappa de la pièce.

Elle pouvait soumettre n'importe qui à sa volonté.

— Je ferai tout ce que tu voudras, lui dit-il de façon mécanique.

— Bien, fais ce que je t'ai demandé.

Quelqu'un toqua à la porte arrêtant la discussion. Ellün entra timidement, sa conscience revenait petit à petit ; or la confusion régnait en elle. Était-ce une nouvelle séance ? Avait-elle oublié qu'elle en avait justement une ce soir ? Elle marmonna maladroitement des excuses, mais les mots étaient mâchés, comme si quelque chose la gênait pour parler. Le sortilège était bien trop puissant cette fois.

— Approche, Ellün. Cette séance sera particulière. J'ai demandé à Elring de nous prêter main-forte. Je pense que son pouvoir pourrait être vraiment utile.

La jeune fille vint à eux et s'assit sur le fauteuil en velours, comme à l'accoutumée. Elle se questionna elle-même sur les événements. Tout paraissait évident, elle savait où aller.

— J'ai besoin que tu fasses le vide dans ta tête. Pour ça, je vais te plonger dans un coma, cela ne durera que quelques minutes, ne t'en fais pas, lui expliqua légèrement Arachné avec un fin sourire aux lèvres.

Les yeux de la jeune fille se fermèrent au contact des doigts bleutés de la mage argentée.

— Et maintenant ? demanda Elring, les bras croisés.

— Quelque chose se trouve dans sa tête, je l'ai senti. C'est comme un espace plein qui active d'autres zones de son cerveau ainsi que son Erigiuum. Tu dois le trouver.

Les yeux d'Elring s'activèrent ainsi que ses mains.

— N'active pas ton pouvoir à pleine puissance. Cela pourrait la tuer si tu trouves l'espace. Je vais t'ouvrir une brèche dans son esprit, précisa la directrice.

Les mains turquoise d'Arachné se posèrent à nouveau sur les tempes parsemées de taches de rousseur d'Ellün.

La fouille du grand Astéracë débuta. Son esprit d'architecture se plongea tout entier dans celui de la jeune fille. Il visualisa l'espace en mille paillettes étincelantes. Les réseaux de synapses et de neurones formaient des monticules brillants plus ou moins épais. Là, il le vit. Une zone vide où aucun scintillement ne grouillait. La directrice l'avait déjà aperçue auparavant, mais n'était pas parvenue à l'atteindre.

— Il y a quelque chose, en effet. Je ne peux déterminer quoi, il est lointain et flou. Il n'est rien et pourtant, il est là. Je ne peux pas l'atteindre.

Arachné, s'affairant toujours sur son passage de conscience, pesta imperceptiblement. Mais quelque chose s'illumina dans son cerveau : une idée.

— Crée-moi un espace.

Elring s'activa. Il dérangea l'organisation du cerveau de l'adolescente, bousculant les nerfs de vie qui s'y trouvaient. Après avoir fait un grand remue-ménage, un petit espace blanc reposait tranquille parmi tous les autres vaisseaux.

— Et maintenant ?

— C'est à moi de jouer, dit-elle d'un ton sec et concentré.

Alors un long filet bleu partit de ses mains et frappa la sphère vide. Elle ne devait pas échouer, son plan réussirait. La jeune fille n'aurait plus à revenir dans son bureau toutes les nuits et, elle, elle serait délivrée de ce fardeau.

Cette nuit-là, tout se joua.

Tandis que l'esprit d'Ellün était éprouvé, les doutes et les certitudes avaient envahi les pensées d'autres apprentis.

Sveyn ne comprenait pas. Le corps d'Ellün était sorti du bureau de la directrice, il marchait à présent tranquillement à travers l'école pour rejoindre le dortoir des Orphuss ; les questions l'envahissaient. Et comme pour compliquer le tout, l'adolescente ne lui répondait pas, ses yeux étaient absents. Avait-elle reçu un cours de la part de la directrice ? Pourquoi s'était-elle rendue dans son bureau à cette heure ? Que s'était-il passé dedans ?

Les questions assaillaient son esprit tout en suivant Ellün, toujours silencieuse ; Sveyn sentait l'inquiétude lui presser les entrailles.

Une interrogation essentielle et qui, selon lui, reliait toutes les autres, ne se détachait pas de ses craintes. Pourquoi Ellün ne reprenait-elle pas conscience ?

Quelque part, il se doutait qu'elle n'avait pas suivi le fantôme, car habituellement la jeune fille reprenait très vite ses esprits. Il avait conscience que quelque chose se préparait, avec Arachné.

Quelque chose se tramait, quelque chose de très mauvais.

Plus loin, dans la folie ambiante de la cité des airs, Ingwë finissait sa pinte de jus de pommes aux billes de sirop d'Uzyur aux saveurs acidulées. Elle était allée dans la même auberge que Sveyn et Ellün ce soir-là. Elle avait assisté à leur départ précipité, mais elle ne s'était pas plus posé de questions, son ancienne amie n'était plus son affaire.

— Te manque-t-elle ? demanda Tylr qui savait à quoi elle pensait.

Lui aussi venait de voir Ellün se ruer hors du bar.

— Arrête avec cette histoire. Cela fait maintenant des semaines.

— Je l'ai croisée l'autre jour, elle semble plus fatiguée que jamais. D'ailleurs, je l'ai vue plusieurs fois déambuler dans les couloirs la nuit, intervint soudain Ndyx.

— Mais que fais-tu debout la nuit ?

— Contrairement à toi, je prends notre mission très au sérieux.

Ingwë écoutait, attentive et soucieuse. Ses grands yeux bleus se recouvrirent d'un fin voile noir. Que faisait-elle dans les couloirs lorsque personne n'y était ? Ellün était-elle de mèche avec la directrice ?

— Je l'ai vue sortir précipitamment, allons voir ce qu'il se passe.

Les trois amis quittèrent l'auberge et virent au loin les silhouettes argentées, ainsi que les longues tresses d'or de Sveyn. Ils se mirent à courir pour les rattraper, mais ils ne réussirent pas et furent distancés. Ils entrèrent alors à leur tour dans l'immense Cathédrale. Tout était silencieux, leurs pas résonnaient sur la pierre froide. Tous se trouvaient à la fête.

Aucune trace d'Ellün, ou de Sveyn.

— Où sont-ils passés ? demanda Tylr, rompant le silence.

— Je ne sais pas, allons vers le bureau de la directrice, proposa Ingwë sérieuse.

Les couloirs défilaient lorsqu'ils perçurent des pas. Ils étaient pourtant loin du bureau d'Arachné. Les bruits se rapprochaient d'eux, lents et incertains, comme si la personne avait bu. Ils s'approchèrent et, au détour d'un autre corridor, ils virent Ellün chancelante ; elle prenait la direction de la tour Est, dans les quartiers de sa Famille. Puis, ils captèrent une autre présence. Un jeune homme apparut. Sveyn suivait Ellün. Ingwë, intriguée, intervint :

— Que faites-vous là ? Qu'a-t-elle ?

— C'est à moi de vous retourner la question, on ne vous a rien demandé, me semble-t-il, se défendit le métis.

Ingwë ne jeta même pas un œil à l'Orphuss en colère et s'approcha d'Ellün. Cette dernière, muette, continuait sa route d'un pas mal assuré. La brune n'avait encore jamais touché personne en activant son pouvoir, craignant trop la réponse. À l'instant où ses doigts effleurèrent la paume de l'adolescente totalement absente, ses yeux émirent une couleur bleue.

Alors, un monde lui apparut. Toutes les émotions d'Ellün s'étalèrent devant elle. La jeune fille était triste, en colère, humiliée, découragée. Mais surtout, elle avait peur. Une peur qui lui rongeait l'estomac, mais bien plus, au-delà, elle lui envahissait l'âme. D'instinct, la Psychë la réconforta et lui insuffla le calme.

Le corps d'Ellün se détendit, tellement qu'elle ferma les yeux et se laissa tombe au sol dans un sommeil profond. Son ami eut le temps de la rattraper. Dans son effroi, il cria :

— Que lui as-tu fait ?

— Elle l'a simplement apaisée, Sveyn, précisa Ndyx calmement.

— Tu ferais mieux de la coucher, souffla-t-elle froidement à Sveyn.

Ce dernier ne se fit pas prier et porta la jeune fille somnambule dans leur tour commune. Le trio resta planté-là sans comprendre la situation. Ce fut là qu'ils entendirent quelqu'un s'approcher.

— Cachons-nous ! les avertit Ingwë dans un murmure.

Ils se cachèrent derrière deux grandes colonnes.

Les foulées étaient elles aussi titubantes. Ils aperçurent une chevelure d'or, ainsi qu'une cuirasse aux éclats de soleil.

Elring.

Le directeur des Astéracës était dans le même état que Ellün, ses yeux grands ouverts ne semblaient rien voir de ce qui se passait autour de lui. Un mort-vivant.

— Mais que fait-il ici ? susurra Tylr en faisant le lien avec leur amie.

— À mon avis, ce n'est pas une coïncidence, supposa Ndyx.

Ingwë se glissa hors de sa cachette, sous les yeux interloqués des jumeaux qui craignaient d'être découverts. La jeune Psychë s'approcha du professeur et lui saisit le poignet.

Les deux frères émirent un cri de surprise et la rejoignirent.

— Mais es-tu folle ! cria l'un d'eux.

— Tu as perdu la tête, ma parole ! rajouta le deuxième.

Sous leurs yeux horrifiés, Ingwë activa son pouvoir, ses iris adoptèrent une nouvelle teinte bleu électrique.

— Il a peur, je le sens. C'est profondément ancré en lui et pourtant je sens une envie de ne pas lui résister.

La jeune mage relâcha sa prise et resta debout, silencieuse, à observer Elring divaguer dans le long couloir jusqu'à ce que sa silhouette disparaisse dans le noir.

— Nous allons devoir le surveiller.

La Psychë ne dit plus rien. Les deux jumeaux n'exigèrent pas plus de détails et ne l'empêchèrent pas de partir, ils savaient ce qu'elle venait de vivre.

Ingwë venait de préciser son pouvoir.

Elle savait désormais.

Elle était une Psychë et elle serait Pensë.

Elle le savait désormais, et elle l'acceptait.

Interlude - Le Rival

Alors c'était comme cela ? L'Ennemi voulait s'emparer de l'Autre et faire disparaître l'Ombre par la même occasion. C'était ce qu'il verrait. L'Ombre était furieuse, sa patience avait des limites. Le rejet et l'échec ne faisaient pas partie de ses plans.

L'Ennemi sera surpris, elle en jurait. Jamais il ne la battrait.

Tandis que l'Ombre tournait en rond dans les ténèbres, elle aperçut soudain un mouvement. Qui cela pouvait-il bien être ? Cela faisait si longtemps qu'elle était seule dans l'obscurité.

Ce fut là que l'Ombre la vit.

Une autre ombre, noire, flottante.

L'Oubli.

XVII

École d'Aràan, territoire de l'Est, trois jours après Oíche Kaos, mois de Ngetal de l'an Sëplunn.

Où as-tu mis nos manuels d'Histoire du temps ?

— Dans nos sacs, comme toujours. J'en ai plus qu'assez de devoir surveiller tes affaires, Tylr.

— Dans quelques années, tu regretteras de ne plus me voir tous les jours.

— Dans tes rêves.

L'agitation régnait dans la chambre double des jumeaux. Dans l'intimité de l'espace que leur avait conféré leur titre de princes du Continent du Sud-Est, tous les deux se chamaillaient une nouvelle fois. Leur chambre, aux nuances violettes, couleurs de leur Famille, était une suite luxueuse, composée de deux appartements, d'un petit salon très coquet et deux salles d'eau privées qui étaient jalousées par le reste de l'école, devant utiliser les thermes communs chaque jour.

Ce matin-là, ils se préparaient à aller en cours. Cela faisait maintenant trois jours que la fête d'Oíche Kaos était passée. Ellün n'avait apparemment aucun souvenir de cette nuit-là, d'après ce qu'ils avaient pu observer. Les jumeaux avaient profité de la surveillance d'Elring — qui leur avait été incombée — pour jouer les espions auprès de leur ancienne amie. Ingwë avait beau fournir tous les efforts du monde pour ne pas s'impliquer dans les histoires de la fille sans pouvoirs, eux n'avaient pas cette capacité. Ils désiraient s'assurer de son état et trouver son lien avec Elring. Ils avaient promis à Ellün d'être toujours là, et ils avaient rompu ce pacte. Les jumeaux s'en voulaient terriblement, mais ils avaient fait un choix.

Amitié ou devoir.

Le devoir l'avait remporté.

— De quoi ont-ils cours aujourd'hui ? demanda Tylr, évasif.

— Lois des métamorphoses, dans le jardin arrière.

— Cela ne sera pas très facile pour les espionner.

Depuis trois jours, lorsqu'ils avaient du temps, ils suivaient Ellün à la trace. Cependant, ils avaient beaucoup de mal à rester discrets. Sveyn la surveillait attentivement.

— Il commence à m'énerver, ce chien de garde. Pour qui se prend-il ?

Tylr n'avait pas apprécié le dernier accrochage avec le jeune métis, ce dernier l'avait placé devant sa propre vérité : il avait lâchement abandonné son amie, dans l'indifférence la plus complète. Il avait contribué à briser le cœur d'Ellün, sans lui donner la moindre explication. Devoir se confronter à la réalité, révélée par une personne qu'il n'affectionnait guère, les avait blessés, lui et son ego.

Ndyx, quant à lui, avait le cœur lourd. Plus sage et discret que son frère, il n'avait pas émis une seule critique sur la protection rapprochée de Sveyn envers Ellün, ni sur son comportement dédaigneux. Non, il n'avait rien dit, car il se savait en tort. Contrairement au jumeau à l'œil vert, il n'avait rien à se prouver.

— Laisse-le tranquille, il ne fait que ce qu'il pense être juste.

— Il est surtout follement amoureux d'elle, ça en deviendrait presque toxique.

Tous deux avaient pu constater, durant ces derniers jours d'espionnage rapproché, l'engouement du jeune garçon envers Ellün. Ils avaient pu observer de nombreuses fois, les approches timides, les regards furtifs, le rouge de ses joues lorsqu'il admirait Ellün discrètement. Et même les longs regards qu'ils échangeaient.

— Crois-tu qu'elle lui porte les mêmes sentiments ?

— Son inclinaison est moins importante que celle de Sveyn, à vue d'œil. Mais elle existe bien.

Les deux jumeaux s'observèrent avant de s'écrouler de rire sur leurs lits moelleux aux dizaines de coussins.

— Te rends-tu compte que la seule information que nous avons obtenue est leur penchant mutuel ? Nous ne sommes pas prêts de devenir espions pour la Fédération, nom d'un écureuil enflammé ! se moqua gentiment Tylr, les larmes aux yeux à force de rire.

— Autrement dit, rien qui ne pourrait égayer l'humeur massacrante d'Ingwë.

La jeune Psychë était maussade, agressive et d'humeur lunatique depuis la précision de son Erigiuum. Les jumeaux n'arrivaient plus à la suivre. Ingwë n'arrêtait pas de leur donner des ordres et de les éloigner. L'adolescente avait clairement besoin de temps pour elle.

— Pour une Pensë, elle gère mal ses émotions ! pouffa Tylr.

Ndyx s'inquiétait quant à lui, il craignait que l'Eòlasum ne soit plus en mesure d'accomplir sa mission. Il avait constamment peur que leur amie ne fasse un pas de travers pour ne plus avoir à revenir à Aràan, lieu qu'elle détestait tant.

Il était véritablement curieux d'en apprendre plus sur la nuit où ils avaient retrouvé Ellün et Elring errer dans les couloirs, totalement inconscients de ce qu'ils faisaient. Car cette information pourrait apaiser la tornade émotionnelle qui emportait Ingwë.

— Allons-y. Nous allons manquer le début de leur cours.

Les jumeaux se mirent en route, désertant leur magnifique suite princière. La tour des Ämes était bien silencieuse, la plupart d'entre eux se trouvaient déjà en classe ou toujours endormis. Ils prirent l'énorme escalier en colimaçon qui menait à une des artères centrales de la Cathédrale que constituait l'école.

Ce fut là, longeant un des murs, qu'ils le virent.

Elring.

Le professeur et directeur des Astéracës avançait de manière mécanique. Ses yeux bleus grands ouverts ne se fermaient pas, il semblait se concentrer sur un point invisible et lointain.

— Penses-tu à ce que je pense ?

— On dirait bien qu'il est à nouveau sous l'emprise d'un charme.

— Suivons-le, intima Ndyx.

Elring titubait en direction de la tour Sud. Ses longs cheveux d'or, d'ordinaire coiffés avec perfection, n'étaient plus qu'un sac de nœuds entremêlés, comme s'il s'était levé sans se préparer.

— Mais que lui arrive-t-il ? Il semble possédé, comme l'autre jour.

— Je l'ignore, mais hâtons-nous, sinon nous perdrons sa trace.

Sous leurs yeux ébahis, ils le virent s'enfoncer dans un mur revêtu d'un halo jaune. L'Astéracë avait usé de son pouvoir pour s'emparer de l'espace et le manipuler à sa guise. Après avoir assisté à la disparition de la silhouette débraillée du professeur, Ndyx se précipita soudain vers la lueur aux reflets d'or.

— Tylr ! Cours ! Il va se refermer !

Les jumeaux se jetèrent à temps et atterrirent avec fracas dans un autre couloir, totalement inconnu cette fois. Des torches aux reflets violets avaient été allumées et fixés à intervalles réguliers sur les murs de pierre. Ils aperçurent l'ombre d'Elring disparaître au loin, dans un tournant.

— Un passage secret ? demanda Tylr, encore secoué par leur course folle.

Pour toute réponse, Ndyx secoua la tête. S'il voyait juste, il savait où ce corridor les mènerait.

Ils avancèrent avec prudence et essayèrent de ne pas faire trop de bruits, d'atténuer leurs pas et leur respiration qui provoquaient des petits échos sur la pierre humide.

— Dans ce genre de moments, je me dis qu'être une Äme Engendrör pourrait nous aider. Se rendre invisible ne serait pas un luxe, dit Tylr.

— Si déjà tu pouvais te taire, ça nous aiderait, murmura Ndyx, des éclairs dans les yeux.

Ils rattrapèrent vite Elring ; il n'entendait ni ne voyait rien, seulement guidé par une force. L'homme s'arrêta devant une lourde porte de bois au blason des Psychës. Les jumeaux firent marche arrière pour se dissimuler dans un recoin, afin d'éviter d'être découverts par la personne qui devait se cacher derrière cette porte.

De longs cheveux d'argent apparurent.

Un regard glacial.

Un sourire fin et cruel.

Arachné.

Tylr faillit lâcher un hoquet de surprise. Ndyx n'affichait, quant à lui, aucun étonnement.

Lorsque la porte se referma sur les deux adultes, le jumeau à l'œil bleu invita l'autre à s'approcher doucement de la porte. Une main sur la bouche, Ndyx tendit l'oreille et la plaqua contre le bois humide. Son frère l'imita.

Les voix étaient faibles, mais ils arrivaient à entendre quelques mots et des bribes de phrases.

— Mon cher Elring… Tu t'en souviens… Je dois t'effacer tout cela.

Ils n'entendirent que la voix de la directrice, une voix suave.

Et dangereuse.

Ndyx sentit son sang se glacer. Arachné pouvait tous les mettre en péril. Tous les deux craignaient la suite, qu'allait-elle faire à Elring ?

Ils virent des jets de lumière bleue étinceler par-delà l'embrasure de la porte.

Elle venait d'user de l'Erigiuum des Psychës.

— … Tu devras revenir régulièrement… Un contrôle parfait… Tes souvenirs…

Ils entendirent Elring essayait de murmurer quelque chose d'une voix absente, cependant sa voix fut étouffée par des baisers. Des gémissements résonnèrent quelques instants après. Les jumeaux découvrirent alors la liaison que les deux professeurs entretenaient.

Puis il y eut un mouvement et un silence, comme deux corps qui se séparaient.

Ndyx eut à peine le temps de saisir son frère par le col pour se cacher, qu'Elring, toujours mort-vivant, apparut et remonta le corridor. Après s'être assurés que la porte était bien refermée, les deux frères le suivirent de près pour ressortir du couloir secret.

— Mais que s'est-il passé ? demanda Tylr, une fois revenu dans l'artère principale.

Elring, en passant le portail à la lumière d'or, avait repris ses esprits. L'Astéracë se tenait le crâne, comme s'il avait mal à la tête. Les jumeaux restèrent à l'écart pour ne pas se faire repérer. Un professeur arriva à ce moment-là et interpella son collègue.

— Tout va bien, Elring ?

— Oui, un mal de tête soudain. Je n'ai pas dû bien dormir cette nuit.

— Effectivement, on voit bien que tu te portes mal aujourd'hui, le réveil a été brutal, lui confirma le professeur en lui indiquant ses cheveux.

Elring sortit de sa cuirasse un miroir et s'horrifia à la vue de ses cheveux en bataille. L'Astéracë prit congé en courant vers sa tour, le visage déformé par l'énervement. L'autre professeur s'en retourna, amusé.

— Il faut tout de suite avertir Ingwë, dit Tylr, encore visiblement sous le choc de tout ce qu'ils venaient de vivre.

— Maintenant, nous savons, ou du moins nous pouvons fermement supposer que Ellün et Elring revenaient du bureau de la directrice. Ils sont donc tous les trois liés. Nous savons aussi qu'elle ne leur laisse pas le choix. Ellün ne manigance donc rien avec Arachné, tout comme le professeur. *Mais à quoi lui servent-ils donc ?* réfléchissait Ndyx.

Le jeune garçon avait grande hâte de partager ses informations avec son amie. Il espérait qu'elle sortirait de sa lassitude et reprendrait le courant de sa vie.

XVIII

École d'Aràan, territoire de l'Est, mois de Ruis de l'an Sëplunn.

Un mois et demi s'était écoulé depuis la célébration d'Oíche Kaos. L'esprit d'Ellün paraissait moins perturbé, mais vide. La jeune fille souffrait d'un manque confus. Tout ce qu'elle ressentait était une profonde lassitude.

Sveyn avait entrepris de la suivre partout, nuit et jour. Étant installé dans la même tour, il lui était facile d'accéder à son amie et de la surveiller. Toutefois, il ne la surprit pas de nouveau à somnoler dans l'école. Le fantôme, quant à lui, n'était pas revenu depuis.

Tous les deux étaient attablés pour prendre leur petit-déjeuner. La délicieuse course aux mastications fut interrompue par une voix provenant du balcon de la Galerie.

— Bonjour à tous, chers apprentis. Aujourd'hui, sonne le retour dans vos familles pour les fêtes de Luinil. Mais avant, une petite annonce. Comme vous le savez, des examens de fin d'année pour les premières années sont organisés dans le Sud-Ouest. Ils se tiendront plus exactement à Anario. Certains habitent déjà là-bas, soit. Pour les autres, pensez à planifier votre départ prévu après les vacances. Des courriers ont été envoyés à vos parents pour les prévenir de ce déplacement. Nous nous reverrons donc à la rentrée directement là-bas, vous ne passerez donc pas à Aràan. Tout le monde a-t-il bien compris ? les informa Elring.

Le grand Astéracë brillait dans sa cape dorée. Ses cheveux étaient magnifiquement lâchés en une cascade de blondeur parsemée d'attaches en diamant formant de jolies tresses fines.

Seuls des bruits de mastication et des hochements de têtes fatiguées répondirent.

— Profitez bien de vos proches et honorez comme il se doit la naissance d'Odöon, conclut la grande mage argentée qui venait de se lever aux côtés d'Elring.

Les élèves applaudirent. Tous étaient impatients de retrouver leurs familles après des mois d'études acharnées.

— On se rejoint dans le Hall ? proposa Sveyn qui sentait déjà une pointe de tristesse l'envahir.

Il n'allait pas pouvoir voir son amie pendant plus d'un mois et cela le chagrinait. Il s'était habitué à sa présence.

— D'accord ! Le temps de prendre mes affaires et j'arrive.

Ellün s'engouffra vers la sortie de la galerie, prête à traverser toute l'école pour se rendre à la tour Est. Elle y avait laissé son sac pour le voyage.

Elle entendit des pas derrière elle. Elle ne se donna pas la peine de se retourner, certaine que d'autres avaient eux aussi oublié leurs malles et coffrets. Pourtant, elle aurait dû, elle aurait pu voir que les personnes qui la suivaient ne souhaitaient pas son bien.

Une grande blonde précédait d'autres filles aux sourires railleurs. Delphy et sa bande avaient prévu un nouveau mauvais coup, et leur cible n'était autre que la jeune Orphuss sans pouvoir.

— Eh, l'Anomalÿ ! cria Delphy de sa voix aiguë.

Ellün fit volte-face, elle voulut lever les yeux au ciel, mais s'arrêta de peur de provoquer le groupe.

— Tu nous as échappé bien trop longtemps, mais pas cette fois ! Ton cher Sveyn n'est pas là pour te défendre, poursuivit la cruelle Orphuss.

Ellün put déceler un ronronnement de plaisir vicieux dans sa voix. Elle savait qu'elle ne passerait pas un bon moment, Delphy aimait trop la torturer. Elle était seule et ne pouvait pas l'en empêcher. Elle espérait juste que cela ne durerait pas trop longtemps. Mieux valait rapidement en finir. Ne pas se débattre et pleurer, cela dégoûtait vite la bande qui, ennuyée, la laissait ensuite tranquille.

— Quoi encore ? les mots lui échappèrent de la bouche.

La colère montait, Ellün vibrait.

C'était trop tard pour se rétracter, elle avait enclenché le terrible instrument de torture qu'était Delphy.

— Je vais t'apprendre à mieux me parler, sale fille inutile. Que fais-tu encore dans cette école ? Tu es inutile. Tu vas finir comme ces ratés avec leurs caravanes et leurs cheveux gras. Regarde-toi, tu ressembles déjà à un kraktwö, cracha cette dernière, ses yeux bleus envoyant des éclairs.

Ellün n'aimait pas l'allusion au cervidé qui revêtait souvent une couleur vert kaki. En plus de sa fourrure terne, il avait des pattes minuscules et des yeux exorbités, lui conférant un air profondément stupide. Cet animal était l'image même du ridicule.

Les larmes de rage menaçaient de déborder des yeux noisette d'Ellün. Pourquoi elle ?

— Lal, je te laisse préparer notre insignifiante sans-pouvoir.

Son ancienne meilleure amie s'avança, tremblante de peur. Le regret et l'amertume fusionnant dans son regard.

— Je suis désolée, dit-elle entre ses lèvres, sans que les sons n'en sortissent.

Ellün la fixait en secouant la tête, ses yeux l'imploraient. Elle ne pouvait pas lui faire ça, pas après l'amitié qu'elles avaient partagée. Mais Lalwendï n'avait pas le choix, elle ne l'avait jamais eu depuis le début. Delphy s'était attaquée à elle dès le premier jour, avant qu'elle n'ait eu le temps de rejoindre Ellün. Installée dans une autre chambre que son amie, elle s'était retrouvée seule. Elle l'avait pourtant cherchée. Malheureusement, à la place, elle était tombée sur la dangereuse Orphuss. Delphy lui avait promis de s'en prendre à elle, si Lalwendï ne ralliait pas sa bande pour gonfler ses rangs. Elle s'était moquée d'elle et en avait fait, en quelques minutes, la risée de toutes les première année. Car même si le statut de Lalwendï était haut placé, elle venait du Nord, région de mendiants et de bandits. La jeune campagnarde s'était sentie si diminuée qu'elle avait faibli et accepté.

Plus tard, quand tout le monde avait su pour le rejet de l'Arbre d'Edenn, ils avaient appris alors que Lalwendï et Ellün provenaient du même petit village insignifiant ; pire encore, qu'elles avaient été amies. Delphy s'était alors précipitée sur sa nouvelle cible et avait passé toute une soirée à humilier la jeune comtesse du Nord, applaudie par ses autres sbires. Du haut de ses onze ans, la jeune peste venait de briser un autre être vivant. Dominée par la peur, Lalwendï promit fidélité et obéissance.

Elle ne fut plus jamais la même.

Ses yeux rencontrèrent ceux d'Ellün, furtivement, avant de s'en détacher avec indifférence. Lalwendï tenait une petite plante verte dans ses mains, son regard prit la même teinte que le végétal. Celui-ci grandit et devint de plus en plus élastique. Des branches partaient en tous sens, enserrant les poignets et les chevilles d'Ellün. Elle fut plaquée au sol. Une dernière branche, qui se développa avec plus d'épaisseur, lui couvrit la bouche.

— Quand on est sotte comme toi, on n'a pas le droit à la parole, ricana Delphy que la situation mettait en joie.

La captive gémissait, c'était la première fois qu'elles la maintenaient. Elle commençait à avoir peur. Une fille se détacha du groupe, ses mains étaient maintenant rougies par le feu.

— Ta peau va être marquée d'une jolie « Anomalÿ », pour que tu n'oublies jamais qui tu es.

Ellün voulut hurler, prise de panique, de la bave s'échappa de sa bouche, inondant son menton et sa nuque. Des larmes vinrent s'y mêler. Les liens se resserraient de plus en plus lorsqu'elle tentait de se libérer.

Soudain, alors que le fer brûlant s'approchait dangereusement d'elle, des lumières bleues fusèrent. Certaines des filles commencèrent à se battre. Lalwendï se recroquevilla au pied d'un mur en pleurant et hurlant à la folie. Delphy était la seule qui ne semblait pas touchée quand soudain elle se figea elle-même avant de hurler et de s'effondrer. Ellün ne vit qu'une faible lueur bleue qui disparut tout aussitôt des yeux marron de sa tortionnaire. Les liens de la plante se desserrèrent, elle se redressa et recula à quatre pattes précipitamment. Les mains sur le cœur, elle sentit alors qu'il battait beaucoup trop vite. Qui l'avait sauvée ? Pourquoi ne se montrait-il pas ? Elle n'attendit pas la réponse, elle courut vers le Hall retrouver Sveyn.

Pourtant, dans sa course, quelque chose se passa, elle se sentit bien. Son corps se relâchait, elle se sentait en paix. Les questions ne fusaient pas. Tout était fini, c'était ce qui l'importait.

— Qu'as-tu ? demanda son ami, affolé à la vue de sa cape mouillée et des cheveux en bataille.

— Je suis tombée sur Delphy. Mais quelqu'un est intervenu, je ne sais pas qui. Je n'ai vu que des lumières bleues, expliqua-t-elle dans le plus grand des calmes.

Sveyn plongea son regard dans celui de son amie. La jeune fille paraissait bien trop calme. Il la prit dans ses bras et nota que son pouls était régulier et normal. Ce ne pouvait être que l'œuvre d'un Psychë.

— Je te promets qu'un jour elles le paieront.

— Elles ont déjà goûté le prix à payer, crois-moi, sourit-elle en repensant à Delphy évanouie à terre, une de ses joues enflammées.

Pour une fois, c'était son ennemie qui avait été défigurée.

— Tu devrais y aller, ton frère t'attend, lui dit Sveyn en fronçant les sourcils.

Comment pouvait-elle en rire ? Elle venait de subir une attaque et elle ne réagissait pas. Le jeune métis se remémora les mots de son amie. Des lumières bleues et violettes. Quelqu'un l'avait aidée. Cette même personne aurait-elle manipulé ses émotions ? Sveyn se maudit intérieurement, il l'avait suivie partout sans relâche et la seule fois où il l'avait laissée, elle avait dû subir cela. Il tendit la main en signe d'au revoir et se promit de ne plus jamais la lâcher.

Calion était adossé à un arbre dans la grande allée menant au village. Il attendait de repartir avec sa sœur. Son visage se serra en une expression de dégoût lorsqu'il la vit.

— Où t'es-tu encore fourrée ?

— Nulle part, je me laverai avant de monter dans le görlonef, dit-elle en essuyant avec sa manche, la bave qui avait coulé sur son menton.

— Où sont tes affaires ?

— Je n'ai pas eu le temps de les prendre finalement, ce n'est pas grave, j'en ai d'autres à la maison, dit-elle dans un haussement d'épaules.

— C'est tout toi, tu n'as qu'une seule chose à faire et tu ne la fais pas, râla Calion.

La jeune fille se retourna pour faire un énième et dernier signe de main à son ami. Sveyn le lui rendit avec un grand sourire. Ellün repensa à son allure. Son ami l'avait-il remarquée ? Elle espéra que non. Elle se mit à rougir d'embarras.

Après trois jours de voyage, Ellün et Calion arrivèrent à Ulmo. Ils avaient pris une calèche commune, car leur père ne pouvait pas s'absenter de son travail pour venir les chercher. L'odeur des bruyères et l'humidité environnante leur avaient manqué.

— Il faut qu'on parle, lâcha soudainement Calion, très sérieux.

— Je sais déjà tout.

— De quoi parles-tu ?

— De ton indifférence à l'école et du silence de papa et maman. Vous avez honte, n'est-ce pas ?

— Non, nous n'avons pas honte. Disons que, pour ton bien, nous avons décidé de ne plus intervenir dans ta vie. Il faut que tu découvres le monde par toi-même.

— Par moi-même ? En me faisant humilier, battre, blesser constamment par les filles de ma classe ? C'est de cette manière que je dois apprendre la vie ?

— El', écoute-moi... Elles ne t'ennuieraient pas si tu étais plus ouverte. Regarde-toi, tu t'habilles n'importe comment depuis plusieurs mois, tu ne fais plus attention à rien, tu es maladroite et tu oublies continuellement tout. Oui, des gens en parlent. Ça les énerve, ne comprends-tu pas ?

Il était vrai qu'elle se laissait aller, mais la fatigue qu'elle ressentait était si immense qu'elle n'arrivait pas à penser à autre chose. Chaque geste du quotidien lui était devenu lourd et vide de sens. Elle était en colère que personne ne comprenne cela.

— Ce n'est pas mon comportement le problème, et tu le sais très bien. Le vrai souci c'est que je n'ai toujours pas mon Erigiuum. Pas d'Erigiuum, pas de bonne réputation. Voilà tout. En plus, je n'ai pas de titre et aucune valeur dans cette école.

Ellün était si lasse de toutes ces histoires. Le fantôme l'avait épuisée. Même si aujourd'hui, elle ne le voyait plus, les émotions qu'elles avaient ressenties restaient quelque part en elle.

— Ne vois-tu pas à quel point nous t'avons ménagée durant toutes ces années ? Je ne t'ai jamais parlé d'Aràan parce qu'on pensait que tu ne serais pas admise là-bas. On pensait que j'étais une exception. Nos parents ne voulaient pas que je te rende jalouse avec toutes mes histoires.

— Parce que m'ignorer quand je me fais agresser, c'est certain que cela va m'aider à grandir. Cela va surtout servir à me traumatiser ! Et puis, toute cette histoire d'immaturité, ça ne ressemble pas à nos parents. Je ne comprends pas pourquoi ils m'oublient tout d'un coup.

L'image d'Atanatar et de Grisël passa dans ses yeux, ses parents étaient trop doux, trop émotifs pour laisser leur fille dans cet état. Non, cela ne pouvait être vrai, quelque chose s'était produit. La tristesse et la lassitude laissèrent place à la colère. Ellün était malheureuse d'avoir été abandonnée, elle maudit ses parents et son frère, peu importait la raison qui les avait poussés à agir de la sorte.

Les deux adolescents n'échangèrent plus un mot. Le reste de la route se fit dans un silence pesant. La jeune fille était bien trop furieuse et elle ne voulait pas risquer de crier sur son Calion ; elle le savait très bien, il resterait de toute manière campé sur ses positions.

Enfin, Ulmo pointa l'extrémité de ses cimes. Tout était paisible. Leur maison dans l'arbre dévoila le bout de sa cheminée.

— Maman ! cria Calion en l'apercevant et en agitant sa main au-dessus de sa tête.

Grisël était occupée dans leur jardin, elle coupait les mauvaises herbes tenaces qui dépassaient de la neige ; elles commençaient à être envahissantes en cette fin d'année. Ellün suivait son frère, le visage toujours fermé ; pourtant, elle sentit une pointe d'émotion lorsqu'elle vit le visage de la femme qu'elle aimait depuis sa naissance.

Leur mère se tourna vers eux, les traits fatigués. Les cernes creusaient profondément ses beaux yeux noirs. Ses longs cheveux bruns étaient parsemés de nouvelles mèches blanches et grises, ce qui inquiéta sa fille. Comme pour ne pas contredire ses observations, sa mère leur fit un signe vague de la main.

— Bonjour, mes chéris, souffla-t-elle à leur entrée.

Calion s'approcha et lui fit un baiser sur la joue que sa mère lui rendit en le prenant dans ses bras, puis il partit dans sa chambre.

— Tu as l'air fatiguée, maman.

— Ce n'est rien. L'âge me gagne.

Tout était terne chez elle, même le ton de sa voix semblait sans vie. Cela peina énormément sa fille.

Sa mère avait à peine quarante ans.

Ellün savait pertinemment que les gens de cet âge ne paraissaient pas si vieux. Toute gaieté avait quitté sa mère. Quelque chose était arrivé, elle en était sûre maintenant et elle s'alarma, oubliant sa colère.

— Papa va bien ? se risqua-t-elle à demander.

— Oui. Il arrivera d'ici ce soir. Il flâne au marché, comme d'habitude. Allez, va te chercher quelque chose à manger, après ce voyage tu dois être affamée, la congédia très vite sa mère.

Elle ne l'avait pas serrée dans ses bras.

XIX

Ole Nalore, territoire de l'Est, mois de Ruis de l'an Sëplunn.

Cela faisait plusieurs jours que Ingwë était rentrée à Ole Nalore, dans le confort de son manoir. Fille d'un archiduc et d'une archiduchesse, elle avait toujours connu le luxe et la richesse. Mais elle cachait un secret que seuls les membres de la Confrérie connaissaient ; Ingwë n'avait pas toujours vécu avec ses parents.

Choisie dès sa naissance, sans qu'elle en soit avertie, pour être Eòlasum, la jeune Psychë avait passé une grande période de sa jeunesse dans le Grand Nord. Elle y avait reçu un entraînement spécial. Pendant des années, elle n'avait pas compris pourquoi elle devait accomplir tous ces rituels.

Jusqu'à il y a un an.

Un beau jour de printemps, une année avant que son Erigiuum apparaisse, ses parents, qu'elle n'avait que très peu connus, étaient venus la retrouver. Cependant, le lien qu'ils avaient tissé aux premiers jours était dorénavant rompu. Leur famille ne serait plus jamais la même.

Ingwë ne craignait pas de les revoir. En son for intérieur, elle n'avait ressenti qu'un immense vide. Celui-ci n'était toujours pas comblé. Pourtant, ses parents restaient des gens simples et aimants, lui prodiguant beaucoup d'attention et beaucoup d'amour. Mais Ingwë se trouvait à penser souvent qu'elle aurait souhaité qu'ils soient plus sévères avec elle, comme ses professeurs. Les mages qui s'étaient occupés de son entraînement. Maintenant, seules la violence et l'injustice la faisaient réagir. Elle contenait en elle une profonde rage. C'était pour cette raison qu'elle aurait tant préféré recevoir le pouvoir des Astéracës, le même que sa mère.

Utiliser la force.

Fermer les portes de ses émotions.

Ne plus rien ressentir.

Tout était devenu beaucoup trop douloureux pour elle. Tout aurait été plus facile si elle n'avait pas acquis ce pouvoir qu'elle exécrait tant. Aujourd'hui, en étant Psychë elle avait peur de son manque de contrôle. Elle avait peur de ce que le passé pourrait lui faire.

Ingwë secoua sa tête, effaçant ses sombres pensées et regarda la façade si lumineuse de son foyer. L'endroit dans lequel elle se sentait le plus en sécurité. Quitter Aràan l'avait rendue heureuse. C'était avec soulagement qu'elle avait dévalé l'allée de conifères bordant la route qui menait tout droit à sa demeure. Peu de neige était tombée, parsemant à peine les arbres et le sol. L'hiver était chaud dans le Sud. Elle adorait son jardin, plus que tout, mais elle aurait donné cher pour ne pas avoir à s'avouer qu'elle détenait le même Erigiuum que son père.

L'annoncer mettait un point final à une vie future souhaitée.

Cela marquerait le début de la réalité.

Même si elle s'était résignée, Ingwë n'en aimait pas moins la vérité.

Ses parents avaient été fiers en l'apprenant par certains collègues, mais ils le furent davantage en entendant leur fille leur dire de vive voix. Les yeux bruns empreints de bonté de son père s'étaient perlés de larmes. L'archiduchesse, une grande femme élancée, chaussée de talons — quand elle ne portait pas la cuirasse des Astéracës — avait fait profil bas devant le ton triste de sa fille. Esmë avait toujours eu une allure digne et son enfant admirait son charisme inébranlable. Ingwë ne tenait en rien de son père, hormis ses cheveux noirs d'ébène ; son teint pâle venait d'Esmë, une rousse à la peau de lait, absolument magnifique. Elle aussi avait des yeux couleur océan qui lui conféraient un regard troublant. Elle aurait donné cher pour devenir comme sa mère, mais la vie en avait décidé autrement.

Tandis que Fjor tentait de refréner son enthousiasme, qui énervait profondément sa fille, sa mère lui rappela à quel point une émotion pouvait être puissante. Ingwë devait donc être fière d'être une Pensë.

L'attitude d'Ingwë changeait face à l'insistance de l'archiduchesse de rester digne et fier. Avec son esprit vif, le calcul fut rapide : « garde toujours ton ennemi près de toi ». Elle savait que plus tard, elle se battrait à armes égales avec Arachné Eöl. Elle ferait retourner sa Descendance contre elle. Cette pensée s'inscrivit dans sa mémoire comme une promesse.

Psychë contre Psychë.

Cette année, l'hiver était doux. Un matin, en se réveillant, Ingwë entreprit avec sa mère d'installer des guirlandes bleu nuit aux arbres du jardin qui bordait la façade du manoir. Celui-ci mesurait une centaine de mètres de long et son architecture aux lignes rectangulaires lui conférait une beauté classique. Son toit plat permettait aux premiers rayons du soleil de baigner le parc de leur lumière. À l'époque des fêtes de Lunil, Ingwë et sa famille avaient pour habitude de décorer les grandes fenêtres à carreaux d'images d'étoiles et de comètes flamboyantes et animées. Ils en commandaient toujours à de fameuses Âmes. Leur magie rendait alors les lieux plus vivants.

— Peux-tu aller chercher l'autre boîte qui contient les étoiles filantes en cristal, s'il te plaît ? lui demanda sa mère en repoussant une mèche rousse.

Ingwë s'exécuta et partit dans la maison, elle avait trois étages à monter avant d'atteindre le grenier. Sur le chemin, elle rencontra son père qui lisait debout. C'était un homme grand et mince, aux traits extrêmement fins ; il portait une barbe grise de trois jours, elle le faisait paraître négligemment soigné. Ses yeux bruns de biche étaient cerclés de lunettes rondes à monture noire, Ingwë ne les aimait pas, car elle trouvait que cela lui donnait un air de rat de bibliothèque.

— Es-tu occupée ? lui demanda ce dernier en même temps qu'il levait les yeux de son livre.

— J'installe les décorations dans le jardin avec maman. Les fêtes de Luinil sont pour bientôt.

— D'accord. Quand tu auras fini, pourrais-tu me rejoindre en cuisine ? Nous recevons des invités ce soir, mais j'ai renvoyé Dairiun dans sa famille pour qu'il profite d'eux. J'aurai besoin d'aide pour dresser les petits fours.

Cette fois-ci, ce seraient des fêtes de Luinil sans son majordome favori. Elle avait connu Dairiun de sa naissance à ses cinq ans, juste avant de devoir partir pour son entraînement. Lui non plus, elle ne l'avait pas vu pendant un long moment. Elle avait été ravie de le retrouver, des années après, et de constater qu'il était toujours le même. C'était un homme d'une soixantaine d'années, au crâne dégarni, mais dont les derniers cheveux étaient blancs. Il portait toujours impeccablement son costume noir et bleu nuit. Minutieux et maniaque, tout devait sans cesse être en ordre, rien ne pouvait échapper à son regard gris. Il avait agrémenté sa courte enfance de petites blagues grinçantes, saupoudrées d'histoires alambiquées de sa jeunesse sulfureuse. Ses parents l'avaient libéré pour les vacances. Comme ils se rendraient chez les Des Astrins pour leur fête grandiose, ils n'auraient pas besoin de lui.

— Bien sûr.

Une fois que l'embellissement de la maison fut au goût de sa mère, Ingwë rejoignit son père sans tarder. Non pas qu'elle adorait cuisiner, mais elle avait peur d'une intoxication ; Fjor était un très mauvais chef.

— Tu n'as pas encore tout brûlé ? ironisa-t-elle en regardant la cuisine.

Ingwë s'approcha de l'îlot central en bois. Son père et sa gouvernante, Madame Astryd, s'affairaient sans relâche.

— Pourquoi un tel festin ? questionna-t-elle.

Ils n'avaient pas l'habitude de recevoir à cette époque de l'année, ils préféraient rester entre eux, en famille. Mais ce soir, leur cocon allait être secoué.

— La Confrérie arrive, nous partirons dans trois jours chez les Des Astrins, l'éclaira son père, les sourcils froncés et avec les gestes empressés.

— Chez nous ? Pourquoi cela ne se déroule-t-il pas chez les jumeaux comme chaque année ? s'étonna-t-elle.

— Ce soir n'est pas comme les autres, il est important. Tu verras, lui répondit-il, sans détacher les yeux de sa marmite bouillante.

Madame Astryd fixa quelques secondes Ingwë, comme si elle voulait s'assurer qu'elle était prête pour la suite des événements.

Le soir vint, toute la demeure avait été décorée de nombreuses lumières bleues et dorées. L'allée principale, bordée de grands bouleaux, allait bientôt accueillir des calèches volantes, des turnefs — les véhicules les plus modernes et les plus coûteux — vrombissant, guidés par la magie des Orphuss Voyagëurs. La lune d'hiver brillait dans son berceau ténébreux. Ingwë était habillée d'une simple robe blanche, son tissu de satin mourant à ses genoux. Ses pieds avaient revêtu des bottines plates de la même couleur. Par-dessus le col rond de sa robe, un fin collier pendait. Un petit diamant s'y balançait. Sa mère venait de le lui offrir.

— Ce soir marque un jour exceptionnel. Tu es la première, Ingwë.

— La première en quoi, mère ?

Esmë ne s'était pas retournée et feignait de ranger sa coiffeuse. Ingwë admirait ses longs cheveux de feu ; pour l'occasion, sa mère les avait bouclés. Puis, les yeux baignés de larmes, elle fixa sa fille.

— Excuse-moi, pour tout ce que tu t'apprêtes à vivre. Tu es si jeune et déjà trop mature. Je suis désolée de ce que tu as à accomplir.

Sa mère la serra dans ses bras. L'adolescente fut alors surprise. Elle connaissait sa mère ; bien qu'elle soit aimante, elle ne montrait guère son affection si souvent et avec autant de force. Que se passait-il ? Pourquoi s'excusait-elle ? La jeune Psychë consola l'Astéracë. Ses grands yeux bleus ne se fermèrent pas une seconde, attendant de découvrir le fin mot de l'histoire. Son cœur palpitait contre celui, tout aussi bruyant, de sa mère. Ingwë aurait bien voulu utiliser son pouvoir pour les calmer toutes les deux, mais l'inquiétude en elle prit le pas sur la raison.

Un souvenir s'imposa. Le jour où elle avait dû quitter, en larmes, son foyer, sa famille et tout ce qu'elle connaissait. Dans ces images qui défilaient depuis sa mémoire, elle revoyait le visage larmoyant de son père et la tristesse contenue de sa mère. Eux aussi auraient voulu que tout se passe autrement.

La conduisaient-ils vers un nouvel entraînement ? Devrait-elle tout abandonner à nouveau ?

Ingwë l'ignorait, mais ce furent les premiers remords au sujet de la résistance, et les derniers.

Plus personne ne s'excuserait auprès d'elle.

Elle attendait sur les marches du perron, aux côtés de ses parents. Ses grands yeux bleus, maquillés de paillettes pour l'occasion, se perdaient dans l'immensité de la nuit. Soudain, il y eut du mouvement. Les invités arrivaient par dizaines, par le ciel.

— Fjor ! Esmë ! s'écria le premier.

Il descendait d'une turnef dernier cri. La bulle, habituellement faite de cristal, était constituée de diamants assemblés. Ce précieux matériau consommait beaucoup plus l'énergie des Âmes ou des Orphuss par son poids plus imposant. L'or blanc fondu, quant à lui, formait les roues. Pour montrer l'aisance de la personne à qui appartenait la turnef, des chevaux ailés y avaient été attelés. Non pas qu'ils servaient à quelque chose, puisque l'Orphuss Voyagëur était seul maître du véhicule, mais cela donnait une touche de faste non négligeable.

De la bulle luxueuse, sortit un homme grand et large. Un sourire creusait ses deux grosses joues.

Ingwë le connaissait depuis bien longtemps. Il était un des plus importants mages de la Confrérie, un des plus chers amis de ses parents et son parrain. Il avait une décennie de plus que Fjor et Esmë. Aujourd'hui, il vivait seul, mais il y avait bien longtemps de cela, sa fille unique s'était fait enrôler par la Fédération. Ingwë n'était qu'un nourrisson à l'époque. Les souvenirs de Confrérie lui avaient été retirés. Fjor lui avait conté l'histoire. Aleksei avait été rongé par la douleur de la perte. Il avait supplié les mages de donner une autre chance à sa fille. Il avait perdu sa femme en couches, il n'avait pas réussi à accepter l'idée de perdre le deuxième être le plus important de sa vie, pour toujours. À l'instant où il avait vu son enfant se faire retirer ses souvenirs par des Âmes et se faire insuffler une haine pour son père par des Psychës, il s'était effondré. Or cela avait été nécessaire, la guilde avait agi pour le bien commun. Ils ne pouvaient risquer qu'elle revînt vers son père et révèle l'existence de la Confrérie pour la vendre à leurs ennemis. Le secret était le fondement de la résistance. Pendant quelques années, Aleksei était resté dans l'ombre, pleurant sur ses disparues. Puis, il avait vu grandir Ingwë et l'espoir était revenu. La croyance en un avenir meilleur. Il avait de nouveau fait allégeance et prouvé sa loyauté à la Confrérie, il avait alors retrouvé sa prestigieuse place.

Beaucoup d'affection les liait tous les deux. Il prit Ingwë dans ses bras.

— Comment vas-tu ? lui demanda-t-il en l'entraînant à l'écart des convives attroupés autour de ses parents.

Ingwë lui répondit par un léger sourire. Elle avait quelque chose à lui demander, il était le seul à pouvoir lui répondre, car il ne lui cachait jamais la vérité. Elle voulait l'entendre, de sa bouche.

— Que se passe-t-il ? Personne ne me dit rien, tout le monde se dérobe.

— Tout te sera révélé bien assez tôt. Crois-moi, ce qu'il va se passer restera le plus grand privilège de toute ta vie.

La jeune Psychë fut déçue par l'enthousiasme de son parrain. Là où elle aurait voulu apercevoir une once d'inquiétude dans son regard, il n'y avait que de la joie. Or Ingwë ne se sentait pas bien, elle ne s'était jamais sentie à sa place. Elle aurait voulu qu'Aleksei la soutienne. Elle laissa de nouvelles larmes incontrôlables rouler sur ses joues roses. Son cœur gonfla et elle ne put ravaler sa peine. Les mots sortirent alors de sa bouche.

— Pourquoi moi ? Pourquoi ai-je été choisie ? Pourquoi mes parents et toi n'avez jamais opposé la moindre résistance ? Mon exil vous a-t-il rendus heureux ? Quant à toi, après tout ce que tu as vécu, ne craignais-tu pas pour moi ?

Elle faisait référence à la fille d'Aleksei ; elle avait toujours pensé qu'il ne la choisirait jamais comme Eòlasum, puisqu'il avait déjà perdu un être cher à Aràan.

— Non, car tu possèdes ce qu'aucun autre auparavant n'avait : la peur. Elle te fera grandir. Tu ne le vois pas, mais tu es différente et bien plus mature que les précédents. Ils se sont tous jetés dans la gueule du loup, en espérant ou en étant sûrs de réussir. Ils se pensaient invincibles, tout comme ma fille, mais la vie et la mort les ont piégés.

— Je comprends bien plus de choses qu'avant… J'ai des émotions qui me submergent souvent, précisa-t-elle, doucement.

— Tu étais destinée à devenir une Psychë et à affronter ta plus grande crainte. Tu es ce que tu dois être, ne l'oublie jamais, lui déclara Aleksei.

Inflexible, il plongea son regard dans le sien. Ingwë serait, elle triompherait.

En attendant, les fantômes de son passé dansaient dans ses yeux. Étaient-ils au courant de ce qui s'était déroulé dans la tour ? Avaient-ils accepté cela ?

Mais elle n'eut pas le temps de poser la question qu'ils s'étaient rapprochés du manoir. Deux cris vinrent déchirer leur échange. Ingwë se retourna vivement, elle connaissait ces voix.

— Vous êtes conviés aussi ? dit-elle simplement, essayant de reprendre le contrôle sur ses émotions.

Leur amitié n'avait pas changé depuis leur rencontre. Aujourd'hui, ils restaient toujours ensemble. Malgré le fait que, souvent, la jeune fille voulait séparer la tête de Tylr de son corps, lorsqu'il proférait ses bêtises habituelles. Leurs chamailleries étaient divertissantes.

— Nous sommes également ravis de te voir, princesse, plaisanta Tylr avec une révérence peu élégante et sarcastique.

Ndyx se contenta de lui glisser un simple bonjour d'un geste de la main. La brunette sourit, ils étaient décidément partout.

— Se réunir chez vous est rare. D'habitude, c'est toujours par groupes réduits dans notre palais.

Les Des Astrins était la famille princière la plus influente de la Confrérie, même si leur dynastie était beaucoup plus jeune que la famille d'Ingwë. Son père avait fait le choix de renoncer à un titre plus glorieux pour demeurer auprès des siens, mais surtout parce qu'il cachait les fondements des secrets de la Confrérie, ici, à Ole Nalore.

— Oui, vos parents trouvent toujours un prétexte pour rassembler la bourgeoisie du Sud. Cela permet à la Confrérie de passer inaperçue. Excellent stratagème de leur part, d'ailleurs, d'inviter les résistants à passer quelques jours de plus. Ils peuvent se réunir entre eux sans éveiller les soupçons. Je ne comprends pas pourquoi cela se passe chez nous cette fois-ci. Tout est tellement plus petit que votre château.

Ses parents l'appelaient au loin.

— Je vous présente Tylr et Ndyx. Ce sont eux qui m'assistent dans ma tâche.

— Et tes amis aussi, enfin quand tu t'en souviens, ajouta dramatiquement Tylr avec une moue déçue.

Amusée, Ingwë leva les yeux au ciel.

Fjor et Esmë serrèrent la main des jumeaux, ainsi que celles de leurs parents qui les avaient suivis. Tout le monde se connaissait déjà.

Tous rentrèrent dans le manoir, la soirée commençant à battre son plein. Pour l'occasion, l'immense salle de réception avait été préparée. Le lieu, vaste et rectangulaire, était ouvert par de nombreuses baies vitrées à carreaux. La nuit extérieure enveloppait délicatement le tumulte de la salle.

Des centaines de cierges avaient été posés çà et là sur le grand buffet central. De gigantesques chandeliers dorés sur pieds se dressaient avec régularité devant les fenêtres. Leurs flammes dansaient dans l'obscurité.

Les petits fours, encore tièdes, garnissaient abondamment les plateaux à étages en argent. Plus loin, sur une estrade montée quelques jours avant, des musiciens Psychës jouaient. Violon, flûte, contrebasse, exposaient leur talent à l'ouïe de tous.

Tylr bavardait, Ndyx l'écoutait distraitement, mais Ingwë n'entendait rien. Elle observait. Certaines personnes, parées de leurs plus belles robes longues et d'autres de leurs costumes les plus sophistiqués, dansaient solennellement. Parmi tout ce tapage, il n'y avait aucun enfant, pas d'autres adolescents, juste eux trois. Pourquoi ?

— Mes amis, si vous vous sentez tous prêts, nous nous dirigeons maintenant vers les catacombes.

Fjor avait parlé en faisant tinter préalablement son verre de cristal. La musique s'était tue, les danseurs s'arrêtèrent de gesticuler. Tous posèrent leurs assiettes. L'excitation, la joie, le sérieux se sentaient au sein des convives.

Son père se dirigea vers le fond du Hall, puis dans les cuisines. Là, derrière une étagère se cachait une entrée secrète. Il mit une main sur le mur, seules sa paume et celle de sa femme pouvaient y avoir accès. Le mécanisme avait été inventé par un Orphuss Chuchotëur contrôlant de ce fait la matière vivante et froide. Cet homme était mort depuis longtemps, il avait cependant laissé sa magie sur le mur à jamais.

Un interminable escalier en colimaçon se présenta aux invités. Plus ils marchaient, plus ils s'enfonçaient dans l'insondable. Le noir les enveloppait, mais les torches réchauffaient et éclairaient la descente par leurs longues flammes oranges.

À la fin de l'escalier, un large couloir lugubre menait à une salle circulaire, de la taille équivalente de la salle de réception. Sur les murs, des niches abritaient des crânes sinistres.

— Mais… Qu'est-ce… marmonna Ingwë, effrayée.

— N'aie pas peur, ma chérie. Ce sont les crânes de nos très anciens confrères. Leurs énergies, leurs souvenirs, leurs âmes nourrissent nos espoirs et notre force, la rassura son père fièrement.

Au centre de la pièce s'élevait une petite fontaine de pierre, vide. À l'arrivée de Fjor et Esmë, les dalles de pierre sous leurs pieds s'allumèrent. De larges veines bleues donnaient vie à la salle. La fontaine du néant s'illumina également et leurs Erigiuums créèrent une eau magique. Ils avaient fait don à la pièce d'une partie de leurs pouvoirs.

Lorsque tout le monde fut placé, le silence se fit.

Ingwë était déjà descendue ici, elle savait que cette pièce pouvait les accueillir en toute discrétion. Son père et sa mère se dirigèrent dignement vers la fontaine du néant.

— Mes consœurs et confrères, un grand merci à vous pour vous être rendus dans notre demeure familiale. Comme vous le savez, aujourd'hui marque le coup d'un nouveau joug. Ma fille, Ingwë, l'Eòlasum élue pour s'infiltrer à Aràan, a été également choisie pour la tâche ultime.

Le front de Ingwë se plissa, que voulait dire sa mère ? Choisie pour quelle mission ? Elle en avait déjà une, faire tomber Arachné. Que pouvait-il lui être dévolu de plus ?

— Ses acolytes, Tylr et Ndyx, indispensables dans sa première mission, devront également la suivre dans celle-ci, ajouta-t-elle en regardant les deux garçons.

Les trois amis s'observèrent.

— L'oracle s'est réveillé et il a parlé, déclara solennellement Fjor.

Un des secrets de la Confrérie s'était libéré.

XX

Ils savaient tous que l'annonce allait être frappante. Ils n'avaient pas été appelés à se rassembler à Ole Nalore, à déranger leurs habitudes, pour rien. Non, ils soupçonnaient le caractère unique de cette assemblée extraordinaire, ils ne se doutaient simplement pas à quel point cette soirée marquerait le début de la gloire de la Confrérie de l'Oracle.

Ils avaient tout de même attendu plus de mille ans.

Aujourd'hui sonnait leur réveil.

Il y eut de l'agitation parmi les convives surexcités. Certains faisaient les gros yeux, d'autres s'esclaffaient, les mains cachèrent des bouches étonnées, d'autres envoyaient leur poing en l'air pour signifier leur victoire.

Seuls Ingwë, Tylr et Ndyx restèrent muets, jetant des coups d'œil à tout le monde et ne comprenant rien à la situation.

— Qui est l'oracle ? demanda Tylr, totalement incrédule.

— À mon avis, cela a un lien avec le nom de la Confrérie, dit sarcastiquement Ndyx, une main sur le menton.

Quant à Ingwë, elle demeura impassible, elle attendait davantage d'explications de son père. Elle ne savait rien de l'Oracle. Toutes les nouvelles générations l'ignoraient, la Confrérie essayait de protéger l'Oracle le plus longtemps possible afin de ne pas éveiller les soupçons et les doutes durant son sommeil. Plus des secrets étaient dévoilés, plus il y avait de risques.

— Mes sœurs, mes frères, un peu de silence. L'oracle veut s'exprimer, annonça Fjor d'une voix grondante.

La fontaine, composée de vaguelettes bleues, s'agita. Un faisceau blanc en jaillit jusqu'au haut plafond. La lueur se stabilisa, puis un crâne immaculé apparut des entrailles de la fontaine pour planer doucement au-dessus. Lorsqu'il se trouva à hauteur d'homme, il s'arrêta.

Un lourd silence tomba sur l'assemblée. Personne n'osait parler, ni même respirer trop fort. Mais les nombreux battements de cœur, eux, s'entendaient.

L'oracle lévitait devant eux dans une lumière pure.

Au moment où il commença à s'exprimer, Ingwë s'attendait à une des lumières des Quatre ; à la place, une inconnue sortit du squelette sans corps.

L'Erigiuum qui s'extirpait du crâne était noir.

Comment était-ce possible ?

— L'ENFANT EST ENFIN PARMI NOUS. LÀ OÙ NOS ANCÊTRES ONT ÉCHOUÉ IL Y A FORT LONGTEMPS, L'ENFANT RÉUSSIRA. IL CHANGERA LE MONDE CONNU. L'EÒLASUM DOIT LE TROUVER. QU'IL LE GUIDE VERS NOUS.

La voix de l'oracle tonnait, elle résonnait dans l'immense catacombe de pierre.

— QUE L'EÒLASUM SE MONTRE À MOI, exigea l'oracle millénaire.

Ingwë s'avança, d'un pas chancelant de surprise. Elle s'arrêta à un mètre de la fontaine, ses doigts tremblaient et elle fournit un effort surhumain pour rester calme et impassible.

— Me voilà.

Elle ignorait si elle pouvait lui parler, sa voix chevrotait légèrement. La peur voulait l'envahir. Mais en toute bonne Psychë Pensë, elle réussit à manipuler ses émotions pour se contenir.

— INGWË « LA LUMINEUSE », TU DOIS BRILLER PAR TON SUCCÈS. TROUVE-LE AVANT QUE LA FÉDÉRATION NE LE DÉBUSQUE ET N'EN FASSE UN DES LEURS.

Quoi ?

Le doute s'empara entièrement d'Ingwë.

L'Erigiuum de l'oracle explosa en rayons obscurs dans toute la pièce, touchant le monde de sa noirceur. Puis, lentement, il redescendit dans les tréfonds de la fontaine. La lumière noire disparut en même temps que le lieu. Les catacombes s'assombrirent à nouveau.

— Que le don de l'oracle nous accompagne dans notre mission !

Non, rectifia intérieurement Ingwë, dont la furie ne cessait de croître. Cela n'avait jamais été leur mission à tous, elle n'avait toujours été que la sienne. Elle, face au reste du monde. La rage au bord des lèvres, elle attendait que son père continue.

— Notre fille a pour mission ultime de trouver l'Élu qui transcendera Odöon ! Nous avons toujours su qu'un jour, un de nos Eòlasums seraient sélectionnés pour accomplir cela. Ce moment, que nos aïeux ont tant attendu, est enfin arrivé.

Ce fut là que la jeune Psychë vit enfin la fierté et l'arrogance de son père. Avait-il feint sa gentillesse ? Ou l'avait-elle imaginée ? Avait-elle mal interprété sa tristesse, lorsqu'elle disait détester détenir le même pouvoir que le sien ? Avait-il, en fait, toujours eu peur qu'en rejetant son pouvoir, elle ne puisse accomplir ses missions pour la résistance ?

Fjor et Esmë s'approchèrent de leur fille et la prirent dans leur bras. Mais Ingwë était bien trop en colère pour s'abandonner à eux.

Alors elle fuit.

XXI

Village d'Ulmo, au nord du territoire de l'Est, mois de Ruis de l'an Sëplunn.

La neige nordique avait recouvert Ulmo d'un important manteau blanc. Les sapins constellés de flocons abritaient de petits mammifères cherchant un tant soit peu de chaleur. Les cheminées dégageaient de la fumée dans le ciel nuageux.

Là, sur la grande place du village, une dizaine de personnes emmitouflées s'affairaient activement. Une grande table en bois avait été installée au centre, des lampions éteints suspendus à d'interminables fils. Une longue bâche blanche avait été tendue entre quatre façades entourant la place. Elle protégerait les festivités de la neige le temps de quelques heures.

À première vue, tout semblait paisible dans ce petit bourg.

À Ulmo aussi, on annonçait une somptueuse soirée. Les fêtes de fin d'année étaient les meilleures, tout le monde s'impatientait. À Luinil, chacun dînait en famille, mais se rendait par la suite au grand bal du village. C'était devenu une tradition ancestrale, un premier partage pour un plus important après.

Cependant, dans cette ambiance fébrile, une maison ne connaissait pas la joie. Cela faisait des jours qu'Ellün était revenue chez elle et qu'elle ne comprenait pas grand-chose à la situation. Parfois, elle surprenait le regard interrogateur de son frère, mais elle ne parvenait pas à lui offrir la moindre réponse.

Ses parents n'étaient plus que des étrangers.

Habituellement chaleureux, souriants, compréhensifs et d'un soutien sans égal, ils étaient maintenant froids, distants, évasifs et ronchons. Elle apercevait souvent sa mère faire les cent pas dans le jardin, la nervosité agitant ses mains. Son père, quant à lui, prétextait avoir de nombreuses affaires à mener dans la ville voisine, si bien qu'il s'absentait souvent.

En se levant, ce jour de fête, Ellün pensait que peut-être ses parents s'adouciraient. Pourtant, tandis qu'elle posait ses pieds sur l'escalier, elle vit les bottes d'Atanatar sortir dans le jardin en emportant leur propriétaire avec elles. Elle perçut aussi les pas énervés de son frère suivre ceux de leur père dans un claquement de la porte d'entrée.

Dehors, Calion rattrapa son père qui se dépêchait de fuir la maison. Ses mains étaient posées sur les sangles de ses chevaux quand son fils l'interpella.

— Papa ! hurla-t-il.

— Que se passe-t-il, Calion ? dit son père d'un ton las.

— Tu t'en vas encore ? Mais c'est Luinil ! D'habitude, on passe la journée à décorer et à cuisiner.

— Cette année, vous ferez tout cela sans moi. Ce n'est rien.

— Mais qu'est-ce qui ne tourne pas rond dans vos têtes, en ce moment ? Pourquoi évites-tu ta fille ? Papa, quel est le problème ? À quoi rimait votre silence pendant des mois ? Et cette lettre que j'ai reçue, quel était le but ? Tout ceci ne vous ressemble pas ! s'énerva son fils.

— Calion, je t'en supplie, ne t'en mêle pas. Fais ce que nous te demandons, ta mère et moi. Ne t'occupe plus de ta sœur, le coupa Atanatar.

L'adolescent resta médusé. Ses yeux noirs suivirent la charrette, ses cheveux d'ébène étaient secoués légèrement par la brise hivernale et parsemés de flocons. Il ne pouvait réfréner ses pensées agitées. En oubliant Ellün, ils l'oublieraient aussi. Qu'avait-elle fait pour les transformer ainsi ? Devait-il être puni aussi ? Il aimait sa sœur, mais il ne put s'empêcher de lui en vouloir un peu.

Ce fut un garçon contrarié qu'Ellün vit débarquer à nouveau dans la maison.

— Il y a un souci ?

— Non, rien. Tu as faim ?

— Oui ! Je me demande ce que maman a préparé aujourd'hui.

— Rien, comme tous les autres jours. Elle ne fait plus les petits-déjeuners.

Ils s'observèrent. Oui, tous les deux avaient pensé que ce jour spécial allait se dérouler autrement.

— Tu penses qu'il y aura au moins le dîner ?

— Je ne pense pas que ce soit dans leur projet de fêter Luinil.

— Au moins, il nous reste la fête du village, essaya de positiver Ellün.

— Tu as raison. Allez, viens, on va essayer de se faire un petit-déjeuner digne des dieux !

Calion brandit du pain rassis, Ellün lui sourit et saisit le lait d'avoine. Ils allaient cuisiner du pain perdu. Pendant que son frère se chargeait de faire chauffer le pain détrempé, elle leur pressa des oranges. Ce n'était pas un petit-déjeuner à la hauteur de ceux habituels de leur mère, mais cela réchauffait un peu l'atmosphère glaciale de la maison.

— Il faut qu'on en parle, Calion. Je ne comprends plus rien, lança soudain Ellün.

— De quoi parles-tu ?

— De l'attitude de nos parents. Pourquoi agissent-ils ainsi ?

— Je l'ignore.

— Non, tu le sais, du moins ils ont dû vaguement t'en parler.

La jeune fille sentait la colère lui monter au nez, ses joues rougirent.

— Très bien, puisque tu ne veux pas en parler…

— Ce n'est pas le problème, c'est juste que moi non plus je ne les comprends pas. J'essaie de leur obéir, de les respecter. Ils ne veulent pas qu'on se mêle de tes affaires, soupira Calion.

Ellün fournit un effort surhumain pour ne pas lui balancer à la tête son assiette et son jus de fruits. Se rendait-il compte de l'injustice dont ses paroles étaient empreintes ?

— Je suis leur fille ! Nom de Tristan !

— Chaque parent a son système éducatif. Les enfants n'ont pas à poser de questions.

— Pardon ? Vas-tu donc continuer à faire semblant de croire que tout ceci est normal ? À cautionner leur attitude ?

Ellün était effarée. Il était facile pour Calion de suivre les directives de ses parents, rien ne lui était arrivé. Tout lui avait toujours réussi, la vie était si simple pour lui.

— Au fait, à propos des parents, tu es sûre que tu n'as rien dit ou fait qui a pu les contrarier ? Si tu suivais un peu plus ce qu'ils disent, peut-être que tu n'en serais pas là aujourd'hui, poursuivit-il comme si elle n'avait rien dit auparavant.

— Comment aurais-je pu ? À partir du moment où je suis partie, je n'ai plus eu de nouvelles d'eux. Tu penses qu'ils m'en veulent parce que mes pouvoirs ne sont toujours pas apparus ?

— Je ne sais pas. Ils voudraient que tu sois plus indépendante.

— Je pense que je le suis complètement depuis que je suis arrivée à Aràan, l'arrêta-t-elle.

La discussion ne lui plaisait pas du tout.

Elle était plus seule que jamais.

Ce fut à ce moment que Grisël entra dans la pièce. Son visage portait le masque de l'accablement, ses lèvres étaient pincées. Elle angoissait et cela se voyait.

— Ellün, il me faudrait la boîte à couture d'Annhd. Peux-tu aller la chercher, s'il te plaît ?

Le ton de sa mère n'était pas chaleureux, sa voix tremblait légèrement et était sèche. Ellün se demanda pourquoi elle ne pouvait pas y aller elle-même, ou son frère, puisque visiblement lui parler réclamait un énorme effort.

— Oui, bien sûr.

— Merci. Tu la poseras sur la table, je la récupérerai après ma sieste.

Deuxième activité favorite de sa mère ; après le jardinage, c'était la sieste à neuf heures du matin.

— J'irai un peu plus tard, je ne sais pas si Annhd est réveillée. Je n'aimerais pas la déranger, précisa-t-elle.

— Fais comme tu veux, lui lança froidement sa mère.

Ellün retourna à son assiette, elle avait de nouveau envie de pleurer. Son frère chercha son regard, en vain. Lui non plus ne comprenait pas. Ils avaient essayé maintes fois de leur parler, mais leurs parents les évitaient ou ne répondaient pas.

— Demande à Annhd si elle sait quelque chose, quand tu y seras, lui suggéra Calion.

— En espérant qu'elle ne me déteste pas, comme tous.

Leur vieille amie n'avait pas mis un pied dans cette maison depuis le début des vacances. Ellün ne l'avait même pas vue lors de ses maigres promenades dans Ulmo.

Vers onze heures, elle sortit. Les yeux fixés sur le sol, les épaules voûtées, elle n'essayait pas d'éviter le froid mordant, mais les marcheurs. Beaucoup de ses voisins le toisaient maintenant telle une bête de foire. La nouvelle de l'absence de son Erigiuum avait rapidement fait le tour du village. Certains se retournaient en lui crachant un « Anomalÿ ! » à son passage. Ellün avait quelques fois croisé Lalwendï, et la jeune fille ne se donnait pas la peine de lui adresser la parole. Pourtant, dans les yeux de celle qui avait partagé son enfance, une lueur de pitié et de regret remplaçait le regard joyeux et enthousiaste qu'Ellün lui avait toujours connu.

Elle leva la tête, ses longs cheveux châtains tombaient de sa capuche. Elle contempla le ciel et un petit nuage de vapeur sortit de sa bouche blanchie par l'hiver. Tout avait tellement changé depuis l'apparition de sa Goutte.

— Pourquoi ? implora-t-elle.

Elle continua de marcher, laissant des empreintes dans la neige. Elle vit bientôt la maison d'Annhd. Elle était simple, une demeure de bois, un peu isolée du reste du village. Mais celle-ci n'était pas perchée en haut d'un arbre. Ellün vit de la fumée provenir de la maisonnette, elle en conclut donc qu'elle était bien là.

— Bonjour, Annhd. Je viens chercher ta boîte à couture, si tu l'as toujours. Maman en a besoin.

— Ah, elle aurait pu me prévenir avant ou venir elle-même. Entre, elle est au grenier, je ne m'en sers jamais. Tu la trouveras près d'une bibliothèque, dans un coffre. Je te laisse, je suis en train de travailler sur une nouvelle invention.

— D'accord.

Annhd l'avait expédiée, certes, mais uniquement parce qu'elle travaillait. Ellün ignorait si la femme partageait l'animosité de tous. La jeune fille connaissait bien la maison, car elle avait passé de nombreux moments chez Annhd durant son enfance. L'atmosphère du foyer respirait la tranquillité, les pièces étaient blanches et bien rangées : tout était minutieusement à sa place. Le style épuré contrastait avec le désordre du grenier. Après avoir grimpé la vieille échelle de bois, Ellün arpenta les combles.

La pénombre plongeait les lieux dans une ambiance feutrée. Quelques rayons de soleil perçaient par l'unique petite fenêtre. L'adolescente s'avança parmi les meubles entassés. Le grenier, entièrement fabriqué de bois, était recouvert d'une plus ou moins fine couche de poussière selon les endroits. Annhd venait peu ici. La pièce était encombrée, l'Äme avait gardé tout un fatras de bibelots. Enfin, elle se dirigea vers la grande armoire défraîchie, à côté de laquelle trônait un coffre ; il avait perdu également de sa jeunesse. Elle poussa le lourd couvercle, le bazar à l'intérieur était incommensurable. Annhd avait entassé les souvenirs sans même les trier.

En tendant la main vers une boîte qu'elle pensait être ce qu'elle cherchait, son regard se posa sur un bout de papier bruni par le temps. Elle s'en empara sans réfléchir. Il était plié en plusieurs carrés, Ellün commença à l'ouvrir pour l'étaler par terre.

Ce qui s'étendait sous ses yeux était une grande carte d'Odöon.

Cependant, un détail clochait.

Il n'y avait pas qu'un seul continent.

Quelle était donc cette fantaisie ? Ellün tomba à genoux, ses doigts glissaient sur la carte. Quelqu'un avait ajouté des schémas, des calculs, des formules à sortilège… Ses yeux s'arrêtèrent dans le coin droit de l'immense papier. Un nom était griffonné.

— Dag, le nom s'était échappé de sa bouche.

Aucun prénom, seulement le même nom de famille que le fantôme. Que faisait cette carte chez Annhd ? Ellün ignorait qu'elle était férue de géographie. Connaissait-elle le fantôme qui avait hanté son esprit pendant des mois entiers ?

— Ellün ! Attends !

Le cri la ramena à la réalité. Annhd entra en trombe dans le grenier. Son visage était décomposé par l'appréhension. Elle craignait quelque chose, mais quoi ?

— Oui ? Il y a un problème ? demanda Ellün, agacée par cette interruption.

— Non rien. Juste, je n'ai jamais rangé le grenier. Laisse-moi faire pour la boîte à couture, lui dit Annhd, agitée.

— Je pense que je l'ai déjà trouvée, lui rétorqua Ellün qui glissa rapidement la carte dans sa poche.

Annhd écarquilla les yeux.

— Très bien, dépêche-toi de la donner à ta mère alors, lui ordonna-t-elle, presque tremblante.

— Au fait Annhd, tu t'y connais en géographie ? lui glissa Ellün, le regard faussement évasif.

— Pourquoi cette question ?

— Nous avons un devoir à rendre après les vacances, il porte sur un chapitre d'un vieil Atlas. Je me demandais si tu pouvais m'aider.

— Non, je n'y connais rien.

— Tu ne connaîtrais pas une certaine Athelleen Dag, par hasard ? Mon Altlas lui a appartenu apparemment, elle semble plutôt forte dans cette matière. Ce serait bien si elle pouvait me prêter mainforte, improvisa Ellün à la va-vite, le mensonge ne faisant pas partie de ses qualités principales.

Le regard d'Annhd changea.

Ellün les reconnut, ses yeux si implorants, apeurés et larmoyants. Mais où les avait-elle déjà vus ? Elle maudit sa mémoire. En ce moment, elle n'était vraiment pas une alliée fiable.

— Non, absolument pas. Va voir ta mère, maintenant. Elle doit t'attendre.

Annhd avait semblé effectuer un immense effort pour parler, sa poitrine se soulevait fortement. Ellün sortit, la femme l'observa. Son regard commença à se troubler, elle se retourna lentement en priant. Elle espérait que la petite n'eût rien trouvé d'ennuyeux dans la malle. Qu'elle avait été sotte de l'envoyer toute seule dans le grenier ! Elle ne savait même plus ce qu'elle contenait. Avec les années, le coffre au bois noirci avait été le témoin de l'accumulation d'objets et de souvenirs. Mais… Peut-être… L'avait-elle mis dans les tréfonds de la malle ?

Elle contempla le coffre, encore ouvert. Un long silence s'installa. Annhd ferma les yeux et prit une grande bouffée d'air. Non, elle ne le pouvait pas. Elle le refusait, elle oublierait et ne dirait rien. Peut-être lui arriverait-il la même chose, mais révéler la vérité serait trop compliqué.

Ellün n'était jamais venue, et si quelque chose se passait, elle n'assumerait rien.

Certaine de sa décision, elle referma le coffre de ses souvenirs à jamais.

XXII

Ole Nalore, territoire de l'Est, mois de Ruis de l'an Sëplunn.

Le caractère farouche d'Ingwë, affirmé par ses années d'entraînement, avait repris le dessus. Elle courut précipitamment hors des catacombes. La jeune fille suffoquait. Il lui fallait de l'air pour se désembrumer l'esprit. Elle se jeta à l'extérieur du manoir, dans la nuit noire.

Aleksei, son parrain, la talonnait. Lui aussi respirait par saccades, car la jeunesse lui manquait.

— Ingwë, attends-moi ! parvint-il à crier, avant de porter une main à son cœur.

Sa filleule s'arrêta net, non par pitié ou par obéissance, mais parce qu'elle attendait des réponses. Ses yeux fusillaient l'adulte en face d'elle.

— Que se passe-t-il ici ? Qui est cet oracle ? Que fait-il chez nous ?

Les questions fusaient de sa bouche.

— L'oracle est un ancien membre de la Confrérie, comme toi et moi. Il a fait partie des tout premiers. Il est aussi un de tes ancêtres, voilà pourquoi il est caché chez toi. À sa mort, il prit comme récipient un crâne où différents Erigiuums se sont mêlés pour que sa magie persiste, lui répondit Aleksei qui tentait de prendre son souffle.

— Que sa magie persiste ? Comment ? Je pensais qu'à notre mort, notre magie n'existait plus.

— Il y a tant de choses que tu ignores encore. C'est une sorte de mémoire vivante. Ceci est extrêmement compliqué à produire et demande la mort de celui qui désire inscrire à jamais ses souvenirs dans le monde. Le processus est trop compliqué, un jour tu comprendras.

— L'oracle s'est donc sacrifié pour rester une mémoire ?

— Pour rester en vie. Écoute, Ingwë, il y a des choses que tu ignores. Des choses qui dépassent l'entendement. Un jour, tu saura s. Mais sache que le monde n'est pas tel qu'il semble être.

— Tout ceci est un test pour s'assurer de ma loyauté envers la Confrérie, n'est-ce pas ?

— Non, Ingwë. Tout ceci est bien plus réel. Tu as été choisie.

— C'est beaucoup trop pour moi, répondit-elle fermement, ses pieds foulant l'herbe froide.

Elle effectuait des allers et retours, son cerveau bouillonnait, son cœur martelait sa poitrine.

— Calme-toi, ma chérie.

— Que je me calme ? Je n'ai que onze ans ! J'ai été séparée de ma famille pendant tant d'années, tout cela parce que vous avez décidé de mon destin à ma naissance. Et de surcroît, à aucun moment on ne m'a expliqué pourquoi j'ai subi toutes ces épreuves. Je ne peux pas m'occuper de trouver l'Élu, je n'arrive déjà pas à prendre soin de moi-même. Tout ceci est beaucoup trop.

Elle était hors d'elle, des gouttes de sueur perlaient sur son front, ses épais cheveux noirs collés par endroit.

— Y a-t-il quelque chose que tu me caches ? Aucun Eòlasum n'a réagi ainsi.

— N'es-tu donc pas au courant ?

Ingwë chercha dans ses yeux, mais elle n'y vit que le doute, l'incertitude et la peur. Elle aurait voulu tout lui avouer, elle aurait souhaité redevenir une petite fille que l'on protège, si tant est qu'elle le soit un jour. Elle était sur le point de se livrer, mais Aleksei reprit, sa voix était empreinte d'une grande fierté.

— Je sais que les émotions te submergent en ce moment et que tu ne te sens pas légitime. Tu as peur d'échouer. Mais contrairement à ce que tu crois, nous avons toujours su. Cette mission dépasserait bien des gens. Mais pas toi, tu es exceptionnelle, Ingwë.

Son parrain n'avait pas compris, il se méprenait sur toute la ligne. Ingwë craignait son passé et ce qu'il pourrait donner sur son futur. Les responsabilités ne l'effrayaient pas, elle n'en avait déjà eu que trop.

— Pourquoi moi ? Pourquoi pas un adulte ?

— L'essence de l'Eòlasum est d'être pur, comme un enfant, lui expliqua-t-il calmement.

— Mais je ne le suis plus depuis longtemps, lui confia-t-elle avec un regard insistant.

Son parrain devait comprendre. Elle pria pour qu'il force la porte qu'elle avait fermée en elle, car Ingwë savait qu'elle ne la passerait jamais toute seule.

— Est-ce que tout va bien ? se fit entendre une voix connue.

Les jumeaux s'étaient faufilés à travers le manoir pour rejoindre leur amie. Tylr les avait interrompus et Ingwë sentit le désespoir la saisir à nouveau. La vérité l'avait frappée encore une fois, ses parents l'avaient eue uniquement pour qu'elle accomplisse une grande destinée. Eux, les enfants de la Confrérie, n'étaient que des pions. Ils les utiliseraient, jusqu'à ne plus avoir besoin d'eux. Les garçons comptaient d'ailleurs bien moins qu'elle : ils allaient devoir l'aider sans récolter la moindre gloire en cas de victoire. L'Oracle ne s'était même pas adressé à eux. Ils étaient seulement les acolytes d'Ingwë. L'attitude de la Confrérie la dégoûtait au plus haut point, durant cette cérémonie les garçons n'avaient pas semblé exister.

Son parrain lui déposa un baiser sur le front, puis s'éclipsa. Elle était entre de bonnes mains. Plus tard, elle s'apaiserait, il en était sûr. Il la planta là, avec toutes ses nouvelles responsabilités.

— Ne t'inquiète pas pour nous.

Ndyx avait deviné ses sombres pensées. Comme toujours, le garçon se montrait d'une maturité et d'un calme incroyables. Pourquoi ne l'avaient-ils pas choisi comme Eòlasum à sa place ? Mais elle remercia la vie de ne pas avoir sacrifié son ami. Aurait-il supporté ce qu'elle avait enduré ?

— Comme toi, nos parents nous ont toujours éduqués avec froideur et dureté. Quelque part, ils tiennent réellement à nous, mais le lien qui nous lie ne relève pas de l'affection. La seule vraie famille que j'aie, c'est Ndyx… et toi. Quand tu veux bien admettre que je suis ton ami !

Tylr avait parlé sérieusement pour la toute première fois. Ses yeux, d'habitude illuminés par l'espièglerie, étaient teintés de tristesse. Ingwë aurait bien voulu leur confier son horrible secret, mais la porte à l'intérieur d'elle s'était blindée.

— Quand cesseras-tu de m'importuner, mon ami ? taquina-t-elle en tentant de se raccrocher tant bien que mal aux seules personnes qui auraient pu la comprendre.

— Jamais ! lui répondit-il dans un grand enthousiasme.

Il prit Ndyx et Ingwë dans ses bras. La jeune brune essaya de se débattre. Les jumeaux étaient hilares.

— Au fait, on a entendu quelque chose en s'approchant de vous. Apparemment, il y aurait des choses que tu ignores, et que nous ignorons nous aussi.

— Effectivement. Je me demande, après cet épisode de l'oracle, ce qu'ils nous cachent d'autre et, surtout, pourquoi ils ne veulent pas nous le dire.

— Serait-ce une pointe de colère que je sens dans ta voix ? nota Ndyx.

— Et toi ? N'es-tu pas furieux ? Nous sommes tous les trois des pantins et, de surcroît, on nous dissimule d'importants secrets.

— Nous sommes manipulés, on le sait. Je te l'ai dit, Ndyx et moi avons été élevés de cette manière. Cela ne nous touche plus.

Manipulés. L'étaient-ils vraiment ? Ingwë repensa alors à son enfance complètement détruite. Ses parents n'étaient-ils réellement pas au courant de ce qu'il s'était produit dans le Grand Nord ? Elle frissonna à l'idée qu'ils avaient pu jouer un rôle dans tout cela.

— Cela devrait.

Ingwë fit quelques pas en avant, son grand regard bleu était assombri par la rage. Des larmes d'amertume coulaient le long de ses joues blanches, ses mains frottaient ses bras, mais son esprit, lui, n'avait pas froid. Elle ne savait que la haine.

Elle resta de dos pour ne pas montrer sa faiblesse. Son regard, tourné vers les grands sapins du parc et perdu dans le noir, était déterminé. Elle prononça ces mots comme une promesse :

— Un jour, nous nous vengerons.

Elle découvrirait leurs secrets, elle accomplirait sa mission, et quel que fût le résultat, elle le changerait à sa manière. Plus tard, elle ne serait l'instrument de personne.

Les jumeaux, de leurs étranges yeux vairons, fixèrent leur amie. Ils n'avaient pas besoin de parler, ils se comprenaient trop bien pour cela. Ils étaient d'accord.

Ce soir, l'amertume avait envahi leurs âmes.

XXIII

Village d'Ulmo, au nord du territoire de l'Est, mois de Ruis de l'an Sëplunn.

Que venait-il de se produire ?

Ellün avait beau être jeune, elle était loin d'être sotte. Il lui paraissait évident que Annhd connaissait Athelleen Dag. Mais comment ? Elle le découvrirait. Dès que les vacances seraient passées, elle en parlerait à Sveyn. Le garçon saurait sûrement quoi faire avec cette carte.

Pendant qu'Ellün avait été occupée chez l'amie d'enfance de ses parents, Calion avait eu une conversation avec sa mère. Il espérait qu'elle serait plus ouverte que son père. Il avait profité de ce moment seul avec elle pour discuter.

— Maman ? envoya-t-il à travers le noir complet de la chambre.

Grisël avait fermé les volets. Ces temps-ci, elle ne s'habillait presque plus. Ses cheveux étaient souvent emmêlés, des cernes étaient venus violacer la peau de ses yeux. Son étincelle de vie chancelait. La mère active et joyeuse d'autrefois n'existait plus.

Calion l'entendit grommeler.

— Maman… il faut qu'on parle, la força-t-il en amenant du soleil dans la chambre.

Sa mère se frotta les yeux, mécontente.

— Que veux-tu, Calion ?

— Des explications. Je pars au mois de Nion avec vous, heureux, et neuf mois après je vous retrouve tous les deux désespérés. Et ces lettres, que veulent-elles dire ? Pourquoi ne plus s'occuper d'Ellün ?

— Tu poses trop de questions, souffla Grisël en se massant les tempes.

— Et vous n'expliquez pas assez.

Calion fixa les yeux fatigués de sa mère. Les petites prunelles brunes commencèrent à se voiler de larmes. Son fils s'agenouilla au bord du lit, il prit ses mains dans les siennes et il l'implora doucement de se confier. Sensible, craintive, mais aimant profondément son fils, les secrets de Grisël cédèrent.

— Je suis tellement désolée, je t'en prie, pardonne-nous. Nous t'aimons tant, avec ton père. Nous aurions voulu faire beaucoup mieux pour toi.

— Comment ça ? Qu'avez-vous fait ?

— Ce n'est plus ce que l'on a fait qui importe. C'est ce qu'Ellün fera qui changera tout. Je t'en supplie, détache-toi d'elle, vite. Tu ne dois plus t'occuper d'elle, ou tu seras perdu.

— Qu'a fait Ellün pour que tu dises cela ?

— Rien, pas encore.

— Je ne comprends pas, comment veux-tu qu'elle fasse quoi que ce soit sans pouvoir ?

— Tu n'as pas accès à tout. Je ne peux rien te dire de plus, mais sache qu'Ellün nous fait courir à notre perte. Je t'en supplie, je ne supporterai pas de te perdre. Éloigne-toi d'elle. Je t'aime, je t'aime tant… Promets-le-moi.

Grisël s'était jetée sur lui pour l'entourer de ses bras maternels.

Elle berçait bien plus sa peine que son fils. Calion, encore empli de doutes, se voulait rassurant, alors il promit. Parce qu'il était le fils de quelqu'un, il était la progéniture, la création de l'amour entre deux êtres qu'il ne pouvait renier. L'amour qu'il portait à ceux qui lui avaient tout apporté était plus fort que tout.

— Oui, je t'en fais la promesse. Mais un jour, tu m'expliqueras tout, d'accord ?

Grisël, pleurant à chaudes larmes, hoqueta pour approuver.

Ils interrompirent leur étreinte lorsqu'ils entendirent la porte d'entrée claquer. Ellün était rentrée. Calion sortit de la chambre, secoué de sentiments qu'il ne comprenait pas encore, et laissa sa mère aux abois.

Il était désormais tiraillé entre l'amour qu'il portait à ses parents et celui qu'il avait pour sa petite sœur. Pourquoi devrait-il choisir ? Mais les larmes de désespoir de sa mère resteraient gravées pour toujours dans sa mémoire. À cet instant, il comprit qu'il ne pourrait jamais plus faire marche arrière.

C'était décidé, il était résolu. Il aperçut la tête aux cheveux châtains de sa sœur.

Quel danger représentait Ellün ?

— Calion ! beugla Ellün en bas des escaliers, impatiente de tout lui raconter.

— Que se passe-t-il ? lui répondit son frère, d'un ton las et fatigué.

Se détacher. Il fallait se détacher.

— J'avais juste une question, en voyant Annhd. Sais-tu d'où elle vient ? Je veux parler de son passé.

Ellün tiqua au son de la voix de Calion. Elle l'avait quitté en bons termes et elle le retrouvait distant. Son frère affichait un air maussade. Son visage, si rayonnant habituellement, était terne.

Elle sentit en lui une toute nouvelle émotion.

Une émotion qui les détruirait.

La mélancolie.

— Tu es vraiment bizarre. Pourquoi ne lui as-tu pas demandé directement ? dit-il machinalement sans lui prêter la moindre attention.

Son cœur était si lourd, il avait du mal à parler. Il évitait de regarder Ellün, car il ne pouvait faire semblant. Bientôt, elle comprendrait qu'il avait fait un choix.

Le choix de la trahir.

— Elle était très occupée aujourd'hui, je n'ai pas voulu la déranger.

— Je n'en sais rien. Elle vient d'ici, lui dit-il sèchement, en haussant les épaules.

— Tu ne sais donc pas.

— Que cela peut-il te faire de savoir d'où vient Annhd ? s'énerva-t-il.

— Peut-être parce qu'elle a toujours été dans notre vie et que je viens de me rendre compte qu'on ne la connaissait pas vraiment ? As-tu déjà vu un membre de sa famille, toi ?

— Tu ne peux pas t'arrêter deux minutes ? Tes réflexions sont louches. Non, mais regarde-toi ! Et tu t'étonnes après que les gens s'en prennent à toi ? Comporte-toi normalement et tout ira bien ! Pourquoi te questionner sur une vieille amie, cela ne se fait pas ! la colère avait emporté Calion loin d'Ellün.

Il se détourna d'elle, prêt à aller se calmer dehors. Mais le doute subsista et il devait savoir.

— Ellün, dit-il, toujours dos à elle.

— Oui ? trembla la concernée, surprise par tant d'agressivité.

— Tu as prévu de faire quelque chose de mal bientôt ?

— Pardon ?

De surprise, ses yeux s'arrondirent et ses pupilles se dilatèrent.

— Avec tout ce qu'il t'arrive, il y a de quoi faire exploser un char ailé en pleine course d'Âmes, lui expliqua son frère en se retournant lentement vers elle.

— Quelle est cette question ? Me vois-tu faire une chose pareille ? Et surtout, comment ? Je te rappelle que je n'ai aucun pouvoir pour le moment.

— Pour le moment, grinça Calion entre ses dents, le regard dur.

Les mots de Grisël se perdaient en échos dans son cœur. Calion s'éloigna sous le regard sceptique de sa sœur. Sveyn lui manquait plus que jamais, il était la dernière personne sur Odöon à ne pas lui en vouloir. Déçue et anxieuse, elle courut dans sa chambre et s'y enferma. Elle se jeta sur son lit douillet, il accueillait ses larmes, mouillant les oreillers. Ellün ne comprenait pas. Qu'elle soit harcelée à l'école avait un sens, elle était différente à cause de son Erigiuum absent. Ingwë et les jumeaux avaient sûrement eu honte d'elle, et s'étaient donc éloignés. Mais sa famille ? Tout était flou. Hier encore, son père l'encourageait, sa mère s'émerveillait et Annhd lui fabriquait la robe la plus magnifique qui fût.

Devait-elle se résigner à perdre tout le monde ?

Non. Elle n'en ferait rien, elle devait se battre, prouver au monde entier de quoi elle était capable. Et si pour cela, il fallait qu'elle s'enfermât dans la solitude, alors que le dieu Tristan en soit témoin, elle s'enfermerait dans une forteresse inébranlable.

Ellün ne se rendit pas à la fête du village. Elle ne commémora pas la naissance du monde, elle ne pensa pas à la puissance des Quatre. La maison était vide, Luinil n'avait pas été une célébration cette année, pour elle et sa famille. Ce jour-là avait marqué une fin.

Elle ne dirait rien à Calion, ni aujourd'hui ni jamais.

Il avait choisi son camp, et ce n'était pas le sien.

XXIV

Village d'Ulmo, au nord du territoire de l'Est, mois de Luis de l'an Hëplunn.

Le mois et demi des vacances s'était écoulé. La pause la plus longue de l'année s'achevait. Ce matin-là, Ellün se préparait donc pour son voyage à Anario, capitale du Sud-Ouest. Là-bas, elle passerait ses examens de fin d'année et espérait secrètement acquérir son Ërigiuum. Peut-être que dans le feu de l'action, son instinct se réveillerait ?

Perdue dans ses pensées, elle ne remarqua pas son frère se faufiler dans sa chambre.

— Promets-moi.

— Comment ? cria Ellün en sursautant.

— Promets-moi que tu feras des efforts pour t'intégrer. C'est important, je ne pourrai pas être là pour toi.

— Je laisserai les autres me frapper dessus sans rechigner, je te le promets, lui répondit-elle avec un sourire narquois.

Ellün mit une main sur son cœur et leva l'autre en l'air, puis lui tira la langue irrespectueusement. La mine de Calion se renfrogna, il haussa les épaules et partit. Il n'attendit pas Ellün et prit directement le chemin pour Aràan.

Elle regarda sa silhouette disparaître dans l'horizon blanc.

Il n'y arrivait pas, il ne le pouvait plus. Jamais de sa vie ses parents ne s'étaient comportés ainsi ; depuis qu'Ellün avait rejoint l'école, ils n'étaient plus les mêmes. Quelque chose s'était passé sans aucun doute. Toutefois, l'attitude de sa petite sœur l'énervait au plus haut point. Certains de ses amis commençaient à lui en parler, ils la raillaient devant lui. Il avait peur d'en pâtir, comme leurs parents.

Sœur ou parents, il avait choisi.

Il ne pourrait finalement pas l'aider.

À l'intérieur de la maison perchée, c'est avec une certaine appréhension qu'Ellün descendit dans l'entrée. Elle ne savait pas si elle pouvait dire au revoir à ses parents ni si elle allait vraiment les trouver. Personne dans la cuisine ni dans le salon. Elle tourna donc la poignée de la porte qui la menait dehors et s'engagea dans le jardin à la recherche de sa mère.

Alors qu'elle s'apprêtait à partir, n'ayant repéré personne, elle entendit une voix l'appeler :

— Ellün…

Les mots s'étaient tus dans le froid de l'hiver. Les lèvres de celui qui les avait prononcés étaient gercées, comme si l'Orphuss avait perdu contact avec les éléments.

L'interpellée se retourna et fixa craintivement l'homme qui était autrefois un père aimant.

— Papa ? bégaya-t-elle, peu sûre de pouvoir encore le nommer ainsi.

— N'y retourne pas, je t'en supplie.

Le regard d'Atanatar avait perdu de son éclat. Ses yeux semblaient vidés de leur âme.

— Tu parles de l'école ? Pourquoi ne veux-tu pas que j'y aille ?

— S'il te plaît, n'y va pas. Tu n'as pas ton Erigiuum de toute manière, cela est inutile de t'acharner.

— Mais l'année n'est pas finie, peut-être va-t-il apparaître. Les examens d'Anario pourraient tout changer, qui sait, sourit-elle faiblement.

— Je ne veux pas que tu partes d'ici. Reste.

Ses yeux ne tremblaient pas, sa voix se voulait catégorique.

— Est-ce un ordre ? défia-t-elle.

— Oui. Nous avons tout fait pour nous protéger, alors si tu refuses de m'écouter, je vais t'obliger.

— Non. Jamais, se rebella-t-elle froidement, les poings serrés.

— Ne me tente pas, Ellün, la menaça-t-il.

— Vas-y, papa. Utilise tes pouvoirs sur moi, contrains-moi à rester à Ulmo, enferme-moi dans un château de glace de ta création ! le souffle de l'adolescente se saccadait, l'angoisse montait en elle.

Les mains de l'homme s'activèrent d'une lumière verte. Son regard marron vira à l'émeraude. Il était prêt.

Soudain, des piques de glace jaillirent de la neige brillante et vinrent enfermer Ellün. Ses mains, emmitouflées, se posèrent sur les barreaux de sa prison transparente. Des flocons, entassés par centaines, étaient fixés dans la structure givrée.

— Mais que fais-tu ? hurla-t-elle à pleins poumons.

Son père, ou le pâle fantôme de ce qu'il avait été, se rapprochait lentement de son piège.

— Tu ne mettras pas nos vies en danger. Nous avons tout sacrifié pour que cela n'arrive jamais.

— Papa… gémit-elle, ses larmes étaient chaudes sur son visage glacé.

Ses yeux commencèrent à rougir, sa voix s'étrangla dans ses sanglots.

— Tu vas nous tuer…

Désespéré, Atanatar colla son front à un des barreaux floconneux. Ses mains serraient férocement la cage. Ellün voulut les prendre dans les siennes, dans un dernier geste d'affection. Elle aussi pleurait à chaudes larmes. Mais son père se dégagea de cette furtive étreinte sans la regarder.

— Je viendrai te chercher plus tard, glissa-t-il dans l'air froid.

Ellün observa la silhouette de l'homme s'éloigner de sa cage hivernale pour rejoindre Grisël. Sa mère jeta un regard dans sa direction, puis rentra dans la maison dans l'arbre.

Elle se laissa glisser sur le sol, ses genoux touchèrent la neige épaisse. Elle se prit la tête dans les mains, tout tournait autour d'elle. Après les larmes, vint le mal de tête.

Que lui arrivait-il ? Pourquoi était-elle incarcérée par son propre père ? Qu'avait-elle fait pour qu'ils aient si peur ? Elle cherchait frénétiquement quelque chose pour l'aider à sortir de sa prison. Ses mains et ses pieds foulaient tout ce qu'ils pouvaient trouver à sa portée. Peine perdue.

La jeune prisonnière hurla à en déchirer l'hiver. Elle cracha tout le désespoir et la frustration accumulés depuis des mois. Elle s'effondra contre une paroi de flocons, accablée par les pleurs, elle était à peine consciente. Elle voulut à nouveau aboyer sa peine à s'en évanouir, mais ses yeux, à demi ouverts, remarquèrent quelqu'un.

Un espoir.

Le seul.

Elle reconnut la silhouette. Oui, c'était bien elle. Son ancienne meilleure amie qui l'avait trahie depuis plusieurs mois. Mais à cet instant, la prisonnière remercia le ciel de l'avoir mise sur sa route. Son père avait dû penser que personne ne la verrait, puisque presque aucune âme ne passait sur ce chemin, mais Lalwendï habitait elle aussi hors du village. Elle partait pour Anario.

Ellün hésita quelques secondes. Arriverait-elle à le faire ? En avait-elle la force ? Elle doutait que sa nouvelle ennemie lui répondît, mais elle s'était fait une promesse : prouver au monde sa valeur. Elle se le devait.

C'était son devoir de se libérer.

Alors, rassemblant tout son courage, gonflant son cœur d'espoir, elle cria à en perdre haleine.

— S'il te plaît ! Lalwendï !

La jeune fille sembla hésiter avant de s'avancer d'un pas nonchalant vers son ancienne amie.

— Je ne veux pas me mêler de cette histoire, tu as toujours des problèmes, lui balança-t-elle en jetant des regards en coin.

— Je t'en prie, Lal, j'ai besoin d'aide, mes parents ne veulent pas que je parte. Ils m'ont enfermée ici, sanglota Ellün qui essayait de reprendre le contrôle d'elle-même.

Il fallait qu'elle soit forte.

Catégorique.

Tranchante.

— Ils ont sûrement raison. Tu te retrouves toujours dans des situations bizarres, personne ne t'aime à Aràan. Tu fais honte à tous… Je suis désolée pour ce qu'il t'arrive depuis le début, mais je ne veux pas qu'on m’associe à toi. Tu n’as pas tes pouvoirs, ta place n’est plus là-bas, tu comprends ?

— Écoute-moi attentivement, la coupa sèchement la soi-disant Anomalÿ.

Le sang d’Ellün ne fit qu’un tour. C’était le moment de prouver ce qu’elle était.

Une battante.

— Tu vas m’aider. Déjà parce que tu me dois bien ça après les coups bas que tu m’as fait subir ces derniers mois. Ensuite, parce que si tu ne le fais pas, même sans Erigiuum, je te retrouverai et je me vengerai, Lal.

— Et comment, sans pouvoir ? la défia-t-elle.

— Je te connais par cœur, j’en sais bien trop sur toi, pas besoin d’Erigiuum pour te détruire. Toutes tes faiblesses, je les divulguerai sans remords à Delphy.

À l’évocation du prénom, Lalwendï se figea. Ses yeux rougirent, preuve de la peur immense que lui inspirait l’Orphuss tortionnaire.

— D’accord… Que veux-tu ? céda-t-elle.

— Retrouve Sveyn à Anario. Dis-lui que mes parents me gardent à Ulmo contre mon gré. Tu vois, ce n’est pas énorme comme demande. Fais ça et tu ne me devras plus rien.

— Promis ?

— Oui. Comme si on ne s’était jamais connues, lui jura-t-elle avec amertume.

Soulagée, Lalwendï souffla. Elle allait enfin pouvoir lâcher prise et s’intégrer complètement à son groupe d’amies. Elle aurait enfin l’occasion de détester Ellün librement, telle une adolescente de douze ans — car elle venait de les fêter — populaire et aimée de tous.

Alors la jeune traîtresse partit, laissant Ellün en détresse, enfermée dans ses milliers de flocons geôliers.

Interlude - La furie

Tandis que sa bataille contre l'Oubli faisait rage dans les ténèbres, l'Ombre ne baissait pas les bras. Elle ne s'épuiserait pas.

Jamais.

Elle sentait l'Autre partir loin d'elle. Elle devait le retenir, mais l'Oubli l'en empêchait.

Elle devait sauver l'Autre, elle devait se sauver elle.

L'Ennemi avait essayé de les réduire tous les deux au silence. Il avait endormi l'Autre et s'était acharné trop longtemps sur l'Ombre.

Mais il avait mal calculé, sa stratégie ne paierait pas.

Plus on battait un animal, plus il se révolterait par la suite.

L'Ennemi ne savait pas à qui elle avait affaire. L'Ombre avait été la puissance même jadis, elle avait connu des batailles et avait levé des obstacles incommensurables.

Elle avait vu la mort.

Aujourd'hui, elle avait réussi à être là, et jamais elle ne s'en ferait déloger avant d'avoir accompli sa mission.

Jamais elle ne tomberait aux oubliettes.

Alors l'Ombre, plus forte que jamais, déchaîna sa furie.

XXV

Ole Nalore, territoire de l'Est, mois de Luis de l'an Hëplunn.

Ingwë ne décolérait pas. Mais c'étaient surtout les doutes qui l'envahissaient et la martelaient sans cesse. Si elle ne pouvait pas comprendre le pourquoi, elle demanderait le comment.

Ses yeux bleus perdus dans la nuit prirent une nouvelle lueur : celle de l'aventure. La mission ? Passer à travers la maison sans se faire repérer. Si ses parents lui avaient caché l'existence d'un oracle, alors elle n'était pas autorisée à le voir au beau milieu de la nuit. Mais elle était une rebelle après tout. Demander l'autorisation, quand cela la concernait, n'était plus dans ses habitudes.

Elle doutait d'avoir le droit, mais elle le prit quand même.

Elle devait parler à l'Oracle, seule.

La jeune Psychë se faufila vers minuit, pendant que tous dormaient profondément et descendit dans les catacombes. Le manoir était paisible, quelques rayons de lune perçaient à travers les larges fenêtres aux rideaux bordeaux de velours. Son pyjama blanc lui donnait des airs fantomatiques. L'astre nocturne éclairait son visage blanc, ses courts cheveux d'ébène virevoltaient doucement à chacun de ses mouvements déterminés.

Elle reprit les mêmes escaliers cachés derrière le mur. Elle descendit à tâtons, car les torches étaient éteintes.

À peine son pied toucha-t-il le sol en pierre de la grande salle ronde que l'Oracle se mit à lui parler.

— APPROCHE, EÒLASUM.

— Je ne savais pas si vous seriez encore là, hésita l'adolescente, très surprise.

— JE RESTERAI ICI, À TES CÔTÉS, JUSQU'À LA FIN.

Une part d'elle se sentit rassurée, tandis que l'autre hésitait entre l'admiration et la méfiance. L'Oracle était un objet de mystère et sa grandeur pouvait susciter l'effroi. Pouvait-elle réellement lui faire confiance ?

— Je doute de vous, avait-elle dit d'une voix claire et assurée.

Ingwë plongea son regard dans les deux trous noirs du crâne. Elle ne voulait pas qu'il la craigne, elle souhaitait qu'il puisse deviner ce qu'il se passait au sein de son âme.

— JE SAIS. JE LIS TON CŒUR. IL EST PUR.

L'adolescente déglutit. Malgré toute la force dont elle pouvait faire preuve, elle restait une simple fillette et l'Oracle l'impressionnait. Elle fut soulagée qu'il la comprenne ainsi qu'étonnée devant son immense pouvoir. Elle qui détenait le pouvoir de Pensë, lui permettant de lire dans les émotions des autres, elle mesurait toute sa dangerosité.

— TU DOUTES DE MOI, DE LA CONFRÉRIE ET DE TA RÉUSSITE.

— Je ne vois pas comment je serai victorieuse. Où dois-je chercher ? Comment est l'élu ? Avez-vous un prénom ? Qu'a-t-il de spécial ?

Les questions fusaient dans son esprit et sa bouche ne pouvait plus les contenir. Le regard de Ingwë se fit tremblant, flou. Elle était si confuse.

— JE NE PEUX TE DONNER CES RÉPONSES. TU TROUVERAS, TU LE SENTIRAS. CELA TE SERA ÉVIDENT.

— Comment savez-vous alors qu'il est là ?

— JE LE SAIS, CAR J'AI VU L'AVENIR, UN FUTUR FLOU DONT SEUL LE MOMENT COMPTE.

L'Oracle s'était immobilisé en attendant la suite qu'il connaissait déjà.

— Je ne comprends pas.

— TOUT S'ÉCLAIRERA EN TEMPS VOULU. TOURNE-TOI VERS LE PASSÉ, EÒLASUM. CAR C'EST L'HISTOIRE DU MONDE QUE L'ÉLU CHANGERA.

Le Grand Esprit montrait là sa patience. Ingwë, en son for intérieur, lui était reconnaissante de s'employer à répondre à ses questions, malgré ses explications vagues et incertaines.

— L'Histoire ? Pourquoi le changerait-il ?

— UN JOUR TU SAURAS. TU VERRAS LA VÉRITÉ TELLE QU'ELLE EST VRAIMENT.

Ingwë ne comprenait décidément rien. Avait-elle été choisie comme Eòlasum, car elle était une Psychë Pensë ? Verrait-elle ce qu'il se passait dans les profondeurs de l'Élu ?

Une interrogation, fondamentale, s'imposa à son esprit.

— Qui étiez-vous ?

— UNE ÄME. UN SÖUFFLE.

— Mais les visions peuvent être volées et déstructurées. Comment pouvez-vous être sûr d'avoir vu le bon avenir ?

Cette fois, la jeune fille retint son souffle. Elle venait d'émettre un doute sur le pouvoir même de l'Oracle.

Elle avait remis en question des milliers d'années.

Elle avait remis en cause son réveil.

— JE L'AI VU ET JE SUIS MORT IMMÉDIATEMENT APRÈS, POUR LA CONSERVER DANS TOUTE SA GLOBALITÉ. J'AI SACRIFIÉ MA VIE POUR LA VÉRITÉ. NULLE NE PEUT LA RETROUVER, CETTE VISION EST CONDAMNÉE. POUR LES AUTRES, ELLE A ÉTÉ REMPLACÉE.

— Pourquoi avoir voulu voir cela ? Et comment les autres ne peuvent-ils pas voir ce futur ?

— UN PASSÉ MENSONGER. UNE PERSPECTIVE D'AMÉLIORATION DE NOTRE EXISTENCE. NOUS AVONS ENFERMÉ CET AVENIR, COMME EUX ONT SÉQUESTRÉ LE PASSÉ.

L'Oracle venait-il de dire que la Confrérie avait son avenir en main ? Tandis que leurs ennemis avaient eu le leur dans le passé ? Quel crime avaient-ils commis pour changer à jamais la face du monde ?

— Et si vous aviez vu que l'avenir n'allait pas changer ?

— J'AURAIS NOTÉ LES FAIBLESSES DE L'ENNEMI, POUR LES UTILISER CONTRE LUI. QUEL QUE SOIT L'AVENIR VU,

IL AURAIT SERVI.

— Qu'avez-vous observé exactement ?

— LE RENVERSEMENT DU MONDE.

— Bon ou mauvais ?

— IL NE PEUT Y EN AVOIR QU'UN.

Ingwë ne comprit pas.

Bon ou mauvais, il ne peut y en avoir qu'un.

Cela voulait-il dire qu'il n'avait pas vu à quoi mènerait ce grand bouleversement ? Elle en avait assez entendu pour aujourd'hui. Elle ne voulait pas risquer de commettre un impair. Elle avait assailli l'Oracle de questions et elle avait mis en doute son éveil.

La jeune Psychë fit une révérence.

— N'OUBLIE JAMAIS, TOUT N'EST QUE MENSONGE.

Elle se retourna pour le voir disparaître dans les ténèbres de la fontaine et l'immense salle circulaire plongea à nouveau dans le noir complet.

— Ah, toi tu vas voir l'Oracle comme ça, comme si tu achetais ton pain. J'aurais dû m'en douter, vu que tu es une princesse ! plaisanta Tylr en envoyant un clin d'œil à la Psychë.

Ingwë avait tout raconté aux jumeaux sur son entrevue avec le symbole absolu de la Confrérie. Là, sous un kiosque blanc installé dans les profondeurs du parc, la jeune fille ruminait. Elle ne comprenait toujours pas les mots de l'Oracle. Tout restait encore une énigme. Les frères étaient adossés contre une rambarde où la vigne avait poussé. L'hiver rendait le paysage très gris, et le kiosque paraissait triste. Pour couronner le tout, une fine averse s'abattait sur Ole Nalore. Tandis que Ndyx avait le regard perdu au loin, une main tendue vers la pluie, Tylr observait leur amie Psychë et sentait son trouble.

— Réduisons les possibilités, proposa-t-il pour la soutenir.

Le jeune blondinet se mit à marcher en rond, une main sur le menton.

— C'est forcément une première année, puisque l'élu doit être aussi jeune que l'Eòlasum. Un première année n'a pas encore été totalement infecté par la morale de la Fédération, lâcha Ndyx, les yeux soudain froncés sous l'effort mental, mais le visage toujours tourné vers les arbres du parc.

L'Oracle était retourné à la vie, après un millier d'années de silence, grâce à l'éveil de l'Erigiuum de l'élu. Cela laissait plus de deux cents probabilités, et cela rien que pour l'école d'Aràan. Il n'avait jamais précisé dans quel établissement se trouvait leur futur sauveur.

— Peut-être que nous devrions nous concentrer sur les meilleurs. Parce que pour changer la face du monde, il faut en avoir dans l'Erigiuum ! justifia le plus excentrique des jumeaux.

— Tu as sûrement raison, approuva l'Eòlasum.

— À moins que l'élu ne doive progresser. Il se peut qu'il soit insignifiant, argumenta Ndyx, calmement.

Cette fois, le jumeau à l'œil bleu se retourna vers sa moitié. Tylr détestait qu'on le contredise, il le foudroya du regard et le sourire espiègle sur les lèvres de son frère disparut.

— Ce n'est pas stupide. Mais, pour une fois, je serais presque d'accord avec Tylr, céda Ingwë.

Le concerné s'applaudit et se jeta des fleurs.

— Je sais, je suis le plus intelligent ! se gratifia-t-il.

— N'en fais pas trop non plus, le calma directement Ingwë.

— Tu penses que les examens pourraient nous en dire plus ? demanda Ndyx pour recentrer la discussion.

La pluie s'intensifia et rendit leur conversation encore plus impénétrable aux oreilles du monde. Un orage éclata au loin.

— Ils sont faits pour révéler plus profondément notre Erigiuum pour la distribution de la deuxième année, après tout, réfléchit Ingwë.

— Effectivement. D'ailleurs, n'en es-tu pas dispensée ? Tu sais déjà, après tout, à quelle famille tu appartiens, dit Tylr, de nouveau attentif.

Les grands yeux bleu océan de la jeune fille prirent une teinte électrique. Elle sentait le lien avec son nouveau pouvoir se créer de plus en plus ces derniers jours.

— Non, je préfère être là. Les professeurs disent que cela me fera un entraînement supplémentaire. Mais, et vous ? Vous ne savez toujours pas ?

Les jumeaux se tournèrent l'un vers l'autre. Ils avaient toujours obtenu tout ce qu'ils désiraient au même moment. Quelque part, au fond d'eux, ils savaient qu'ils posséderaient la précision de leurs pouvoirs en même temps. Cette solidarité inconsciente les protégeait de la solitude.

— Nous avons eu beau nous entraîner, non. Nous avons l'Erigiuum des Ämes, c'est sûr puisque nous possédons le pouvoir commun, mais rien ne s'est révélé au niveau de la spécialisation. Mais nous ne nous inquiétons pas, la plupart apprennent leur appartenance après ces examens.

Tylr et Ndyx se tapèrent dans les mains.

Unis à jamais.

L'orage avait laissé place à un déluge rendant difficile de voir à plus de deux mètres. Les grands sapins et autres conifères avaient alors disparu. Les trois compères restèrent silencieux et prirent le temps d'admirer ce spectacle de la nature.

Tous les trois allaient au-devant d'importantes aventures.

Anario serait une terre de découvertes.

XXVI

Village d'Ulmo, au nord du territoire de l'Est, mois de Luis de l'an Hëplunn.

Cela faisait près d'une semaine qu'Ellün était enfermée à Ulmo. Elle avait perdu la notion du temps, elle ne distinguait plus le jour de la nuit. Tout ce qu'elle percevait était un intérieur sombre. Sa chambre, sûrement.

Elle ne se souvenait plus de rien. Comment était-elle arrivée ici ? Pourquoi se sentait-elle aussi mal ?

La seule personne qu'elle apercevait de temps en temps était une femme aux cheveux blonds à la garçonne. Elle connaissait cette voix, mais son esprit trop embrouillé ne lui permettait pas de se souvenir.

L'inconnue la faisait manger, elle lui donnait de la bouillie le plus souvent. Ensuite, elle s'asseyait à côté d'elle, sur le lit. À chaque fois, de longs filets fins violets entouraient Ellün ; une autre lumière, celle-ci jaune, frappait sa tête.

Elle détestait que la femme vînt la voir, car à chaque fois cela lui était douloureux.

À quoi jouait-elle ?

Après des heures de sommeil tourmenté, Ellün réussit à ouvrir un œil. La femme n'était plus là, tant mieux ! La dernière fois était invivable, plus elle voyait l'individu plus la douleur s'intensifiait.

Derrière la porte, elle entendit des pas. Elle se concentra fort pour évacuer le bourdonnement de ses oreilles. La personne s'arrêta à hauteur de la chambre tandis qu'une autre âme se tenait en face du lit. Elle discerna deux voix distinctes, elle ferma les yeux pour faire le vide et n'écouter qu'elles :

— Elle résiste, je n'arrive pas à tout effacer. Quelque chose dans son esprit coince.

Ellün avait déjà entendu ça. Enfin, c'était ce qu'elle croyait. Parfois, elle pensait que tout n'était qu'un rêve.

— Pourtant, tu y étais déjà arrivée, avant, lui répondit impatiemment la deuxième voix.

Elle était féminine, Ellün la connaissait bien, mais elle ne se rappelait pas le nom.

— Parce qu'il est encore temps. Aujourd'hui, tout est trop avancé. Il me faut plus que ça, si je n'entre pas, je ne peux pas créer.

— Elle ne nous aidera pas. Si elle l'apprend, elle nous punira. Tu la connais mieux que nous.

— C'est de sa faute aussi. Elle aurait dû régler le problème avant, de façon radicale, si vraiment c'était important.

— Elle ne le verra pas de cette manière, dit la deuxième voix glaciale.

— Maman ? demanda faiblement Ellün qui pensait avoir retrouvé la provenance de cette dernière voix.

Les deux se turent. La porte s'ouvrit avec lenteur dans un léger grincement. Ellün commença à prendre peur en reconnaissant la silhouette. Encore elle. Elle allait lui faire du mal à nouveau.

— Non, pitié, geignit-elle faiblement.

— Reste tranquille.

— Pourquoi …. Me faites-vous… cela ? l'interrogea-t-elle avec difficulté.

Sa tête allait exploser. Ses membres étaient si faibles, un lourd sommeil la guettait, mais ce n'était pas le moment.

— Tu dois oublier. C'est pour le bien de tous.

Les doigts violets se refermèrent sur la tête d'Ellün. Ses cheveux étaient devenus gras à force de rester allongée sans possibilité de se doucher. La jeune fille ne pensait plus qu'à ce détail, ne trouvant plus la force de se battre. Ellün la laissa faire, elle aurait mal et l'accepterait. Tout devint néant.

Soudain, un grand fracas se fit entendre au premier étage. La porte sembla voler en éclats et sortir de ses gonds. Les murs se mirent à trembler.

Les doigts enroulés autour de son crâne relâchèrent brusquement leur étreinte, arrachant un râle de douleur à la jeune fille. Celle qui la retenait prisonnière s'immobilisa. Le cœur d'Ellün ralentit pour capter ce qui se produisait en bas.

Elle entendit des objets voler et se fracasser contre les murs. Plusieurs voix s'élevaient, elles criaient, hurlaient, se déchiraient. Des corps se rencontraient pour se projeter sur les meubles, lâchant des gémissements.

De derniers cris résonnèrent, puis se turent. Le tapage prit alors fin. Le bourreau, complètement apeuré par ce silence soudain, courut vers la porte de la chambre et hurla :

— Que se passe-t-il ?

Elle vit l'ombre filiforme s'échapper de la pièce, les rayons de soleil qui jaillirent de la porte l'éblouirent.

— El' ! Où es-tu ?

Cette voix, elle la reconnaissait. Une voix masculine, familière, tendre et affectueuse.

Elle devait se remémorer.

Souviens-toi et parle.

— Sveyn ! Ses mots étaient sortis dans un cri de soulagement.

Son ami métis arriva précipitamment.

— Elle est là ! Aide-moi à la porter, ordonna-t-il, la nervosité brisant sa voix.

Ellün vit un autre homme entrer, plus grand et plus vieux. Sveyn se sentit soulagé à la vue de son amie vivante. Il s'était tant inquiété pour elle lorsque Lalwendï était venue lui apporter la promesse qu'elle avait faite à son ancienne meilleure amie. Sa peur s'était accentuée quand la traîtresse d'Orphuss ne lui avait donné aucun détail et s'en était allée rapidement. Sveyn sentait maintenant la colère monter en lui. Sauvage et profonde.

Mais il devait pour l'instant se contrôler, afin de s'occuper au mieux de la petite vie frêle devant lui.

— Sveyn, arriva-t-elle à articuler avec calme.

Ses larmes coulaient malgré elle. Épuisée, elle s'abandonnait. Ellün se laissa porter, ses deux bras agrippant la nuque de son sauveteur.

— Tout va bien, on va te sortir de là, la rassura-t-il.

— Qui est-ce ? s'inquiéta-t-elle, sa gorge était sèche, ses mots incomplets.

— Un ami de la famille. C'est un Orphuss Voyagëur, il pourra nous ramener à Anario en un rien de temps. Je trouvais que c'était la meilleure solution. N'étant pas de ce sous-pouvoir, je ne pourrais pas te transporter aussi vite. Le trajet risque juste d'être inconfortable.

Sveyn lui montra un cube transparent doré qu'il détenait dans sa poche.

— C'est un cube d'Astéracë Façönneur. Il y a un espace vivant à l'intérieur, il va nous aspirer et donc réduire notre taille. C'est de cette manière que je suis venu jusqu'ici. Ça va secouer un peu.

— Mmmh… réussit-elle à prononcer.

— Il faut se dépêcher. Si nous ne sommes pas là pour le début de l'examen, nous serons renvoyés d'Aràan.

— Ils n'ont pas… remarqué… mon absence ?

Ellün avait déployé de grands efforts pour sortir cette phrase de ses lèvres tremblantes de sommeil.

— Non. Pour l'instant, il y a juste eu les répartitions. Je t'ai mise dans mon groupe.

— Très bien, souffla-t-elle doucement avec un léger sourire, ses yeux se fermant petit à petit.

— Repose-toi en attendant. Mes parents te donneront un remède pour l'énergie.

Cependant, Ellün ne l'écoutait plus, elle avait déjà rejoint ses cauchemars.

Interlude – La fin de la patience

L'Ombre attendait. Encore une fois. Son combat contre l'Oubli ne l'avait pas laissée indemne.

Contrainte par l'Ennemi et son sbire à s'effacer, elle avait dû fuir.

L'Autre l'agaçait, elle le trouvait si faible. Il n'avait pas pu résister à cette nouvelle attaque et l'Ombre n'était pas encore assez puissante pour pouvoir les sortir tous les deux de cette impasse.

Cependant, cela faisait maintenant un moment qu'elle n'avait pas senti l'Ennemi. Où était-il donc passé ?

L'Ombre sortit prudemment d'un pan de ténèbres. De là où elle se trouvait, elle vit une chose qui entravait l'Autre.

Elle pourrait facilement reprendre l'avantage.

Alors l'Ombre s'exécuta et effaça le Piège.

L'Autre allait-il comprendre qu'il était maintenant libre ?

XXVII

Le long couteau s'approchait dangereusement d'elle. Qu'allait-on lui faire cette fois ?

L'achever ?

Parfois elle rêvait que ce cauchemar s'arrêtât.

Ses pleurs d'enfant de dix ans résonnaient au sein de sa prison. Il y faisait si froid. Dehors, un vent glacial et puissant venait s'abattre sur la vieille roche du bâtiment comme s'il voulait l'en délivrer. Maintenant, c'était la silhouette massive d'un mage qui s'approchait d'elle.

Il ne la laisserait jamais partir.

Pourquoi était-elle là ? L'enfant en avait oublié la raison. Tout ce qu'elle connaissait du monde était la solitude et la peur.

Cet effroi pressait ses entrailles depuis de nombreuses années. Elle n'avait connu que cela ; le reste, son passé, avait été depuis longtemps oublié. D'où venait-elle ?

— Lève-toi. C'est ton dernier entraînement.

L'enfant ne répondit pas, comme d'habitude elle restait docile. On le lui avait appris à maintes reprises.

On ne remettait jamais l'autorité en question.

Elle n'était rien, insignifiante, et elle devait garder cette leçon à jamais au fond d'elle.

Elle servait la vie.

Ses petites jambes maigrelettes la portèrent difficilement. Son corps émai-

gri et ses nombreux bleus étaient recouverts d'une pâle chemise de nuit aux taches noires. Depuis combien de temps ne s'était-elle pas lavée ?

— Aujourd'hui, tu échoues ou tu réussis, lui dit le mage de sa voix grondante.

Il portait un masque, comme tous les autres. Combien étaient-ils ? Elle avait depuis longtemps cessé de différencier leurs voix. On lui avait appris de toute manière que l'individualité importait peu : seul le bien commun comptait.

Elle déglutit. Que se passerait-il si elle échouait à sa toute dernière épreuve ? Elle avait réussi toutes les autres, elle le savait, car son quotidien n'avait pas changé. Lorsqu'elle commettait des erreurs, des jours sombres l'attendaient. Des jours terrifiants qu'elle n'oublierait jamais.

La lumière du jour lui brûla les rétines. Le soleil se réfléchissait sur la neige. Elle regarda furtivement derrière la tour dont elle sortait. Une ruine de pierres noires. Comment pouvait-elle encore tenir debout ?

Puis son regard se fixa sur ce qui l'attendait.

La plaine qui ne contenait que la tour délabrée était vaste et recouverte d'une épaisse couche de neige. L'enfant frissonna. Ses pieds nus étaient meurtris par le froid. Elle se lécha les lèvres, aux multiples crevasses. Son corps était si abîmé. Le lieu était entouré par une large forêt de sapins épais et immenses.

Nordëalis.

Le nom de son enfer.

Son chez-soi.

Le mage s'arrêta et elle l'imita sans broncher. Elle faisait tout pour contrôler les multiples tremblements de son corps. Devant eux se tenait une autre personne, une femme à entendre le son de sa voix. Elle portait un masque de monstre d'hiver aux crocs acérés.

— Sais-tu quel jour nous sommes ?

L'enfant fit non de la tête. Elle l'ignorait, tout comme elle n'avait aucune idée de combien de temps s'était écoulé depuis qu'elle était arrivée dans cet endroit sordide.

— C'est ton dixième anniversaire.

Elle ne répondit rien, aucune expression ne vint animer son visage émacié. Cela importait-il ? Elle n'avait jamais fêté ses neuf premiers anniversaires.

Elle ne connaissait même pas la date exacte du jour où elle était née. Toute notion de temps lui était inconnue.

Elle ne savait pas qui elle était.

— Tu vas devoir trouver ta Goutte. Aujourd'hui doit marquer la naissance de ton Erigiuum. Le temps nous manque, alors presse-toi.

L'enfant serra les poings. C'était l'épreuve finale.

Parviendrait-elle à faire ce qu'ils attendaient ? Elle déglutit, l'angoisse lui montant à la gorge.

Le mage qui s'était tu à ses côtés se baissa soudain. Elle réprima une grimace de douleur lorsque deux chaînes glaciales vinrent lui entraver les chevilles.

— Bats-toi pour ta vie.

Les deux mages disparurent dans un scintillement de bleu et de jaune.

L'enfant se retrouvait à nouveau seule, perdue dans cette immense plaine de glace. Seul le sifflement du vent à travers les branches des arbres lui parvint aux oreilles. Qu'allait-il se passer ? Qui devrait-elle affronter ?

Puis elle entendit des pas lourds derrière elle. Une démarche féline et pourtant si imposante.

La chose la traquait.

L'enfant, frigorifiée, se retourna lentement. Deux yeux de cristal gigantesques croisèrent son regard bleu.

Elle hurla à pleins poumons, mais soudain une lumière d'un noir de jais explosa devant elle. Une silhouette aux longs cheveux châtains apparut.

— Ingwë.

La fille lui tendait les mains, son regard respirait la douceur. L'enfant sentit ses chaînes se rompre dans un éclat noir profond. L'autre l'aidait à se délivrer.

Alors, dans un élan d'espoir, elle se jeta dans ses bras en criant son nom.

— Ellün !

Le cri de la Psychë déchira le silence du petit matin. Les rayons blancs perçaient à peine par la fenêtre de sa chambre. Son cœur ne cessait de lui marteler la poitrine et des larmes coulaient abondamment de ses joues enflammées.

Nordëalis.

Le nom n'arrêtait pas de marteler son esprit. Elle avait vécu presque toute sa vie à Nordëalis. Le nom de son cauchemar resterait à jamais vivant en elle.

Il resterait également son secret pour toujours.

Elle s'étira avant de sortir du lit, il lui fallait un verre d'eau. Reprenant petit à petit ses esprits, Ingwë se demanda encore une fois la signification de tout ceci.

Ce n'était pas ce qui s'était passé dans la réalité, c'était ce qu'elle avait souhaité.

Tout était confus dans sa tête. Cette scène était réelle, elle l'avait vécue à ses dix ans, juste avant que ses parents ne viennent la retrouver après de nombreuses années de séparation. Qu'était cette créature entraperçue ? Ses mains tremblaient à nouveau. Sa mémoire avait été endommagée ou effacée. On avait voulu lui faire oublier comment elle avait acquis ses pouvoirs.

Ellün n'était jamais venue la sauver.

D'une quelconque manière, Ingwë avait réussi son épreuve, mais elle ignorait comment.

Elle se souvint du jour des retrouvailles. Ses parents avaient été si fiers d'elle, leur fille montrait son premier Scintillement. Elle avait eu un an d'avance sur le reste du monde, ils avaient tous tenu le secret et avaient feint sa Goutte cette année. Elle avait prouvé sa valeur et sa puissance.

Ce jour-là elle avait appris deux choses : qui elle était et qu'elle avait une grande mission à accomplir.

Ses idées revinrent à Ellün. Pourquoi intervenait-elle toujours dans le cauchemar de son passé ?

Son esprit essayait-il de lui dire quelque chose à travers ce rêve déformé ? Désirait-il lui révéler qu'Ellün était sa sauveuse ? Celle qui lui montrerait la voie à suivre ?

L'Oracle lui avait dit qu'elle saurait le moment venu.

Le voyage à Anario serait très intéressant.

Elle avait senti son Élue.

XXVIII

Désert du Jogürn, territoire de l'Ouest, mois de Luis de l'an Hëplunn.

Le majestueux château blanc des Jostein s'étendait à l'horizon. Les hectares de la propriété flamboyaient de leur manteau de sable. Les hautes tours éclatantes éblouissaient presque par leurs reflets. Leurs ombres gigantesques marquaient le sol, offrant d'importants points pour se rafraîchir, loin du soleil brûlant. Un manoir perdu dans l'immensité du désert. Ellün et Sveyn, miniaturisés dans un cube, ne purent assister à cette vue naissante.

À l'intérieur, Ellün dormait, tremblante.

— Les as-tu ramenés ? demanda une voix féminine à l'extérieur du cube.

— Oui. Ils sont dedans.

— Merci.

L'Orphuss Voyagëur lâcha le cube entre les mains de l'inconnue qui l'ouvrit. En voyant les rayons de soleil y pénétrer, Sveyn prit Ellün dans ses bras et se matérialisa à nouveau à taille réelle.

— Bonjour, mère, lança-t-il en direction de la femme aux grands yeux noirs.

Sa mère, grande femme à la peau d'ébène et aux cheveux caramel, se précipita pour l'aider à porter la jeune endormie.

— Que s'est-il passé ? osa-t-elle demander à son fils.

— Ils la retenaient prisonnière chez elle. Je ne sais pas ce qu'ils lui ont fait, elle dit avoir mal à la tête et elle a tout le temps envie de dormir. Mère, s'il vous plaît, donnez-lui vite une potion pour la réveiller, l'examen commence dans quatre heures.

— Je vais tout faire pour. Mettons-la dans une des chambres d'amis au premier étage.

Un majordome vint prendre le relais et laissa Dame Jostein les guider jusqu'à la pièce promise. Ellün gémit tout du long, son sommeil était agité. Son front perlait de sueur chaude.

— Faites venir la chuchoteuse.

— Oui, Madame, s'exécuta directement le majordome.

Quelques minutes après, il revint avec une rousse le talonnant silencieusement. La femme était petite et fine, ses lunettes rondes rendaient ses yeux verts encore plus immenses qu'il n'était possible.

— El, n'aie pas peur, c'est notre sorcière familiale, elle s'occupe de moi depuis que je suis bébé. Elle sait tout guérir, elle est très forte. Elle ne te fera pas de mal, souffla Sveyn au creux de l'oreille de son amie.

Il ignorait si elle pouvait l'entendre, ni même qu'elle serait sa réaction si une inconnue la touchait, mais il se devait d'essayer de la rassurer.

— Je vais établir un premier bilan général, informa l'Orphuss Chuchöteuse.

Son regard balaya ceux des autres, son sérieux et sa concentration lui faisaient froncer les sourcils. Ses énormes yeux ne ressemblaient plus qu'à deux larges fentes troubles. Elle sortit une potion d'un bleu crémeux épais concoctée d'algues marines et d'une rune végétale, le sorbier. La puissance de l'arbre se combinait avec les âmes accumulées des oiseaux morts à sa cime. Le tout donnait une potion révélatrice des maux du corps.

Ellün ingurgita la totalité de la fiole avec l'aide de la sorcière. Les mains de la mage brillèrent d'un Erigiuum vert, ses yeux se teintèrent de la même couleur. Elle plaça ses doigts sertis de multiples bagues au-dessus de la jeune fille inerte. Soudain, un écran translucide aux bordures teintées de vert apparut entre les mains expertes de la sorcière et le corps affaibli et immobile. Dame Jostein leva un sourcil. La sorcière, attentive aux moindres gestes et besoins de son employeur, précisa en toute hâte :

— Ceci est un nouveau prototype de diagnostic clinique. Il sort des tréfonds des laboratoires d'Aràan. Votre mari m'a dit de l'essayer à l'occasion.

Dame Jostein acquiesça sobrement.

— Sa tête a été touchée. Cependant, elle ne souffre pas de séquelles physiques.

— Que dîtes-vous ?

— Torture mentale, de ce que je vois. Les réseaux neuronaux, ainsi que ses synapses sont perturbées. Son lobe frontal est endommagé, mais la cicatrice neuronale est plus vieille que ces derniers jours. Cette jeune fille souffre d'un sérieux problème de mémoire à long terme.

— Comment cela, la cicatrice ? questionna Sveyn, qui n'y connaissait rien encore.

— Les neurones relient chaque lobe de notre cerveau. Ils gardent les souvenirs de son travail. Quand le cerveau a un problème, c'est un circuit neuronal qui a été touché. Ce sont comme des êtres vivants, ils existent avec leurs cicatrices, ils se régénèrent ; donc ils guérissent s'ils le peuvent. Ici, c'est ce qui est arrivé à votre amie. Je vois des neurones morts dans son lobe frontal, puisque les synapses ne marchent plus, mais cela ne l'affecte plus. Donc, cela veut dire que d'autres circuits les ont remplacés.

— Pouvez-vous y faire quelque chose ?

— Non. Quand un neurone meurt, l'action est irréversible. Mais comme je viens de le dire, un autre circuit s'est développé.

— Pouvez-vous du moins la réveiller pour qu'elle passe son examen ?

— Oui. Ils l'ont engourdie avec une potion tranquillisante. Je vais lui donner un stimulant. Attendez…

La sorcière se pencha plus vers l'écran.

— L'hippocampe a été endommagé également.

— À quoi sert-il ?

— Inhibition du comportement, ainsi qu'un rôle majeur dans la mémoire. Le sien est comme… inerte ou en sommeil. Les neurones présents dedans sont très peu actifs. Votre mère m'a dit pour son absence d'Erigiuum, cela pourrait tout expliquer. Son potentiel dort.

L'écran cessa de léviter au-dessus d'Ellün.

— Il est temps de remettre cette jeune fille sur pieds. Je vais lui donner un philtre d'énergie, ainsi qu'une piqure mémorielle.

Une autre fiole sortit des poches de sa cape verte, couleur de sa Famille. Cette fois-ci, le liquide était fait de multiples nuances orangées, et plus fluide. Créé à partir de nombreux fruits, le stimulant magique était quant à lui tiré d'un cyprès, grand, fort, centenaire.

Après avoir ouvert la bouche d'Ellün pour lui faire avaler le contenu énergisant, la sorcière ouvrit son sac posé au pied du lit. Elle en sortit un étui d'argent brillant. Sveyn grimaça à la vue de cet instrument.

— De quoi est faite la piqûre ? déglutit-il.

— D'un mélange de puissants Oghams, informa immédiatement la sorcière.

Sveyn n'était pas plus avancé. Devant sa moue circonspecte, la sorcière voulut bien consentir à lui expliquer, encore une fois.

— Les Oghams sont des runes végétales. Utilisés selon le cycle du soleil et de la lune, ils procurent un grand pouvoir.

— Les plantes ont aussi de l'Erigiuum ?

— Elles en produisent en faible quantité ; en les alliant à ma magie, je révèle leur potentiel.

L'adolescent métis s'écarta d'Ellün pour laisser agir la Chuchöteuse. Cette dernière, seringue dans une main, releva de l'autre la tête de la patiente qui commençait à s'éveiller — ses yeux, sur le point de s'ouvrir, tremblaient légèrement — et vint placer la pointe de la seringue sur la nuque où des petits cheveux châtains naissaient. La jeune fille endormie grimaça. Quelques secondes après, elle s'éveilla.

— Non ! Non ! hurla-t-elle.

Ellün s'était vite relevée, les genoux rabattus contre sa poitrine. Ses yeux étaient exorbités. Ses mains, devenues des poings serrés, se dressaient faiblement devant elle. Lorsque sa vision s'ajusta, elle reconnut Sveyn.

— Sveyn !

Elle s'était jetée dans ses bras, elle était en sécurité. En sécurité auprès d'un ami.

— Est-ce que ça va mieux ? s'enquit-il.

— Oui, beaucoup mieux, le rassura-t-elle, avec un faible sourire.

— Que t'ont-ils fait ?

— Je ne sais pas, tout est flou. Je ne sais ni qui, ni quoi… se perdit-elle dans ses pensées.

— Tu ne sais pas ? rétorqua Sveyn, surpris.

— Je ne me souviens que d'ombres.

— Ellün… Ce sont tes parents qui t'ont fait ça. Tu as envoyé Lalwendï me prévenir que ton père te retenait chez vous. Tu te souviens de ça ? lui demanda-t-il, choqué.

— La cage de flocons… murmura Ellün, vaseuse.

— Quand je suis venu te chercher, ce sont tes parents et une femme aux cheveux courts blonds que j'ai vu, lui affirma-t-il, le plus sérieusement du monde.

Ellün plongea ses yeux noisette dans ceux d'un vert profond.

Non, elle ne savait plus.

Oui, la pensée que ses parents l'avaient enfermée et blessée lui faisait mal. Plus que ça, même.

— J'ai senti la peur, frissonna-t-elle.

— Comment ça ?

— La peur… Elle était partout, tout autour de moi. Ils étaient tous terrorisés.

— Nous réglerons ce problème plus tard, tu es la bienvenue chez nous, tu peux y rester et y revenir autant que tu le souhaites. Nous ferons part de cet incident à la directrice de l'école. En attendant, si vous ne voulez pas redoubler ou être expulsé définitivement d'Aràan pour absence à votre premier grand examen, vous feriez mieux de vous presser, lui expliqua la mère de Sveyn avec douceur.

Elle lui sourit en lui prenant la main. Cette femme au caractère sévère avec ses employés était avant tout une mère. Aujourd'hui, elle venait d'assister au sauvetage d'une fillette maltraitée par sa propre famille, son cœur se brisait à cette image. Jamais elle n'aurait pu faire ça à son fils. Comment avaient-ils pu ?

— Mes parents avaient sûrement une raison. Tout ceci ne leur ressemble pas, ils n'ont jamais agi de la sorte, c'est la première fois, implora

Ellün. Elle redoutait les conséquences pour sa famille.

— Ne te préoccupe pas de cela pour l'instant. Concentre-toi sur ton épreuve. Arrives-tu à te mettre debout ? lui demanda doucement Dame Jostein.

— Je pense, lui répondit-elle en mettant les pieds à terre et en s'appuyant sur l'épaule de Sveyn.

— L'énergisant que je t'ai donné est très puissant. On l'utilise pour réveiller des patients du coma ou d'une importante anesthésie. Vu que tu as été droguée pendant plusieurs jours, il te fallait au moins ça, intervint la sorcière.

Ellün regarda la petite rousse aux larges lunettes et la remercia.

— Tu as aussi de sérieux problèmes de mémoire. Il faudra revenir me voir pour en parler. En attendant, tu peux y aller, ajouta-t-elle.

Ellün et Sveyn s'éloignèrent, Dame Jostein sur leurs talons.

XXIX

Je n'étais jamais venue dans le Sud-Ouest. C'est vraiment un tout autre continent !

La vue encore floutée par la fatigue, Ellün ne cessait de s'émerveiller devant les trésors des hectares de sable. La famille Jostein détenait là un joyau du désert. Les hectares de propriété brillaient sous un soleil ardent, des oasis naissaient et s'épanouissaient par endroit. Les palmiers formaient des petites forêts exotiques. Les lacs révélaient un joli turquoise. Cette vision était tout le contraire des grandes étendues de sapins et de neige d'Ulmo.

— Alors c'est ça, être prince du désert ?

— Oui, c'est magnifique. L'Ouest est ma place favorite sur Odöon.

Ellün sourit à Sveyn, cela deviendrait son endroit préféré à elle aussi, même si la chaleur était écrasante. Elle préférait le froid et les sapins, mais ses origines avaient revêtu un goût de trahison dont elle n'arrivait pas à encore à se soustraire.

— C'est également la mienne, interrompit une voix féminine.

Les deux adolescents se retournèrent vivement. Dame Jostein, la mère de Sveyn, se tenait derrière eux avec un sourire aux lèvres. Ellün effectua une révérence que la Reine arrêta très vite.

— Ce n'est pas nécessaire, ma chère Ellün. M'excuserais-tu si je te dérobais mon fils pour quelques instants ?

— Mais bien sûr, Dame Jostein, répondit la jeune fille pour qui les formalités restaient rassurantes.

Sveyn resta seul avec sa mère, regardant la silhouette d'Ellün disparaître dans une nouvelle oasis. La Reine conduisit son fils jusqu'à une tente, pour se protéger du soleil. Au centre des teintures aux multiples couleurs et motifs entremêlés, une table basse était installée. Dessus, un service à thé était dressé.

— Comment te sens-tu à l'approche du défi d'Anario ?

— Plutôt anxieux, mère. Je sais pertinemment que mon Erigiuum se précisera. Je suis serein sur cette question, mais vous me connaissez, les examens favorisent toujours une certaine crainte chez moi.

— Je te comprends, j'étais pareille à ton âge. Les tests ne me sont pas non plus des moments naturels, je préfère de loin expérimenter dans la vie de tous les jours, on y apprend beaucoup plus.

— Je suis de votre avis, même si père voudrait que je sois du sien. Il ne me trouve pas assez courageux.

— Se lancer des défis quotidiens ne veut pas dire être courageux, Sveyn. Ton père aime la compétition et a beaucoup d'ambition, mais cela ne signifie pas que tu lui es inférieur.

— Merci mère de tenter de me consoler, mais je pense sincèrement qu'il est déçu. Il n'est pratiquement jamais au palais et nous n'avons pas de longues conversations ensemble. Père doit m'éviter.

— Ton père ne t'évite pas, Sveyn. Il travaille beaucoup, tout simplement. Tu sais très bien que son rêve est de devenir quelqu'un d'important pour l'Est. Oui, la richesse le motive. Il nous faut tous un but dans la vie, et c'est son rôle de Roi que de se montrer et d'en vouloir toujours plus. Tu ne le déçois pas. Il n'a malheureusement pas le temps pour sa famille.

Le regard de Dame Jostein se teintait de mélancolie. Le jeune métis détestait voir sa mère, si joyeuse, perdre de son éclat.

— Je suis désolé, mère. Je n'ai pensé qu'à moi. Cela doit vous être difficile aussi.

— Non, c'est moi qui m'excuse. Ton père qui est toujours absent, ta mère qui cultive durant de longs mois sa passion, tu es bien seul au palais. Aucun enfant ne devrait vivre cela. Je te fais la promesse de freiner un peu l'écriture de mes romans.

La Reine prit son fils dans ses bras. Sveyn, enveloppé d'une agréable chaleur, ferma les yeux. Elle sentait si bon l'océan et la fleur de Tarë, sa peau était la plus douce. Il n'avait pas honte, pas un seul instant, d'avoir encore besoin de l'amour maternel. Il aimait la simplicité, et être simple, selon lui, était d'accepter ses émotions.

— J'espère que tu obtiendras l'Erigiuum que tu souhaites, il déterminera ce que tu seras dans la vie et la manière dont tu la percevras, lui dit doucement sa mère.

— Je veux la même vision que vous, mère, murmura-t-il, encore blotti dans les bras maternels.

Il espérait de tout cœur que son pouvoir serait en tout point comme le sien. Il n'avait pas l'ambition de son père, mais la sensibilité maternelle, et il en était très fier. Aujourd'hui, il savait comment mener son existence.

Ils relâchèrent leur étreinte et se dirent au revoir. La Reine l'encouragea une dernière fois pour l'épreuve à venir. Sveyn se sentait maintenant plus fort et plus détendu, il resta assis quelques instants à la table pour déguster une tasse de thé à la menthe.

Ellün débarqua quelques secondes plus tard, la fièvre enflammait ses yeux et ses joues. L'émerveillement naïf de la jeune fille faisait rire son ami, elle était surexcitée depuis qu'elle était arrivée au palais. Or soudain une migraine qu'elle ne connaissait que trop bien reprit, la forçant à fermer les yeux et froncer les sourcils.

— Quels sont les Erigiuums de tes parents ? demanda-t-elle pour se distraire, tout en voyant Dame Jostein s'éloigner en direction du château.

— Mon père est Orphuss Voyagëur. Quant à ma mère, elle est une Chuchöteuse, lui répondit Sveyn.

— Comme la mage qui m'a soignée ? Pourquoi ta mère ne s'en est-elle pas chargée ?

— Parce que ma mère a choisi une voix peu commune. Elle est anthropologue, mais surtout romancière. Elle écrit des romans selon le point de vue des animaux, puisqu'elle comprend leur langage. Ça lui arrive de partir des mois vivre avec eux pour étudier leur comportement, leur mode de pensée et leur interaction avec la magie et les Mages.

— Mais c'est passionnant ! s'émerveilla-t-elle un peu plus.

— Oui, c'est vrai, dit-il pensivement en regardant le ciel.

Au fond de lui, Sveyn admirait sa mère, même si cette admiration était teintée de jalousie. Il aurait préféré qu'elle passât plus de temps à la maison, surtout avec lui. Malgré son titre princier, il restait un enfant.

— Comment te sens-tu ? s'inquiéta-t-il en remarquant la pâleur de son amie.

— J'ai mal. Je crois qu'une guerre mondiale se prépare dans ma tête, articula-t-elle en se massant les tempes.

— Étrange. La formule du Docteur Hildu est pourtant très puissante.

— Il y a peut-être autre chose, dit Ellün qui se tenait maintenant la tête entre les mains.

— Tu penses au fantôme ?

— J'ai l'impression de ressentir à nouveau sa présence.

— Il fallait qu'il revienne aujourd'hui, soupira son ami, exaspéré.

— Tu admettras que ma vie n'est qu'un concours de malheureux hasards, ironisa-t-elle.

Ils furent vite interrompus par une turnef venant à leur rencontre. Le véhicule était rapide et faisait tournoyer dans l'air des milliers de grains de sable.

— Père, salua Sveyn.

— Mon fils, je vois que tu as récupéré ton amie. Bienvenue chez les Jostein, mademoiselle.

Son père était mince et blond, Ellün comprit alors d'où venaient les cheveux de miel de Sveyn. Elle fit la révérence, et ses joues s'empourprèrent à la vue du Roi. Parfois, elle en oubliait que son ami était un prince et, qu'un jour, il succèderait à ses royaux parents.

Le Roi était très élégant, ses cheveux étaient coupés très court et ne laissaient pas deviner les fines boucles qu'il avait eues plus jeune. Le mage portait une cape verte, couleur de sa Descendance, et un long collier écarlate élégant. Ellün vit à ce moment-là de qui Sveyn tenait ; sa mère avait les mêmes yeux vert émeraude si profonds, c'était peut-être pour cette raison qu'elle se sentait plus confortable en présence de Dame Jostein. Ceux de son père étaient gris, froids et glaçants.

— Je vous souhaite bonne chance à tous les deux pour votre épreuve.

Sveyn, j'espère que ton Erigiuum se précisera.

— Oui, père, cela ne fait aucun doute. Merci.

Les deux adolescents regardèrent la turnef partir rapidement dans un bruit cristallin et une bourrasque de sable.

— Ton père est… très distingué, balbutia Ellün, encore choquée du ton solennel qu'avait pris Sveyn avec lui.

— Je ne suis pas proche de lui. Il n'est jamais à la maison, lui non plus. Lorsqu'il y est, nous ne nous parlons pas.

— Te met-il souvent la pression ?

— Tout le temps. Il voudrait que je sois comme lui plus tard : un chercheur puissant. Il parcourt le monde entier pour réunir des formules innovantes et les vendre à la Fédération. Comme il est prince de l'Ouest, il n'a que très peu de crédibilité. Tu sais ce que c'est.

— Ton père voyage pour cette raison ? Oui, si nous ne sommes pas riches et que nous ne venons pas de l'Est, alors il y a très peu de chance d'être reconnu.

— Certes. En fait, je ne te l'ai jamais dit, mais mon père est quasiment tout le temps à Aràan. Il aimerait faire partie de la Fédération de l'Augure. Il espère entrer dans les bonnes grâces d'Arachné Eöl.

— Pourquoi je ne l'ai jamais vu avant, alors ?

— Parce qu'il n'a jamais le temps pour son fils.

Sveyn s'était détourné vers l'ouverture de la tente et fit semblant de contempler sérieusement l'aridité extérieure. Ellün était désolée pour lui. Pour l'encourager, elle lui donna une faible claque sur l'épaule. Il se tourna immédiatement vers elle et leurs regards se croisèrent. Ils se comprenaient, ils n'avaient pas besoin de mots entre eux.

— Qu'as-tu fait à Ulmo ?

Elle voulait le dire depuis son réveil.

— Mis à part te sauver ? demanda Sveyn, un de ses sourcils levés.

— Leur as-tu fait du mal ? hésita Ellün, ses doigts s'entortillaient dans les mailles de son pull-over de coton blanc.

— Non. J'ai utilisé une potion pour qu'ils s'évanouissent. Ils ont dû se réveiller avec seulement une petite migraine, la rassura-t-il avec un fin sourire.

— Merci.

Une petite larme menaça de dévaler sa joue, mais Ellün la ravala. Ce n'était pas le moment de flancher, elle devait réussir son test si elle voulait passer en seconde année. Non, en fait, c'était bien plus que ça. Elle devait acquérir son Erigiuum pour montrer à tous ceux qui avaient douté d'elle qu'elle en était capable.

Elle désirait contrôler son destin.

Mais avant, elle devait surtout maîtriser le défi d'Anario. La ville s'étendait maintenant à leurs vues. À l'image de la capitale de Borlog, l'agglomération la plus importante du Sud-Ouest était tout aussi moderne. Les bâtiments immaculés de blanc se mélangeaient à des tours de verre immenses. La ville semblait bouger en raison de l'épaisse vapeur émanant de la terre. Tandis qu'à Ulmo il neigeait, cette partie d'Odöon baignait constamment sous un soleil de plomb.

— Tu ferais mieux d'enlever ta chemise, lui conseilla Sveyn, comme s'il lisait dans ses pensées.

Ellün avait revêtu une chemise par-dessus une robe sans manches de mage. La mère de Sveyn lui avait prêté celle qu'elle portait enfant. La robe était faite de tarek, une matière issue du cœur d'une fleur très rare provenant des confins des Îles du Rodör. La fleur, lorsqu'elle s'épanouissait, laissait s'évaporer dans l'air un filet de lumière ; les Chuchöteurs et les Ämes se liguaient pour en fabriquer un tissu d'une douceur inégalée.

Ils arrivèrent dans une ruelle perpendiculaire à la place principale. La ville était organisée en cercle, chaque ruelle composait un de ses rayons. La rue était bondée de monde, tous les élèves de première année se précipitaient sur le lieu du rendez-vous. La place principale était d'un blanc aveuglant sous le soleil brûlant. Sur la pierre avait été gravé un immense soleil d'où les rayons fusaient dans chaque rue. À son centre, une estrade était dressée. Une femme, grande, mince et aux longs cheveux argentés coiffés en tresse se tenait droite.

Arachné Eöl attendait avec patience le calme.

— Bienvenue à tous. Nous espérons que vous avez passé d'excellentes fêtes de Luinil. Puisse la naissance des Quatre vous aider dans votre apprentissage. Aujourd'hui, nous sommes réunis pour votre épreuve finale de première année. Pour certains, leur Erigiuum, plus précisément leur sous-pouvoir, s'est révélé. Pour d'autres, cela reste un mystère. Le défi d'aujourd'hui consistera à vous sortir de vos limites, à vous révéler entièrement à vous-mêmes. Ainsi, vos questions trouveront leurs réponses. Vous allez vous affronter par équipe dans la plaine d'Ilisandora. Pour ceux qui ne sont pas originaires de cette ville, nous ne vous en dévoilerons pas davantage, notamment sur les caractéristiques de ce terrain. Je vous le répète, le but de l'épreuve est de vous déstabiliser pour forcer votre Erigiuum à nous révéler sa nature. Je vous souhaite à tous de découvrir la voie de votre vérité.

— Tu connais cette plaine ?

— Oui. Il y a un désert en son centre, mais ses abords sont comme des oasis et une forêt tropicale. Une fois traversée, elle donne sur l'océan Rédempteur et la tour de Rukö, l'école des Psychës ici. D'ailleurs, dans la forêt tropicale, se trouvent les deux volcans jumeaux de Müro.

— Leur nom ne signifie-t-il pas « À la colère de feu » ? Je crois l'avoir lu dans un livre de la bibliothèque.

— Exactement, leur nom a cette signification.

— Pas très original pour des volcans, mais assez efficace pour nous effrayer.

— Effectivement.

— Je plaisantais… dit-elle, étonnée de son silence.

Puis elle comprit.

— Non. Ne me dis pas qu'ils sont en activité.

— Je crains que si.

— Ça ira. Les professeurs ne vont pas nous faire courir à notre mort, dit-elle en riant.

— Non, c'est sûr. Mais nous allons avoir de bonnes frayeurs à mon avis, poursuivit Sveyn, les sourcils froncés.

Le désert exotique se situait au sud d'Anario. Le Grand Ouest d'Odöon ne conduisait qu'à l'océan Rédempteur. Les explorateurs Orphuss, les Voyagëurs de la même famille, les géographes Orphuss, Ämes et Astéracës avaient été formels : il n'y avait rien au-delà de cette mer. Des chutes d'eau sans fin. Des cascades infinies menant à l'oubli éternel

Ellün observa la forêt d'Ilisandoral au loin. Elle y distingua les hauts sommets des volcans jumeaux. Un panneau de bois avait été installé à la lisière des palmiers.

— Que veut-dire Voronwë ?

— « Sans clémence ». Tu comprends mieux maintenant ? L'école veut nous pousser dans nos retranchements pour déclencher la précision de nos pouvoirs.

Ellün ravala un hoquet d'angoisse. Sans Erigiuum et sur un terrain hostile, comment allait-elle s'en sortir ?

Les multiples turnefs se suivaient, formant une file et s'arrêtèrent à la lisière de la forêt tropicale. Tous les apprentis descendirent en chuchotant, à la fois apeurés et impatients. L'humidité était à son maximum et derrière les palmiers, les séquoias géants, les lianes entremêlées et autres arbres tropicaux, des bruits d'animaux s'élevaient. C'était toute une vie qui se cachait-là, une vie grouillante et dangereuse. Mais les étudiants n'eurent pas le temps d'approfondir leur observation qu'une voix masculine amplifiée dans toute sa prétention habituelle s'éleva dans l'air :

— Je réclame votre attention. Vous n'aurez que cinq heures pour cette épreuve. Nous allons d'ores et déjà former les groupes. Quand cela sera fait, à mon signal, vous pourrez vous disperser. N'oubliez pas, ce test est une forme de combat. Vous devez affronter les équipes adverses. Pour ce faire, vous serez tous équipés de vos Crytovegs. Nous les avons formatées pour que, une fois que vous serez touchés par l'Erigiuum d'un autre élève, celle-ci soit impactée aussi. Elle émettra donc un signal pour vous signifier que vous allez être paralysé. Personne ne pourra vous toucher dans cet état, l'appareil émettra un bouclier autour de vous. Grâce à son signal, nous viendrons vous chercher et vous ramener au point de départ où vous attendrez la fin de l'examen. Attention, selon le temps que vous avez passé, le sort que vous avez reçu, les sorts que vous avez utilisés entretemps — si votre équipe est encore entière —, votre élimination ne voudra pas dire forcément rattrapage, redoublement ou exclusion de l'école. Chaque situation sera évaluée à sa juste valeur. Une dernière chose : aucun sort blessant ne doit être lancé, le plus grand pouvoir que vous avez le droit d'utiliser doit mener à l'endormissement, pour ceux qui le peuvent comme les Psychës. Faites bien attention, une dérogation à cette règle et vous serez exclu d'Aràan.

Erling Gudmund, principal des Astéracës, avait fini son discours. Il laissa la place à un autre professeur, moins important, pour appeler les différents groupes.

Quand le tour de Sveyn et Ellün vint, la jeune fille s'aperçut qu'elle ne connaissait pas les trois autres membres.

— Bonjour, sourit-elle à tout le monde.

Elle avait l'intention d'instaurer une bonne ambiance dès le départ ; malgré sa peur, elle tentait de rester optimiste. Que pourrait-il bien se passer de mauvais ? Les mots de son frère résonnaient dans son esprit. Il fallait qu'elle y mette du sien, sinon elle subirait un nouveau rejet. Elle devait faire partie du groupe, sans quoi, elle n'allait pas survivre au défi. Elle espéra que Calion avait raison.

— Pourquoi fait-on équipe avec elle ?

Ou peut-être pas.

Le cœur d'Ellün battit encore plus vite. Ajoutée au stress que l'épreuve lui procurait déjà, cette nouvelle attaque ne l'aidait pas.

L'autre fille du groupe s'était exprimée. La petite Orphuss aux cheveux marron en carré avait les bras croisés et fusillait Ellün de son regard noir sans éclat.

— Quel est le problème ? intervint Sveyn, toujours soucieux lorsqu'on s'en prenait à son amie.

Le jeune garçon se plaça automatiquement devant elle, dans un geste de protection. Elle sentit l'odeur que dégageaient ses cheveux aux reflets d'or, un effluve de lavande et d'herbe fraîche. Sveyn avait réuni ses tresses en catogan pour être libre dans ses mouvements lors du test. Cela lui donnait un air encore plus sérieux que d'habitude.

— Elle n'a pas de pouvoir. Comment veux-tu qu'elle nous protège ? Quoi ? On va devoir la défendre en plus ? Je refuse d'échouer à mon examen parce qu'on a dû former un groupe avec la seule Anomalÿ de l'école, cracha-t-elle avec véhémence.

— Elle, elle a un nom, répliqua sèchement Ellün.

Ses yeux s'écarquillèrent, elle n'en revenait pas d'être parvenue à parler. La peur de ne pas réussir à acquérir son Erigiuum était bien trop grande pour laisser ses camarades la démoraliser. Qu'ils aillent au diable. La pitié et les bons sentiments n'étaient plus de mise, Sveyn avait raison depuis le départ. Si on ne voulait pas d'elle, elle non plus ne ferait pas un pas vers les autres.

— Et je ne vous demande pas de m'aider. Je me débrouille seule.

Elle partit à grandes enjambées, sans se retourner. Elle s'engagea plus loin dans la lisière de la forêt. Le sol était humide et rendait la terre boueuse. Ses pas étaient lourds et risquaient de s'enfoncer un peu plus dans le sol au fur et à mesure de la progression. Elle observa ce qui se passait au-dessus, sentant des dizaines de regards posés sur elle. Parmi les arbres, perchés en hauteur, toute une famille de Singpwö. Ils faisaient partie de l'espèce des singes. Plutôt petits et menus, ils avaient la particularité d'être dotés d'ailes aux reflets violets. Ellün retint une grimace, ces singes étaient très intelligents, mais également malicieux. D'humeur plutôt farouche, ils ne se laissaient jamais faire et adoraient énerver les mages par leurs farces. La jeune fille se détourna d'eux et regarda ses pieds.

Pendant ce temps, Sveyn eut le déplaisir d'entendre les trois autres apprentis fomenter un plan.

— Pour qui se prend-elle ? s'énerva la première fille, ses joues empourprées de colère.

— Si on l'élimine nous-mêmes, perdra-t-on réellement des points ? Après tout, elle n'a aucun pouvoir, elle n'a pas sa place ici.

— On a qu'à essayer, on dira que c'était une erreur. De toute façon, les professeurs comprendront qu'elle n'était qu'un fardeau pour nous.

— Mais vous êtes fous ? hurla Sveyn aux trois conspirateurs.

Il se mit à courir très vite pour rejoindre Ellün, il devait l'informer des intentions des Orphuss de leur équipe. Ses yeux fixaient la silhouette noire qui s'enfonçait dans la forêt devant lui. Il la rattrapa, elle s'était arrêtée pour évaluer les lieux.

— Qu'est-ce que tu fais là ? Va les rejoindre, je vais te ralentir, vociféra-t-elle, sans se retourner.

— Je n'en ai rien à faire, tu le sais très bien, dit-il, ses yeux essayant de capter l'attention de son amie.

— Et ton père ? cracha-t-elle.

Elle ne pouvait pas arrêter les flots de la rage.

— Je ne serai jamais assez bien pour lui de toute manière, répliqua-t-il sardoniquement en se retournant.

La jeune fille fit volte-face.

— Je suis désolée, je t'ai parlé injustement.

— Tu es stressée, c'est tout. Je le comprends, mais je suis ton allié et ton ami, ne l'oublie jamais, l'apaisa-t-il une main sur son épaule.

Ils se sourirent. Sveyn avait toujours les mots justes, avant que la joie ne disparût. Tous deux venaient de repérer du mouvement non loin d'eux. Trois ombres se rapprochaient en courant. À la vue de son ami angoissé, elle devina.

— Ils nous ont pris en chasse ? Ce n'était pas censé être un travail d'équipe ? s'exaspéra-t-elle.

Ses épaules s'affaissèrent.

— Pas quand ils pensent faire partie du groupe de l'Anomalÿ. Es-tu prête ? la pressa-t-il.

Tous les deux se regardèrent, sûrs de la suite.

— Pour fuir comme une lâche ? Toujours.

Sveyn leva les yeux au ciel. Il faut dire qu'elle avait eu de l'entraînement avec Delphy et ses sbires démoniaques.

Ils ne pouvaient pas les combattre, ils le savaient déjà. Ellün, sans pouvoir, ne pourrait pas longtemps les retenir. Elle avait à moitié peur d'eux. Elle ne les connaissait pas et craignait bien plus Delphy qui l'avait harcelée ces derniers mois ; à côté, ils lui paraissaient bien pâles. Quant au jeune métis, ses pouvoirs n'étaient pas assez développés pour leur tenir tête. Ils devaient courir et se cacher, voilà le plan. Sveyn, à cet instant, avait davantage peur de ce qui pouvait se produire. Il fit passer Ellün devant lui, pour s'assurer de ne jamais la perdre de vue.

Plus il la fixait, plus son cœur battait.

Et la peur montait.

C'était parce qu'il craignait pour elle qu'il sut.

Soudain, toute la forêt semblait lui murmurer où se trouvait son amie.

Alors guidé par des voix que lui seul pouvait entendre, il se mit en marche.

Il était Orphuss Chuchöteur.

XXX

Forêt d'Ilisandoral à Anario, territoire de l'Ouest, mois de Luis de l'an Hëplunn.

Ingwë avait dû étouffer une remontée acide. Le dégoût lui putréfiait les entrailles après le discours d'Arachné Eöl. La simple vue de cette femme la rendait malade. Pourquoi ? Était-elle la seule à ressentir cela ?

Tout autour d'elle bourdonnait, ses sens étaient focalisés sur l'araignée humaine. Ils sentaient un danger.

Quelque chose l'interpella. Elle était comme paralysée. Elle n'arrivait pas à détacher son regard de la mage aux cheveux d'argent lumineux et au regard aussi immobile et puissant qu'un glacier. Son sang se figea. Ce fut Tylr qui l'arracha de la bulle de toile fine.

— Comment ? demanda-t-elle, complètement perdue.

Le bruit de la ville était revenu petit à petit à ses oreilles. Elle reprenait ses esprits, l'instinct en éveil.

— Je disais : comment allons-nous pouvoir chercher l'Élu avec deux autres membres dans notre groupe ? murmura Tylr, une main sur son épaule.

Il n'avait pas remarqué le trouble de la jeune Psychë.

— Semons-les, suggéra-t-elle, distraite.

Ses yeux ne quittaient pas l'estrade où s'était tenue l'empoisonneuse de ses sens.

— Tu n'as pas peur de perdre des points, princesse ? questionna-t-il avec malice.

— Jamais.

Elle s'était tournée vers eux, arborant une expression de confiance. Elle ne leur avait pas dit qu'elle connaissait déjà l'identité l'Élu. Elle voulait d'abord en être certaine.

Leur groupe fut un des derniers appelés. Les « intrus » n'étaient autres qu'un Astéracë au tempérament de feu et une Psychë rusée.

— Zut ! Pourquoi est-on avec eux ? soupira Tylr.

— Ils ont de très bonnes notes et voulaient rejoindre Ingwë, le renseigna Ndyx.

Les deux apprentis avaient insisté pour faire équipe avec la jeune Psychë. Non, en fait, ils étaient nombreux à le lui avoir demandé. Elle était première de sa Descendance à Aràan, car son Erigiuum s'était révélé rapidement ; il semblait évident que Ingwë était une bonne garantie de la réussite de cet examen. Tous souhaitaient se tenir à ses côtés pour gagner plus de points. Ingwë les avait choisis au hasard, sans plus s'y intéresser.

— Ça va être compliqué de les perdre, grinça-t-elle entre ses dents.

— Que vous dites-vous ? interrogea l'autre Psychë du groupe, soupçonneuse.

Tous les trois restaient en arrière, tandis que le groupe entrait dans la forêt tropicale.

Ingwë s'écorcha légèrement au contact d'un Délespör : un arbre majestueux, qui pouvait faire jusqu'à vingt mètres de haut, et dont la couleur du tronc virait au vert sombre. Une de ses branches avait trop grandi et sortait du nid principal, ses feuilles étaient acérées et drues. Tous tournèrent la tête vers le ciel pour admirer des oiseaux mille-feux volant par dizaines. Ils froissaient les feuilles humides des palmiers, acacias, acajous et baobabs. Leurs plumes aux couleurs rouge, jaune, orange, vert, violet et or étaient parsemées de flammes bleutées évanescentes. Dans leur batifolage aérien, les feuilles d'arbres se trouvant sur leur chemin s'illuminaient de flammèches bleues sans les brûler, le feu magique se consumait très vite. De l'Erigiuum, innocent et pur.

C'était là un des grands mystères d'Odöon. Les Quatre avaient accordé leurs pouvoirs à l'espèce humaine et non au reste du monde. Pourtant, il subsistait des animaux et des plantes contenant un Erigiuum léger et sans conscience. Comment cela était-il arrivé ? De quelle manière avaient-ils réussi à en ingérer ? Une question à laquelle les scientifiques tentaient encore de répondre.

Les flammes sortaient des plumes colorées et se confondaient avec le ciel dégagé, créant un magnifique spectacle naturel.

L'atmosphère était lourde. Ils transpiraient malgré eux sous une humidité poisseuse. Ingwë pensa que tout était absurde, comment des gens pouvaient-ils habiter dans le Sud-Est ? Il y faisait toute l'année une chaleur écrasante.

La terre sèche craquait sous leurs pieds. À chaque trouée d'arbre, le soleil brûlait leurs peaux. Ils rencontraient parfois des flaques de boue fumante. Les mouches et les moustiques ralentissaient leur marche. Ils voletaient avec bruit autour d'eux et brouillaient leurs visions.

— Saletés ! s'énerva l'Astéracë.

Du haut de ses futurs douze ans, ce blond aux cheveux très courts en paraissait plutôt quinze. Sa silhouette musclée et ses larges épaules faisaient de lui un athlète imposant. Ses origines familiales ne faisaient aucun doute : il descendait bien de Bräves. Sa famille avait dû l'entraîner férocement depuis son plus jeune âge. Il deviendrait un défenseur d'Odöon.

— On n'aurait pas pu passer ce test à Aràan ? C'est sale, ici, et cela pue ! lâcha soudain la Psychë qui suivait la colère de son camarade.

Les apprentis d'Aràan dans toute leur splendeur. Égoïstes, vaniteux, surprotégés. Ingwë leva les yeux au ciel d'exaspération.

— Il suffirait de leur faire peur, lui murmura Ndyx à l'oreille.

Il s'était rapproché d'elle, lui aussi calculait un moyen de s'écarter de ces deux énergumènes.

Tylr avait surpris le regard de son frère. Sans un mot, il l'avait compris. Alors, portant un doigt à sa bouche, il leur intima de ne rien faire ; ils devaient lui faire confiance.

Il fit mine de partir, tandis que les deux apprentis passèrent en tête.

Ingwë et Ndyx jetèrent un regard vers Tylr resté en arrière. Ses yeux s'activèrent, une lumière violette y surgit. Il plaça ses mains devant lui, une lumière violacée vint recouvrir le corps du jumeau.

Puis il disparut.

— Que fait-il, nom d'un burlik crasseux ?

Ingwë n'eut pas le temps de s'inquiéter davantage pour son ami qu'elle venait de comparer à un batracien venimeux, dont la caractéristique était un nez proéminent ; Ndyx lui donna doucement un coup dans l'épaule. Il pointait l'endroit où les deux autres apprentis se situaient un instant plus tôt. Les alentours étaient vides.

— Où sont-ils passés ? s'interloqua-t-elle.

— C'est tout bonnement ahurissant ! hurla Tylr.

Il venait de réapparaître, derrière eux, alors que les deux étudiants indésirables s'étaient littéralement évaporés.

— Où étais-tu donc ? marmonna Ingwë, choquée par la situation.

Le jumeau à l'œil vert se tenait devant eux avec un large sourire. Cette fois-ci, Ndyx resta bouche bée, sa connexion jumelée rompue pour quelques instants.

— Devinez qui est une Äme Söuffle !

Des « Oh » s'échappèrent de leurs bouches. Ils n'en revenaient pas. Tylr détenait le pouvoir qui posait le plus de questions éthiques et scientifiques, mais surtout qui faisait rêver les plus grands : le voyage dans le temps.

Ce nouveau pouvoir surprenait. Cela faisait plusieurs générations que personne dans leur famille n'avait obtenu cet Erigiuum, la majorité étant des Engendrörs. Tylr était secoué, il doutait de ce qui venait de lui arriver. Était-ce bien lui qui avait réussi cette prouesse ? Bien sûr que oui ! Il était Tylr après tout. La fierté lui gonfla le cœur.

— Comment as-tu fait ? Et pourquoi n'avons-nous rien vu ? questionna Ingwë, trop perturbée pour le féliciter.

— Je ne sais pas, j'en avais vraiment assez d'eux. J'ai voulu projeter une ombre comme une Äme Engendrör, mais à la place j'ai atterri dans le passé. Je me suis retrouvé derrière le groupe, je me voyais moi-même ! J'ai pensé très fort à vous, à ma volonté de rester avec vous et à l'urgence de notre mission. Je crois que j'ai réussi à créer une bulle temporelle pour que vous ne soyez pas affectés.

— Comment les as-tu fait fuir ? demandèrent Ndyx et Ingwë en cœur, tous deux ne pouvaient pas détacher leurs yeux de Tylr.

Ils avaient peur de le voir disparaître à nouveau.

— J'ai imité un grulz. Et comme je vous ai embarqués dans ma… bulle temporelle ? Ils ne vous voyaient plus. Ils ont pris peur et ils ont déguerpi.

— Et ils ne se sont même pas demandé comment un ours pouvait avoir atterri dans une forêt tropicale ? Bonne tactique en tout cas, ça a marché. Et, au fait, félicitations pour la précision de ton Erigiuum.

Les grulzs faisaient partie de l'espèce des ours. Cependant, leurs pelages d'un gris d'acier étincelaient sous la neige. Cette race ne vivait que sur le continent de l'Est, plus précisément dans le Nord. Ils étaient connus pour leur agressivité et leur instinct territorial.

— C'est bien pour ça que tu es première de ta classe, et une des meilleures d'Aràan, ma chère, la félicita Tylr, avec un sourire séducteur.

Ingwë soupira et se frappa la tête. Ndyx rit doucement, encore surpris par lui-même.

— Et alors, mon cher Ndyx, ne me félicites-tu pas ? Nos parents vont être fous de joie ! Et si fiers de moi ! Une Äme Söuffle, te rends-tu compte ? Cela doit faire au moins dix générations que cela n'est pas arrivé. J'ai toujours su que j'étais unique.

Les deux autres pouvaient sentir toute son excitation. Son flot de pas claquait dans la forêt tropicale vide. Il affichait une trop grande fierté qui surprenait les autres. Tylr, donc, pouvait encore décupler son narcissisme. Ndyx, bon joueur, s'inclina en enlaçant son frère.

— À quand ton tour, vieux flemmard ? envoya Tylr à son jumeau, un sourire malicieux sur les lèvres.

— N'as-tu pas peur que je ne sois pas comme toi ? répliqua Ndyx.

Il était choqué, non pas du pouvoir que son frère venait d'acquérir, mais du lien qui s'était défait lorsque celui-ci avait voyagé dans le temps. Jamais il n'avait été séparé de lui.

Jamais il ne voudrait revivre cela.

Il lui fallait le même Erigiuum pour pouvoir voyager à ses côtés.

— Aucunement. Tu me copies tout le temps, c'est dans tes gênes, se moqua son frère.

Ndyx se massa les yeux. Il implorait les Quatre pour leur clémence. Son frère allait se vanter pendant des années, si ce n'était jusqu'à sa mort, d'avoir précisé son Erigiuum le premier.

XXXI

Et maintenant ?

Ndyx avait brisé le silence tropical. Le trio se retrouvait seul, sans personne pour les déranger.

— On se met à chercher, invectiva Ingwë, son regard fixé avec sérieux vers l'avant.

— On se cache et on observe ? lâcha Tylr, prudent.

— Non, nous allons voir les apprentis un par un et leur demander si l'un d'eux est l'élu. Bien sûr qu'on se cache, triple bouse d'arknak.

Tylr ne fut pas spécialement ravi de se faire traiter d'excrément de l'énorme mammifère à collerette acérée et trois yeux verts. En plus de ressembler à un hippopotame après sa mutation en un monstre agressif, il s'imaginait réduit à sa plus simple fonction : produire des excréments pouvant atteindre un mètre de haut. Heureusement, cette espèce possédait un système digestif particulier : elle ne se vidait qu'une fois l'an.

Les trois amis se mirent en route.

— C'est vraiment dommage de ne pas pouvoir se transformer en animal comme les Métamörfs, ou encore de persuader les autres de notre absence comme les Psychës. Cela nous aurait bien servi, souffla Tylr, dépité.

— Bonne idée. Je peux influencer leurs sentiments. Il se peut que j'arrive à les apaiser à notre vue, de leur faire croire que nous ne sommes pas une menace. Dans l'hypothèse où nous nous cacherions mal, réagit la jeune fille.

— C'est un début. Mais s'ils sont intrigués, ils viendront nous parler, souligna Ndyx.

— Pas si je les apaise jusqu'à les endormir.

— Habile, ma chère.

Tylr fit une révérence grotesque, son œil vert brillait d'impatience. Ingwë, quant à elle, se plongea dans ses pensées. En vérité, elle songeait qu'elle aurait pu faire bien plus avec son Erigiuum, mais celui-ci venait à peine d'éclore et il lui restait tant de choses à apprendre.

Leur recherche commença. Ils s'enfoncèrent de plus en plus dans la forêt tropicale. Les arbres se resserrèrent au point de ne plus laisser passer la lumière à travers les feuilles. L'humidité était à son comble. Les trois compagnons entendirent des feuilles crisser au-dessus de leurs têtes. Des dizaines de chimpanzés sautaient de branche en branche. Leur cri se faisait hystérique lorsque ces frugivores trouvaient un miracle sucré.

Ils arrivèrent à la lisière de la forêt, elle s'ouvrait sur un immense désert. Aucun vent ne venait les rafraîchir, la chaleur était insupportable. Les yeux d'Ingwë s'activèrent d'un bleu pâle brillant, la jeune fille craignait l'attaque d'un autre groupe d'apprentis dans cet endroit à découvert.

— Nous n'en avons pas parlé, mais selon vous, quels sont les critères exigés pour être l'élu de la Confrérie de l'Oracle ? s'enquit Tylr, à moitié sérieux.

Les deux autres sourirent.

— Si nous partons du fait que l'élu lui-même ne doit pas savoir qui il est… Cela va être difficile d'établir une liste de caractéristiques, réfléchit Ndyx.

— Il doit être pur. De toute manière, je sentirai notre lien, son unicité, d'après l'Oracle.

— C'est plutôt vague, il faudrait que tu rencontres tout le monde pour cela. Et comment ressentiras-tu votre lien ? En le touchant ?

— Peut-être. L'Oracle m'a dit que je saurais au moment venu.

Ils virent une petite oasis à quelques mètres plus loin. Ingwë ouvrit son champ de vision, autour du désert, les volcans jumeaux s'imposaient à eux. L'air qui s'en échappait paraissait dense, étaient-ils actifs ? La jeune Psychë laissa cette réflexion de côté et se concentra sur l'oasis.

— On va sûrement trouver des élèves là-bas. À mon avis, ils sont venus nombreux s'abriter de la chaleur. Restez en retrait, je m'occupe d'apaiser leurs esprits.

La petite terre de paradis s'étendait sur un kilomètre. Les buissons, touffus et généreux, dissimulaient ce qui se trouvait derrière eux. Seules les cimes des palmiers cuisant au soleil s'offraient à leurs vues. Ingwë passa un premier buisson, puis un deuxième ; ils formaient un mur très épais. Enfin, elle déboucha sur une grande étendue d'eau turquoise.

Là, au milieu du lac deux Orphuss se battaient en contrôlant l'eau. Chacun envoyait des flèches aqueuses sur l'autre pour tenter de faire chuter le premier qui faiblirait.

Ingwë se tourna vers les jumeaux et leur dit :

— Le reste du groupe ne doit pas être loin.

Tous deux opinèrent de la tête. Les deux éclaireurs prirent par la gauche, tandis qu'elle prit par la droite. L'étendue d'eau formait un petit lac, ils se rejoindraient plus tard.

Ce fut au moment où Ingwë avait parcouru la moitié du tour du lac qu'elle reconnut un des deux Orphuss qui se battait maintenant sur l'eau agitée par son Erigiuum déchaîné. Elle se rapprocha de lui et distingua ses tresses aux reflets de miel.

Sveyn.

S'il se trouvait dans les parages, Ellün n'était pas loin non plus.

Ce garçon, qu'elle connaissait peu, se trouvait en difficulté. Dans leur affrontement au corps à corps, l'autre Orphuss devait être un Voyagëur, d'après ce que Ingwë observait. Celui qui combattait Sveyn disparaissait souvent et revenait dans son champ de vision, assenant des coups violents au métis.

Puis, Sveyn s'agenouilla, les mains s'agrippaient à la terre humide ; il en arracha un morceau qu'il balança sur son agresseur, dès que celui-ci apparut près de lui. Dans toute sa rapidité, ce dernier n'avait pas remarqué les intentions de Sveyn. Le corps s'aplatit par terre, il crachait des morceaux terreux. Le métis ne s'attarda pas et quitta les lieux en courant, ses yeux resplendissants d'un vert électrique.

Un Orphuss Chuchotëur. Lui aussi venait de se trouver.

Tandis que cette pensée s'ancrait dans sa mémoire, elle reprit sa marche. Les jumeaux étaient en vue. Ils se cachaient derrière un arbre à l'écorce humide et chaude. Leurs yeux étaient rivés sur quelque chose qu'elle n'arrivait pas à distinguer.

Dans une petite clairière tropicale abondante se trouvaient cinq apprentis.

— Donne-la-nous ! hurla un garçon costaud aux cheveux blonds.

— Jamais ! Vous êtes fous, vous êtes prêts à perdre des points en la rejetant ? s'enragea Sveyn.

Derrière lui, une petite silhouette frêle aux longs cheveux châtains se tenait immobile. Tous les deux formaient un duo dépenaillé. Cela faisait maintenant plus d'une heure qu'ils couraient dans la forêt tropicale, dans le but de semer le trio infernal des apprentis inconnus. Ils suaient à grosses gouttes, Ellün suffoquait, car elle n'était pas habituée à une telle chaleur. Elle était épuisée et se demandait combien de temps encore son corps allait tenir.

— On n'en perdra jamais. Sa place n'est pas à Aràan, tout le monde le sait. On ne fait que débarrasser l'école d'une Anomalÿ, vociféra le garçon du trio.

Ingwë comprit tout de suite qu'Ellün se situait au centre d'un conflit. En rejoignant les jumeaux, ils lui racontèrent :

— De ce que nous avons compris, Ellün s'était cachée pendant que Sveyn se chargeait des trois autres. Quand les deux filles ont trouvé Ellün, il est revenu.

— Quels sont leurs pouvoirs ?

— Ils sont tous Orphuss, lui précisa Ndyx, ses yeux concentrés sur la scène devant eux.

— Que faisons-nous ? demanda le jumeau.

— On attend. Le danger peut aider Ellün à acquérir son Erigiuum.

— Depuis quand te soucies-tu d'elle ? demanda Tylr, étonné.

Ingwë ne répondit rien et ne lui lâcha pas un seul regard. Acquérir son pouvoir était essentiel pour l'Élue. S'il en était autrement, comment pourrait-elle justifier le fait que leur plus grand espoir était une Anomalÿ ?

Devant son air distrait par ses pensées, Ndyx intervint.

— D'accord, nous n'agissons pas. En revanche, s'il arrive quelque chose à Ellün, nous fonçons l'aider, ordonna-t-il.

Ce fut ce qui arriva. Les ennemis Orphuss s'illuminèrent de vert, une des filles plongea ses mains dans la terre et souleva des racines. Les pieds d'Ellün furent prisonniers. La jeune apprentie cria, les liens solides lui lacéraient les chevilles et elle se rendit vite compte qu'ils étaient constitués d'épines. Elle commença à pleurer à chaudes larmes, l'épuisement finissait par avoir raison d'elle. La plainte déchirante de son amie bouleversa Sveyn. Tous ses sens se mirent en pause, seule Ellün comptait. Il entra alors dans une folie furieuse et hurla en attaquant l'autre garçon. Il ne ressentait plus que les battements de son propre cœur qui lui donnait le rythme.

Premier battement, l'Erigiuum s'empara de ses yeux dans un vert électrique explosif.

Deuxième battement, ses pieds se mirent à courir, il hurlait à pleins poumons.

Troisième battement, ses mains se plaquèrent violemment sur le sol.

Il ressentit toute la puissance de la terre, tout le pouvoir qu'elle lui conférait. Lorsqu'il capta le lien entre lui et l'élément, tout se joua.

Quatrième battement, il libéra la fureur de son pouvoir.

Cinquième battement, il admira son œuvre.

Il avait réussi à attacher le blond avec une liane qui traînait entre deux arbres. D'un rien, il avait créé quelque chose dont l'autre ne pourrait se dépêtrer. Déjà bien musclé pour son âge, ce dernier s'offusqua. Il voulut gonfler sa poitrine pour faire exploser les branches souples, mais Sveyn les avait bien serrées en prévision. Enragé, il se permit de gonfler la liane pour blesser volontairement le garçon. La haine prenait possession de son esprit. Le lien s'allongea pour emprisonner sa bouche et ne plus l'entendre. Lorsqu'il fut satisfait de la prison qu'il venait de construire, il se précipita vers Ellün pour la libérer. Il brisa la magie de sa geôlière, qu'il fit captive également.

Il prit son amie par la main, la sommant à le suivre. Il cherchait à s'assurer qu'elle allait bien. Par un coup d'œil, elle lui montra que ça irait, qu'elle pouvait encore continuer ; or il sentit qu'elle mettait tout son poids contre lui en la relevant, elle était déjà éreintée.

Ils devaient partir d'ici, Sveyn chercha précipitamment une cachette où il pourrait déposer son amie. La longue chevelure d'Ellün se balança dans les airs. Sveyn la soutenait comme il le pouvait et la jeune fille reprit des forces.

Ils devaient s'en sortir.

Elle ne serait pas un poids pour lui.

Sveyn et elle se tenaient désormais la main et dévalaient un chemin à grandes enjambées ; les lianes et les buissons rendaient son parcours difficile.

— Ne me lâche pas, lui ordonna-t-il.

Son souffle était saturé par leur course effrénée, ils fuyaient loin.

Loin du mal qui voulait les ronger.

Mais il finit par les rattraper.

Ce fut la dernière des trois assaillants qui les surprit tous.

Voyant la première fille abasourdie, le garçon ligoté, elle réagit par pure fureur. Un jet vert fusa de ses mains, de l'Erigiuum pur, mais offensif. Avant même qu'Ellün ne puisse répliquer, Sveyn s'était jeté devant elle pour recevoir la boule de lumière en pleine poitrine.

Il s'effondra à terre, un son rauque sortit de sa bouche déformée par la douleur. Ellün hurla. Ses yeux se remplirent de larmes devant le corps inerte de son ami.

— Va-t'en, avait essayé d'articuler Sveyn avant de s'évanouir.

Ses oreilles bourdonnaient, Ellün n'entendait plus rien. Elle bougea seulement par instinct. Celle qui avait lancé l'attaque contre son ami prit Ellün en chasse.

La concernée avait déjà détalé.

— Qu'importe la mission, cette fois, cela suffit ! Cette école m'énerve au plus haut point ! Qu'Isìl soit témoin de mon courroux !

Ingwë avait crié avec force, faisant sursauter l'Orphuss saucissonné et l'autre jeune fille qui tremblait de tous ses membres.

— C'est allé trop loin, commença à pleurnicher cette dernière sur elle-même.

— Non, crois-tu ? lui lança froidement Tylr.

L'Erigiuum d'Ingwë n'était qu'instinct. Elle ne ressentait que la détresse d'Ellün et de Sveyn. Impossible pour elle de ne pas réagir.

Tout son corps se projeta en avant. Tendue par l'angoisse, Ingwë courait sans se retourner. Son esprit restait focalisé sur une seule idée : rattraper Ellün et la protéger des autres. Ses yeux s'illuminèrent d'un bleu pâle, signe qu'elle ne souhaitait blesser personne. Elle attacha toute son attention au groupe d'élèves agressifs. Elle voulut les calmer, les apaiser, alors son Erigiuum s'abattit sur eux.

Mais Sveyn tomba devant leurs yeux. Il avait reçu un coup en traître d'un Astéracë. Il était immobilisé. Son assaillant avait sans doute visé sa colonne vertébrale afin de s'assurer qu'Ellün soit seule, sans protecteur.

Sveyn grimaça à cette pensée.

Ingwë regarda les deux jumeaux derrière elle. Alors ils se comprirent.

Tylr disparut.

Et Ndyx aussi.

XXXII

Ndyx regarda ses mains, puis autour de lui. Où était-il ?

— Je t'avais dit que tu allais me copier.

Il sursauta avant de se retourner, son frère venait de lui parler. Et à en croire son sourire, la situation dans laquelle ils se trouvaient n'était pas du tout déconcertante pour lui. Tylr s'était vite habitué à son nouveau pouvoir.

Lui aussi était donc une Äme Söuffle.

Liés à jamais.

Les jumeaux se regardèrent, ils n'avaient pas besoin de parler, ils se comprenaient. Malgré son narcissisme infernal, Tylr aussi était soulagé de voir son frère sur le même chemin.

Ils avaient besoin d'eux, comme d'un tout.

— Où sommes-nous ? demanda Ndyx qui reprenait ses esprits après la surprise.

— Dans le passé. Tu te souviens quand Ingwë nous a dit de passer par l'autre côté du lac ? Nous sommes à ce moment-là.

— Comment ? Je n'ai rien demandé, s'interloqua à nouveau Ndyx.

— Mais tu l'as pensé. Le fait que j'ai voyagé avec toi a dû t'influencer à arriver directement maintenant, et non plus tôt ou plus tard.

— Je ne comprends pas, nous pouvons donc nous lier pour voyager ensemble ?

— Je n'en sais pas plus, mais le but du jeu est d'apprendre. J'ai hâte d'entamer les cours sur les voyages temporels ! s'enthousiasma Tylr, une lueur de malice dans ses yeux.

Ndyx restait dubitatif. Tout était flou dans sa tête et tout se mélangeait. Comment pouvaient-ils se dématérialiser du présent qu'ils avaient quitté ? N'avaient-ils donc jamais vécu ce présent ? Réécrivaient-ils obligatoirement le passé ? Ces questions s'étaient déjà précipitées dans sa tête, au moment où Tylr avait disparu devant ses yeux et ceux d'Ingwë tout à l'heure.

— Ingwë va sans doute nous en vouloir d'avoir disparu, nota soudain Ndyx.

— Sûrement, mais tu as obtenu ta précision, alors cela l'adoucira à mon avis, le rassura Tylr avant de se mettre en route.

Ndyx se frotta les yeux, il chercherait des réponses plus tard. Tout de suite, il y avait mieux à faire. Secourir Sveyn.

En avançant, ils retrouvèrent la petite clairière où Ellün avait été découverte par les deux Orphuss. Effectivement, ils la repérèrent, apeurée en train d'appeler Sveyn à son secours ; il apparut grâce à son Erigiuum révélé.

Or ce n'était pas tout.

La surprise s'accentua.

Cachés derrière le buisson, Ingwë et leurs doubles regardaient la scène qui se jouait.

— C'est moi ou quelque chose cloche ? demanda Ndyx, complètement sous le choc.

Sa mâchoire se décolla, le jumeau à l'œil bleu n'en revenait pas. Comment pouvaient-ils revivre ce moment ? Tylr ne lui avait pas parlé de cela, il n'avait pas mentionné le fait qu'il s'était vu lors de son premier voyage temporel.

— Non, tout est normal, dit laconiquement son jumeau.

Ndyx se tourna lentement vers lui, interloqué par son ton impassible. Puis, il se rappela que malgré son apparence de mauvais prince, son frère avait passé beaucoup de temps le nez dans les livres.

— Que sais-tu que j'ignore, Tylr ? se résolut-il à demander.

— Tu sais à quel point je suis fier de notre lignée, j'aime cultiver l'ego des nôtres, contrairement à toi.

Il était vrai que Ndyx n'accordait que peu d'importance au fait d'être prince de l'Est. Pour lui, il était simplement un apprenti. Plus tard, ses obligations le rattraperaient peut-être et il devrait voir son futur statut sous un autre jour. En attendant, il aimait la discrétion et c'était aussi pour cela qu'il s'était lié à Ellün au tout début.

Ellün.

— Abrège, il faut qu'on aille les aider, dit-il, se remémorant d'un coup sa tâche.

— Tous les livres de notre généalogie familiale contiennent des précisions sur les capacités et les pouvoirs de chacun des membres. Notre trisaïeul paternel avait lui aussi le don du Söuffle, mais il avait une spécificité que notre aïeule Mambyl n'avait pas…

Ndyx se souvint de sa grand-mère maternelle, il ne l'avait jamais connue, car elle était morte bien avant leur naissance. Il savait simplement qu'elle avait hérité du pouvoir des Ämes Söuffles d'un lointain ancêtre maternel.

— … Il englobait le temps. Les Ämes Söuffles ont deux possibilités, et cela dépend de l'étendue de leur pouvoir d'infléchir le temps. Soit on l'isole et les autres nous voient disparaître ; donc, nous influençons totalement leur présent tout en changeant une part du futur. Soit nous englobons ce tout. La deuxième possibilité est la plus difficile à obtenir et travailler, car elle fait référence à deux espaces-temps en même temps.

— En somme, tu es train de me dire que nous pouvons créer une bulle soit pour nous-mêmes seulement, soit pour tous. Dans un cas, les autres en ont conscience, dans l'autre pas du tout. Est-ce bien cela ?

— Exactement, mon cher frère ! Ne vois-tu pas à quel point nous sommes extraordinaires ? Nous avons accès aux deux possibilités ! se réjouit Tylr à en perdre la tête.

Ndyx eut un soudain mal de tête, tout cela faisait beaucoup à accepter en si peu de temps.

— Et comment reprenons-nous notre place dans la deuxième possibilité ? Parce que si Ingwë commence à nous voir en double, elle va devenir folle.

— Il suffit de s'avancer et de sortir de notre bulle. Ne la vois-tu pas ?

Ndyx l'apercevait enfin. Une fine couche de flou mouvante les entourait. Tout lui avait semblé net avant, mais désormais le monde revêtait un flou ondoyant. Il aurait même pu parier que des petites étincelles étaient présentes à la surface.

Tylr et lui tendirent leurs mains vers la sphère qui les protégeait et, dans une fraction de seconde, ils revinrent au présent.

Ingwë n'avait rien vu, rien entendu, comme si rien ne s'était déroulé. Elle continuait d'observer la scène avec sérieux.

— Mais quel voyage, mes enfants ! se moqua Tylr.

— De quoi parles-tu encore ? s'énerva cette dernière.

— Nous t'expliquerons plus tard, balaya vite Ndyx.

C'était vrai. Quand Tylr avait effectué son premier voyage dans le passé, Ingwë et lui n'avaient pas été touchés par les mutations du temps ; son jumeau avait su créer par sa propre volonté une bulle temporelle pour les isoler de toute transformation. Mais cette fois-ci, il n'avait pas contrôlé son pouvoir, il n'avait pensé qu'à emmener son frère au même instant.

— Tenez-vous prêts. Ellün et Sveyn vont partir. La fille du milieu va le frapper, il va être blessé, leur fit remarquer Ndyx, concentré sur la scène qui se déroulait devant eux.

— Comment sais-tu cela ? l'interrogea Ingwë.

Elle ne comprenait décidément rien aux phrases énigmatiques des jumeaux.

— Encore une fois, je t'expliquerai. Immobilise cette fille en attendant.

Ingwë s'exécuta sans réfléchir, une part d'elle lui faisait confiance. Ses yeux bleus s'éclairèrent, ses cheveux courts obscurs aux pointes de bleu flottèrent dans l'air. Puis, d'un coup, la jeune Orphuss qui s'apprêtait à frapper Sveyn s'effondra.

— Efficace. L'as-tu tuée ? plaisanta Tylr maintenant que tout danger était écarté.

— Que tu es stupide. Évidemment, non, je l'ai juste endormie.

Ellün et Sveyn s'étaient échappés sans demander leur reste. Dans l'agitation, ils n'avaient pas vu leurs sauveurs. Toute leur attention avait été tournée l'un vers l'autre.

— Ils courent vite. Quelle idée d'avoir un Orphuss Chuchöteur avec soi, la forêt doit l'aider à se guider sans difficulté. Maintenant, comment va-t-on faire pour les rattraper ? Nous sommes en terrain inconnu, s'énerva Ingwë.

Décidément, la journée allait être longue. Elle ne comprenait déjà pas comment les jumeaux avaient pu faire cette prédiction ; mais, en plus, il fallait qu'elle se jetât à la poursuite d'Ellün pour tenter de la sauver d'une école entière qui lui voulait du mal.

— Aimerais-tu qu'ils n'aient plus besoin de nous, princesse ? proposa Tylr, toujours plein de rancune envers Sveyn.

— Tu plaisantes ? Prendre la responsabilité de protéger la seule élève d'Aràan qui n'a pas d'Erigiuum lors d'un examen où chacun doit s'éliminer ? Il faut qu'on les aide, rétorqua Ndyx en mettant une petite tape sur la tête de son jumeau.

C'est à contrecœur qu'Ingwë accepta. Elle devait s'avouer vaincue, elle ne pouvait rester inactive quand une amie envers qui elle avait eu des sentiments se faisait malmener.

Elle ne pouvait pas rester passive devant cette injustice.

Elle ferait couler Aràan et son système.

— Tu as raison. En attendant, éliminez-moi ces trois-là. Que le test se finisse pour eux.

Tylr prit un malin plaisir à viser l'Orphuss en colère et prisonnier des lianes. Quant à Ndyx, il ne s'attarda pas à regarder l'identité de ces cibles, les deux filles ne l'intéressaient pas le moins du monde.

Trois petites sonneries indiquèrent la fin de l'examen pour ces Orphuss. Ils avaient échoué. Points en moins pour eux, points en plus pour Ingwë et les jumeaux. Ils l'avaient bien cherché.

— Au moins, Ellün est maintenant hors de danger, rassura Ndyx.

Son regard était perdu au loin, vers le gigantesque nuage de fumée qui s'élevait d'un des deux volcans. Il n'eut pas le temps de vérifier si c'était le cas pour le deuxième, Ingwë et Ndyx l'avaient devancé.

Le second était rentré en éruption.

Ils l'empoignèrent sous les bras et se ruèrent en direction d'Ellün et

Sveyn. Ils ne coururent pas longtemps, le duo s'était fait arrêter en cours de chemin par Delphy et ses sbires. La jeune fille ricanait cruellement. Sveyn avait été secouru pour mieux tomber dans un autre piège.

— Que lui faites-vous ? hurla Ellün, les larmes lui inondant les joues.

— Disons que ton ami va goûter un peu à l'immobilité…

Les pieds de Sveyn commencèrent à se changer en bois. Les Orphuss Chuchöteurs adoraient ce sort : c'était un des premiers qu'ils apprenaient à Arààn, celui de contrôler la matière. Le jeune métis ne se transformait pas en arbre, on lui fabriquait une cage de bois.

Ingwë jeta un coup d'œil aux volcans ; si la lave les atteignait, Sveyn, immobilisé, brûlerait et n'aurait aucune chance.

— Arrêtez ! leur ordonna-t-elle d'une voix puissante.

Delphy se retourna, furieuse. Ellün, quant à elle, l'implorait sans un mot.

— Vous ne voyez pas que les volcans sont en éruption ? Il faut vite qu'on sorte d'ici et libérez Sveyn, bon sang ! Vous allez le faire mourir.

— Et si c'était mon but ?

— De commettre un meurtre durant un test surveillé ? Que cherches-tu à faire, Delphy ? Te retrouver expulsée d'Arààn ?

— Elle n'a pas sa place ici. Personne ne m'en voudra d'avoir débarrassé notre grande école d'une Anomalÿ. Si tu veux Sveyn, va le chercher, mais laisse-nous tranquilles avec elle.

— Sombre idiote, cracha Ingwë, ses yeux bleus s'assombrissant.

Sa magie déborda de son corps et frappa le groupe de la grande blonde. Les filles commencèrent à se tordre dans tous les sens et à hurler. Delphy se tourna lentement vers la Psychë, ses traits décomposés par la haine.

— Qu'as-tu fait ?

— Je les ai envoyés dans leurs pires cauchemars. Maintenant, libère-le avant que je fasse la même chose avec toi.

Les yeux de l'Orphuss s'activèrent d'une lumière verte. Cependant, Ingwë se trompait, Delphy n'avait aucune intention de libérer Sveyn. Cette peste n'amenait décidément jamais rien de bon.

— Dépêche-toi ! lancèrent les jumeaux à Delphy.

Un premier grondement. La lave explosa aux sommets. Le ciel bleu laissa place à une grisaille dangereuse. Le liquide en fusion éclaboussait la paroi rocheuse des volcans jumeaux. Une odeur de brûlé remplissait les narines de chacun. Tylr et Ndyx levèrent les mains vers le ciel, de nombreux éclats sombres en chutaient.

De la cendre.

— Dégage, Ellün ! cria Sveyn à bout de force, car sa cage commençait à l'étouffer.

Un jet d'un vert profond le frappa. Ellün hurla, mais ses pieds détalèrent plus vite que sa raison.

Le corps évanoui de Sveyn fut jeté à terre, Delphy avait brisé sa cage boisée. Une auréole verte s'estompait petit à petit du corps immobile du métis. Ce fut là qu'elle la vit. Une autre fille. Elle s'était tenue derrière le garçon, Ingwë ne l'avait pas vue. L'Orphuss Voyagëur s'enroula dans une lumière verte et, d'un bond rapide, s'accrocha à Delphy qui disparut en une seconde.

— Zut ! laissa s'échapper Tylr.

— Ingwë ! Cours en direction de la plage ! Nous devons revenir en arrière pour aider Sveyn, fais-nous confiance. Nous t'expliquerons tout, mais tu n'as pas de temps à perdre, hurla Ndyx, les yeux soudainement violets.

La jeune Psychë courut tandis que les jumeaux choisirent la première possibilité où le passé influencerait le présent consciemment. Ainsi, l'adolescente se souviendrait qu'ils avaient disparu, mais Sveyn serait fortement étonné lors de leur réapparition devant lui.

Dans l'horizon, les volcans envoyaient des torrents de lave réduisant à néant la forêt tropicale. Ingwë espérait très fort qu'Ellün se soit réfugiée près de la plage. L'eau arrêterait la menace volcanique.

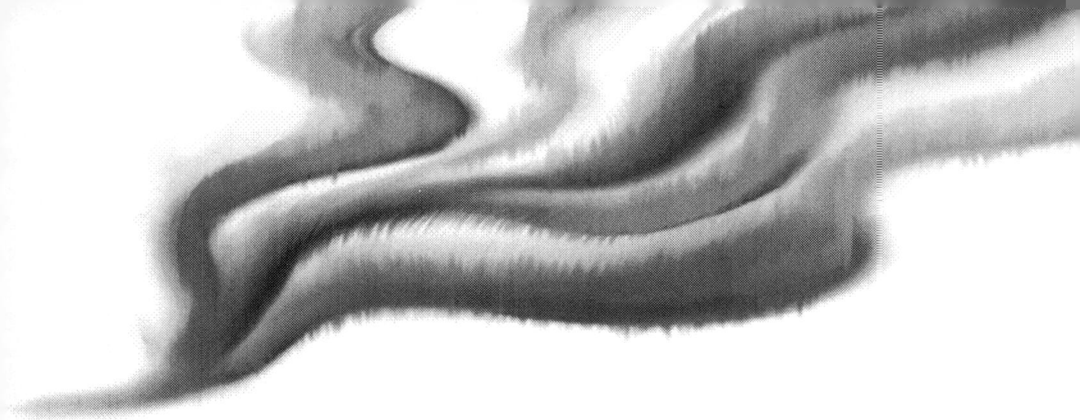

XXXIII

Ellün sentait une épaisse fumée lui brûler lentement le dos. Tout se déroulait trop vite, comment était-ce possible ? Ses larmes ne cessaient de couler et perturbaient sa vision. Pourquoi cela devait-il se passer ainsi ? Avait-elle fait quelque chose de mal pour être punie ? Dans sa course, elle essuya ses yeux embués. Une forêt tropicale se dressait devant elle, elle devait la franchir pour trouver la plage. Là-bas, elle serait hors de portée, non pas de Delphy, cela elle en était sûre, mais de la lave.

Qu'est-ce qui serait pire ? Mourir de la main de mon bourreau ou plutôt fondre dans la lave des volcans ? se demanda-t-elle. Devait-elle s'arrêter et attendre la mort ?

Pourtant, elle courait suivant son instinct. Ses pensées se bousculaient. Ingwë avait-elle réussi à l'arrêter ? Ellün n'en était pas certaine. Elle avait vu, puisqu'elle se tenait derrière Sveyn, une autre jeune fille qu'elle savait être Orphuss Voyagëur. Et si Delphy l'avait utilisée pour s'échapper ? Si elle la suivait et qu'elle la rattrapait avant la lave ? Ellün accéléra le pas, elle refusait de lui donner ce plaisir.

L'air de la forêt était lourd et humide, cela lui fit du bien ; il lui rafraîchissait le dos et les mollets meurtris par la chaleur. Ellün en profita pour s'arrêter, s'appuyant à un manguier. Son tronc noir et fin était frais. Elle ferma les yeux et une odeur désagréable lui parvint. Elle comprit avec horreur d'où elle venait.

Ellün s'était souillée. Son pantalon était humide du liquide jaune trahissant sa peur. Son tee-shirt blanc était quant à lui trempé de sueur. Elle avait craint plus que tout de mourir.

Elle reprit sa course pour arriver toute haletante à la lisière de la plage au sable doré. La douceur du lieu contrastait avec le chaos derrière elle. Bientôt, ce paradis deviendrait une scène apocalyptique recouverte de cendres.

Que devait-elle faire en attendant ? Se mettre à découvert sur le sable chaud ou rester en retrait, à l'abri des arbres ?

— Sors de là, lui ordonna sèchement une voix.

La grande blonde aux yeux haineux se dressait devant elle, l'autre Orphuss derrière elle. Ingwë n'avait pas réussi à la retenir. Maintenant, elle se retrouvait seule pour l'affronter. Elle eut une dernière pensée pour Sveyn. Elle espérait qu'il irait mieux bientôt et elle s'excusait de l'avoir mis en danger. Il était trop tard. De toute façon, elle ne méritait pas de vivre. Elle n'était qu'une Anomalÿ. Que pourrait-elle bien faire de sa vie sans Erigiuum ? Ellün se sentait si fatiguée de la vie. Pourtant, elle avait vécu heureuse jusqu'à présent, son enfance avait été doucement bercée par l'amour familial. Ses parents et Calion. Leurs visages vinrent obscurcir le tableau de ses souvenirs. Ils l'avaient séquestrée et abandonnée. Ils avaient torturé son esprit. De nouvelles larmes chaudes coulèrent de ses yeux bouffis. Elle ne pouvait s'empêcher de continuer à les aimer. Alors, la conclusion de sa vie se résumait à peu. Elle fut désolée.

Du haut de ses douze ans, elle demandait pardon d'avoir vécu.

— Cette fois, tu ne m'échapperas pas, grinça Delphy, ses yeux s'illuminèrent d'un vert foncé signe d'une grande menace.

Ainsi, Ellün resta figée, les paupières fermées, prête. Mais plus elle attendait, plus une chaleur inconnue se propageait en elle. Soudain, elle ne croyait plus que fuir était nécessaire. Elle prit une grande bouffée d'air et ouvrit les yeux, défiant son assaillante.

Puis, ce fut le moment.

Un moment qu'elle avait toujours attendu.

Ses mains se parèrent d'une lumière violette. Ses pupilles noires devinrent d'un violet profond qui se diffusa jusqu'à ses iris noisette. Ses longs cheveux châtains trempés de sueur flottaient légèrement autour d'elle.

— Ellün ! cria derrière elle une voix familière.

Ingwë était là, elle venait l'aider. Motivée par cette nouvelle chaleur dans son corps et par l'arrivée de son amie perdue, Ellün se sentit puissante.

— Ah ! hurla-t-elle de toutes ses forces.

Elle n'avait pensé qu'à se protéger, elle, et Ingwë. Elle détestait ce qu'on lui faisait subir, elle haïssait le mal qu'on avait fait à Sveyn. Les larmes sortaient et dévalèrent ses joues livides. Ses mains devant elle tremblaient, mais elle n'était plus que rage.

Ce fut là qu'elle le sentit.

Son Erigiuum était bien en elle et il ne demandait qu'à jaillir.

Alors que le flot de puissance voulait exploser, un souvenir refit surface.

Des poils.

Ellün était une louve et elle l'avait oublié. Comment cela se pouvait-il ?

Ses réflexions s'arrêtèrent brusquement lorsqu'enfin son Erigiuum se libéra, provoquant l'éruption d'un pouvoir aux reflets violets.

Un bouclier violet, trois fois plus grand qu'elle, apparut, les préservant des sortilèges verts s'échappant des doigts de l'Orphuss. Mieux encore, l'outil protecteur absorba la magie de Delphy pour lui renvoyer brutalement. Celle-ci fut presque criblée de pieux en bois. Heureusement, les jumeaux avaient rejoint Ingwë et étaient retournés dans le passé, écartant la grande blonde. Dans un monde parallèle, Delphy serait morte.

Mais elle ne le vit pas, car elle avait fermé les yeux bien avant Son désespoir, sa peur, cette soudaine volonté de se battre lui avaient conseillé de ne pas regarder la fin. Ce furent les cris d'exclamation et de surprise qui la sortirent de sa torpeur. Alors, elle observa ce qu'elle venait de créer.

Ellün essayait de comprendre comment cette formidable puissance pouvait venir d'elle.

Ingwë sut.

Le lien dont l'Oracle lui avait parlé s'était matérialisé dans son être.

Elle était liée à Ellün, voilà pourquoi elle n'avait pu se détacher de cette fille. Les sentiments inexplicables qu'elle avait ressentis depuis le début étaient ceux de la Prophétie.

Tandis que tous les élèves étaient ébranlés par l'inquiétude et la colère, une voix grondante vint les secouer.

— Stop ! ordonna une voix.

Tout s'arrêta net.

— Comment avez-vous osé ! Ceci est un examen, pas un affrontement meurtrier ou un règlement de compte ! Le test est terminé pour vous… Je ne vous parle pas de l'exclusion que vous allez vivre…

Le professeur qui s'adressait à une Delphy toute contrite s'interrompit, la bouche grande ouverte. Ses mots s'étaient figés en apercevant Ellün et son bouclier translucide aux teintes violettes. La jeune étudiante ne bougeait pas d'un poil non plus, sous l'emprise de la surprise.

— Comment… ? As-tu créé cela ? balbutia-t-il, avec peine.

— Oui… C'est apparu d'un coup, répondit-elle en contemplant ses mains tremblantes.

Le bouclier s'évapora. Les auréoles de violet disparaissaient à leur tour. Que venait-il de se passer devant ses yeux ? Ellün se mit à se toucher partout, n'y croyant pas une seule seconde. Mais la vérité s'imposa enfin à elle.

Elle venait de révéler son Erigiuum.

— J'en connais une qui va nous rejoindre pour les cours, lui sourit Tylr à pleines dents.

Les jumeaux et Ingwë se tenaient aux côtés d'Ellün, leurs mains étaient activées par leurs Erigiuums respectifs. Les frères avaient été prêts à voyager si cela s'était mal passé, et Ingwë ressentait encore l'envie de flanquer une bonne leçon à Delphy ; celle-ci se faisait maintenant toute petite.

Tous durent s'apaiser pour enfin profiter de la nouvelle. Leur ancienne amie avait finalement acquis son Erigiuum. Cette nouvelle fabuleuse, Tylr fut le premier à s'en réjouir. Il était content pour Ellün, surtout parce qu'il allait passer l'année suivante à faire enrager Sveyn ; il ne pourrait plus être collé à elle. Ingwë ne pourrait plus leur dire de ne pas lui parler ou de l'éviter. Dans quelques mois, ils seraient dans la même Famille.

Ellün souriait niaisement, encore sous le choc. Son esprit n'arrivait pas à assimiler la nouvelle. Ce fut là qu'elle aperçut Sveyn, assis contre un arbre à observer la scène. Elle courut le voir, plantant tout le monde.

— Sveyn ! Tu vas bien ? s'inquiéta-t-elle.

— J'ai connu des jours meilleurs, mais ça va, ne t'en fais pas. Je suis ravi pour toi, lui glissa-t-il doucement dans un sourire.

Ellün ne put s'empêcher de l'étreindre.

Ils avaient traversé de nombreuses épreuves pour en arriver là. Elle était fière d'eux, fière et heureuse d'être en un seul morceau.

— Aïe ! lâcha-t-il misérablement et une grimace de douleur déformait son visage caramel.

— Oh ! Excuse-moi. Je suis si heureuse. Nous avons réussi, Sveyn. Tu as l'Erigiuum de ta mère et moi, le mien a enfin pointé le bout de son nez ! Mais, éclaire-moi. Comment t'en es-tu sorti ? La dernière fois que je t'ai vu, tu étais tombé.

— Je suis bien tombé en effet, mais je ne me souviens que d'une seule fois. Après être tombé deux fois inconscient sur le sol, j'ai été secouru apparemment par Tylr et Ndyx qui m'ont récupéré dans le passé, tenta-t-il d'expliquer alors que lui-même n'y comprenait rien.

Sveyn les avait vus apparaître devant lui en pleine bataille. Les garçons lui avaient expliqué qu'ils avaient changé son passé, ainsi que celui de ses assaillants. Pour Ellün et Ingwë, la prétendue bulle ne s'était pas étendue jusqu'à elles, rien ne demeurait changé.

— Le passé ? interrogea-t-elle, les sourcils froncés.

— Eh oui ! Nous aussi nous avons précisé nos pouvoirs, ma chère, plaisanta Tylr qui les écoutait depuis le début, Ingwë et Ndyx sur ses talons.

— Mademoiselle Ellün, veuillez me suivre. Quant à vous, Monsieur Sveyn, une équipe médicale va venir vous soigner et vous emmener directement à Aràan.

Ellün suivit le professeur jusqu'à un görlonef de cristal, il s'était posé sur la plage un instant plus tôt. En passant devant Delphy et l'Orphuss Voyagëur apeurées, l'enseignant les avertit d'une voix basse et menaçante.

— Ne bougez pas d'ici. Un autre görlonef va venir vous chercher. Vos autres compagnons ne vont pas tarder à vous rejoindre.

Delphy trembla, son acolyte s'effondra en larmes à genoux.

— Ne nous renvoyez pas ! le supplia-t-elle.

Mais le professeur n'écoutait pas, il fit monter Ellün dans l'engin volant, sans un regard vers les deux âmes en peine. Il ne leur restait plus qu'à se lamenter.

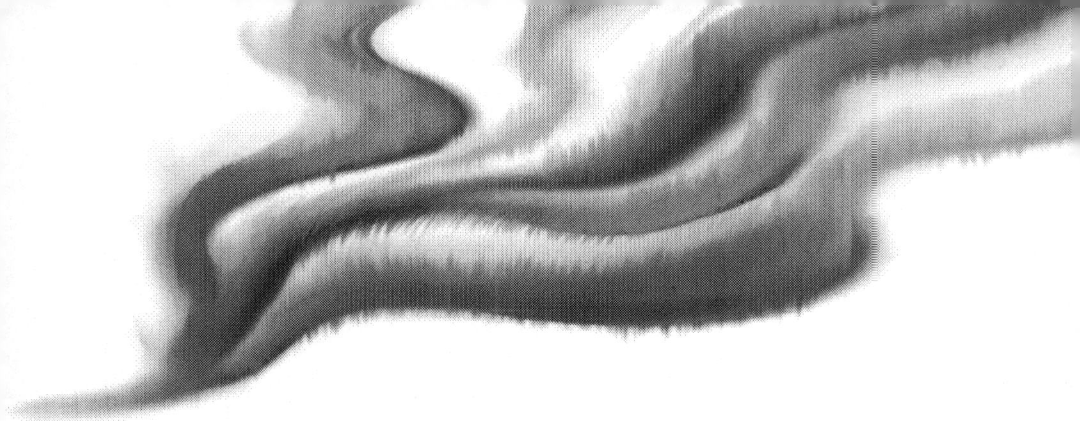

Interlude - La Celebration

L'euphorie s'empara de l'Ombre.

Elle avait triomphé.

Après avoir détruit le Piège, l'Oubli avait été vaincu et s'était retiré, avalé par l'Ombre.

Dans l'obscurité, il ne restait maintenant plus qu'elle. Sa mission n'était pas terminée, mais elle avait accompli sans doute sa plus grande tâche : donner des armes à l'Autre pour se prémunir. Ils seraient désormais deux à protéger cet héritage. L'Ombre, dans tout son physique informe, afficha un sourire. Parce que oui, ils devraient à l'avenir se défendre ensemble. L'Ombre ne doutait pas une seule seconde que celui qui avait envoyé l'Oubli reviendrait. Son retour serait plus fort, plus pernicieux, plus sombre.

Mais l'Ombre, tapie dans sa gloire ténébreuse, était prête. Elle l'avait toujours été.

XXXIV

École d'Aràan, territoire de l'Est, mois de Luis de l'an Hëplunn.

A son envol, le görlonef s'illumina de violet. Ellün se colla à l'unique vitre composant entièrement l'engin. Ses amis étaient encore sur la plage, plus elle s'éloignait d'eux, plus ils paraissaient devenir de microscopiques insectes. Les grandes étendues désertiques se parèrent de feu au coucher du soleil et l'océan revêtit son manteau noir.

Puis, quelques instants après, la lumière lavande se changea en vert sapin.

— Nous utilisons exceptionnellement l'Erigiuum d'un Orphuss Voyagëur. Ainsi, nous arriverons plus vite à Aràan, lui expliqua le professeur en remarquant son air suspicieux.

D'habitude, les görlonefs fonctionnaient grâce à l'Erigiuum des Âmes dont ils étaient issus. Mais comme tout objet créé par cette famille, il était possible de lui faire absorber un autre type de pouvoir. Les Âmes Engendrörs étaient les seuls à pouvoir utiliser l'Erigiuum des autres Descendants. Ils s'en imbibaient et s'en servaient contre eux. Un pouvoir puissant et dangereux.

Et voilà qu'elle faisait enfin partie de cette Descendance.

Devant le nouveau paysage montagneux qui s'offrait à ses yeux, la réalité s'imposa de nouveau à elle, et la frappa de plein fouet. Comment était-elle devenue une Äme ? À sa connaissance, elle venait d'une longue lignée d'Orphuss. Selon elle, c'était tout bonnement impossible de faire partie de cette famille. Et comment savait-elle qu'elle était une louve ? Les Ämes Engendrörs avaient une particularité qui reprenait celle des Orphuss Métamörfs : eux aussi incarnaient un animal totem, mais dans certaines limites. L'Äme ne pouvait incarner celui-ci que pendant quelques heures face à un temps illimité pour l'Orphuss. De plus, tandis que le mage à la magie verte revêtait toutes les caractéristiques de son animal (langage, habitudes...), l'enchanteur à la magie violette n'en prenait que la forme physique. Comment avait-elle fait pour hériter de tout cela ?

Une Äme contre nature.

— Que va-t-il se passer ? se risqua-t-elle à demander.

Ellün contempla rapidement le profil du professeur assis devant elle. Il était petit, avec une veste en tweed violet. Il était le directeur de la Descendance des Ämes. Elle se souvenait de l'avoir vu se présenter à la rentrée des classes. À ce moment-là, il avait paru gentil et compréhensif, quoiqu'un peu dans la lune. Maintenant, il semblait stressé, comme s'il avait commis une faute.

— Nous avons rendez-vous avec le conseil, lui répondit-il sans lui jeter un regard.

— Encore ? Comme après la cérémonie de l'Arbre d'Edenn ?

— Oui. Comme celui-ci.

Agissant de manière impulsive, le professeur fixait sans arrêt son regard sur sa montre à gousset. L'angoisse se lisait sur ses traits tirés.

— Allez-vous m'expulser ? s'inquiéta-t-elle à son tour.

— Je l'ignore. Passons ce voyage dans le calme, nous verrons bien vite ce qui nous attend là-bas, la stoppa-t-il en jetant des coups d'œil aux alentours.

Ellün regarda le ciel. Du vide, de l'air et des nuages. Quelques rayons orangés subsistaient au loin et plongeaient sur la terre immense. La nuit n'allait pas tarder à s'imposer totalement.

Ce fut dans cette contemplation apaisante que Ellün commença à sourire légèrement. Son Erigiuum était enfin arrivé à elle. Une douce chaleur envahissait son corps, la réconfortant.

Après seulement trois heures de vol, pendant lesquelles le professeur leur servit une collation à tous les deux, ils arrivèrent à Aràan. Le château brillait d'un feu blanc immaculé dans la nuit sombre. Les lampadaires du parc étaient tous allumés et dévoilaient le chemin où ils se posèrent.

L'enseignant et Ellün pénétrèrent dans l'école silencieuse. Il n'y avait personne dans les environs, leurs pas étaient répercutés en nombreux échos sur les murs de pierre. L'atmosphère peu chaleureuse ne les aida pas à s'apaiser. À la fin des escaliers en colimaçon qui menaient au bureau d'Arachné Eöl, ils entendirent de l'agitation. La pièce familière n'avait pas changé durant les vacances. Toujours rempli de livres, le bureau était soigneusement organisé. Pour l'occasion, et au vu de l'heure, la directrice avait fait allumer des torches le long des murs. Les ombres immenses des flammes dansaient sur les murs de pierre circulaires.

Tous les mages d'Aràan s'y étaient assemblés. Les discussions allaient bon train, aucun ne savait pourquoi ils se réunissaient. Lorsqu'ils virent Ellün traverser la grande porte, tous se turent pour un moment avant de s'agiter à nouveau.

— Encore elle ? Que lui est-il arrivé cette fois-ci ?

La phrase fatidique revenait en boucle dans cette tour centrale de la Cathédrale. Ellün y retrouva le lustre de cristal et d'or surmontant le bureau rond. Le tapis se divisait en quatre couleurs, respectives des Descendances.

Arachné vint à sa rencontre. Puis, sans un mot, plaça Ellün, perdue, sur une chaise au dossier en velours cramoisi parmi les autres. Le regard de la jeune fille s'affola. Quelque part en elle, quelque chose s'agita. La vue de la femme aux longs cheveux d'argent la perturbait. Une part d'elle voulut s'alarmer, comme si un danger existait. Ellün se ressaisit bien vite, elle ne devait pas perdre le fil de la discussion. On jouait son avenir.

— Nous sommes réunis en ce lieu aujourd'hui pour débattre du cas d'Ellün, débuta la directrice de but en blanc.

Elle s'était assise également sur le fauteuil imposant derrière son bureau.

— Que s'est-il donc passé ? s'impatienta un des professeurs.

— Comme certains d'entre vous savent, ses pouvoirs se sont enfin manifestés lors des examens à Anario, poursuivit-elle en l'ignorant.

— Ah, enfin ! firent des voix montantes.

— Or il y a eu un léger imprévu, lâcha-t-elle froidement.

Plus personne ne pipa mot. Ils attendaient impatiemment la nouvelle qui s'abattit aussitôt. Seul le crépitement des flammes surgissait de temps en temps et se faisait entendre.

— Ellün n'est pas une Orphuss. L'Erigiuum qui s'est échappé d'elle a montré qu'elle appartenait à la Descendance des Ämes. De plus, au vu de ses capacités, son pouvoir s'est précisé. Elle est Engendrör.

Ses mots pesèrent lourdement sur le Conseil. Tous revêtirent un masque d'effroi. Mais Arachné ne leur dit pas ce qu'elle avait constaté quelques mois auparavant que la jeune fille pouvait se transformer en louve. L'adolescente avait la capacité de créer l'unique animal dont elle pouvait prendre la forme, comme les Engendrörs.

Tout comme elle.

Une soudaine rage l'envahit. Elle avait passé des mois à travailler avec Ellün pour que cela ne se produise pas, mais la vie en avait décidé autrement. Arachné se sentit faible et diminuée, elle n'aimait pas qu'on se joue d'elle. Elle ne dirait rien. Plus tard, elle sonderait à nouveau l'esprit de la nouvelle Äme pour deviner si elle connaissait la vérité. Se souvenait-elle de leur excursion dans le laboratoire ?

Quoiqu'il en fût, moins les mages en savaient, mieux cela serait. Elle devait la retarder, parce qu'elle savait pertinemment ce qui allait se passer si elle découvrait sa vraie nature.

Ellün ne comprit pas immédiatement la raison de cette réaction.

— Comment cela ? N'est-elle pas Orphuss ? Ses deux parents le sont pourtant ! tonna une première voix.

— A-t-elle des descendants Ämes dans sa généalogie ? Comment avons-nous pu nous tromper à ce point ! s'énerva une deuxième.

— Du calme, chers collègues. Je sais que tout ceci est déroutant et que cela peut impacter la réputation de notre école, mais de rares cas peuvent exister. Nous nous sommes trompés sur son compte, mais nous nous en relèverons, les rassura Arachné, avec un calme apparent.

Voilà, c'était cela. L'Arbre d'Edenn, objet témoignant de la puissance des Quatre, relique descendant directement des Dieux, avait failli à sa tâche. Aràan avait construit sa réputation autour de cette cérémonie ; c'était grâce à ce miracle vivant que des élèves des quatre coins du Continent avaient pu acquérir et préciser leur Erigiuum plus vite.

— Que va-t-on faire d'elle ? interrogea vivement un des mages.

— Pour minimiser le futur choc sur la notoriété d'Aràan, nous allons faire passer Ellün en seconde année à la rentrée de Fearn, comme si tout ceci n'était que normal. Elle va être immédiatement transférée en première année de sa réelle Famille. Directeur Serindë Aerin, vous serez en charge de cours particuliers avec elle. Veillez à ce qu'elle rattrape son retard dans les matières spéciales. Pour ce qui est du général, elle les a tous suivis, ceci ne pose donc pas problème.

— Non ! S'il vous plaît, faites-moi redoubler ! implora soudainement Ellün. Ses yeux étaient perlés de larmes.

Elle n'avait pas une seule fois regardé le professeur qui l'avait accompagnée en görlonef jusqu'à Aràan, tant la peur lui tiraillait les entrailles. Ellün savait que si elle ne recommençait pas tout depuis le début, elle serait encore considérée comme un imposteur. On la harcèlerait toujours, son retard ferait d'elle une imbécile née. Surtout si le mage Serindë était comme la directrice des Orphuss, Porunn. Elle avait été désignée en début d'année pour suivre les progrès d'Ellün, mais la jeune fille n'avait plus jamais revu la directrice de la Descendance en dehors de ses cours.

La pièce s'obscurcit devant ses yeux remplis de larmes.

Tout se répèterait et elle se sentait si fatiguée. Parmi de nouveaux élèves, elle aurait pu s'en sortir, tout reconstruire. Elle n'aurait pas eu la même réputation. Elle aurait voulu que la vie lui accorde une pause, rien qu'une seule.

Serindë se leva et se dirigea vers Ellün qui pleurait maintenant à chaudes larmes, secouée de sanglots interminables. Il s'accroupit à ses genoux, non sans tomber une première fois gauchement, et lui saisit les mains. Il était redevenu le gentil professeur maladroit qu'elle connaissait de loin.

— Allons, mademoiselle, les Ämes sont beaucoup plus forts que cela, lui chuchota-t-il.

Arachné Eöl s'était elle aussi approchée d'Ellün, une main ferme s'était abattue sur la nouvelle Äme.

Le choix fut fait, et son destin quant à lui, scellé.

XXXV

Au même moment, à Anario, territoire de l'Ouest, mois de Luis de l'an Hëplunn.

Bien joué les garçons, lança Ingwë aux jumeaux près d'elle.

Ils avaient sauvé la situation. Sans eux, Ellün aurait probablement tué Delphy et tout se serait précipité pour elle. Sveyn aussi, à contrecœur, leur devait la vie.

— Merci, grogna-t-il.

Tylr fit son habituelle révérence. Quant à Ndyx, il se contenta de sourire humblement.

Sveyn essaya de se mettre debout, mais ses côtes le brûlaient. La jeune Psychë souffrait elle aussi. Elle se massait les épaules, la chaleur ardente les avait endolories. En revanche, elle ne sentit aucune boursouflure. C'était la même chose pour les jumeaux. Quand le professeur était venu récupérer Ellün et arrêter le test, le ciel s'était soudain éclairci pour redevenir d'un bleu azur.

Les volcans avaient retrouvé leur tranquillité, aucune fumée ne dépassait. Le paysage ne gardait aucune trace de la pluie de cendres. Ingwë n'en était plus recouverte.

— Que s'est-il passé ici ? demanda-t-elle, les yeux perdus au loin.

— Si tu veux mon avis, les mages Ämes Engendrörs d'Aràan ont plus d'un tour dans leur sac, lui répondit énigmatiquement Tylr.

— Tu crois qu'ils ont construit cette incroyable vision ? Donc, l'éruption n'a jamais existé ? s'enquit-elle, impressionnée.

— Tout est possible avec cette école ! souligna Tylr.

— Ils n'auraient jamais mis les élèves en danger, même pour le grand test de première année. Il est évident qu'ils ont tout contrôlé.

L'examen d'Anario représentait un défi colossal pour les mages d'Aràan, voilà pourquoi ils mettaient la pression aux élèves depuis le premier jour de cours. Les Ämes Engendrörs créaient des visions apocalyptiques pour pousser les étudiants dans leurs retranchements. Les Orphuss contrôlaient tous les éléments du terrain pour rendre l'atmosphère austère. Quant aux Psychës et Astéracës, ils surveillaient le bon déroulement du test. Visiblement, cette fois-ci, ils avaient un peu trop attendu, au vu de ce que Sveyn et Ellün avaient subi.

Donc, les mages pouvaient réaliser ce qu'ils voulaient, quitte à créer des choses qui n'existaient pas dans la nature, accélérer ou ralentir les phénomènes.

Ingwë eut un regard peiné pour Sveyn, elle repensa aussi à l'allure négligée d'Ellün partie en görlonef. Tous les deux avaient eu très peur, tellement que la jeune Äme s'était souillée. Sveyn n'était guère mieux. Son arcade sourcilière était ouverte et saignait encore un peu. Le voyage dans le temps l'avait sauvé, certes, mais l'avait aussi abîmé. Seuls les jumeaux et lui savaient de quoi il retournait. Ingwë eut certains doutes lorsqu'elle vit défiler devant elle le reste du groupe des Orphuss. Un des garçons qu'elle avait maîtrisé juste avant l'explosion des deux volcans avait la lèvre fendue. Les frères et Sveyn avaient changé le cours des choses. Cependant, Tyrl avait dû la maintenir dans leur bulle temporelle, d'où son ignorance des faits.

Les voyages dans le temps, encore quelque chose de tordu que les jumeaux avaient trouvé pour la faire tourner davantage en bourrique. Il allait falloir qu'elle se mette à étudier un peu plus leur Erigiuum, si elle voulait suivre la cadence.

Le groupe des coupables marchait à la file indienne. Des Astéracës, gardes d'Aràan, les encadraient pour les conduire dans des görlonefs.

— Qu'allez-vous faire de nous ? trembla une jeune fille qu'Ingwë reconnaissait.

Lalwendï faisait partie du groupe. Avait-elle réellement assailli Ellün et Sveyn ? Elle n'aurait su le dire, elle n'y avait pas prêté attention. Elle s'était focalisée tout du long sur le sauvetage. Ingwë sourit sardoniquement lorsque Delphy, blême de peur, tapa l'arrière du crâne de Lalwendï pour la raisonner.

— Tais-toi, nom d'un ours sans crocs, fais ce qu'on te dit et ferme-la, s'énerva-t-elle.

Les jumeaux, quant à eux, jubilaient en leur faisant des grimaces ; cela fit sourire Sveyn même s'il ne les portait pas dans son cœur. Ce fut avec un immense plaisir que le groupe vit s'éloigner dans les cieux les görlonefs emportant la bande de Delphy.

Ingwë intima, par un signe de tête, aux deux autres de la suivre.

— Que se passe-t-il ? demanda Ndyx, encore soucieux de tout ce qu'il venait de vivre.

Ils s'étaient écartés de Sveyn, il se remettait lui aussi de ses émotions.

— Nous devons parler, répondit la concernée, très concentrée.

Les jumeaux se regardèrent, que voulait-elle leur dire ? Les yeux de la Psychë brillaient, non pas d'Erigiuum, mais d'une étincelle qu'ils connaissaient bien : l'excitation nouvelle. Celle qui survient après une découverte.

— J'ai senti le lien.

— Laisse-moi deviner… Ellün ?

— Comment le sais-tu ? se surprit-elle.

— Allons, princesse. Une Sans-Erigiuum qui, d'un coup, déchaîne un pouvoir immense digne d'une troisième année. Elle a réussi à modéliser un objet à la perfection alors que les premières années créent des objets aux délimitations floues.

— C'est très intrigant. Nous voici avec un élu aux mille ambiguïtés. Ellün est particulière, elle devait être Orphuss et la voici Äme, réfléchit Ndyx.

— Cela expliquerait aussi pourquoi je l'ai laissé devenir mon amie, je ne comprenais pas ce lien subtil entre nous.

Ingwë observa le ciel une dernière fois. La vie était étrange.

Elle savait qu'il y avait eu bien plus que cela entre elles. Du moins, pour sa part.

De l'attirance.

Au tout début, elle avait pensé que sa peur d'aller à Aràan l'avait conduite à parler à la jeune fille, alors qu'elles n'avaient aucun point commun.

Elle en avait conclu que son déséquilibre émotionnel l'avait poussée à se réconforter auprès d'une personne qui deviendrait une amie. Elle avait lutté pour ne pas se rapprocher d'Ellün ; or à chaque fois, tout retournait à elle.

C'était elle qui revenait toujours.

Depuis qu'elle avait découvert son pouvoir de Psychë, Ingwë voyait les choses plus clairement.

Surtout, elle se taisait depuis.

Cela faisait des semaines qu'elle était assaillie de cauchemars, ou de rêves ?

Des songes sur la nouvelle Äme.

Inavouables.

Elle déglutit. Ellün était leur élue, cela devait rester aussi simple que cela.

Puis, une sonnerie retentit, la sortant de ses pensées. Ils devaient tous repartir vers le point de départ. Les professeurs présents les attendaient près des görlonefs pour faire route vers Aràan. Le trio se tapa dans les mains et s'engagea sur le chemin du retour.

XXXVI

École d'Aràan, territoire de l'Est, mois de Luis de l'an Hëplunn.

Le Conseil s'était dispersé depuis une bonne heure. Le directeur des Âmes avait insisté pour commencer immédiatement l'apprentissage d'Ellün. Une seule personne était restée figée dans ce bureau. Des larmes coulaient le long de ses joues livides de colère.

En haut de la tour principale d'Aràan, par la grande fenêtre immaculée, on devinait une fine silhouette aux longs cheveux d'argent. Les mains sur le cœur, Arachné tentait de ralentir son rythme effréné.

Ce n'était pas le moment de basculer. Il fallait redresser la situation. Mais ses yeux partirent plus loin que la cime des sapins du parc de l'école. Son esprit divagua vers le passé. La vagabonde des rêves traversa à nouveau toutes les épreuves qu'elle avait subies. Amour inconditionnel, haute trahison et puis le point de non-retour : le meurtre.

C'en était trop.

Ses yeux froids, toujours loin de la raison et du présent, se teignirent de bleu nuit. Le danger tirait ses traits, son instinct se soulevait. Elle devait se protéger, la vérité ne devait pas éclater. Elle perdit alors toute logique, ses mains quittèrent sa poitrine pour s'abattre en deux poings sur l'unique fenêtre du bureau de la tour qui explosa en mille et un morceaux, comme son cœur des années auparavant. Le vent froid et puissant de l'hiver pénétra de toute part. La morsure glaciale fit sortir la mage argentée de sa transe colérique. Dans son âme, la nostalgie, la haine et le vice se mélangeaient.

Sur ses joues d'un blanc laiteux, les larmes de rancune coulaient. Tout était injuste. Elle avait tant travaillé pour que cela n'arrive pas. Des années de dévotion sans faille. Des nuits à ne pas dormir, angoissée par l'avenir. Sa main, qui avait touché l'épaule d'Ellün quelques instants plutôt, était crispée comme si elle brûlait.

— Tout cela est de ta faute. Si seulement tu avais su rester à ta place, murmura-t-elle.

Quelqu'un devait payer et elle savait exactement qui.

— Regarde ce que je vais être obligée de faire par ta faute, cracha-t-elle au vide autour d'elle.

Sa poitrine cognait, elle avait du mal à respirer, la rage l'étouffait encore. Elle en avait assez, assez de vivre chaque fois le même drame. On la forçait toujours à accomplir des tâches dont elle n'avait pas envie. Pourquoi tout ne se déroulait-il pas comme elle le souhaitait ? Était-ce trop difficile de l'écouter, de faire les bonnes choses ?

— Je n'ai pas d'autre choix. Je dois commencer.

Tout devait s'accélérer.

— Arachné ? Tout va bien ? l'interrompit une voix masculine.

Un grand Astéracë venait d'entrer dans le bureau. Sa mèche blonde s'envola. Il resplendissait dans son habit doré. Le blason de sa Descendance s'imposait sur son poitrail musclé.

— Oui, répondit-elle, une main sur le front.

Elle ne lui prêtait pas attention, trop occupée à penser à son nouveau plan.

— Mais tu trembles, constata-t-il lorsqu'il voulut la prendre dans ses bras.

Arachné s'arracha à son étreinte. Puis elle daigna poser un regard sans vie sur lui. Erling Gudmund n'avait jamais vu son amante dans cet état. D'habitude, la directrice maîtrisait parfaitement ses émotions, son regard ne laissait rien transparaître.

— C'est cette petite qui te met dans tous tes états ? Rassure-toi, cet incident sera vite oublié. Aràan ne perdra jamais de sa puissance, tenta-t-il vainement.

Arachné retint de justesse un ricanement. Décidément, sa stupidité égalait sa beauté. Comme si elle, elle n'avait que la gloire de l'école en tête. Mais elle ne devait pas le laisser deviner son mépris, elle s'avança sensuellement jusqu'à lui.

— Tu dois m'aider, l'hypnotisa-t-elle, un doigt sous son menton à la légère barbe blonde.

Erling ne dit rien, absorbé par les yeux translucides de l'araignée d'argent. Elle l'avait saisi par la nuque, le rapprochant davantage d'elle.

— Il est temps d'accomplir ce dont je t'ai parlé, il y a longtemps, lui susurra-t-elle à l'oreille.

— Aràan est en danger ?

— Oui, ainsi que l'avenir du monde, dit-elle en enfonçant ses ongles dans la peau fine du cou de l'homme.

— La menace est arrivée, alors.

— C'est exact. Et tu dois nous en débarrasser, comme le grand héros que tu es, le flatta-t-elle perfidement.

Erling parlait d'une voix monotone, son esprit et ses sens complètement embrouillés par l'Erigiuum de la puissante Psychë. Le bout des doigts d'Arachné était illuminé de bleu et défilait doucement sur les tempes de l'Astéracë.

— Je le ferai. J'agirai toujours comme tu le voudras, déclara-t-il sans sourciller, l'âme morte.

Arachné sourit de dédain et de suffisance, ces yeux ne reflétaient que le feu de sa colère.

Il était temps de faire sortir ses atouts et ses alliés de l'ombre.

XXXVII

École d'Aràan, territoire de l'Est, mois de Luis de l'an Hëplunn.

Majestueux sous sa grande hauteur de plafond, le hall d'entrée était secoué des pleurs et lamentations des Orphuss qui avaient agressé Ellün et Sveyn. Leurs parents étaient tous réunis. Certains déversaient leur colère sur des professeurs austères qui ne les craignaient pas grâce aux Astéracës gardiens d'Aràan. D'autres, dispersés, s'étaient abandonnés sur le sol de pierre. Enfin, certains proches n'osaient regarder leurs progénitures. La honte se lisait sur tous les visages.

Ce fut dans cette ambiance effervescente qu'Ingwë et les jumeaux arrivèrent après cinq jours de voyage sans utiliser la magie d'un Orphuss Voyagëur. Le reste des étudiants de première année filèrent vite dans leurs tours respectives. Tous les trois cherchèrent Ellün du regard, mais ne la trouvèrent nulle part dans ce tumulte. Les mages s'étaient réunis dans le hall pour répondre aux questions des parents. Autour, contre les murs, se dressaient des Astéracës à l'armure luisante d'or, prêts à agir au moindre écart. C'était la première fois que des étudiants avaient été jugés pour tentative de meurtre pendant l'examen d'Anario. Où étaient donc passés les mages d'Aràan ? N'étaient-ils pas tenus de surveiller le bon déroulement d'un tel test ? S'ils étaient intervenus plus tôt, les élèves accusés auraient-ils été renvoyés pour de mauvaises pensées, et non pour des actes ? Comment une Anomalÿ avait-elle pu participer à cela ? Étaient-ils vraiment sûrs que leurs enfants avaient voulu la tuer ? Peut-être n'avait-elle pas pu simplement se défendre, avec l'absence de son Erigiuum ? Les parents répétaient sans relâche les mêmes questions, vociférant.

Delphy demeurait droite et digne parmi tout ce raffut de pleurs. Ses parents se tenaient à ses côtés et parlaient calmement avec Porunn Hagueroux, la directrice de la Descendance des Orphuss.

— Pourrions-nous parler avec la directrice Arachné Eöl, je vous prie ? Il doit y avoir une erreur. Delphy a été injustement jugée. Nous sommes sûrs qu'il n'en est rien. Elle n'a fait que suivre ses amis au comportement néfaste. Vous n'allez tout de même pas la punir pour s'être laissée influencer ?

— Je regrette, la directrice ne peut vous recevoir. De plus, chaque élève a été jugé de façon impartiale et individuelle devant tout le Conseil. La directrice a donc rendu son verdict pour votre fille, et de ce fait, approuve son expulsion temporaire.

— Voyons, un an d'expulsion, Delphy va prendre énormément de retard. N'y a-t-il pas quelque chose que nous puissions faire pour changer cette sentence ?

La mère de Delphy glissa une de ses mains gantées à l'intérieur de son épais manteau noir. Elle en sortit une bourse en velours cramoisi.

— Je vous en prie, Madame. Veuillez garder un peu de dignité. Votre fille aurait pu avoir bien pire sentence, la justice d'Aràan a été très clémente envers elle. Ce qu'elle a fait requérait plutôt un exil dans le Grand Nord. Quoiqu'il en soit, elle avait de bonnes notes, elle en aura tout autant plus tard, l'arrêta Porunn d'un geste de la main.

— Mais cette fille n'est qu'une Anomalÿ… commença la mère de Delphy, déconfite.

— Assez ! l'interrompit violemment son mari.

L'homme à la longue chevelure était aussi blond que sa fille. Son nez droit et volumineux et ses yeux noirs reflétaient une dangereuse ignorance. Il n'avait pas prononcé un mot depuis son arrivée, se tenant raide. Il observait.

— Petite sotte, tu as déshonoré ta famille. La prochaine fois que tu veux tuer quelqu'un, fais-le de manière discrète, chuchota-t-il à l'attention de sa fille.

Mais Ingwë l'entendit. Elle foudroya du regard la grande blonde qui avait enfin les larmes aux yeux. Son père allait sûrement la châtier une fois de retour chez eux.

— Ils ont tous été expulsés, fit une voix derrière eux.

Les trois comparses se retournèrent pour voir Sveyn qui contemplait la scène dans un coin de la salle, adossé à une colonne de pierre. Les mains dans les poches de sa tunique d'Orphuss, il se délectait du spectacle

— En voilà une bonne nouvelle ! Aurais-tu vu Ellün, par hasard ? s'empressa Tylr.

— Elle est avec le directeur des Ämes. Que lui voulez-vous ? Qu'elle s'agenouille pour vous remercier ?

Cette fois Sveyn s'était tourné vers eux, ne souhaitant pas en rester là. L'Orphuss était encore sur ses gardes. Après le test, ils les avaient remerciés, mais maintenant qu'il avait repris ses esprits, la haine le prenait à nouveau. Il allait leur falloir, à lui et Ellün, des heures de thérapie avec la Psychë doctoresse d'Aràan, pour atténuer les souvenirs de leur agression. Ce qu'ils venaient de vivre était plus que traumatisant, et ils devaient leurs vies à trois adolescents qui s'étaient détournés d'Ellün sans remords. Leur devoir, quoi qu'il était, était trop pour lui. Sveyn ne pouvait l'admettre.

— Du calme, nous sommes ses amis aussi. Nous voulons simplement savoir comment elle va. Comment se fait-il qu'elle soit avec Serindë Aerin ? l'apaisa Ingwë.

— Cela te regarde-t-il ? aboya-t-il presque, essayant de se contenir.

Les trois compères eurent un mouvement de recul. Tandis que les jumeaux en restaient pantois, les fines pointes des cheveux noirs d'Ingwë se parsemaient délicatement de gouttelettes bleues. Elle était en train de se servir de son Erigiuum sur Sveyn. Elle sentait son affolement et toute son inquiétude pour Ellün, elle eut soudain pitié de lui. Pitié parce qu'elle voyait clairement la profondeur de douceur qui l'habitait pourtant. Tout aurait pu s'effondrer et le transformer. Pitié parce qu'une personne aussi adorable n'aurait jamais dû vivre cela.

Ingwë ravala des larmes.

L'empathie.

Une nouvelle émotion qu'elle apprenait à accepter.

Et le sort de tout Psychë Pensë.

— Nous voulons juste savoir comment vous aider au mieux, Ellün et toi. Nous sommes profondément navrés pour ce qu'il s'est passé entre elle et nous. La voir dans cet état, nous a fait prendre conscience de notre attachement.

Les mots avaient un pouvoir réconfortant.

Ils pouvaient décupler une émotion.

Ingwë commençait à l'apprendre.

— Le Conseil a décidé de la faire passer en deuxième année pour ne pas créer de plus gros scandale. Le directeur est là pour la faire rattraper une année entière en un mois et demi, prononça-t-il calmement cette fois-ci, complètement changé.

— Je vois, cela n'a pas dû l'apaiser. Espérons que les Ämes sauront l'accueillir un peu mieux que sa précédente Descendance.

— Espérons également que, cette fois-ci, vous resterez à ses côtés, murmura Sveyn qui sentait la fatigue revenir.

— Ne t'en fais plus.

— Si, justement. Je m'en ferai toujours, leur lança-t-il, énervé.

Le trio s'éloigna, les jumeaux savaient où trouver Ellün. Ils marchèrent jusqu'à la salle de cours des Ämes. La lourde porte de bois était sculptée d'une immense Neüs aux yeux regardant vers l'horizon. Déesse de cette Descendance, Neüs, souvent associée à l'eau, était représentée nue sur une roche. Ses jambes fines étaient repliées, ses cheveux étaient étalés comme mus par un vent invisible, deux de ses mèches couvraient sa poitrine.

— Elle est presque aussi belle que toi, princesse, complimenta Tylr à l'attention d'Ingwë.

La jeune Psychë se tapa la tête encore une fois et étouffa grâce à son Erigiuum un début de rougeur naissante.

Tylr entrouvrit doucement la grande porte, il s'arrêta pour y jeter un regard. Ellün se trouvait bien là, recevant une leçon privée du directeur des Ämes.

— Elle est présente. Nous n'avons plus qu'à attendre, les informa-t-il.

Leur attente dura encore une heure. Ce fut le professeur Serindë Aerin qui sortit le premier. Il leur décrocha un regard étonné avant de se plaindre :

— Que faites-vous ici ? Je vous attends au tournant pour votre seconde année, vous deux. Je sens que votre nouveau pouvoir va nous jouer des tours à tous. Ah mes Dieux, quelle idée ont-ils eu de vous attribuer un Erigiuum pareil !

Puis il partit, sortant sa pipe de sa poche. Ellün ne tarda pas à lui emboîter le pas, la tête dans un cahier, ne voyant pas le trio qui l'attendait.

— Ellün ? l'appela Ingwë.

— Mmh ? grommela-t-elle.

— Eh bien, dis donc ! Te voilà bien studieuse. Tu travailles ardemment ? s'amusa Tylr avec un grand sourire.

— Je n'ai pas le choix, ils ont décidé de me faire passer en seconde année à la rentrée et j'ai manqué toutes les bases des Ämes. Je suis désolée, mais je n'ai pas le temps de vous parler, j'ai un devoir à rendre pour demain.

— Hélas, c'est vraiment urgent. Mais tu as devant toi deux Ämes, qui plus est, vraiment compétentes, qui sont prêtes à t'aider pour ton devoir, lui fit-il remarquer en les désignant, lui-même et son jumeau.

— D'accord. C'est un devoir de géométrie. Cela devrait me servir pour créer des objets mentaux qui tiennent réellement la route, apparemment, répondit-elle distraitement, jetant des coups d'œil à ses notes et schémas.

— Ah, la géométrie ! Une des matières favorites de Ndyx. C'est un véritable champion scientifique, nous pensons tous qu'il réussira brillamment en physique temporelle également. De toute manière il n'a plus vraiment le choix, vu son Erigiuum, il va devoir s'y mettre. Bien, reprenons, tu viens avec nous alors ? continua-t-il d'une traite.

— Tu es vraiment fort dans cette matière ? s'enquit Ellün, levant les yeux de son cahier.

— Oui, ne t'en fais pas, la rassura Ndyx.

Ellün consentit à les suivre jusqu'au parc d'Aràan. Elle marchait dans leurs pas, docilement. Perdue dans ses pensées, elle réfléchissait à ses devoirs qui s'amoncelaient et à la surprise encore mal digérée de son nouvel Erigiuum. L'idée encore vague d'être une louve n'était plus d'actualité, son pouvoir étant encore très faible, elle ne pouvait confirmer cette hypothèse. Elle regarda soudain les trois silhouettes qui la précédaient. Elle les suivait, eux, qui l'avaient abandonnée sans un mot, sans un regard en arrière. Ce qu'elle croyait. Mais sa naïveté, sa candeur, faisait de cette jeune fille un être dénué de rancune. Ses parents qui l'avaient torturée lui manquaient et elle voulait bien volontiers récupérer ses anciens amis qui s'étaient rapidement détournés d'elle.

Douce, innocente et pure, comme un élu devait être.

— Je ne connais pas vraiment la manière de t'annoncer cela… hésita Ingwë après s'être arrêtée.

Ils étaient arrivés au fin fond du parc, à la frontière de la forêt où se dressait l'Arbre d'Edenn. Ellün ne s'était pas aperçue de la distance qu'ils avaient parcourue.

— À mon avis, il n'y a aucune bonne façon de dire à quelqu'un qu'il est l'élu de la vie, balança nonchalamment Tylr en haussant les épaules.

— Pardon ? suspecta la nouvelle Äme.

— Tylr, bon sang ! le gronda Ingwë.

Ses grands yeux habituellement bleus viraient au noir, ils auraient voulu foudroyer la nature sarcastique du garçon à l'œil vert.

— Bref, reprenons. Tylr, Ndyx et moi faisons partie d'une confrérie secrète. Nos familles ont toujours eu des responsabilités envers elle et, maintenant, c'est notre tour. L'Oracle de notre confrérie s'est réveillé pour proclamer la venue de l'élu, continua-t-elle en essayant de résumer la situation du mieux qu'elle pouvait.

— Si votre confrérie est secrète, pourquoi m'en parlez-vous ? interrogea Ellün sans comprendre.

— Parce que tu es l'élue, avoua Tylr en ouvrant grand les bras, heureux d'avoir créé la surprise.

Ellün garda le silence, son regard était inexpressif. Puis une petite étincelle fit son apparition. Elle s'écroula de rire et laissa tomber ses cahiers par terre.

— Ellün, nous fais-tu confiance ? lui demanda Ingwë, ses grands yeux plongés dans ceux noisette de son amie.

À la moue réfléchie et perplexe d'Ellün, Tylr intervint.

— Mauvaise question, princesse. Comment peut-elle nous croire encore après la façon dont tu lui as parlé ? N'est-ce pas Ellün ?

— Il a raison. Vous avez commencé à parler entre vous et vous vous êtes éloignés de moi… commença-t-elle.

Elle se figea. Elle venait de comprendre. Tous ses souvenirs formèrent la réponse qu'elle attendait depuis des mois. Ses amis ne s'étaient pas éloignés à cause d'elle, mais parce qu'ils partageaient un dangereux secret qu'ils ne pouvaient lui divulguer. Son cœur fit un bond. Ils ne s'étaient donc pas séparés à cause d'elle ? N'avaient-ils réellement jamais eu honte d'elle ? Un sourire se dessina en son for intérieur, mais elle préféra ne rien leur montrer pour garder le peu de fierté qui lui restait.

— Comprends-tu maintenant ? sourit timidement la Psychë.

— Oui. Mais je suis certaine que vous auriez pu trouver un moyen moins cruel.

Même si elle sentait que la rancune se dissolvait, l'amertume quant à elle, demeurait bien présente.

Ellün était partisane du fait d'avoir toujours le choix dans la vie.

Et ces trois anciens amis en avaient fait un.

— Nous n'aurions pas dû faire cela, c'est vrai. Nous aurions pu nous y prendre autrement, tu as raison, tenta de la calmer Ndyx.

— C'est quand même difficile de croire à votre histoire, dit-elle toujours perplexe.

Se moquaient-ils d'elle ? La confiance était rompue, même si Ellün sentait qu'elle ne demandait qu'à être restaurée. Un vrai combat intérieur se déroulait en elle.

— Nous avons des preuves, évidemment. Tiens, lui dit Ingwë en lui tendant une note. Voici une adresse à laquelle tu peux te rendre après les cours, pendant les quartiers libres. Choisis ton jour et nous serons là.

— Serait-ce un piège ? Pourquoi ne me montrez-vous pas vos preuves ici même et maintenant ?

— Non, il faut que ce soit en privé et à l'abri des regards d'Aràan. Je te rassure, nous y serons aussi, nous te prouverons que la Confrérie est bien réelle, confia Ndyx.

— Laissez-moi un temps de réflexion suffisant. Je viendrai peut-être dans une semaine.

Ellün se sépara du groupe pour replonger directement le nez dans son cahier, mais avec le cœur chamboulé. Ndyx la rattrapa, il lui avait promis de l'aider pour son devoir.

— Tu crois que ça marchera ? demanda soudain Tylr en brisant le silence apaisant du parc.

— Il le faut, rétorqua Ingwë, ses yeux suivant Ellün et l'autre jumeau.

Ils ne devaient pas perdre leur élue.

XXXVIII

Une semaine après, école d'Aràan, territoire de l'Est, mois de Nion de l'an Hëplunn.

Les deux compagnons marchaient en direction du village. Les arbres environnants commençaient à prendre des couleurs douces. Des pétales blanc et rose volaient tout autour d'eux dans la légère brise de début de printemps. Le mois de Nion venait d'être entamé, mais la chaleur s'installait avec impatience. La jeune fille pensa que son treizième anniversaire approchait, et elle ne put contenir un sentiment d'amertume. Cette année, elle ne le fêterait pas avec sa famille, elle ne rentrerait même pas à Ulmo pour la fin de l'année. Une larme se forma au coin de ses yeux noisette aux perles vertes, mais l'intervention de Sveyn interrompit sa tristesse.

— Pourquoi faut-il que nous allions les voir ? lâcha-t-il, contrit.

— Ils ont quelque chose de très important à me dire, et je ne veux pas faire cela sans toi, se justifia Ellün.

— Et si c'était un piège ? se méfia-t-il.

— Ils ne feraient jamais ça, lui confirma-t-elle, sûre d'elle.

Ndyx avait passé le reste de la journée précédente avec elle, pour l'aider à réviser. Il s'était voulu rassurant et avait peu à peu regagné sa confiance.

— Ils t'ont abandonnée, objectiva-t-il en lui lançant un regard qui en disait long.

— C'est vrai, mais il faut savoir pardonner.

— Tu es bien trop naïve et crédule. Nous avons failli mourir pendant le test, ne crois-tu pas qu'ils veulent juste prendre l'avantage sur toi ? Après tout, nous leur devons la vie. Pardonnes-tu aussi à ton frère ?

Ellün s'arrêta brusquement à l'évocation de ce souvenir.

Son frère était venu la voir après l'examen d'Anario, il avait eu vent des événements. Mais il ne l'avait pas rejointe pour de bonnes raisons. Calion, fou furieux, avait hurlé et l'écho de sa colère avait résonné dans le hall entier. À la place du réconfort auquel elle s'attendait, les reproches avaient fusé. Son grand frère n'en avait pas démordu : il était temps pour elle de quitter Aràan, non seulement pour sa propre personne — puisqu'elle avait failli mourir — mais aussi pour lui et sa famille.

Ellün était en train de leur créer des ennemis. La jeune fille avait tenté d'objecter, ses assaillants n'avaient rien contre lui, Calion ne voulait rien savoir. Sa réputation avait également été mise en jeu.

On le regardait différemment et il n'aimait pas cela.

Sans parler du fait que ses parents lui avaient interdit de revenir et qu'elle avait désobéi.

À leur évocation, Ellün s'était tue, le souvenir de sa torture était encore bien trop douloureux. La jeune fille s'était éloignée de son frère, le laissant vociférer tout seul.

Tenir un débat stérile l'exaspérait. Ils avaient chacun fait un choix et aucun des deux ne reviendrait en arrière.

— Je préfère avancer sans regarder en arrière. De toute façon, cette situation n'arrivera plus, j'ai mon Erigiuum maintenant.

— C'est ridicule, El'. Ils vont encore te faire du mal. Tu devrais penser à toi, tu as besoin de guérir, pas d'ennuis supplémentaires.

Sveyn ralentit le pas, laissant Ellün le dépasser. Il fixa ses longs cheveux qui se balançaient, ses yeux se levèrent vers le ciel et ses lèvres, dans un mouvement imperceptible, murmurèrent : « tu n'en feras toujours qu'à ta tête, mais je serai toujours là pour te protéger », il sourit, d'un plissement doux qui dévoilait une grande affection.

— Que fais-tu ?

Une voix l'avait tiré de sa rêverie. Ellün s'était arrêtée, les mains sur les hanches, et se demandait pourquoi son ami avait un air béat.

— Rien du tout. Allons-y.

Il reprit le chemin d'un pas rapide et passa sa main sur la tête de la jeune Äme, la décoiffant au passage. Elle fit mine de s'indigner, puis se mit à rire. Le reste du trajet se passa calmement, tous deux parlant de tout et de n'importe quoi, comme à leur habitude.

— C'est ici, s'arrêta soudain Ellün.

Ils étaient entrés dans la ville d'Aràan. Ils s'engouffraient au fur et à mesure dans les ruelles étroites jusqu'à atteindre une auberge où le lierre reprenait vie sur la façade.

— Une auberge ? demanda le métis, suspicieux.

Le ton de son ami était sec, il s'agitait face à la devanture. La jeune fille leva son regard, entre les façades serrées, un bandeau de ciel bleu se dégageait. Des moineaux dansaient en rond parmi les fins nuages, ils revenaient petit à petit, plus vivants à la tombée de l'hiver. Ellün sourit, confiante.

— Ne vois pas le mal partout, Sveyn, lui dit-elle doucement pour le calmer.

— Et toi, sache que tout n'est pas si amical. Après ce qu'il t'est arrivé cette année, tu devrais le savoir mieux que personne.

Il remettait le couvert. Pourtant, en son for intérieur, Ellün savait qu'elle faisait le bon choix. Quelque chose l'attirait irrémédiablement vers le trio. Vers Ingwë.

Ses pensées furent interrompues par une forme blanche et vaporeuse. Le fantôme. Ellün écarquilla les yeux, il était revenu après cette longue absence. Pourquoi ? Et où était-il donc passé ?

— Tu es là… susurra-t-elle, les yeux fixés sur le spectre.

Or l'inconnue éphémère lui tourna le dos, l'ignorant comme à son habitude. Son visage, cette fois-ci plus vieux, regardait l'auberge. Elle entra dans le bâtiment. Ellün la suivit, subjuguée.

— Qu'as-tu ? Ellün, est-elle à nouveau là ?

Mais les mots moururent en la voyant mettre un pied à l'intérieur. Ellün ne remarqua pas les murs, les changements que l'auberge avait connus ces dernières années, elle ne vit que la splendeur du passé.

Le parquet de chêne ne grinçait pas, les lustres en cristaux ne souffraient pas de la poussière. Athelleen enleva la capuche de sa longue cape marron pour dévoiler ses longs cheveux blonds. Elle se dirigea vers une table, Ellün sur ses talons. Trois personnes, un couple et un garçon de son âge. Ellün remarqua une fine bulle flottante autour d'eux qui aspira Athelleen.

Des Psychës.

Ils avaient créé un espace protégé afin d'être libre de parler sans crainte des oreilles indiscrètes. Quelle était la raison d'un tel sort ?

— Bonjour, Athelleen, interpella le jeune garçon.

Le fantôme lui répondit poliment avant de s'asseoir.

— Cela fait longtemps que je vous cherche, lança-t-elle au groupe.

— Nous savons, nous vous avons observé. Vous nous semblez très motivée, l'informa l'homme aux cheveux bruns comme le garçon.

— Je veux des réponses, coupa rapidement Athelleen.

— Votre professeur, Serindë Aerin ne vous a-t-il pas déjà parlé de tout cela ? questionna l'homme, un sourcil relevé.

— Non. Je sais qu'il reste évasif, il attend que je sois diplômée, je le sais. Écoutez, je n'ignore pas que vous êtes réticents à m'introduire, et je comprends votre méfiance, elle est légitime. Mais je suis de votre côté, je ferais n'importe quoi pour savoir, se justifia-t-elle.

Ses yeux étaient rivés sur ceux de l'homme. Elle respirait la confiance en elle et la détermination. Ellün le sentait, au plus profond d'elle.

— Vous sacrifier également ? Tout abandonner ?

— Oui, finit-elle.

Puis le souvenir s'estompa. Comme à chaque fois, elle leva les bras pour essayer de toucher la scène avec ses doigts, mais elle n'arriva qu'à s'emparer du vide.

Maintenant, Ellün voyait tout. La grande salle qui, autrefois était bondée, se retrouvait, désormais, déserte et délabrée. Et là, droit devant elle, se trouvaient Ingwë et les jumeaux qui l'attendaient. Ils semblaient interloqués. Que faisait-elle ?

— Quel est cet endroit ? questionna Ellün, parcourant frénétiquement la pièce d'un regard.

Elle ne maîtrisa pas le début de ses mots, son cœur battait encore la chamade comme après chaque apparition. Athelleen, le directeur des Ämes, la carte…

La carte, elle l'avait oubliée, elle devait en parler. Tout se mélangeait dans son esprit. En revanche, le mal de tête ne vint pas cette fois.

— C'est une des plus vieilles auberges d'Aràan. Elle a toujours servi de lieu secret aux membres de la Confrérie infiltrés ici. Mais elle a perdu de sa splendeur, je l'avoue, lui expliqua Ingwë.

— Ingwë, l'appela Tylr, une main sur son épaule

Ingwë sentit sa surprise et son inquiétude, elle détourna son attention du garçon et regarda dans la même direction que lui. Devant l'entrée se trouvait un intrus. Sveyn s'était figé, non pas de stupéfaction, mais de colère. Il n'aimait pas être avec eux.

— Que fait-il ici ? Nous t'avions dit de venir seule et de n'en parler à personne, murmura Ingwë à Ellün tandis que Sveyn s'approchait d'eux.

— J'ai une condition. Et la voici : que Sveyn nous rejoigne. Je le veux avec nous. Sans cela, je préfère que vous m'effaciez le souvenir de la discussion d'il y a une semaine et que tout redevienne comme avant, c'est-à-dire qu'on ne se parle plus.

— Est-ce qu'on peut vraiment lui faire confiance ? se méfia Ndyx.

Ellün lança un regard qui en disait long. Sveyn avait toujours été là pour elle, il l'avait aussi largement démontré lors du défi d'Anario. Il avait risqué sa vie pour elle, simplement pour la protéger. Bien sûr que Sveyn était quelqu'un de confiance.

— Nous acceptons, concéda Ingwë.

— Qu'acceptez-vous exactement ? demanda sèchement Sveyn.

Les trois acolytes révélèrent l'existence de la Confrérie de l'Oracle de la même manière qu'ils l'avaient annoncée à Ellün. Mais la réaction de Sveyn différa de celle de la nouvelle Äme.

— Donc, si je comprends bien, vous allez mettre Ellün encore une fois en danger ? interrogea-t-il.

— Mais de quoi parles-tu ? dit Tylr en levant les yeux au ciel.

Le côté protecteur de l'Orphuss l'excédait.

— Un élu qui bouleversera l'équilibre du monde actuel. Vous avez raison, ça ne rime en rien avec ennuis, difficultés, dangers, morts, ironisa ce dernier.

Les trois compères se regardèrent, incrédules. Ils n'avaient jamais vraiment pensé à ce que cela représentait aussi pour l'élu. Sveyn, de ses futurs douze ans, était sans doute le plus mature et le plus objectif. Ils auraient sûrement besoin de lui plus tard, ne serait-ce que pour toujours leur rappeler le danger inconnu vers lequel ils couraient.

Mais Sveyn ne regarda pas ce qu'il se tramait entre eux, il s'approcha d'Ellün et mit ses mains sur les fines épaules. Son regard trahissait l'appréhension, il fixait les yeux noisette devant lui.

— Et toi, tu as accepté ? Sérieusement ? Après ce qu'on vient de vivre, tu n'en as pas assez que tout le monde s'en prenne à toi ? tenta-t-il de la raisonner.

— Mais rien n'est plus comme avant. Aujourd'hui, je peux enfin me défendre, répliqua-t-elle, fière.

— Qu'en sais-tu ? Depuis Anario, tu n'as pas retrouvé la même puissance. Cela finira mal. Mais j'en suis, je préfère être là avec elle si quelque chose de mal se passe, accepta-t-il à contrecœur.

Ces mots, il les avait prononcés en observant intensément Ingwë et les jumeaux. Il les défiait de penser à faire du mal à Ellün, ne serait-ce qu'une seconde.

— Bien, passons au grenier alors, déclara solennellement Ingwë.

Ils la suivirent tous, en silence. Après avoir monté les deux étages de l'auberge, ils arrivèrent à l'entrée d'un couloir exigu. Tout au bout se tenait une échelle de bois, passerelle pour accéder à la pièce voulue.

Lorsque la tête d'Ellün dépassa le trou du plancher, elle ne s'attendait pas à ce qu'elle vit. Le grenier ne sentait aucunement la poussière ; bien au contraire, il était régulièrement entretenu. Au centre, un grand tapis rond vert d'eau portait une banquette et deux fauteuils d'un vert turquoise. Un lustre en cristal trônait au-dessus. Aucun tableau ne décorait les murs de bois, la pièce était sobre, mais élégante. Puis elle remarqua un dernier détail : tout le grenier était figé dans une bulle suintante d'un bleu aux reflets dorés.

— Quel est cet Erigiuum ? questionna Sveyn après avoir remarqué le champ mouvant.

Il était tellement subjugué qu'il en avait oublié avec qui il se trouvait.

— Un mélange de Psychë et d'Astéracë. Personne ne peut nous écouter et encore moins nous voir. La pièce se trouve dans une autre dimension que la nôtre ou une autre réalité si vous voulez, tenta d'expliquer Ingwë.

— Serait-ce l'œuvre d'un Astéracë Façönneur ? continua-t-il, une main sur ce mur.

— En effet. Un de nos confrères est un grand architecte de l'ombre. Pour ne pas éveiller les soupçons, il a construit cette pièce lors de l'édification de l'auberge, tout au début d'Aràan. Personne ne s'est aperçu de rien.

— Très beau travail. Personne n'a senti qu'un puissant Erigiuum se tenait ici ?

— Non, c'est la magie des pouvoirs de dissimulation.

— Remarquable…

Le jeune Orphuss avait encore d'autres questions, mais il fut vite coupé par les trois comparses, impatients de tout leur dévoiler.

— Vous êtes prêts ?

Ellün et Sveyn acquiescèrent. Les jumeaux activèrent leurs Erigiuums reflétant autour de chacun d'eux une lumière violette.

— Nous allons vous montrer des bribes du passé, précisèrent-ils d'une seule voix.

Les deux nouvelles recrues se dévisagèrent quelques secondes, se demandant ce qui les attendait. Au même moment, les pointes des cheveux d'Ingwë s'illuminèrent de bleu, elle voulait transmettre simultanément les émotions et les images. Ainsi, ils appréhenderaient bien mieux leur histoire.

Des bribes d'enfance se jouèrent tout autour d'eux. Les jumeaux et Ingwë étaient jeunes. Tandis que les premiers grandissaient dans leur palais, l'image astrale de la Psychë disparut. Les idéaux, les réunions, les entraînements… Les jumeaux n'avaient pas chômé. Où donc était passée Ingwë ? Tout tournait et se confondait dans l'espace du grenier. Puis vint la cérémonie de l'Oracle où ils apprirent que l'élu était arrivé. Les souvenirs aériens s'évanouirent petit à petit, et laissèrent sur leurs sillons oniriques des filets de nébuleuses noires.

Ellün pivota vers la jeune Psychë, un mince sourire sur les lèvres et un regard compatissant. Ingwë n'eut pas besoin de mots, elle comprenait. Oui, toutes les deux avaient leurs destins liés par un lourd fardeau.

— Pourquoi ne pas nous avoir directement envoyés dans le passé ? s'enquit Sveyn.

— Tout voyage dans un passé lointain est réglementé. Un passage temporel laisse des traces dans l'histoire, cette bulle interdimensionnelle n'y change pas grand-chose. De plus, nous ne sommes pas assez forts encore pour nous envoyer aussi loin. Nous vous avons juste montré des souvenirs.

— Les Ämes Söuffles peuvent projeter des souvenirs ? s'étonna Ellün.

— Oui ! Incroyable, n'est-ce pas ? sourit Tylr qui partageait son enthousiasme.

— Et maintenant ? Que faisons-nous ? Pourquoi moi ?

— Nous devons repérer des éléments qui ne collent pas à la réalité. Des mensonges. C'est aussi comme cela que je t'ai trouvée…

Ingwë songea soudain à Nordëalis, à ce qu'on lui avait infligé là-bas et comment à chaque fois, dans ses cauchemars les plus sombres, Ellün lui apparaissait pour la sauver. Son cœur se gonflait alors d'un sentiment bien trop vaste pour qu'elle ne le comprît encore.

— … Tu colles à ma réalité. Nous sommes liées à jamais, toi et moi.

PARTIE 2
LE SONGE

XXXIX

Deux semaines après, école d'Aràan, territoire de l'Est, mois de Nion de l'an Hëplunn.

Le mois de Nion toucherait bientôt à sa fin, viendraient alors les deux semaines de pause avant une nouvelle année scolaire. Ellün était une fois de plus plongée dans ses livres, soucieuse de rattraper son retard sur les autres Âmes.

Justement, elle se tenait dans la salle de cours principale de sa nouvelle Descendance. Là où habituellement se trouvaient les couleurs douces du vert de Tristan, il y avait maintenant les nuances pimpantes voilettes de Neüs. Avant de rentrer dans l'amphithéâtre, Ellün s'était arrêtée devant la lourde porte de bois où était sculptée la déesse qui avait partagé son Erigiuum avec elle. Elle l'avait longuement observée. Elle était différente de son grand frère. Tristan, dieu de la Descendance des Orphuss, s'était donné à la nature, corps et âme. Il avait souffert de la trahison des Mages, on le représentait souvent pleurant, ses larmes jetées dans le monde venant créer des tsunamis ravageurs. Puis le dieu s'était isolé, il avait voyagé. Ce caractère doux et torturé avait plu à la jeune Âme, elle le trouvait plus sensible que les autres, plus que sa nouvelle Déesse. Neüs, la plus jeune des immortels, avait les yeux rivés sur l'immensité de l'univers. Elle était le plus grand esprit libre des temps. S'était-elle disputée un jour avec Tristan parce que lui touchait l'essence même des choses ? Neüs ne s'était-elle jamais sentie comme une fraudeuse devant son frère ? Ellün ne put s'empêcher de penser à Calion. Une larme roula sur sa joue, mais elle ravala son amertume. Une dernière question vint tout de même la troubler : pourrait-elle un jour se sentir digne d'être Äme ?

La jeune fille pénétra dans la vaste salle aux bannières portant le blason de sa famille. Le violet plus ou moins intense la motivait à étudier, elle était seule, la plupart des élèves avaient de moins en moins de cours. La fin d'année se faisait sentir en ce mois de Nion.

— Joyeux anniversaire ! cria tout un groupe derrière elle.

Sveyn, Ingwë et les jumeaux se tenaient fièrement debout, gâteau en main. Depuis leur conversation dans le grenier, le petit groupe s'était rapproché, même si Sveyn restait réticent. Le trio ne lui inspirait pas confiance. Son ami métis tenait le gâteau au chocolat agrémenté de noisettes dans ses mains, il s'avança avec précaution vers elle. Ellün reprit ses esprits.

— Fais un vœu et souffle ! lui intima-t-il, enthousiaste.

Ellün sourit avec un geste de remerciement. Avant de fermer les yeux et de faire un souhait, elle vit Ingwë qui la fixait.

Ingwë.

Ses mots résonnaient encore en elle.

Liées à jamais.

Son cœur bondissait encore chaque fois qu'elle y repensait. Mais elle n'oubliait pas que ses grands yeux bleus s'étaient détournés d'elle. Ingwë lui avait timidement assuré qu'elle n'était pas revenue uniquement parce qu'elle était son élue. Elle lui avait confié qu'elle n'avait jamais cessé de penser à elle. Ellün s'en était confortée, mais le doute subsistait toujours.

Ses yeux se fermèrent enfin et les premiers mots se formèrent dans sa tête.

Que tout aille mieux, et pour toujours, se dit-elle, puis ses joues se gonflèrent et elle souffla de toutes ses forces sur l'unique bougie. Voilà, depuis quelques secondes, elle avait treize ans. Tous les quatre applaudirent en son honneur.

— On aurait bien voulu nous aussi tenir le gâteau, mais Sveyn ne nous a pas laissé trop le choix, bougonna Tylr, croisant les bras.

Tous explosèrent de rire, Sveyn fit un clin d'œil à Ellün.

— C'est bientôt les vacances de fin d'année, sais-tu où aller ? intervint Ndyx, interrompant leur bonne humeur.

Le regard d'Ellün s'assombrit, non elle ne savait toujours pas. Elle ne pouvait pas repartir chez ses parents, pas après ce qu'il s'était passé. Une pointe de culpabilité et de honte surgit en elle. Eux non plus ne souhaitaient pas qu'elle revienne. Si elle n'avait pas voulu retourner à l'école, rien ne serait arrivé. Mais elle n'aurait pas eu son Erigiuum non plus. Le souvenir de l'aura violette prenant possession d'elle la consola.

— Je ne sais pas, avoua-t-elle avec sincérité.

— Tu peux venir chez moi, lança Ingwë.

— Non, elle viendra chez moi. Elle connaît déjà mes parents et ma mère est d'accord, argumenta l'Orphuss.

— Chez moi, elle sera mieux protégée et je pourrai la présenter, répondit Ingwë en ancrant son regard d'acier dans celui déterminé de Sveyn.

Qu'Ellün vienne chez Ingwë tombait sous le sens. La jeune Psychë pourrait la présenter à la Confrérie de l'Oracle et la familiariser avec ce nouveau monde auquel elle appartenait désormais. Elle pourrait également rencontrer l'Oracle, peut-être avait-il pour elle des précisions quant à sa mission.

— J'irai chez Ingwë, elle a raison, trancha Ellün.

— Parfait, c'est entendu. Je vais en parler à mes parents qui demanderont l'accord à la directrice, conclut l'intéressée.

Sveyn fit la moue. Lorsque le trio se retira, permettant à Ingwë d'effectuer les démarches nécessaires quant à la venue d'Ellün, il en profita pour parler seul à seul avec la nouvelle Äme.

— Comptes-tu tout lui dire ? se retourna-t-il en s'assurant que les trois autres étaient réellement bien partis.

— Pas encore. D'ailleurs, avec tout ce qu'il s'est passé j'ai complètement oublié de te le dire. À Luinil dernier, j'ai trouvé une carte mentionnant Athelleen Dag. Elle était cachée dans le grenier de la meilleure amie de ma mère.

— Lui as-tu demandé ce qu'elle faisait là ?

— Non. Malheureusement, la communication a été rompue depuis bien longtemps avec mon entourage. Annhd semblait vouloir se débarrasser de moi. Il faudra absolument y retourner pour la reprendre.

Ingwë au loin lui faisait signe de venir la rejoindre. Elle leur avait gardé des places. Les deux amis commencèrent à se rapprocher.

— Attends ! Et si tu as des visions là-bas ? s'inquiéta-t-il.

— Athelleen n'est peut-être jamais allée là-bas, rétorqua-t-elle.

— Réfléchis ! Tu en as eu une juste au moment où nous découvrions une de leurs cachettes, soupçonna Sveyn en vérifiant autour de lui que personne ne les écoutait. Mais la salle de cours était vide.

— Tu penses qu'elle avait un lien avec eux ? demanda-t-elle, surprise.

— « Je veux savoir », elle a demandé à ce qu'ils l'introduisent… C'est beaucoup comme indices, tu ne trouves pas ? réfléchit-il, se grattant le menton.

— Ils pourraient avoir un lien avec sa mort ? questionna-t-elle en devenant soucieuse.

— Je n'en sais rien, mais son discours et le lieu sont trop évidents. Peut-être pourrais-tu chercher des indices chez Ingwë, chuchota-t-il en s'approchant d'elle.

Finalement, le métis avait changé d'avis, séjourner chez Ingwë était une bonne idée. Ils en apprendraient sûrement plus sur le fantôme qui hantait Ellün depuis bientôt un an. La situation stagnait. Ils n'avaient pas encore récupéré la carte qu'elle avait abandonnée à Ulmo. Sveyn avait été si angoissé d'extraire Ellün de son cauchemar, qu'ils étaient partis pour Anario sans prendre ses affaires. Dame Jostein avait généreusement remplacé une partie de la garde-robe d'Ellün qui en avait été très gênée.

Tous les deux avaient un double objectif : découvrir ce qui était arrivé à Athelleen et achever la mission de la Confrérie. Des poids bien trop lourds pour leurs épaules d'adolescents.

Ils sortirent de leurs réflexions quand une sonnerie inattendue retentit partout dans Aràan. Dehors, des centaines d'élèves se précipitaient en direction de la salle de banquet. Ellün, aidée de Sveyn, attrapa en vitesse ses livres et ils se mirent à suivre le mouvement général pour rejoindre Ingwë.

La grande salle était en ébullition, les professeurs encadraient les étudiants et les sommaient de se tenir tranquilles. Une annonce importante allait être faite. L'atmosphère, habituellement joviale et lumineuse dans cette immense pièce aux interminables baies vitrées, était maintenant pesante et sombre. Ellün jeta un coup d'œil à l'extérieur, de sombres nuages émergeaient. Un orage se préparait. Un vent froid et sec venait secouer les quelques feuilles marron restantes de fin d'hiver sur les grands arbres du parc. En fait, tout devenait agressif. Ellün déglutit et se serra un peu plus contre le bras de Sveyn qui se mit à rougir à son contact.

— Alors, ça roucoule ? se moqua gentiment Tylr qui venait de les trouver.

Ellün et Sveyn se séparèrent. La jeune Äme avait maintenant le visage comme une tomate, elle ne s'était pas aperçue de leur proximité. Quant à Sveyn, il était honteux de s'être fait prendre par un garçon qu'il n'aimait pas et qui avait interrompu ce doux moment.

— Tais-toi, cracha-t-il avec colère.

Ndyx et Ingwë arrivèrent à leur tour. Ils haussèrent les sourcils, ne comprenant pas ce qui s'était passé.

— Silence ! hurla Erling Gudmund, le directeur des Astéracës.

Comme à son habitude, il était resplendissant d'or et son blason était fièrement accroché à sa poitrine qu'il bombait.

— La directrice va s'exprimer sur un sujet hautement important, je vous demande un calme absolu, leur ordonna-t-il de sa voix impériale.

Arachné Eöl s'avança. Elle était toute vêtue de noir, une longue tresse d'argent se posait sur sa poitrine. Elle était encore une fois dangereusement magnifique. À sa vue, Ingwë pesta.

— Un corps a été retrouvé dans l'enceinte de la ville d'Aràan.

L'atmosphère se fit pesante dans la salle de banquet. Les nuages s'étaient amoncelés et venaient de former une masse informe. Un grondement fit trembler les lustres. L'orage se préparait à frapper.

— Nous ignorons les circonstances de cette mort. Pour laisser les autorités mener leur enquête, les vacances de fin d'année vont être prolongées. Vous partirez dès demain matin dans vos familles. Vos parents ont déjà été avertis et sont en route pour vous récupérer. Tous les Astéracës ont été mobilisés pour assurer votre sécurité. Je vous assure que rien ne vous arrivera cette nuit, si vous suivez les directives. Veuillez ne pas vous promener seul dans l'enceinte de l'école, tous les accès à l'extérieur sont gardés et interdits.

Sur ses mots, un éclair vint frapper le parc d'Aràan et éclairer de sa lumière menaçante la grande salle. Beaucoup d'élèves sursautèrent, d'autres crièrent de surprise. La plupart tremblaient de peur.

— Un assassin à Aràan ? se risqua à murmurer Tylr pour les quatre autres.

Ingwë, les sourcils froncés, regarda Ellün.

Ils avaient sûrement leur premier mystère à résoudre.

XL

École d'Aràan, territoire de l'Est, fin du mois de Nion de l'an Hëplann.

Les élèves se regroupaient déjà. Tous avaient été priés de se réunir dans leurs tours respectives. L'agitation régnait au sein d'Aràan, les murmures et les plaintes allaient bon train.

— Éloignons-nous un moment, lança Ingwë à son groupe en profitant de la tourmente générale.

La compagnie des cinq s'était réfugiée derrière une énorme colonne de la grande salle de banquet. Ils se tenaient là, entre la masse de pierre et l'immense baie vitrée. Ils avaient une vue imprenable sur le parc qui se débarrassait petit à petit de son manteau d'hiver. L'orage, dehors, croissait.

— Nous devons en apprendre plus sur ce qu'il se passe. Qui est la victime ? Où a-t-elle été retrouvée ? Que lui est-il arrivé ? Je suis intimement convaincue que cela concerne l'élu, déclara Ingwë, soucieuse.

— Cette histoire ne me dit rien qui vaille. Nous parlons ici d'un meurtre, enquêter dessus pourrait s'avérer dangereux, tenta de raisonner Sveyn.

Un silence s'abattit sur le petit groupe. Tous étaient préoccupés par cet événement funeste. Ils ne prenaient pas la nouvelle à la légère et eux aussi, malgré la mission qu'ils devaient accomplir, se sentaient découragés. C'était le lot des vivants de s'inquiéter pour les morts.

— Comment sais-tu que ce meurtre concerne Ellün ? demanda Tylr, rompant le silence.

— Elle doit changer le monde, un meurtre est une injustice, il est le dérèglement du système. C'est ce dernier que nous devons démontrer. De plus, cet événement survient peu après que nous ayons trouvé notre élue, argumenta-t-elle.

— Ils n'ont pas dit que quelqu'un avait été assassiné, ils ont juste retrouvé un corps, contra le garçon.

Tylr n'avait pas tort, mais Ingwë le sentait au fond d'elle.

Quelque chose d'atroce s'était passé.

— Pourquoi nos parents viennent-ils nous chercher plus tôt ? Pourquoi évacuer Aràan si ce n'est pas un meurtre ? intervint alors Sveyn qui adorait l'idée de contredire Tylr.

— D'accord, tu as gagné. Allons résoudre ce mystère, souffla ce dernier.

— Seules les entrées menant à l'extérieur seront surveillées et il y aura des tours de garde à l'intérieur. Venez me rejoindre à minuit précisément ici, nous devons absolument trouver une explication à tout ceci, expliqua-t-elle très vite.

Les professeurs étaient descendus des balcons pour évacuer et mener les élèves aux tours. Certains se rapprochaient des colonnes.

— Pour aller où ensuite ? demanda Ndyx qui avait également repéré les adultes.

— Vous verrez bien, taquina-t-elle avec un clin d'œil.

Ils sortirent tous de derrière le pilier. Ils tombèrent nez à nez avec une armure étincelante d'or. Elring Gudmund se tenait devant eux, une moue menaçante venait tirer ses traits princiers.

— Que faisiez-vous là ? aboya-t-il.

— Ellün se sentait mal après l'annonce. Nous avons eu peur et nous l'avons éloignée de la foule. Elle va mieux maintenant, nous vous suivons, mentit Ingwë.

Erling ne dit rien, il s'écarta pour les laisser passer. Ingwë venait d'une famille riche, elle était une des meilleures élèves de l'école. Elle bénéficiait donc d'un traitement spécial, aucun professeur ne mettrait sa parole en doute. Pas lorsque la future Psychë était dans la visée d'Arachné Eöl et l'ignorait.

Ingwë et Sveyn s'éloignèrent, leurs chambres n'étant pas dans les mêmes tours que celles des jumeaux et Ellün. Le trio restant commença à gravir l'escalier de pierre en colimaçon.

— Combien de temps nous faut-il pour aller des appartements à la grande salle ? se demanda Ellün à voix haute.

— À peine cinq minutes, en temps normal, répondit Ndyx qui réfléchissait.

— Tu as raison, nous devons nous laisser une marge, au cas où nous tomberions sur des Astéracës, précisa Tylr.

— On se donne dix minutes pour y aller ? lança le jumeau à l'œil bleu.

Les deux autres approuvèrent. Ellün se sépara d'eux, sa chambre se situait dans une zone différente, loin de la partie réservée aux garçons. Elle retrouva son lit douillet à la couverture lilas. Les rideaux se coloraient d'un violet électrique, idem pour les lampes. Seuls son lit et le dossier de sa chaise étaient d'une couleur plus douce. Le tapis circulaire au centre de la pièce portait le dessin d'un rond infini, dans l'idée de la grandeur de sa Déesse. L'imagination sans limites.

Les filles avec lesquelles elle partageait sa chambre étaient déjà toutes là. Deux se tenaient assises sur le même lit et se racontaient des histoires d'horreur. L'autre lisait à son bureau. Ellün ne leur parlait pas beaucoup, mais c'était normal : les adolescentes de cet âge se méfiaient d'une nouvelle arrivante. Elle avait débarqué en milieu d'année de surcroît. Faire le premier pas était toujours difficile. De plus, elles connaissaient l'histoire d'Ellün : la sans pouvoir, l'Anomalÿ… Elle n'était pas passée inaperçue. Les filles avaient encore peur de lui parler et d'être mises à l'écart. La réputation, mère de la jeunesse ! Et Delphy s'était chargée de lui en créer une mauvaise.

— On va se raconter des histoires effrayantes toute la nuit, cela te dirait-il, Ellün ?

L'intéressée se retourna instantanément : venait-on de lui adresser la parole ? Elle n'en revenait pas. Au final, l'horreur les avait réunies. C'était toujours dans les situations les plus difficiles, et les plus extrêmes, que les liens se formaient ou se dénouaient.

— Vous ne comptez pas dormir ? leur rétorqua-t-elle doucement, ses joues rosissant de timidité.

— Oh non ! Après tout, ce sont les vacances !

— N'avez-vous pas honte ? Quelqu'un est mort et vous ne pensez qu'aux vacances, intervint la fille qui lisait, remontant ses lunettes carrées sur son nez.

— Nous ne l'avons quand même pas tué ! Nous avons bien le droit de profiter après l'année écoulée, moi je suis épuisée par tant de travail… se justifia la première fille.

— Moi aussi, et je ne veux pas me souvenir de la fin de ma première année de cette façon, renchérit la deuxième.

Ellün se plongea soudain dans sa mémoire. Elle se revoyait avec Lalwendï raconter des histoires aux enfants, et Annhd, l'amie de sa mère, animer les créations enchantées. Ses souvenirs étaient doux, mais appartenaient au passé. Peut-être pouvait-elle se créer de nouveaux souvenirs…

— Je veux bien raconter en premier, si cela vous va, proposa-t-elle en essayant de contrôler un léger bégaiement.

Les jeunes filles acceptèrent volontiers. La troisième, restée dans son coin, vint, attirée par l'histoire d'Ellün. L'adolescente savait porter sa voix, la narration était un de ses talents. Et comme elle était devenue une Äme à son tour, elle pouvait enfin créer des images elle-même. Ellün leur raconta des légendes, qu'on lui avait contées petite, à Ulmo. La chambre se remplit petit à petit de rires et de cris de peur.

Vers onze heures et demie, la chambre était silencieuse, les trois filles s'étaient endormies, le sourire aux lèvres. Ellün aussi était fatiguée, mais elle luttait contre le sommeil. Elle se dirigea vers son armoire et en sortit un manteau, une écharpe et un bonnet. Elle ne savait pas où Ingwë comptait les mener, mais elle se doutait que la jeune Psychë allait les emmener dehors dans la nuit d'hiver.

Vingt minutes après, Ellün, qui était prête, sortit sur la pointe des pieds. Elle dévala les escaliers en colimaçon et se figea devant la porte conduisant au reste de l'école. La peur de se faire attraper lui tenaillait les entrailles. Elle attendait les jumeaux. Des pas légers se firent entendre plus haut. Ils arrivaient.

— Prête ? dit Ndyx gentiment.

— Toujours, sourit-elle.

Ils ouvrirent la porte de bois sur laquelle une autre figure de Neüs était sculptée. Le long couloir était silencieux. Quelques torches éclairaient les dédales de pierre au début de l'allée, puis plus rien. Un long tapis rouge recouvrait le sol, étouffant le bruit de leurs pas.

Il n'y avait pas âme qui vive dans cette obscurité. Ellün déglutit, c'était l'endroit parfait pour un tueur assoiffé de sang. Savoir qu'il était peut-être dans l'enceinte de l'école ne la rassurait guère.

Les fenêtres projetaient une lumière lunaire sur le tapis cramoisi. La poussière environnante dansait parmi les rayons de lune. Parfois, Ellün s'imaginait une forme spectrale bougeant dans les ténèbres.

Une main vint saisir son épaule et la tirer en arrière. Elle n'avait pas fait attention aux bruits de cliquetis et d'armure qui se rapprochaient d'eux. Ndyx avait mis sa main sur sa bouche par précaution. Lorsque Ellün revint à la réalité, il la lui enleva.

— Entrons ici, indiqua-t-il aux deux autres dans un murmure.

Ellün s'exécuta et ouvrit doucement la porte. Ils avaient atterri dans un placard à balais. Tylr, plaqué contre la porte, écoutait attentivement passer les Astéracës. Une fois qu'il n'entendit plus rien, il fit signe à son jumeau et à Ellün de sortir.

Ils reprirent leur marche. La jeune Äme s'approcha d'une des fenêtres pour observer la nuit. En bas, des hordes de gardes encerclaient le château et surveillaient. Leurs cuirasses dorées resplendissaient dans le noir.

Puis ils arrivèrent à la grande salle. Elle était baignée d'une lumière provenant de l'immense fenêtre. La lune, ronde et somptueuse, se dressait fièrement dans le ciel parsemé d'étoiles. Ellün comprit enfin le nom d'Aràan. C'était une véritable voûte stellaire.

— Pssst, leur souffla quelqu'un.

Ingwë et Sveyn se tenaient à l'écart, dans le noir. Leurs silhouettes se détachèrent du mur pour s'approcher du trio.

— Et maintenant, princesse ? dit Tylr qui les avait rejoints avec précipitation.

Le jeune blond venait de pousser violemment Sveyn de l'épaule, afin de l'éloigner de la jolie brune. Cela ne manqua pas de sauter aux yeux du métis ; il mit de côté les idées nouvelles qui lui traversèrent l'esprit.

— Nous allons emprunter le tunnel, répondit Ingwë très sérieuse, n'ayant prêté aucune attention à ce qu'il venait de se passer entre les deux garçons.

L'action la galvanisait, elle avait besoin de bouger. Elle avait surtout besoin de connaître la vérité ; au fond d'elle, elle n'avait jamais eu qu'une seule cible : Arachné Eöl. Elle en était sûre, la sublime directrice était derrière cette histoire.

— Pardon ? s'exclamèrent en cœur les autres.

— Je vous expliquerai tout en chemin, les poussa-t-elle.

À ce moment-là, Ingwë s'avança vers l'un des piliers massifs près de la fenêtre. Un de ceux qui les avaient aidés à se cacher tout à l'heure. Elle approcha lentement sa main et plaqua sa paume aux longs doigts blancs sur la surface fraîche de la pierre. Soudain, ses cheveux courts d'ébène virevoltèrent autour de son visage fin, les pointes se colorèrent d'un bleu océan, ses yeux prirent eux aussi une teinte plus électrique. Ses lèvres roses prononcèrent des paroles imperceptibles.

Puis, devant leurs yeux ébahis, une entrée secrète se dessina dans le cœur de l'immense colonne.

— Voici le tunnel secret de la Confrérie, murmura-t-elle en admirant le passage.

— Laisse-moi deviner, il mène au village, je me trompe ? continua Tylr, sarcastique.

— Exactement, se reprit Ingwë, clignant des yeux.

— Comment se fait-il que personne ne l'ait jamais découvert ? questionna Sveyn, dubitatif.

— La Confrérie a manipulé mentalement l'Astéracë Façonneur de l'école. Grâce aux dons des Psychës, l'architecte a construit un passage secret qui n'apparaît sur aucun plan. Et puisque son esprit était remanié et transformé, il n'en avait aucun souvenir. Personne n'a pu remonter jusqu'à nous. De plus, le code secret qui permet d'accéder au passage est un sentiment, expliqua Ingwë d'une traite.

— Pardon ? lui demanda le jeune métis aux mèches d'or.

— Un sentiment, créé et inscrit dans la pierre, par le pouvoir d'une Psychë. Une impression, un souvenir, quelque chose qui se fige dans ces vestiges immortels… Tu dois penser à cette émotion, et prononcer le code secret.

— Qui est ? lui demanda d'avouer Tylr.

— Un jour, je vous le confierai peut-être. Ne m'en voulez pas, ce sont les règles de la Confrérie. Seul l'Eòlasum connaît le code et le sentiment. Trop de gens sont tombés ou ont échoué à Aràan, on ne peut tout révéler, tenta-t-elle de s'excuser.

Mais Ellün n'écoutait même pas. Le fantôme d'Athelleen avait repris possession de son esprit. Les yeux de la jeune Äme n'obéissaient qu'aux secrets du passé. Ellün, instinctivement, réunit ses mains, une boule d'Erigiuum violet se forma dans leur creux. Les doigts se séparèrent et s'écartèrent pour laisser l'adolescente modeler à sa guise la forme magique naissante. En ce moment précis, elle savait que Athelleen avait fait la même chose des années auparavant. Bientôt, elle tint une torche translucide aux nuances violettes. Le flambeau projetait une lumière mauve sur les surfaces qu'elle touchait.

— Merci, Ellün, il est vrai que cela peut nous servir, la remercia Ingwë innocemment.

Cependant, son amie ne lui répondit pas. À la place, la jeune fille avança un pied et se perdit dans les méandres du tunnel. Sveyn fronça les sourcils et pria pour que personne ne se rende compte qu'Ellün n'était plus elle-même.

Ils progressèrent tous dans l'obscurité. La colonne abritait un escalier en colimaçon. Il faisait froid, signe qu'il menait à une ouverture extérieure, elle aussi dissimulée.

Ellün suivait les pas du fantôme, il apparaissait très clairement que la jeune femme avait connu la Confrérie ou alors elle connaissait l'existence de ce tunnel, comment l'avait-elle appris ? Soudain, une nouvelle sonnerie retentit au-dessus d'elles, Ellün et Athelleen levèrent la tête, ce fut là qu'elle sentit toute la détresse du spectre, puis ses larmes. Des gouttelettes chaudes lui tombaient sur les joues. Son cœur tambourinait dans sa poitrine. Athelleen approcha une main pour déverrouiller la porte de droite. Puis tout s'effondra, le fantôme était parti.

Sveyn s'était avancé vers Ellün.

— Tu vas bien ? lui chuchota-t-il, craignant que l'écho de sa voix ne soit amplifié par la pierre.

— Je l'ai vue. Elle connaissait ce tunnel, lui répondit-elle, un peu étourdie comme toujours après les visions.

— Il y a deux sorties, la première mène au parc, l'autre au village, expliqua Ingwë en les interrompant sans le savoir.

— Pourquoi le parc ? demanda Sveyn pour dissimuler son inquiétude au sujet d'Ellün.

Il découvrit les lieux, un air sombre sur le visage.

— Pour s'y cacher si besoin, lui répondit Ingwë.

— Évidemment, jeta Tylr en tirant la langue à Sveyn.

Leur rivalité fit sourire le reste du groupe, ils pouffèrent tous. Décidément, il était clair que ces deux-là ne pouvaient pas se supporter.

Ils parvinrent rapidement en bas de l'escalier, à droite le parc les attendait, à gauche le village était à leur portée. Le groupe se dirigea vers son but ultime. Après quinze minutes à longer un couloir de pierre assez étroit, ils arrivèrent devant un mur.

— Encore un sentiment je suppose, princesse de mon cœur ? se moqua Tylr en direction d'Ingwë.

Mais la jeune Psychë ne fit pas attention, ce qui le déçut amplement. Sveyn sourit ironiquement et cela eut le don de l'agacer.

— La ferme, lui murmura-t-il.

Le métis retint un rire, mais les commissures de ses lèvres se relevèrent. Ellün lui donna un léger coup dans les côtes pour lui intimer l'ordre de s'arrêter. Il regarda ailleurs, l'air innocent.

Devant eux, Ingwë s'était illuminée de bleu. La pierre face à elle s'évapora pour laisser place à une large ouverture menant à l'extérieur. Une brise agressive vint fouetter leurs visages. Tous tremblèrent. Ingwë, concentrée, ne bougea pas.

Le groupe des cinq apprentis débarqua devant le bourg éclairé par une lumière céleste. Des Astéracës.

— Zut, nom d'une fureur d'orque, nous n'avions pas pensé qu'ils seraient aussi ici, pesta Ndyx.

Le village était parcouru par les gardes. Un grand vacarme couvrait tout le bourg, leurs armures s'entrechoquaient à chacun de leurs pas. Leurs bottes de métal frappaient le sol pierreux, provoquant des bruits affreux.

— Nous allons devoir être discrets, conclut Ellün.

XLI

Le village d'Aràan grouillait de gardes. Les Astéracës opéraient des allées et venues dans les petites ruelles éclairées par les nombreux réverbères. Le groupe des cinq était caché derrière des arbres qui bordaient le bourg. Dissimulés, ils observaient scrupuleusement ce qui se passait.

— Être invisible, qu'est-ce donc, pour vous ? les questionna Ellün brisant le silence.

— Une phase biologique encore non atteinte par l'humain ? répondit Ndyx.

— Une chose qui n'existe pas ? constata Tylr, perplexe, se grattant la tête.

— Presque ! C'est quelque chose d'imaginaire, rectifia Ellün.

— C'est bien ce que j'ai dit… la reprit le jumeau à l'œil vert.

— Tu ne comprends pas. Je contrôle l'imagination, il me suffit de penser que je suis invisible et je le deviens, expliqua-t-elle, ses yeux brillaient de malice.

— Je savais que j'aurais dû devenir une Äme Engendrör. Être un Söuffle, c'est dépassé, plaisanta Tylr.

Ellün avait bien révisé, elle travaillait avec le directeur des Ämes pour rattraper son niveau depuis plusieurs semaines. Elle savait que pour se rendre invisible, une certaine expérience était primordiale. Toutefois, au vu de la puissance qu'elle avait générée à Anario, elle rêvait de réussir vite.

Ingwë et Sveyn restaient quant à eux silencieux.

Ellün activa sa magie, des petites paillettes illuminèrent ses doigts, sans aller plus loin. Son Erigiuum s'éteignit presque aussitôt.

— Allons, El', ce n'est pas grave. Il y a beaucoup de façons d'être invisibles. Mon pouvoir me permet de me fondre dans le décor.

La jeune fille était très déçue et laissa la place à son ami. Les Orphuss Chuchöteurs pouvaient prendre les couleurs de leur environnement. Sveyn en avait largement les capacités.

— Parfait. Les seuls qui pourraient potentiellement nous détecter sont les Psychës à cause de nos états d'âme. Je saurais comment rendre toutes nos pensées et émotions inexistantes, ou du moins les mettre en veille. Le seul doute que j'ai, c'est combien de temps je pourrai tenir.

— Sinon, nous n'avons qu'à y aller un par un. Sveyn et Ingwë feront plusieurs aller-retour, proposa Ndyx.

— Cela nous ferait perdre trop de temps de traverser plusieurs fois le village. Tentons le coup, décida Ingwë.

Ellün leva ses yeux vers la pleine lune, des rayons d'un blanc immaculé se reflétaient dans son regard noisette aux paillettes vertes. Il manquait un élément qu'ils n'avaient pas pris en compte : être invisibles c'était bien, mais être inconsistants c'était mieux.

— Ils peuvent encore nous sentir, leur glissa-t-elle.

— Comment cela ? demanda Ingwë.

— Sveyn peut rendre cinq personnes invisibles, mais si nous ne faisons pas attention ils peuvent nous toucher. Or, si je ne me trompe pas, les rues d'Aràan sont étroites.

— Je peux aussi le contrôler. Devenir invisible, c'est aussi demander à la nature de nous rendre discrets. Ils pourraient toujours nous toucher, mais ils ne le feront pas si la nature les distrait. Vous comprenez ? expliqua Sveyn.

— Très bien, faisons comme cela alors.

Tous restèrent silencieux, puis Tylr lança :

— En résumé, notre mission repose sur un coup de bluff.

Les autres pouffèrent, il n'avait pas réellement tort. Mais que pouvaient-ils faire de mieux ? Avec leurs douze et treize ans, ils ne connaissaient encore rien du monde, leurs Erigiuums étaient à peine révélés, surtout celui d'Ellün qui manquait cruellement d'entraînement.

Les rues semblaient vides, malgré le bruit des bottes de métal foulant la pierre du sol. Les gardes n'étaient pas loin.

— Il n'y a personne dans la rue de l'auberge, nous pouvons passer tranquilles, constata Ingwë.

— Dépêchons-nous, avant qu'ils viennent l'envahir, pressa Ellün.

Le groupe se mit en marche, Sveyn activa son pouvoir et rendit tout le monde invisible. Ingwë créa une bulle autour d'eux capable d'aspirer leurs pensées.

Plus l'équipe avançait, plus le duo grimaçait, leurs Erigiuums étaient soumis à rude épreuve et ils doutaient de pouvoir tenir longtemps. De temps en temps, la bulle se perçait et laissait se répandre leurs odeurs, leurs bruits de pas, leur présence.

Ils entendirent soudain un son qui les effraya. Tous se figèrent sur place en attendant de voir apparaître l'ombre au coin de la ruelle.

Dans les flammes dansantes, une silhouette émergea. Elle portait une cuirasse d'or et le blason ensoleillé des Astéracë. Ce garde pouvait être leur perte.

Tous gardèrent le silence et se plaquèrent contre un mur de pierre. Certains fermèrent les yeux, refusant d'assister à la catastrophe très probable. Sveyn et Ingwë étaient au maximum de leur concentration. Leurs jambes commencèrent à trembler de l'effort fourni.

— Je ne vais pas pouvoir continuer, cracha imperceptiblement Ingwë.

Sveyn ne dit rien, il restait impassible, les sourcils froncés. Figé tel un bâton, seuls des spasmes venaient lui parcourir le corps en entier. Le moindre effort ou geste pourrait alors détruire toute son œuvre. Des fissures se créaient déjà sur la coque transparente que seuls eux pouvaient voir.

Le garde s'arrêta net, tout comme leurs cœurs. Ils pouvaient désormais tout distinguer de l'inconnu, ils se situaient à quelques centimètres les uns des autres. La figure d'autorité avait dû sentir — ou ressentir — quelque chose, car il regardait maintenant en l'air. Ses mains s'activèrent d'une lumière jaune identique au soleil. Ellün mit les mains sur sa bouche, Tylr ferma les yeux, tandis que ses trois compagnons étaient sur le qui-vive.

L'Astéracë s'avança lentement vers Tylr, ce dernier eut un hoquet de surprise. Fort heureusement, un chat sorti d'une gouttière couvrit le bruit. L'homme désactiva son pouvoir, soulagé. Il poursuivit alors sa route, abandonnant sans le savoir les cinq adolescents proches de la crise cardiaque.

Sveyn leur fit signe de continuer. Ingwë et lui étaient sur le point de lâcher. Ils devaient faire vite.

— Nous y voilà, annonça-t-il, soulagé.

Il était temps. Ils n'avaient pas tenu plus longtemps, leurs Erigiuums s'étaient effondrés à un pas de l'auberge. Par chance, ils n'eurent pas à appeler le propriétaire, la porte était déjà ouverte et ils se faufilèrent prestement à l'intérieur.

L'aubergiste, qu'ils n'avaient pas vu la dernière fois, les accueillit.

— Je m'attendais à votre venue. Comment un cadavre n'aurait-il pas pu éveiller les soupçons de l'Eòlasum ?

— Bonsoir, monsieur Shroud. Je vous présente un des membres de la Confrérie, dit-elle en se tournant vers les autres.

L'homme, plutôt grand, portait des cheveux courts, une barbe rousse hirsute, et ses yeux noisette témoignaient une profonde gentillesse. Ses mains, larges, avec des taches de rousseur, ouvrirent le passage vers le grenier secret.

— Tes parents attendent ton coup de crytoveg, annonça-t-il avant même que Ingwë ait pu lui poser la moindre question.

— Papa, maman, dit Ingwë froidement.

Quelque part, elle leur reprochait toujours d'avoir soutenu l'oracle en lui imposant un rôle trop grand pour elle.

— Nous étions impatients de te voir. Tout va bien pour toi ? Personne d'autre n'a été tué ? Il est très difficile d'obtenir des informations, les frontières ont été fermées et sont surveillées. Les communications aussi. Nos collaborateurs n'ont pas pu se rendre à l'auberge, tout le monde est suspecté du meurtre et on leur a demandé de rester chez eux. Seul Shroud a pu nous appeler.

— Tout va bien, mais nous en savons encore moins que vous. Que s'est-il passé ? Qui est mort ? interrogea Ingwë.

— Celebrimbor Brylee, un bijoutier d'Aràan. Il était Psychë, il amait se servir de ses émotions pour créer des bijoux exceptionnels. Il avait pour habitude de descendre régulièrement à Borlog pour vendre ses créations. Mais sa dernière montée à Aràan lui aura été fatale, précisa sa mère.

— Que lui est-il arrivé ? voulut savoir la jeune Psychë.

— Apparemment, il a été retrouvé dans son atelier, son cerveau s'est liquéfié. À part ça, il n'a rien, son corps est indemne, lui raconta son père.

— Il y a eu une autopsie ? demanda sa fille.

Ingwë ne put s'empêcher de faire le lien entre le cerveau, l'esprit, les Psychës et surtout Arachné. Sa haine en fut réanimée.

— Peut-être, nous ne sommes pas au courant en tout cas. Si elle a été faite, elle s'est déroulée dans le laboratoire privé qu'Arachné contrôle.

L'homme à la main d'argent, traduction de Celebrimbor, devait avoir échoué dans les confins des sous-sols de l'école. Là où se tenait le plus grand laboratoire du monde d'Odöon.

— Il nous a laissé un petit quelque chose avant sa mort, ajouta son père sur un ton grave.

La crytoveg d'Ingwë émit un petit bruit, elle venait de recevoir un fichier.

— Seul un Psychë peut l'écouter. Je te laisse décider par la suite finit Fjor.

— Très bien, nous allons tâcher d'en savoir plus. Au fait, je vous présente Ellün, dit-elle à l'attention de ses parents.

— Ah ! C'est donc toi qui vas venir vivre parmi nous à Ole Nalore. Heureux de te rencontrer. Nous attendons votre venue avec impatience, leur dit son père, souriant.

Ingwë lui ressemblait énormément, mêmes cheveux, mêmes yeux ; mais Fjor avait plus de douceur dans les yeux, tandis qu'Esmë détenait la même lueur de détermination que sa fille.

— Enchantée de vous connaître et merci de m'accueillir chez vous, les remercia-t-elle après sa brève observation.

Le cœur d'Ellün battait la chamade, c'était la première fois qu'elle n'allait pas rentrer à Ulmo. Après un bref salut de sa part, Ingwë coupa la communication. En se retournant, elle vit ses amis la regarder avec surprise.

— Serais-tu fâchée contre eux par hasard ? questionna Tylr, inquiet.

— Il ne suffit pas d'être Psychë pour le deviner, confirma Ndyx.

— La ferme, les envoya promener Ingwë.

Seul Sveyn étouffa un rire et Tylr lui jeta un éclair furibond. La jeune Psychë commença à faire les cent pas dans le grenier.

— Il nous faudrait le compte-rendu de l'autopsie. Et pour cela, il nous faut entrer dans le laboratoire.

— Une tâche très simple en effet. Pénétrer dans le plus grand laboratoire du monde, franchir les centaines d'Astéracës qui le garde, désarmer les différentes alarmes, trouver le bon chemin vers la morgue… Vraiment, un jeu d'enfant, ironisa Tylr.

— Nous n'y arriverons pas, et tu le sais. Nous sommes trop jeunes et trop inexpérimentés pour nous y rendre.

— Je ne connais rien à la Confrérie, mais vous n'avez personne dans le laboratoire qui pourrait nous aider ? demanda Sveyn.

— Non, j'ignore ce que leur fait Arachné. Il nous est impossible d'y infiltrer quelqu'un.

Le groupe des cinq était déçu et un peu découragé. Ils voyaient mal comment mener une enquête avec des pouvoirs limités, alors que même la Confrérie était impuissante.

— Avant de décider quoi faire, si tu nous disais ce que le fichier contient ? Puisque tu es la seule à pouvoir le décrypter, se recentra Sveyn qui avait toujours les pieds sur terre.

— Tu as raison, je m'égare.

Ingwë activa sa crytoveg. Sur son poignet s'illumina un cercle blanc qui s'emplit d'une lumière laiteuse, puis elle trouva le fichier et l'ouvrit. Des nuances de rouge, de noir et d'argent s'enroulaient, se déroulaient dans la sphère de cristal. La jeune fille se demanda à quoi tout cela rimait, elle ne comprenait rien et ce fut là qu'elle se souvint des paroles de son père : il ne fallait pas lire, mais ressentir. Elle ferma donc ses yeux, une douce lumière bleue colorait ses longs cils bruns.

Alors elle plongea dans un tourbillon de peur, de course poursuite et de sang. Celebrimbor avait été un grand sensible, là où la plupart des Psychës se consacraient à l'étude et la manipulation du psychisme, lui s'était concentré sur ses émotions et les avait intégrées au service de son art. On l'avait poursuivi dans les ruelles d'Aràan, il avait tenté de trouver refuge dans le seul endroit qu'il affectionnait tant : son atelier. Mais son nid douillet s'était transformé en un cauchemar. On l'avait piégé, recroquevillé dans un trou sans issue. Et là, dans son ultime instant, il avait crié. Son esprit s'était affolé. Une forme noire apparut alors à Ingwë. Il avait enregistré ses émotions au dernier moment de sa vie.

Et cela avait été si triste.

Une larme roula le long de la joue d'Ingwë, Celebrimbor savait qu'il allait mourir.

XLII

Le lendemain, école d'Aràan, territoire de l'Est, mois de Nion de l'an Hëplunn.

Eh, il faut qu'on parle, l'interpella Sveyn.

L'écho de ses mots se brisait sur les gigantesques murs de pierre de l'école. Les jeunes apprentis venaient de retrouver leurs parents, l'inquiétude laissait place au soulagement. Les adolescents se disaient au revoir, impatients de goûter au repos. Ce jour-là, le soleil avait repris ses droits difficilement. L'orage avait fait beaucoup de dégâts dans le parc. Certains arbres s'étaient abattus de leur poids centenaire, creusant la terre déjà boueuse. Mais les vitraux de certaines fenêtres de l'école diffusaient des rayons de toutes les couleurs sur les tapis cramoisis des longs couloirs. On aurait dit un jour de fête, et non de deuil.

— Qu'y a-t-il ? répondit Ellün qui s'apprêtait à rejoindre Ingwë pour passer les vacances chez elle, ou plutôt pour trouver un refuge.

Sveyn se figea lorsqu'elle se retourna vers lui. Ses longs cheveux châtains avaient dessiné un cercle parfait autour d'elle. Puis, ils étaient retombés doucement dans son dos, telle une cascade. Les vitraux illuminaient de taches multicolores ses yeux noisette et son fin visage ovale. Le jeune métis cligna des paupières pour se ressaisir, sans que son amie devine l'agitation de son cœur.

— Et Athelleen ? Il faut avancer dans nos recherches. Maintenant que nous commençons à en savoir plus sur elle, cela se précise. Nous savons où chercher, dit-il dans un éclaircissement de voix.

— Tu as raison, comme toujours. Mais ce n'est pas le bon moment, Ingwë m'attend. On en reparle à la rentrée ? lâcha-t-elle, très pressée.

Ellün voulait faire bonne impression sur les parents de la Psychë. Étant l'élue et avec toutes les rumeurs qui avaient couru sur elle cette dernière année, elle pensait devoir rectifier sa mauvaise image. D'ailleurs, le père d'Ingwë avait eu l'air sceptique en la voyant hier dans le grenier de l'auberge. À qui avait-elle pu lui faire penser ?

— D'accord, fais attention à toi.

La jeune Äme jeta un large sourire à l'Orphuss qui se rasséréna un peu. Elle fila, un grand sourire aux lèvres. Elle laissa une douce odeur de fleurs de cerisier dans son sillage. Sveyn ferma les yeux quelques secondes.

— Prête pour les rencontrer ? souffla une voix derrière la jeune fille.

Elle venait d'arriver dans le grand hall et ne trouvait pas son amie. Ellün fit alors volte-face et vit une Ingwë plus apaisée qu'hier.

— Tu verras, le manoir se trouve dans une forêt, c'est très apaisant et les promenades sont agréables.

C'était donc cela, s'éloigner d'Aràan et retrouver son foyer lui suffisaient. Son regard divagua puis s'arrêta sur un visage familier. Ellün bondit en avant, le cœur accélérant. Malgré leur dernière dispute, elle se devait d'aller lui parler.

— Calion ! cria-t-elle.

Celui qui avait été son frère se retourna, le visage fermé. Visiblement, voir sa petite sœur ne lui faisait pas plaisir. Ellün déchanta, son cœur se serra dans sa poitrine. Elle leva les mains en signe de paix, elle ne souhaitait pas le brusquer.

— Je ne suis pas venue t'ennuyer. Juste te demander un service. Il y a une carte de géographie dans ma chambre, je ne sais pas où je l'ai mise, si tu peux me la retrouver, j'en ai vraiment besoin pour un devoir à la rentrée, lui mentit-elle.

Ellün ne pouvait pas lui dire la vérité sur cette carte, depuis qu'elle savait que Calion n'était plus de son côté. Elle s'étonna tristement de son propre comportement, lui avait-elle déjà menti dans sa vie ? Ses souvenirs ne firent qu'un tour dans son esprit. Non, elle avait toujours respecté son grand frère.

— Pourquoi ne pas venir la chercher toi-même ? Tu pourras par la même occasion t'excuser auprès de nos parents.

— Ils ont drogué leur fille et l'ont enfermée pendant des jours. C'est plutôt à eux de s'excuser, non ?

Ils se regardèrent quelques secondes, toute la peine du monde et l'incompréhension se lisaient dans leurs yeux.

— C'était extrême, mais pour ton bien, pour notre bien. Encore une fois, si tu étais restée à Ulmo, rien ne te serait arrivé à Anario. Rien n'est normal avec toi, comment as-tu fait pour devenir Äme ? Alors que toute ta famille est Orphuss.

— Je n'ai rien choisi de tout cela ! Et puis, peut-être qu'un de nos aïeux provenait de cette Descendance.

— Non, Ellün. Il n'y a jamais eu d'Âmes chez nous. Jamais.

Le silence s'installa entre eux, laissant planer l'amertume.

— Quoiqu'il en soit, retrouve la carte s'il te plaît. Merci, coupa précipitamment Ellün en lui tournant le dos et en s'éloignant.

— Si tu échoues à ce devoir, seras-tu renvoyée ?

Calion cherchait tous les moyens pour lui faire quitter l'école. Encore maintenant, Ellün avait la désagréable impression de faire face à Delphy, à tout l'institut. Sauf que cette fois-ci, c'était son frère. Il était censé la protéger, mais il la traitait comme une intruse. *Intruse dans leur propre famille.*

Rejetée.

Absolument indésirable.

Un parasite.

— Bien sûr que non. Calion, je t'en prie, c'est juste une stupide carte. Si je ne la retrouve pas et que j'ai une mauvaise note, je vais attirer de nouveau l'attention sur moi, et donc sur toi, expliqua-t-elle, jouant désormais le même jeu que lui.

Calion grimaça, grommela un « d'accord » et s'éloigna sans un regard en arrière. L'adolescente calma ses larmes naissantes et rejoignit Ingwë.

La jeune Psychë avait déjà retrouvé ses parents. Fjor, le père, tenait sa fille dans ses bras, mais Ingwë, après une rapide tape sur son épaule, se retira. Les élans d'affection n'étaient pas son fort. Un sourire triste s'afficha sur le doux visage de son père, puis son regard s'arrêta sur celui de l'Äme. Ellün était gênée, mais encore plus peinée. Était-ce donc à cela que ressemblait une vraie famille ?

— Alors ma chérie, je suppose que cette petite est Ellün, la jeune fille entraperçue hier soir ? demanda-t-il tout en fixant intensément l'amie de sa fille.

Le regard de la mère s'attarda également sur elle. Leur prestance était telle qu'Ellün faillit faire une révérence. C'étaient des gens puissants. Fjor dut remarquer son embarras.

— Pardon, tu m'as fait penser à quelqu'un pendant un instant… Nous sommes ravis de t'accueillir à la maison ! s'enthousiasma-t-il en claquant des mains.

Ellün se troubla, cela faisait deux fois que Fjor semblait la prendre pour une autre.

— Bonjour… Merci de m'accueillir, bafouilla cette dernière, la timidité lui montant aux joues.

La mère d'Ingwë étincelait d'une beauté solaire. Son Erigiuum d'Astéracë se devinait aisément. Quelque part, sa fille, s'il était vrai qu'elle n'avait pas hérité du même pouvoir, possédait la même force en elle.

— Prêtes pour le voyage ? Nous avons une longue route pour Ole Nalore.

Soudain, les yeux d'Ellün s'écarquillèrent. Tout en descendant l'allée de l'école, elle vit que la famille d'Ingwë se dirigeait vers un engin brillant de cristal pur.

— Ingwë… appela-t-elle, en essayant de rester discrète.

La brune se retourna. D'un léger signe de la tête, elle lui demanda ce qu'elle avait.

— Nous ne prenons pas le görlonef ?

— Non, ma mère a horreur des transports publics. Et puis, nous irons plus vite comme cela.

Ellün réalisa d'un coup à quel point elle avait sans doute sous-estimé la fortune de son amie. Personne à Ulmo n'aurait pu se procurer une turnef pareille. Et surtout pas dans ce matériau noble.

— J'espère que ça ne change rien entre nous, lui glissa tout bas Ingwë lorsqu'elle devina ses pensées.

— Non, ne t'en fais pas, lui sourit l'Äme pour la rassurer.

Depuis qu'elle la connaissait, Ingwë avait toujours été très généreuse avec elle. Était-ce par pitié ? Parce qu'elle n'ignorait pas qu'Ellün provenait d'une famille de la campagne ou était-ce naturel chez elle d'aider les autres ? Elle ne s'était jamais posé la question. Et à quoi bon ? Ingwë n'était pas sa meilleure amie pour rien, fortunée ou pas, elle l'adorait telle qu'elle était.

Le soleil éclairait fortement l'école aérienne, lorsqu'ils se mirent en route dans les nuages.

Le manoir était absolument sublime. Ellün n'en croyait pas ses yeux. Elle était arrivée depuis deux jours et ils l'avaient tous traitée une invitée du plus haut rang. Elle n'avait jamais été autant gâtée. Bien sûr, ses parents avaient toujours veillé à ce qu'elle ne manque jamais de rien et l'avaient entouré d'un profond amour. Mais elle recevait ici d'autres sortes d'attentions qui l'éblouissaient. Elle était l'élue et elle ne s'était jamais sentie aussi importante de toute sa vie. Plus elle séjournait ici, plus elle prenait conscience de la place qu'elle devrait occuper bientôt.

Ingwë était partie en ville avec sa mère, Ellün avait tenu à rester pour flâner dans les jardins de la propriété. Elle adorait passer son temps dans la nature. Cela lui rappelait son enfance à Ulmo, sa maison dans le grand arbre, les nuits sur la colline à regarder la course des comètes. La fraîcheur de l'herbe sous ses pieds dénudés et l'air dans ses cheveux détachés tout faisait gonfler son cœur d'une tendre joie.

— Ellün… Pardon de te déranger, l'appela doucement une voix masculine.

— Oh, non, je vous en prie. J'étais juste en train de me promener, rougit-elle.

Fjor se tenait là. Son regard était bienveillant. Il portait une ample chemise blanche agitée par le vent qui ébouriffait ses cheveux bruns. C'était un homme élégant.

— Es-tu une fille de la nature ? lui demanda-t-il en regardant ses pieds nus.

— Dans mon village, nous en sommes très proches. Nous n'avons pas tout ce que vous avez ici à Ole Nalore, ni à la capitale.

— J'imagine que cela doit perturber tes habitudes. De quel village viens-tu ?

— D'Ulmo, dans le nord. C'est un petit village, vous n'avez jamais dû en entendre parler. Il se trouve à la frontière du Grand Nord.

— Effectivement, je ne connais pas. Mais j'ai entendu parler de tes exploits. Tu as eu du retard sur ton scintillement et maintenant te voici une Äme nouvelle. Tes parents ne sont-ils pas Orphuss cependant ?

— Oui, j'avoue ne pas comprendre. J'ai été très surprise d'apprendre que je n'avais pas le même Erigiuum que ma famille. La directrice pense à un gène mutant.

— Intéressant. Excuse-moi pour toutes ces questions indiscrètes, mais tu me fais beaucoup penser à quelqu'un que je connais ou que j'ai connu. Je n'arrive pas à mettre le doigt dessus.

Ellün l'observa, Fjor plongea son regard dans celui noisette aux éclats vert d'eau de la jeune fille. Les éclats. Mais le souvenir trop fugace lui échappa encore.

— Ellün ! crièrent en cœur deux voix qui remontaient l'allée des sapins.

Les jumeaux venaient tout juste d'arriver au manoir et se précipitaient au-devant de leur amie. Le soleil était alors à son zénith, réchauffant la terre. Ellün eut une sensation de plénitude, entourée par ces êtres qu'elle affectionnait.

— Je vous laisse avec notre chère élue, leur dit gentiment Fjor en partant.

— Alors, on prend la grosse tête, princesse ? lança Tylr.

— Tylr ! Ndyx ! Mais que faites-vous là ? s'étonna joyeusement Ellün.

— Nous sommes là pour la cérémonie ! Toute la confrérie de l'Oracle a été invitée, lui expliqua Ndyx.

En effet, Esmë et Fjor ne l'avaient pas invitée uniquement pour lui éviter de rester à l'école le temps des vacances, mais pour l'introduire auprès de tous les confrères et consœurs. Apparemment, l'euphorie s'était installée chez tous les membres : l'Oracle s'était réveillé cette année-là et, quelques semaines après, l'Eòlasum avait trouvé l'élue. Beaucoup de bonnes nouvelles en l'espace de peu de temps. L'espoir renaissait.

— J'ai tellement hâte d'y être, la fête va être somptueuse ! se mit à rêver le jumeau à l'œil vert.

— La fête ? commença à s'inquiéter Ellün.

À cet instant, entourée d'une nature aux couleurs flamboyantes, elle se mit à rêver à son tour d'une nouvelle espérance.

Soudain, de sombres nuages s'amoncelaient. Le ciel devint alors noir.

— Tu ne pensais quand même pas qu'on allait introduire l'élue sans une grande célébration ? C'est la nouvelle que la Confrérie attend depuis des milliers d'années ! renchérit-il.

— Je savais qu'Ingwë était partie avec sa mère pour préparer un dîner spécial pour ce soir, mais je n'avais pas compris à quel point la fête serait importante. Je ne veux pas toute l'attention sur moi !

Ellün était désespérée, sa timidité s'était aggravée depuis son départ d'Ulmo. Après tant de mois d'humiliation, elle aurait préféré devenir invisible. Elle avait pensé passer des vacances discrètes chez Ingwë. Elle regarda ses pieds nus, le rouge aux joues.

— Elle ne t'a rien dit pour ne pas t'inquiéter. Elle a agi au mieux te connaissant, expliqua Ndyx pour la rassurer.

La nouvelle Äme aurait préféré que son amie la tienne tout de même au courant. Elle aurait au moins pu se préparer mentalement. Encore une fois, elle avait la mauvaise impression qu'on lui avait menti. Elle espérait que la manie du trio d'omettre la vérité pour la protéger allait très vite s'arrêter.

— Tu devrais t'y préparer pourtant. Je ne parle pas que de cette cérémonie, mais pour le restant de ta vie. Si en plus tu réussis ta mission, tu auras deux fois plus d'admirateurs, lâcha Tylr au même moment que son frère.

— Oh, non ! souffla Ellün, horrifiée.

— Ne t'inquiète pas, on t'accompagnera sous cette lumière, elle nous éblouira tous ! songea Tylr, des étoiles plein les yeux.

— Tu es irrécupérable, s'exaspéra Ndyx en se frappant la tête.

— Comme si ça ne te faisait pas plaisir à toi aussi !

— Tylr ! Ndyx ! coupèrent deux voix.

À ces cris, un des jumeaux se raidit. Ce silence soudain était inhabituel chez Tylr. Quant à son frère, il restait juste lui-même. Ellün s'écarta, car ils lui barraient la vue. À quelques mètres d'eux, deux adultes s'approchaient du trio d'une démarche chaloupée.

— Que faites-vous ? demanda une voix féminine aux intonations hypnotiques.

Le couple qui s'avançait vers eux était d'une élégance à couper le souffle. La femme avait revêtu une longue robe violette, couleur princière. Ses longs cheveux se terminaient en boucles d'or fin. D'une silhouette voluptueuse, elle était sublime. Ses yeux étaient d'un bleu ciel dans lesquels chacun avait envie de se perdre. Quant à l'homme, sa chevelure était également blonde, et elle était attachée en un lourd chignon. Habillé d'une élégante tunique, aux finitions brodées argentées, aux reflets de violet et d'aubergine, il marchait nonchalamment. Ses traits étaient fins, son nez aquilin, sa peau légèrement dorée, il avait une beauté typique du sud. Ses grands yeux étaient d'un vert de forêt intense. Des deux enchanteurs émanait une aura qui suscitait l'admiration et la crainte chez les autres. Ellün réalisa alors qu'ils étaient les parents des jumeaux.

— Nous voulions retrouver notre amie pour lui dire bonjour. Nous vous présentons Ellün, l'élue trouvée par l'Eòlasum. Elle est dans notre classe depuis la rentrée, comme je vous l'avais expliqué. Elle est une Äme, présenta Ndyx.

— Oh ! Chère Ellün, c'est un plaisir de vous rencontrer ! Nous sommes très fiers que nos garçons soient à vos côtés pour vous aider à accomplir la prophétie, s'exclama le père.

L'Äme avait de nouveau le feu aux joues. Était-ce réel ? Un roi et une reine s'adressaient-ils à sa petite personne ? Ils étaient enchantés de la rencontrer, de surcroît ! Du haut de son jeune âge et influencée par la beauté du couple, elle se sentit pousser des ailes. Elle se sentait flattée et cela ne lui était pas arrivé depuis longtemps.

— J'espère que Tylr ne se montre pas trop impertinent avec vous. Il a la fâcheuse habitude d'énerver son monde, continua sa mère, une flamme dans les yeux.

Le jumeau à l'œil vert avait tout d'un coup perdu la parole. Il déglutit à la place, se faisant tout petit.

— Non, j'adore votre fils. Il a beaucoup d'humour, rassurez-vous, balbutia Ellün tant bien que mal.

Elle n'en revenait pas. Elle avait osé lui parler. Son cœur, soudain rempli d'une certaine fierté, battait la chamade.

— Quelle bonne nouvelle ! Les garçons, vous devriez y aller, vous aussi Ellün, nous devrions tous nous préparer pour ce soir. Cela va être une longue nuit de célébration, leur commanda la mère d'une voix claire.

En faisant demi-tour, les cheveux de la femme valsèrent et brillèrent de mille feux, sous le soleil éclatant. Ellün observa attentivement la silhouette aux formes bien dessinées qui déambulait dans les puits de lumière et d'obscurité parsemées sur l'herbe fraîche. L'image était irréelle.

Pour une fois, Tylr ne se fit pas prier et suivit précipitamment ses parents. Ellün et Ndyx étaient à la traîne, et la jeune Âme en profita pour lui demander :

— Craint-il votre mère ?

— Oui. Tyrl n'est pas le même à la maison qu'à l'école ; devant elle il est un autre.

— Il est comme cela depuis toujours ?

— Quand ma mère est dans les parages, oui. Avec mon père c'est plus simple, il peut être celui que tu connais.

— Pourquoi cette différence ?

— C'est elle qui porte le kramph chez nous. Elle est très autoritaire. Et elle l'est davantage avec Tylr. Je crois qu'elle n'a pas beaucoup de fantaisie et qu'elle manque cruellement d'humour. Elle craint qu'il tourne mal si elle le laisse faire.

— Le quoi ? questionna Ellün qui était restée bloquée sur le mot « kramph ».

— C'est une coiffe de plumes d'Erigiuum. Les plumes s'articulent autour d'un ruban que l'on noue dans sa tresse. Dans les hautes sphères de la société, dans le Sud, c'était généralement l'homme qui la portait pour signifier qu'il était chef de famille.

— D'accord. C'est vraiment étrange de voir Tylr agir comme cela, songea Ellün à haute voix.

— C'est regrettable qu'Ingwë ne soit pas là pour le voir, elle ne nous croira jamais, se moqua Ndyx.

Le soir était tombé sur le manoir en effervescence. Toutes les grandes fenêtres, qui laissaient s'échapper des ombres mouvantes, créaient des scènes fantastiques sur la pelouse extérieure. Les domestiques s'affairaient à préparer l'énorme repas qui suivrait la cérémonie d'introduction. Tout était chaos organisé.

Ellün se trouvait dans une chambre préparée pour son séjour. Elle était spacieuse et richement décorée de dorures. Aux teintes de vert pomme. Les parents d'Ingwë avaient voulu qu'elle se sentît comme chez elle, à Ulmo. Les grandes fenêtres s'ouvraient sur l'arrière du manoir. Elles avaient été dénudées de leurs longues et imposantes tentures : Ellün dormait au clair de lune depuis toute petite. Le lit était d'un confort absolu, elle y dormait tel un bébé avec ses dix oreillers et sa couette chaude et moelleuse. Toutes ces commodités lui offraient un sentiment de sécurité ; elle se sentait à nouveau revigorée, à nouveau vivante.

Debout, devant un miroir ovale en pied, elle admirait la cape qu'on lui avait fournie. Cette dernière lui descendait jusqu'aux chevilles, elle comportait une grande capuche qui camouflait son visage. Soudain, elle se retourna en entendant la porte de sa chambre grincer et claquer.

— Es-tu prête ? demanda Ingwë, un sourire timide sur le visage.

— Oui, dit la nouvelle Äme d'une voix tremblante.

— Tu es magnifique, glissa la jeune brune.

Ce qu'elle venait de dire si naturellement la fit rougir. Comme à son habitude, son cœur se mettait à battre plus fort rien qu'en voyant Ellün. Ici, dans son propre manoir, lieu dans lequel elle se sentait un peu plus protégée. Elle avait l'impression que ses barrières voulaient céder. Mais était-elle seulement prête ? La voir aussi belle égayait son âme et elle se demanda si ce n'était pas le moment de tout lui révéler.

Nordëalis.

Ce qu'on lui avait fait.

Ses cauchemars.

Ses sentiments pour elle.

— Merci, bégaya son amie qui se détourna d'Ingwë pour se contempler à nouveau dans le miroir.

Le fard était monté aux jours d'Ellün, ne sachant comment réagir. Ingwë voulait-elle la rassurer avant la cérémonie ? La jeune fille ne se doutait pas un seul instant de la torture que subissait la Psychë. Pourtant, en l'entendant, quelque chose l'avait touché profondément. Qu'était-ce ?

— Ne t'inquiète pas, l'Oracle ne te fera rien. Quant à la Confrérie, elle est là pour toi, pour te soutenir. Tu es ici chez toi, en sécurité, lui assura Ingwë pour rompre ce silence gênant.

— Merci Ingwë. Heureusement que tu es là, ainsi que les jumeaux.

— On sera là avec toi, tout au long de la cérémonie, ne t'en fais pas, lui sourit-elle.

— J'aurais aimé que Sveyn soit avec nous, chuchota Ellün en perdant son sourire.

Un tremblement. Ellün aurait juré avoir vu son amie trembler légèrement, comme si elle était contrariée.

— Bientôt. Il ne peut pas assister à l'Introduction. Il n'est pas encore membre, toi non plus d'ailleurs, mais comme tu es l'élue, nous faisons une exception, se reprit-elle.

— Comment devient-on membre ?

— Je te l'expliquerai une prochaine fois, il faut y aller. Ils doivent être tous déjà en place.

Elle prit Ellün par le bras, ses yeux s'éclairèrent d'un bleu plus profond que celui de ses parents. Le contact avec son amie activa son Erigiuum, car la Psychë ne le contrôlait pas encore entièrement. Elle sentait alors toute son anxiété.

— Quand est-ce que cela s'arrêtera… murmura-t-elle entre ses dents.

— Comment ? demanda Ellün qui avait capté des bribes de mots.

— Rien, balaya du revers de la main son amie.

Elle détestait toucher les autres pour cette raison. À leur contact, elle ressentait tout, comme si elle vivait pour quelques secondes en eux. Elle haïssait davantage le contact avec Ellün, parce qu'elle savait ce qui se cachait au fond de l'Äme et cela la chagrinait.

Pourquoi n'était-elle pas devenue une Astéracë tout comme sa mère ? Avoir hérité de cet Erigiuum serait sa malédiction à vie. Elle ne pouvait contrôler les sentiments des autres. Même si elle était une Pensë, chaque vie intérieure appartenait à son propriétaire et elle ne pouvait rien n'y faire. Elle voulait éviter les dérives, mais connaître les émotions d'Ellün l'amenait parfois à penser qu'elle pouvait les changer. Et cela lui déplaisait au plus haut point.

Tout en fulminant de colère et de dégoût envers elle-même, Ingwë emmena Ellün devant le passage secret ; la jeune Psychë connaissait désormais la méthode pour l'ouvrir. Elles descendirent l'escalier en colimaçon qui conduisait à un long couloir, puis débouchait sur une immense salle ronde aux murs recouverts de crânes. Lorsqu'elle les aperçut, Ellün serra plus fort la main de son amie. Ingwë, instinctivement, lui procura du calme. Une légère lumière bleutée vint tourner autour d'Ellün avant de se fondre dans sa tête. La jeune Äme s'apaisa sur-le-champ.

Tous les confrères et consœurs de l'Oracle se tenaient debout, leurs capes couvrant leurs visages. Elle ne reconnut pas les jumeaux, ils ne devaient pourtant pas être loin. Un silence religieux régnait, même si les chuchotements s'élevaient sur son passage. Le murmure s'éteignit en de nombreux échos sur les sombres murs de pierre. Aux creux des mains des disciples, les flammes de bougies vacillaient. La danse du feu se reflétait dans les yeux de la nouvelle Äme. Tout était si hypnotique qu'elle en oublia un instant la raison de sa venue.

Ses idées reprirent forme lorsqu'une masse lumineuse s'éveilla devant elle. L'Oracle était réveillé et il était prêt à rencontrer l'élu. Devant son immensité, et sachant qu'il était un esprit vieux de milliers d'années, Ellün fut impressionnée ; elle posa un genou à terre et baissa la tête respectueusement.

— RELÈVE-TOI, MON ENFANT. AINSI TU ES L'ÉLU. UNE ÉLUE. COMMENT T'APPELLES-TU ?

— Je… Je m'appelle Ellün, se présenta la jeune fille, si petite devant l'entité gigantesque.

— JEUNE ELLÜN, TU ES DÉSORMAIS L'ENFANT DE LA VIE.

— L'enfant de quoi ?

Ellün était interloquée, de quoi parlait-il ? Elle n'était l'enfant de rien, même ses parents l'avaient rejetée. Quant à la vie, elle lui reprochait toutes les épreuves qu'elle avait traversées.

— UN AUTRE A PORTÉ AVANT TOI CE RÔLE. MALHEUREUSEMENT, IL Y A PLUSIEURS MILLIERS D'ANNÉES, SON ERIGIUUM S'EST ÉTEINT FACE À L'ENFANT DE LA MORT.

— L'enfant de la mort ? Pardon Oracle… Mais je ne comprends pas, vous ne nous aviez pas parlé de cela, intervint d'un coup Ingwë.

La jeune brune avait relevé sa capuche, dévoilant ses immenses yeux bleus d'où l'embarras se lisait. L'Eòlasum s'était levée entre l'Oracle et l'Enfant de la Vie.

— COMME JE L'AI DIT, LES SOUVENIRS IMPLANTÉS EN MOI SONT VIEUX ET INCERTAINS. JE NE PEUX ME BASER QUE SUR MES RESSENTIS. L'ENFANT DE LA VIE QUI DEVAIT EN CE TEMPS-LÀ MAINTENIR L'ÉQUILIBRE A ÉCHOUÉ FACE À LA MORT.

— Nous faut-il trouver ce nouvel enfant ? s'inquiéta celle qui accompagnait l'élue.

— IL VIENDRA À VOUS, NE T'EN FAIS PAS. LORSQUE L'ÉLUE SERA TROP ENCOMBRANTE, IL SE SOULÈVERA.

— Très bien, qu'il en soit ainsi, conclut l'Eòlasum en reculant et en remettant la capuche sur sa courte chevelure.

Ellün la regarda reculer et se sentit soudain à nouveau seule. La jeune fille était très impressionnée, la voix de l'Oracle était grondante, pourtant ses mots étaient ceux d'un guide.

— SUIS TON CHEMIN, ÉCOUTE TON CŒUR TOTALEMENT PUR. L'ÉOLASUM EST LÀ POUR TE SUIVRE ET T'AIDER DANS TA TÂCHE. N'OUBLIE JAMAIS : TU N'ES PAS SEULE, reprit l'Oracle en tournant à nouveau son regard vers la jeune Äme.

— M… Merci. Mais je ne comprends pas ce que je dois faire. Quelle est ma tâche ? se permit-elle de demander en tremblant.

— CELA MON ENFANT, JE L'IGNORE. MAIS TU CHANGERAS LA FACE DU MONDE.

Le sang de la jeune fille ne fit qu'un tour. Comment pourrait-elle transformer le monde, quand elle-même n'arrive pas à faire changer l'avis de ses camarades sur son passé ? Elle n'était pas une meneuse, elle préférait rester dans l'ombre. Mais cela, elle ne put le révéler à l'Oracle, ni à toute l'assemblée, car ces personnes comptaient sur elle.

— Par où dois-je commencer ? Le savez-vous au moins ?

— J'IGNORE TOUT, MAIS JE RESSENS. ET VOILÀ CE QUE JE PERÇOIS EN CET INSTANT : MÉFIE-TOI, TOUT N'EST PAS CE QU'IL PARAÎT.

— Que voulez-vous dire ? questionna-t-elle, soucieuse de ne pas comprendre.

— JE N'EN SAIS PAS PLUS. MAIS JE SUIS AUSSI ICI POUR TE GUIDER DANS TES MOMENTS DE DOUTE. AU FUR ET À MESURE DU TEMPS, J'EN SAURAI PEUT-ÊTRE PLUS. DU TEMPS, VOILÀ CE QUE NOUS DEVONS NOUS ACCORDER TOUS LES DEUX.

— D'accord… Je ferai de mon possible pour réussir alors.

— ACCLAMEZ L'ENFANT DE LA VIE ! QUE LA CONFRÉRIE RENAISSE DE SES CENDRES ! QUE LE MONDE ÉTABLI S'ÉCROULE DEVANT LA JUSTICE !

Des acclamations s'élevèrent partout dans la catacombe circulaire. Les échos frappèrent la roche des murs et emplirent le cœur d'Ellün. Tout n'était plus que clameurs. Ingwë hurlait à pleins poumons, elle n'oubliait pas que du succès d'Ellün dépendait le sien.

Enfant de la vie et Eòlasum étaient étroitement liés.

Cinq minutes de sa vie. Seulement cinq minutes pour être proclamée l'élue. Elle était la promesse d'une poignée de gens qui voulaient la justice pour des événements survenus des milliers d'années auparavant et dont personne ne se souvenait. à À l'âge de treize ans, elle était devenue l'élue, d'une cause floue et, pourtant, elle sentait la passion dans le cœur de toutes ces personnes. Parmi toutes les figures présentes, elle en vit sans sourire, sans aucun applaudissement ; ces individus ne prenaient pas part à la joie collective. Avait-elle commis une erreur quelque part ?

L'Oracle s'était tu et tout le monde partit en direction du banquet. Ellün, dans la foule, perdit de vue Ingwë et les jumeaux, ce qui l'affola. Elle ne supportait plus d'être seule, encore moins dans cette effervescence. Les invités déambulaient, verre de champagne à la main, riaient et mangeaient abondamment en venant se présenter à elle. Tout lui donnait le tournis.

Pensant que prendre l'air lui ferait du bien, elle retrouva ses amis dehors, sur le grand perron.

— Vous n'allez pas au banquet ?

— Après. Tylr préfère éviter sa mère le plus possible, n'est-ce pas ? ironisa Ingwë.

Le garçon haussa les épaules et fit la moue. La Psychë avait l'air très satisfaite. Pour une fois, le jumeau fauteur de troubles n'avait rien à répliquer. Elle s'en souviendrait pour les prochaines fois où elle n'arriverait pas à le faire taire !

— Je m'inquiète, dit Ellün pensivement, la tête baissée.

— Que se passe-t-il ? demanda Ingwë et elle tourna toute son attention vers elle.

— J'ai vu des gens qui n'avaient pas l'air ravi à la cérémonie d'Introduction.

— Ne t'en fais pas. Ce sont des récalcitrants qui attendent que tu fasses tes preuves. J'avoue que certains ne sont pas convaincus d'avoir une adolescente de treize ans pour élue. Mais tu n'as pas choisi quand l'Oracle s'éveillerait ni qui serait l'élu. Ils vont devoir faire avec, mais ils s'habitueront.

— Je comprends mieux maintenant.

— Il y a une dernière chose qui les mécontente. La venue de Sveyn les inquiète. Le fait que l'élu ait demandé à ce qu'un étranger se joigne à nous les a rendus suspicieux. De plus, ce n'est pas un secret, nous savons que son père souhaiterait travailler pour Arachné. Savoir qu'un résistant de la Confrérie est un proche d'un membre du camp adversaire, à savoir la Fédération de l'Augur, met les nôtres mal à l'aise. Mais comme je viens de te le dire, ce sera aussi à Sveyn de faire ses preuves auprès de nous.

— C'est son père, pas lui. Sveyn ne nous trahira jamais. Pourquoi leur as-tu dit que je voulais qu'il rejoigne la Confrérie, alors ? s'étonna la jeune Äme qui craignait de passer pour une capricieuse auprès des membres.

Ellün eut soudain l'affreuse vision d'une vie sans son ami. Elle refusait de le croire. Sveyn était la base de leur pacte, sans lui, pas d'élu.

— Bien sûr, ce n'est pas moi qui décide. Je me dois d'être franche avec mes confrères et consœurs. Et comment aurais-je pu justifier sa venue pour un mensonge ? trancha Ingwë.

Cette dernière fut frappée par son ton hautain. Venait-elle de lancer une remarque vengeresse après avoir découvert les sentiments puissants qui unissaient Ellün à Sveyn ? Sans doute, mais la réalité demeurait telle qu'elle était. Elle ne pouvait mentir à la Confrérie.

Aux yeux d'Ellün, tout était net. Elle crut voir Esmë, la mère d'Ingwë, en face d'elle d'un coup. Honnête, droite et implacable. La Psychë avait tout d'une Astéracë.

— Tu as bien fait Ingwë. Maintenant, par quoi va-t-on commencer ? demanda Ndyx qui préférait couper court à une proche dispute.

— Oui, bonne question. Par quoi va-t-on commencer ? Par qui et à quoi s'attaquer ? Qui sont nos ennemis ? Comment changer le monde ? dit Ellün sans interrompre le flot de ses paroles.

— Tellement de questions dans un si petit corps… réfléchit Tylr, l'humour toujours présent.

— Je t'avais prévenue. La prophétie de l'Oracle n'est pas limpide. Elle repose sur des souvenirs tellement vieux qu'ils s'effacent avec le temps qui passe. Ce dont nous sommes sûrs, c'est que le monde doit changer. Et qui fait le monde et ses règles d'aujourd'hui ? demanda Ingwë, qui réfléchissait déjà à la suite.

— La Fédération de l'Augur, répondit Ndyx, en bon élève.

— Et qui fait partie de cette Fédération ? continua Ingwë.

— Beaucoup de gens, répondit Tylr qui attendait fièrement la claque de la Psychë.

— Arachné Eöl, dit-elle, les yeux fixés sur un point qui n'existait pas et ignorant totalement la blague de son ami.

— Tu veux attaquer notre directrice ? ironisa Tylr.

— Elle fait partie de nos ennemis. Ellün, tu demandais par où et quoi commencer, c'est elle. De plus, c'est le moment de te révéler que nous t'avons vue errer dans les couloirs de l'école le soir d'Oíche Kaos. Sveyn te l'a peut-être dit.

— Pardon ? Mais de quoi parlez-vous ? demanda Ellün, perdue.

— Tu errais, et tu n'étais pas du tout consciente, ce n'était pas la même chose que lorsque tu as des visions. C'était donc autre chose.

— Elring était également là, dans le même état que toi.

— Attendez, vous me dites que le directeur des Astéracës et moi étions inconscients et que mon meilleur ami ne m'a rien dit ?

Ingwë grimaça à ses mots.

— Non, Sveyn t'a ramenée dans votre tour avant l'arrivée d'Elring. Les jumeaux ont aperçu ce dernier dans le même état plus tard, et il revenait tout droit du bureau de la directrice. Nous supposons donc que tu venais de là-bas, expliqua-t-elle.

— Oui, je veux dire. Sveyn m'a dit pour cette nuit-là, mais vous savez, je prenais des cours particuliers avec elle. La directrice m'a aidée pour acquérir mon Erigiuum.

— En es-tu vraiment sûre ? lui demanda la brune en plongeant ses grands yeux bleus dans les siens.

Son regard figea Ellün par son intensité.

— Mettons Aràan à feu et à sang ! cria Tylr en brandissant un poing pour couper le lien entre les deux filles.

— Tylr, calme-toi, l'apaisa son jumeau.

— À partir du moment où je ne comprends strictement rien de ce qu'il faut que je fasse, je t'accorde toute ma confiance et je te suis, conclut Ellün.

Le pacte fut scellé, ils avaient maintenant une direction à suivre. Ce fut revigorée par l'espoir qu'Ingwë pensa enfin qu'elle ferait tomber Arachné. Les quatre compères rentrèrent dans la salle de banquet afin de se joindre aux autres. Ingwë devait présenter Ellün aux membres de la

Confrérie.

— Combien sont-ils ce soir ? demanda-t-elle à la Psychë.

— Environ une centaine.

— Tous les membres sont présents ?

— Non, nous sommes moins d'un millier, mais le quintuple des gens présents ce soir. Nous ne nous réunissons jamais tous ensemble pour ne pas éveiller les soupçons. La plupart étaient sur leurs crytovegs pour assister à ton Introduction.

— Comment comptez-vous battre la Fédération si vous êtes si peu ?

— Tu peux déjà t'habituer à dire « nous », tu feras bientôt officiellement partie de notre Confrérie. Et pour répondre à ta question, nous avons une longueur d'avance. Nous avons heureusement conservé l'ancienne prophétie inconnue d'eux, et nous avons trouvé notre élue. Le nombre importe peu, c'est la stratégie qui compte. En parlant de stratégie, voilà quelqu'un qui sera un atout. Ellün, je te présente Aleksei, mon parrain.

Là, dans la lumière du hall d'où s'échappait une symphonie de piano et saxophone, une silhouette se détachait pour révéler un homme, grand et imposant au doux sourire. Ses yeux renfermaient une certaine tristesse qui interloqua Ellün.

— Bonjour, Monsieur, répondit-elle, timidement.

— Toutes mes salutations, ma chère petite. Je suis très content de te connaître et de savoir que ma filleule est bien entourée. Cela me réjouit de la voir avec une amie.

— Je suis ravie de l'avoir aussi dans ma vie.

Le cœur d'Ingwë bondit. Le bout de ses doigts se para d'une lumière bleu électrique qu'elle cacha immédiatement. *Maudit Erigiuum*, il se montrait toujours sans demander, lorsqu'elle ressentait une émotion forte.

— De quel Erigiuum es-tu ? questionna le grand homme.

— Je suis une Äme.

— Oh, et de quel pouvoir ?

— Il semblerait que je sois une Engendrör.

— Je t'avais déjà raconté, Ellün a eu du retard sur son Scintillement.

Il a éclos il y a quelques mois de ça, cependant son Erigiuum s'est révélé plus tard. Elle nous promet beaucoup de surprises. C'est ainsi que je l'ai senti au plus profond de moi : j'avais enfin trouvé l'élue, lui raconta sa filleule, calmant le rouge de ses joues.

— Tu sais que je fais confiance en tes ressentis. Tu deviendras une grande Psychë, Ingwë. Ellün, j'ai été ravi de faire ta connaissance. Sache que tu pourras toujours compter sur moi pour quoi que ce soit. Les amis de ma filleule sont les miens également.

— C'est quelqu'un de sûr. Tu peux lui faire confiance, confia Ingwë.

— Et quel Erigiuum détenez-vous, monsieur Aleksei ? interrogea Ellün, curieuse.

— Tu peux oublier le vouvoiement. Je suis un Psychë comme Ingwë, mais ma précision est Clairvöy et non Pensë. Alors, détrompe-toi, il m'arrive de ne pas être aussi lucide que ce que j'aimerais.

Aleksei pouvait donc deviner les pensées des autres mages, il avait accès aux secrets les plus sombres d'une personne. Tout comme F or, il avait la faculté de sonder l'âme d'un mage. Il pouvait ainsi prédire si la personne allait commettre quelque chose de mal, simplement en s'accrochant à une idée tenace ou à un sentiment violent.

— Arrête les bêtises, tu es le meilleur dans ton domaine, lui envoya cette dernière, car elle le portait en haute estime.

Mais elle savait pertinemment qu'il parlait de son passé. Lorsqu'il avait perdu toute légitimité sur son pouvoir, lorsqu'il était devenu fou de désespoir à la perte de sa fille bien-aimée.

Aleksei les dirigea vers le buffet. La longue table en bois massif offrait une centaine de plats plus appétissants les uns que les autres. Trouver des mets sans viande ni poisson n'était pas difficile pour Ellün tant le choix était large. Toute l'équipe de la cuisine avait effectué un travail remarquable. Bientôt rejoints par les jumeaux, tous firent connaissance avec le parrain d'Ingwë. Son humour et sa bonne humeur les mettaient tous à l'aise.

— Ça, c'est un festin comme on le mérite ! chantonnait un des jumeaux.

— Tiens-toi correctement, Tylr, lui rappela sa mère qui ne le quittait pas d'une semelle.

XLIII

Ole Nalore, territoire de l'Est, fin du mois de Nion de l'an Hëplunr.

Quelques jours plus tard, Sveyn arriva au manoir. Lors d'une belle matinée, Ellün courait parmi les sapins à la rencontre de son meilleur ami. Ils étaient devenus si proches en si peu de temps. L'amitié qu'elle entretenait avec Ingwë était différente. Elle avait l'impression que l'Orphuss la comprenait mieux, pourtant la Psychë absorbait ses émotions. Sveyn avait toujours les mots pour la réconforter. Malgré l'assurance d'Ingwë, c'était l'attitude méfiante et la douce protection de son ami qui la mettait la plus à l'aise. Elle sentait que la Psychë avait érigé une barrière que personne ne pouvait franchir. Elle le sentait bien maintenant qu'elle vivait depuis des jours chez elle, Ingwë cachait quelque chose.

Mais de tout ça, elle n'en avait jamais parlé avec Sveyn. Ellün, pour la première fois de sa vie, se montrait pudique avec les mots. Cependant à Ulmo, elle ne manquait pas de dévoiler ses émotions. Avec Sveyn, tout différait, elle éprouvait une irrésistible envie de lui témoigner sa tendresse. Comme si l'Orphuss était un ours à câliner.

— Sveyn ! cria-t-elle lorsqu'elle aperçut ses tresses d'or.

La jeune fille lui tomba dans les bras ; quant à Sveyn, son visage devint écarlate.

— Qu'as-tu dit à tes parents pour pouvoir venir ici ?

— Simplement que j'allais rendre visite à mes amis. Ils étaient très contents que je m'acclimate bien à Aràan. Enfin, ma mère était ravie, mon père, je ne l'ai pas vu, il n'était pas là.

— Encore en voyage d'affaires ?

— Sans doute. Alors, ils savent qui tu es maintenant ?

— Tu veux dire l'élue ? Oui, j'ai eu ma cérémonie d'Introduction. Maintenant, nous n'avons plus qu'à en passer par une autre pour appartenir définitivement à la Confrérie de l'Oracle.

— Je me demande bien ce qu'Ingwë a pu leur dire pour qu'ils acceptent de m'inclure dans leur clan.

— Aucune idée. L'important, c'est que tu sois là ! lui sourit Ellün.

L'Orphuss rougit une nouvelle fois.

Le manoir était moins agité que pour la cérémonie d'Introduction. Les invités étaient tous repartis, à l'exception des jumeaux ; leurs parents avaient accepté qu'ils restent profiter de leurs amies, Ellün et Ingwë. On leur avait dit que les autres mages de la Confrérie de l'Oracle se connecteraient par leurs crytovegs pour participer à ce nouvel événement qui devait se dérouler le soir même.

— Ah ! Je vous cherchais. Bonjour, Sveyn, tu as fait bon voyage ?

— Bonjour, Ingwë, oui je te remercie. C'est très joli chez toi, je ne pensais pas que cela serait aussi grand. Tu dois être contente de pouvoir te promener dans un tel parc, non ? demanda-t-il en se tournant vers Ellün qu'il commençait à bien connaître.

— Oui, c'est vrai que c'est très agréable. Tu verras qu'il n'y a pas que les lieux qui méritent d'être connus, la famille d'Ingwë est vraiment très gentille.

Sveyn n'eut pas le temps de répondre. Une personne qu'il connaissait bien venait d'apparaître sur le perron du manoir.

— Tu en as mis du temps, nous nous demandions si nous n'allions pas commencer la cérémonie de la marque sans toi, balança le jumeau à l'œil vert à l'Orphuss.

— Tu abuses, Tylr, ce n'est pas avant ce soir, répliqua son frère.

— Toujours aussi peu amusant à ce que je vois. Mais, dis-moi, avec toutes ces remarques et ces piques, tu ne me déclarerais pas ton amour ? rigola Sveyn sans s'énerver pour une fois.

— Dans tes rêves, répondit Tylr pris de cours par le soudain humour du garçon.

— Vous avez fini vos bêtises ? Mon père aimerait vous parler à tous les deux, dit Ingwë en désignant Ellün et Sveyn.

— Quant à moi, j'aimerais parler à mes fils si vous le permettez, intervint soudain une voix de femme.

Ils reconnurent tous, mise à part Sveyn, le timbre de voix suave. La mère des jumeaux se tenait à leurs côtés, ils ne l'avaient pas vue venir. Son pouvoir d'Äme Engendrör lui permettait de contrôler l'imaginaire, et de devenir invisible. Magdalena, du haut de ses quarante ans, avait un humour particulier, celui de surprendre ses enfants.

Ellün fit une révérence, toujours sous le charme de la beauté de cette femme.

— Allons, ma chère enfant, aucun élu ne devrait se courber devant quiconque. Il me semble que Fjor vous attend, toi et ton ami.

Les deux adolescents acquiescèrent avant de partir, guidés par Ingwë. Sveyn se retourna quelques secondes, analysant la scène qu'il venait de vivre. Cette femme sublime ne lui avait pas dit bonjour ; au contraire, il aurait parié qu'elle l'avait ignoré.

Le chant des oiseaux emplissait l'immense parc du duché d'Ole Nalore, tandis qu'une légère brise printanière venait effleurer les feuilles des arbres. Les jumeaux suivaient silencieusement leur mère qui les emmenait à l'écart. Ses pas secs n'auguraient rien de bon. Tous les deux la craignaient. Derrière sa beauté fatale, elle se révélait être une femme plutôt mystérieuse. Ils ne savaient jamais sur quel pied danser avec elle, imprédictible, imprévisible, personne ne devinait à quoi pouvait bien penser Magdalena.

Tous les trois s'arrêtèrent après s'être enfoncés dans la forêt dense qui bordait le parc. La lumière était plus douce, les puits d'obscurité les cachaient de la vue de tous. Après s'être assurée que personne ne les avait suivis, Magdalena fit apparaître une bulle aux reflets violets. À l'inverse des Psychës, — ceux-ci avaient la faculté d'isoler les pensées et de créer un espace mental où personne ne pouvait les entendre — les Ämes fabriquaient un objet capable d'englober les mages et de les confiner acoustiquement. Plus grossier, mais terriblement efficace.

La mage prit un air sévère. Tylr n'osait pas la regarder dans les yeux, il était totalement soumis en sa présence. Le jeune garçon joyeux et enthousiaste n'était plus à cet instant. De ses yeux marron et bleu, Ndyx toisait fixement sa mère, il ne devait pas ciller. Il ne fallait jamais exhiber ses faiblesses. Leur mère le leur avait appris depuis leur enfance, ce que Tylr avait du mal à appliquer. Tandis que ce dernier se montrait très extravagant, ne contrôlant pas ses émotions, lui-même pouvait sembler très froid par moment.

— Il est de notre devoir de protéger l'élue, leur dit soudain leur mère en plongeant son regard glacial dans les leurs.

— N'est-ce pas plutôt celui de l'Eòlasum ? se risqua à demander Ndyx.

Où sa mère voulait-elle en venir ? Comptait-elle leur rappeler, encore une fois, leurs rôles ? Magdalena avait mis un point d'honneur à construire la réputation de sa famille. Ses deux fils étaient bien plus que le fruit de son amour, ils représentaient l'avenir.

— Pas quand celui-ci cède aux caprices les plus fantasques de l'élu. Mes fils, vous êtes des princes et vous avez une haute position au sein de la Confrérie, ce qui apporte la gloire à notre famille. Et cette gloire ne doit pas être entachée.

— Que voulez-vous dire, mère ?

Tylr restait silencieux, comme toujours il ne voulait pas contredire leur mère.

— Ce Sveyn n'a pas sa place au sein de la Confrérie. Il ne fait pas partie de notre clan.

À ces mots, le moins courageux des jumeaux sursauta légèrement. Il n'aimait pas ce jeune impudent, mais il n'aurait jamais pensé que celui-ci serait un jour un objet de courroux pour sa mère. Magdalena pouvait se montrer intransigeante et impitoyable lorsqu'elle n'appréciait pas quelqu'un.

— Il était la condition pour qu'Ellün nous rejoigne, précisa Ndyx qui s'était résigné à voir Sveyn faire partie du même groupe.

— Il peut tout faire échouer, il peut tous nous mettre en danger. Nous ne pouvons risquer l'avenir de la Confrérie, et encore moins le nôtre. Nous avons eu l'honneur d'être choisis pour accompagner l'Eòlasum, ce ne sera pas avec vous, mes chers enfants, que tout s'écroulera. Je ne le permettrai pas.

Les jumeaux ne répliquèrent pas, qu'auraient-ils bien pu dire ? Leur réputation était ce qu'il y avait de plus précieux pour leur mère. Pourtant, cette femme n'était pas si cruelle, elle n'avait jamais levé la main sur eux ni même crié à en perdre la tête contre ses enfants. Non, la peur qu'elle leur inspirait était plus compliquée, implicite, comme si ses enfants devinaient qui elle était vraiment et ce qu'elle pouvait faire de pire.

Comme si Magdalena était un cauchemar.

Vivante dans l'obscurité, cachée de la lumière.

Mais viendrait le jour où le cauchemar deviendrait réalité.

En attendant, ils s'étaient toujours bien comportés devant leurs parents. Ils avaient été des enfants modèles, mais c'était un poids trop lourd à porter depuis longtemps. Alors les jumeaux s'étaient fabriqués des carapaces.

Tylr avait revêtu le masque de l'excentricité.

Derrière son grand sourire enchanteur, ses remarques flatteuses, ses gestes amples, se cachait un garçon fragile. Il faisait tout pour ne pas le montrer.

Ndyx s'était alors paré de la timidité.

Il avait fait le choix contraire de celui de son jumeau, il avait préféré rester discret. Parfois énigmatique, tantôt fade, les gens autour de lui se demandaient qui il était vraiment, on disait de lui qu'il n'avait aucune personnalité, aucune originalité.

Ils fonctionnaient ainsi, et cela avait toujours bien marché depuis.

— Que suggérez-vous que nous fassions, mère ? demanda Ndyx machinalement.

— Surveillez-le. Au moindre faux pas, dénoncez-le. Aucun écart ? Créez-en un. Ce serait préférable de lui effacer ses souvenirs tant qu'il est encore temps, ne croyez-vous pas ? dit Magdalena, une lueur malsaine dans ses beaux yeux.

Les jumeaux étaient horrifiés, le cauchemar était-il devenu vivant ?

Tylr n'aimait pas Sveyn et aurait préféré l'éloigner d'Ellün, mais il n'avait jamais souhaité à personne de voir ses souvenirs effacés.

Enlever la mémoire était une abomination pour tout mage.

Les souvenirs, les pensées, les images étaient tout ce qui constituait une personne.

Ils représentaient une vie.

Effacer cette vie, c'était s'effacer soi-même.

C'était ne plus jamais être le même.

Ndyx songea à tout ce que Sveyn avait accompli pour Ellün, la façon dont il l'avait protégée sans rien recevoir en retour. Il ne cherchait pas la reconnaissance. Il était quelqu'un de bien.

Et eux seraient sa perte.

Les jumeaux acquiescèrent, totalement impuissants.

— Maintenant que tout ceci est clarifié, allons à l'Introduction de cet imposteur.

Les oiseaux avaient arrêté de chanter, la brise s'était renforcée.

Les frères suivaient à nouveau leur mère.

Toujours dans son ombre.

Le bureau de Fjor était entrouvert, Ingwë toqua à la porte blanche pour s'annoncer. Son père les invita à entrer.

L'endroit était immense. Tous les murs étaient recouverts d'étagères où des centaines de livres reposaient. Tout cela rappela à Ellün le cabinet circulaire de la directrice, elle aussi avait de nombreux livres. Le père d'Ingwë était un Psychë Clairvöy. Il avait dédié sa vie à sa famille et à l'étude de la conscience humaine. Puis, il avait mis ses connaissances au service de la justice.

— Bonjour à tous les deux. Sveyn, ravi de pouvoir te rencontrer. J'ai beaucoup entendu parler de toi ; en bien, rassure-toi.

— Bonjour, Monsieur, répondit Sveyn d'une voix claire et assurée.

— Tu peux m'appeler Fjor. Je suis désolée de vous faire venir si tôt, mais étant mage de cérémonie ce soir, j'ai encore beaucoup de choses à faire. Il n'y a rien de grave, mais je voulais vous renseigner sur ce que vous allez vivre dans quelques heures.

— C'est une nouvelle cérémonie pour officialiser notre appartenance à la Confrérie ? demanda l'Orphuss.

— C'est cela, en effet. Cet événement s'appelle la cérémonie de la Marque.

Sveyn se tut, attendant que Fjor lui en dise plus. Une ambiance mystérieuse les enveloppa. Une confidence de la plus haute importance allait leur être révélée.

— Nous allons implanter une marque dans votre esprit. Cela sera un signe que seuls les membres connaîtront, mais également une manière de protéger la Confrérie.

— En quoi consiste cette Marque ? hasarda Sveyn, très peu rassuré à l'idée de se faire marquer, et encore moins de voir son esprit contrôlé.

— La marque Cirtho a été créée il y a quelques siècles. Nos ancêtres voulaient trouver une manière de ne pas être découverts des autres. Une manière de contrôler le risque déjà trop grand. La marque Cirtho s'implante en vous. Nous savons si l'existence de la Confrérie est menacée ou pas grâce à elle. Mais je tiens à vous rassurer : nous ne connaissons pas vos pensées, nous ne vous espionnons pas. Cirtho fonctionne comme une alarme, lorsqu'une réflexion ou un sentiment s'écarte, plus précisément ne convient pas, la Marque s'active pour tout effacer en vous.

— Qu'efface-t-elle ? demanda Sveyn, sceptique face à l'idée de ne plus être lui-même.

— Les souvenirs de la Confrérie. Ces moments-là sont automatiquement remplacés par des scènes de vie quotidienne, une vie que vous auriez eue si vous ne vous étiez pas engagés.

— Et personne ne peut deviner que ces souvenirs sont falsifiés ?

— Non, la technologie que nous utilisons relève de plusieurs Erigiuums. La marque Cirtho, lorsqu'elle est activée, vous fait vivre quelques secondes dans le passé à chaque instant. Personne ne peut venir fouiller pour vérifier la vérité, car votre pensée ne se trouvera jamais dans le présent.

— De quels Erigiuums parlez-vous, au juste ?

— Pour changer vos souvenirs, ce sont un Astéracë Négocïator et une Psychë Inquisitör qui se sont alliés ; pour modifier le mode de pensée et les émotions de la personne portant la marque… commença Fjor.

Sveyn sentit un frisson lui parcourir l'échine. Il n'osait pas imaginer à quel point la pensée d'une personne pouvait être altérée avec un tel procédé. Les Négocïators reposaient sur de la logique pure, ils arrivaient à modifier votre façon de penser rien qu'en parlant. Leur assurance et leur persuasion implacable vous amenaient à croire que vous aviez changé par vous-mêmes. Ces derniers, aidés par les Inquisitörs, transformaient les pensées… La cible n'avait alors aucune chance.

— … Pour ce qui est de la conscience la plus profonde, puisqu'il ne faut pas l'oublier, c'est une Äme Söuffle qui intervient pour changer les rêves, les lapsus, les mécanismes de pensées inconscients, et une Psychë Pensë pour donner une continuité saine aux nouvelles émotions conscientes et inconscientes, poursuivit-il.

Ellün était également sous le choc. Les ancêtres de la Confrérie avaient mis en place un système colossal. Elle n'arrivait pas à imaginer le nombre d'enchanteurs qu'il avait fallu pour assurer la sécurité et la survie de la Confrérie.

— Pour éviter que tout ce système s'effondre, une dernière barrière a été fondée, celle d'un Äme Sönge. Toute la conscience est enveloppée par une barrière temporelle. Les souvenirs implantés ne peuvent être vérifiés, car elle voyage constamment à quelques secondes dans le passé. Dans plusieurs passés, en fait. Chaque souvenir, chaque pensée, chaque émotion fait partie d'un temps différent. Ce système est indétectable, même par le meilleur mage. Ainsi, on ne peut voyager librement dans une pensée prisonnière du temps. La personne portant ce système ne se rend pas compte de ce léger décalage, de même pour l'autre qui vérifie. C'est le plus gros travail jamais effectué sur Cirtho.

— Je ne comprends pas en quoi le temps peut assurer une sécurité en cas de fouille mentale, interrogea l'Orphuss.

— Car la pensée n'existe plus dans un espace-temps réel. On ne peut pas chercher quelque chose de précis quand il n'existe tout simplement pas où et quand on l'attend.

— Il y a une dernière chose que je ne comprends pas, comment la marque peut-elle marcher si ses créateurs sont morts ? Leurs Erigiuums ne les ont-ils pas suivis ? se demanda soudain Sveyn à voix haute, une main sous le menton.

— Dans la vie, tu as deux choix : mourir ou te transformer en un flux d'énergie. Notre corps est composé de magie qui est séparée de notre âme. Nos Erigiuums sont éternels. Nos ancêtres se sont sacrifiés, ils vivront toujours sous forme de pouvoirs. Et comme l'Erigiuum est immuable et en expansion constante, nous avons beau produire la marque de nombre de nos confrères et consœurs, jamais la source ne s'épuise, précisa-t-il, anticipant le questionnement du garçon.

Sveyn ne dit rien, c'était effectivement ce détail qui le taraudait. Tout était clair maintenant. Fjor leur demanda une dernière fois s'ils avaient bien tout compris. Cette petite réunion avait servi à les préparer psychologiquement, mais aussi à ce qu'ils fussent au courant pour être consentants par la suite. La Confrérie ne leur infligerait jamais la marque Cirtho s'ils ne le voulaient pas. Pour Ellün, cependant, c'était plus délicat, elle n'avait pas le droit de refuser. Étant l'élue, elle se devait d'être marquée, même si les chances qu'elle ne les trahît restaient minces, puisqu'elle mettrait sa vie en danger si elle révélait son identité.

— Est-ce que tout va bien ? Je sais que tout cela n'est pas réjouissant, mais nous n'avons pas forcément le choix si nous voulons être amis. Si tu choisis l'oubli, tu m'oublieras aussi. Mais tu as encore le choix, tu peux refuser. Je le comprendrais, expliqua Ellün en évitant le regard de son ami, de peur de la réponse.

— Je te l'ai déjà dit, je te suivrai partout, même si je dois recevoir quelque chose de suspect dans mon esprit, lui répondit-il en lui envoyant un léger coup de coude solidaire.

Ellün sourit, le cœur gonflé de joie. Sveyn était définitivement celui sur lequel elle pouvait le plus compter.

Le soir venu, Fjor les emmena tous deux dans les catacombes. Ellün commençait à s'habituer à cet endroit lugubre, mais Sveyn était impressionné. Jamais il n'aurait pensé que la petite Ingwë, la surdouée parmi tous les élèves d'Aràan, puisse détenir un sous-sol de catacombes, chez elle. Il fut encore davantage surpris par l'apparition de l'Oracle lorsqu'ils arrivèrent dans la salle aux centaines de crânes.

— Vous êtes extrêmement chanceux. Maintenant que l'Oracle est réveillé, il peut désormais assister à toutes les cérémonies de la marque. Vous pouvez vous sentir honorés.

L'Orphuss ne ressentit pas cet état de grâce. Il ne connaissait pas cet Esprit, c'était la première fois qu'il le rencontrait. Il jeta un coup d'œil à Ellün, elle baissa la tête respectueusement. Il en fit autant.

— QUE LA CÉRÉMONIE DE LA MARQUE CIRTHO COMMENCE, annonça l'Oracle.

Fjor s'approcha d'eux, sa capuche masquait son visage pour ne laisser passer que sa voix. Ellün et Sveyn baissèrent les leurs et s'agenouillèrent. Ils étaient prêts à recevoir la Marque. Fjor portait une jarre en cristal dans laquelle dansait et tournoyait un flux d'Erigiuums de plusieurs couleurs. Les lumières d'or, de bleu et de violet s'agitaient devant leurs yeux. Cirtho. Cet énorme pouvoir qui réunissait des années de préparation, des alliances, une multitude de savoirs.

— RECEVEZ L'EMPREINTE ÉTERNELLE.

Fjor ouvrit la jarre d'où jaillirent tous les faisceaux de lumières. Dans le regard des deux adolescents virevoltaient les flammes colorées. Un ballet s'effectua devant tous, la cérémonie de la Marque semblait un feu d'artifice. La magie se trouvait partout dans les catacombes, tous s'émerveillaient devant ce vieil et puissant enchantement. Tout était tellement extraordinaire, qu'Ellün se demanda, si vraiment, une magie aussi sublime pouvait bien effacer toute une vie.

— PUISSIEZ-VOUS PROTÉGER LES SECRETS DE LA CONFRÉRIE.

Les éclats tournoyèrent tout à coup de plus en plus vite. Elles se séparèrent soudain, comme si elles venaient d'être brisées en des milliers de morceaux. Une pluie d'Erigiuums s'abattit sur les deux adolescents. Leurs cheveux et leurs iris s'illuminèrent d'un panel de nuances incroyables. Tandis que la lumière baissait chez Sveyn comme si elle se terrait en lui profondément, Ellün tomba au sol, évanouie.

— L'ÉLUE EST TOMBÉE. SON CORPS REJETTE LA MARQUE DE CIRTHO.

Fjor et Esmë se précipitèrent vers le petit corps de l'adolescente. Le père, Psychë Clairvöy, se connecta directement à Ellün.

— Elle va bien, elle reprend conscience. Apparemment, son corps a été choqué. Elle n'a pas rejeté la marque, affirma-t-il à l'Oracle.

— QUELQUE CHOSE EMBRUME SON ESPRIT.

— Je crois que tout simplement son corps n'était pas prêt à recevoir autant de magie d'un coup. N'oublions pas que son scintillement a eu du retard, que l'Arbre n'a pas pu lui attribuer de suite une famille précise et, qu'en plus, elle n'a pas hérité du même Erigiuum que sa famille.

Au même moment, un sorcier Orphuss Chuchöteur surgit parmi les membres. Les parents d'Ingwë avaient émis un signal pour qu'il vînt rapidement s'occuper de la petite.

— Tu penses à un problème génétique ?

— Oui, un gène mutant. De ce fait, une technologie aussi puissante a créé un choc en elle.

Ellün ouvrit légèrement les paupières, une lueur apparut rapidement dans ses yeux avant de disparaître.

— Elle a bien reçu Cirtho.

Bientôt, elle se tenait sur ses jambes, elle se sentait bien de nouveau. L'Oracle se dressait devant eux, toujours impassible.

— BIENVENUE À TOUS LES DEUX DANS LA CONFRÉRIE. RENDEZ JUSTICE À NOS ANCÊTRES.

L'énorme masse bleue s'évanouit dans la pierre. Ellün et Sveyn se regardèrent, comme pour s'assurer chacun qu'ils restaient inchangés malgré Cirtho. Les mages, présents à la cérémonie, applaudirent en même temps que les hologrammes des absents. Ingwë et les frères vinrent à leur rencontre.

— Ellün, tu as été formidable, comme d'habitude, une vraie princesse. Un grand spectacle. En revanche, Sveyn, tu pourrais y mettre du tien, se moqua Tylr.

L'excentricité, se faire remarquer, le jumeau avait revêtu encore une fois son masque. Pourtant, à cet instant, il aurait préféré hurler, crier sa peine. Il ne pouvait pas accomplir la mission confiée par sa mère.

Il regardait Sveyn et la pitié l'envahit.

Il ne fallait pas céder, il faudrait continuer.

— Bienvenue parmi nous ! Maintenant, il n'y aura plus du tout de secret entre nous, coupa Ingwë, enthousiaste.

Ndyx déglutit.

Les secrets étaient partout.

Invisibles et destructeurs.

Les deux amis sourirent timidement, ils se sentaient un peu mal à l'aise. Ellün et Sveyn n'avaient pas encore parlé de l'étrange carte et du nom d'Athelleen Dag. Un jour, ils le devraient pourtant ; or pour l'instant, ils préféraient garder ces questions pour eux. Car, l'histoire de ce qui s'était passé avec les parents d'Ellün et Annhd, ne regardait qu'elle et Sveyn. Rien à voir avec la prophétie de l'Enfant de la vie.

— Félicitations pour votre Marque, dit Ndyx dans un sourire teinté.

Dans leur excitation, les deux amis ne remarquèrent pas le comportement étrange des jumeaux. Seule Ingwë flaira quelque chose, mais elle ne voulait pas gâcher le bonheur d'Ellün ; elle méritait ce moment de répit.

Quelque chose se préparait.

Les mensonges les liaient tous.

Ellün était euphorique. C'était si bon d'appartenir à un clan. Elle n'était plus seule au monde, elle était enfin délivrée de cet océan de solitude. Meurtrie par l'abandon de son frère et l'attitude mystérieuse de ses parents, elle sentit soudain une douce chaleur s'emparer de tout son être. Cela réconfortait la petite fille qu'elle était encore. Elle se sentait fière, fière de ce qu'elle devenait.

Ils avaient choisi officiellement leur camp. Tous désormais faisaient partie de la Confrérie de l'Oracle.

Interlude – La nouvelle Chose

Après le triomphe suivait souvent une période d'ennui profond. Tous les plus grands vainqueurs de ce monde pourraient en attester. Le triomphe ne venait jamais seul, il était toujours accompagné d'un voile de ténèbres.

L'Ombre était mécontente.

Elle n'avait jamais été patiente. Combien de temps devait-elle encore attendre ?

Elle avait faim d'action.

Elle avait soif de vengeance.

Depuis sa victoire, elle pensait que l'Oubli pourrait encore revenir, mais elle s'était fourvoyée.

Autre chose était apparu.

Ennemi ou ami ? Telle était la question. L'Ombre observait, tapie dans le brouillard.

Pourtant, rien ne bougeait. La Chose était là, mais semblait ne pas la percevoir. Comme si, elle était ici dans un but précis et son but n'était pas l'Ombre.

Elle ferait la même chose qu'avec l'Oubli.

Elle se cacherait et attendrait le bon moment.

L'attente interminable venait de recommencer.

XLIV

Un mois et demi après, école d'Aràan, territoire de l'Est, mois de Saille de l'an Hëplunn.

Le mois de Saille était déjà bien entamé. Le parc d'Aràan avait avancé sa floraison depuis des semaines. Les arbres, sous le soleil qui devenait de plus en plus chaud, avaient adopté un vert pomme resplendissant. Les fleurs couvraient les pelouses de boutons d'or, de blanc et de rose.

La vie à Aràan avait repris son cours. La rentrée avait eu lieu depuis déjà plus d'un mois. Du haut de ses treize ans, Ellün était maintenant en deuxième année et elle faisait désormais partie de la famille des Āmes. Elle, qui avait toujours été la moins douée de tous les Orphuss, se retrouvait au-dessus de la moyenne. Les professeurs avaient beaucoup d'espoir pour elle, avec ce qu'il s'était produit à Anario. L'éclat de son Erigiuum avait été tel, qu'ils espéraient un jour le voir remonter à la surface et faire d'Ellün une mage d'exception.

— Qu'avons-nous comme cours maintenant ? demanda l'un des jumeaux.

Depuis qu'elle était devenue Äme, elle passait tout son temps avec les jumeaux. Tyrl et Ndyx étaient des élèves brillants. Elle avait parfois du mal à les suivre.

Et depuis qu'ils étaient sans cesse avec la jeune fille, ils n'avaient pas reparlé des ordres de leur mère au sujet de Sveyn. Cela les arrangeait qu'il soit Orphuss, ils le voyaient moins souvent et n'avaient donc pas à affronter son regard. Ils avaient honte. Honte d'avoir acquiescé, honte de penser à agir, honte de trahir. Pourtant, Tylr ne s'entendait toujours pas avec lui, et, enfin, cela provoquait une lutte intense de valeurs au plus profond de son âme.

— Compréhension du passé, Histoire générale, répondit nonchalamment Ndyx.

— Oh, non. Je n'aime pas ce cours, je suis tellement peu douée.

Comme le sous-pouvoir d'Ellün ne s'était pas encore révélé, malgré les événements d'Anario, les professeurs en avaient conclu qu'il lui fallait suivre la totalité des cours. Ainsi, elle ignorait si elle était une Äme Söuffle qui voyage dans le temps, une Sönge qui traverse les rêves ou une Engendrör qui insuffle la vie à ses créations. Certes, elle avait matérialisé un bouclier sur le continent du Sud-Ouest, mais il était également prévu qu'elle fut Orphuss. Arachné avait décidé que tant que son Erigiuum ne referait pas surface, elle ne pourrait se prononcer sur la nature de l'Äme.

— Tu préférerais divination et présages en lecture fondamentale, peut-être ? ironisa Tylr.

Ellün fit la moue et un frisson remonta le long de sa colonne vertébrale. Les cours des Sönges étaient les pires, entre physique quantique, philosophie, statistiques et probabilités, elle ne s'en sortait pas. Elle se sentait toujours inférieure à ses camarades lorsqu'elle devait les suivre.

— El' ?

Dans le grand couloir de pierre, une voix familière résonna. C'était Sveyn, lui aussi se rendait à un autre de ses cours. Ellün alla à sa rencontre pour s'éloigner des jumeaux. Ils essayaient de parler seul à seul, au directeur des Ämes, Serindë Aerin depuis deux mois.

— Qu'y a-t-il ?

— Nous avons un créneau, cet après-midi, durant notre pause.

— Pourtant, il a cours à cette heure-là, n'est-ce pas ?

— Il a exceptionnellement donné leur après-midi aux troisièmes années, ils ont un test important. Alors, tu es partante ?

— Oui, nous ne retrouverons sans doute pas une chance pareille.

Parfois, elle ne pouvait s'empêcher de penser qu'ils exagéraient, mais Sveyn avait été clair : ils ne pouvaient montrer la carte à Serindë dans la salle des professeurs devant tous les autres. Il avait la même ennemie qu'Ingwë : Arachné, la directrice. Il ne lui faisait pas confiance et ne voulait pas lui en dévoiler trop, ce qui faisait écho à leur mission.

Ellün songea soudain à son frère. Calion lui avait rapidement donné la carte, presque sans un mot. Cela avait de nouveau brisé le cœur de la nouvelle Äme.

Ellün attendait vers la tour Nord. Son regard se perdait dans les nuages alentour. L'école aérienne lui faisait parfois penser à sa maison perchée dans l'arbre. Elle aimait l'air, elle aimait cette sensation de liberté, cette brise dans ses cheveux. Elle se demanda pourquoi elle chérissait tant l'altitude alors que toute sa famille avait le vertige. Elle se souvint que son père avait même dû fortifier l'escalier pour que sa mère puisse l'emprunter sans se tétaniser en contemplant ses pieds. Elle n'y était pas arrivée, il avait dû construire une entrée au sein de l'arbre. Pourquoi avoir choisi cette maison dans ce cas ?

Un görlonef arriva, écartant les nuages sur son passage. Il venait tout droit de la capitale juste en dessous, Borlog. Calion allait débarquer dans quelques minutes. Son cœur bondit, lui avait-elle manqué ? Ses parents lui avaient-ils demandé de ses nouvelles ? Étaient-ils inquiets pour elle ? Elle-même n'en avait eu aucune nouvelle pour son anniversaire Elle l'avait fêté avec la famille d'Ingwë, tout le monde avait été adorable. Mais son Ulmo natal et sa végétation lui manquaient, ne pas pouvoir courir sur sa colline le jour de son anniversaire avait créé un vide en elle. Elle attendait impatiemment Calion.

Tous ses espoirs s'effondrèrent quand elle vit son frère sortir de l'immense engin et débarquer sur le quai. Il était en train de parler à ses amis lorsque son sourire disparut en apercevant sa sœur. Tandis que les autres s'éloignaient en direction d'Aràan, Calion se dirigea vers elle, visiblement à contrecœur.

— Tiens, ta carte. J'espère que tu n'as rien oublié d'autre.

— Merci Calion. Papa et maman n'ont rien demandé sur moi ?

— Ellün… Tu leur as désobéi, tu es partie à Aràan alors qu'ils t'avaient dit de rester à Ulmo.

— Mais… Ce n'est pas moi le problème ! Nous allons tous à l'école lorsque nos Scintillements se déclarent ! Pourquoi pas moi ? Pourquoi m'ont-ils enfermée ?

— S'ils en sont arrivés à de telles extrémités, c'est que quelque chose de grave se prépare, ne crois-tu pas ?

— Mais pourquoi ne nous en parlent-ils pas ?

— Peut-être parce que tu es trop jeune pour comprendre, ou que tu n'en ferais qu'à ta tête… Enfin, tu le fais déjà, n'est-ce pas ?

— C'est pour cela que tu ne veux plus me parler ?

— Oui.

Calion ne pouvait pas lui en dire plus, il s'apprêtait à tourner le dos à Ellün. Depuis plus d'un an, ses parents étaient sous tension. Ils n'avaient pas changé. Il avait la désagréable impression que prêter attention à sa sœur les mettrait en danger. Mais il devait tenter de l'avertir et de la raisonner.

— Tu ne voudrais pas rentrer à la maison ? Juste les écouter pour une fois.

— Est-ce une plaisanterie ? Si nos parents t'avaient fait la même chose, tu aurais réagi de la même manière !

— Tu ne penses décidément qu'à toi. S'il leur arrive quelque chose, cela sera de ta faute.

Il la planta là, furieux. Comment osait-il ? Il était devenu comme leurs parents, complètement fou. Mais de quel danger parlait-il ? Désormais, elle ne lui parlerait plus. Le fossé créé entre eux était devenu abyssal.

— Ellün ? Tu es toujours là ? dit une voix qui la tira de ses songes.

— Oui ! Pardon.

Elle ne s'était pas aperçue qu'elle avait suivi les jumeaux machinalement. Elle s'était même assise à un des rangs de l'amphithéâtre des Âmes.

Tous les regards étaient tournés vers elle. Que se passait-il ?

— Toujours dans tes pensées, à ce que je vois. Tu as été appelée, lui dit Tylr.

— Comment ça ? interrogea-t-elle, sceptique.

— La directrice veut te voir, lui annonça Ndyx, une note d'inquiétude dans la voix.

XLV

Laboratoire de l'école d'Aràan, territoire de l'Est, mois de Saille de l'an Hëplunn.

Le laboratoire était en ébullition et les chimistes s'affairaient en tous sens. La magie fusait, se répercutant sur les murs. Dans les entrailles de l'école, un étrange manège se préparait. Un groupe de mages venait de débarquer entre ces murs aux pierres noircies. Monsieur Jostein, le père de Sveyn, avait emmené avec lui tous ses employés, ainsi qu'un attirail complet de fioles aux scintillements magiques, de microscopes, de machines mêlant Erigiuums des Âmes et des Orphuss. On avait aménagé une vaste pièce pour eux. Le laboratoire d'Arian était immense, personne ne manquait de place.

— Madame Eöl, mes respects, dit-il en courbant l'échine et baisant le dos de la main d'Arachné.

L'Orphuss avait revêtu sa plus belle cape. De la couleur de sa Famille, elle brillait d'un vert émeraude des plus fins. Sa peau blanche était parée de bijoux d'or. Il avait voulu s'habiller de manière à lui faire honneur.

— Bienvenue à Aràan, répondit-elle, un léger sourire aux lèvres

— C'est un très grand honneur que vous m'avez accordé. Me demander de venir travailler dans le plus grand laboratoire du monde, je n'aurais jamais espéré pouvoir rêver mieux.

— Tout l'honneur est pour nous. Vous êtes un très grand Orphuss

Voyagëur, et votre équipe de Chuchöteurs est la meilleure. Je vois que vous apportez tout ce dont nous avions besoin. Faites-moi savoir si quelque chose vous manque, je me tiens à votre disposition. Avez-vous emmené ce dont nous avions parlé ?

À force de parcourir le monde, le Roi Jostein avait créé un réseau de mages puissants et avait même formé une solide équipe qui n'avait plus à prouver sa réputation. Cette équipe avait pour objectif d'étudier l'Erigiuum et d'éprouver ses limites.

— Oui, j'ai ce qu'il vous faut, confirma-t-il en l'amenant vers l'objet de sa convoitise.

Les yeux de glace d'Arachné brillèrent soudain d'un vif éclat. Devant elle, l'objet de son travail acharné. Son équipe et celle de Jostein s'étaient éreintées des nuits entières pour en arriver là.

— À quel stade la formule en est-elle ?

— Plutôt avancé. Ce n'est pas terminé pour autant, nous devons la stabiliser.

Mais pour Arachné, cela suffisait. Elle avait déjà tout prévu. Et cette fois-ci, elle réussirait. Elle avait échoué la première fois, de ce fait, l'erreur n'était plus de mise. Tout avait été pensé et construit pour la victoire. La Psychë, plutôt froide et insondable d'habitude, sourit doucement. De ses pensées positives, Jostein vint la tirer.

— Puis-je demander dans quel but cette formule nous a-t-elle été commandée ? Vous n'êtes pas sans savoir qu'elle est contre nature. Nous aimerions savoir à quelles fins elle servira.

— C'est un besoin de la Fédération de l'Augur, dit rapidement Arachné qui n'aimait pas qu'on l'interroge.

— C'est donc une demande officielle. Mais je ne comprends toujours pas en quoi elle sera utile à la Fédération.

— À des fins de justice, coupa-t-elle net.

Arachné s'empara de l'objet, Jostein la regarda faire, silencieux. Où l'emmenait-elle ? Il venait de lui révéler que la formule n'était pas encore au point. La volonté et le désir de faire partie de la Fédération frappa son esprit, il se ravisa d'alerter de nouveau la directrice. Ce n'était pas ses affaires, et il devait s'en persuader très vite s'il voulait devenir un personnage important.

La Psychë remonta dans son bureau. Les couloirs et portes secrètes défilèrent derrière elle. Son bureau était encore plus noir que les entrailles de l'école. Elle s'était créé une bulle psychique aussi sombre que ses pensées. Un sous-pouvoir qu'elle avait acquis au cours de ses diverses expériences. Sa Famille ne le savait pas encore, mais sortir sa conscience était possible. La science n'arrêtait plus le progrès. Elle mit ses réflexions de côté pour laisser la lumière du début d'après-midi filtrer à travers les grandes fenêtres de son bureau ovale.

— Entre, autorisa-t-elle soudain lorsqu'elle entendit des coups timides sur la lourde porte en bois.

— Bonjour, Madame… salua respectueusement Ellün, sur la retenue.

— Ellün, je suis désolée d'interrompre ton cours, mais mon temps est très précieux en ce moment, s'excusa-t-elle d'un ton mielleux.

Arachné était très fière d'elle. Pour maintenir un état de fatigue constant chez la jeune fille, elle avait prétexté qu'elle devait suivre tous les cours des Ämes avant que son Erigiuum ne fût révélé entièrement. Elle espérait que cela suffirait à la ralentir.

— Ce n'est pas grave…

— Comment cela se passe-t-il en ce moment ?

Les yeux d'Arachné s'illuminèrent très rapidement d'une lueur bleutée. Elle voulait mettre la jeune étudiante à l'aise pour que celle-ci baisse la garde.

— Plutôt moyennement, mes sous-pouvoirs ne se sont pas encore révélés. Je suis heureuse d'avoir trouvé ma Famille, mais j'ai l'impression de ne pas en faire partie pour l'instant. J'ai peur de ne jamais y arriver, gémit Ellün.

Les mots jaillissaient de sa bouche. Elle n'arrivait pas à contrôler le flot de ses paroles, tant la tristesse et l'amertume la bouleversaient.

— Ma chère, j'ai une heureuse nouvelle. Des scientifiques ont mis au point une potion pour stimuler ton Erigiuum. J'ai tout de suite pensé à toi.

Le sort de Linglankë avait échoué. Arachné avait voulu en avoir le cœur net à la rentrée de Fearn et l'avait donc appelée. Sans succès, aucun signal n'avait été transmis à Ellün. Elle n'était pas venue se présenter au bureau comme à l'accoutumée. La directrice l'avait donc fait venir par l'intermédiaire de son professeur, comme aujourd'hui, et en sondant son esprit — en utilisant uniquement son pouvoir d'Inquisitör, qu'Ellün n'avait pas senti — lors de l'hypnose, elle avait constaté que l'espace mental qu'elle avait créé n'existait simplement plus. Cela l'avait rendue folle de rage.

— Stimuler ? l'interrompit l'adolescente.

— Elle va permettre à ton Erigiuum de grandir et de gagner en puissance, de ce fait ton sous-pouvoir devrait apparaître.

Les yeux d'Ellün s'illuminèrent d'une lueur d'espoir. Cette personne qui était censée être son ennemie l'aidait. Comment avait-elle pu se méfier d'elle ?

— Est-ce que tu es prête à recevoir la potion ? Je te préviens, il y aura peut-être des effets secondaires comme de la fatigue. Si besoin, je te dispenserai de certains cours.

— Je dois prendre la potion plusieurs fois ?

— Oui, comme la formule est nouvelle, les professionnels qui l'ont créée préfèrent que l'on prenne une petite dose à chaque fois, au lieu de la totalité d'un coup.

La main d'Arachné dévoila aux yeux de la jeune fille une petite fiole. Elle contenait un liquide vert peu ragoûtant et il semblait très épais.

— Cela n'a pas l'air bon, mais je t'assure que ça te fera du bien.

De nouveau, Ellün sentit une sensation agréable envahir son corps, comme si un voile venait recouvrir ses pensées et ses émotions.

L'Äme saisit la petite fiole de verre, dont la directrice avait retiré le bouchon de liège, et la porta à ses lèvres. Le liquide était chaud, gluant et lui brûla brièvement la gorge. Ellün faillit vomir, mais elle fut prise seulement d'une toux.

— Tiens, voici de l'eau, pour faire passer le mauvais goût.

— Merci beaucoup, dit Ellün avec une minuscule voix, toujours en train de s'étouffer.

Elle avait les yeux gonflés, la toux lui avait fait monter les larmes. Son visage entier s'enflammait. Ses lèvres étaient soudain très sèches.

— Comment te sens-tu ?

— J'ai connu mieux… Je comprends pourquoi ils ne veulent pas qu'on prenne la potion en une seule fois.

Arachné rit, d'un son cristallin et communicatif, et fit lâcher prise à la jeune fille.

— Je te laisse filer alors, j'ai encore beaucoup de travail. Mais n'oublie pas, au moindre problème, tu dois m'en faire part. Même si je suis persuadée que tout va bien se passer pour toi.

Ellün approuva avec un hochement de tête et sortit du bureau aux mille livres. Un sombre sourire vint se poser sur les lèvres roses de la Psychë. Elle n'avait même plus besoin de se cacher, même plus besoin d'attirer la jeune fille et de tout lui faire oublier. Tout était bien plus facile désormais.

— Regarde-moi bien la détruire, fit-elle en levant les yeux vers le ciel par-delà une fenêtre.

Interlude - Le retour maudit

L'Ombre n'y croyait pas. L'oubli était de nouveau là.

Elle le maudit, du plus profond d'elle-même.

Quelque chose cependant avait changé, l'Oubli n'était plus ce qu'il était la dernière fois.

Non, il était maintenant bien pire.

Son pouvoir envahissait petit à petit l'espace. Lentement, l'Ombre se sentait diminuée. Et elle détestait ce sentiment d'impuissance.

Cela la plongeait dans une haine plus abyssale que jamais. Elle se putréfiait de colère.

L'Autre devait se réveiller.

Et vite.

XLVI

École d'Aràan, territoire de l'Est, mois de Saille de l'an Hëplunn.

Une heure s'était écoulée et Ellün se sentait si nauséeuse qu'elle n'était pas retournée en cours. Elle avait envoyé un message sur les crytovegs des jumeaux pour leur demander de s'occuper de ses affaires laissées dans l'amphithéâtre des Âmes et elle avait rejoint la tour de sa famille pour se reposer dans sa chambre. Mais elle n'en eut pas beaucoup le temps, elle devait absolument retrouver Sveyn.

Sa vision se troublait de plus en plus, un voile gris se formait tout autour d'elle. Elle l'avait déjà vécu lorsqu'elle avait suivi le fantôme dans ses visions. Elle pensa tout de même à prendre l'Atlas caché sous la planche du bas de son armoire.

Son ami l'attendait, non loin de la salle des troisièmes années. Adossé contre une colonne de pierre, il regardait ses pieds. Il avait l'air anxieux, elle l'était aussi.

— As-tu pris la carte ?

— Oui, dit-elle en retenant une nouvelle nausée.

— Qu'y a-t-il ? Tu sembles malade.

— J'ai pris une potion. La directrice va m'aider à renforcer mon Erigiuum.

— Et que t'a-t-elle fait avaler ?

— Je n'en sais rien, je n'ai pas pensé à demander. Je n'ose pas vraiment lui parler, elle me fait peur.

— Ellün… maugréa-t-il, une main plaquée contre son front.

Le jeune apprenti n'avait pas revu Ellün errer inconsciemment pendant la nuit, dans l'école. Lorsque son amie lui racontait en quoi les cours consistaient, Sveyn n'y remarquait rien d'anormal. L'Erigiuum d'Ellün était très faible et le retard qu'elle avait pris ne l'aidait pas. Il comprenait donc que la directrice tentât de l'épauler en lui donnant tout ce qu'elle pouvait. S'étaient-ils tous trompés sur son compte ? Les nausées, les absences d'Ellün étaient-elles dues à autre chose ? La responsable l'avait-elle simplement soutenue depuis le début ? L'errance d'Elring, le directeur des Astéracës, n'avait-elle rien à voir avec Ellün ?

Un grincement de porte le fit sortir de ses pensées. Il devrait les garder en suspens, pour plus tard. Ellün ouvrait déjà la lourde porte sculptée de Neüs, la Déesse de sa Famille. Sveyn trouvait étrange que sa douce et timide amie fût apparentée à une divinité extravertie.

— Professeur Aerin ? demanda Ellün en essayant d'élever la voix.

L'amphithéâtre était éclairé par une lumière chaude de fin d'après-midi printanier. Les lourds rideaux violets accentuaient encore plus l'ambiance feutrée. La vieille Äme corrigeait des copies plus loin, à son bureau qui trônait au centre du mur en contrebas. Les feuilles tournoyaient autour de lui, elles flottaient dans une nuée d'Erigiuum violet. Elles cessèrent lorsqu'il entendit la petite voix d'Ellün.

— Ellün ? Que me vaut l'honneur de ta visite ? Qui est ton ami ? Je ne le connais pas, me semble-t-il.

Le professeur Aerin était le directeur des Âmes et il était très familier avec tout le monde ; tel un père, il mettait un point d'honneur à connaître chacun de ses élèves.

— Je vous présente Sveyn Jostein, de la Famille des Orphuss. Il est un Chuchöteur.

— Enchanté, jeune homme, sourit sincèrement le professeur, attendant qu'on lui explique pourquoi on l'interrompait dans son travail.

— Nous voulions vous parler de quelque chose de sérieux. Nous avons trouvé un Atlas avec une carte à l'intérieur. Elle ne ressemble à aucune carte connue d'Odöon.

Ellün s'était mise au préalable d'accord avec Sveyn, ils ne voulaient pas révéler l'origine des documents qu'ils avaient découverts.

— Laissez-moi y jeter un coup d'œil.

Ellün lui tendit l'Atlas dans lequel elle avait plié la carte et la tendit à Serindë. Les yeux de l'enseignant s'arrêtèrent sur le nom écrit dans le livre et sur la carte. La jeune Äme et l'Orphuss retenaient leur souffle. Puis, quand le professeur s'interrompit comme pour réfléchir, ils sentirent leurs cœurs bondir. Mais leur espoir s'écroula en l'espace d'une seconde.

— Non, vous me voyez navré, j'ignore qui est cette personne, annonça platement le professeur.

Les deux adolescents sentirent leur enthousiasme s'envoler. Ellün n'y croyait pas, elle l'avait pourtant vu dans les souvenirs d'Athelleen. Même si au début, elle n'avait pas été certaine que les images dans lesquelles elle voyageait étaient réellement des réminiscences ; elle l'était désormais, après cette découverte de l'Atlas et de la carte. La jeune femme avait étudié à Aràan, elle avait même parcouru le continent et ses travaux s'étaient retrouvés à Ulmo, chez Annhd. La seule conviction qui l'habitait était que Athelleen Dag avait bel et bien été en vie à un moment donné, et des personnes l'avaient connue. Elle ne pouvait pas abandonner, pas maintenant.

— Vous en êtes bien sûr ? Vous ne vous souvenez pas d'Athelleen Dag ?

Ellün s'était penchée pour capter l'attention et le regard de son directeur de Famille. Un filet de lumière violette avait jailli alors, liant l'éclat de leurs yeux. Elle trouva dans ceux du professeur tout un monde de souvenirs, de peurs et d'oubli. Ce fut la révélation. Un regard, un déclic. Elle sentit que quelque chose se transformait, que quelque chose se jouait chez le professeur. L'enseignant ne clignait plus des yeux, tout devint, en lui, comme mécanique. Il commença à énumérer toutes les informations en sa possession.

— Athelleen Dag était une brillante élève, la plus brillante de toutes. Elle surpassait même Arachné. Bien que toutes les deux n'aient pas fait partie de la même Famille, son aura était plus importante, la portée de son Erigiuum dépassait l'entendement.

— Vous avez donc connu notre directrice ? Avez-vous été son professeur ? demanda Ellün, surprise.

— Bien sûr, j'ai commencé à enseigner très jeune, j'ai toujours été plutôt doué. Mais je n'étais pas son professeur. Pourtant, Athelleen et moi nous sommes liés très vite.

— Qui était Athelleen ? interrogea-t-elle, complètement fascinée.

— Elle était une Äme, une Engendrör. Cependant, c'était une jeune fille très curieuse qui s'était inscrite à tous les cours de sa Descendance avec l'accord du directeur de l'époque. Même si elle ne maîtrisait pas l'Erigiuum des autres, elle avait soif d'apprendre.

— Vous pourriez nous montrer des images du passé ? interrompit soudain le métis.

La question avait fusé de Sveyn. Pourquoi ne pas voyager dans le temps ? Serindë était un Söuffle, il pouvait l'effectuer. Le professeur n'eut pas besoin de répondre. Il les transporta directement dans le passé. Il obéissait à une force mystérieuse.

Ils atterrirent dans un passé où l'équilibre tenait sur un fil. Tout paraissait pouvoir s'écrouler chaque seconde. L'environnement était flou, brumeux et mouvant, comme si la qualité des souvenirs s'était amoindrie avec le temps. Cela était peut-être dû à son grand âge, même si cela étonnait considérablement l'Orphuss ; il savait que les Ämes, surtout du sous-pouvoir du professeur, et les Psychës avaient les meilleures mémoires du monde.

Puis soudain, un paysage se dessina plus précisément face à eux. Athelleen — Ellün la reconnut de suite — se tint devant eux, un sourire aux lèvres. Elle se mit à courir pour sauter dans les bras d'une autre jeune fille aux longs cheveux blancs. Toutes deux ne devaient pas avoir plus de treize ans, l'âge d'Ellün aujourd'hui. Les deux étudiants se doutèrent qu'il s'agissait d'Arachné. Une troisième personne vint à la rencontre des deux amies, une adolescente aux cheveux châtains coupés au carré. Cette personne avait l'air plus timide, moins sûre de leurs liens affectifs. Athelleen et Arachné prirent la troisième élève dans leurs bras. Puis, le professeur leur raconta les événements, comme s'il récitait une leçon apprise par cœur.

— Athelleen et Arachné étaient meilleures amies. Elles passaient tout leur temps ensemble, elles étaient pratiquement inséparables. Toutes les deux formaient un duo de mages très puissant, depuis leur jeune âge.

— Qui est la troisième ? voulut s'assurer Ellün qui avait le regard scotché sur cette personne.

— Anastasià. Elle était Äme. Elle semblait s'intégrer difficilement au trio. Elle était toujours en retrait de ses deux amies, comme si elle n'osait pas faire partie de cet équilibre. Je ne lui parlais que rarement, c'était quelqu'un de très refermé.

Les images défilaient. Malgré leur manque de netteté, ils arrivaient à discerner le plus important. Soudain, ils voyagèrent plus loin et assistèrent à une scène accablante. La fureur d'Arachné déformait les traits habituellement impassibles de son visage. Sveyn leva même un sourcil, il ignorait que sa directrice pouvait exprimer un sentiment aussi violent. La jeune Psychë des souvenirs semblait hurler sur quelque chose ou quelqu'un à ses pieds. Blottie contre un mur, une masse aux cheveux blonds se recouvrait la tête avec ses mains. Son corps était parcouru d'infinis sanglots.

— Pendant les fêtes de Luinil, lors de sa cinquième année, Athelleen est partie en voyage. Elle n'en avait parlé à quiconque, car elle savait que sa meilleure amie lui en voudrait. Ce qu'elle ignorait, c'est qu'Arachné la renierait. Depuis ce jour malheureux, elles ne s'adressaient plus la parole.

— Où s'est-elle rendue pour déclencher la colère de la directrice ? demanda Sveyn.

— Seules Arachné et elle le savent. Je n'ai été le témoin que de ce moment de leur dispute. C'est moi qui les ai séparées, emmenant Athelleen ailleurs.

— Que lui est-il arrivé ensuite ?

— Elle a poursuivi ses études, comme si de rien n'était. Elle fut une brillante élève jusqu'au bout. À la fin, lorsqu'elle reçut son diplôme, elle partit en voyage. Personne n'en a plus jamais entendu parler.

— Et la carte ? Elle vous l'a montré, n'est-ce pas ? Elle vous faisait confiance, elle vous a sûrement mis dans la confidence.

— Elle a bloqué mes souvenirs. Je ne peux pas vous en dire plus. Nous n'avons plus le temps, le monde s'écroule.

En effet, les images s'effaçaient au fur et à mesure. Mais pourquoi Athelleen avait-elle modifié les souvenirs de son professeur ? Que cachait-elle ?

Au moment où tout disparaissait complètement autour d'eux, Ellün sentit une main agripper son poignet. Quand elle se retourna, elle vit Athelleen la regarder. Elle semblait vouloir révéler ses secrets de manière ardente. Alors le fantôme, mêlé au souvenir, parla d'une voix claire et forte qui résonna jusqu'aux tréfonds de la jeune Äme.

— MYTHSLUNE !

Le poignet d'Ellün se glaça, elle ressentit l'absence du spectre. Un vertige la prit avant de se rendre compte que ses pieds étaient solidement ancrés dans le sol. Son ami était à ses côtés. La tête posée sur la table, le professeur Aerin était plongé dans un profond sommeil.

— Parfait, nous n'avons rien appris. Je suis désolé Ellün, je pensais vraiment qu'il savait quelque cho…

— Non, détrompe-toi, nous avons fait une découverte. Enfin, moi. Athelleen m'a rattrapée avant de sortir du passé, le coupa-t-elle.

— Et ? dit-il, impatient de savoir.

— Elle n'a fait que prononcer Mythslune.

— La région des Grands Lacs ? Pourquoi ?

— Je l'ignore, mais je sais vers où nous pouvons nous diriger et cela ne va pas te faire plaisir, lui répondit-elle, l'air grave.

XLVII

École d'Aràan, territoire de l'Est, mois de Saille de l'an Hëplunn.

Au même moment, Tylr et Ndyx suivaient un cours spécifique aux Ämes Söuffles. L'énorme amphithéâtre était en effervescence, tous les étudiants aux couleurs violettes parlaient entre eux. La professeure attitrée de ce cours spécial avait tiré les immenses rideaux indigo, plongeant la salle dans l'obscurité la plus totale. Les élèves s'éclairaient alors avec leurs mains, donnant l'impression d'un gigantesque bal de lucioles.

— C'est magnifique, murmura Ndyx, les yeux fixés sur toutes les lumières.

Le jeune garçon adorait observer et contempler la beauté des choses. De nature poétique, il sombrait souvent dans la mélancolie, tout comme Ellün. Il savait qu'elle aurait apprécié ce spectacle.

Un moment d'apaisement dans la tourmente de leur vie.

— Bonjour à toutes et à tous, veuillez vous asseoir s'il vous plaît, tonna la voix de la professeure.

Une lumière vive attira tous les regards, un autre professeur de se tenait dans l'ombre, éclairant l'estrade où ils se situaient tous les deux. La mage avait complètement capté l'attention de ses apprentis. Tiphuïn Hullom. Tylr avait lu qu'elle était une des plus puissantes Söuffles du monde, elle attendait sa place au sein de la Fédération de l'Augur depuis quelques années maintenant. Rien d'étonnant qu'elle enseigne à Aràan, proche d'Arachné Eöl.

— Aujourd'hui, je suis assistée par le professeur, Urön Tarlk. Je confie ma présentation visuelle à ses bons soins.

L'éducateur, d'environ trente ans, avait une longue chevelure rousse nouée en natte épaisse. Il était une Äme Engendrör. Il intervenait parfois en classe, quand ses autres collègues ne pouvaient pas, pour créer des images vivantes et ainsi illustrer certains cours difficiles.

— Je vous prierai de ne prendre aucune note. Restez attentifs. Nous reparlons plus tard de ce que nous avons vu.

Tiphuïn Hullom, d'une quarantaine d'années environ, avait des traits jeunes. Ses longs cheveux blonds étaient nattés en une haute queue de cheval parsemée de fleurs. Ses yeux en amande étaient d'un marron grisâtre semblable à l'écorce d'un platane. Son visage fin et ovale dévoilait de légères taches de rousseur. Elle portait elle aussi une longue cape noire ornée du blason violet de sa Famille. Tiphuïn était élancée.

Aujourd'hui avait enfin lieu le cours qu'ils attendaient depuis des mois. Les jumeaux trépignaient d'impatience. Ils sentaient la frénésie parcourir leurs échines.

— Vous êtes tous des Ämes Söuffles, ce qui veut dire que vous contrôlez le temps. Soyez donc les bienvenus au cours d'Introduction aux sciences du voyage temporel, annonça solennellement la mage.

Des applaudissements fusèrent parmi les rangs des apprentis. Tous avaient attendu que cette leçon arrive. Depuis quelques semaines, les jumeaux étaient eux aussi en deuxième année. Mais les cours les plus difficiles ne survenaient qu'après quelque temps. C'était un choix de la directrice et des professeurs afin que les élèves s'acclimatent plus facilement à la nouvelle charge de travail.

Les garçons ne tenaient plus, ils avaient beaucoup trop patienté. Les questions qu'ils s'étaient posées à Anario allaient enfin trouver leurs réponses.

— Vous avez tous précisé votre pouvoir, ce qui veut dire que chacun d'entre vous a expérimenté le voyage dans le temps.

Les élèves retinrent leur respiration tandis que le professeur Urön Tarlk faisait défiler les images passées du défi dans le Sud-Ouest, transmises par sa collègue. Chacun regardait le moment où il avait disparu.

— Le problème qui se pose ici est que vous n'avez pas compris ce qui était arrivé. Comment avez-vous voyagé ? Pourquoi tous les voyages ne sont-ils pas identiques ? Aujourd'hui, je vais vous présenter les différents voyages temporels.

Des étoiles brillaient dans les yeux de Tylr. On trouvait très peu de livres sur les voyages, le pouvoir des Söuffles étant, avec celui des Sönges, le plus instable et le plus énigmatique de tous les Erigiuums. Il avait glané quelques informations dans les livres généalogiques de sa famille, mais trop peu pour tout expliquer. Tiphuïn Hullom était donc la clé de sa connaissance.

— Il existe trois voyages. Le premier est le voyage classique, le second se nomme voyage statique, et enfin le troisième n'est autre que le voyage sidéral. Sachez qu'ils peuvent se mêler ou s'entremêler. Voyez le voyage temporel comme une équation, tout s'imbrique, s'assemble pour former un tout.

Un sourire s'afficha sur le fin visage de Ndyx. Il adorait les mathématiques et la physique. Malgré son tempérament rêveur, la science lui permettait de se réfugier dans un monde réconfortant de logique. Son frère, quant à lui, préférait l'Histoire, le passé lui semblait plus doux que le présent et il aimait s'y cacher.

— Le voyage classique consiste à voyager dans le temps, précisément dans le passé ou le futur. Il implique également de voyager dans un temps différent du présent que vous avez quitté. Ici donc, les changements causés par vos actions avancent dans le temps de manière permanente et irréversible.

Ndyx et Tylr se regardèrent. Tous deux savaient qu'ils avaient expérimenté ce type de voyage, puisqu'ils avaient changé le présent des assaillants d'Ellün et de Sveyn. Mais comment Ingwë avait-elle pu assister à certaines de ces modifications tout en se souvenant du présent alternatif passé ?

Les images défilaient en hauteur, devant des élèves ravis. Ce que pouvait créer une Äme Engendrör restait toujours merveilleux. Aerin Serindë, dont les mains étaient embrasées d'un halo violet, se concentrait pour faire apparaître l'image de mages Söuffles voyageant dans le temps et transformant le passé.

— Le deuxième est le voyage statique. Comme son nom l'indique, vous voyagez tout en restant à votre place. Quelqu'un a-t-il déjà entendu parler de celui-là ?

Tylr n'hésita pas une seule seconde, il illumina sa main et la leva. Il avait déjà tenté de l'expliquer à son frère plusieurs fois. Il l'avait appris dans un des grands livres de ses ancêtres. La professeure l'interrogea, ses yeux perçants fixés sur le jeune garçon.

— Contrairement au voyage classique, le voyage statique consiste à utiliser le même temps du présent. Nous pouvons remonter le temps de quelques minutes, quelques secondes dans le passé ou futur, mais nous ne pouvons pas influer sur lui. Le voyage statique est pareil à une « niche », nous pouvons nous y cacher. Par ailleurs, ce voyage-là permet de nous « dissocier », c'est-à-dire que nos doubles vivent toujours le présent, quand nous le décidons, nous pouvons reprendre notre corps et notre esprit. Ce dernier n'est donc pas altéré. Nous retrouvons tous les souvenirs, qu'ils soient passés ou futurs, lorsque nous réintégrons notre alter égo.

Tous les élèves étaient abasourdis, y compris son jumeau. La professeure était également très impressionnée, elle avait l'habitude que les secondes années arrivent à son cours en sachant très peu sur leur pouvoir.

Tylr était très fier de lui, il l'avait été dès le jour où son Erigiuum s'était précisé. Être une Äme Söuffle était pour lui un privilège. Cela le différenciait de ses parents, mais il ouvrait aussi des possibilités infinies.

— Absolument correct. Passons donc au dernier voyage, le voyage sidéral. C'est celui que nous considérons tous comme le plus complexe, car il peut mêler les deux à la fois ; il est également très instable. Le voyage sidéral peut s'effectuer dans un temps différent du présent, ou le même. C'est donc une niche et une exposition totale. Vous pouvez choisir d'influencer le passé et le futur. De plus, ce voyage vous permet de porter une autre personne. Savez-vous en quoi cela consiste ?

Le jumeau à l'œil vert fut de nouveau le premier à lever la main.

— Porter signifie que l'on peut voyager avec un autre mage. Il vit alors la même chose que nous, malgré son pouvoir différent.

— Très bien, et savez-vous ce que signifie le terme jumeler ? demanda la professeure avec un sourire malicieux.

Tiphuïn Hullom aimait les bons élèves. Chaque année, elle choisissait parmi ses classes, un étudiant de chaque niveau pour devenir un de ses apprentis officiels.

Tout son intérêt était donc maintenant focalisé sur Tylr.

— Cela désigne le fait de fusionner les pouvoirs de deux ou plusieurs Ämes Söuffles, répondit ce dernier, sûr de lui.

— Exactement. Jumeler permet de créer un voyage d'une complexité extrême. Mais nous aborderons ceci lors d'un autre cours. Avant de partir, sachez que les voyages temporels sont régulés et sévèrement punis en cas de débordement. De plus, les Dieux ne nous ont confié qu'une partie infime de cet Erigiuum, notre pouvoir de Söuffle est donc limité. Bien entendu, vous n'avez pas le niveau pour engendrer des dégâts, vous êtes donc libres de voyager cette année. Mais à partir de la moitié de la troisième année, vous devrez porter un bijou qui régulera vos voyages. Je vous souhaite une excellente journée, à bientôt.

Les apprentis quittèrent les bancs de l'amphithéâtre dans un fracas habituel. Ndyx et Tylr furent dans les derniers à quitter la salle, réfléchissant encore à tout ce qui venait de se dire.

Ils avaient donc vécu tous les types de voyage.

C'était insensé.

— Monsieur Des Astrins, appela une voix féminine.

Les jumeaux se retournèrent surpris, Tiphuïn Hullom se tenait, droite et fière, devant eux.

— Prince Tylr, s'il vous plaît, suivez-moi.

Étonné, Tylr laissa son frère et la suivit. La femme l'emmenait un étage plus haut, dans son bureau. C'était une petite pièce carrée, aux lourdes tapisseries violettes et aux tableaux tâchés de craie. La mage était une puissante physicienne qui passait ses journées à élaborer des calculs pouvant améliorer l'Erigiuum des Söuffles. Elle invita Tylr à s'asseoir sur un des fauteuils en velours aubergine.

— C'est un honneur que de vous compter parmi mes élèves, Prince

Des Astrins.

— C'en est également un pour moi de vous avoir en tant que professeure.

Tiphuïn Hullom sourit, dévoilant des dents d'un blanc éclatant.

— Sans doute êtes-vous au courant, mais il y a une tradition à laquelle je ne déroge jamais. Chaque année, je tiens absolument à accompagner personnellement les élèves les plus brillants de chaque niveau. Il se trouve que parmi les deuxièmes années, mon choix se porte sur vous.

— Oh, vous me flattez, mais je n'ai fait que répondre à des questions, dit Tylr humblement tout en rougissant.

Il eut soudain une crainte. Ne serait-il pas dangereux pour lui de passer autant de temps avec Tiphuïn Hullom alors que celle-ci avait la volonté d'entrer dans le cercle prestigieux et fermé de la Fédération ? Cette dernière rimait avec Arachné Eöl, ce qui voulait dire qu'il se trouverait bien trop proche de la directrice.

— Détrompez-vous, vous avez fait bien plus que cela. J'ai regardé les images de votre défi à Anario. Vous avez été le premier à préciser votre Erigiuum.

— Pourtant, d'autres élèves l'ont fait bien avant moi.

— Ils ne sont pas des Ämes Söuffles. Vous avez été le premier. Mais ce qui est plus extraordinaire encore, c'est que vous avez expérimenté un type de voyage bien trop difficile pour votre âge.

Tylr déglutit, il savait pertinemment de quoi elle voulait parler.

— Le voyage sidéral, lorsque j'ai emmené Ingwë avec nous, murmura-t-il dans un souffle.

Il y eut un moment de latence, durant lequel ils entendirent le vent frapper aux fenêtres. Ces dernières étaient petites, les baignant tous les deux dans une demi-pénombre.

— Exactement. Comment avez-vous fait ? Décrivez-moi tout, ordonna la mage.

Les longs doigts fins de Tiphuïn Hullom ne cessaient de s'enlacer pour se séparer. Elle trépignait d'impatience. Tylr se sentit mal à l'aise, elle lui rappelait sa mère.

Toujours à vouloir qu'il fût le meilleur.

— Je n'en ai aucune idée, sûrement mon instinct qui s'est éveillé dans l'urgence. Quoiqu'il en soit, cela ne s'est plus reproduit après, annonça-t-il, tout penaud.

— Sachez que ce que vous avez accompli est une prouesse, à votre âge.

Des étoiles brillaient dans les yeux de la femme. Son intérêt était d'autant plus croissant qu'il ne l'avait pas fait de façon délibérée. L'instinct primait sur l'Erigiuum, il était à l'origine de choses extraordinaires. Les mages disaient que la magie la plus pure était celle qui s'improvisait, Tiphuïn Hullom était d'accord avec cela.

— Mon frère n'a-t-il pas fait la même chose ? se demanda Tylr qui ne comprenait pas pourquoi Ndyx n'était pas avec lui, alors qu'ils avaient agi de concert à Anario.

— Votre frère a l'air effectivement puissant, mais il a été influencé par votre instinct, expliqua-t-elle rapidement sans prêter attention une seconde à la peur qu'elle provoquait chez Tylr.

Elle se leva, le dominant par sa haute stature, et se dirigea vers un petit pupitre. Elle souleva une trappe et en sortit un objet brillant qu'elle tendit alors à l'apprenti.

C'était une broche ronde en or. En son centre, un sablier aux couleurs violettes tournait sur lui-même.

— Je fais créer chaque année des blasons à l'effigie des Söuffles pour mes favoris. Ainsi, tout le monde saura que vous êtes mon apprenti.

Sur ces mots, elle lui prit doucement la broche des mains et la lui ajusta juste en dessous du blason de leur Famille. La mage accompagna son geste d'un clin d'œil et l'invita à sortir, du travail l'attendait.

Ce fut un Tylr interloqué qu'elle planta devant la petite porte en bois. Il ne reprit conscience que lorsqu'il vit son jumeau ébranlé.

— Tylr ! Mais que s'est-il passé ? tenta de savoir Ndyx, affolé.

— Je suis son apprenti officiel pour les deuxièmes années, répondit-il, immobile.

Ndyx laissa tomber ses bras et secoua de la tête.

— Peux-tu être sérieux, s'il te plaît ? J'ai cru qu'il t'était arrivé quelque chose de grave ! Bon sang, Tylr, c'est une excellente nouvelle !

Le jumeau à l'œil vert plongea alors son regard dans celui de son frère. Il ne comprenait pas en quoi cela pouvait être une bonne nouvelle ? C'était un cauchemar !

Ndyx le tira un peu plus loin, dans une niche au creux du mur. Cachés derrière une armure d'Astéracë aux couleurs flamboyantes, ils étaient à l'abri des regards. Ils ne voulaient pas être entendus.

— C'est une bonne nouvelle pour la Confrérie. Grâce à Tiphuïn Hullom, tu vas pouvoir te rapprocher d'Arachné Eöl et de la Fédération. Tu vas pouvoir jouer double-jeu, comme tu aimes si bien le faire.

— Je n'avais pas compris cela. Il est vrai que cela pourrait nous être bien utile. Mais elle me terrifie, on dirait Mère.

— Cela suffit. Si nous avons survécu jusqu'ici avec notre mère, tu peux également le faire avec la professeure des Söuffles. S'il le faut, Ingwë t'aidera avec son Erigiuum.

Tylr acquiesça, il n'avait pas vraiment le choix. Il se doutait que Tiphuïn Hullom ne renoncerait jamais à lui faire porter son blason d'apprenti favori. Ce fut là qu'il eut soudain l'illumination.

Une idée égoïste, mais qui le rassurait.

— Tu as raison, je dois voir cela positivement. Tiphuïn Hullom me servira de tremplin. Être son apprenti veut dire devenir plus puissant, sourit-il.

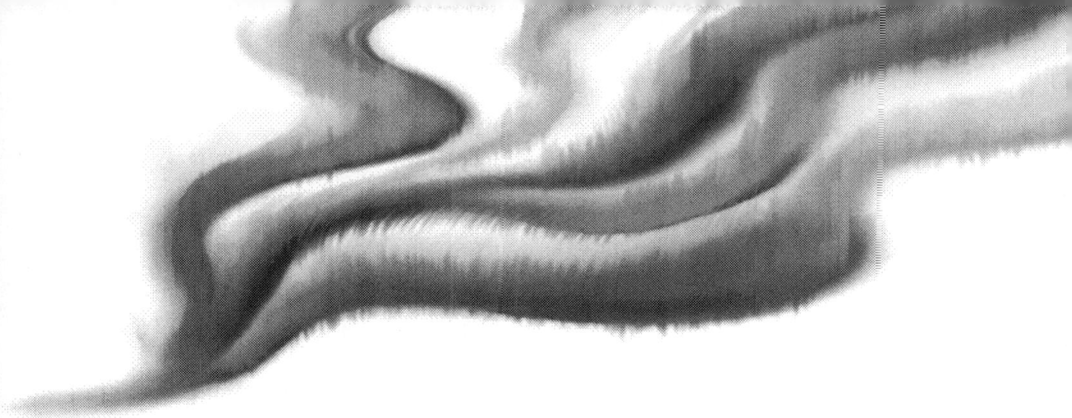

Interlude - Le vortex salvateur

Soudain, dans le monde des ténèbres, l'Ombre vit s'ouvrir devant elle un vortex.

Une porte de sortie qu'elle devait emprunter si elle voulait survivre à la nouvelle attaque de l'Oubli.

Ce dernier de plus en plus de place. En si peu de temps, il avait déjà rongé une grande partie de leur sombre habitat.

Le vortex était arrivé au bon moment, car sans l'intervention de l'Autre, l'Ombre aurait pu tout perdre.

L'endroit dans lequel elle allait se diriger n'était qu'un refuge temporaire.

Mais cela la satisferait pour un moment.

Grâce au vortex, l'Ombre pourrait s'acheter un bien très précieux.

Du temps.

XLVIII

École d'Aràan, territoire de l'Est, mois de Saille de l'an Hëplunn.

Arachné chantonnait, elle se sentait changée depuis quelque temps. Plus précisément, à partir du moment où elle avait trouvé une nouvelle solution à son problème. Elle avait pris du recul sur la situation. Elle s'était reposée et s'était moins exposée aux élèves. Elle avait simplement pris son temps. La patience n'avait jamais été une vertu pour elle. Alors, elle ressentait une certaine fierté de s'être montrée plus sage. Son plan était en marche et cette perspective la ravissait.

Une tasse de thé fumante dans une main, elle consultait les notes de Jostein. Son esprit s'alarma soudain. Ses sens s'étaient tous éveillés : une brèche.

Sa fureur éclata à nouveau et renversant sa tasse, elle se brûla. Mais sa rage était telle qu'elle ne sentit pas la brûlure lacérer sa peau.

— Quoi ! Qui ! cria-t-elle, rompant la tranquillité de son bureau.

Un ancien trou, qu'elle avait totalement oublié. Elle avait pourtant tout effacé. Qui avait osé fouiller ? Qui était venu s'immiscer ? Et par-dessus tout, comment ? Elle l'avait protégé d'une barrière infranchissable. N'avait-elle pas remarqué un quelconque code déjà installé avant son travail ? Elle ne voyait que cela pour expliquer que les intrus eussent abattu ses défenses.

Ce qu'elle détestait par-dessus tout, plus que de se tromper, c'était qu'on puisse vaincre son Erigiuum. Cela faisait d'elle quelqu'un de petit, de moins puissant, voire de faible. Ses dents grincèrent. Mais elle retrouva son calme, elle avait de nouveau une idée.

Elle ne savait pas qui s'était introduit dans son œuvre, mais elle connaissait le secret qu'il cherchait.

— Erling Gudmund, murmura-t-elle.

Elle n'éprouvait pas la nécessité d'en dire plus. Elle avait toujours accès au bel Astéracë par la pensée.

— M'as-tu appelé ?

Le grand homme entra sans s'annoncer dans le plus haut bureau d'Aràan. Il n'avait plus besoin de formalités, lorsqu'elle lui envoyait un message mental, la seule courtoisie dont il devait faire preuve était d'arriver le plus vite possible. Il ne prenait jamais le risque de froisser la belle Psychë.

— J'ai encore besoin de toi.

— Que dois-je faire ?

— Quelque chose qui va à l'encontre de ton code déontologique.

— Pardon ?

— Chut, ne t'en fais pas, tu ne t'en souviendras pas, comme les autres fois. Laisse-toi plonger.

Les yeux de l'homme s'éclairèrent d'un bleu d'azur. Ce n'était pas la première fois que cela arrivait, la directrice en avait l'habitude.

— Mon bel Astéracë, comme toujours je peux compter sur toi. Tu ne sais même pas à quel point j'ai souvent besoin de toi. Que tu es stupide, mais ô combien utile, lui murmura-t-elle à l'oreille, un doigt sous son menton avant de l'embrasser.

L'homme était totalement inconscient, ou du moins, tout ce qu'il pouvait dire n'était que le reflet du désir d'Arachné.

— Tes désirs sont des ordres, je les réaliserai tous jusqu'au dernier, dit-il mécaniquement.

— Tu vas éliminer des parasites. Je ne veux en aucun cas que cela soit propre. Fais-toi plaisir, oublie ta morale. Fais sortir ce qu'il y a de plus sombre en toi, cela te fera du bien. L'Humain a parfois besoin de se déchaîner, lui ordonna-t-elle le visage de l'Astéracë entre ses mains.

— Bien, qu'il en soit ainsi.

— Tu exécuteras mes ordres au bon moment. Je te ferai signe. Tu peux maintenant retrouver tes esprits.

Les yeux d'Erling retrouvèrent leur éclat doré. La légère crispation que ses muscles avaient subie se relâcha. Pendant quelques secondes, il se sentit perdu puis tout redevint normal. Un nouveau sourire aguicheur se dessina sur ses lèvres.

— Tu m'as appelé pour des câlins ?

— Tu sais à quel point je peux me sentir seule parfois.

Ce furent une nouvelle fois des ébats passionnés. Arachné adorait ces moments de luxure sans attaches sentimentales. Elle avait décidé il y a longtemps que plus personne ne méritait d'entrer dans son cœur. Lorsqu'elle était plus jeune, elle fut surprise de constater à quel point se détacher de tout avait été facile, à quel point ses émotions étaient si éphémères et fugaces. Au fur et à mesure du temps, elle avait commencé à croire que son cœur était enfin mort. Aujourd'hui, seules l'ambition et la haine la maintenaient en vie. Plus jamais elle ne vivrait de déception.

Elle regarda la crinière d'or se mouvoir lorsque Elring quitta la pièce, disparaissant derrière la lourde porte. Ses songes reprenaient. Beaucoup de choses allaient changer. Son plan était sans failles.

Il fallait couper les secrets à la source.

XLIX

École d'Aràan, territoire de l'Est, mois de Huath de l'an Hëplunn.

Quelques jours plus tard, Ellün et Sveyn étaient prêts. Lors d'un après-midi ensoleillé de quartier libre, ils réunirent toute la bande. Le petit village d'Aràan était baigné de lumière. Il faisait chaud, les plus beaux jours allaient bientôt arriver. Les habitants de l'île dans le ciel arpentaient eux aussi les rues. Tout était animé, l'ambiance était propice à la détente et à l'oisiveté.

Les arbres étaient en pleine floraison et les fleurs blanches perlées de rose égayaient le vert pomme. L'art de la nature resplendissait partout sur l'île flottante.

— Où allons-nous, si je puis me permettre ? coupa Tylr.

Le jumeau à l'œil vert avait rattrapé la jeune Äme et son ami Orphuss qui dirigeaient le groupe. Ils discutaient entre eux de la meilleure façon de mettre les choses au point sans trop éveiller la colère de leurs amis.

— Un endroit à l'abri, répondit sèchement Sveyn.

— J'en connais un, leur confia directement Ingwë.

En tant que Eòlasum, elle connaissait les endroits sûrs de l'école indiqués par les membres de la Confrérie de l'Oracle. Elle les mena tout droit dans une ruelle étroite aux murs de pierre recouverts de glycines. Les petits bourgeons resplendissaient comme des paillettes violettes. De l'Erigiuum. Certains organismes de la flore ou de la faune avaient évolué en ingérant du pouvoir. Il était rare d'en apercevoir et cela étonnait toujours Ellün. Pourtant les villes, où les Erigiuums fusaient de tous les côtés, étaient parfois recouvertes de scintillements.

— Ici. On pourra parler librement.

Ils arrivèrent devant une auberge, celle de Monsieur Shroud, les petites fenêtres à carreaux laissaient entrevoir peu de monde à l'intérieur. La foule préférant traîner dans les bars aux terrasses ouvertes pour profiter du beau soleil. Le gérant, toujours souriant, et sa chaleureuse femme reconnurent Ingwë. Ils invitèrent le groupe à prendre l'escalier du fond.

Ils débouchèrent dans un couloir depuis lequel plusieurs portes s'offraient à eux. La Psychë connaissait bien les lieux, pour s'y être rendue souvent. Elle devait envoyer des messages à ses parents pour constamment les tenir au courant de l'évolution de leur quête. Elle leur avait expliqué quelques jours plutôt que Tylr était devenu l'apprenti de Tiphuïn Hullom, une des sorcières les plus puissantes. Esmë et Fjor n'ignoraient en rien l'ambition obsessionnelle de la mage Söuffle au sujet de Fédération. Elle était par conséquent une ennemie de la Confrérie. Ils avaient accueilli la nouvelle comme leur fille et ses compères, cela arrangeait bien leurs affaires. Tylr servirait d'espion interne plus tard. Tiphuïn Hullom voulait attendre un peu, le temps qu'il devienne plus fort avant de lui prodiguer ses enseignements. Les informations qu'il leur fournirait leur seraient utiles.

Ingwë ouvrit donc une porte et pénétra dans une sorte de grenier, où tout était fait de bois. Lorsqu'elle la referma, une bulle acoustique bleue apparut autour d'eux.

— Une bulle de Psychë, d'Astéracë et d'Äme. Au moment où nous parlons, nous sommes enfermés dans une bulle mentale dans laquelle personne ne peut pénétrer. Nous sommes dans un autre espace-temps également. Nous ne pouvons pas être tracés.

— Incroyable. Cela veut dire que les patrons font partie de la Confrérie ? demanda Ndyx, surpris.

— Exactement. Vous ne les avez jamais vus lors de réunions parce qu'ils nous sont essentiels depuis des années. Afin de rester dans la discrétion la plus totale, ils ne partent que très rarement de l'île. Arachné surveille toutes les allées et venues.

— Elle a vraiment des yeux partout, se renfrogna Tylr.

Ellün et Sveyn se taisaient. L'anxiété montait, ils savaient pertinemment qu'ils allaient être jugés et s'ensuivrait alors une querelle.

— Alors, allez-vous enfin nous dire pourquoi nous avons dû venir ici pour parler ? poursuivit le jumeau à l'œil vert.

Il était de mauvaise humeur, comme chaque fois qu'il était en présence de Sveyn.

— Nous voulions un endroit calme avec Ellün, car ce que nous avons à vous dire risque de vous énerver. Nous ne voulions pas attirer l'attention de qui que ce soit à l'école.

— Nous énerver ? dirent les trois autres en même temps.

Ndyx sentit son dos perler et il jeta un coup d'œil à son frère, qui semblait frissonner aussi.

Pitié, ne nous donne pas une raison d'agir contre toi.

Ellün n'en menait pas large, la panique la gagnait également. C'était l'heure des révélations. Sa bouche commença à parler pour ne plus être interrompue.

Alors elle avoua dans les moindres détails, l'apparition du fantôme, ses malaises, ses oublis et ses trous noirs. Elle n'oublia pas de mentionner en détail chaque vision qu'elle avait eue d'Athelleen Dag. Elle leur confia comment Sveyn et elle avaient découvert l'Atlas dans la bibliothèque de l'école, la carte dans le grenier d'Annhd.

Ellün se tut, trop tendue par le silence de plomb qui régnait maintenant. Sveyn se rapprocha d'elle pour lui montrer son soutien. Ils étaient complices, ils se serreraient les coudes, quelles que soient les conséquences.

— Nous avez-vous donc menti ? trancha Tylr, le regard sombre.

Ndyx déglutit, mais son masque de discrétion ne dévoila pas son trouble. Ce mensonge pouvait-il être considéré telle une trahison ? Devaient-ils le dénoncer ?

Les jumeaux ne réfléchirent pas.

Ils partirent.

Ils étaient maintenant dans le passé.

Ils s'étaient cachés dans des fourrés, parce que leurs doubles n'allaient pas tarder à arriver pour revivre la révélation d'Ellün.

Cette méthode de voyage dans le temps leur permettait de choisir entre altérer le passé, et donc le présent ; ou de ne rien transformer, mais de pouvoir garder les souvenirs de leurs expéditions. Les jumeaux avaient bien compris le mécanisme et s'en servaient parfois pour pouvoir parler sans être vus.

Dans quelques minutes, ils retrouveraient leur place. Leurs amis ne se douteraient jamais de leur escapade momentanée et aucun passé n'aurait été changé.

— Il faut qu'on parle, nous n'avons jamais évoqué l'ordre de notre mère. Crevons l'abcès, déclara Ndyx, soudain épuisé.

Avec son frère, il pouvait quitter ses artifices. Être lui-même.

Tout était plus réel à deux.

— Tu as raison, je ne tiens plus. Nous devons absolument nous mettre d'accord.

— Je suis mal à l'aise à l'idée de trahir Sveyn. Soyons clairs, il n'est pas mon ami, mais il représente beaucoup pour Ellün.

— Je le hais, mais le sort qui lui est réservé est ignoble. Alors, après ce que nous venons d'apprendre, penses-tu qu'il soit réellement inoffensif ? Je veux dire, nous savons maintenant qu'il est capable de mentir.

Tylr avait une lueur dans les yeux, une lueur d'espoir. Si son frère lui disait que Sveyn n'était en effet pas très honnête, cela justifierait de le dénoncer sans avoir à monter un piège eux-mêmes ; surtout, cela permettrait à Tylr de se sentir moins coupable. La faute reviendrait seulement à l'Orphuss.

— Oui. Je fais confiance à Ingwë. Je sais qu'elle peut lire en lui, sentir ses émotions, et elles sont toutes pures. Il n'a pas menti, il a omis la vérité. Simplement parce que celle-ci appartenait à Ellün et qu'elle ne voulait pas la dévoiler. C'est un bon ami, il prouve ici sa loyauté.

— Foutu Orphuss, murmura Tylr, serrant les dents.

— Je te propose de poursuivre normalement. Si Sveyn tente quoi que ce soit, nous interviendrons. Dans le cas contraire, nous allons nous focaliser sur notre mission, c'est-à-dire assister l'Eòlasum qui ne craint pas ce nouveau compagnon.

— Et si mère nous questionne ?

— Nous lui répondrons que le risque est trop grand au sein d'Aràan. Si nous devons trahir Sveyn, cela se fera à l'extérieur. La directrice est notre ennemie, nous ne devons pas attirer l'attention sur nous. Mère comprendra.

— Très bien, faisons comme cela, conclut Tylr, toujours inquiet.

— Ne t'inquiète pas, je ne laisserai pas Mère nous faire du mal pour un garçon que nous n'apprécions pas forcément. Si la situation dérape, nous le sacrifierons.

Les jumeaux échangèrent un regard qui en disait long. Ils n'avaient pas besoin de parler, ils se comprenaient. Leur lien était plus profond que ce qu'ils montraient aux gens.

Ils étaient deux face au reste du monde.

Les jumeaux avaient repris leur place, envoyant leurs doubles dans le néant, sans que personne ne s'en rende compte.

À une exception près.

Ingwë avait senti leur détresse qui avait alors soudain disparu pendant quelques instants.

Les alter ego ne ressentaient pas.

La jeune fille ignorait que les garçons étaient partis à travers le temps et que, pour un moment, leurs sentiments s'étaient évaporés. Elle se disait simplement qu'ils étaient tout aussi choqués qu'elle de la nouvelle, qu'ils avaient mis quelques minutes pour digérer les informations.

Elle aussi était ébranlée, elle s'était livrée à Ellün, même à Sveyn. Elle avait accepté son Erigiuum, elle avait fait la paix avec cet événement qu'elle n'avait pas contrôlé.

C'était un risque énorme qu'elle avait pris pour la jeune Äme.

Elle avait fait planer un danger innommable sur les siens si elle s'était trompée. Elle avait fait confiance à son instinct et s'en était remise totalement à l'élue.

Mais l'élue l'avait trahie.

Les yeux de la Psychë adoptèrent une teinte de bleu, signe de son trop-plein d'émotions.

— Je vous promets de ne plus jamais omettre la vérité ! Je vous dirai tout à partir de maintenant. Je suis si désolée ! Oh, Ingwë !

Ellün s'était jetée dans ses bras. La jeune brune, peu habituée à ce genre d'effusions, en fut choquée. La lumière provenant de son Erigiuum redoubla d'intensité. Ses mains aussi s'éclairaient. Ingwë eut une étrange sensation, comme si elle savait que tout se passerait bien.

L'apaisement.

La sécurité.

Était-ce cette sensation qui lui avait permis de distinguer Ellün ? Son instinct avait su qu'elle était particulière. Lorsqu'elle regardait l'adolescente aux yeux marron, elle y voyait sa maison, la douceur, les longues journées de pluie durant lesquelles elle se blottissait dans un recoin de la bibliothèque du manoir. Elle voyait son grand retour chez elle, sa liberté et sa tranquillité.

Ellün était le symbole de son foyer.

Ellün était la clé de tout.

Du monde et de son cœur.

L'étreinte fut renforcée par les deux jumeaux qui les entourèrent de leurs bras. Tylr riait, oubliant instantanément Sveyn, il ne voyait que ses deux amies. Ndyx, plus timide, les enlaçait pour apaiser le chagrin du mensonge. L'Orphuss, encore très peu habitué aux trois amis qui avaient fait du mal à Ellün, se tint en arrière, silencieux. Il souhaitait qu'Ellün profite de ce moment, il n'ignorait pas à quel point elle avait rêvé de tout cela.

Des amis à qui se confier.

Un espace où elle pouvait s'abandonner.

Un groupe qui la comprendrait.

Elle était déjà pardonnée, elle avait voulu bien faire, ils le savaient tous.

— Et maintenant, as-tu encore quelque chose à cacher ? se gaussa Tylr, légèrement sarcastique.

Elle mentionna alors la vision qu'elle avait eue du fantôme et du directeur des Âmes. Les trois compères l'écoutaient avec le plus grand sérieux.

— Nous sommes allés voir le professeur Aerin pendant une pause. Nous lui avons montré l'atlas et la carte, mais il n'a rien avoué sur le moment. C'est lorsque Ellün le regarda dans les yeux et prononça le nom de la femme qu'il en a enfin parlé. Il nous a envoyés dans un souvenir. Au début, Athelleen et Arachné se serraient dans les bras l'une et l'autre. Selon lui, elles étaient meilleures amies. Puis, la deuxième vision nous a montré une violente dispute entre elles. Le professeur nous a confié que Athelleen était partie en voyage secret et que Arachné en le découvrant s'en est prise à elle. Elles ne se sont plus jamais parlé après. Puis Athelleen a de nouveau voyagé après la fin de ses études et n'a jamais plus été vue, continua Sveyn. Ensuite, le souvenir s'est effondré sur lui-même, comme si quelque chose voulait nous arrêter.

— Avant que le souvenir dans lequel on se trouvait ne s'écroule, Athelleen m'a rattrapée. C'est très bizarre, puisque visiter un souvenir est différent de remonter le passé. Elle n'aurait pas dû me voir ou me toucher, puisque l'Histoire n'a pas été altérée. Avant de disparaître, elle a crié « Mythslune », rajouta la jeune Äme.

— Nous supposons plusieurs choses. Un, Athelleen a bloqué les souvenirs du professeur, pourquoi ? Deux, Arachné a fait quelque chose à son ancienne meilleure amie, mais quoi ? Trois, il y a quelque chose à chercher sur Mythslune, par où commencer ?

— Deux personnes sont au courant pour Mythslune, le directeur des Âmes et la directrice, réfléchit très vite Ingwë.

— En réalité trois personnes savent. J'ai oublié un énorme détail, ce n'était pas un duo que formaient Arachné et Athelleen, mais un trio. Une autre jeune mage est apparue, son nom est Anastasià. Elle était apparemment Äme et paraissait plus effacée que les deux autres. Peut-être que Athelleen s'était confiée à elle. Je ne sais pas comment leur amitié a fini, rajouta Ellün.

— Grâce à l'Atlas, nous avons l'année d'étude d'Athelleen, il nous suffit de regarder dans les registres pour retrouver le nom complet de cette troisième personne. Cela nous serait utile de lui parler. Maintenant, nous savons vers qui nous tourner, termina Ingwë.

— Es-tu sérieuse ? Tu te réjouis alors que le plus important reste que ces deux-là nous ont caché un aussi gros secret, s'étonna nerveusement Tylr.

— Ellün et moi ne savions quoi penser de ses visions au début. Puis, dois-je aussi vous rappeler que vous nous avez caché la Confrérie, au point d'avoir écarté Ellün ?

— Un point chacun, c'est bon. Et pourquoi avez-vous changé d'avis ?

— Tout comme vous l'avez fait, il était temps. Ce que nous avons découvert peut nous aider dans notre mission. De plus, nous avons maintenant besoin de vous.

— Oh ! Je rêve ! Peux-tu répéter, s'il te plaît ? s'amusa le jumeau.

Sveyn ne lui répondit pas. Tylr, quant à lui, se délectait de ce moment.

— En quoi avez-vous besoin de nous ? demanda Ndyx, concentré.

— Nous avons besoin de vos Erigiuums. Il est clair que nous devons impérativement faire un voyage dans le temps, et plus précisément dans les souvenirs de quelqu'un. Nous pouvons partir dans ceux de Serindë ou d'Arachné, mais je pense que le choix ne se pose pas ici, expliqua Ellün.

— Effectivement, nous ne pouvons pas nous introduire dans l'esprit de la directrice. Elle est bien trop puissante et c'est elle-même une Psychë. Ses barrières doivent être infranchissables, elle a pu s'entraîner à renforcer son esprit depuis qu'elle est mage, argumenta Ingwë.

— Nous devons donc revoir le professeur, conclut Sveyn.

Il y eut une pause silencieuse. Les cinq compères se fixaient du regard. Une chose manquait. Des excuses.

— Je suis désolée d'avoir gardé mes secrets. Sveyn s'excuse aussi, n'est-ce pas ? lui dit-elle en lui mettant un coup de coude dans les côtes.

Il fit un signe de tête, tout en levant son regard au ciel lorsqu'il vit Tylr et son sourire en coin.

— Plus de secrets entre nous, promis ? Si nous ne voulons pas échouer, nous devons absolument nous unir. La confiance est la clé de notre réussite. Divisés, nous ne sommes rien.

Ingwë avait parlé et, en même temps, elle avait soulevé un de ses bras dont la paume de main était tournée vers le sol. Un geste d'unification. Un pacte de confiance. Une preuve de loyauté. Les autres l'imitèrent, ils joignirent leurs paumes, inspirèrent profondément et crièrent « Pour la Confrérie ! ». Les mains levées maintenant vers le ciel, leurs espoirs avaient repris de plus belle.

L

École d'Aràan, territoire de l'Est, mois de Saille de l'an Hëplunn.

Le lendemain, ils se rejoignirent tous à la pause du matin. Ils n'avaient que vingt minutes devant eux avant de reprendre les cours, ils devaient agir vite. Ils se retrouvèrent face à l'immense porte des quatrièmes années cette fois. Le professeur Serindë Aerin travaillait sans relâche, préférant gagner du temps sur ses corrections. Alors qu'ils allaient franchir la porte, Ellün eut un frisson d'inquiétude.

— Et s'il se souvenait de ce qu'il s'est passé l'autre jour ?

— On inventera un mensonge. Mais sincèrement, je ne pense pas qu'il s'en souvienne. Il était en transe. J'ai plutôt l'impression que tous ses souvenirs sur Athelleen sont comme bloqués. Tu as réactivé quelque chose en lui qui avait à trait à elle et donc tu as enclenché un oubli. J'en mets ma main au feu des Asteracës, annonça Ingwë.

— Attendez, mais comment Athelleen a-t-elle pu manipuler son esprit ? Elle n'était pas Psychë, c'est bien ça ? voulut clarifier Ndyx.

— Elle était une Engendrör, elle donne vie à ses créations. Elle peut créer des pièges et les mettre n'importe où. Peut-être qu'elle s'est fait aider aussi. Nous n'en savons rien.

— Si c'est le cas, ça sera facile pour moi de briser la cage dans laquelle elle a enfermé les souvenirs de notre cher professeur, se réjouit Ingwë.

— Et nous ferons le reste, dirent en même temps les jumeaux.

— Si tu brises la cage, il sera conscient de ce qui se passera, non ? contredit Sveyn, soucieux.

— Je ne sais pas encore effacer les souvenirs, mais je peux l'endormir pendant le processus, et le calmer, réfléchit la Psychë.

Certains de leur plan, ils entrèrent dans la salle. Le professeur était assis au même endroit. Toujours affairé à son bureau, dans le grand amphithéâtre silencieux, il était plongé dans ses copies. Il releva la tête vers eux en entendant leurs pas sur les escaliers ouverts sur les différents rangs de tables.

— Bonjour, que puis-je pour vous ? demanda-t-il, poli.

Effectivement, il ne se souvenait plus de rien. Cela rassura Ellün, mais son cœur se serra pendant quelques secondes ; elle espérait ne pas avoir perturbé l'esprit de l'enseignant, elle l'aimait bien. Elle s'avança avec un doux sourire.

— Nous avons des questions à vous poser, si vous avez du temps à nous accorder bien sûr.

— Bien sûr, ma petite Ellün. Quel est le problème ?

— Athelleen Dag, déclara-t-elle lorsqu'il plongea son regard dans le sien.

— Je vous demande pardon ? demanda-t-il, incrédule.

Les yeux du professeur clignaient sans s'interrompre derrière ses lunettes rondes. L'expression de son visage restait parfaitement innocente, il ne savait pas du tout de quoi elle parlait. Ingwë lui mit une main sur l'épaule et discuta avec lui.

— Nous avions une question sur l'Erigiuum des Ämes. Un Engendrör peut-il bloquer des souvenirs, falsifier la pensée d'une personne ?

— C'est une question bien spécifique, jeune fille. Pour vous répondre, la réponse est oui. Un souvenir est une synchronisation neuronale, plus précisément les neurones codent les informations. Ce qui veut dire que ce système donne un poids, ou plutôt une matière au souvenir. Les Engendrörs créent directement des objets faits de matière réelle, ils peuvent aussi en modifier. Les souvenirs étant solides, ils peuvent tout à fait les contrôler. Cependant, je préfère vous mettre en garde, comme toute création, il y a des conséquences sur l'équilibre. Les Psychës modifient les signaux envoyés et reçus, ils bloquent la matière sans modifier la formule moléculaire. Une Äme qui modifie l'esprit agit donc dangereusement. Pour finir, un Psychë ne fait que mettre un paravent sur l'esprit qui existe encore, ce dernier reste donc intact moléculairement. Alors qu'une Äme détruit les fondations. Elle touche et modifie le code génétique d'un neurone, d'une synapse, d'une molécule. Voici la différence.

— Est-ce qu'un autre Engendrör peut défaire ce qui a été fait ?

— Je l'ignore, justement parce que ça n'a jamais été fait, du moins pas légalement et officiellement. Les Engendrörs ne sont pas faits pour s'occuper de l'esprit des autres. Mais je suppose que c'est possible, la matière porte en elle une empreinte. Si l'Engendrör trouve le bon code, il peut peut-être revenir en arrière. Ce n'est qu'une supposition, mais si un Engendrör, un Sönge et un Orphuss Chuchöteur s'associent, ils pourraient trouver la solution.

— Comment ? interrogea Ingwë, sans perdre une miette de l'explication d'Aerin.

— Un Chuchotëur parle à la matière vivante. Dans les grandes lignes, on parle souvent de faune et de flore, mais il lui est possible de parler à bien plus infime. En parlant à la matière modifiée, en la comprenant, il pourrait alors tracer une voie sur laquelle s'engagerait le Sönge pour remonter le passé et revenir au point de la transformation, ainsi le chemin éclairci, l'Engendrör pourrait agir. Est-ce plus clair pour vous maintenant ?

— Oui, nous vous en remercions. Nous allons vous laisser tranquille. À bientôt, professeur.

— Au revoir, jeunes gens, dit-il, toujours un souriant.

Ingwë partit directement, suivie des autres totalement perdus. Lorsqu'ils sortirent dans le couloir, ils ne purent réprimer leur déception.

— Pourquoi es-tu sortie ? Ne pouvais-tu pas tenter d'entrer dans son esprit ?

— Non, j'ai senti un mur. Aucune entrée possible. Mais nous avons tout de même appris quelque chose.

— Qu'est-ce donc ?

— La combinaison pour défaire la modification de l'inconscient par un Engendrör. Le problème, c'est que nous n'avons pas ce genre d'enchanteur sous la main, dit-elle en se tournant vers Ellün.

L'Äme écarquilla les yeux en voyant tous les regards tournés vers elle.

— Ne me regardez pas, ça ne va pas faire venir plus vite mon sous-pouvoir.

— Ce n'est pas grave, parce que j'ai une autre idée, intervint Ingwë, un sourire machiavélique aux lèvres.

— Je vous l'avais bien dit, cette fille est non seulement une princesse, mais également un génie ! l'admira Tylr.

Cela n'avait fait qu'un tour dans l'esprit de la jeune Psychë. En effet, elle n'était pas la plus douée de sa promotion pour rien. Arachné l'avait été aussi, mais elle la battrait. Elle deviendrait plus forte, plus malicieuse. Depuis petite, elle s'était entraînée à réfléchir rapidement. Aucune information ne manquait jamais à ses sens. Elle vivait pour trouver.

— Le professeur Serindë enseigne depuis très longtemps. Il a vu grandir Arachné et Athelleen. Il était proche de cette dernière, elle lui a sûrement fait parvenir des choses à l'insu de son ancienne amie. Ils ont dû sûrement parler tous les deux en secret, parce qu'elle lui faisait confiance. Je ne crois pas à la coïncidence d'une anomalie glissée dans les souvenirs du professeur qui aurait directement parlé à Ellün. Elle a laissé des indices. Les murs, les objets ont des empreintes.

— Tu veux que je chuchote ? demanda Sveyn. Il y a un souci. Cela demande une maîtrise que l'on apprend en quatrième année, et je n'en suis qu'à la deuxième. De plus, le professeur a dit qu'on ne parlait pas souvent de cette perspective de ce sous-pouvoir. Cela n'intéresse que peu de monde. À part les sorcières qui chassent les mauvaises ondes des maisons.

— Ellün m'a dit que tu apprenais très vite.

— En effet, confirma-t-il en bombant le torse, ravi que son amie parle ainsi de lui.

— Alors tu vas vite t'y mettre. Nous nous rendrons bientôt dans la chambre du professeur. C'est un lieu intime et inaccessible aux élèves. Si Athelleen lui a effacé certains souvenirs, il devait en savoir beaucoup sur ses projets. Lorsqu'ils parlaient et qu'ils ne voulaient pas être entendus, ils devaient sûrement se voir dans ses quartiers. Ils sont protégés par leur propre magie. C'est le lieu le plus sûr.

— Que c'est excitant ! Et à la fois mortifiant de savoir que tout repose sur les épaules de Sveyn, fit Tylr, mimant le désespoir.

Tous pouffèrent, excepté l'Orphuss qui sentait sa patience atteindre ses limites. Il était susceptible et cet énergumène commençait à l'insupporter au plus haut point. Mais il avait maintenant un atout dans sa cape.

— N'en fais pas trop, ou je rapporte à ta mère la façon dont tu me traites, dit-il simplement et efficacement.

L'Äme se tut immédiatement. Quant aux autres, ils explosèrent de rire. Sveyn sentit tout le poids de cette nouvelle mission. Cela lui donnait presque le tournis. Comment allait-il faire pour apprendre une chose aussi difficile en si peu de temps ?

— Nous t'aiderons, ne t'en fais pas, le rassura Ingwë avec un sourire.

La Psychë avait senti l'inquiétude monter en lui et l'envahir. Elle calma instinctivement son anxiété naissante. Sveyn n'aimait pas qu'elle ne contrôle pas son empathie, mais, pour une fois, il ne lui dit rien. Il était content de pouvoir se détendre.

— Oui, nous serons là, après tout, nous sommes tous ensemble dans cette histoire, l'encouragea Ellün.

Sveyn sourit, son cœur rata même un battement que la Psychë flaira. Elle détacha son lien avec le jeune Orphuss, et rougit. Ellün et lui ? L'Äme éprouvait-elle la même chose ? Elle avait senti des sentiments puissants entre les deux. Une nouvelle émotion naquit en elle alors. Ce qu'elle ressentait-là n'était pas agréable, elle parvenait même à en vouloir à l'Orphuss. Qu'était-ce ? Ingwë chassa ce tourbillon flou. Elle devait se concentrer sur ce qui allait arriver. Les mois qui suivraient allaient être difficiles.

LI

Six mois plus tard, école d'Aràan, territoire de l'Est, mois de Ngetal de l'an Hëplunn.

Un semestre s'était écoulé sur l'île du ciel. Aràan accueillant le mois de Ngetal avec ses arbres déplumés et ses nuages grisonnants. La vie tournait au ralenti tandis que l'hiver s'installait. Bientôt, les vacances de fin d'année allaient arriver avec les fêtes de Luinil. Le groupe des cinq avait décidé que Sveyn serait au point pour cette période, ainsi ils pourraient librement se rendre à Mythslune pendant la pause scolaire.

Le mois des célébrations de Luinil était le meilleur pour se rendre dans la région des Grands Lacs. La faune et la flore s'éveillaient alors à ce moment-là, avant une longue hibernation. Phénomène naturel qui, selon Ingwë, ne pouvait être une coïncidence.

Six mois auparavant, ils cherchaient ardemment quelques bribes d'informations qui auraient pu les éclairer davantage. Dans un coin de la grande bibliothèque d'Aràan, la Psychë trouva quelque chose d'intéressant.

— Tenez, regardez ça. Ils parlent des éclipses terrestres à Mythslune, les informa-t-elle.

— Pardon ? demanda Tylr qui était dans la lune.

— À ce moment précis de l'année, précisément la vieille de Luinil, les Grands Lacs sont totalement méconnaissables. Un voile noir les recouvre entièrement. Ce phénomène naturel ne dure que quelques heures, durant lesquelles il ne faut surtout pas tenter de traverser les lacs noirs au risque de se perdre pour toujours. C'est durant cette période particulière qu'ils deviennent alors solides. Après de longues heures, des aurores boréales se dessinent dans le ciel, puis leur danse les entraîne tout droit vers les lacs, ceux-ci les avalent. Les Boreälis, de leur nom, se retrouvent alors piégées dans les eaux. Ces grands faisceaux traversent le ciel pour rejoindre la terre. Elles éclairent alors les Grands Lacs et les dépouilles de leurs ténèbres. Si les aventureux ne sortent pas de l'eau avant que les aurores boréales ne s'éteignent de la surface aqueuse, ils disparaissent à jamais, expliqua-t-elle, les yeux rivés sur le livre.

Tout le monde se tut. Les regards se croisaient dans d'incessants va-et-vient. Les cinq apprentis avaient la même idée.

— Nous devons nous y rendre à ce moment-là, conclut Ingwë.

— Mais où ? Dans quel lac ? Et pour quoi ? s'affola Tylr.

— Athelleen a sûrement dû laisser des indices pour Ellün. Le fait qu'elle n'apparaisse qu'à toi veut dire qu'elle voulait que tu résolves son mystère, reprit-elle avec sérieux.

— Avec cette histoire de Mythslune, on pourra sûrement savoir quel lien tu as avec elle, dit Sveyn en regardant la jeune Äme.

C'était une question qu'elle se posait maintenant depuis plus d'un an. Pourquoi le fantôme avait-il fait irruption dans sa vie ? Pour Ingwë, inutile de chercher bien loin. Athelleen Dag avait dû aider la Confrérie d'une quelconque manière, même si personne ne se souvenait d'elle, après avoir posé la question. Elle avait laissé des indices partout dans Aràan et ils étaient tombés dans les mains d'Ellün, ou plutôt dans son esprit.

— Mais comment pouvait-elle savoir que j'allais être du bon côté ? Je ne connaissais même pas la Confrérie en venant à l'école.

— L'intuition. Ils devaient s'offrir à l'élu. Écoute, pour l'instant votre lien n'est pas la question centrale, je te promets qu'on y répondra, mais nous devons d'abord résoudre le mystère de Mythslune. Un pas à la fois, c'est plus prudent et judicieux.

— Tu as raison. Nous verrons cela après, battit en retraite l'Äme.

— Bien. Il nous faut maintenant cet indice, sinon cela ne servira à rien de se rendre aux Grands Lacs, au risque de nous y perdre définitivement, conclut Ingwë.

Ils avaient donc jusqu'à la fin de l'année pour se préparer à la plus grande expédition de leur vie.

Sveyn avait subi un rude entraînement. Malgré ses douze ans, il avait maintenant des cernes bleus sous les yeux qui le faisaient paraître plus vieux. Il avait très peu dormi, travaillant, apprenant et s'améliorant chaque jour et chaque nuit. Après six mois de labeur, il arrivait enfin à maîtriser à peu près cette partie de son sous-pouvoir.

— Tu pourrais parler à ce mur-là ? demanda Ingwë alors qu'ils passaient dans une ruelle du village, par un après-midi glacial.

— Oui, mais j'ai encore besoin de temps pour me lier à lui. La fréquence que les sons des objets émettent est moins vive que celle de la faune ou la flore. C'est comme si leur histoire était trop loin pour être touchée.

— Si je comprends bien, cette partie du pouvoir du Chuchöteur peut être assimilée à l'Erigiuum des Psychës. Tu ressens toi aussi leurs émotions, peux-tu influer dessus ? questionna Ingwë, intéressée.

— Oui, je ne peux pas comprendre un humain ni ressentir ou entrer dans son esprit, mais je peux le faire avec un animal ou une plante. Je peux influencer leurs émotions à moindre mesure. Pas autant que toi par exemple. En plus, pour parler leur langue ou les comprendre, il me faut un contact physique, ce dont toi, tu n'as pas besoin.

À la fin de son explication, le jeune homme posa sa main sur le mur de craie frais. Il ferma les yeux, il devait encore beaucoup se concentrer pour réussir à lire un objet inanimé. Il s'était tout d'abord entraîné sur un caillou trouvé dans le parc, il avait mis un mois entier à enfin pouvoir se projeter dans les souvenirs de ce bout de roche. Au début, il n'avait pas eu accès à des images précises ; seulement des sensations, telles des connexions qui s'établissaient entre lui et la pierre. Il avait mis deux mois de plus à savoir interpréter ces ressentis et les transformer en images. À sa première réussite, il n'avait vu que des flashs. Depuis, cela s'était arrêté là. Son Erigiuum n'était pas encore assez puissant pour passer à la phase supérieure.

— Je vois des gens qui passent, des ivrognes qui s'évanouissent contre lui.

— Très bien, Sveyn. Tu peux arrêter, lui dit Ingwë une main sur son épaule.

La jeune fille avait fait très attention à son nouvel ami. L'utilisation de ce nouveau pouvoir le fatiguait beaucoup, c'était au-dessus de ses aptitudes normales. Les professeurs commençaient à se poser des questions à son sujet, les notes de l'Orphuss avaient légèrement chuté et il somnolait en cours. La Psychë s'inquiétait, car ils ne devaient surtout pas attirer l'attention sur eux. Pour faire croire que Sveyn était épuisé à cause d'une déprime d'adolescent, ils s'étaient scindés en deux groupes, la Psychë avec lui, et les trois Âmes ensemble. Tandis qu'Ingwë entraînait le jeune apprenti, Ellün essayait tant bien que mal de faire progresser son Erigiuum avec la guidance des jumeaux. Ils avaient prévu une grande réconciliation d'ici quelques semaines, juste avant les vacances. Elle ne tenait plus en place, la dernière fois qu'elle n'avait plus parlé à sa meilleure amie, c'était en raison de ses propres secrets. Cela lui rappelait de mauvais souvenirs et elle n'avait qu'une seule envie, qu'elles se retrouvent.

— Tout sera fini bientôt, tu vas pouvoir reprendre une vie normale, dit Ingwë.

— Oh ne t'en fais pas, je me dis que je gagne du temps sur les années d'études à venir ! la rassura Sveyn.

Tous deux se promenaient dans le parc. Ingwë avait songé qu'une balade dans la fraîcheur hivernale lui ferait du bien. Ils s'étaient beaucoup rapprochés tous les deux. L'Orphuss avait commencé à apprécier la jeune Psychë, il voyait en elle quelqu'un de beaucoup plus sensible qu'elle voulait le montrer. Elle aimait prendre soin des autres, les protéger. Elle lui avait parlé de ses parents, il avait bien senti l'admiration qu'elle avait pour sa mère, mais il ne pouvait s'empêcher de penser qu'elle tenait davantage de son père. Il avait rencontré celui-ci lors de son introduction à la Confrérie de l'Oracle et, pour être totalement franc, il l'avait adoré. Il aurait été honoré d'avoir un père tel que celui d'Ingwë. Sveyn voyait bien qu'elle avait encore beaucoup de chemin à faire avant de s'accepter telle qu'elle était.

— Tu veux que je tente sur une pierre ? lui demanda-t-il.

— Si tu en as envie, mais tu as déjà fait beaucoup de progrès, tu devrais te reposer aujourd'hui. Il te faudra toutes tes forces. En plus, on ne sait pas si cette vipère a fait mettre des pièges sur les murs de l'école

Aujourd'hui, ils partageaient aussi la haine d'Arachné, comme si la jeune fille la lui avait communiquée. Il avait raconté alors à Ingwë qu'Ellün buvait une potion donnée chaque semaine par la directrice. Cette révélation avait davantage agité la colère de la Psychë. Après être passée outre sa frustration pour cette nouvelle omission, elle avait entendu les excuses d'Ellün. La potion ne provoquant chez elle aucun effet indésirable, elle en avait oublié de la mentionner. Ingwë avait alors essayé de lire les émotions d'Ellün, en cachette pour que personne ne puisse les voir. Mais cela n'avait rien donné, Ingwë n'ayant pas encore la puissance de lier les émotions passées. Sveyn avait été très frustré du résultat, il s'entraînait tous les jours d'arrache-pied pour réussir là où la Psychë avait échoué : trouver en quoi consistait cette potion. Quand il deviendrait plus fort, Ellün lui avait promis de garder en bouche une partie du liquide, qu'il pourrait alors inspecter plus tard. Il pourrait identifier les ingrédients, mais aussi lire son histoire. En attendant, Ellün était obligée de la prendre, ne devant sous aucun prétexte alerter Arachné.

Sveyn était impatient.

— Juste un. Pour voir.

— D'accord, mais pas longtemps. Fais attention.

Il choisit une pierre ovale dans laquelle des stries bleues étaient encrées. Il la trouvait magnifique. Quels secrets pouvait-elle renfermer ? Il ferma ses doigts sur le caillou. Les yeux clos, il s'immergea dans le vide de sa pensée. Pour capter les ondes d'une chose, il fallait faire le néant en soi. On ne pouvait ajouter sans enlever avant. Il plongea alors dans les méandres oubliés de son âme jusqu'à toucher le fond. Il le faisait de plus en plus rapidement, il avait pris l'habitude de méditer trois fois par jour pour atteindre ce niveau. Ingwë l'avait heureusement aidé à stabiliser son mental. Elle avait été présente à chaque méditation de quarante-cinq minutes. Ce procédé était une chose qui pouvait provoquer une profonde détresse ou une grande colère. Il ne savait combien de fois il s'était frustré en s'exerçant seul.

Suspendu dans le vide, il entendit soudain un écho, telle une goutte qui tombait sur la surface paisible d'un lac. Il devait maintenant s'accrocher à cette onde, et ne jamais la perdre. Elle était le fil conducteur, comme une ligne de vie. Elle l'emmenait dans les souvenirs, les sensations de la pierre. Chaque toucher qui l'avait percutée, chaque voix qui l'avait frappée avant de mourir dans sa matière, tout lui apparaîtrait. Il se laissa glisser le long de cette onde, pour ne faire qu'un avec elle. Alors les images en flash se formèrent, des images lointaines, dans lesquelles il n'entendit d'abord rien, comme d'habitude. Il pensait pouvoir finir ici quand quelque chose changea. Son esprit fut attiré par une couleur, un détail insignifiant, mais qui lui permit de s'accrocher et de ralentir la frénésie des images. Il put pour la première fois enfin se concentrer sur une vision. Ce fut le morceau d'une cape violette qui attira son attention. La jeune fille marchait, cette même pierre à la main, elle chantonnait. Ses longs cheveux blonds virevoltaient autour d'elle, le parc était fleuri et illuminé. Sveyn sut que la pierre lui montrait Athelleen, il put lire et la comprendre.

Le fantôme jeta alors la pierre dans une des mares du parc. Et le souvenir s'effondra. L'Orphuss Chuchôteur sortit de l'esprit de la pierre.

— Oh ! C'était incroyable !

— Que s'est-il passé ? Tu as vu quelque chose ?

— Oui ! J'ai réussi ! Athelleen a touché cette pierre elle aussi. Elle l'a jeté dans la mare là-bas, pas loin.

— Attends, tu veux dire que tu as vu une image à l'arrêt ? Un souvenir réel ?

— Exactement ! J'ai fait le vide, mais la mission est restée ancrée en moi, comme une pensée en arrière-plan. Une pensée latente qui attendait patiemment. J'ai l'impression que mon psychisme a imposé cette recherche à la pierre. Et comme elle a connu Athelleen, elle me l'a montrée.

— Tu es beaucoup trop doué ! Bravo ! Grâce à toi, nous allons pouvoir réussir ! Je n'y crois pas. Six mois et tu arrives déjà à formuler une demande à un objet inanimé.

Ingwë n'en revenait pas, tout progressait. Elle en voyait enfin le bout, après ces mois d'isolement, elle allait bientôt pouvoir retrouver une vie normale. Le visage d'Ellün apparut dans son esprit, elle lui manquait terriblement. La jeune Psychë se sentait perdue sans sa boussole. C'est le cœur rempli de joie qu'elle se mit à sourire.

— J'ai encore besoin d'entraînement, peut-être que ce n'était qu'un coup de chance, commença-t-il à s'inquiéter.

Ingwë s'irrita légèrement face aux doutes de son nouvel ami. Son enthousiasme accumulé s'effondra. Il se retournait déjà pour essayer une autre pierre. La jeune fille mit une main sur son épaule pour l'arrêter. Assez, c'était assez pour aujourd'hui. Elle voulut le rassurer, mais les mots qui sortirent étaient surtout pour elle-même.

— Je ne pense pas, et puis tu connais l'Erigiuum, une fois que tu as acquis quelque chose, tu ne peux plus t'en défaire. C'est en toi une bonne fois pour toutes.

Sveyn et Ingwë se regardèrent en souriant. Soudain, ils se prirent dans les bras l'un de l'autre, dans une étreinte fraternelle. Un regain d'espoir offert par l'Orphuss jaillit. Leurs yeux s'embuèrent, ils avaient travaillé si dur. Plusieurs fois, ils avaient pensé ne jamais y arriver. L'épuisement parlait à ce moment précis, leurs nerfs lâchaient. Ils allaient pouvoir se reposer. Mais surtout, ils pouvaient dès maintenant avertir leurs amis. Ils allaient tous se retrouver.

LII

École d'Aràan, territoire de l'Est, mois de Ngetal de l'an Hëplunn.

Depuis maintenant deux semaines, le groupe s'était reformé officiellement, aux yeux de tous. La bande des cinq passait de nouveau tout son temps ensemble. Les trois Âmes s'étaient réjouies de pouvoir retrouver leurs deux amis.

Sveyn était prêt et il le savait.

La question qui lui taraudait l'esprit depuis des mois trouverait une réponse. La peur d'Ingwë prendrait fin. Le jeune mage arriva à la table où tous étaient installés pour le petit-déjeuner. L'immense salle circulaire grouillait d'étudiants. Ils allaient et venaient avec des assiettes bien remplies. Une douce odeur de chocolat kwö — une boisson chaude dans laquelle le chocolat et la douce crème de mwuil aux senteurs de framboises se mélangeaient aux épices sucrées du Sud-Ouest — arriva aux narines de Sveyn. La salle était délicatement chauffée grâce à l'Erigiuum des Orphuss. Dehors, par les grandes baies vitrées, il pouvait apercevoir une nouvelle journée grise qui se profilait. Un amas de nuages se formait au-dessus d'Aràan.

Ce mauvais temps n'entacha pas pour autant son humeur. Son impatience rythmait son cœur. Il avait bien dormi, revigoré par l'espérance d'une réponse. Ce fut d'une voix claire, dans laquelle la détermination brillait, qu'il s'exprima.

— C'est pour aujourd'hui.

Les quatre compères se turent, ils en avaient déjà parlé. Dès qu'ils avaient tous appris pour la potion que la directrice donnait à Ellün, ils avaient voulu éclaircir le mystère. Les jumeaux s'étaient aussi mis en colère pour ce nouveau mensonge, mais ils avaient fini par comprendre.

Alors ils avaient attendu, ils avaient espéré que ce jour viendrait.

Quelqu'un empoisonnait peut-être leur élue.

Ils devaient l'arrêter.

Aujourd'hui était un jour de repos pour toute l'école, cela arrangeait bien la bande d'amis. Ils s'étaient faufilés en dehors de l'établissement pour se rendre dans le parc. Les arbres s'étaient préparés pour un long hiver. Sur le chemin qui les menait au cœur de la forêt, ils entendirent des hululements plaintifs. Les chouettes et les hiboux s'apprêtaient eux aussi à passer l'hiver au chaud.

Les cinq amis s'étaient parés d'écharpes et de bonnets contre ce froid déjà glacial. Ellün entendait son cœur battre dans sa poitrine, qu'allaient-ils découvrir ? Elle serra fort la petite fiole, sa main renfermait des réponses dangereuses, elle le sentait. Quelques jours avant, elle s'était rendue dans le bureau de la directrice. Grâce à un sort de la mère des jumeaux, elle avait placé un contenant magique dans sa bouche. Ce dernier, une modeste boule aux nuances violettes, avait pour but d'absorber la potion qu'elle allait ingurgiter. Elle avait craint de se faire prendre, mais Arachné n'y avait vu que du feu. Le contenant venait de la magie des Ämes Engendrörs et Magdalena lui avait assuré qu'il ne pouvait pas être détecté.

Elle regarda le liquide au creux de sa main, il était vert aux nuances de marron et de jaune. Que contenait-il ? Quelle sorte d'Erigiuum fermentait là-dedans ? Ses yeux s'égarèrent sur la chevelure de miel de Sveyn. Ce voyage au cœur des éléments, allait-il se révéler dangereux pour lui ? Et si la directrice y avait posé un piège ?

— Sveyn, es-tu sûr que ce n'est pas dangereux ?

— Je ne fais que lire ce que la potion contient, je n'agirai pas dessus. Tout va bien se passer, la rassura-t-il avec un sourire.

Comme d'habitude, Ellün plongea dans le regard immensément profond de son ami et y trouva du réconfort. Elle lui donna la fiole qu'il saisit tout de suite, détachant son regard.

Sveyn sentait l'impatience au bout de ses doigts. Il s'était entraîné dur pour en arriver là. Aider Ellün avait surpassé l'autre mission.

Le groupe s'arrêta net dans une niche naturelle que les arbres alentour avaient créée. Ils étaient cachés dans l'ombre, le soleil ne dépassant plus les nuages désormais. Ils n'entendirent que le bruit des feuilles se froissant avec le vent.

Le garçon ouvrit la fiole, sous le regard attentif des quatre autres, et renversa un peu de liquide dans sa main. Ingwë vint le décharger du reste.

— Merci, lui murmura-t-il alors que ses yeux prenaient une teinte de vert électrique.

Il comptait d'abord lire et lister les ingrédients s'il les trouvait. C'était l'idée de la jeune Psychë. Il fallait procéder les plus intelligemment possible.

— Je sens l'Erigiuum des Orphuss, Astéracës, Psychës et Ämes. Ils y sont tous.

— Intéressant, c'est donc de la magie combinée, confirma doucement Ingwë qui réfléchissait à vive allure.

Après avoir regardé la surface de la potion, Sveyn se concentra sur les éléments. Puisqu'il s'agissait d'une préparation où les Erigiuums avaient fusionné, cela rendait sa tâche de les différencier plus difficile.

— Je connais assez mal les autres Erigiuums, mais je peux clairement dire que le pouvoir des Orphuss est lié à celui des Psychës. Quant à celui des Astéracës, il est combiné avec la magie des Ämes. Je sens autre chose, je distingue le pouvoir des Orphuss Chuchöteurs, mais il y aussi celui des Voyagëurs.

— Comment ça ? demanda Ndyx qui écoutait attentivement.

Les Orphuss Voyagëurs étaient connus pour leur capacité à pouvoir parcourir de grandes distances en peu de temps. Contrôlant également les éléments à moindre mesure, ils pouvaient implémenter la célérité aux objets et ces derniers pouvaient disparaître pour se rendre à l'endroit où le mage voulait. Ils avaient la capacité de dominer des objets lourds, mais surtout physiques, durs. Ils étaient donc réputés pour ne pas pouvoir rendre les matières plus petites et imperceptibles, plus rapides.

— Je ne peux pratiquement rien saisir. Je comprends qu'il y a une espèce de sort de blocage, comme si la potion comportait une prison, mais le sort de rapidité jeté dedans m'empêche de tout lire.

— Ingénieux. Je n'ai jamais entendu parler de ça. Les Orphuss Voyagëurs arrivent à envoyer de lourds objets très loin. Mais c'est la première fois que quelqu'un réussit à contrôler de la matière si petite, raconta Tylr, fort impressionné.

Que signifiait cela ? Pourquoi et comment un Orphuss Voyagëur avait-il bien pu produire cet effet ? Et enfin, qui étaient ces gens qui avaient mis au point cette formule aux mille secrets ?

— Je vais commencer la lecture des impressions.

Puisque ce pouvoir lui demandait un plus grand effort, Sveyn activa ses mains et le reste de son cœur. L'adolescent n'était plus qu'une lumière verte qui transparaissait entre les arbres, et les autres se dirent qu'ils avaient eu une bonne idée de se cacher dans la forêt.

Alors, le jeune Orphuss vit.

Les images défilaient devant lui.

D'autres fioles, de la mousse, de la fumée. Tout fulminait devant lui. Des gens s'affairaient, courant, lisant, calculant, bavardant. Sveyn voulut rentrer plus profondément dans l'impression, comptant en apprendre plus sur les lieux, mais quelque chose fit irruption.

Des mains aux ongles parfaits et longs se refermaient maintenant sur lui.

Puis il vit des yeux dans lesquels le mal brillait.

Il connaissait ce regard.

Transperçant, brutal, indifférent.

Des iris de glace.

Ce fut à ce moment, Ingwë décida d'agir. Ils s'étaient mis d'accord un peu plus tôt. Sveyn lui avait dit que lire les impressions ne voulait pas dire qu'il en apprendrait plus sur les intentions de quelqu'un, ceci dépendait du pouvoir des Psychës Pensës. Le jeune garçon n'assistait qu'à des scènes, ne pouvant que les interpréter or ils ne devaient pas se tromper. Il était possible pour les Psychës Pensës de capter l'essence d'une émotion passée, car tout était lié, complètement invisible. Une émotion, d'après les cours d'Ingwë, pouvait rester en suspens dans l'air quelques minutes ; donc, si son pouvoir se mélangeait à celui d'une Äme Sönge, elle pouvait attraper les émotions passées. Elle n'avait encore jamais testé et ne savait pas si elle pouvait le réaliser avec l'Erigiuum d'un Orphuss Chuchöteur. Après tout, Sveyn captait les impressions des objets et matières, pas des personnes.

Alors la Psychë activa son pouvoir et rentra dans son esprit.

Tout autour d'elle n'était que fumée noire. Elle ne vit pas non plus les lieux, Sveyn s'affairait tellement sur l'individu à qui les yeux glaçants appartenaient, qu'il en avait oublié d'intégrer Ingwë.

Néanmoins elle vit qui tenait la fiole.

Arachné Eöl.

Elle ne fit pas attendre plus longtemps Sveyn, et plongea dans les souvenirs émotionnels d'Arachné. Comme l'impression ne lui appartenait pas, il était plus contraignant pour elle de la comprendre correctement. Elle ne pouvait accéder qu'aux émotions en surface.

Mais ce qu'elle éprouva la fit frissonner.

La main était serrée à en saigner sur la fiole, comme la poigne vengeresse sur sa proie.

Elle eut une impression d'étouffement, comme si la toile se refermait sur elle pour ne plus jamais la laisser partir.

Elle ressentit de la haine.

— L'impression s'effondre.

Sveyn, déstabilisé par l'arrivée d'Ingwë, qui était entrée dans son esprit, perdit ses moyens. L'Orphuss et la Psychë s'écroulèrent au sol, perdant leur luminosité.

Les trois autres vinrent les aider à se relever. Ellün tremblait, inquiète pour eux. Les jumeaux n'en menaient pas large non plus et face à leurs mines horrifiées, Ingwë et Sveyn les rassurèrent.

— Tout va bien, je n'ai juste pas assez de pouvoir encore pour permettre à Ingwë de rester plus longtemps dans l'impression.

Les Ämes soufflèrent, soulagés. Tous les regards se tournèrent vers la Psychë, attendant des réponses. Qu'avait-elle vu ?

— Nous avons raison depuis le départ, cette potion n'est pas anodine.

J'ai ressenti la colère la plus puissante de toute ma vie. Cette femme n'est faite que de haine. Ellün, tu es en danger.

À ses mots, l'Äme trembla de plus belle. À quoi pouvait bien lui servir la potion ? Qu'avait-elle avalé depuis ces derniers mois ? Ellün en était horrifiée. Elle courut vers un arbre pour vomir, elle ne pouvait plus supporter ce corps soudainement. Qu'allait-il lui arriver ?

— Ellün, j'ai besoin que tu me répondes. Où en est ton Erigiuum ? lui demanda Ingwë.

Même si Ingwë aurait voulu la réconforter, les questions étaient trop intenses dans son esprit.

Ellün s'assit, dos à l'arbre, pour tenter de reprendre le contrôle de ses pensées et de son souffle. Son cœur battait la chamade, elle se sentit soudain épuisée. Elle était fatiguée de la vie.

— Rien depuis Anario. J'ai l'impression même qu'il diminue.

Ingwë se tourna vers les autres : tous gardèrent le silence. La voilà la réponse.

Arachné empêchait Ellün d'obtenir ses pouvoirs.

— Pensez-vous qu'elle sache pour la Confrérie ? Pour l'élue ? s'horrifia Ndyx, blême.

— Non, restons logiques. Ellün a commencé des cours privés avec la directrice dès le début de sa première année scolaire. Elle était avec elle alors même que vous ne lui parliez plus et avant que vous ne sachiez qu'elle était l'élue. Ce n'est donc pas pour cela, argumenta Sveyn.

— Pour quoi d'autre, alors ? demanda Tylr, à court de théories.

Tout ne fit qu'un tour dans l'esprit de l'Äme.

— Elle connaît Athelleen. C'est avec elle que le fantôme s'est disputé. Maintenant, je comprends mieux. Le fantôme essaie de m'avertir du danger qu'Arachné représente, dit Ellün les yeux fixés dans le vague.

Les images défilaient à nouveau dans son esprit.

La dispute et l'impression qu'Athelleen était en danger. Mais si la querelle avait eu lieu entre elle et Arachné, qui était la troisième personne ? La connaissait-elle également ? Et comment Athelleen s'était-elle débrouillée pour pénétrer son esprit ?

— Nous devons trouver ce que tu représentes aux yeux d'Athelleen, dit Ingwë, comme un écho des pensées d'Ellün.

Ils devaient en apprendre plus sur le passé, toutes les réponses y étaient enfouies.

— En attendant, notre mère te fournira les contenants, tu ne boiras plus jamais cette potion, lui dit Ndyx.

Ellün frissonna à cette idée. Elle devrait tôt ou tard retourner devant la directrice. Si elle n'avait pas découvert la vérité, elle aurait continué à se faire empoisonner. Elle arrivait à un point critique de ses études : si son Erigiuum ne se dessinait pas plus, elle serait renvoyée d'Aràan. La directrice voulait-elle qu'elle parte ? Sûrement. Mais pourquoi ? Était-ce lié à ses parents ou n'était-ce qu'une coïncidence ? Eux-mêmes lui avaient bien fait comprendre qu'ils ne souhaitaient pas la voir avec son Erigiuum. Ils auraient préféré que tout reste comme avant, lorsqu'elle pensait qu'elle était une Anomalÿ. Arachné avait-elle menacé sa famille ? Calion était-il au courant ? Cela pouvait expliquer pourquoi ils ne se parlaient plus désormais.

Ellün avait mal à la tête, l'ouragan de ses songes était inarrêtable.

Mais elle prit une décision.

Elle devait arrêter celle qui la détruisait à petit feu.

LIII

École d'Aràan, territoire de l'Est, mois de Ngetal de l'an Hëplunn.

Durant les cinq mois où les amis s'étaient séparés, Ndyx s'était beaucoup rapproché d'Ellün. En même temps que Tylr insistait jour et nuit pour développer l'Erigiuum d'Ellün, sans jamais rien lâcher. Ndyx, quant à lui, passait des heures à la rassurer. Il avait découvert qu'elle aimait beaucoup écrire de la poésie, et lui adorait en lire. Pour lui vider la tête, ils esquivaient Tylr pour se rendre dans le parc et composer là-bas. Le jeune Äme était persuadé que c'était en favorisant la créativité d'Ellün qu'elle pourrait réussir à épanouir son pouvoir. De plus, cette activité permettait à l'adolescente de se détendre et d'arrêter de se focaliser sur son problème. Car il en était sûr, un souci ne pouvait pas disparaître si on ne faisait qu'y penser.

Après avoir appris la vérité au sujet de la potion, Ellün en avait beaucoup parlé avec lui. Ils avaient passé des soirées entières dans le salon commun aux Âmes pour dénouer tous les mensonges. Ndyx avait alors écouté ses longues plaintes sans jamais bâiller. Avec elle, tout était facile à entendre, à écouter, la jeune fille ne faisait pas semblant, elle se livrait totalement. Devant cette confiance naissante, Ndyx s'ouvrait lui aussi, laissant tomber le masque de l'indifférence ou de la froideur pour redevenir le garçon doux et souriant qu'il était.

Il avait été d'accord sur ses doutes au sujet de ses parents. Pour lui, il était évident que ce n'était pas une coïncidence, ses parents étaient bien liés à Arachné. Mais ils gardaient leurs théories pour eux, car ils avaient une mission très importante à mettre au point : questionner le professeur Serindë Aerin, directeur des Ämes. Les trois autres ne faisaient que parler de cela, tandis qu'Ellün était bien trop absorbée par ce qu'il venait de se passer.

Elle ignorait donc à quel point Sveyn était préoccupé. Chaque nuit, alors qu'il se retrouvait seul dans la tour des Orphuss, sans un ami avec qui discuter, il cauchemardait. Tout ce qu'il faisait aujourd'hui était pour Ellün et la nouvelle mission était son unique réconfort ; elle lui permettait de chasser les monstres hors de ses pensées.

Ingwë était également soucieuse, mais son pouvoir lui octroyait le contrôle de ses émotions et elle n'en montrait rien. Devant le désespoir d'Ellün, elle se devait d'être forte.

Elle se devait d'être l'Eòlasum, le guide de son élue.

Enfin, Tylr était égal à lui-même. Même s'il était en proie à des angoisses, il gardait son masque de gaieté ; cela permettait au groupe de souffler par moment, quand la tension était trop grande.

— Où est le professeur ce soir ? demanda Ingwë alors qu'ils se promenaient tous dehors lors de leur pause de midi.

— Il sort ce soir, il y a une fête spéciale au village, lui répondit Tylr.

Une célébration se donnait au village d'Aràan, en l'honneur de l'hiver qui se durcissait. Le professeur avait un penchant pour les soirées de chant lyrique avec lait pétillant à la rose offert. C'étaient les gérants de l'auberge alliée à la Confrérie qui l'organisaient. Ils avaient tenu au courant Ingwë, elle savait ainsi que Serindë Aerin avait déjà réservé sa place pour ce soir.

— Et s'il a verrouillé ses appartements, tu y as pensé ?

— J'ai ce qu'il faut.

Pendant leur séparation, Ingwë et Sveyn avaient passé beaucoup de temps à l'auberge alliée à la Confrérie. Cachés dans le grenier, ils purent communiquer avec les parents de la Psychë. Ils envoyèrent alors aux gérants de l'établissement, une boîte contenant un objet fabriqué par des Ämes et conjugué aux pouvoirs d'Astéracës. Aucune serrure ne pouvait résister à ce mécanisme professionnel.

La soirée était déjà bien avancée. La cime des arbres bougeait doucement dans la brise hivernale, celle-ci se renforçant chaque jour un peu plus. Ils devaient agir avant que le professeur ne revînt de la taverne.

Certains élèves traînaient dans les couloirs d'Aràan, ne désirant pas assister à la fête du bourg ; or les cinq compagnons ne voulaient pas être vus errant dans l'école. Ils avaient décidé de faire croire à tout le monde qu'ils se rendaient au parc. Les étudiants de moins de quatrième année n'avaient pas le droit de déambuler au village le soir, mais avaient accès aux extérieurs, protégés par une barrière magique pour les empêcher de sortir sans permission.

De là, Ingwë leur distribua des petits objets d'argent de la part de ses parents : ils reçurent tous deux bracelets chacun, qu'ils enroulèrent le long de leurs avant-bras. Une fois les bijoux mis correctement, ils fermèrent les yeux, leurs mains vinrent se placer dessus. Ils ne voyaient plus rien, ainsi le monde ne les verrait plus non plus dans quelques secondes. Pour devenir invisible, il fallait d'abord pénétrer soi-même dans l'obscurité. Les cinq apprentis mages prononcèrent à l'unisson les mots pour déverrouiller le sort que contenaient les artefacts dorés.

« Que mon cœur devienne invisible,
Aux yeux falsifiés de tous,
À l'intuition du monde,
Et que la vérité reste cachée dans l'obscurité ».

La magie qui habitait les bijoux était ancienne, elle utilisait encore les sorts vocaux pour s'activer. Depuis des années, des bracelets, broches, bagues, colliers, avaient été inventées, et ils avaient tous perpétué cette tradition ancestrale. Les gens disaient que cela ajoutait une part magique et mystérieuse à leur usage. Cela sentait la nostalgie.

Tous disparurent, devenus invisibles au monde. Ils pouvaient cependant se voir entre eux, grâce à un nouvel enchantement s'y additionnant. Les nouveaux modèles ne recouraient plus seulement à la sorcellerie des Orphuss, mais incluaient désormais le pouvoir des Astéracës ; ils créaient un espace spécial, selon la volonté de celui ou ceux qui l'utilisaient, pour une ou plusieurs personnes. Les artefacts étaient ainsi reliés les uns aux autres.

— N'oubliez pas, il faut absolument rester très discrets. Les Orphuss Chuchöteurs peuvent nous entendre, nous ressentir même. J'utiliserai mon pouvoir pour les apaiser, mais je ne peux pas encore en user sur trop de personnes en même temps, leur murmura Ingwë.

Les compagnons frissonnèrent. Ellün était maladroite, Tylr ne connaissait pas l'idée de se faire petit, Ndyx était anxieux de nature, quant à Sveyn, il était confiant. Être discret la nuit était plus facile et ses sens étaient mieux éveillés. Il arriverait aisément à sentir le danger et à arrêter le groupe s'ils faisaient tous trop de bruit.

— Rasez les murs, le moindre souffle peut être perçu. Restez simplement fluides avec l'environnement, ça devrait passer. Et n'angoissez pas trop, sinon ce sont les Psychës qui vont se douter de quelque chose, leur expliqua de nouveau Ingwë.

La jeune Psychë humait la peur dans tout son corps, mais elle ne voulait pas le montrer. Encore une fois, il fallait qu'elle restât forte pour les autres.

— Fluidifiez vos mouvements, facile à dire pour toi, balança Tylr qui se montrait nerveux pour la première fois.

— Excuse-le, il réalise enfin que nous ne sommes pas dans un jeu. Nous ferons ce que nous pourrons, merci pour tes conseils, rattrapa Ndyx.

Les cinq amis commencèrent leur périple entre les murs de l'école. Les couloirs étaient plutôt vides, ils croisèrent des élèves sortant de la bibliothèque et des salles d'étude. D'autres s'amusaient à courir. À chacun de leurs pas, ils sursautaient. Ellün et Tylr n'aimaient pas du tout la situation, ils étaient les plus nerveux, quant aux trois autres, ils prenaient sur eux. C'est dans cet état d'esprit qu'ils avançaient doucement, effrayés à chaque ombre qui se dessinait sur les murs de pierre de l'école.

Puis Ellün ressentit quelque chose qui la saisit. Dans son champ de vision apparurent Delphy et son groupe de fidèles, dont Lalwendï, son ancienne amie d'enfance d'Ulmo. Toutes les deux se tenaient bras dessus, bras dessous, elles avaient dû se rapprocher après que la peste intersidérale était revenue à Aràan. Delphy, après avoir agressé Ellün, avait été expulsée six mois. Au départ, elle ne devait jamais remettre les pieds à l'école, mais ses parents étaient de riches donateurs, membres de la Fédération de l'Augur de surcroît. Arachné avait donc permis son retour. Elle n'en avait pas parlé à Ellün, ni menacé Delphy si elle revenait la harceler. Elle sentit soudain un frisson lui parcourir l'échine. Heureusement qu'elle était une Äme maintenant, elle n'avait plus à la croiser tous les jours.

— Ne sentez-vous pas ? Il y a quelque chose, je ne sais pas ce que c'est, mais j'ai l'impression de connaître.

Lalwendï avait parlé. Elle s'était tournée vers l'endroit où le groupe des cinq s'était arrêté pour les laisser passer. Ellün se colla instinctivement au mur, voulant mettre le plus de distance possible entre elles.

— Tiens, c'est étrange, c'est également le cas pour moi.

Ingwë pivota lentement vers Ellün, elle vit que la jeune apprentie transpirait, elle sentit toute sa peur, passée et présente. Ses yeux s'activèrent d'un bleu néon, elle calma alors sa meilleure amie et l'équipe des Orphuss. Sveyn vint aussi aider, apaisant et renouvelant la fluidité de l'environnement pour tromper les intuitions du groupe de filles.

— Cela a disparu. Cela devait probablement venir des cuisines ! expliqua une troisième fille inconnue.

Le groupe passa à côté d'eux sans même se retourner. Les pouvoirs de la Psychë disparurent, elle émit un grognement sourd. Sa tête tournait légèrement. Fallait-il vraiment que Delphy ait autant d'apprentis autour d'elle ? C'étaient sept personnes au total qu'elle venait d'adoucir psychiquement. Pour une jeune mage de deuxième année, cela était énorme. Elle sentit une main sur son épaule, c'était Sveyn qui lui tendait une petite fiole. Dedans, un mélange de plantes décuplerait son énergie. Il l'avait fait lui-même à la serre dans le parc de l'école. Il en remit une autre à Ellün, accompagné d'un joli sourire sur son visage. Il garda la main sur le coude de l'Äme afin de la rassurer. Delphy ne lui ferait plus jamais de mal.

Les appartements du professeur Aerin furent bientôt en vue. Il n'avait pas choisi de vivre au dernier étage des tours, tout au-dessus des élèves. Il avait préféré opter pour le sous-sol. Seringuë était un enchanteur qui aimait vivre reclus pendant ses heures personnelles. Le groupe emprunta l'escalier en colimaçon, mais au lieu de monter, ils descendirent. Ils s'arrêtèrent à la dernière porte de la tour. Elle était grande et faite de bois. La serrure et la poignée étaient faites d'or, signe distinctif des professeurs d'Aràan.

Ingwë sortit l'objet d'une des poches de sa cape. C'était une toute petite clé. Elle l'inséra et la clé scintilla de violet et d'or. Elle changea de forme grâce au pouvoir des Ämes Engendrörs, modulable à souhait, après avoir eu une impulsion de la part de la magie des Astéracës Façönneurs. Cette dernière avait perçu l'espace à remplir dans ce trou noir exigu. La porte cliqua et s'ouvrit alors.

Ébahie, toute la bande s'enfonça à l'intérieur de la pièce. Tous soufflèrent enfin, ils étaient arrivés à bon port. Ils formulèrent ensemble les mots pour revenir à leur état visible.

« Que mon visage te fasse face,
Que mes secrets te soient révélés,
Et qu'ils emplissent alors le monde ».

Le bijou puisait dans leurs Erigiuums, décuplant son pouvoir. Même si l'objet était détaché d'eux et avait une magie propre, l'activation requérait la magie du porteur. Le lien entre l'objet et le mage était vivace, réel. Or il fallait absolument que Sveyn garde son pouvoir à sa pleine puissance.

Le désordre étudié des appartements du professeur lui correspondait bien. Des fauteuils en velours violets meublaient la pièce qui composait le salon — ou plutôt son atelier de recherche, car il ne savait pas se détendre — et des buffets et des tables rondes supportaient eux aussi l'amoncèlement de manuscrits, papiers, crayons, schémas, objets magiques… La salle était recouverte de longues tapisseries aux tons d'or et d'aubergine, et on retrouvait de grandes bibliothèques fournies de centaines de livres qui occupaient les murs. Les abat-jours aux franges défraîchies éclairaient faiblement la pièce alourdie par tous ces objets. Mais cela ne rebutait pas. Au contraire, l'atmosphère y était feutrée, elle invitait à la relaxation, à l'intellect tranquille, aux découvertes spontanées.

— Ne perdons pas de temps, il nous faut absolument trouver cet objet. Sveyn, tu es prêt ? demanda Ingwë qui rompit le silence.

Tous sentaient l'impatience les gagner. Le jeune métis acquiesça. Il s'était entraîné depuis des mois pour ce moment. Il sentit toute la pression lui retomber sur les épaules, mais la Psychë se trouvait près de lui et veillait à son confort émotionnel.

Sveyn s'assit en tailleur au centre de la pièce, il lui fallait du silence. Un calme absolu que rien ne viendrait rompre. Il devait se mettre dans un état méditatif qui transcenderait tout, ainsi que sa propre pensée. Il devait devenir la pièce. Il se concentra d'abord sur son souffle avant de ressentir consciemment chaque partie de son corps. Sveyn, toujours confiant, ne devait songer à aucune émotion. Il était là, simplement là. Il en oublia alors la peur d'être découvert, l'endroit interdit où il était.

Tout s'éteignit en lui.

Ingwë s'assurait que personne ne le perturbe. Elle demanda, pendant que son ami s'installait, de bien vouloir s'asseoir aux quatre coins de la pièce, ainsi leurs énergies ne viendraient pas troubler l'Erigiuum de l'Orphuss. Les trois autres amis se regardèrent, pas très rassurés. Ils auraient préféré rester ensemble que s'éloigner. Ellün, postée dans le coin qu'elle avait choisi, se rongeait maintenant les ongles ; elle ne pouvait s'empêcher de fixer la porte derrière laquelle elle s'imaginait voir le professeur débarquer à tout instant.

Sveyn accorda son souffle avec l'instant présent. Il était conscient de chaque mouvement de son corps que sa respiration lui insufflait. Puis, il commença à ressentir les racines inconscientes qui venaient de lui, poussant en tous sens et qui le rattachaient petit à petit à la pièce. Racines et passé, tous deux liés à jamais.

Puis, il sentit l'impulsion, cette impression si furtive qui lui foudroya la conscience. Il fallait l'attraper et s'enrouler avec pour ne plus jamais la perdre. Ainsi, Sveyn ne ferait qu'un avec les empreintes de la pièce.

Soudain, il se leva, ressentant le lien plus fort que jamais. Il était ancré à lui et il savait qu'ils étaient solidement attachés l'un à l'autre. Il pouvait alors librement explorer les impressions de la salle.

— Que fait-il ? intervint Tylr, nerveux.

Ellün et lui regardaient Sveyn, pétrifiés par la peur. L'angoisse ne leur permettait plus de bouger.

— Tais-toi, lui ordonna Ingwë qui suivait l'Orphuss des yeux.

Mais Sveyn était absent, il était aux confins d'un univers passé qui enserrait son cœur et son esprit. Il donna un bout de sa conscience à la pièce, comme un don, qu'elle reçut et intégra. Il voulait ce souvenir, pas n'importe lequel. Les impressions commèrent à défiler devant son regard absent. Puis, tout s'arrêta. Il avait trouvé, il avait remonté le fil jusqu'à tomber sur ce qu'il cherchait. Athelleen était là, ainsi que le professeur.

— Je vous laisse ce livre. Plus tard, il servira. Il est une importante trace de mon passage, dit soudain la jeune fille aux longs cheveux blonds tout en rangeant le livre sur une étagère.

— Et s'il tombe entre de mauvaises mains ? demanda le professeur, visiblement inquiet.

— Ne vous inquiétez pas, professeur, si cela arrive, ce ne sera pas de votre faute.

— Que veux-tu dire ?

— Que vous ne donnerez pas ce livre consciemment. La faute m'incombera donc.

— Je ne comprends toujours pas. Comment veux-tu que je donne un livre sans savoir ce que je fais ?

— Parce que vous ne vous souviendrez de rien. Et je suis désolée pour cela, mais c'est pour votre sécurité.

— Tu sais bien que je te fais confiance. Si ce livre renferme des choses que je ne dois pas connaître alors soit, je préfère les ignorer. Ce ne serait pas la première fois. Tu as toujours été mon étudiante la plus brillante, d'une curiosité sans limites. C'est cette même curiosité qui t'a fait découvrir ce qui pourrait changer la face du monde, mais c'est ce qui entraînera également ta fin. Je suis fier de toi, tout comme j'ai peur pour ta sécurité. J'aurais aimé vieillir et te voir devenir ma remplaçante. Mes futurs élèves auraient été si chanceux de t'avoir comme guide. Je sais et je sens que nous ne nous reverrons jamais. Athelleen, que ta vie soit riche.

— Professeur… dit Athelleen émue, sa voix tremblait.

L'Äme était beaucoup plus âgée que dans le souvenir précédent. Elle devait avoir fini ses études et se préparait alors pour un voyage, duquel elle n'était jamais revenue. Elle s'approcha d'Aerin puis le souvenir commença à s'effondrer.

L'Orphuss avait perdu le fil, son détachement avait laissé place à sa curiosité. Et il le savait, toute émotion extrême ne pouvait survivre dans un monde si subtil qui ne savait interpréter ces ressentis.

Sveyn s'affaissa, genoux à terre. Ingwë essaya d'apaiser son âme, mais il était bien trop épuisé.

— Repose-toi, il te faut retrouver un peu de force avant de pouvoir réutiliser les bracelets.

— Alors, as-tu pu voir quelque chose ? Tout compte fait, allons en parler ailleurs, voulez-vous bien ? demanda Tylr d'une voix plus haute que d'habitude.

Les quatre autres lui dirent de baisser d'un ton, mais l'Äme sautillait sur place. Il ne tenait plus, il fallait sortir d'ici où il allait commencer à se mettre à crier. Tylr réagissait très mal lorsqu'il avait peur.

— Sur l'étagère du fond, vous trouverez un livre intitulé *Contes et légendes de Mythslune*, reprit Sveyn d'une voix tremblante de fatigue.

— Non, vraiment ? C'était aussi facile que cela ? J'aurais pu moi-même le trouver ! Avec un titre pareil, tout le monde aurait pu tomber dessus, s'exclama le jumeau à l'œil vert qui faisait maintenant les cent pas dans le bureau.

— Non, c'est un livre parmi tant d'autres. Si Athelleen n'avait pas dit à Arachné où elle était allée, elle n'aurait jamais pu le trouver. Elle ignorait sûrement, d'ailleurs, que son ancienne amie avait caché des indices chez son professeur. Elle s'est juste occupé de ses souvenirs en bloquant sa mémoire au cas où, intervint Ellün qui réfléchissait à ses connaissances du fantôme.

— El', tu supposes vrai. Dans le souvenir que j'ai vu, Athelleen n'a jamais rien révélé au professeur, aucun détail de ce qu'elle recherchait ou avait trouvé. Aerin avait une confiance aveugle en elle, il ne voulait pas la mettre en danger en connaissant la vérité. Il sentait que celle-ci était dangereuse. Il voulait aussi s'assurer d'être en sécurité lui-même. Arachné n'aurait rien pu trouver en fouillant dans sa mémoire parce que Athelleen s'en était déjà occupée, expliqua l'Orphuss en reprenant ses esprits.

— Rien ne nous dit non plus qu'Arachné n'ait pas déjà tenté de fouiller l'esprit du professeur. Mais ce n'est pas notre priorité pour le moment, renchérit Ingwë.

— Bien, allons trouver ce livre maintenant. En espérant que ce fou de professeur ne l'ait pas déplacé ou n'ait pas fait un tri, conclut Tylr.

LIV

Le livre était posé sur l'étagère poussiéreuse. Cela faisait plus d'une dizaine d'années qu'il n'avait pas bougé. Il était épais. Ellün savait que la région des Grands Lacs regorgeait d'histoires, mais elle les avait surtout entendues durant son enfance. Elle se souvenait des soirées d'été autour d'un feu. Les villageois organisaient un grand brasier pour célébrer la saison des récoltes, ils installaient alors les enfants sur des bûches de bois face au grand brasier. Annhd, une Äme Engendrör, leur racontait les contes en créant des images violettes qui fusaient devant les yeux ébahis des bambins.

La bande des cinq apprentis avait vite détalé, une fois le livre en main. Ils chercheraient un lieu sûr. Tylr avait remplacé l'œuvre par une autre de même épaisseur qui traînait au pied de la bibliothèque avec une vingtaine d'autres.

De retour dans le parc sombre, ils avaient encore du temps avant l'heure du couvre-feu.

— Si je comprends bien, maintenant il faut trouver l'histoire qui correspondrait à ce que Athelleen avait trouvé ? Cela peut être n'importe lequel de ces contes ou légendes, dit Ndyx.

— Et il n'y a pas de marque-page sur ce qu'on cherche ou même un indice écrit, ça aurait été trop facile, rechigna Tylr.

— En même temps, elle ne voulait pas attirer l'attention. L'objet de ses recherches ne devait pas être évident à trouver.

— Sveyn ? le regarda Ingwë.

— Je ne sais pas si j'ai encore assez de force.

— Tu es notre seul espoir. Ni Arachné ni le professeur n'étaient au courant de ce qu'avait cherché Athelleen. Ils ne l'avaient donc même pas trouvé. Car sinon le livre n'aurait plus été à sa place si la directrice aurait été au courant. Elle l'aurait fait disparaître.

Une nouvelle fois, l'Orphuss s'assit sur la terre dure et froide. Ingwë manipula ses émotions pour lui donner l'illusion d'avoir chaud, mais Sveyn s'était déjà procuré ce bien-être. L'air était son allié. Il jeta un coup d'œil rapide aux étoiles dans le ciel. La nature était éclairée de part et d'autre. Des filets de lunes perçaient entre les branches des sapins. Tout était magnifique, il se sentait en paix. Il ferma alors les yeux et reprit ce qu'il faisait plus tôt.

L'impression fugace arriva, il l'agrippa et plongea dans les empreintes mémorielles du livre. Il sentit les doigts fins d'Athelleen s'arrêter et caresser les fameuses pages. Ainsi, l'objet de son intérêt lui apparut avant de s'échapper dans l'effondrement du souvenir.

— La princesse de la Nuit, murmura Sveyn avant de s'écrouler définitivement.

Ils avaient porté Sveyn jusqu'à la tour des Orphuss. Le prétexte donné avait été qu'il était tombé d'épuisement, personne n'avait remis leur explication en cause puisque l'Orphuss semblait exténué ces derniers mois.

Sveyn ronflait doucement dans son lit aux draps verts. Ses quatre amis le laissèrent à ses doux rêves.

Arrivés dans le couloir central, ils se regardèrent.

— Rendons-nous à la bibliothèque, cela paraîtra moins étrange de lire un livre là-bas, dit Ingwë.

— Effectivement, un apprenti qui lit dans les couloirs n'a pas de vie, c'est bien connu, approuva Tylr.

Ils se rendirent dans l'immense bibliothèque. Quelques étudiants noctambules étaient encore là, il ne restait que trente minutes avant l'obligation de revenir à ses appartements.

Les quatre apprentis s'assirent à une longue table de bois, des petites lumières avaient été placées dessus pour permettre de faire ses devoirs correctement. Ingwë ouvrit l'objet plutôt lourd. La légende qu'elle cherchait se trouvait au milieu des autres contes. Elle commença à lire à voix basse, pour n'être entendue que de ses amis.

La princesse de la Nuit.

Il y a fort longtemps, dans les confins de l'Univers, se trouvait une étoile. Elle était le sens de la vie, celui qui donna naissance aux Cinq. Pour remercier l'Immensité de leur avoir donné le souffle vital, ils construisirent chacun un grand lac. Ces immenses bassins d'eau devaient être des miroirs de l'étoile originelle. Sa magnificence se reflèterait, chaque nuit, sur la surface d'un lac incommensurable, tout comme sa grandeur.

L'Étoile, touchée par ce geste, décida d'envoyer des aurores boréales une fois l'an. Elles illuminaient alors Odöon de beauté et d'élégance, et touchaient la surface des lacs, rendant le lien entre l'Univers et la planète encore plus important et indestructible. La surface paisible des Grands Lacs se mettait alors à danser sous les milliers de faisceaux lumineux. Terre et Ciel se confondaient l'espace d'un instant. Les Dieux et leurs descendants se réunissaient pour ce magnifique spectacle, rendant grâce à leur Bienfaitrice.

Mais une âme perdue brisa ce cycle. L'avènement de la Princesse de la Nuit vint. Les Dieux et l'Étoile n'étaient pas préparés pour une telle obscurité.

Avant de disparaître, la Princesse maudit cette grande célébration. Sa force et sa colère s'abattirent alors sur les grandes étendues magiques. Un soir, lors des grandes fêtes de Luinil, lorsque les lunes se reflétaient de leur lumière pure, une ombre maléfique vint. De son grand chariot de la Mort, elle déboula sur le lac de Visidur. À chacun de ses pas, l'eau se noircissait jusqu'à ses profondeurs. Alors que la Princesse de la Mort dévalait les eaux du grand lac, ses lèvres crachaient sa fureur.

« QUE CET ACTE SERVE DE PRÉMISSES,
QUE LA MORT S'ABATTE SUR L'EAU,
QUE DANS SES TÉNÈBRES LA VÉRITÉ ÉCLATE ».

L'Étoile, comme chaque année, survint. Les aurores boréales apparurent pour enflammer le ciel. La danse lumineuse vint se poser sur les Grands Lacs pour les éclairer, mais un seul se saisit violemment de la lumière.

Le lac de Visidur sur lequel la Princesse dansait, fit sortir un immense bras de ténèbres qui se saisit avec haine d'une aurore boréale avant de l'avaler. La lumière disparut totalement dans les fins fonds de l'eau.

Alors l'Étoile s'exprima.

« MON ENFANT,
MA NOIRCEUR,
QUE FAIS-TU LÀ ? ».

La Princesse n'avait jamais baissé les yeux du ciel. Elle attendait que sa Créatrice apparaisse entre les astres multiples.

« OH MÈRE,
CHAQUE ANNÉE VOUS BÉNISSEZ VOS ENFANTS,
ET ILS VOUS LE RENDENT.
MAIS CETTE FOIS-CI TOUT EST DIFFÉRENT.
VOS LUMIÈRES N'ÉCLAIRERONT PLUS MON LAC.
DONNEZ-MOI UNE DE VOS LARMES ».

La Grande Origine pleura. Dans ses larmes se trouvaient les comètes, les trous noirs, tout ce qui faisait vivre l'Univers. Elle tendit la larme à son Enfant. La Princesse de la Nuit la saisit dans ses mains brumeuses. Puis elle les plongea dans l'eau obscure. La larme brilla et son état faiblit au fur et à mesure qu'elle s'ensevelissait dans les profondeurs. Ses yeux s'illuminèrent et brillèrent dans l'obscurité.

« QUE LA NUIT NOUS RÉUNISSE À JAMAIS.
VOTRE LARME SERA MON CRISTAL POUR TOUJOURS.
AUJOURD'HUI N'EST PAS MA MORT,
ELLE N'EST QUE LE COMMENCEMENT D'UN NOUVEAU CYCLE ».

Alors La Princesse de la Nuit fit une dernière révérence, et dit adieu à l'Étoile.

Depuis ce jour, durant les fêtes de Luinil, le lac de Visidur fut le seul dans lequel les aurores boréales viennent se fondre, sans jamais laisser dedans une seule trace lumineuse. Il était désormais le seul qui ne fut plus célébré, sa Déesse, perdue avec lui.

— Attendez, la princesse de la mort… Cette légende parle de la Déesse disparue, Cyrcë ! dit soudain Ndyx à la fin de la lecture.

— Ce qu'avait trouvé Athelleen était lié à la Famille des Noircyrs ? s'étonna Ellün.

— Je crois qu'elle a voulu nous mettre sur la piste de la larme, en déduisit Ingwë.

L'heure du couvre-feu venait de retentir dans la grande bibliothèque. Les quatre amis se levèrent en cachant le livre dans la bourse d'Ingwë.

— Nous savons du moins une chose, il nous faut y être quand la terre communique avec le ciel, aux fêtes de Luinil. Nous devons absolument nous rendre là-bas dès que les cours finiront.

— Je mettrai Sveyn au courant, demain, dit Ellün.

Les quatre amis se séparèrent, la Psychë vers la tour Sud et les Âmes vers la tour Nord.

LV

Laboratoire de l'école d'Aràan, territoire de l'Est, mois de Ngetal de l'an Hëplunn.

Le laboratoire était une fourmilière grouillante, le chaos y régnait. Les membres de l'équipe de Jostein jaillissaient de partout. Les fioles laissaient s'échapper et exploser des liquides de toutes les couleurs. Les établis étaient couverts d'outils et de feuilles aux formules scientifiques incompréhensibles. Les voix s'élevaient et se répercutaient aux quatre coins de la salle.

Le calme et l'impassibilité d'Arachné dénotaient dans cet environnement bruyant. L'Orphuss qui était sous ses ordres l'avait fait mander. Elle espérait que ce serait pour une bonne nouvelle, sa patience avait ses limites en ce moment.

— Madame la directrice ! Vous voici, je vous cherchais, l'aborda Jostein.

— Vous m'avez fait demander ? dit-elle froidement attendant la suite.

— Oui, il s'agit de la potion, elle marche. Elle est enfin au point.

La visage de la Psychë s'illumina de malice. Jostein était très fier d'avoir eu cet effet sur elle, ce n'était pas tous les jours qu'on pouvait se vanter de faire sourire la froide directrice d'Aràan.

— Avez-vous eu les effets escomptés ? demanda-t-elle, avide de savoir.

— Vous allez voir par vous-mêmes.

Ils quittèrent la grande salle et le brouhaha ambiant pour trouver refuge dans un monde plus silencieux et obscur. Ils descendirent encore plus bas que le laboratoire. Jostein la guida jusque dans les entrailles d'Aràan, là où se trouvait le donjon. L'endroit était glauque et humide. Arachné s'approcha d'une première cellule.

— Celui-ci a été notre première victoire et échec à la fois, expliqua Jostein.

Un corps était étendu au centre de la pièce. Sur le sol froid, l'être humain endormi l'était tout autant. Ses membres étaient déformés, tout était horrible chez lui.

— À quelle étape du processus est-il décédé ?

— À la toute fin. Quinze minutes après que la formule ait marché.

— C'est un bon début. Il faut maintenant stabiliser.

— Attendez, j'ai une dernière surprise.

Jostein l'emmena vers une autre cellule. Des doigts étaient enroulés aux barreaux de ce qui ressemblait à une prison, et l'on pouvait entendre des sanglots résonner partout sur les murs de pierre. Les bruits s'arrêtèrent, comme si celui qui pleurait auparavant attendait désormais. Arachné s'approcha de l'homme emprisonné. L'individu était horriblement difforme. Des pustules parsemaient son visage et une énorme bosse se formait sur son dos. Un masque de haine s'afficha sur son visage hideux.

— Que m'avez-vous fait ! hurla l'inconnu.

— Vous êtes devenu une Anomalÿ, enfin avec des effets secondaires non désirés. La Fédération a jugé vos actes, et a décidé que vous ne méritiez plus votre place dans la société. Vous serez bientôt transféré dans le Grand Nord.

— Quoi ? Mais qu'ai-je fait ?

— Vous êtes accusé du meurtre de Celebrimbor Brylee, le bijoutier tué il y a de ça quelques mois. Nous vous avons enfin attrapé.

— Mais je n'ai tué personne ! Où est mon procès ? Qu'allez-vous faire de ma famille ?

— Votre procès n'a pas lieu d'être après le crime odieux que vous avez commis, la justice a déjà rendu son verdict. Plus personne ne se souviendra de vous. D'ailleurs, vous ne vous souviendrez pas de votre vie.

Sur ces dires, Arachné activa son Erigiuum et força l'homme à s'endormir.

— Comment avez-vous accompli ce miracle ? demanda-t-elle à Jostein.

— La potion des Chuchöteurs ne marche pas seule, il faut aussi un Orphuss Voyagëur.

— Expliquez-moi cela.

— Les Voyagëurs ne font pas que se déplacer vite, ils peuvent aussi transporter la matière. La formule n'est pas assez rapide. Lorsqu'elle détruit des cellules magiques, d'autres se reforment immédiatement après. L'Erigiuum est puissant. Un Orphuss est donc nécessaire pour rentrer en contact avec le sang de l'individu et, ainsi, accélérer le processus et empêcher la régénération de matière.

— Vous me dites donc que vous êtes indispensable à cette formule.

— Moi ou un autre scientifique Voyagëur, ma dame.

— Ne soyez pas si modeste. Pour votre immense service, la Fédération considère de très près votre adhésion, je soutiendrai votre candidature personnellement.

— Oh ! C'est un grand honneur !

— Avez-vous gardé l'échantillon du premier prisonnier ?

— Oui, nous conservons tout pour pouvoir faire des tests et nous améliorer.

— J'en aurais besoin de trois.

Jostein ne répondit pas tout de suite, il déglutit et sentit un frisson lui parcourir le corps. Un tourbillon de questions lui remuait l'esprit. Il remit, pendant quelques secondes, tout son travail en doute. Qu'était-il en train de faire ? Il n'était pas un vrai mage de science, il n'avait aucun code déontologique, pourtant sa conscience n'arrêtait pas de le rappeler à l'ordre. Parfois, il n'en dormait pas de la nuit. Arachné capta son angoisse passagère.

— Avez-vous encore des problèmes avec l'éthique ?

— Non, bien sûr. Ce que la Fédération veut, la Fédération l'aura. Rien ne peut être remis en question devant votre puissance, se soumit-il.

— Bien. Il nous faut des collaborateurs qui ont une foi aveugle en nous, comme nous en eux.

Pour toute réponse, Jostein fit la révérence et laissa Arachné prendre les devants. Une fois revenu dans la salle bruyante, Jostein se dirigea vers une vitrine de verre dans laquelle reposaient une centaine de fioles. Un air frais s'échappa lorsqu'il ouvrit la porte. Il tendit les trois flacons froids à Arachné.

La directrice ne dit rien de plus et tourna les talons. Elle n'avait pas prévu cet effet, mais la souffrance ajoutée et prolongée convenait mieux que son plan initial. Elle appréciait toujours si des artifices pouvaient accompagner le bouquet final de ses pensées machiavéliques.

LVI

École d'Aràan, territoire de l'Est, mois de Ruis de l'an Hëplunn.

Le parc d'Aràan était entièrement couvert de neige épaisse. L'atmosphère s'était relâchée au sein de l'école, les vacances commençaient dans trois jours et tous les examens étaient terminés. Les élèves avaient de moins en moins cours, les professeurs voulaient achever la correction des copies avant de profiter de leur temps libre.

Ellün se promenait avec Ingwë dans la forêt. Les arbres étaient doucement baignés d'une lumière blanche hivernale. Leurs joues étaient légèrement rosées à cause du froid. Quelques flocons volaient autour d'elles.

— Comment se porte Sveyn ? demanda la Psychë.

— Il va mieux. Comme je connaissais déjà les professeurs des Orphuss, j'ai pu lui procurer les cours qu'il a manqués ces derniers jours, répondit son amie.

Sveyn avait été très épuisé et avait eu du mal à reprendre toute son énergie.

— C'est vraiment incroyable ce qu'il a accompli.

— Oui, vous êtes tous les trois incroyables, très franchement. Vous surpassez votre niveau.

— Un jour, toi aussi, El'.

Ingwë n'en doutait pas un seul instant. Pourtant, dans l'abysse de son âme, elle avait pitié pour son amie. Subirait-elle elle aussi ce qu'elle avait dû vivre ? La Psychë ne lui avait rien dit, mais elle s'était juré de tout faire pour la protéger, au péril de sa vie s'il le fallait. Elle ne deviendrait jamais comme le reste de la Confrérie, elle ne regarderait pas Ellün se faire déchirer par un destin qu'elle n'avait pas choisi.

— Je l'espère. Même si je ne prends plus la potion de la directrice, je ne sens encore aucun changement en moi.

— Patiente encore un peu, peut-être que les Erigiuums n'ont pas tous été éliminés par ton organisme.

L'Äme patientait depuis bien trop longtemps maintenant. Après tout ce qui était arrivé, elle espérait que son sous-pouvoir se révèlerait bientôt. Cela serait la moindre des choses de la part de la vie, mais la jeune fille avait appris depuis un moment que celle-ci n'était pas tendre avec elle. Ellün se résigna, qu'aurait-elle bien pu faire d'autre de toute manière ?

Elles entendirent un bruit de pas pressés derrière elle. En se retournant, elles virent un adulte courant à leur rencontre. Il s'agissait d'un l'Orphuss Voyagëur qui servait de porteur de nouvelles.

— Bonjour, voici une lettre pour toi, lui dit l'inconnu.

L'Orphuss revêtait une cape noire, tout comme les apprentis, mais en dessous du blason de sa Famille, un autre en forme de colibri y était planté. L'oiseau, qui était le plus rapide au monde, était l'emblème des postiers.

— Merci beaucoup !

L'Orphuss s'en retourna, abandonnant là les deux jeunes filles.

— Qu'est-ce ? demanda Ingwë en regardant ce que son amie tenait dans la main.

Ellün jeta un coup d'œil à l'enveloppe. « A & G » elle reconnut tout de suite l'écriture. Il ne s'agissait de personne d'autre que d'Atanatar et Grisël.

— Elle provient de mes parents. Cela te dérange si je la lis toute seule ? demanda-t-elle à son amie qui la regardait avec une mine inquiète.

— Bien sûr que non, lui sourit gentiment Ingwë, une main sur son épaule.

Évidemment qu'elle devait être toute seule pour la lire. Elle n'avait plus eu de contact avec eux depuis des mois. La dernière fois qu'elle avait mis un pied à Ulmo, et qu'elle avait vu sa famille, son mental avait subi des sévices par leur faute. La rancœur l'étreignait, mais le besoin d'avoir des nouvelles de ses parents était encore plus grand. Maintenant qu'elle savait pour Arachné, la potion et Athelleen, elle ne pouvait s'empêcher de penser au pire. Qu'allaient-ils lui dire cette fois ?

Ellün s'éclipsa pour se faufiler dans la tourelle des Ämes. Une fois dans sa chambre, elle s'assit sur son lit à la soyeuse couette violette. Ce fut avec appréhension qu'elle ouvrit la lettre au petit contenu. Elle n'était constituée que d'une seule feuille. Ellün déglutit, sentant que tout cela n'allait pas lui plaire.

Effectivement, la lettre n'était composée que de quelques lignes.

Ellün,

Pardonne-nous.

Nous savons bien que tu ne comprends pas ce qu'il se passe depuis ces derniers mois. Nous devinons que tu ne nous reconnais pas. Mais laisse-nous te dire que les apparences sont souvent bien trompeuses. En réalité, tu ne nous as jamais connus. Un jour, tu comprendras.

Nous avons tout essayé pour que tu ne te doutes de rien. On nous avait donné une ligne de conduite, nous l'avons respectée, toujours, sans jamais céder. Nous avons essayé d'être les meilleurs parents pour toi, mais tu ne nous as pas écoutés et nous avons été obligés de faire autrement.

Ne nous en veux pas, ce n'était pas notre choix. Nous avons toujours cru en notre réussite.

Nous ne nous reverrons sans doute jamais. Nous t'avons aimée, mais ce n'était pas notre rôle.

Tu aurais dû vivre une vie paisible, complètement oubliée de tous.

Atanatar & Grisël.

Qu'était cette lettre ? Les larmes lui montaient aux yeux, ses joues s'empourpraient de colère. Non, ce n'était pas à eux de rompre les ponts, mais bien à elle. C'était elle qu'ils avaient torturée pendant des jours aux dernières vacances de Luinil. Et non l'inverse. Arachné leur avait-elle imposé cela ?

Elle ne pouvait admettre qu'ils lui fermassent les portes intentionnellement.

Une part de son cœur n'était pas prêt. L'amour pour ses parents s'était mis entre parenthèses, mais il n'était pas mort. Il ne demandait qu'à fleurir à nouveau et encore plus, depuis qu'elle soupçonnait que ce n'était pas de leur faute. Ils auraient pu se battre évidemment, mais elle comprenait la peur que pouvait inspirer la directrice. Comme toute adolescente, elle avait besoin d'eux, besoin d'être réconfortée par ceux qui lui avaient tout appris.

Soudain, son instinct se réveilla. Elle sentait au plus profond d'elle-même un danger qu'elle ne pouvait expliquer. Son cœur se mit à rompre. Elle devait agir.

L'image de Calion se forma dans son esprit.

Elle devait prévenir tout de suite son frère.

L'adolescente dévala les escaliers de ses quartiers pour se rendre à la tour Est où les Orphuss résidaient. Elle rentra en collision avec son ami et renversa le livre qu'il venait de saisir sur une des nombreuses étagères de la salle commune.

— El' ! Tu vas bien ? Qu'est-ce qu'il se passe ? demanda Sveyn.

— C'est urgent, je te raconterai. Aurais-tu vu mon frère ? questionna-t-elle rapidement, trahissant sa crainte.

— Non, à vrai dire, je l'ai vu se précipiter hors de la salle commune il y a plusieurs heures déjà.

Le cœur de la jeune fille s'arrêta net. Avait-il reçu la même lettre ? Pourquoi n'était-il pas venu la chercher ? Le sang lui monta à la tête, déclenchant une migraine. Ses yeux s'embuèrent, elle se sentit à nouveau si seule. Qu'allait-elle faire ?

Le salon était comme dans ses souvenirs, elle adorait toutes ses nuances de vert. Cela lui serait mieux allé que le violet des Âmes. Son sentiment d'illégitimité refaisait surface. La lettre de ses parents avait favorisé sa nouvelle émergence. Et si elle avait été une Orphuss comme eux ? Auraient-ils été plus contents ? Pourquoi disaient-ils qu'elle ne les avait pas écoutés ? Les avait-elle mis vraiment en danger en venant à Aràan comme tout apprenti de son âge ?

Les amis de Calion étaient là, affalés sur un canapé. Le groupe se tut à son approche ; sans doute la méfiance dont ils faisaient preuve avait été instaurée par l'indifférence et le mépris de son propre frère.

— Qu'est-ce que tu veux ? lui lança un jeune homme aux bouclettes rousses.

— Est-ce que vous sauriez où je peux trouver mon frère ? demanda-t-elle d'une voix chevrotante.

Les regards étaient hésitants. Certains parcouraient la salle des yeux pour se distraire, visiblement mal à l'aise. Le garçon roux prit son courage à deux mains.

— Il est parti. Apparemment, il y a une urgence chez vous, à Ulmo.

— Comment a-t-il pu partir de l'école ? s'étonna-t-elle.

— La directrice lui a donné une autorisation exceptionnelle. D'ailleurs, il m'a confié ceci pour toi.

Ellün ne dit rien, elle saisit l'enveloppe que l'Orphuss lui tendait et se retourna pour partir avec Sveyn dans l'escalier en colimaçon. Lorsqu'elle vérifia qu'il n'y avait personne pour les entendre, elle lui fourra la lettre dans les mains. Son ami se tut lui aussi. Ses yeux commencèrent à lire et à faire des va-et-vient rapides sur le bout de feuille griffonnée. Après ce qui lui sembla une éternité, la jeune Äme prit la parole.

— Que veulent-ils dire, d'après toi ?

— Cela sonne comme une lettre d'adieux. Tu dois partir.

Ils montèrent dans la plus haute tour de l'école, vers le bureau de la directrice. Ellün voulait demander une sortie exceptionnelle anticipée tout comme son frère. Cette dernière fut acceptée très rapidement, par Arachné.

LVII

Village d'Ulmo, au nord du territoire de l'Est, mois de Ruis de l'an Hëplunn.

Ellün avait pris la route depuis un jour. Elle était partie seule, Sveyn n'ayant pu l'accompagner. Ses parents n'étaient pas les siens, le problème ne le regardait pas selon la directrice. Elle était partie en fin d'après-midi, tout de suite après qu'Arachné lui eût donné son accord. L'Âme avait trouvé curieux qu'elle accepte si rapidement. Après tout, Ellün ne faisait que supposer que quelque chose était arrivé. Elle aurait même juré apercevoir un sourire sur le visage d'Arachné.

Était-ce son angoisse qui lui faisait ce qui n'existait probablement pas ?

Ellün, après avoir préparé rapidement un sac, s'était précipitée chez les jumeaux pour les informer de son départ imminent.

— Tiens-nous au courant, nous espérons que tout ira bien pour ta famille, essaya de l'apaiser Ndyx.

— Vous pourrez le dire aux autres, s'il vous plaît ? Je n'ai pas le temps de me rendre dans leurs tours, je ne dois surtout pas rater le dernier görlonef, dit-elle en leur faisant au revoir de la main, le dos déjà tourné.

— El' ! cria Tylr qui ne perdait pas le nord.

Ellün se retourna, ses yeux reflétaient toute son angoisse.

— N'oublie pas les fêtes de Luinil.

— Bien sûr, balança-t-elle avant de s'engouffrer dans l'escalier.

Quoi qu'il se passerait, elle devait être présente lorsque le ciel et la terre se confondraient.

La nuit s'achevait lorsqu'elle arriva à Ulmo. Le soleil se levait doucement, propageant des rayons ardents sur le village encore endormi. Ellün découvrit des chaumières fumantes. De loin, elle vit leur maison dans l'arbre. L'immense saule reposait là, calme et impassible. De la neige fine saupoudrait ses branchages. Aucune lumière ne sortait des fenêtres ; or ses parents avaient l'habitude de veiller tard, un livre passionnant toujours dans les mains.

L'instinct d'Ellün ne fit qu'un tour. Quelque chose s'était produit. Son cœur battait la chamade et accélérait sa respiration. Sa fine bouche ouverte exhalait de la vapeur, déchirant le froid ambiant.

— Quelque chose ne va pas, murmura-t-elle.

Ellün s'arrêta pour mieux regarder les environs, inquiète, mais silencieuse. Elle tenta de se raisonner. Après tout, elle s'était habituée à la bizarrerie qui régnait désormais dans leur famille. Mais cette fois-ci, son cœur pulsait beaucoup plus vite que de coutume. Ses sens étaient en alerte.

— Je suis sûre que c'est encore maman qui fait une comédie pour pas grand-chose, essaya-t-elle de se convaincre.

Elle repensa aux mots qu'avait écrits Calion pour elle. La lettre que lui avait remise l'ami de son frère ne la réjouissait pas.

« S'il leur est arrivé quelque chose, je ne te le pardonnerai jamais ».

Elle tourna son visage, touchée par cette histoire. Ellün ne comprenait vraiment pas pourquoi il n'était pas de son côté. Ses parents lui avaient-ils confié un secret dont elle ignorait l'existence ? Elle espérait pour lui, sinon sa conduite n'avait aucun sens. Comment pouvait-on accepter de choisir entre ses parents et sa sœur ?

Elle arriva bientôt à leur maison perchée. Tout semblait calme, trop tranquille.

Tout était en place. Le jardin avait revêtu son manteau d'hiver, le potager était gelé, seules des patates avaient résisté. Ellün remarqua un petit détail : l'absence de fumée. Aucun nuage noir ne s'échappait de la demeure. Avaient-ils oublié d'allumer un feu pour la nuit ? Peut-être étaient-ils absents, elle le souhaitait au fond d'elle.

Mais lorsqu'elle ouvrit la lourde porte de bois, ses espoirs disparurent.

Elle vit du sang.

Les murs, le sol, les lustres étaient recouverts d'une matière visqueuse d'un rouge épais.

— C'est du sang. Maman ! Papa ! hurla Ellün.

Puis, tout s'éteint en elle, gardant son calme, comme si ses émotions l'avaient de nouveau quittée. Elle posa des regards mornes sur les alentours. Ses yeux ne reflétaient aucune lueur de vie. Elle se préparait à ce qu'elle allait trouver en haut. Ses gestes étaient au ralenti et les traits de sa bouche étaient figés. Elle monta doucement les escaliers, laissant des empreintes dans le sang épais. Elle observa, le cœur battant, les marques laissées sur le sol du couloir : comme des corps qui avaient été traînés. Elles s'arrêtaient devant la chambre d'Ellün.

Elle respira un grand coup et ouvrit la porte qui était poussée légèrement. Ce fut là qu'elle découvrit le spectacle de l'horreur.

Ses parents gisaient, morts, sur le sol de sa chambre. Leurs vêtements étaient ensanglantés. De multiples taillades déchiraient leurs peaux. De nombreuses pustules recouvraient leurs visages enflés. Leurs membres étaient devenus difformes et quelque chose ou quelqu'un les avait brisés. Ils avaient tous les deux beaucoup d'hématomes. Ellün avait du mal à comprendre, tant l'horreur la figeait. On les avait saignés, jusqu'à ce qu'il ne restât plus aucune vie en eux. On les avait torturés, on les avait chassés sous leur propre toit, ils avaient souffert d'un tourment sans fin. Lent et impitoyable.

Ellün les regarda sans rien dire. Elle observa leurs mains, elles étaient entremêlées dans un dernier geste d'amour, malgré l'horreur de ce qu'il s'était produit. Puis, elle se mit à crier.

Elle hurla de toutes ses forces. La peine était si immense qu'elle vint lui enlever tout ce qu'elle avait possédé auparavant.

Interlude - Le Vide

L'Ombre sentit le vortex s'agiter.

Une grande bouche s'ouvrit pour l'engloutir de nouveau dans les ténèbres. Elle sut que quelque chose était arrivé à l'Autre.

Elle sentit son plein pouvoir d'un coup s'évanouir.

Là, de nouveau dans sa grotte d'obscurité, l'Oubli n'était plus là.

Parce que le danger était devenu plus grand.

Puis elle le vit.

Au fin fond de l'obscurité s'étendait une masse informe et immense.

Le Vide.

Il venait pourrir tout ce qu'elle avait déjà construit. L'Ombre perdit une seconde fois le lien avec l'Autre. Le Vide provenait de la peur et de la haine. Elles étreignaient le cœur des Mages, elles façonnaient leurs âmes, tout comme aujourd'hui elles détruisaient les ténèbres de l'Ombre.

Cette fois-ci, le combat serait plus rude que celui de l'Oubli. Parce que désormais l'ennemi était inhérent à l'Autre. Lui seul pouvait prendre la bonne décision et combattre le Vide. L'Ombre ne pouvait plus rien y faire. Son unique action possible était la fuite, et surtout trouver une bonne cachette au fond du noir.

Mais cette fois-ci l'Ombre ne pourrait pas se dissimuler.

LVIII

Village d'Ulmo, au nord du territoire de l'Est, mois de Ruis de l'an Hëplunn.

Il y eut un grand jet de lumière, Ellün sentit son corps partir en feu. Un brasier si incandescent qu'elle crut que même son âme mourait. Quelque chose n'allait pas avec son Erigiuum. Tout était sur le point d'exploser et lorsqu'elle atteignit le point de non-retour, quelque chose d'extraordinaire se produisit.

Elle était en train de voyager dans un songe. Le rêve de ses parents. La pièce avait absorbé leurs âmes, leurs désirs, leurs caprices, leurs peurs… Les moindres recoins de l'essence vitale qu'ils avaient représentée par leurs enveloppes charnelles. C'était le songe d'Atanatar et Grisël encore vivants. Elle vit alors leur vie, leurs rires, leur joie… Mais elle fut témoin aussi de moments de doute, des moments tournés vers leur chère petite fille… Elle ressentit un sentiment si confus qu'elle ne put le comprendre. Ses parents n'étaient pas totalement épanouis, cette vie leur faisait peur, parfois même les torturait.

Le songe passa à un autre, celui de son frère. Elle s'immisça dans un supplice des plus profonds, un cœur déchiré en deux, un petit garçon qui se voulait un homme. Ellün assista aux rêves brisés de son frère avant que tout disparaisse.

Puis tout s'effondra sur elle. Un éclair violet jaillit et tout fut noir.

Ellün s'affala sur le sol. Totalement inconsciente.

Des jours s'étaient écoulés depuis la mort de ses parents. Le soir de la découverte de leurs corps, Ellün s'était évanouie, elle n'avait alors plus d'Erigiuum actif. Les tâches vertes de ses yeux noisette avaient laissé place à des étoiles violettes, preuves qu'un pouvoir persistait à vivre en elle.

Ses amis l'avaient rejointe dans les heures qui avaient suivi la nuit. Les parents d'Ingwë étaient même venus sur les lieux afin d'aider la jeune Äme pour l'enterrement et pour la soutenir dans un des plus difficiles moments de sa vie. Ils avaient tenté de fouiller les environs du petit village à la recherche de Calion. Son frère était porté disparu. Ellün ignorait où il pouvait bien se trouver. Ils avaient dû affronter la mort de leurs parents, chacun de leurs côtés, seuls. Cette pensée la faisait souffrir.

Elle passa beaucoup de temps avec Fjor. Étant Psychë Clairvöy, il l'écoutait et la réconfortait dans les instants d'angoisse. Lorsqu'elle croyait toucher le fond, il venait pour englober sa peine tout entière, mais surtout sonder son âme à la recherche de la moindre noirceur.

— Comment vas-tu, aujourd'hui ?

Il lui tendit une tasse de chocolat chaud. Tous étaient en train de préparer leurs bagages, le retour au manoir à Ole Nalore était prévu depuis des jours. Ellün ne pouvait plus rester à Ulmo. Elle était assise sur un banc de son jardin, contemplant cette neige qu'elle avait tant aimée pendant des années. Elle avait veillé ses parents autant qu'elle avait pu, avec calme. Mais au bout de trois jours, les habitants étaient retournés à leurs occupations, délaissant la jeune adolescente. La disparition soudaine de Calion avait fait émerger des rumeurs. Depuis, plus personne ne voulait approcher Ellün, elle était désormais considérée comme maudite. On la voyait comme la porteuse de mort, une messagère de la grande Cyrcë. Tout le monde avait peur d'elle, chacun se retournait lorsqu'elle foulait le sol du village. Ulmo la chassait petit à petit. La jeune fille devenait une inconnue aux yeux de tous, une pestiférée dont il fallait se débarrasser.

— Comme un jour sans Erigiuum…

Elle voulut rajouter « et ma famille », mais elle n'avait pas la force d'exprimer la vérité telle qu'elle était. Froide et explosive.

— Les traces que tu as dans les yeux prouvent que tout n'est pas parti. Tu sais, cela arrive parfois. Quand l'Erigiuum commence à évoluer, si le mage se trouve dans le désarroi, il peut voir son pouvoir affaibli.

— Je ne suis donc pas la première ?

— Non, même si ce phénomène reste très rare, tu ne l'es pas.

— Je dois donc aller mieux pour le retrouver ?

— Oui, cela doit être la solution.

— Mais peut-être que je ne devrais pas souhaiter ça. Je ne crois pas souhaiter redevenir une Äme. Je ne me sens pas à ma place. Et puis, c'est l'avènement de mon pouvoir qui a tué mes parents.

— Comment le sais-tu ?

— Ils m'avaient demandé de rester à la maison, de ne pas partir, de rester tranquille. Je sens qu'Arachné les y avait contraints, mais je ne les ai pas écoutés, je n'en ai fait qu'à ma tête.

— Tes parents ont fait leur choix, nous ignorons lesquels, mais il était bien le leur. Ils n'avaient pas le droit de t'en faire payer les conséquences. N'oublie jamais, tu restes libre.

— Merci, Fjor.

Ils entendirent soudain des pas se précipiter vers eux, Ingwë les rejoignit.

— Je suis désolée, Ellün, mais je dois te poser la question… Te sens-tu prête à y aller ? Même si ton Erigiuum n'est pas actif, je pense que si Athelleen t'est apparue, c'est pour une bonne raison et ce serait mieux que tu sois là, lui demanda doucement son amie.

Ingwë semblait troublée. Elle n'aimait pas que son père s'approchât de son amie, ni même sa mère ou aucun membre de la Confrérie. Leur hypocrisie la mettait mal à l'aise. Fjor aidait-il Ellün en toute innocence ou voulait-il simplement s'assurer que l'Élue ne bascule pas ? Au fond d'elle, elle était déçue par elle-même, elle était même fâchée parce qu'elle n'avait rien pu faire. Ellün n'avait pas pu être protégée.

Elle avait vécu la mort, tout comme elle.

Elle avait subi une perte. Et ce qu'elle avait perdu était à jamais irremplaçable.

Ingwë avait peur de toucher Ellün, elle se tenait à distance raisonnable de l'Äme pour ne pas avoir les flashs de ses sentiments. Elle ne supporterait pas de vivre ces émotions néfastes une seconde fois.

— Athelleen ? demanda d'un coup son père, tranchant leurs réflexions.

— Oh, pardon, je n'ai pas mentionné son nom avant par prudence. Au cas où nos conversations auraient pu être captées à l'auberge. La femme dans les souvenirs s'appelle Athelleen Dag.

Fjor ne dit rien et se tourna vers Ellün. Il la dévisagea pendant un long moment.

— Voilà à qui tu me faisais penser. Tu as le même air et le même sourire.

— Oh, incroyable ! Tu penses qu'elle a donc bien un lien avec elle ? demanda Ingwë à son père.

— Oui, tu lui es peut-être apparentée.

— Mais attends, comment la connais-tu au juste ?

— Elle était une camarade de promotion. J'ai le même âge qu'elle.

— Vous étiez proches ?

— Non, mais nous nous entendions bien. Elle était la plus douée d'Aràan, j'avoue que je la trouvais un peu illuminée. Elle était très curieuse, elle passait son temps à fouiller les recoins poussiéreux de la bibliothèque.

— Savais-tu sur quoi elle travaillait ?

— Aucune idée, elle était une Engendrör. Mais parfois, elle semblait plus une Orphuss Voyagëur pour tout dire. Elle passait son temps à suivre ses parents partout.

— Mais oui, bien sûr ! Comment avons-nous pu ne pas y penser ! Ses parents doivent être en vie à l'heure qu'il est !

— Je suis désolé, ma fille, mais ses parents se sont exilés dans le Grand Nord.

— Quoi ?

— Ils étaient si désespérés de ne pas la voir revenir après la fin de ses études qu'ils sont partis. Je me souviens qu'à l'époque cela avait fait grand bruit parce qu'ils étaient des Âmes de grand prestige. Ils faisaient partie de la Fédération.

Il y eut une pause. Ingwë avait vraiment pensé pouvoir éclaircir un peu plus l'identité du fantôme. Elle était déçue. Encore une fois, Athelleen leur filait entre les doigts.

— Tes parents avaient-ils des frères et sœurs ? demanda soudain Fjor à Ellün.

— Pas que je sache. Maintenant que j'y pense, ils ne nous ont jamais parlé de leurs familles respectives. Il n'y avait que nous quatre, avec Calion. Comme si nous vivions dans une bulle.

— Bien, alors cela peut être une hypothèse. Surtout que tu as le même Erigiuum qu'elle, peut-être auras-tu donc le même sous-pouvoir.

Dans sa tête, tout faisait sens. Athelleen, une parente de sa famille, disparue depuis longtemps, la mort de ses parents et leur avertissement… Partageaient-ils son secret ? Soudain, elle eut envie que tout le monde partît. Elle devait affronter seule son deuil. C'était sa responsabilité. Ses parents étaient décédés parce qu'elle ne les avait pas écoutés. Si seulement elle s'était tenue loin d'eux, loin d'Aràan… Mais elle avait payé cher l'obtention de son Erigiuum, qui s'était évanoui de toute manière.

— Fjor ! Ingwë ! appela une forte voix féminine.

Esmë arriva en courant jusqu'à eux. Sa cape dorée resplendissait sur la neige recouvrant la route. Elle était partie recueillir des messages au village.

— Shroud a été arrêté et a été envoyé dans le Nord.

— Que s'est-il passé ?

— Il a été accusé du meurtre de Celebrimbor Brylee, tu te souviens ? Le bijoutier au cerveau liquéfié.

— Impossible !

— Heureusement, la Marque a marché à son arrestation, il ne se souvenait plus de la Confrérie. Sa femme, Martha, a aussi eu les souvenirs arrachés au cas où quelqu'un l'interrogerait. C'est pour cette raison qu'elle n'a pas pu nous prévenir de ce qu'il se passait. La Marque a marché toute seule. Ingwë, l'auberge n'est plus une alliée, tu t'en doutes.

Ingwë acquiesça. Elle avait différents endroits où aller, mais l'auberge s'avérait la meilleure couverture. Les autres repères sembleraient plus suspects, elle devrait avoir de bonnes raisons de s'y rendre, ses parents le savaient.

— Quand a-t-il été arrêté ?

— Il y a plus d'une semaine.

— Oh ! Mais nous sommes allés le voir juste avant de nous rendre chez le professeur des Ämes ! s'écria Ellün, complètement choquée.

— Pourquoi le procès n'a-t-il pas été rendu public ?

— Je l'ignore. Personne n'a pu approcher Shroud.

— Et Martha ? As-tu de ses nouvelles ?

— Aucune. Elle ne se trouve plus à Aràan. Je ne sais pas ce qu'elle est devenue, où elle est partie… L'Auberge est vide à l'heure actuelle.

— C'est incroyable. Nous devrons faire plus attention à l'avenir. Si Shroud a été la cible d'un complot, c'est que la Fédération a eu connaissance de l'existence de dissidents.

— Ou c'est peut-être complètement un hasard, dit Ingwë.

Après tout, la Prophétie leur était totalement inconnue, seule la Confrérie de l'Oracle la connaissait. Pourquoi chercheraient-ils des opposants à leur gouvernement quand ils n'étaient même pas informés que ceux-ci existaient ?

— Quoiqu'il en soit, demain soir, nous serons aux Lacs de Mythslune tous ensemble. Ton père et moi préférons vous accompagner pour cette mission.

Ingwë et Ellün ne virent aucune objection. De plus, avoir des Erigiuums supplémentaires ne serait pas de trop. Ils allaient se jeter dans l'inconnu, vers une destination que personne ne connaissait. Athelleen avait ruiné son amitié avec Arachné juste pour ce lac. Sa découverte était assez dangereuse pour s'attirer les foudres d'une des plus puissantes mages du monde.

L'Äme devrait mettre ses sentiments de côté, oublier son désespoir et l'abandon de son grand frère. Elle fit le choix de beaucoup d'entre les Hommes, la colère pour parer à la peine. Elle était désormais animée par l'envie de découvrir ce qui était arrivé à ses parents et qui était Athelleen pour elle. La vérité serait son salut.

LIX

Dans le nord du territoire de l'Est, mois de Ruis de l'an Hëplunn.

Quel était le sens de la vie ? Que voulait dire le mot « famille » ? Était-ce normal de ressentir un fossé entre soi et un autre membre ? Était-ce anodin et sain de vouloir choisir entre deux personnes ? De ne pas pouvoir les aimer autant ?

Calion était perdu. Il était parti sans un mot, instinctivement. Ses pieds avaient marché tout seuls vers une terre inconnue. Ou plutôt ses pattes. Pour survivre au grand froid de Ruis, il s'était transformé en renard, son double soi. Sa fourrure d'ordinaire rousse était recouverte d'un mince manteau de neige. Les flocons tournoyaient tout autour. Alors que tout s'était effondré autour de lui, son esprit n'avait rien pu ressentir. Il n'avait pas pleuré, du moins n'avait-il pas senti les larmes. Il se sentait vide, un vide si abyssal que la chute n'en finissait pas.

Ses pas s'enfonçaient dans la neige qui devenait de plus en plus dure et épaisse. Chaque fois qu'il avançait, son esprit était retenu en arrière par son passé. Les fantômes de ses parents l'accompagnaient, comme deux visions que l'on ne pouvait pas effacer, même en fermant les yeux.

— Papa, maman… murmura-t-il.

Ils avaient été sa raison de vivre. Ils lui avaient donné la vie, la chance d'être heureux et épanoui. Ils ne l'avaient jamais laissé seul sur le chemin de son existence. Il avait tellement de chance d'avoir été leur fils. Que pourrait-il faire maintenant, sans eux ?

— Je la hais, grogna-t-il dans un bruit sourd.

L'image d'Ellün apparut dans sa mémoire. Toutes les images étaient désormais déformées par la haine nouvelle qu'il ressentait. Il ne pouvait l'empêcher de se former en lui. Il n'avait pas pu la retenir de s'installer dans son cœur et de lui ronger chaque souvenir heureux, chaque moment de sa vie, chaque pensée.

Parfois, il était plus lucide et il savait qu'il ne pouvait tenir rigueur à sa sœur, que l'abandonner avait été une erreur… Mais la haine reprenait alors le dessus. Elle avait fait son choix, et elle avait tué leurs parents. Ses parents, à lui. Parce que lui les avait estimés et écoutés. Parce que lui ne les aurait pas trahis, il aurait agi selon leur bon vouloir. Parce qu'ils seraient encore en vie si tout avait reposé sur lui.

Était-ce sa faute s'il n'avait pas pu aimer sa sœur comme un grand frère aurait dû ? Était-ce si nécessaire de donner cette importance au lien du sang ? La symbolique ne prévalait-elle pas ? Il avait aimé ses parents d'un amour unique, puissant et surtout vrai. Il les avait adorés dans toute leur vérité, pour tout ce qu'ils représentaient et étaient. Avait-il vraiment aimé une seule fois Ellün ? Après tout, ils n'avaient pas beaucoup de points communs, et elle n'avait pas le même pouvoir que sa famille. Elle avait toujours été une intruse.

Alors que ses réflexions se déformaient à cause de la fureur, sa vision s'éclaircit. Il avait longtemps erré, se reposant çà et là dans des grottes qu'il avait trouvées en chemin depuis quatre jours. Seuls les sapins et les animaux rencontrés l'avaient accompagné durant l'avènement de sa forteresse de solitude. Aujourd'hui, tout serait différent.

Les remparts d'Urgur pointaient le bout de leurs tours. C'était un petit village, surtout de pêcheurs et de personnes en perdition. Le bourg était le seul qui était relié au continent du Grand Nord. Une forteresse avait été construite pour permettre l'intimité et la discrétion lorsque quelqu'un décidait de quitter sa vie, mais aussi pour respecter les Anomalÿs, ceux qui n'avaient pas d'Erigiuum et qui ne supportaient pas de vivre reclus et rejetés.

Revenu à sa forme humaine, Calion traversa les portes du village et trouva un endroit ouvert sur la mer, un espace désert où aucune vie ne se faisait sentir. Malgré la neige qu'il avait l'habitude d'aimer et d'admirer, tout le reste était gris et triste ici. Il se morfondait alors, se sentant à sa place dans ce lieu de perdition. Il n'était plus rien, il appartenait à Urgur.

Il n'avait pas marché à l'aveugle. Il avait toujours su où aller. Son destin s'offrait désormais à lui.

— Disparaître, se chuchota-t-il à lui-même, comme un fou le ferait.

Il vit l'embarcation qui emmenait une fois par semaine les âmes perdues dans un lieu inconnu de tous, un lieu dont on ne revenait plus. Calion s'approcha, prêt à faire ses adieux à tout ce qu'il avait connu, et à accueillir tout ce qu'il méconnaissait encore.

Ce n'était pas l'envie de changer qui le motivait, l'envie de faire table rase du passé, non, il ne ressentait plus rien. Il suivait juste son instinct qui lui hurlait qu'il n'était plus rien, qu'il ne devait pas rester sur le continent du Sud.

Il posa un pied sur le bateau en bois. Un vieux modèle, guidé à la simple force d'un homme, sans Erigiuum.

— Sachez qu'il y a des risques de mourir en mer. Je ne peux protéger ce bateau.

L'individu qui dirigeait l'embarcation avait parlé. Calion ne distinguait pas son visage, mais cela lui importait peu, rien n'était plus intéressant à ses yeux. La voix de l'homme était cassée, brisée par la vie, tout comme sa cape et sa capuche étaient toutes deux déchirées. Tout semblait abîmé en lui. Trois autres passagers étaient installés, les yeux dans le vague, ne regardant même pas le nouveau venu.

— Tant mieux, dit alors Calion que la mort n'effrayait pas.

Il rejoignit les autres, s'assit, il ressentit une sorte de soulagement à cet instant. Il n'aurait plus jamais à se relever, car il ne tomberait plus jamais. Sa vie ne serait plus qu'une ligne grise sur laquelle plus rien ne la parcourrait. Une vie morne. Voilà ce qui l'attirait le plus.

Le capitaine détacha la corde qui retenait le bateau à la berge et saisit sa perche pour les éloigner du rivage.

Calion ne se retourna pas vers la terre qui fut la sienne. Il porterait désormais à jamais la mort de son passé en lui.

LX

Vers Ulmo, au nord du territoire de l'Est, mois de Ruis de l'an Hëplunn.

Ce fut sans un regard qu'Ellün quitta pour toujours Ulmo. Des larmes coulèrent le long de ses joues. Cet endroit qu'elle avait tant aimé, elle ne le reverrait sans doute jamais. Fjor et Ingwë n'étaient jamais loin pour apaiser ses sentiments lorsque ceux-ci la submergeaient. Le groupe était parti à pied depuis plus d'une heure. Les jumeaux étaient en tête avec Esmë. Sveyn parlait avec Ingwë et Fjor, la jeune Äme restait en retrait non loin d'eux.

Les parents de la Psychë avaient pensé que cela ferait du bien à toute la compagnie de marcher jusqu'à Mythslune au lieu de prendre la turnef. La petite Ellün avait besoin d'occuper son esprit, marcher lui permettrait d'évacuer. Fjor était très inquiet. D'après sa fille, Ellün était l'adolescente la plus expressive du groupe. Pourtant, depuis la mort de ses parents, elle restait vide, dénuée de tous sentiments. Mais il savait mieux que quiconque ce qui se jouait en elle. Il le sentait. Le pire était qu'elle était de nouveau vulnérable à tout. Elle venait de perdre son Erigiuum, ou plutôt sommeillait-il en elle. Ellün sentait sa présence dans les abysses les plus profonds de son âme. Qui sait quand il se réveillerait ? Ellün était tout de même l'élue. Si elle devenait une Anomalÿ, cela mettrait-il la Prophétie à mal ? Sa femme avait tenté de le rassurer. Astéracë de base, elle avait un optimisme à toute épreuve. Elle ne compatissait que très rarement avec les sentiments des autres, mais elle était toujours prête à encourager ceux qui en avaient besoin. Elle tentait de devenir un soleil dans la tempête qui ravageait le cœur de l'Äme.

— J'ai un besoin urgent, continuez, je vous rattraperai, l'interrompit-elle dans ses pensées.

— D'accord, ne pars pas trop loin, nous allons ralentir pour t'attendre.

Ellün ne dit rien et s'en alla, elle s'enfonça par-delà la lisière de la forêt. Elle ne s'écartait pas à cause de cette nécessité vitale. Depuis ce qu'il s'était passé, elle avait besoin de moments de solitude. La simple vue de ses amis la mettait parfois en colère ou dans un désespoir immense. Elle aurait voulu qu'on la laissât seule.

Plus elle s'enfonçait dans la forêt, pour ne plus être observée par les autres, plus la végétation s'épaississait. Elle espérait retrouver un certain sentiment de paix dans l'environnement qu'elle affectionnait le plus au monde. Elle s'arrêta au cœur d'une toute petite clairière, que la lumière du soleil d'hiver éclairait de ses rayons blancs. Elle ferma les yeux pour mieux sentir l'odeur des sapins que la neige rendait plus avide et fraîche. Elle poussa un long soupir, une grande expiration qui lui fit du bien pendant quelques secondes. C'était comme si elle pouvait enfin respirer à nouveau, comme si elle avait l'espoir de survivre à nouveau à tout ça.

Soudain, elle entendit des pas lents dans la neige. Elle se retourna pour faire face à l'intrus encapuchonné.

— Bonjour, Ellün, dit une voix féminine familière.

L'inconnue baissa la capuche de sa cape noire, couleur des Anomalÿs, pour lui révéler son identité. Ellün reconnut alors Annhd, la meilleure amie de ses parents. Cela frappa d'un coup la jeune fille, elle n'avait même pas remarqué son absence à l'enterrement. Elle avait vécu dans un autre monde ses derniers jours.

— Où étais-tu passée ? Tu as manqué l'enterrement, lâcha Ellün du tac au tac.

La colère prenait le pas sur la surprise. Elle était complètement désarçonnée. Comment avait-elle pu oublier une chose pareille ? Elle avait été présente depuis son enfance, cette femme était celle à qui ses parents confiaient tout.

— Je devais me cacher.

— Pourquoi ? Toi aussi tu étais en danger ? Sais-tu qui a tué mes parents ?

— Je ne peux rien te dire. Sache que tu es en grand danger, depuis toujours. Tes parents n'ont pas su contrôler la situation, car leurs sentiments ont pris le dessus. Tout s'est mélangé et ils ont perdu.

— Quelle situation ? Est-ce en lien avec Arachné ? s'inquiéta Ellün d'une voix plus forte, exprimant son angoisse.

Elle devait savoir.

Elle devait apprendre si son ennemie se trouvait juste devant elle.

— Chut. Parlons doucement, on pourrait nous entendre.

Annhd jeta des coups d'œil tout autour d'elle. Ellün put voir que son visage était sale, des cernes bleus alourdissaient ses yeux habituellement très vivants. Que lui était-il arrivé ? Qu'avait-elle fui ou plutôt qui ? La femme qu'elle avait toujours connue se tourna vers elle et la prit par les épaules. Leurs regards se rencontrèrent.

— Écoute-moi, je sais que tu es perdue, mais tu dois me laisser parler. Je n'ai pas beaucoup de temps, ils sont après moi. Ta mère t'aimait beaucoup, ton père aussi, ils n'ont pas vraiment eu le choix. Maintenant, tu dois tracer ta route et te protéger. Prends cela.

Annhd lui prit la main et lui fourra au creux de la paume un objet en argent. Il était froid. Lorsqu'elle l'ouvrit, telle une montre à gousset, elle ne trouva pas de cadran qui indiquait les heures, mais elle vit des inscriptions qui formaient un cercle. Chacune correspondait à une rune, qu'elle ne connaissait évidemment pas.

— Qu'est-ce ? Comment cela marche-t-il ? demanda Ellün qui ne décrochait pas son regard du nouvel objet.

— La Visirög. C'est une boussole très ancienne, elle te guidera. Pour fuir, elle t'aidera. Tu comprendras au moment venu.

— Quoi ?

— Elle t'aidera à trouver le chemin, c'est tout ce que tu as à savoir. Elle est issue d'une magie très ancienne… Tu le découvriras si tu suis la voie qu'elle t'a tracée. Bonne chance R… Ellün.

— Annhd ! Mais où comptes-tu aller ?

— Je vais tenter de rejoindre le Grand Nord. Mais j'ai dû faire un détour pour te retrouver, je ne savais pas quand t'aborder, tu es si entourée.

— Es-tu recherchée ?

— Oui. C'est pour cette raison que je ne peux pas passer par Urgur. Il me faut trouver un autre moyen.

Cela expliquait pourquoi elle essayait de se faire passer pour une Anomalÿ. C'était le moyen le plus discret et le plus évident pour disparaître.

— Annhd, j'ai une dernière question. Par quel hasard avais-tu dans ton grenier une carte signée par une certaine Athelleen Dag ?

— Je n'ai pas le temps de t'expliquer, mais je sais que tu trouveras toutes les réponses avec le temps. La connaissant, elle a dû te laisser toute l'histoire quelque part. Bonne chance.

Annhd tourna immédiatement des talons en prononçant cette phrase. Elle laissa, plantée-là, Ellün bouche bée. Elle savait qu'elle avait déjà vu la troisième fille des visions quelque part. Cette fille n'était autre que Annhd. Elle avait donc bien connu le fantôme… mais aussi Arachné.

— Ah ! J'oubliais. Un dernier avertissement… Tout n'est pas comme tu le crois. Méfie-toi d'Arachné.

Annhd se rapprocha d'elle une fois de plus, lui mit les mains sur les épaules, ses yeux luisaient d'une lumière de compassion.

— Lorsque tu apprendras la vérité, fais attention. Ne laisse pas la colère te consumer. Remplis-en ton cœur, mais pas ta vie.

La silhouette d'Annhd s'entoura d'une lueur violette et la jeune femme laissa place à un lapin aux lueurs violettes. Sa fourrure était la même que celle de sa mère. D'un bond, elle dérapa loin dans l'horizon. Un dernier hommage à Grisël.

Ce fut là que le souvenir frappa Ellün.

La troisième jeune femme, celle en retrait lors de la dispute d'Athelleen et Arachné, c'était elle.

Annhd était Anastasià.

Une idée se forma dans l'esprit de la jeune fille. Une idée noire qui fit frissonner son âme.

Ce n'était qu'une hypothèse et pourtant, dans les tréfonds de son être,

Ellün en était certaine.

Anastasià avait choisi son camp.

Il n'avait jamais été celui d'Athelleen.

Elle s'était toujours liguée avec Arachné.

Et ses parents étaient morts pour cela.

LXI

Mythslune, région des Grands Lacs, territoire de l'Est, mois de Ruis de l'an Hëplunn.

Le feu crépitait dans la nuit. Les étoiles et la lune éclairaient la surface de la terre, plongée dans une obscurité épaisse spécifique à l'hiver. Sveyn avait créé pour eux un havre de paix éphémère. Il avait partagé la chaleur de la terre avec ses compagnons, ainsi personne ne mourrait de froid ce soir-là. Fjor l'aidait à ne pas trop épuiser son pouvoir en installant pour les autres l'illusion d'avoir chaud.

Ellün, assise sur une grande branche d'arbre au sol, regardait les flammes danser devant elle. Quelques heures avant, elle avait confié à ses amis ce qu'elle venait d'apprendre. Elle ne souhaitait pas davantage de secrets dans sa vie. Fjor avait dû calmer sa femme, car elle avait voulu rattraper Annhd immédiatement. Esmë était très spontanée ; parfois, elle en perdait son sang-froid.

Quand elle leur confia qu'elle connaissait la vraie identité de la meilleure amie de sa défunte mère, les parents d'Ingwë dévoilèrent à Ellün qu'ils la connaissaient. Anastasià faisait bien partie de leur lointain passé.

— Oui, maintenant que tu le dis, je m'en souviens. Elle suivait partout Athelleen et Arachné comme leur ombre. C'était une jeune fille très discrète à l'époque, révéla l'Astéracë.

— Savez-vous ce qu'elle est devenue après son apprentissage à Aràan ?

Qu'a-t-elle fait lorsque sa sœur a disparu ? les questionna Ellün qui avait mille interrogations.

— Pour tout te dire, nous n'en savons rien. La Confrérie ne s'intéressait pas à elle. Anastasià n'était pas une apprentie puissante, elle n'a donc pas éveillé notre curiosité, poursuivit Fjor.

— Je me demande alors comment elle a pu atterrir à Ulmo et rencontrer mes parents, réfléchit la jeune Äme.

Ils avaient tous maintenant la conviction que le meurtre de ses parents était bien plus compliqué que ce qu'il paraissait. La vie d'Ellün était liée à Athelleen, Anastasià et Arachné. Comment ses parents étaient-ils venus à se lier également avec elles ? Comment avaient-ils connu Anastasià ? Avaient-ils connu sa véritable identité ? Mais pire encore, avaient-ils passé un pacte avec Arachné ? Toutes ces questions-là tourmentaient. Sa vie n'était-elle qu'un jeu ?

Une fois le camp monté, les adultes avaient voulu voir de quel objet il s'agissait. Ellün le leur avait donc tendu. Ils retournaient et inspectaient la Visirög sous tous ses angles depuis dix minutes.

— Je n'en ai aucune idée, as-tu déjà vu ça, Esmë ?

— Non, je ne connais pas cet artefact. La magie dont il est issu m'est inconnue et à la fois familière. Le lien que je ressens avec est fin, dit-elle en pesant l'objet dans une de ses mains.

— Nous jetterons un coup d'œil en rentrant à Ole Nalore dans le registre des objets magiques permis.

— Cela m'étonnerait fortement qu'il y soit.

Esmë redonna la Visirög en argent à Ellün, qui vint la placer contre son cœur. Elle avait trouvé dans son sac une vieille chaîne qu'elle portait partout avec elle au cas où l'envie lui prendrait de parer son cou d'un nouveau collier.

— Même la matière n'est pas normale, lui confirma la mère d'Ingwë dans un murmure de concentration.

— Comment ça ?

— Ce n'est pas de l'argent classique. Sveyn, peux-tu venir vérifier la matière ?

Le jeune Orphuss, qui s'occupait du feu, se redressa pour venir s'asseoir à côté de son amie. Étant Orphuss Chuchöteur, il pouvait parler aux matières. Le métal froid contre sa main émit une légère lumière lorsque Sveyn le toucha dans le seul but d'accéder à son essence vitale.

Le lien qu'il ressentit avec la Visirög était plus intense que tous ceux qu'il avait déjà expérimentés. Il se sentait réellement connecté à cette boussole, mais quelque chose l'empêchait d'aller plus loin. Était-ce elle qui le bloquait dans son exploration ? Il sentit qu'elle venait de loin, de très loin. Une terre totalement inconnue de lui. Puis, la boussole l'expulsa instantanément de leur lieu et il dut revenir à la réalité.

— Elle ne m'a pas laissé l'explorer très longtemps. Mais je peux dire qu'elle vient de très loin, une terre que je ne connais pas.

— Pourrait-elle provenir du Grand Nord ? proposa Fjor, intrigué.

— Non, impossible. C'est la terre des Anomalies et le peu d'Erigiuum qui passe là-bas s'est affaibli. La Fédération ne permet pas à ses citoyens de s'y rendre, le corrigea sa femme.

— Les réponses viendront un jour, nous savons déjà que c'est un artefact rare et que tu dois en prendre bien soin, Ellün.

Sur ces mots, Fjor redonna la boussole brillante à la jeune fille. Elle la regarda fixement. D'où venait-elle ? L'aiderait-elle vraiment à recevoir les réponses ? L'adolescente partit, laissant ses amis autour du feu, encore une fois sans un regard vers eux. Elle se dirigea vers la tente qu'elle partagerait pour la nuit avec sa meilleure amie. Elle ferma ses yeux, gonflés de chagrin et de colère, pour ne les rouvrir qu'au petit matin.

Le lac de Visidur, appartenant à la Déesse Cyrcë, était le plus au nord, et donc le plus proche du groupe des mages. Il était également le plus petit des cinq Grands Lacs.

— Pourquoi a-t-Elle choisi ce nom ? Il se démarque des autres, je trouve.

— Visidur était la monture de la déesse Cyrcë.

— Un cheval ?

— Non, une espèce qui a existé il y a très longtemps, mais qui s'est éteinte en même temps qu'Elle. Un dragon. Visidur fut le premier de son espèce.

— Tu oublies aussi le lac des Psychës qui s'appelle le lac d'Augur… Pourquoi ce nom ?

— C'était le nom de l'esprit d'Isìl. La plus grande des Déesses avait fait en sorte de détacher son esprit d'elle, comme s'ils formaient deux personnes différentes. Elle trouvait alors qu'il serait plus impartial, juste et objectif de gouverner sur les mages de cette manière. Deux avis valent mieux qu'un seul. C'est aussi de là que vient le nom de la Fédération.

— Ingwë, pourrais-tu faire ça, toi aussi ? demanda Tylr, bouche bée.

— Non, seule la Déesse en était capable. Aucun mage n'a réussi une telle prouesse.

Le lac d'Augur se situait tout à l'Ouest de Mythslune. Deux villages s'étaient construits tout autour. Un dernier s'était établi en dessous du lac du Mortel du Dieu Tristan, appartenant aux Orphuss. L'Être Suprême avait toujours clamé que la modestie et l'humilité étaient les meilleures qualités que tout être vivant devait posséder. C'était le seul Dieu qui avait disparu après que sa petite sœur, Cyrcë, se fut volatilisée, chassée par les autres membres de sa Famille.

Le lac du Lagon d'or se trouvait tout au milieu de la vaste région, il était destiné aux Astéracës. Ce nom lui avait été donné par le Dieu Calahan pour la gloire de sa Famille, mais également parce qu'il avait commandé au coucher du soleil de faire de la surface de son lac, un bassin de rayons d'or. À chaque crépuscule, le bleu de l'eau disparaissait pour donner naissance à une vaste étendue dorée.

Enfin, le lac Étoilé était celui de Neüs, de la Famille des Ämes. Créative par essence, elle avait donné une forme particulière à son étendue d'eau : une étoile, tout comme la Créatrice Originelle. Le lac était juste en dessous de celui de Visidur, il était alors celui le plus à l'est.

— Qu'est-ce donc ?

Sveyn avait pointé du doigt une ancienne ruine qui bordait le lac.

— La tour de Cyrcë. Chaque lac en possède une. Les Dieux les avaient créées pour que les mages mortels puissent apercevoir les étoiles de près et, ainsi, commémorer dignement la Créatrice.

— Et personne ne visite le lac de Visidur. La Déesse ayant disparu depuis des siècles, son Erigiuum ne faisant plus partie du patrimoine génétique sur Odöon, il n'a plus aucune importance. La tour est donc tombée en ruines, faute de soins.

— C'est triste, murmura Ellün.

— Cyrcë a voulu détruire tout ce que ses Frères et Sœurs avaient construit, ne l'oublions pas, souligna Esmë.

Ils étaient arrivés au pied de la tour. Ce monument, autrefois immense, n'était plus que l'ombre de lui-même. Sur les murs encore debout se trouvait la marque de la Famille des Noircyrs, un serpent ailé enroulé sur lui-même.

Le groupe tourna son regard au loin. Le lac, plutôt petit, leur permettait de percevoir aisément l'autre berge. Cyrcë avait été la dernière des Déesses à naître, elle avait été créée bien après Neüs. Sa place avait été définie depuis le début : elle n'en avait pas. Les Autres avaient déjà tout pris, ignorant qu'une troisième sœur, représentant le cinquième Être, allait apparaître parmi eux. Cyrcë avait dû trouver sa place, aussi minime était-elle.

— À quel moment les Boreälis commencent-elles ? demanda Sveyn qui ne s'était jamais rendu à Mythslune.

— Le spectacle commence dès le crépuscule, dit Ellün, les yeux fixés sur la surface tranquille du lac oublié.

Quelque part, dans les profondeurs, était caché un objet qui détenait des vérités dont elle avait besoin. Elle était venue quelques fois dans la région des Grands Lacs célébrer les fêtes de Luinil avec ses parents et Calion. Ils étaient toujours allés plus au sud, au lac du Mortel du Dieu Tristan. À chaque fois, elle était émerveillée par cette poésie qu'offrait l'Origine à Odöon. Mais elle ne s'était pas doutée qu'un jour elle y viendrait pour trouver des réponses. Les mains dans les poches de sa cape violette, l'Äme serra très fort la Visirög.

Cette nuit, elle saurait.

Le crépuscule tomba très vite, l'hiver recouvrant d'obscurité précoce la région des Grands Lacs. Le groupe des mages avait établi un campement éphémère à côté de la tour de Cyrcë. Les ruines pourraient les protéger du froid, elles coupaient le vent glacial qui se levait. La surface du lac de Visidur était secouée d'ondes éblouies par les rayons des sept lunes.

Le ciel étoilé était totalement découvert, aucun nuage ne gâchait l'éclat des astres se mouvant dans l'univers. Le groupe se tenait silencieux, à l'affut des premiers mouvements de l'Étoile originelle. Elle allait bientôt frapper la surface des lacs de sa magie éternelle.

D'un coup, des lumières commencèrent à émerger de l'immense obscurité céleste. Les apprentis retinrent leurs souffles, tout allait se jouer dans quelques instants.

Une étoile parmi tant d'autres apparut dans le ciel, plus grande, plus brillante. L'Étoile du Tout descendait entre les lunes pour venir bénir Ses Enfants.

Tandis que les Aurores boréales s'intensifiaient, le lac commença à se parer de mille couleurs. Terre et Ciel se rejoindraient bientôt pour ne former qu'un. Sous leurs yeux ébahis, les lumières s'agitèrent de plus en plus avant de se toucher et de se fondre dans l'eau noire. Les mages ne savaient plus s'ils se tenaient encore sur la berge ou s'ils faisaient désormais partie du ciel.

Quand l'Étoile fut assez proche, il se produisit ce qu'Ellün et certains du groupe avaient déjà vu. Elle fit jaillir un rayon qui devait alors frapper le lac de Visidur, mais il fut totalement arrêté par un bras immense et noir qui vint le saisir et l'emprisonner de son étreinte.

— Nous n'y arriverons jamais à la nage, observa Ingwë tout haut.

— Attendez, je peux nous aider, dit Sveyn.

Esmë, qui pouvait transformer l'espace à sa guise, n'eut pas le temps de répondre. Le pouvoir des Orphuss permettait de contrôler les éléments, Sveyn activa alors son Erigiuum. Accroupi au bord du lac, ses mains plongèrent dans l'eau désormais colorée. Il conçut une bulle imperméable à l'élément aqueux. Il invita les autres à entrer avec lui. Il maintenait la zone créée avec ses deux mains en avant. Une impulsion mentale de sa part suffit à faire avancer rapidement la bulle sur la surface du lac. En quelques minutes, ils parvinrent au point de rencontre de l'Étoile et des ténèbres de Cyrcë.

Au pied du lien céleste, Esmë prit alors la suite.

— Nous devons aller au fond ! Je vais tenter d'écarter l'eau, quelle que soit la profondeur. Sveyn ! Tiens-toi prêt à nous aider à respirer sous l'eau, si le passage que je crée s'effondre ! hurla-t-elle par-dessus le vent que le phénomène créait.

Le jeune mage leva son pouce pour confirmer qu'il en était capable. Depuis les progrès de ces derniers mois, Sveyn se sentait beaucoup plus confiant. Il notait bien que son Erigiuum faisait la différence.

La magie de la grande Astéracë scintilla dans ses yeux, son regard devint alors de l'or en fusion. Ses mains et son corps se recouvrirent de la même nuance, Esmë essayait d'utiliser son Erigiuum à pleine puissance. Les Grands Lacs étaient connus pour leur profondeur abyssale. Si Cyrcë y avait caché quelque chose, c'était sûrement au fin fond.

Tandis que l'eau s'écartait lentement du grand bras céleste, formant un trou de plus en plus profond, Sveyn continuait de tenir sa création. Pour ne pas perdre de temps, il s'était calé sur le rythme de la mère de la Psychë, et dirigeait la bulle de plus en plus loin. Au fur et à mesure qu'ils descendaient, la pression se referma sur Esmë.

— Quelque chose ne va pas ! L'espace ne se laisse pas contrôler, je vais tout perdre ! Remonte-nous, la pression va être intenable à cette profondeur, cria de nouveau Esmë.

Sveyn redirigea tout de suite son groupe vers la surface, le long du bras ténébreux. Son diamètre était immense, ils étaient ridiculement petits à côté. Les jumeaux retinrent un hoquet de peur, la hauteur et la grandeur du lien céleste leur donnaient le vertige.

Les eaux affluèrent au-dessus d'eux, menaçant de se refermer en un gigantesque tsunami sur leur bulle. La vague était si immense, qu'ils ne distinguaient plus lac et ciel. Ils perdirent tous leurs repères. Tyr, qui réagissait mal à la peur, cria le premier et se plaqua les mains sur les yeux. Son frère voulut le rassurer, mais perdit l'équilibre. Tous attendirent, fébriles, la catastrophe. Seuls Esmë et Sveyn essayaient de résister. Les autres commencèrent à hurler, tout en activant leurs pouvoirs par réflexe.

La vague se gonfla de plus belle, ils virent l'instant où tout s'arrêta, tel un fil suspendu. Puis, dans un grondement fracassant, l'énorme puissance de l'élément se déchaîna.

Rien ne tint.

Tout s'effondra.

Les eaux déchaînèrent leur flot sur la création de l'Orphuss. L'Astéracë, qui ne contrôlait plus désormais son Erigiuum s'évanouit. Elle tomba dans les bras de son mari, épouvanté.

— Esmë ! Esmë ! cria-t-il.

Son hurlement se déchira lorsque la première vague les recouvra tous. Sveyn, surpris par la force de l'impact, perdit sa concentration. La bulle se brisa tout autour d'eux. Ellün serra très fort la Visirög contre son cœur. Les jumeaux fermèrent les yeux, pensant que c'était la fin. Ils le savaient, ils avaient tous lu les légendes et contes de Mythslune. Tous ceux qui s'étaient aventurés dans les Lacs pendant les fêtes de Luinil avaient à jamais disparu.

Tandis que tous priaient pour une issue favorable, ils furent aspirés dans les profondeurs illuminées du lac de Visidur.

LXII

Dans les profondeurs du lac, Ingwë gisait.

Dans l'inconscience la plus totale, elle se mit à rêver.

Son esprit dériva entre Nordëalis, son Enfer du passé, la haute tour noire délabrée, le champ immense couvert de neige, l'odeur des sapins centenaires et le sang.

Elle se retrouva soudain dans le néant, transporté dans un endroit où l'horizon ne s'étendait pas. Tout était lugubre et informe. Son corps nu était couvert de sang. Elle sentit une marée de ce fer rouge qui coulait en permanence sur elle, comme une cascade. Elle ne ressentait rien, elle n'avait pas peur.

Le monde s'effondra autour d'elle, mais Ingwë n'avait d'yeux que pour la personne qui lui faisait face.

Dans cet océan cramoisi, se tenait calmement Ellün. Le sang ne la touchait pas, il ne la souillait pas.

Ingwë voulut avancer vers son amie. L'espoir et l'amour vinrent submerger son cœur. L'Äme était tout pour elle, en cet instant, elle réalisa tous les sentiments qu'elle avait toujours eus pour la jeune fille à l'Erigiuum difficile.

Elle était tombée amoureuse de son Élue.

Mais dans son avancée furtive, elle perçut un détail qui clochait.

Elle nota que quelque chose avait changé chez l'Äme. Qu'était-ce donc ? Ses cheveux étaient toujours aussi longs, son ossature toujours aussi fine, ses mains aussi délicates qu'avant.

Non. Elle trouva.

Son regard.

Elle sentait la haine dans ses yeux noisette aux perles vert d'eau. Ces iris qui étaient d'habitude si doux, si innocents en avaient trop vu.

Ellün avait trop vécu.

La douceur disparut et fut remplacée par des iris d'un rouge profond.

Ses lèvres imperturbables se muèrent imperceptiblement en un sourire carnassier. Son visage reflétait celui d'un monstre. Ingwë ne reconnaissait plus la fille pour qui son cœur battait depuis deux ans.

— Que fais-tu ? lui lança-t-elle alors que le sang s'engouffrait dans sa bouche, manquant de l'étouffer.

Était-ce l'Äme qui détruisait tout autour d'elle ?

Ellün ne répondit rien, elle se contenta d'ouvrir la bouche pour hurler.

Ingwë sentit toute la peine du monde comme si elle était sienne.

Le pouvoir qui jaillit de son amie n'était pas violet.

Tout était noir.

Lorsqu'elle s'éveilla, la Psychë était saine et sauve. Ellün l'avait à nouveau sauvée.

Elle ne le savait pas encore, mais son esprit serait hanté à jamais par ce cauchemar.

Mais pour le moment, elle enfouissait ce dont elle avait rêvé dans les abysses de son âme.

Interlude - Le Guide

L'Ombre n'était plus la même. Quelque chose avait changé.

Le Vide s'était emparé d'elle, il avait trouvé sa cachette.

On ne pouvait lui échapper bien longtemps.

Le Vide finissait toujours par vous rattraper et vous engloutir tout entier.

L'Ombre commença à penser qu'elle avait perdu, qu'elle ne retrouverait plus jamais le chemin.

Elle fut désolée pour l'Autre qu'il devrait dorénavant continuer seul.

Ce ne fut que lorsque l'Ombre était sur le point de plonger pour toujours dans les ténèbres du Vide, qu'un éclat vint éveiller l'obscurité.

L'Ombre savait de quoi il s'agissait.

Elle le connaissait, elle l'avait déjà vu il y a bien longtemps.

Le Guide.

L'Allié l'avait envoyé protéger l'Autre et l'Ombre au moment venu, il y a de ça fort longtemps.

L'Ombre, complètement désespérée, en avait oublié son existence.

Le Guide vivait pour l'Autre.

L'Ombre vivait pour l'Autre.

Ils étaient maintenant deux à servir le même but.

Et trois pour le réaliser.

LXIII

Mythslune, région des Grands Lacs, territoire de l'Est, mois de Ruis de l'an Hëplunn.

Un bruit sourd paralysait ses sens. L'eau l'entourait, grouillante et sourde. Le tourbillon qui l'avait emportée s'était éteint. Maintenant, tout était calme et elle flottait, dans une paix absolue. Elle ondoyait, doucement, paisiblement. Tout était si léger en elle.

Puis une pensée émergea dans l'esprit d'Ellün.

Était-elle en train de respirer sous l'eau ?

Ses yeux s'ouvrirent sur l'immensité des abysses du lac de Visidur. Elle était bien sous l'eau, l'élément était encore illuminé par les Boreälis créées par l'Étoile. Les traînées de couleurs volaient tout autour et dansaient dans son regard. Elle ne voyait aucun de ses amis, elle était seule parmi les flots, suspendue au milieu du vide.

Mais tout ne semblait pas réel ; au contraire, elle sentait qu'elle était plongée dans un rêve. Dans une de ses mains, elle sentit soudain la Visirög. Était-ce elle qui l'avait envoyée dans ce songe ?

Elle sentait tel un battement de cœur dans le creux de sa paume. Ou plutôt de sa patte. Des coussinets et des poils gris avaient remplacé sa peau blanche. Elle ne s'en étonna pas, elle le savait, comme tout se confirmait toujours bizarrement dans les rêves. La louve était l'animal totem de son Erigiuum. Lui avait-on menti ? Non, on lui avait caché la vérité.

Arachné.

Dans les méandres de souvenirs effacés, Ellün y voyait plus clair.

Tout comme Athelleen, elle était maintenant la cible de la puissante Psychë. Mais pourquoi ?

Le songe dans lequel elle baignait s'agita. Ses pensées se tournèrent alors vers le seul objet qu'elle connaissait à ce moment-là.

La boussole.

Elle vivait, elle s'alimentait d'Ellün pour vivre à travers elle, pour se propulser dans ses veines. L'Äme sentait que l'artefact lui transmettait de l'énergie, comme si son Erigiuum était de retour, comme s'il était stable et, enfin, à son plein maximum.

Le songe flou dans lequel elle se trouvait commença à se mouvoir. La louve au pelage d'un gris d'argent resta là, à contempler les flots qui se transformaient. Ce fut là qu'elle la vit. Athelleen, plus jeune, se tenait ici dans le lac. Ce n'était pas un souvenir, mais une réalité rêvée. Elle se trouvait dans le songe du fantôme. Comment cela se faisait-il ? Accéder à un rêve n'était possible que si la personne était là, présente dans son entièreté. Athelleen avait-elle trouvé un moyen de laisser un rêve derrière elle, dans le lac des Noircyrs ? Il se passait la même chose qu'à Aràan. Elle sentait Athelleen à travers elle, ses mouvements, ses yeux, ses expressions, tout venait d'elle. Comment avait-elle fait pour transmettre ses mystères à Ellün après tant d'années ? Et pourquoi elle ?

— La Visirög t'emmènera là où tu dois aller.

Athelleen lui parlait. Le fantôme aux cheveux blonds regardait dans le vide, un rêve ne pouvait communiquer directement avec le mage endormi. La boussole voyageait toujours à travers elle.

— Retrouve notre héritage.

Voulait-elle évoquer la larme ? Le présent qu'avait cédé l'Étoile à la Princesse de la Nuit ? Cette dernière, la Déesse Cyrcë, avait disparu après cela.

Ellün commença à forger l'idée dans ses pensées, d'un cadeau d'une valeur éternelle et inestimable donné par l'Enfant de l'Univers. Elle sentit en elle la Visirög se propulser, loin, très loin dans le rêve d'Athelleen.

Elle suivit alors des pas la menant sur le chemin que le fantôme avait parcouru, non pas dans la réalité, mais qu'il avait également rêvé. Ellün ressentit ses peurs, ses doutes et ses espoirs.

Athelleen avait espéré depuis si longtemps. Elle avait trouvé la Visirög, celle qui l'emmènerait vers la larme, vers la réponse qu'elle cherchait depuis toujours. Et Ellün vivait et éprouvait chaque pulsion de vie du spectre.

Ce dernier avait emprunté la trajectoire tracée en elle pour arriver au fond de l'abysse du lac de Visidur. Là, au creux d'une grotte aquatique, se trouvait un objet brillant d'un éclat pur.

— La larme de l'Étoile, relique du tourment qu'a subi Cyrcë.

Ellün sentit toute la conviction d'Athelleen, toute sa sensibilité, toute sa peine, la submerger. Qu'avait-elle cru découvrir sur la plus jeune des Déesses ? Pourquoi parlait-elle de tourment, alors que l'Histoire avait établi comme vérité absolue que la Princesse de la Nuit avait essayé de renverser tout ce qu'il y avait de bon dans le monde ?

Le fantôme tournait autour de la magnifique larme, elle ne pouvait en décrocher ses yeux. L'Äme sentit toute la fascination et le soulagement que le fantôme ressentit, quand elle sut qu'elle avait enfin trouvé ce qu'elle avait cherché pendant des années.

— Ce n'était pas qu'un cadeau du Ciel. C'est un lien immuable entre Cyrcë, le monde et le ciel. Ainsi, jamais elle ne pouvait mourir.

Un lien ? Que voulait-elle dire par-là ?

— Ce lien guide vers le vrai cycle de la vie.

Pour toute réponse à cette nouvelle question, Athelleen saisit la larme dans ses mains, tout comme Ellün le fit sur le moment malgré la maladresse de ses pattes. Elle sentit toute la force originelle de l'artefact, un Erigiuum au-delà de l'imaginable.

Le rêve s'effondra alors sur lui-même. La jeune fille se retrouva submergée par l'eau qui, cette fois, était bien réelle. Elle ne pouvait respirer et, dans son affolement, elle perçut les corps de ses amis flottant tout autour d'elle. Au moment où un cri voulait s'échapper de sa bouche, elle sentit de nouveau la Visirög se manifester. Elle sut que la boussole désirait lui montrer un autre chemin, le chemin de son pouvoir, le chemin de la sortie.

Dans un cri enfin lâché, ses yeux s'enflammèrent d'une lueur violette, ses poings prirent la même teinte. Son Erigiuum, guidé par l'artefact millénaire, explosa entièrement, dans une liberté sans entraves.

L'eau du lac, bariolé des couleurs des Aurores boréales dansant encore dans le ciel, ne revêtit plus que le violet des Âmes. La puissance du pouvoir d'Ellün balaya la surface du lac perdu.

Tous les mages refirent surface. Le choc réveilla ses amis. Les yeux écarquillés, ils n'arrivaient pas à croire ce qu'ils étaient en train de voir. Ellün se tenait au-dessus du lac, bouillante d'Erigiuum. Son corps, qui avait repris forme humaine, s'illumina. Puis, tout se calma et elle descendit doucement, totalement inconsciente, pour se poser à la surface de l'eau. Sveyn nagea jusqu'à elle pour la récupérer. Une fois dans ses bras, il sentit une immense chaleur l'envahir. Il porta attention au cou de la jeune fille. Il était maintenant paré d'une perle transparente en forme de larme. Elle s'était incrustée dans sa peau.

— Sveyn ? murmura-t-elle un œil à demi ouvert.

— Tout va bien, tu es saine et sauve.

— Les autres ?

— Tout le monde est là, tu nous as sauvés.

Ellün se permit de relâcher la tension et de fermer les yeux. Elle avait besoin de se reposer, son esprit tourbillonnait d'idées. Elle avait reçu trop d'informations en si peu de temps.

Athelleen avait fait une découverte qui pouvait changer le monde. Elle avait, à son époque, trouvé la larme. Comment se faisait-il qu'Ellün s'en soit emparée aujourd'hui ? L'avait-elle remise à sa place lorsqu'elle avait su qu'elle était en danger ?

Que voulait-elle vraiment que Ellün trouve ? Vers quel lien la larme allait-elle la guider ?

— Tu as retrouvé ton Erigiuum ! Je te sens complètement différente.

Elle entendait Fjor lui parler, elle sentait tous ses amis autour d'elle qui la ramenait sur la terre. Mais elle était tellement fatiguée, elle avait besoin de sombrer dans le sommeil.

— Vous avez vu ! C'était immense ! À votre avis, quel est son sous-pouvoir ? cria Tylr en nageant.

— Elle nous le dira, une fois qu'elle sera de nouveau sur pieds, le calma Esmë.

— Elle est constante, je ressens une extrême fatigue, leur expliqua Fjor.

— Je confirme, dit Ingwë dont les yeux étaient d'un bleu néon.

Juste avant que son esprit ne plongeât dans le sommeil, elle eut une pensée pour la boussole. La Visirög l'avait aidée à trouver son chemin jusqu'à la larme, mais également jusqu'à son Erigiuum. Annhd avait raison, elle serait une guide vers les réponses à ses questions. Elle l'avait été à un moment où tout semblait perdu.

Pour la première fois, elle se sentait vivante.

Elle était entière. Elle était mage.

Elle n'était pas qu'une Engendrör, une simple louve.

Elle était aussi une Äme Sönge.

Elle était perdue dans un oubli trop grand

Épilogue

Au fin fond de l'univers, dans une galaxie flamboyante, Cdöon était une terre d'injustice.

Du haut de ses Cieux, Calahan, le plus grand des cinq Dieux admirait son œuvre.

Tout s'était déroulé selon sa volonté, Il avait même réussi à contrôler l'Incident sans craindre les représailles de leur mère, l'Étoile.

Celle-ci ne pouvait plus rien changer, son seul pouvoir avait été de donner vie à ses Enfants.

Elle ne pouvait que regarder son Fils se pavaner devant ses méfaits.

Calahan était fier.

Il se parait de cette fierté comme les mages de leurs magies.

Un sourire narquois se dessina alors sur l'univers.

Tristan, le second des Dieux, n'avait pas pu.

De toute grande gentillesse, naissait la lâcheté.

L'accablement l'avait abattu.

Il ne renaquit jamais de ses cendres.

Alors Il disparut.

Isìl, la plus grande des Déesses, avait compris.

Mais sa compréhension divine avait des limites. Et Elle les avait franchies.

Parce qu'Elle ne voulait pas voir.
L'ignorance était mère d'innocence.
Alors Elle ferma les yeux, pour ne jamais plus les rouvrir.

Neüs, la plus jeune des Déesses, avait laissé sa naïveté la guider.
Capricieuse, Elle avait suivi ses propres désirs.
Du courroux, Elle avait préféré choisir la haine de Calahan.
De la paix égoïste, venait la trahison.
Alors, Neüs entreprit la guerre.

Cyrcë était née.
De l'ignorance venait également la peur.
Elle fut le cœur de la différence.
Elle tenta de vivre.
Puis Elle mourut dans l'oubli.

Remerciements

À ma mère, qui m'a tant donné pour que je sache un jour parler et écrire. Tu m'as accompagnée sur ce long et périlleux chemin et je te remercie de ne jamais avoir lâché ma main. À mon père, pour toutes ses plaisanteries durant ce périple. Tu m'as appris l'auto-dérision et il en a fallu pour surmonter tous les problèmes.

À Elise, ma sœur et India, ma meilleure amie, pour m'avoir toujours encouragée et m'avoir redonné le goût à l'écriture lorsque je l'avais perdu.

À Marine, ma chérie et ma collègue sans qui tout ceci n'aurait pas pu se concrétiser. Merci d'avoir pris soin de mon rêve. Il me tarde de vivre de nouvelles aventures avec toi !

À Bruno, mon parrain, pour ses suggestions en or que je ne pourrai jamais oublier. Je trinque à tous nos fous rires !

À mes meilleurs amis, ma famille que j'adore, Sam, Claude, Théo, Aurore, Robin qui ont été d'un soutien sans failles dans cette aventure.

À Stéphanie qui a fait la première bêta-lecture de Nordeälis ainsi qu'une correction. Merci d'avoir été une des premières à m'accompagner et à avoir donné une fière allure au tome 1 !

Et merci au destin, au hasard ou à la providence. Être auteure est le cadeau le plus fabuleux de la vie.

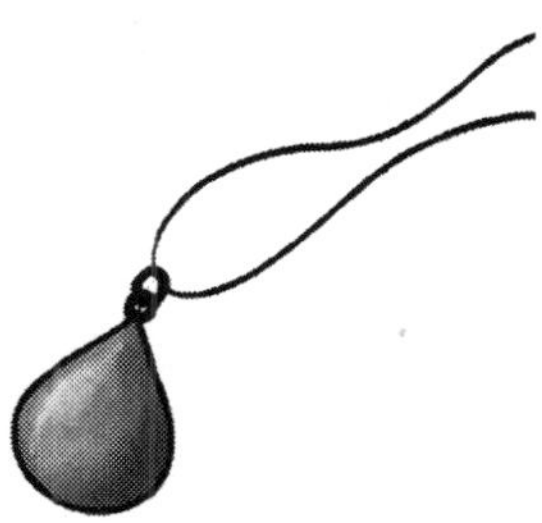